Unicorn

独角兽书系

# THE LADY OF THE RIVERS

# 河流之女

[英] 菲利帕·格里高利 —— 著
尤里 —— 译

P H I L I P P A
G R E G O R Y

重庆出版集团 重庆出版社

· 金雀花与都铎系列 ·

版贸核渝字（2017）第209号

**图书在版编目（CIP）数据**

河流之女 /（英）菲利帕·格里高利著；尤里译．—重庆：重庆出版社，2021.1
书名原文：The Lady of The Rivers
ISBN 978-7-229-14349-7

Ⅰ．①河…　Ⅱ．①菲…　②尤…　Ⅲ．①长篇小说—英国—现代　Ⅳ．① I561.45

中国版本图书馆 CIP 数据核字（2019）第 177887 号

**河流之女**
HELIU ZHI NÜ

[英]菲利帕·格里高利　著　尤　里　译

责任编辑：邹　禾　肖化化　方　媛
装帧设计：徐　图
责任校对：何建云

重庆出版集团
重庆出版社　出版

重庆市南岸区南滨路162号1幢　邮政编码：400061　http://www.cqph.com
重庆出版集团艺术设计有限公司 制版
成都国图广告印务有限公司 印刷
重庆出版集团图书发行有限责任公司 发行
E-mail:fxchu@cqph.com　邮购电话：023-61520646
全国新华书店经销

开本：890mm×1230mm　1/32　印张：15.25　字数：279千
2021年1月第1版第1次印刷　2021年1月第1版第1次印刷
ISBN：978-7-229-14349-7
**定价：96.80元**

如有印装问题，请向本集团图书发行有限公司调换：023-61520678

## 菲利帕·格里高利

*Philippa Gregory*

英国畅销作家，资深记者，媒体制片人。1954年出生于肯尼亚，后随家人移居英格兰，在获得萨塞克斯大学历史学学士、爱丁堡大学18世纪文学博士学位后，她出版了第一部小说《威德克尔庄园》，此书的畅销令她成为一名全职作家。此后她笔耕不辍，以严肃的历史背景为依托，融入女性写作者特有的细腻情感，创作了多部系列小说，其中“金雀花与都铎”系列作为她的代表作被多次改编为影视作品，收获广泛关注，也为她带来“英国王室历史小说女王”的美誉。

“金雀花与都铎”围绕14~16世纪的英国宫廷女性写作。许多女性在历史上并未留下浓墨重彩的痕迹，菲利帕结合想象与考据，丰满了史书间女人们的名字。这是一个相当庞大的系列，且仍在持续更新中。

在小说之外，她还写过童书、短篇集，并与大卫·巴德文及麦克·琼斯合著非虚构类作品《玫瑰战争中的女性》。同时，她还是英国广播公司第四频道《英国问答》的常客，都铎王朝时代频道的专家。

目前她和家人一起住在英格兰北部。她喜爱骑马、散步、滑雪和园艺，另外在冈比亚建立了一所园艺学习慈善机构。

# 金雀花与都铎 系列

另一个波琳家的女孩

女王的弄臣

处女的情人

永恒的王妃

波琳家的遗产

另一个女王

白王后

红女王

河流之女

拥王者的女儿

白公主

国王的诅咒

驯后记

三姐妹三王后

最后的都铎

献给维多利亚

# 河流之女 人物关系简表

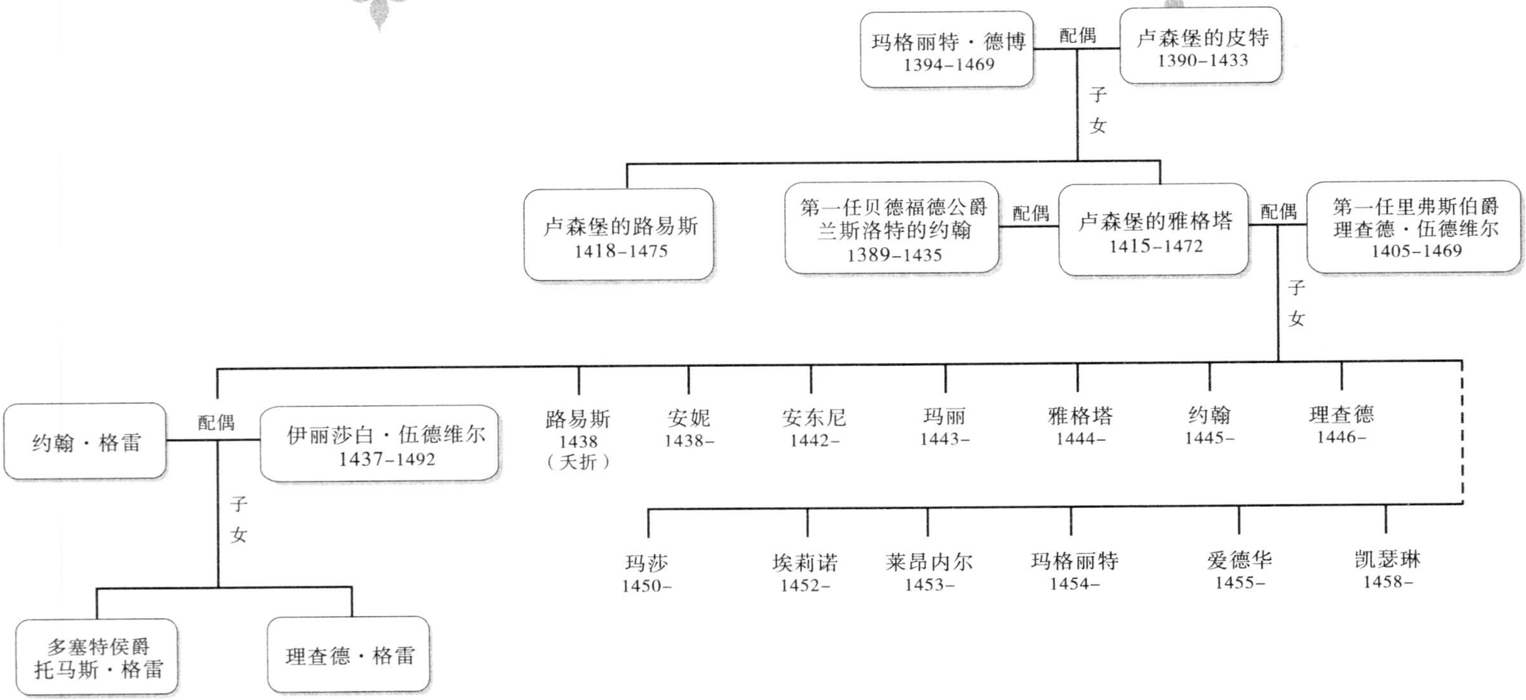

玛格丽特·德博
1394–1469
配偶
卢森堡的皮特
1390–1433
子女
卢森堡的路易斯
1418–1475
第一任贝德福德公爵
兰斯洛特的约翰
1389–1435
配偶
卢森堡的雅格塔
1415–1472
配偶
第一任里弗斯伯爵
理查德·伍德维尔
1405–1469
子女
约翰·格雷
配偶
伊丽莎白·伍德维尔
1437–1492
路易斯
1438
（夭折）
安妮
1438–
安东尼
1442–
玛丽
1443–
雅格塔
1444–
约翰
1445–
理查德
1446–
子女
多塞特侯爵
托马斯·格雷
理查德·格雷
玛莎
1450–
埃莉诺
1452–
莱昂内尔
1453–
玛格丽特
1454–
爱德华
1455–
凯瑟琳
1458–

# 1430年夏

### 法国　卢森堡

她像个顺从的孩子般端坐在牢房角落的小凳子上，仿如一件古怪的战利品。脚边的稻草上搁着白镴盘子，里面是吃剩的食物。我留意到叔叔送来不少肉，甚至还有他自己吃的那种白面包；可是她没动几口。我发现自己一直盯着她看，打量她脚上那双男孩才穿的马靴，还有那剪短的棕发上扣着的男式软帽，就好像她是什么抓来供我们消遣的奇珍异兽，像只从山遥水远的埃塞俄比亚抓来供卢森堡贵族取乐的小狮子，我们新添的一件收藏品而已。背后的夫人画了个十字，悄声道："她是女巫吗?"

我不知道。谁又能知道呢?

"太荒唐了。"姑婆直言不讳，"谁下令把这个可怜女孩锁起来的? 快把门打开。"

男人们不知所措地嗫嚅，都想互相推卸责任。接着有人把大钥匙插进牢门，姑婆昂首走了进去。这个女孩应该十七八岁年纪，不过比我大几岁而已。她从参差不齐的刘海后面望过来，缓缓起身脱帽，笨拙地微微屈身行礼。

姑婆说："我是乔安奴夫人，卢森堡的女主人。这里是卢森堡的约翰勋爵的城堡。"她指了指我的叔母："这位是他的夫人，城堡女主人，贝修恩的乔安奴，至于这位，是我的侄孙女雅格塔。"

女孩逐个看过我们，一一颔首。她看向我时，我感到有什么在身上轻轻敲击，就像一根手指扫过了后颈，又或是一句魔咒般的耳语。我想，会不会正如她所宣称的那样，她的背后真的立着两位守护天使，这种感觉就是它们带来的。

我的姑婆看那女孩一言不发，便问：“你会说话吗，小姐？”

“哦，会的，夫人。”那女孩带着浓厚的香槟地区的口音回答。我这才发现有关她的传闻所言不虚：就算她率领过军队，还拥立过国王，也不过是一个村姑！

“如果我叫人取下你腿上的镣铐，你能向我保证不逃吗？”

她犹豫了一下，好像还有权选择似的：“不，我不能。”

姑婆笑了：“你懂什么叫假释吗？我能让你出狱，与我们一起在我侄子的城堡里生活，只要你发誓不逃跑就行。”

女孩偏过头，眉头紧皱，仿佛在倾听什么人的建议，随即摇了摇头：“我知道假释是什么。就是一个骑士向另一个许诺，订下规矩，就像比武前那样。我不像那样。我说的都是真话，不是什么吟游诗人唱的小曲，也不玩这些花样。”

“小姐，假释可不是在玩花样！”乔安奴叔母插嘴道。

女孩看着她：“哦，可它就是玩花样啊，我的夫人。贵族们干这些事从没认真过——不像我那么认真。他们把战争当儿戏，乱立各种规矩，一旦出行，就把无辜百姓的农场化作焦土，边笑边看着茅草屋顶熊熊燃烧。再说，我无法立誓。我已经立过誓言了。”

“向那个胆敢自称为法国之主的人吗？”

“向天国之主。”

姑婆没再说话，斟酌片刻后说：“我会让他们取下镣铐，看着你，免得你逃跑；然后你可以过来和我们一起坐坐。贞德，尽管是错误的，我觉得你为你的国家和你的王子所做的事情非常伟大。我不会坐视不管，任由你被镣铐锁着。”

“你会让你的侄子放我走吗?”

姑婆犹豫了:“我不能命令他，但我会尽一切努力送你回家。无论如何，我都不会让他把你交给那些英国人。”

听到这个词的时候女孩颤抖起来，画了十字，用古怪至极的方式猛点自己的额头和胸，就像农民听见魔鬼之名时的那副模样。我差点笑出声，引来女孩冷冷的注视。

“他们只是凡人罢啦。”我向她解释，“英国人又没有什么魔法。你用不着这么害怕他们的。用不着在听到他们名字的时候画十字。”

“我不害怕他们。我还没蠢到害怕他们有什么魔法——事实正相反，是我有神力，这使我成为了他们的眼中钉、肉中刺。他们怕我怕得发狂，怕我怕到一旦我落入他们手中就会立马杀了我。我就是他们的恐惧，我就是他们夜里的噩梦。”

“只要我活着，他们就不会得到你。”姑婆向她保证。那一刻，贞德切切实实地直视着我，目光阴郁，似乎看出连我也能听出这个真诚的保证完全是虚无缥缈的承诺。

姑婆认为贞德也许是可以被教化的，只要把她带到我们身边，好好跟她交谈，把她对宗教的狂热冷却下来。这个女孩迟早会穿上年轻姑娘的衣服，这个在贡比涅被人从白马上拽下的年轻战士迟早会转变，就像一场颠倒过来的弥撒仪式那样，烈酒会化作清水。到时候她会和其他侍女们坐到一起，耳中只听得进主人的吩咐，听不见教堂的钟声。那些英国人也许会就此放过她。他们要求我们交出的是一个不男不女的杀人女巫，我们所能交出的却是一个悔过又顺从的侍女，这样一来对方也许就会心满意足，继续横行霸道去了。

贞德上次打了败仗，如今精疲力尽，同时还心怀不安，感到自己拥立的国王配不上涂油礼①，过去赶跑的仇敌如今杀了回马枪，就连授予她使命的神都对她弃之不理。所有让那些崇拜她的士兵视她为圣女的事物都已经不复以往。在我姑婆执着的仁慈面前，她又成了一个笨手笨脚的乡下姑娘，毫无特殊之处。

当然了，虽以坎坷战败告终，姑婆手下所有的侍女都想了解这段正在以缓慢溃败告终的冒险。趁贞德与我们一起生活，学习该怎么当淑女而不是战场上的圣女的时候，她们鼓起勇气问她。

其中一个问道："你怎么会这样勇敢呢？你是如何学会这样勇敢的呢？我是说，在战场上的时候。"

贞德听到这个问题后面露微笑。我们一共有四个人，齐坐在城堡护城河旁的一片草坡上，像孩子一样悠闲自在。七月的阳光直射下来，城堡四周的牧场在热气蒸腾中闪闪发光；就连蜜蜂也懒洋洋的，嗡嗡叫了一会儿便归于无声，仿佛醉倒在了花间。我们挑了最高的那座塔楼，坐在它落下的阴影里头，身后是护城河清澈的河水，时不时的还能听见螃蟹浮到水面冒泡的声音。

贞德像男孩一样大大咧咧躺着，一只手浸在河水里，眼睛被遮在帽檐下面。我身旁的篮子里放着几件缝了一半的衬衫，是我们准备做给康布雷附近的穷孩子们的。只是姑娘们什么也不想做，贞德又不会做，我正好随身带着姑婆珍藏的游戏牌，一边洗牌，一边闲散地看上面的图画。

"我知道我是受召于神的。"贞德简洁地说，"他会保护我，所以就算在最险恶的战斗中也无所畏惧。他警告说我会受伤但不会感到疼痛，所以我

① 加冕礼上的涂油礼象征国王从此往后领受了来自上帝的使命，发誓将守护苍生。

知道自己可以奋战到底。我甚至会警告我的军队某天我可能会受伤。我在开战前就能预知，反正就这样。”

“你真的能听见那些声音吗?”我问。

“那你又如何呢?”

这个惊人的问题让女孩们都猛地转身过来盯着我。在她们的凝视下，我羞得脸上发热，好像做了很丢脸的事：“不！不能!”

“所以呢?”

“你在说什么啊?”

“你都听见些什么?”她理直气壮地问，好像人人都会幻听似的。

“好吧，其实不能算是人的声音。”我说。

“那是什么?”

我向身后瞥了一眼，好像怕鱼儿会浮到水面偷听：“每当我家族中的某人快要死去，我都会听见一种杂音。一种奇特的杂音。”

“什么样的杂音?”一个叫伊丽莎白的女孩问，“我从来不知道。我也能听见吗?”

我不快地说：“你又不是我家族的人，当然听不见了。除非你祖先是……总之，不能告诉别人。你本来就不应该听，我也不应该说。”

“什么样的杂音?”贞德又问。

“像唱歌。”我说，看到她点了点头，好像她也听过有人唱歌。

“他们说这是梅露西娜的声音，她是卢森堡的第一代夫人。”我悄声说道，“他们说她是一位水之女神，来自河流深处，嫁给第一代公爵为妻，可她不会像凡人那样死去。她总是会回来，为子孙们的死亡放声哭泣。”

“那么你是什么时候听见她的呢?”

“我的小妹妹去世的那天晚上。我听见了某种声音，马上就知道那是梅露西娜。”

“可你又怎么知道是她的呢?”另一个女孩轻声问道，不想被我们的交谈排除在外。

我耸了耸肩，贞德笑了，她清楚地知道真相总是无法付诸言词。“自然而然就知道呗。”我说，“就像是我认出了她的声音，就像我一直都认得。”

贞德点头道：“正是如此，自然而然就知道。但你如何知道这声音来自神祇而不是来自恶魔呢?”

我犹豫了。任何有关鬼神的问题都应该求教神父，不然至少也要问母亲或者姑婆。可是梅露西娜之歌，还有打从脊梁骨里发出的战栗，那些偶然间看到的无形之物——某种非生非死的东西，时不时消失在房屋的角落里，那比薄暮更薄的阴霾，那清晰到难以忘却的梦境，那偶然窥见却无法形容的预感——所有这些都太过飘渺，无法付诸言词。如果都不知道如何措词成句，我又怎么能够向别人发问呢？我怎能忍受某人拙劣地替它们命名，甚至想要解释它们呢？很有可能我也会像贞德这样无言地摆弄护城河中碧绿河水。

“我从没问过别人。”我说，“因为这算不了什么。就像你走进一个房间，空无一人，但你就是能感觉到还有什么人在场。你听不到他也看不见他，可你就是知道。仅此而已。我从没想过这是来自天神还是恶魔的恩赐。这根本无关紧要。”

贞德肯定地说：“我听到的声音来自上帝，我很清楚。如果不是这样，我早就一败涂地了。”

“那你会占卜吗?”伊丽莎白孩子气地问我。

我的手指握紧卡牌：“不。这些牌不能用来占卜，只能拿来玩，它们只是游戏牌。我不占卜，就算我会，姑婆也不会允许的。”

“哎呀，帮我算算嘛!”

我态度坚决：“这些只是游戏牌。我不是算命的。”

伊丽莎白说："哎，替我抽一张卡算算嘛。再帮贞德也算算。她今后会怎样？你肯定也想知道贞德将来如何吧？"

我对贞德说："这样做毫无意义啊。我带这牌来只是想要和大家一起玩。"

"它们很漂亮。"她说，"他们在法庭上也叫我玩这种牌。真够聪明的。"

我把牌递给她，她用结茧的手把牌展开。我戒备地说："小心点，这些牌很珍贵。我还是个小女孩的时候，夫人就把它们拿给我看，还告诉我每一幅图的名字。她肯借给我是因为我喜欢玩牌，我向她保证过一定会好好爱惜的。"

贞德把那摞牌递还给我，尽管她很小心，我也提前伸手去接，其中一张牌还是从手间滑落，背面朝上掉到了草地上。

"啊！抱歉。"贞德惊叫一声，很快把牌捡了起来。

我听见了一声低语，好似冰冷的气息顺着脊背向下游走。眼前的草地和树荫里甩动尾巴的牛群似乎都远在天边，只有我俩被罩在一个玻璃杯中，就像困于碗中的蝴蝶，来到了另一个世界。"你最好赶快看看那牌。"我听见自己对她说。

贞德看着那幅鲜艳的图画，瞪大眼睛，把牌递给我。

"这是什么意思？"

纸牌上面是一个身穿蓝色制服的男人，被捆住单脚倒吊，另一只腿柔若无骨地弯着，脚尖和绷直的腿伸向不同的方向，就好像他在跳舞，上不着天，下不着地。他的手反捆在背后，看起来像在鞠躬，蓝发快活地垂下，他就这样吊着，头朝地脚朝天，脸上还挂着笑容。

"倒吊者。"伊丽莎白读道。"太可怕了。这是什么意思？哦，该不是说……"她突然住口。

“这并不意味你会被吊死。”我赶快对贞德说，“可别这么想。这只是一张游戏牌，不能说明什么。”

“那它又是什么意思呢？”另一个女孩问道。贞德一言不发，好像这不是她的牌，我拒绝预言的也不是她的命运。

贞德用棕色的眼睛认真地看着我，我含混躲闪地说：“他的绞架是两棵还在生长的树。这代表春天、复苏和生命——不是死亡。而且树有两棵，这人在中间保持平衡。他正处于复苏之中。”

贞德点头称是。

“它们俯身向他鞠躬，他很高兴。看啊：他没有被绑住脖子吊死，而是被绑着脚。只要他愿意，就能伸手解开绳子。只要他愿意，就能解放自己。”

“可他没有解放自己。”女孩评论道，“他像个杂耍演员。这又说明什么呢？”

“这说明他自愿在此，自愿等待，自愿被绑住脚，挂在空中。”

“自愿成为活祭品？”贞德用弥撒时一般缓慢的语气说道。“不是的，他没有受到折磨！”我飞快回答，仿佛有什么可怕的东西正在逼近，“这牌说明不了什么！”

“是啊。”贞德说，“这些只是游戏牌，我们只能用来玩游戏。这张牌很不错嘛，倒吊者。他很开心，倒吊在春天里让他很开心。想让我教你们一种香槟区玩的赌钱游戏吗？”

“想。”我伸手要那张纸牌，她盯着它看了一会儿才还给我。

“说真的，它什么也不能说明。”我向她重申。

她冲我笑，笑容澄净而坦直：“我很清楚它是什么意思。”

“我们能开始打牌了吗？”我开始洗牌，有一张牌翻了过来。

“这可是张好牌。”贞德评论道，“命运之轮。”

我抽出这张牌给她看："使你平步青云或一落千丈的正是命运之轮——它传递的信息就是我们必须笑对输赢，因为失败与胜利轮流主权。"

贞德说："在我的故乡，农民们用一个手势表示命运之轮。每当极好或极坏之事发生，他们就用食指在空中画一个圈。某人继承了飞来横财，或者某人赌输了一头牛的时候，他们都这样做。"她用手指在空中画了一个圆。"他们还会说某句话。"

"念咒吗？"

"算不上咒语。"她一脸狡黠。

"那是什么？"

她边笑边说："他们说'Merde[①]'。"

"什么？什么啊？"年纪小的女孩问道。

"没什么。"我说，贞德还在笑，"贞德的老乡们说的没错，万物都将归于尘土，人们所能做的不过是淡然以对。"

贞德的未来生死未卜，她就像倒吊者一样来回摇摆。我全家，包括我父亲——圣波尔的皮埃尔伯爵，卢森堡的路易叔叔，还有我最喜欢的卢森堡的约翰叔叔，全都是英国人的盟友。父亲从我家的圣波尔城堡写信给弟弟约翰，以一家之长的名义命令弟弟把贞德交给英国人。可姑婆又坚称我们应该保护她。约翰叔叔犹疑不决。

英国人要求得到他们的囚犯。英国人控制了大半个法国，而其余的又都归他们的盟友勃艮第公爵所有，所以他们能为所欲为。圣女贞德被抓住的时候，英国士兵纷纷跪倒在战场上，热泪盈眶地感谢上天。他们心里无疑认为法国军队一旦没有了贞德定会分崩离析，变回她统帅之前的老样

① 法语：他妈的。

子，一群乌合之众，不足为惧。

统治法国英属领土、管理几近整个法国北部的摄政王贝德福德公爵[①]，日复一日地写信给叔叔要求他效忠于英国，不但拿长久以来的友谊说事，还以金钱相诱。我很喜欢看那些英国信使每日前来，穿着华贵的制服，骑着漂亮的马儿。大家都说公爵是备受崇敬的伟人，是法国最杰出的人物，极难招惹。但是至今为止叔叔都顺着姑婆的意愿，没有交出我们的囚犯。

叔叔盼望法国宫廷能为她讨情，毕竟他们欠了贞德的良心债。但就算他写信告知对方圣女在这里，说她已准备好回到国王旗下再次服务于他的军队，对方仍出奇地沉默。有她率军，他们定能再次大胜英国人。他们一定会交钱赎回她的吧？

“那些人不想要她。”姑婆劝他道。他们刚才还与叔叔的臣子一起坐在大厅里的公用餐桌旁，品尝美味佳肴，随后将其分给全屋的人，作为给亲信的赏赐。现在他俩则舒舒服服地坐在姑婆私人房间的小桌子边上，面朝炉火，她的贴身侍从在一旁伺候。整个就餐过程中我都必须与侍女们一起站着。我的职责就是监督侍从，一有需要就轻轻拍手招呼她们上前，还必须保证两耳不闻桌上事。虽然我还是从头听到了尾。

“贞德带着先知能力到来之前，查理王子根本一无是处。是她让他成为真正的男子汉，又是她让一个男子汉成为国王。她教他宣布自己的王位继承权，把跟随他的人打造成一支军队，还使这队伍百战不殆。如果他们能像她听从神祇一样听她的话，早就把英国人从我们的国土上赶回那片终年大雾的群岛上了，我们也就能从此一劳永逸，免受他们之苦。”

叔叔笑起来。“唉，我的姑姑！这场战争已经快有百年之久了。难道你真的觉得某个能听到神祇的出身草莽的小女孩就能结束它吗？她绝对不可

① 即兰开斯特的约翰（1389.6.20—1435.9.14），亨利四世的三子，代他的侄子亨利六世在法国摄政。

能赶得走英国人。他们绝不会离开，永远也不会了。无论凭靠的是合法的继承权还是侵略，这里都是他们的土地。只要他们还有守住领地的勇气和力量就会一直立于不败之地，而贝德福德的约翰公爵一定会确保如此。”他瞥了一眼酒杯，我向男仆示意自己上前拿起酒杯让男仆斟酒，然后小心放回桌上。他们用的是高级的玻璃器皿，因为叔叔无比阔绰，姑婆向来又只用最精美的器具。“英国国王不过是个黄发小儿，但年龄没有妨碍他把王位坐得稳稳当当，因为他有叔叔贝德福德在法国为他效力，另一个叔叔格洛斯特在英国本土护驾。贝德福德既有勇气，也有同盟，足以在这里保护他们的国土太平，我想他们会把多芬王太子[①]往南赶得远远的，直到把他赶到海里去。虽然圣女风光一时，而且风光得非比寻常；可说到底，还是英国人会赢得战争，守住他们的合法土地，到了那时，我们这边所有发誓要和英国人拼到底的王侯都会对他们死心塌地了。”

“我不这样认为。”姑婆坚决地说，“英国人怕她。他们说她是不可战胜的。”

“时过境迁了。”叔叔说，“看看吧！她已成阶下囚，牢门也没有突然炸开吧。他们现在知道她只是凡人之躯了。他们在巴黎城外看到她大腿中箭，也看到她被自己的军队远远抛下，是法国人亲口告诉英国人，贞德可以被战胜，也可以被随手遗弃。”

“但是你不会把她交给英国人。”姑婆断言道，“这样会使我们永远蒙羞，在神面前，在世人面前。”

叔叔俯身向前，悄悄说：“你还在当真吗？你就真的不觉得她是个江湖骗子吗？你就真的不觉得她只是个胡言乱语的村姑吗？你知道这种人我轻而易举就能找到五六个吗？”

---

① 指查理七世。他在加冕之前头衔为法国王太子，全称维埃诺瓦王太子(Dauphin de Viennois)，“Dauphin”即为法语的“王太子”，发音为多芬。

她说："你可以找到五六个人声称自己像她，但没人真和她一样。我觉得她是一个特殊的女孩，真的，侄儿。我有非常强烈的感觉。"

他不语，仿佛这话里有东西值得掂量，即使姑婆不过一介女流："你能预见她会成功？这是预言吗？"

她犹豫片刻，但很快地摇了摇头："我也不确定。但尽管如此，我还是坚持认为我们得保护她。"

因为不想反驳她，他没作声。她是卢森堡的夫人，也是一家之主。她死后我父亲将继承名号，但她还有广阔的领地任她支配，想留给谁就留给谁。约翰叔叔是她最喜欢的侄子，他心里抱着指望，所以不想惹她生气。

"法国人想要回贞德可得花大价钱。"他说，"我可不想赔钱。她的身价堪比国王，他们很清楚这一点。"

姑婆点头称是："我要写信给多芬王太子查理，他会来赎她的。王太子总是被那些亲信大灌迷魂汤，但不管他们说什么，他都会听我的。我可是他的教母。事关荣誉啊，他能有今天全凭圣女。"

"很好，但要赶快。英国人逼得很紧，我不想惹恼贝德福德公爵。他位高权重，而且为人公正，是整个法国里最优秀的领导人。如果他是个法国人，早就受万民所爱了。"

姑婆大笑："没错，可他不是法国人！他是英国摄政王，必须回到他那湿漉漉潮乎乎的岛上，回他的小侄子、那个可怜的国王身边，努力拾掇他们那块国土，把法国留给咱们统治。"

"我们？"叔叔疑问道，好像想问，莫非她认为我们这样一个业已统治众多领地，与神圣罗马帝国有血族关系的家族，还应该统治全法国？

她笑了。"我们。"她温柔地说。

第二天我与贞德一起来到城堡中的小教堂，与她并肩跪在圣坛前的台阶上。她狂热地祈祷，整整一小时都没抬起头。随后神父主持弥撒，贞德领了圣餐与葡萄酒，我在教堂后面等她。贞德是我认识的人里唯一会每天雷打不动领圣餐和葡萄酒的人，圣餐简直成了她的早餐。我母亲比大多数人都更虔诚，也不过一月领一次而已。我们一起走回姑婆的房间，青草茵茵，沙沙地扫过脚边。贞德大声笑话我，因为我必须左躲右闪才能让头上的锥形头巾穿过狭窄的门口。

她说："它很漂亮。不过我可不乐意戴这类玩意。"

我在她身前止步，转过身站在自城墙箭眼[①]射入的阳光之中。我的长裙灿烂而耀眼：暗蓝色的裙子，与其呈鲜明对比的绿宝石色衬裙，裙摆倾泻而下，胸口用高腰带紧紧束住。高高的埃宁式头巾[②]圆锥般立在我头上，从顶尖散下的粉青色头纱披在背后，遮住我的金发，却又让它们显得更加鲜亮。我伸开双臂展示蓬大的三角袖，上面装饰着精美绝伦的金丝刺绣，我还拉起裙摆露出脚上的猩红浅口鞋，鞋尖弯弯地翘着。

"可是你穿着这种裙子就没办法干活、骑马，连跑都不能跑。"

我理直气壮地说："这身衣服可不是为了骑马干活，也不是为了跑什么步。这是为了炫耀。是为了告诉全世界，我是个待字闺中、年轻漂亮的少女；是为了展示我父亲多么富有，让我穿得起带金线的袖子和带丝缎的头巾；是为了展示我有多么高贵，能穿天鹅绒和丝绸，而不是穷姑娘才穿的羊毛粗布。"

"我可受不了穿着这种东西四处炫耀。"

---

① 西方古代城堡的细长方形窗。

② 十五世纪妇女所戴的筒形或锥形头巾。

我不快地教训她道："你想穿也不会被允许的，穿着打扮必须符合地位；你必须遵守法律，只穿棕色和灰色。你真的觉得自己高贵到能够身着貂皮了？还是说你想把你的金色罩袍[①]要回去？听说你在战场上跟其他骑士一样漂亮，那也就是说你穿得像个贵族啰。他们说你尤其中意你那漂亮的旗帜和锃光瓦亮的盔甲，而最爱的便是那身金色长衣。他们说你犯下了虚荣之罪。"

她的脸红了，反驳道："我必须要很显眼啊。我站在军队领头。"

"那身金色又怎么说?"

"我必须彰显天父的荣耀。"

我说："好吧，不管怎样，你穿女人衣服时也都不能戴我这种头巾。你得戴更朴素的，像那些侍女，别戴太高或者太别扭的，用一块干净头巾盖住头发就行。你可以在长裙下面穿靴子，这样就依然可以到处走动。为什么不穿长裙试试呢，贞德？这样一来别人就不能指责你穿男人衣服了。女人身着男装是异端的象征，为什么不穿裙子呢？这样他们就不好说你什么了。为什么不穿得普通些呢?"

她摇头。"我已立下誓言。"她仅仅这样回答，"向神立誓。只要国王召唤我，我便要准备再赴战场。我是待命的士兵，不是待主人传唤的侍女。我要如士兵般穿着。我的国王随时随刻都可能会召唤我前去的。"

我瞥了一眼身后。一个抱着热水壶的小听差正在偷偷听我们说话。我等他点头鞠躬跑开之后才悄声说："嘘。你根本就不该管他叫国王。"

她纵声大笑，仿佛无所畏惧："是我把他带上加冕礼的宝座，他在兰斯教堂里被涂上克洛维斯圣油膏的时候，我就站在自己的军旗之下，亲眼目睹他向人民展示他的王冠。他当然是法国国王了。他受过加冕，涂过圣油。"

---

① 骑士穿在铠甲外的衣物。

我提醒她："谁说了这话都会被英国人撕烂舌头的，这还只是初犯警告。第二次再犯，他们就会在你的额头上烙印，叫你一辈子都带着伤疤过活。英国国王亨利六世才能被称作法国国王，你叫的那个法国国王应该叫做多芬王太子，别无他号，只能是多芬王太子。"

她发自内心地大笑。"亨利六世甚至都不能被称为法国人。"她大声叫道，"你那伟大的贝德福德公爵说应该把我的国王叫做阿尔马尼亚克人①。可当我率法国军队爬上巴黎城墙的时候，伟大的贝德福德公爵可是吓得瑟瑟发抖，逃到鲁昂征新兵去了。我率法军——没错，我就是要这样说！——率法军宣称对巴黎的主权，是为了我们的国王，一位法国国王。我们差点就赢了。"

我用手遮住耳朵："我才不听，你也不该说。我听你说了这种话，会挨鞭子抽的。"

她马上拉住我的手，十分后悔："啊，雅格塔，我不该连累你。好啦！我再也不说了。可你要知道，为了反抗英国人，我可是做过比动动嘴皮子可怕得多的事。我用箭和大炮、攻城槌和枪打他们！英国人压根不会管我说些什么穿些什么的。我打败过他们，告诉世人他们无权占领法国。我率领军队，一次又一次地击溃过他们。"

"我希望他们永远都抓不到你，永远都不能审问你。不理会你说的这些话，不理会你射过的箭，不理会你那些大炮。"

她思及此处，脸色有点发白："上帝保佑，我也如此希望。仁慈的主啊，我也如此希望。"

"姑婆要写信给多芬王太子。"我将声音压得很低，"昨天晚饭时他们在谈这个。她要写信给多芬，请他来赎回你。我叔叔会把你还给法……还给

① 阿尔马尼亚克派与勃艮第派同为15世纪初法国内战的两大派系，拥护查理七世。

阿尔马尼亚克人。”

她垂下头，嘴唇念念有词地祈祷。“我王会为我而来。”她全心全意地说，“我王必将为我而来，将我带回他的身边，我们必将再次投身战斗。”

八月的天越来越热，姑婆每天下午都在内室的美人榻上小憩，床边垂着浸过薰衣草水的浅色丝绸纱帐，合上的百叶窗在石地板上投下道道阴影。她喜欢让我读书给她听，自己则躺着闭目养神，双手叠放在裙子的高腰线上，好像一尊搁放在荫蔽的坟墓里的雕像。她取下经常戴着的角状大头巾放在一旁，任由花白的长发散落在凉爽的刺绣枕头上。她会给我一些书，从她的图书馆里拿的，书中尽是波澜壮阔的浪漫故事，吟游诗人和森林深处的少女。但有一天她把一本书交到我手里说：“今天读这本。”

这是一册用古法语写就的手抄本，我结结巴巴地念着。这书很不好读：空白处的插画像荆棘和花朵一样蔓生在字词之间，抄写员的笔迹又十分华丽，让我觉得很难辨认，但是故事渐渐在眼前生动起来：一位骑士在行经一片黑森林时迷失了方向，他听见水声，便循之而去，看见一处白色的水池和飞溅的泉水，立在水中的女人是如此美丽，肤白胜雪，发黑如夜。他对她一见钟情，她也同样如此，他将她带回城堡，娶她为妻。她只有一个条件：每月都要独自沐浴一次。

姑婆问我：“你知道这个故事？你父亲跟你讲过吗？”

“我听人提过一点儿。”我回答得很谨慎。众所周知，姑婆总是很容易生我父亲的气，所以我拿不准该不该说我觉得这就是我们家族起源的那个传说。

“是吗。那么现在你在读的是真实的版本。”她说着，又合上了眼，“你也是时候知道真相了。继续读吧。”

这对年轻的佳偶比世界上任何夫妻都更幸福，人们远道而来拜访他们。他们有了很多孩子：美丽的女孩和古怪狂野的男孩。

“儿子们。”姑婆喃喃自语，“如果女人想要儿子就能得到该多好，如果想要什么样的儿子就能得到该多好。”

岁月流逝，妻子的美貌却从未被时间带走。丈夫越来越疑心了。一天，他再也忍受不了妻子的单独洗浴之谜，于是偷偷潜入她的浴室想要一探究竟。

姑婆抬手打断，问我：“你知道他看见了什么吗?”

我从书里抬起头，手指正点在一幅插图下面，画面上男人正透过百叶窗向浴室里窥视。前方，女人坐在浴盆里，秀发蜿蜒在白皙的肩头。而在水中闪烁着微光的是……一条遍布鱼鳞的巨大尾巴。

“她是一条鱼?”我低声问。

“她不属于这个世界。”姑婆静静地说，“她努力像普通女人那样生活，可有些女人注定无法泯于众人。她努力规矩行事，可有些女人注定无法循规蹈矩。这是一个属于男人的世界啊，雅格塔。只是有些女人不愿按他们奏出的节拍起舞。你懂吗?”

我当然不懂了。我还太年轻，不懂一男一女能在相爱笃深、连心跳都同步到好似共享一颗心脏的同时，又自知两人之间的差异是如此绝望。

“总之你接着读吧。剩下的不多了。”

丈夫不堪承受自己妻子是个怪物的真相，她也无法原谅他窥视自己的行为。她离开了他，带走了美丽的女儿们，他则带着儿子们孤独生活，黯然神伤。但是在他临死之际，正如我们家族每一个成员临死时那样，他的妻子梅露西娜，这位美丽的温蒂妮[1]，水之女神，回到了他身边，他听见她

① 欧洲古代传说中水边的美丽精灵。在某些传说中，她们只有与人类男性结缘才能获得实质灵魂，而一旦遭到背叛就会杀死丈夫，回归水中。

在城墙之下哭泣，哀悼她所失去的孩子，哀悼她仍然深爱着的丈夫，哀悼这个令她无处容身的世界。

我合上书，沉默是如此漫长，我还以为姑婆睡着了。

姑婆悄然开口："我们家族中的某些女人有预知的天赋。她们的力量是继承自梅露西娜、自她所居住的那个世界。我们当中有些人是她的女儿，她的后裔。"

我是如此害怕听到她接下来要说的话，怕到几乎无法呼吸。

"雅格塔，你觉得你可能与那些女人一样吗？"

"可能吧，"我轻轻说，"但愿如此。"

"你需要聆听。"她柔声说道，"聆听寂静，守望空虚。而且你要凝神警惕。梅露西娜是个变形者，如同水银一般在物与物之间转化。你在任何地方都可能看见她，她像水一样。如果不够细心，就算竭力睁大双眼望穿碧潭寻找她，也只能在水面看见自己的倒影。"

"她会指引我吗？"

"你必须指引你自己，不过你可能会听见她对你讲话。"她停下话头，"把我的首饰盒拿来。"她指向床脚处的大箱子。我打开吱呀作响的箱盖，礼服包裹在已化作齑粉的丝绸里，旁边是一个木制的大盒子。我把它拿了出来。盒子里有一列抽屉，每一个都装满了姑婆的珠宝。"打开那个最小的抽屉看看。"她说。

我找到里面一个黑天鹅绒做的小荷包，解开流苏穗子，打开荷包口，一个沉甸甸的金手镯掉进我手里，上面挂了大约两百个小小的挂坠，形态各异。我看见有船，有马，星星，汤勺，鞭子，鹰，还有马刺。

"当你想知道某些非常、非常重要的事情的时候，就挑两三个小挂坠——选那些能象征你眼前的选择的，把每一个都系上细绳，放进离家最近的河流里，要选一个万籁俱寂的夜晚，静到你只能听见这条河流的汩汩水声。一直等到新月，切断其中两根，然后把剩下那根绳子拉起来，查看你的命运如何。河流会告诉你答案。河流会指引你的方向。”

我点头。手中的手镯冰凉而沉重，每一个饰物都是一个选择，都是一次际遇，一次潜在的错误。

“你想要什么，就对河水说出它的名字，就像一次祷告。你想诅咒谁，就将它写在纸上，丢入河水里，让它如一叶扁舟顺水流走。河流便是你的同盟，你的朋友，你的女主人——明白了吗？”

我点头称是，虽然心中不甚明了。

“你想诅咒谁的时候……”她停下来叹了口气，仿佛已经疲惫之极，“措辞要小心，雅格塔。尤其是诅咒的话语。不要说多余的话，还要保证施加到了正确的对象身上。你要清楚知道，从口中说出的诅咒可能会不受控制，就像一支射出的箭一样，诅咒也是会波及其他人的。聪明女人只会极为谨慎地诅咒。”

即使屋中很热，我还是打了冷战。

她承诺道：“我会教你其他的知识。这是你的遗产，因为你是家中长女。”

“男孩们知道吗？我弟弟路易呢？”

她半睁慵懒的双眼，对我微笑：“男人统治他们所知的世界。他们知道什么，就把什么占为己有；学到什么，就宣称是自己发现的。他们就像那些寻找世界运行原理的炼金术士，找到后又想占为己有，密不外传。男人发现任何东西都会紧抓不放，扭曲知识，以迎合他们天性中的自私。而留给我们女人的，除了那片未知之地，还有何处呢？”

“可是难道女人就不能在世上占据重要的一席之位吗？你就做到了啊，

姑婆，还有阿拉贡的约兰德，她被称为‘四国之后’[1]。我就不能像你和她一样掌握广大疆土吗？”

“也许你是可以做到的。但是我要警告你，追求强权财富的女人要付出很大代价。也许你会成为一个强大的女人，像梅露西娜、约兰德，或者我一样；可你还是会像世间所有女人一样，在男人统治的世界中四处碰壁。如果嫁得如意郎君或者继承丰厚遗产，或许会得到一星半点的权力——但你永远都会感到脚下的路如此艰难。而在另一个世界的她们——好吧，谁知道另一个世界什么样呢？也许她们会听见你，你也能听见她们。”

“我会听见什么？”

她笑了：“你很清楚。你已经听到过了。”

“你是说，那些声音？”我问道，心里想起贞德。

“也许吧。”

渐渐地，日光的强热开始消逝，九月一天比一天凉了。湖畔的茂密森林中的树开始从无精打采的绿变为枯萎的黄色，燕子每晚都绕着塔楼打转，好像在依依挥别，相约明年再见。它们相互追逐，一圈又一圈转着，让人目眩，仿佛伴随舞者旋转的纱幔。成排的藤蔓上长满累累果实，农妇们戴起手套，卷起袖子，把果子一串接一串摘进大柳条筐里，农夫们则把它们甩进推车，拉去榨汁。水果和葡萄酒发酵的味道遍布在农庄里，每个人的衣服下摆都浸染成了蓝色，脚也成了紫的，他们都说今年会是个富足丰饶的好年头。侍女们和我途经村庄的时候被他们叫去品尝新酒，酒尝起

---

① Yolande of Aragon，其夫安茹公爵路易二世大半生都为那不勒斯王国而战，她本人则被称为“四国之后”，领地包括西西里、那不勒斯、耶路撒冷和阿拉贡。

来度数不高，但味道挺冲，满是泡沫。他们冲着我们皱成一团的脸哈哈大笑。

姑婆没有再像她在夏初那样，端坐在椅上，将目光扫过她的侍女们，投向远方的城堡和我叔叔的土地。就像她在夏初时所做的那样。日光渐渐失去热度，她看上去也越来越苍白冰冷了。每天她都要从上午躺到傍晚，偶尔起床也只是为了随叔叔一起走进大厅，向喧闹的问候声颔首示意。男人们望着他们的主人和夫人，用短剑击打木桌。

贞德为她祈祷，每天到教堂时都会诵念她的名字。可是我呢，毫不懂事，随随便便就习惯了姑婆新的生活规律，每天下午坐在她身边为她读书，巴望着她能给我讲讲在我出生前就早已存在的那些祈祷文，它们曾像纸船一样随着河水漂流，汇入大海。她让我把她那副纸牌展开，教我每一张的名字和意义。

“现在为我读牌吧。”某一天，她这样说，然后用细瘦的食指点了点某张牌，“这张是什么?”

我翻过牌给她看。身披黑色斗篷的死神正回头看我们，他的脸隐藏在斗篷之下，镰刀架在高耸的肩头。

她说：“啊，好啦。这么说你终于来了，我的朋友！雅格塔，去把你叔叔叫来见我吧。”

我把他带进屋，他跪在她的床边。她将手放在他头顶，仿佛在献上祝福，然后把他轻轻推开了。

“我真受不了这天气。”她故意生气地对叔叔说。好像天气转凉是他的错一样，“你怎么能忍得了住在这里？冷得像英格兰一样，没完没了的冬天。我应该去南方，去普罗旺斯。”

他问："真的吗？我以为你身体疲乏。你就不能在这里休养吗？"

她不耐烦地打了响指，蛮横地说："我太冷了。你可以为我安排一名护卫，我也会在轿子里铺上毛皮。等到开春我就会回来。"

"我觉得在这里你肯定会更舒服。"他建议道。

她说："我很想再看一看罗讷河。再说了，我有事要做。"

没人胆敢反对她，她可是女主人。没过几天，她那顶庞大的轿子就来到门前，轿里的床上铺满毛皮，黄铜的暖手炉里装满烧红的煤，轿子底板上码满烤热的砖块，供她保暖。家中人列队恭送她离开。

她将手伸给贞德，吻了叔母乔安奴，然后是我。叔叔扶她进了轿子，她用瘦骨伶仃的手抓住他的手臂："保护圣女的安全。保护她远离英国人。这是我的命令。"

他马上垂下头去："请尽快回到我们身边。"

自打这位夫人住进来，作为他妻子的叔母肩上的担子就少了许多。叔母上前拥抱姑婆，亲吻她苍白冰凉的脸颊。但唯有我被这位卢森堡夫人单独点名，她勾了勾细削的手指，叫我上前。

她对我说："愿主保佑你，雅格塔。你要记得我教你的一切。你会走得很远。"她对我微笑道："远过你的想象。"

"可是到了春天我就能见着你吧？"

"我会把我的书送给你。还有我的手镯。"她说。

"那到了春天你会到圣波尔见我的父母吗？"

她的笑容让我知道，我不能再见到她了。"愿主保佑。"她又说了一遍，在车队驶出门外时拉上了小轿的窗帘，抵御清晨的寒风。

十一月的某天，我在午夜时分惊醒，从我和侍女伊丽莎白共享的小床里坐起身来，侧耳倾听。仿佛有什么人正用甜美的声音呼唤我的名字，那声音极高，极远。我确信听到了有人在唱歌。奇怪的是这声音来自窗外，可我们正身处高高的城堡塔楼之中。我在睡袍外披上斗篷，走到窗边，透过木制百叶窗的缝隙向外探视。外面伸手不见五指，城堡四周的田野和森林都暗沉如纯黑的天鹅绒。那里一无所有，唯有哀声的歌唱清晰可闻，不是夜莺，但如夜莺般嘹亮清澈。也不是猫头鹰，这声音更加悠长悦耳，颇像唱诗班的少年歌手。我回到床上摇醒伊丽莎白。

“你听到了吗?”

她都还没清醒过来。“没啊。”她睡意醺然地说，“别闹了，雅格塔。我正睡着呢。”

赤脚下的石地板冷冰冰的。我跳回床上，把冰冷的脚放在伊丽莎白身旁温暖的地方。她不高兴地咕哝，背朝我翻了个身。我以为我可以边暖暖和和地躺着边倾听那声音，结果却睡着了。

六天之后，他们告诉我，我的姑婆，卢森堡的乔安奴，在睡梦中溘然长逝。那是午夜时分，在阿维尼翁，罗讷大河的边上。我终于知道那一夜萦绕在塔楼的声音是谁的了。

贝德福德公爵一旦知道贞德失去了最为稳固的保护伞，便立刻派皮埃尔·科雄大法官①率大批人马前来商议赎回之事，宗教法庭以异端罪传唤了她。大批金钱流水般流进了各人的腰包里：当时把她从马上拉下来的人得了两万英镑，我叔叔得了一万法郎，以及来自英国国王的祝福。叔母恳求

① Pierre Cauchon，法国北部博韦的主教。

叔叔把贞德留在我们这里，可叔叔不听。我人微言轻，也只能眼睁睁看着叔叔签了一份协议，同意将贞德交给教会审问。他对妻子说："我又不是要把她交给英国人。夫人的命令我哪里敢忘。我只是把她交给教会，她还有机会洗清罪名。裁判她的是主的仆人们，如果她是清白的，他们自然会宣判她无罪，她也就自由了。"

她面无表情地看着他，好像看到了死神本人。我也很想知道他是真的相信这些胡言乱语呢，还是觉得我们女人会蠢到相信这些说辞：一个依靠英国人撑腰的教会，连主教都是英国人指定的，难道会去告诉他们的主子兼金主说，这个曾使得整个法国都揭竿而起的姑娘只是一个普通女孩，可能只是有点太吵、太调皮了吧，应该罚她高呼三声万福玛利亚，然后送回她的农场、父母和她的奶牛身边。

"我的大人，谁去告诉贞德呢?"这就是我唯一敢于发问的了。

"哦，她已经知道了。"他朝背后丢下这句话，走出大厅去城堡大门恭送皮埃尔·科雄，"我派了一个听差去叫她做好准备。她现在就要跟他们走了。"

一听此言，我瞬间被恐惧所包围，被预感所席卷，我开始奔跑，仿佛是为了拯救自己的性命。我没去女人们的房间，听差肯定已经在那找到了贞德，告诉她英国人要来抓她了。我也没跑去她的旧牢房，她肯定已经去过那儿收拾好了小包袱，里面装着她的木勺子、利刃，还有姑婆送她的祈祷书。我从旋转楼梯跑到大厅上面一层，冲过走廊，冲过那个曾经撞掉我的头巾还扯坏了发饰的狭窄拱门，踏上环形石阶，沉重地踏着步子，我呼吸越来越急促，手心攥着裙摆，就这样一口气跑到塔顶最高之处的平台。我看到了贞德，她正站在塔楼高墙上一动不动，如同一只即将展翅高飞的鸟。她听到门响，回头看到了我，听到了我的尖叫："贞德！不！"接着她便迈步踏向身下的虚空。

最可怕的是，她不是像受惊的小鹿一样在惊吓中失足的。我原本害怕她会纵身一跃，但是贞德的举动比这可怕多了。她俯冲了下去，头朝下坠过城墙，我冲到墙边，看见坠落的她宛如一位舞者，一个杂耍演员，手被绑在身后，一只脚像跳舞般舒展，另一只弯着，脚尖指向膝盖，在这连心跳都为之停止的时刻，我看到了，她的姿势正是倒吊者。她正要迎头冲向她的死神，祥和的面容上带着和倒吊者一样的平静微笑。

她掉在塔底地面时的撞击声可怕极了。那声音在我耳中回响，就好像撞到泥地里的是我自己的脑袋。我好想冲下去扶起她的身体，贞德，圣女贞德啊，她已经像一袋冰冷的破布一样瘫软了，可是我无法动弹。我的膝盖已经软了，紧紧靠在城墙上，石头墙砖和我擦伤的双手一样冰冷。我没有为她放声大哭，即使喉头已经哽咽；我被恐惧冻僵了，被恐惧击倒了。贞德是一个竭力用自己的方式在男人的世界中前行的年轻女孩，正如姑婆对我所说的那样。而这条路却最终引导她来到这座冰冷的高塔，让她像天鹅般坠落，坠向死亡。

他们捡起了奄奄一息的她，她一动不动地躺了整整四天，最后却苏醒过来，缓缓从床上坐起，把全身上下都拍了一遍，似乎要确认自己是否完好无缺。令人惊讶的是，她没在坠落中伤着一根骨头，没有摔碎头骨，摔坏的地方顶多也不过是食指那么大。简直就像是她的天使们拉住了她，就尽管那时她正要投身于他们所掌管的世界之中。当然了，如此这般的奇迹也不能挽救她，他们很快就说只有恶魔才能救起一个从如此之高的塔楼上头朝下掉落的姑娘；如果她死了，他们又会说这正是上帝的正义得到伸张。我叔叔，这个见地平庸的男人，说是因为经过连周的冬雨和护城河的浸渍之后，地面已经软透了，比起骨折她倒更有可能淹死。但他已决意让她马上离开，不想承担把圣女留在自己家中的责任，现在已经没有夫人来摆平一切麻烦了。他先把她送到自己位于阿拉斯区的库尔塞勒勒孔特的居所，然后把贞德转移到英国人的城市鲁昂接受审判，我们也一道前往。

我们非参加不可。叔叔这样的大领主必须亲自出面，见证正义如何得到伸张，他的家族也必须伴他左右。叔母乔安奴带我前去目睹贞德，这位多芬王太子的神圣向导——冒牌国王的冒牌先知的末日。半个法国的人都涌到鲁昂观看圣女的末路，我们还必须站在最前面。

为了这样一个被他们说成脑子坏了的乡妞的人，他们倒是戒备森严，滴水不漏。她被关在灰雀堡中，戴着镣铐，牢门上了双重锁，窗户用木板钉死。他们都怕她会像老鼠一样从门底下溜走，或者像一只鸟儿飞出窗户的裂缝。他们要她发誓不试图逃跑，遭到拒绝后，就把她绑在了床上。

“她不会喜欢那样的。”我的叔母乔安奴悲伤地说。

“是啊。”

他们在等待贝德福德公爵，十二月的最后一天，他骑马进了城。他的守卫身着蔷薇的颜色，代表英格兰的亮红与白色。他是手握重兵的军阀，身上的盔甲闪亮得堪比白银，藏在巨大的头盔之下的脸阴沉而严厉，鹰钩鼻让他看起来像一只肉食的鸟，一头老鹰。他是英国国王亨利五世之弟，替他捍卫在阿金库尔之战[①]中赢得的法国国土。如今，已逝国王的小儿子是法国的新统治者，而这位便是他最忠诚的叔叔了：永远整装待发，从不掉以轻心。

我们在大门两旁列队，他策马而入，阴暗的目光来回扫视我们，从一个人挪到另一个人身上，似乎想嗅到背叛者的味道。叔母和我屈膝行礼，叔叔约翰则脱帽致敬。我们家族与英国结盟多年，我另一个叔叔卢森堡的路易是贝德福德公爵的家臣，他坚称公爵是有史以来最伟大的法国统治者。

他缓缓地下了马，傲然而立，仿佛他本身就是一座城堡。人们列队向

① 1415年，英王亨利五世于法国北部阿金库尔村重创兵力数倍于己的法军的战役。

他问候，鞠躬，有些人简直都要跪到地上了。一人迎向前去，贝德福德高傲地点了点头，表示问候。他扫视过诸侯们的脑袋，看到了我。此时我正盯着他看，当然了，他可是这个寒冷冬日之中最夺目的演员，但是现在他与我对视，眼中闪过某种陌生的情绪，就像一阵突如其来的贪欲，就像断食者看见一桌盛宴。我向后退去——既没有害怕也不是想假装娇羞，我只有十四岁，而这个男人的权力与精神中有一些东西令我不想引火烧身。我稍稍退到叔母身后，躲在她的头巾和面纱下面看完了接下来的问候仪式。

一架庞大的轿子随后而至，轿子的厚窗帘用金线牢牢扎住，借此抵御寒冷。贝德福德的夫人安妮女爵在搀扶下走出轿子，人群中传出一声欢呼，欢迎她的到来，她出身勃艮第家族，是我们的领主兼亲戚，我们全体向她微微屈身行礼。她相貌平庸，正如所有勃艮第家族成员一样，可怜人啊，不过她脸上的微笑倒是显得欢快而善良。她热情地问候她的丈夫，然后惬意地挽住他的胳膊，快活地四处打量。她边向我叔母挥手边指向城堡，意思是我们晚点儿必须去她那里。叔母悄声对我说："我们趁晚餐时间去。世上没人吃得比勃艮第公爵家还要好。"

贝德福德摘下头盔，向全体躬身，抬起一只戴着金属护手的手，向那些从楼上窗户里探出头来或趴在花园墙头看大人物的人们致意，随后转身带夫人走进城堡，至此，这场游行的所有演员和开场都已告一段落。无论这是一场假面舞会、欢宴、葬礼仪式，抑或是一个请君入瓮的陷阱，它都吸引了全法国如此之多的大人物齐聚鲁昂：帷幕即将拉开。

# 1431年春

**法国　鲁昂**

这场戏演得破绽百出。人们用晦涩难懂的问题纠缠她，质疑她的答复，反问她，记录她在精疲力尽之际随口说出的话，事后再拿给她看，挖空心思使用高深的字眼套问话里的意思，如此一来她根本无法理解问题，只能简单说“下一个问题”或“放过我吧”。有一两回她说：“我不知道。我不过是一个目不识丁的女孩，怎么会懂呢?”

叔叔收到来自阿拉贡的约兰德的一封满怀苦楚的信，说她坚信多芬王太子会赎回贞德，只需要再多三到七天的时间来说服他。能不能将审判推迟？我们能不能请求几天宽限？可是教会正将这女孩紧紧缠在审问的天罗地网之中，他们不会说停就停的。

放眼世间，但凡能让受过高等教育的男人颠倒黑白，让一个女人自我怀疑，让她思维混沌不堪的一切手段，他们都拿来使在她身上了。他们将自己的才学化为一重重围栏，将她赶到这里又赶到那里，最后困在不明所以的矛盾之中。有时他们用拉丁语指责她，她望着他们，困惑地听着这种只有在教堂里才听过的语言，在做弥撒的时候她是多么热爱这种语言啊。同样的语言，如此熟悉而可爱的声调，在她听来如此庄严又如此悦耳的语言，为何现在就化为责骂之语了呢?

有时他们把贞德的同胞们中伤她谣言讲给她听，多雷米[1]那些老掉牙的故事。他们说她逃婚，说她从善良的父母身边逃走，以前在小酒馆工作，像乡间荡妇一样招蜂引蝶，说她与士兵们是情人，说尽人皆知她不是圣女，而是妓女。

善心的贝德福德公爵夫人安妮亲自证明贞德是处女，还命令她的看守不得碰她也不得加以虐待，必须牢记侮辱这个女孩是绝对不会为上帝所允许的。于是他们就说既然现在她已经安全，还受到公爵夫人的命令保护，没理由再穿男人的衣服了，必须改穿裙子，因为女人穿长裤是罪，无可赦的死罪。

他们搅乱她的思维，将她逼到崩溃的边缘。这些人都在教会身居要职，而贞德一直是一个虔诚的农村姑娘，永远遵循神父的指导，直到她听见天使命令她去做更伟大的事。到最后，她还是哭了，精神全盘崩溃，哭得像个孩子，她穿上他们命令她穿的长裙，承认一切他们加诸她的罪行。我不知道她可曾读懂那长长的列表。她在自白书上签了字——写下自己的名字，然后在旁边画了一个叉，似乎想要否认这个签名。她承认从来就没有天使也没有神祇，多芬王太子也只是个太子不是法国之王，他的加冕礼只是一场欺世盗名的骗局，她穿盔甲是亵渎上帝，亵渎男人，她只是一个小女孩，一个妄图率领成年男人的蠢丫头，还自认为比男人高明。她说自己是因为太蠢笨无知才会以为一个女孩能领导男人，她比唆使亚当的夏娃还更坏，她就是恶魔本人的随从。

“什么?”贝德福德公爵怒吼道。当时我们正在拜访他的夫人，坐在她房间的熊熊炉火旁，鲁特琴手在屋中一角拨动琴弦，每张桌上都摆着盛满

① 法国洛林大区孚日省的一个小村庄和市镇，贞德在此出生。

美酒的小巧玻璃樽，一切都是如此优雅美丽；可我们隔了两道紧闭的门也能听见他用英语发出的可怕狂吼。

我们听见大门“砰”地甩开，沃里克伯爵从公爵屋中飞跑出来，不知道自己哪里做错了。听到这阵有如山洪暴发的怒火，我们明白了——尽管心里一直清楚——英国人从来就没打算让教会将这个犯错女孩的灵魂带回正途，让她自白、忏悔，然后得到宽恕——这从头到尾都是一场女巫狩猎，像一块必须找到可烙之处的烙铁，一个等待少女的死神。公爵夫人走到门边，仆人将门打开，我们都能清清楚楚听见她的丈夫冲主教皮埃尔·科雄[①]狂吼，科雄大法官，科雄大人，永远代表上帝与正义与教会之人，就这样缩着头挨骂。“耶稣基督在上啊！我不想要她认罪，不想要她悔过，不想要她自白或者忏悔，我压根不想要她活着坐牢！这样于我有什么安全可言呢？我只要她化作尘土随风飘散。话要说得多明白才行？天杀的！难道我要亲手烧了她吗？你说过教会会替我烧！那就快烧！”

公爵夫人迅速退了回来，叫人关上她房间的门，但我们依然可以听见这位摄政王用最高的声调赌誓咒骂。公爵夫人耸耸肩——男人就是这样，何况现在正值战争时期——我的叔母表示理解地一笑，鲁特琴手竭力弹得更响亮，还开始唱歌了。我走到窗边向外眺望。

市集广场中间有一座搭了一半的火葬柴堆，牢实的构架中间有一根粗大的主柱，木柴围绕在旁。贞德已经放弃申诉，她已经被判决有罪，被判入狱。

可是他们没有拆掉柴堆。

叔母朝我点头，示意我们应该离开了。她还要留在公爵夫人房内说些告别的客套话，我便走到大厅等待，把风帽罩在头上，手藏在斗篷里。这个五月依然很冷。我在想贞德在牢里有没有毯子，就在这时，公爵的双扇

---

① 他在审判贞德中担任关键的角色。

门“砰”地打开，公爵飞快地走了出来。

我躬身行了屈膝礼，以为他根本没有看见身穿黑色斗篷站在光线阴暗门口的我。我希望他就这样擦身而过，可他停下了：“雅格塔？圣波尔的雅格塔？”

我将身子躬得更低：“是的，尊敬的大人。”

他牢牢地抓住我的手肘，把我拉了起来，另一只手拽下我的风帽，将我的脸暴露在门外射入的光线之中。他用手扣住我的下巴，似乎把我当做小孩，而他要查看这小孩的嘴干不干净。他的手下都在等他，我们周围起码有一打的随从，可他旁若无人。他全神贯注地凝视我，似乎能读我的心。我茫然地回视，不知道他想要我干什么，如果我对这位达官贵人说错了话，叔母会很生气的。我轻轻地咬住嘴唇，听见他倒抽了一口气。

“我的老天，你今年多大？”

“今年十五岁，尊敬的大人。”

“你和父亲一起来的？”

“和我的叔叔，大人。我的父亲是皮埃尔，卢森堡的新任伯爵。”

“新任伯爵？”他盯着我的嘴唇问。

“自卢森堡夫人去世之后，”我嗫嚅着说，“我父亲就成了卢森堡伯爵了。他是她的继承人。”

“这就对了，这就对了。”

我们之间应该已经无话可说了，可他依然紧盯着我，一手牢牢抓住我的手肘，另一只抓着我的帽檐。

“大人？”我轻声道，希望他能回过神来放我走。

“雅格塔？”他低吟我的名字，仿佛在自言自语。

“我能为您做些什么？”我本想说，“请放我走吧”，可是我这个年岁的女孩怎能对法国最尊贵之人说这种话？

他闻言轻笑："说实话，你还真能。雅格塔，你会长成一个漂亮女人，一个漂亮的年轻女人。"

我警视四周。他的随从们都在一动不动地等他，不闻不问。这里没人会让他放我走，我孤立无援。

"你有小情人吗？嗯？有没有人夺走了你的芳心？有没有哪个吃了熊心豹子胆的侍从小子吻过你？"

"没有，我的大人，没有，当然没有……"我结结巴巴地回答，好像自己真的做过他说的那些愚蠢粗鄙之事。他吃吃地笑着，带着宠溺的意味，可使在我胳膊上的力气却大得像是在发火。我后退躲避他的掌握，躲避那热烈的凝视。"我父亲的家教很严，"我无力地说，"我们家族的名誉……我一直和叔叔约翰还有他妻子乔安奴住在一起。他们绝不会允许……"

"你不想要丈夫？"他不可置信地问我，"你夜里躺在床上时就没有想象过将来会娶你的男人？你梦见过某个年轻英俊的丈夫吗，像个吟游诗人一样讲着情话靠近你？"

我已经在簌簌发抖了，这是一场噩梦。他的手依然有力，而那张鹰一般的脸凑得越来越近，现在他已经是在对着我耳语。我开始觉得他已经疯了。他看着我，简直像要吃了我，我突然感到有一个半点也不想了解的世界正在我眼前展开。

"不，不。"我轻声说。但当他不但没有放开我，反而把我拉得更近时，我突然涌上一股怒意。刹那之间我想起自己是谁，自己是什么人。"劳驾大人，我是一位淑女。"我的声音颤抖着，"来自卢森堡家族的淑女。没有男人可以触碰我身，也无人胆敢。我为卢森堡的夫人而守身，是真真正正的纯洁处女，可以抓住独角兽[①]。我不应受到如此质问……"

公爵夫人的房间传来一阵喧闹，我们身后的门突然开了，他瞬间便放

① 西方传说中只有纯洁的处女才能接近疑心重的独角兽。

开了我，好似一个男孩甩掉偷来的馅饼，然后转身摊开双手迎向他那姿色平平身材娇小的妻子。“亲爱的！我正要去找你呢。”

她犀利的目光看过来，注意到了我，我苍白的脸，被拉下的风帽，还有他那不寻常的殷勤。她冷淡地说：“那好呀，我就在这儿，所以你犯不着再找了。看上去你没找到我，倒是找到了圣波尔的小雅格塔啊。”

我再次躬身，公爵扫视我的目光显得像是头一次看到我。“日安。”他漫不经心地丢下问候，转向妻子亲亲热热地说道：“我要走了。他们把事情办得一团糟。我非去管管不可。”

她向他点头露出轻松的笑容，公爵转身出门，手下们也迈着重重的脚步尾随其后。我很怕公爵夫人问起她的丈夫有没有跟我说话，说了什么，我和他在大厅的暗处都在干些什么名堂，他为什么要对我说爱情和吟游诗人云云。因为我无言以对。我不知道他刚才在做什么，也不知道他为什么要抓住我。一回想起他落在我脸上的锐利眼神和那些含沙射影的耳语，我就觉得恶心，两腿也在发抖。但我心里清楚，他是无权那样做的。我守护了自己的名誉，确信自己仍是一位纯洁到可以抓住独角兽的处女。

但事实远比设想更糟。她只是死死看着我，我的愤怒逐渐消褪，因为她根本没问我和她丈夫做了什么，那眼神显得她心知肚明。她上下打量我，好像已经把我彻底看透，然后了然地微微一笑，好像把我看成一个伸手进她钱包的小偷，被她抓了现行。

贝德福德公爵约翰大人有他的打算，沃里克伯爵大人也有打算，英国的大人物们都各有各的打算。无依无靠、孑然一身的贞德，不再承认有罪，脱下了女人的长裙，换回男孩的衣裳。她大声疾呼不该否认自己曾听过神启，不该承认犯过罪行。她不是异教徒，不是偶像崇拜者，不是女巫，不是阴阳人，更不是怪物；她不会认这些罪，不会承认那些从不曾犯过的罪。她是受天使引导的女孩，要寻找法国王太子并拥他为王。上帝便是她的证人，她如此宣称——于是等待她的便是英格兰人早已张开的血盆大口。

从城堡里我的房间向外望去，可以看见火葬柴堆被建得更高了。有人修了一个看台，供贵族们站在上面观赏行刑，好像在看的是一场比武竞技；还修了许多栅栏，用来隔开届时前来观看的成千上万名观众。终于有一天，叔母叫我穿上最好的礼服，戴上高高的帽子，跟她出门。

“我生病了，去不了。”我低声说，可这一次她很坚持。我无法推托，必须出席。我必须立于众人之前，站在叔母和贝德福德公爵夫人安妮身边。我们必须在这出戏里扮演证人的角色，扮演雌伏于男人统治之下的女人。我必须到场以身作则，展现女孩应该是什么样：听不见神启的柔顺处女，不会自以为能胜过男人。叔母和公爵夫人以及我代表了男人们希望女性成为的样子。贞德则是男人们无法容忍的女人。

我们站在五月温暖的阳光之下，好像在等待比武开始的号角。周围的人群喧闹纷杂，兴高采烈。只有极少数人沉寂不语，有些女人拿着十字架，还有一两个伸手握住脖子上戴着的十字。而大部分人正享受假日，吃着果仁，痛饮美酒，把这当成五月晴天里一次愉快的出游，还有一场公开火刑等着瞧呢。

门开了，守卫们列队走出，把看热闹的人往后推。人们小声嘀咕，朝着敞开的门里大作嘘声，伸长脖子抢着第一个看到她。

她不像我的朋友贞德——这就是他们把她从城堡小门中带出来时我的第一反应。她又穿回男靴了，可没有迈着她那轻巧自信的步伐。我猜他们折磨过她，也许肢刑架已经轧断了她的脚骨，压碎了她的脚趾。他们半拉半拽，她踉跄前行，似乎试图在摇摇欲坠的地面上寻找立足之地。

她没有戴从前那顶盖在棕色短发上的男式软帽，因为他们剃光了她的头发，现在她顶着光头，就像一个遭人唾骂的妓女。在她毫无遮挡的冰凉头皮上到处都是剃刀伤口留下的血痂，他们给她硬套了一个形似主教冠的纸质高帽，上面用丑陋的大写字母写着她的罪行，好让人人得以清楚看见：异教徒。女巫。叛徒。她穿着一条奇形怪状的白色长袍，拦腰系着一根破绳子。过长的袍子下摆拖在蹒跚的脚旁。她显得古怪可笑，像个滑稽小丑，大家开始发出嘘声和大笑，有人朝她掷了一把烂泥。

她四处环望，似乎极度渴望某物，我好怕她会看到我，发现我没能拯救她，即使到了此情此境也束手旁观。我好怕她会喊我的名字，大家就都会知道这个残败的小丑是我的友人，我会连带着遭到羞辱。可是她并没有看那些围绕在她周身的兴奋面孔，而是在祈求什么东西。我能看见她急切地恳求，然后一名普通的英国士兵把一个木头十字架塞到她手里，她紧紧抓着它，被他们举起来，推向柴堆。

柴堆建得实在太高，很难把她抬上去。她的双脚踩不稳梯子，手也无法抓牢。但他们粗鲁又喜气洋洋地从下面哄抬她，手托在她的背上，臀部，大腿间，最后一个大块头士兵爬上梯子，抓住长袍的粗糙布料，把她像麻袋一样往上提，将她转过来背靠在纵贯火葬柴堆的木柱上。士兵们抛了一段铁链上去，那个大块头在贞德身上捆了一道又一道，在背后用螺栓扣住。他熟练地拴紧螺丝，把木十字架塞进她的长袍领口。下面的人群里有一个修道士挤到前面，举起一个十字架。她目不转睛地凝视着它，我羞愧地感到我正心怀窃喜，因为她把目光放在十字架上面，就不会看见我了，就不会看见我穿着最好的礼服，戴着崭新的天鹅绒无边帽，站在谈笑风生的贵族们之间了。

神父在火葬柴堆下面来回踱步，口中诵念拉丁语，这是诅咒异教徒的仪式，然而在人们起哄的大叫声和越来越群情高涨的喧哗声中，我几乎听不见他在说什么。手持燃烧火炬的人们从城堡走到柴堆，围成一圈从底部点燃，然后把火炬抵在木头上。木头事先被浇过水，这样一来就燃烧得极为缓慢，能最大程度地让她受苦。浓烟包围了她。

我能看见她的双唇翕动，她依然看着那个高举的十字架，我看见她在说“耶稣，耶稣啊”，一遍又一遍。就在那一刻我觉得也许会出现奇迹，会有一场暴风雨把这火焰浇熄，会有阿尔马尼亚克军队发动闪电奇袭。可什么也没有发生。只有盘旋蜿蜒的浓烟，还有她苍白的脸，和翕动的双唇。

火势蔓延缓慢，人群嘲笑那些士兵说这火烧得也太不带劲了，我的脚趾在我最好的鞋中痉挛、蜷缩。大钟已被敲响，钟声漫长而庄严，即使隔着越来越浓的烟柱很难看清贞德，我也能辨认出她正转过顶着纸冠的头倾听钟声，我想知道她是不是正从悠悠不绝的钟声中聆听她的天使们的声音，它们现在又会对她说些什么呢。

木头稍稍倾斜，火舌开始蔓延。柴堆的内部比较干燥，因为他们几周前就为她搭好了。现在柴堆伴随着迸射的火星和劈啪作响声变得更加耀眼。火光使广场上这座摇摇欲坠的建筑变幻不定，黑烟盘旋得更欢快，贞德在明亮的火焰映照之下忽隐忽现，我清楚地看见她抬起头，双唇翕动组成了一个词“耶稣”，接着就像即将入睡的孩童般垂下头去，再无声息了。

那一刻，我幼稚地觉得，也许她只是睡着了，也许这就是上帝降下的奇迹。紧接着有一股火光腾起，白色长袍着了火，火舌攀上她的脊背，纸冠的边缘开始变褐，卷曲。她一动也不动，像一尊小小的天使石雕，火葬柴堆开始崩塌，耀眼的火花漫天飞舞。

我紧咬牙关，发现叔母的手抓紧了我的手。她悄声说：“别晕过去，你必须站着。”我们双手紧握茫然站立，一切好像一场噩梦，清晰得仿如用火的文字书写，告诉我藐视男人权威、自以为可以掌握命运的女孩会落得怎样的下场。此时此地，我不仅见证了一个异端者的命运，同样也见证了一个自认为比男人懂得更多的女人的最后结局。

透过迷离火光，我看见城堡上自己的房间的窗户，看见伊丽莎白正向下眺望。我们目光交汇，同是满怀恐惧的茫然。慢慢地，她伸出手，画了一个手势，正是那天在炎热的日光之下的护城河边贞德教给我们的。她用食指在空中画了一个圆圈，命运之轮的标志，它能将一个女人高高捧起到足以命令一位国王，也能将她推落深渊：落至耻辱而痛苦的死亡之中。

# 1433年春

**阿图瓦　圣波尔城堡**

我在约翰叔叔家待了几个月，接着又用一整年时间拜访在布里昂的亲戚。母亲认为我已经充分历练，可以回家计划婚事了。当贝德福德公爵夫人安妮逝世，公爵痛失爱妻的消息传来时，我正住在自家位于圣波尔的城堡中。接着我的叔叔路易作为公爵大臣发来了一封信。

“雅格塔，这封信与你有关。”母亲唤我去她房内，我看到她坐着，父亲则站在她的椅子背后。他们双双向我投来严厉的目光，我在脑内飞快地回顾了今天的所作所为：我没有完成本该完成的任务，今天早上也没去教堂，房间一团乱而且针线活也做得不好，可父亲来母亲的房间，肯定不只为训斥我这些小错吧？

“是的，母亲大人？”

母亲欲言又止，看了父亲一眼，再次开口：“当然了，你父亲和我一直在考虑为你寻个丈夫，也一直在找合适人选——我们原本希望——不过已经无所谓了，因为你很幸运，我们收到了一个最好不过的提议。简而言之，你叔叔路易建议你嫁给贝德福德公爵。”

我惊讶到说不出话来。

“极大的荣誉啊，”父亲简短地说，“你能坐到很高的位置上去。你会成为一位英国公爵夫人，继英国王太后之后的第一夫人，法国境内独一无二的第一夫人。你应该跪下感谢上帝给了你这个机会。”

“什么?”

母亲点头附议。他们双双盯着我，期待我的回答。

“可他的妻子才刚刚去世。”我无力地说。

“没错啊，你的叔叔可是干了件漂亮事，趁早推荐了你。”

“我还以为他会等上一些时日。”

“公爵不是在鲁昂见过你吗?”母亲问，“然后在巴黎再次相见?”

“是的，可那时他有妻子。”我可笑地答道，“他看见过我……”我记得那黑暗而充满掠夺性的脸，那时我才刚过小女孩的年纪，还藏到叔母背后躲避那种目光。我记得那幽暗的大厅和那个男人，他对我耳语，紧接着就出去下令焚烧圣女。“公爵夫人也在场。我也认识她。我们见她的时候远远比见公爵本人多。”

父亲耸肩：“无论如何，他喜欢你的长相，你的叔叔让他记住了你的名字，你就要成为他的妻子啦。”

“他已经很老了。”我低声向母亲指出这一点。

“也不是很老。四十岁出头吧。”她说。

“你们告诉过我他有病在身。”我对父亲说。

“岂不是更好嘛。”母亲说。很明显她是指一个年老的丈夫没有年轻的那么需求无度，而且如果他死了，我或许十七岁就能成为公爵遗孀，这大概是世上唯一能比十七岁当上公爵夫人更好的事儿了。

“这份荣誉我真的无福消受。”我无力地对他们俩说，“我能回绝吗？我恐怕配不上这门婚事。”

父亲自豪地说：“我们是基督教国家最杰出的家族之一，神圣罗马帝国的血亲。你怎么可能配不上呢?”

母亲说：“你不能回绝。当然了，如果你不高兴才真是个傻子。全法国和全英国任何女孩遇到这桩婚事都会二话不说戴上戒指的。”她停下话茬，清了清嗓子："他是全法国和英国继国王之后最有权势之人。如果国王一死……"

"而上帝决不允许此事发生。"父亲急忙说。

"上帝的确不允许此事发生；不过如果国王一死，公爵就会成为英国王位继承人，你就成了英格兰王后。你觉得怎样？"

"我从没考虑过嫁给公爵这种人。"

"那就现在开始考虑吧。"父亲轻快地说，"因为他四月就要来了，来娶你。"

我叔叔路易，身为泰鲁阿讷[1]主教，同时也是公爵的大臣，是这场由他一手促成的婚礼上的主持人兼神父。他在圣公会官邸里招待我们，贝德福德的约翰公爵带着他身穿红白相间的英国制服的侍卫策马而来，我站在宫殿门口，穿着极浅的淡黄色礼服，金箔制成的面纱从高高的头巾上披散而下。

他的侍从跑上前为他拽住马头，另一个跪在马旁，手和膝盖撑在地上，扮作一个人体上马石。公爵重重地翻身下马，从马镫踩到那人背上，再踩到地面。没人对此有所非议。公爵如此位高权重，侍从甚至把让他踩背视作荣誉。他的侍卫接过他的头盔和金属护手，退到一旁。

"我的大人。"我叔叔兼主教带着显见的敬爱之情问候他的主人，躬身亲吻他的手背。公爵拍了拍他的肩，转向我的父亲和母亲，与他们寒暄完毕才转而面向我。他走上前握住我的双手，把我拉到身旁，吻上我的嘴。

他的下巴满是粗糙胡楂，呼吸之中带着腐臭味，被他亲吻感觉就像被猎狗舔了一道。他的大脸海啸般向我压来，又退潮般而去，完全没有停下

① 法国北部加莱—海峡大区的一个市镇。

来看我或者露出微笑，只留下那个侵略性的吻，接着就回头冲我叔叔说：“你这儿没酒吗?”他们哄堂大笑，因为这是一个老朋友之间的笑话。叔叔带我们入内，母亲和父亲随他去了，我留在后面照顾老人，那个侍卫在我身旁。

“我的小姐。”他说。他已经把公爵的盔甲交给其他人，现在向我鞠躬行脱帽礼。他深色的头发被剪成齐眉的刘海，眼睛是暗蓝灰色的——也许是蓝色的吧。他的微笑带着快乐的弧度，似乎被什么东西逗乐了。他英俊得惊人，我能听见身后的侍女们窃窃私语。他鞠了一躬，向我伸出手。我握住他的手，透过他手套的柔软皮革感到了他的温度，他马上脱下手套，这样他的手掌就直接牵住我的手指。我感到自己想让他拉住我的手，想被他用温暖的掌心牢牢握住。我感到我想要他握住我的双肩，或者搂住我的腰。

我摇摇头，甩开这些荒唐的念头，像个惊恐的小女孩一样唐突地说道：“我自己进去好了，谢谢您。”然后我丢开他的手，跟着他们走进屋内。

三个男人已经就座，手里握着红酒杯，我母亲透过窗洞看那些佣人端来小蛋糕，为他们满杯。我与她的侍女走到她身边，两个小妹妹穿着她们最好的衣服，被引领着与大人们一起出席这个最重要的日子。我真希望自己与伊莎贝尔一样只有八岁，这样我就可以远远看着贝德福德公爵约翰，惊讶于他的尊贵，知道他不会和我说话，甚至根本不把我放在眼里。然而我已经不再是小女孩了，当我望向他时，他也看到了我，他的目光中带着一种贪婪的好奇心，而这一次我无处可逃。

母亲在婚礼前夜来到我屋中。她带来了为第二天准备的礼服，小心翼翼地把它放在床脚的箱子中。高头巾和头纱被安置在架子上，远离烛火和灰尘。

我的侍女正在光滑的银镜前梳理我的金发，但母亲一进来我就对她说：“你可以停下了，玛格丽特。”她将长发编成蓬松的辫子，用缎带系住，离开了房间。

母亲尴尬地坐到床上。“我得跟你谈一谈婚礼的事情。”她开了口，“关于你嫁作人妇后必须承担的责任。我猜你应该知道。”

我在凳子上转过身，一言不发，等她继续。

她说：“这门婚事对你有极大益处。我们有卢森堡，当然了。但坐到英国公爵夫人的位置可是桩极大的好事。”

我点头称是，猜想她接下来是不是要说新婚之夜要发生的事情。我害怕公爵，想到要与他共度洞房之夜就恐惧不已。我上一次参加婚礼时，他们把新婚夫妻一起丢到床上，第二天早上再伴着欢歌笑语把新人带出来，接着新娘母亲进屋取出床单，上面被鲜血染红了。没人告诉我发生了什么，也许发生了什么意外吧。所有人都表现得好像一切都很完美，就好像他们很高兴看到床单有血似的。我想母亲是不是正要对我解释这些。

“可对他而言，这不是一桩有利的婚事。”她说，“他要付出很大代价。”

“前妻的遗产吗?”我问，心想他为了这桩联姻必然花销不少。

“他的同盟。”她说，“他以前曾与勃艮第公爵们一起并肩对抗阿尔马尼亚克人。英国人想打这样的战争可少不得他们的支持。他的妻子安妮来自勃艮第家族，现任勃艮第公爵是她哥哥，保持兄长和丈夫之间的友好是她的分内事。现在她死了，没人能维持这种友谊，没人能帮助他们解决争端了。”

“好吧，我是不行的。”我说道，心里想着那位我这辈子已经见了好几次的勃艮第公爵，他肯定压根没注意过我。

“你必须尽力而为。”母亲说，“维系勃艮第与英格兰的同盟，将是身为英国公爵夫人的你的职责。你丈夫会指望你招待他的盟友，并博得那些人的好感。”

“博得好感？”

“没错。可是难就难在这里。因为我们的贝德福德公爵约翰大人在发妻去世后没几天就要娶你，勃艮第公爵觉得受到了冒犯，他死去的妹妹受到了侮辱。他把这件事看得很重。”

我问：“如果这件事会惹勃艮第公爵不高兴，那为什么还要如此匆忙呢？我们无疑应该把婚礼暂缓一年，这样就不会惹他不快了吧？他是我们的血亲，也是贝德福德公爵的盟友。我们肯定不应冒犯他吧？”

母亲暧昧地一笑，提醒我道：“这事一成你可就当上公爵夫人了。比我的身份还要更高呢。”

“我可以明年再做公爵夫人。”逃离这段婚姻的念头使我心存希望，即使只有一年时间也好，“我们可以先订婚。”

她断然道：“约翰大人等不及了，别打如意算盘。我只是事先警告，娶你为妻可能会令他失去盟友，你必须尽力维持与勃艮第公爵的友谊，还要提醒他俩你可是勃艮第的血亲和臣子。私下和勃艮第公爵谈谈吧，向他保证不忘身为勃艮第家族血亲的身份。要尽一切努力维持他俩的友谊，雅格塔。”

我点头。我真的不知道她觉得我有什么能耐，一个十七岁大的女孩，要去维持两个年龄老到足以作我父亲的大人物的关系。但是我必须承诺全力以赴。

“还有，新婚之夜……”我开口。

“怎么？”

我深呼吸，问道：“到底会发生什么？”

她耸耸肩，面露难色，似乎谈起这件事令人窘迫，甚至更糟，厌恶至极到无法启齿："哦，我亲爱的，你尽你的本分就好。他会告诉你他想要什么。他会告诉你怎么做。他不会指望你懂任何事，他想要当你的指导者。"

"会痛吗?"我问。

"会。"她的回答毫无裨益，"不过不会很久的，因为他更加年长，经验丰富，他会尽可能不让你痛得太厉害的。"她迟疑片刻。"不过如果他伤到你……"

"我该怎么做?"

"不要抱怨。"

婚礼定于正午举行，我在早上八点便开始着手准备。侍女端来面包、肉和少许麦芽酒以支撑我度过这漫长的一天。我看到食物堆积成山的托盘，不禁莞尔："我又不是要出门狩猎，你明明知道。"

"的确。"她吓唬我道，"你是被狩猎的那个。"其他侍女伴着她像一栏母鸡般咯咯大笑，我闷闷不乐地坐在桌边吃着，她们在一旁瞎编故事，想象我会怎样被狩猎，被抓住，又会如何享受被追捕的过程，直到我母亲走进屋，两个男佣人跟在后面，滚着洗澡用的大木桶。

他们在我的卧室中生起火，把桶放在上面，桶中铺好亚麻布，然后往里面一壶接一壶地倾倒热水。侍女们奔忙着取来干被单，开始铺展出我的新礼服，一边评点这些饰带、这些蝴蝶结和这一切都有多么精致，说我有多么幸运。母亲看到我一脸倦色，便把她们轰出门外，只留下我们的老保姆，为我擦洗背部，清洗头发和添加热水。我感觉自己像一只献祭用的羊羔，在被一刀割喉前接受清理和刷洗，这不是什么愉快的念头。

不过我们的保姆玛丽兴致很高，像往常一样用老母鸡般的声音对我满口称赞，夸我美丽的头发，美丽的肌肤，说如果她当年有我一半的美，早就跑去巴黎了，连头也不会回的。等澡洗完，头发也被她擦干编好后，我不禁精神一振——为眼前这些缀着新蝴蝶结的亚麻内袍，新鞋，美丽的金丝布礼服，还有头巾。侍女们回到屋里助我穿衣打扮，为礼服系好饰带，扶正我的头巾，将头纱覆过我的肩头，最后宣布我已经为婚礼穿戴停当，像所有的新嫁娘一般含苞待放。

我转身朝向大镜子，那是母亲下令搬进房间的，镜中的影像回视着我。侍女们在我面前抬着镜子，微微朝下，这样我就能首先看见我礼服的裙摆，上面绣着小小的红色跃立狮子，代表我的家族，还有前端弯起的红色皮革浅口鞋。接着她们把镜子平放，我能看见高腰的金丝布礼服，沉重的金色刺绣腰带低低地垂过我纤瘦的腰臀。我示意她们抬高镜子，好看见昂贵的乳白色饰带遮掩着礼服的低胸领口，金色的长袖自肩头垂落，白色的亚麻内袍挑逗地在肩头的叉口底下若隐若现。然后是我的脸。我的金发被编成辫子，藏在高头巾下面，我的脸正严肃地看着自己，在镜子的银色光泽之下更显得端庄严肃，灰色的眼睛在这片光芒中显得更大，皮肤更是带着珍珠般的色泽，看上去像一尊美人的雕像，像一个大理石做的女孩。我凝视自己，想要知道我是谁，那一瞬间我觉得仿佛看见了梅露西娜，我们家族的始祖，正透过月光照耀的水中看向我。

“等你做了公爵夫人，你就有属于自己的大镜子啦。”我母亲说，“吃穿用度更没得说。你还会拥有她所有的旧衣服。”

“安妮公爵夫人的衣服吗？”

“是的。”她说得好像从一个新近死亡的女人的衣橱里拿衣服穿对我是天大的恩赐似的，“她的黑貂皮可是我见过的最上乘的皮毛。现在它们全是你的了。”

“再好不过了。”我委婉地说，“我能拿到我的旧衣服吗？”

她笑了："你就要当上法国的第一夫人了，在英国也只位居第一夫人之下。你能拥有一切你丈夫想要给你的东西。你马上就能学会怎么哄劝他的。"

一个女人以手掩口窃窃私语，说像我这么大的女孩，要如何游刃有余[①]地哄劝像他那么大年纪的男人。有人说："总比两手都绑起来的好。"几个人哄笑起来。我不知道她们是什么意思。

"他会爱你的。"母亲向我保证，"他可是相当为你疯狂呢。"

我没有回答，只是看着镜中的年轻女人。贝德福德的公爵约翰为我而疯狂，这念头可一点也不让人开心。

结婚典礼持续了差不多一个钟头。誓词全是拉丁文，所以到头来有一半我都没听懂。这不是一场私密的山盟海誓，更像是一次盛大的广而告之，主教的官邸大厅里挤满陌生人，只为见我一面，赞美我的好运。宣誓完毕后我们走过人群，新丈夫护送我，我的指尖搭在他的袖子上，有人高兴地放声大吼，四处都能看见热情的笑脸。

我们坐在餐桌上席，面对整个房间。走廊传来喇叭的巨响，第一批食物被人扛在肩上送了进来。侍从们首先来到我们的贵宾席旁，将每样菜都均量放进每一个金盘，公爵指挥他们到大厅各处服务，让他的宠臣们也能享用这些高档菜肴。他们也为其他人准备了大碗的肉和大盘的白面包。这是一场盛大的宴席，我叔叔为了取悦他的主人和庆祝我进入英格兰王室可谓不遗余力，挥金如土。

他们献上装着美酒的金色大壶，为贵宾席上的酒杯一一盛满佳酿。坐

---

① 此处"游刃有余"原文使用了一句英语俚语表达，直译为"一只手绑在背后"，与下文"两手都绑起来"对应。

在金色大盐碗边上的尊贵客人痛快淋漓地开怀畅饮。大厅里的男人们一杯接一杯地痛饮最上等的麦芽酒——专为今天而酿的婚宴麦芽酒，格外甜，格外香。

一个挑战者策马冲进大厅，边喊我的名字边掷下长手套。他的马弯下结实的脖颈，打量餐桌和大厅中央的环形大火炉。我只好起身走上贵宾席的升高台，交给他一个金杯。身形沉重的骑手坐在雕刻精美的马鞍上，开始绕着大厅小跑，最后从双扇门中跑了出去。我觉得这一幕非常滑稽：骑一匹马闯进宴席，尤其是如此的高头大马和如此壮硕的骑士。我抬头与那位年轻的侍卫目光交汇，他正拼命忍笑，和我一模一样。我们很快将视线从彼此的游移的眼神上移开，趁我还没有忍俊不禁，咯咯笑出声来。

一共上了二十道肉，然后是十道鱼，接着一切都被清理下场，莱茵红酒随着一大盘腌渍水果、糖霜和蜜饯上了桌。等大家都一一品尝之后，最后一道菜登场，杏仁糖，糕饼，糖霜水果和姜饼，上面装饰着如假包换的金叶子。紧接着弄臣登场，变着戏法，满口荤段子，什么年轻人和老人，男人和女人，什么鸳鸯床有多火热，正是新生命的温床云云。在他之后的是舞者和乐手，表演了一场假面剧，以此赞颂英格兰的荣威和卢森堡的美人。有一个近乎裸体的美丽女人，全身只穿有一条绿丝绸制成的长尾巴，象征梅露西娜。他们之中最为夺目的是一只假扮的狮子，正是我们两国的象征，他跳着，舞着，强健而又优美，最后终于来到贵宾席上，气息急促，向我低下他巨大的脑袋。他的鬃毛是一大丛带着粗麻布味道的金色卷毛，脸上戴着的纸面具上画着真诚的笑脸。当我要把一串金链套在他颈上而朝他俯下身去时，他垂头看我，我透过面具认出了那双蓝眼睛，知道了自己的双手此刻正放在那位英俊的侍卫肩头。为他戴上金链时，我们之间的距离近到足以给对方一个拥抱。

母亲冲我点头，示意我们可以退席了，女人们和乐手顺着大厅边缘站成一排起舞，将手高高举起形成一道拱门，我从中走过，所有女孩和妇女都祝我好运，祝愿上天降福于我。我的小妹妹们在前面边跳舞边沿路挥洒玫瑰花瓣和小小的金钥匙。所有人都跟着送我走上楼梯，前往那间最好的房间，他们好像都打算跟着我一道涌进卧房，但却被我父亲在门口拦下了。跟我进来的只有父亲和侍女。

她们先解开我的高头巾，小心翼翼地搬走，接着解开我的发辫，因为编得太紧了，拆散时弄痛了头皮，我揉了揉脸。她们解开礼服肩上的饰带，脱去长袖，然后解开背部的系带，让长裙垂落地面，我小心地走了出来。她们取走长裙，振落灰尘，拍上粉，小心存放起来，以备后日之需，以后每逢重要场合，我都要作为贝德福德公爵夫人穿上这条裙子，待到那时，裙摆上的红色狮子就只能代表我往日的家族了。她们解开内袍的饰带，把我脱个精光，瑟瑟发抖的我被她们当头罩上睡袍，披上一件外套。她们让我坐在凳子上，端来一盆散发香气的热水，我把冰冷的双脚泡进水中，向后倒去，一人梳理我的头发，其余的拉扯绣花裙摆，整理外套的下摆，然后收拾屋子。最后侍女们给我擦干双脚，编好头发，戴上一顶睡帽，把门打开。

我的叔叔路易身穿主教法衣头戴主教冠走了进来，手中拎着一个香炉，走遍全屋，赐福于每个角落，祝愿我幸福，富有，最重要的便是为了这场联系英格兰和卢森堡的伟大婚姻，能多子多孙。“阿门，”我说，“阿门。”可是他的法事好像没完没了似的，接着从楼下的大厅传来男人们的大嗓门、刺耳的喇叭声和咚咚作响的鼓声，他们正要带来我的新郎，带来那位年迈的公爵，来我的房间。

他们把公爵扛在肩上，大叫“万岁！万岁！”接着在门外放他下地，让他能自己走路进来。几百号人都落在屋子外面，伸长脖子看热闹，叫嚷着叫其他人让开。弄臣蹦跳着进了屋，手里拿着一个充气的猪膀胱，在床上戳来戳去，说什么床一定要弄得软一些，因为公爵待会儿会“隆重登场”。人们哄堂大笑，这个笑话被一路传到屋外，传到更远处的房间，甚至传到了楼下大厅。弄臣指挥女孩们生起火为床保温，斟满麦芽酒以防公爵口渴，不过喝了酒他就有可能会起夜。“大半夜的还立着不倒呢!”他又说了一遍，大家哈哈大笑。

喇叭奏出传唤的声响，震耳欲聋。父亲说：“好啦，我们就留他们独处吧！上帝保佑你，晚安。”母亲吻了吻我的前额，所有的侍女和半数的客人也都过来吻了我。然后母亲将我领到床上。我靠在枕头上坐着，像个雕刻木偶。公爵在床的另一边甩掉结婚礼服，他的侍卫拉开被单扶他上了床。那人保持低眉顺眼，一眼也没有看我，我一动不动地坐着，像个僵硬的布娃娃，一只手死死扣住自己的睡袍领口。

我们直挺挺地并肩坐着，大家又笑又闹，祝福我们，之后父亲和叔叔半推半搡地把酒鬼们领出房间，关上了门。我们依然能听见人们在下楼的路上又是唱歌又是嚷嚷，说还要继续喝酒恭祝这对佳偶健康长寿，他们要用酒水为新生儿洗礼，今天晚上新人们就能造出小宝宝，这是上帝的安排。

“你还好吗，雅格塔?”公爵问我。房间渐渐变得安静，房门关上后，烛火也燃烧得更加平稳了。

“我很好，大人。”我说。我的心脏怦怦直跳，声音大到一定能被他听见。现在我最清楚的就是自己完全不知道接下来该怎么做，也不知道他会要我做什么。

“你可以去睡觉了。”他沉声道，“因为我已经醉到不行了。我希望你能快乐，雅格塔。我会做一个好丈夫的。不过现在还是去睡吧，因为我已经醉得什么想法都没有了。”

他把睡衣撩过肩膀脱了下来，侧过身去，好像该说的都说了，该做的都做了。没过一会儿他就鼾声如雷，我真害怕楼下的人会听到。我静静躺着，大气都不敢出。他的呼吸渐深渐缓，鼾声也渐渐变为平稳的呼噜和嘟囔声。我溜下床，喝了一点麦芽酒，说到底，今天可是我大喜的日子啊。我吹熄蜡烛，钻回温暖的床上，躺在睡着的男人那具陌生的身躯旁边。

我觉得自己一定会整宿无眠。我能听见楼下大厅的歌声，有人涌到中庭，嚷嚷着要火把，仆人们领他们去休息。我丈夫的鼾声平稳地隆隆作响，像是从熊洞里传出的吼叫，毫无必要地响亮，满怀威胁之意。有这样一个大块头睡在一旁，身边人是注定睡不着了。就这样，我一边胡思乱想，一边抱怨这种不适，抱怨这一切有多不公平，渐渐沉入了梦乡。

醒来时，我看见新婚丈夫已经醒了，正在穿裤子。他的白亚麻衬衫前面敞着，可以看到壮实的腰，丰满多毛的胸口和半露在外的大肚皮。我坐起身，把睡袍整好："我的大人。"

"早上好，我的妻子！"他笑着说，"你睡得好吗？"

"很好。"我说，"您也一样吧？"

"我打鼾了吗？"他快活地问。

"打了一点。"

"我敢打赌不止一点吧。声音像不像雷阵雨？"

"呃，像。"

他露齿而笑："你会习惯的。安妮以前常说和我睡觉简直像睡在大海边上。等你习惯这种噪声后，到了安静的地方反而会睡不着了。"

我听着我的前任的言论，眨了眨眼。

他绕到我这边，重重地坐到了我的脚上。

"啊，抱歉。"

我腾出地方，他重新坐下："雅格塔，我比你年纪大得多。我必须告诉你，我无法让你生儿子，恐怕女儿也不成。我很抱歉。"

我屏住呼吸，等待他接下来会说什么可怕的话。我以前以为他娶我就是为了得到子嗣，男人娶年轻新娘的原因，除了这个，还会有什么呢？还没等我说出口，他就立刻给出了答案。

“我也不会夺走你的贞操。”他静静地说，“一方面，我没有能力，所以即便有心也无力；另一方面，我不想和你做这事。”

我抓着睡袍领口的手攥得更紧了。母亲得知此事一定会十分寒心，父亲也会跟我没完的。“我的大人，我太抱歉了。你不喜欢我吗?”

他干笑一声。“哪个男人会不喜欢你？你是全法国最标致的姑娘，我选中你就是因为你的美貌和你的青春——不过也有别的原因。比起让你当我的床伴，我有更好的任务给你。我能命令整个法国随便哪个女孩到我的床上来，可是你的话，我相信，适合去做更重要的事情。你难道不知道吗?”

我默默地摇了摇头。

“夫人曾说你有某种天赋。”他平静地说。

“姑婆?”

“是的。她告诉过你叔叔你们家族的那种能力，说你能看见未来。你叔叔又告诉了我。”

我沉默片刻：“我不知道。”

“她认为你可能有这种能力，以前也与你谈过。你叔叔告诉我你曾向她学习，她把书和那个用来占卜的挂坠手镯留给了你。还有你能听见那种歌声。”

“他是这么告诉你的?”

“没错。我猜，她把自己的东西留给你，是因为觉得你能让它们派上用场。”

“我的大人……”

“这不是什么圈套，雅格塔。我不是想下套骗你说实话。”

你就下套骗过贞德。我心想。

“我这么努力是为了我的国王和国家，上帝保佑，我们已经快要发现万能药了，有了它就能长生不死，还可以制作出贤者之石。”

“贤者之石?”

“雅格塔，我想我们很快就会发现点铁成金之法。只有几步之遥了。在那之后……”

我等他继续说。

“在那之后我就富有到足以让我的军队横扫法国所有城镇。再然后，英国的统治就能将和平播撒到我国领土的每个角落。这样一来，我的侄子就能稳坐王位，可怜的英格兰人民就可以安居乐业，不会为苛捐杂税所苦了。新的纪元即将到来，雅格塔。我们将会是它的主人。我们在伦敦就可以造出金子，然后用它买到一切东西。我们再不用在康沃尔郡深挖矿洞，也不用在威尔士苦苦淘金了。我们将拥有一个比任何理想乡都更加富有的国度。而且，我觉得，我只需再几个月就能找到它了。”

“那我能做什么呢?”

他点了点头，被我拉回现实，拉回到这个算不上真正新婚大喜之日的清晨中。“哦对了。你。我的炼金术士，我的占星师们说我需要一个拥有你这种天赋的人。一个能推算吉凶，能透过镜子或水面看见真实和未来的人。他们需要一个拥有干净的手和纯洁的心的助手。这人必须是女性，从未杀生、偷窃、不知欲望为何物的年轻女性。我第一次遇见你时，他们刚告诉我说找不到这个年轻姑娘就没办法有进展。年轻女性，处女，能预见未来。简而言之，我需要一个可以捉住独角兽的姑娘。”

“我的公爵大人……”

“你这样说了。还记得吗？在鲁昂的城堡大厅里？你说你是一个纯洁到足以捉住独角兽的姑娘。”

我点头。我的确说过。真希望我没有。

“我知道你很害羞。你一定急着想说你做不到那些事。我知道你的审慎。不过回答我这些问题就好：你曾杀生吗？”

“没有，当然没有了。”

“你曾偷过东西吗？就算只是一件小小的礼物？就算只是一枚从他人口袋里得到的硬币？”

“没有。”

“你曾对男人产生欲望吗？”

“没有！”我斩钉截铁地说。

“你曾以任何方式预言过未来吗？”

我迟疑了。我想起贞德和倒吊者的卡牌，还有那缓慢地将她碾碎的命运之轮。我想起姑婆去世那一夜萦绕塔楼的歌声：“或许有吧。我不确定。有时预感说来就来，不是我有意想这样做的。”

“你能捉住独角兽吗？”

我局促地干笑：“大人，我只是随口一说，这根本是天方夜谭。我不可能知道该怎么做才能……”

“他们说捉住独角兽的唯一途径便是派一名处女孤身走入密林，没有男人可以触碰它，但它却会来到处女身边，将美丽的头颅伏在她的膝上。”

我摇摇头：“我知道他们是这么说的，可我对独角兽一无所知啊。我的大人，我甚至都不知道它们是不是真的存在。”

“无论如何，身为处女的你对我而言都有莫大的价值，极为宝贵。身为梅露西娜家族贞洁的女儿，身为她天赋的后继者，你的价值无可估量。你作为一个年轻妻子本来应该只关心如何讨我喜欢，无关其他。但我娶你是为了更远大的目的，远远超过玩弄你的身体。你现在明白了吗？”

“不是很懂。”

“无所谓。我所需要的是一位内心纯洁的年轻处女，她将顺从我，归属于我，就像我从土耳其人的船上买来的奴隶。这是我的权力。从今以后你要学习我想让你学的知识，要做我想要你做的事。但你绝不会受到伤害和威胁，这一点我向你保证。”

他起身，从腰带的刀鞘中抽出匕首：“现在我们得把床单弄脏。如果有人问起，比如你的母亲或父亲，你就告诉他们说我压在你身上，你有点痛，而且你希望我们能生出孩子。至于以后的生活，你不能透露一星半点。就让他们以为你成为了一个普通的妻子，以为我夺走了你的初夜吧。”

他握刀在手，二话不说就割破自己的左腕，血很快从伤口中涌了出来。他没有止血，而是把被子拉开，看都没看我迅速藏起的光裸的脚，伸手将几滴鲜血滴在床单上。我凝望着渐渐沁开的血迹，心中羞耻万分，想着这就是我的婚姻，开始于我丈夫的鲜血和一个谎言。

“这就成了。”他说，“你母亲看到这个便会相信我已占有过你。你还记得应该怎么对她讲吗？”

“说你压在我身上，有点痛，我希望我们能生出孩子。”我乖乖重复。

“我要保持你的贞洁，这是我们的秘密。”他突然变得严肃，几乎令人畏惧，“不要忘了这一点。作为我的妻子，你会了解我的秘密，而这就是最初同时也是最大的秘密之一。炼金术，预知能力，你的处子之身，这些就是你必须守口如瓶的秘密，你要以你的名誉起誓，不能告诉任何人。如今你已经是英格兰王室的一员了，这个身份将给你极大荣耀，也会让你付出巨大的代价。享受荣华富贵的同时也别忘了偿还。”

我望着他暗沉的脸，点点头。

他从床上起身，手持匕首在床单上割下一条布，毫不在意布料有多昂贵。他默默把布条递给我，我包扎好他手腕的伤口。“可爱的小姐。”他说，“早餐时见。”接着穿上靴子，离开了房间。

# 1433年5月

**法国　巴黎**

一路上我们都被大队人马前呼后拥，公爵不愧为法国统治者、一位以武力守天下的统治者。走在我们前面的是一支全副武装的护卫队，由那位蓝眼睛的侍卫领头，保证我们的安全。我和公爵与他们拉开一小段距离，免得沾上飞扬的灰尘。我坐在一个大块头卫兵身后的女式马鞍上，两手抓住他的腰带。公爵大人则骑着战马在我身侧，似乎是在陪伴我，但又极少开口。

“我真想自己一个人骑马啊。”我说。

他瞥了我一眼，好像已经完全忘记我的存在了：“今天不行。今天的旅程会很辛苦，一旦遇到麻烦，就必须飞奔前进。我们可不能以一个女人，一个小女孩的速度前进。”

我没吭声，因为他说得对，再说我也骑不好。我试图找到话题：“那么今天为什么会很艰辛呢，大人?”

他沉寂片刻，似乎在考虑要不要费那个力气回答我。

“我们不去巴黎。我们要北上加莱。”

“恕我无知，我还以为我们要去巴黎。为什么要去加莱呢，大人?”

他长叹一口气，好像男人受不了一次遇到两个问题。

“加莱要塞发生了暴动，闹事的是我的士兵，由我亲自招募和统帅的士兵。天杀的蠢货们。我去见你时顺便去了那儿，绞死了叛乱的头目。现在我要回去保证剩下的人都吸取了教训。”

“你在去参加我们婚礼的路上绞死过人？”

他将阴沉的视线投在我身上：“有何不可？”

我说不出有何不可，只是对我而言这样很不舒服。我做了个怪相，转过脸去。他干笑一声：“这个要塞强大了，对你而言可是有益无害啊。加莱是根基所在。保得住加莱，才保得住英国在法国北部打下的所有江山。”

我们无言前行。正午停下进餐时他几乎一言不发，只问过我是不是很累，我说没有，他看我吃饱了，就抱我坐回马上，继续赶路。侍卫折返回来，向我脱帽鞠躬致意，然后和公爵飞快地交头接耳了几句，接着一行人继续前进。

暮光破晓之时，我们隐约看到加莱城堡的宏伟城墙屹立在雾霭迷茫的沿海平原之上。围绕其外的土地被沟渠和运河层层横断，重重分割，河流之上散布着雾气缭绕的闸门。城堡最高的塔顶的旗帜降了下来，显然已经提前收到消息，面前的大门开始向两侧敞开。公爵大人的侍卫策马回头，对我快活地说：“马上就到家了。”

“不是我家。”我简短地说。

“哦，以后就是你的家了。”他说，“这是你最大的城堡之一。”

“一个处在暴动之中的家？”

侍卫摇头。“暴动已经结束了。因为几个月都没有发饷，士兵们才从加莱商人的仓库里偷羊毛。商人们付钱取回他们的货物，现在我的主人又要赔偿他们。”他冲我困惑的脸一笑，“没什么。如果士兵们按时得了兵饷，这事压根也就不会发生了。”

“那大人他为什么要处决一批人呢？”

他的笑容退去了：“这样他们就会记得，下次就算不能按时发饷，也得按大人的意思乖乖等着。”

我看了一眼在我身旁静静倾听的丈夫。

“现在怎么样了？”

我们靠近城墙，士兵们正组成仪仗队，从城堡的陡坡上疾驰下山。城堡坐落在这座镇的中心，守护着通往北方的港口和通往南方的沼泽地。

“现在我要开除偷了东西的士兵，开除他们的长官，任命一位新的加莱上尉。”我的丈夫简短地说。他绕过我看着那个侍卫，“就是你。”

“我？大人？”

“正是。”

“我深感荣幸，只是……”

“你想反对我吗？”

“不，我的大人，当然不了。”

我的丈夫对这位噤若寒蝉的年轻人露出微笑。“很好。”他对我说，“这位年轻人，我的侍卫，我的朋友，理查德·伍德维尔，几乎参与过法国境内的所有战役，还在战场上被老国王，也就是我的兄弟授为骑士。他的父亲以前也为我们效命。伍德维尔还不到三十岁，但是我没见过比他更加忠诚和值得信赖之人。他有能力统帅此处的驻军，我敢保证，只要他在这里，就绝没有暴乱，没有抱怨，也没有偷鸡摸狗之事。更不会有对我的统治的质疑。是不是这样啊，伍德维尔？”

“正是如此，阁下。”他说。

然后我们三个穿过回音重重的黑暗门廊，走上鹅卵石路，走过那些在绞架上静静摇曳的被绞死的叛乱者，穿过纷纷鞠躬致意的市民，来到加莱城堡。

“从今往后我就要守在这里了吗？”伍德维尔问道，那样子好像只是在问晚上要睡哪张床。

我的丈夫说：“还不是时候。我还需要你在身边。”

我们只留了三个晚上，这段时间已经足以让我丈夫开除驻军中一半的人，写信给英国要求补充新军，通知现任长官说理查德·伍德维尔爵士将会接替他的位置。在那之后我们沿着鹅卵石路飞驰而下，穿过城门一路向南直奔巴黎。伍德维尔再次作为开路先锋，我坐在步履沉重的马背上，坐在那个卫兵身后。我丈夫一路上都沉默得可怕。

就这样骑行了两日，我们看到蜿蜒流过城外的荒郊野岭的巴特利耶河。在它前面的是经过开垦的土地和小牧场，逐渐让位给城墙外围的小菜园。我们从靠近卢浮宫的西北门进了城，立即便看见我在巴黎的家——波旁公馆，全城最大的宅邸之一，配得上法国统治者的身份。它矗立于国王的卢浮宫旁边，南面正对河流，像是用杏仁糖搭建而成，遍布着塔楼、屋顶、堡垒和露台。见识过公爵在鲁昂的城堡之后，我原本就该想到这里肯定十分壮丽，可是走向大门时，还是情不自禁地觉得自己是童话故事里的公主，就要被带进巨人的城堡之中。厚厚的城墙牢牢围住了城堡，每一个门口都设有卫兵室。如果我哪天得意忘形到了不知身在何处，这些景象也会提醒我，我丈夫的确是统治者，但并不是所有人都将他视为正牌国王。那位被不少人称为法国国王的人就在不远之外的希农，对我们的土地虎视眈眈，伺机进攻；而那位被我们称为英法两国之王的国王此时在伦敦过他的太平日子，他太穷，穷到不能给我的丈夫送来足够的钱和兵力，难以牢守这片尚未完全臣服的土地；他也太弱，弱到无法命令手下那些领主前来为我们助阵。

大人给了我几天自由，让我熟悉新家，探索前任公爵夫人的珠宝盒和她挂满毛皮及精美衣裙的衣帽间。过了几天，他在晨祷过后来到我的房间："来吧，雅格塔。今天我有事要交给你做。"

我像只脚边的小狗一样急急跟在他身后，他带我穿过挂满织锦画的走廊，上面的神明们俯视着我们。道路尽头是双扇门，两名士兵各守一边，他那个姓伍德维尔的侍卫闲散地卧在窗台上。他看见我们，跳下窗台俯身鞠躬。

士兵打开门，我们走了进去。我不清楚自己本来盼望能看见什么，但无论如何也绝不是眼前这幅景象。首先，这里宽广如宴会大厅，同时又像修道院的图书馆，深色的木头书架上摆满卷轴和书籍，锁在铜窗里面。有高高的桌子和凳子，你可以坐到桌旁，在桌上展开一卷卷轴，舒舒服服地阅读。还有专为学习而备的桌子，上面摆有墨水瓶、尖尖的羽毛笔和用于记录笔记的一页页纸张。我从未在修道院之外的地方见过这般景象，不禁对我的丈夫刮目相看。这些一定花了他不少钱，随便哪本书的价值都不亚于公爵夫人的珠宝。

“我拥有全欧洲最好的书籍和手抄本收藏，仅次于教会。我还有自己的抄写员。”他指向两个年轻人，坐在台子两边，一个吟诵卷轴上古怪的词句，另一个刻苦地记录着。“正在翻译阿拉伯文呢。”我丈夫说，“将阿拉伯文翻译成拉丁文，再翻译成法文或英文。摩尔人创造了大量知识，他们是一切数学和科学的起源。我买下卷轴，自己翻译。这就是我在探索知识的路上先人一步的秘诀，因为我截取它的根源。”他露出笑容，突然对我十分亲切。“也就像我拥有你。我会到达世间一切奥秘的源头。”

屋子中间是一张精雕细琢的大桌子。我高兴地惊叹一声，凑到近处仔细观察。它太迷人了，简直就像一个迷你的国家，如果你能从上方俯视它，像鹰一样从它上面高高飞过的话，就会发现这是法国的土地，我能看见巴黎城的外墙，塞纳河从中流过，上面涂着明亮的蓝色。我能看见巴黎岛，一座由建筑组成的小小迷宫，形如小舟，浮在河中。接着我看见这片土地如何一分为二：法国的上半部分被涂成代表英国的红白两色，下半部分仍是空白，阿尔马尼亚克的旗帜表明那个伪王查理正盘踞在希农的土地上。一个个裂口显示着小旗子曾插过的地方，它们曾迅速猛烈地蔓延，代表圣女贞德的不败之军，她曾横跨半个法国，一路高奏凯歌，直到来到巴黎城下。这一切仅仅只发生在两年前。

“整个法国都应该属于我们。”我的丈夫贪婪地盯着直通地中海的那片绿色土地，“而且我们会拥有它的。会拥有它的。我会把它得到手的，为了上帝，也为了国王亨利。”

他俯下身来。“你看，我们渐渐占了上风。”他边说边向我展示圣乔治那些代表英国的小旗子扩展到了法国东部，“如果勃艮第公爵一直忠于同盟，我们就能赢回英国在马恩的土地。如果多芬王太子蠢到胆敢攻击公爵——在我看来他就是有这么蠢——如果我能劝服公爵和我们并肩作战的话……”他发现我正抬头往上看，便没有继续往下说。“哦，那些是我的星球。”他说道，那口气就好像不仅法国是他的，连整个天空也都是他的。

从纵横交错的木头横梁上垂悬下来许多银光闪闪的美丽球体，有一些外面环绕着银色光圈，还有一些球体周围漂浮着其他细小的球体。这幅景象太迷人了，我马上把地图和战役的旗帜置之脑后，双手交握叫道：“啊，多么漂亮！这是什么？”

那个姓伍德维尔的侍卫忍不住笑了出来。

“这可不是拿来玩的。”我丈夫严厉地说。他朝其中一个书记员点头，“那么好吧，给公爵夫人展示她出生时的天空。”

年轻人走上前来：“恕我无礼，尊贵的夫人。您是何时出生的？”

我的脸红了。正和大部分女孩一样，我不知道自己出生的日子。父母没有费心记下时间日期，只知道年份和季节，之所以知道季节，也只是因为我母亲在怀我的时候尤其喜爱芦笋，她还信誓旦旦地说她吃的芦笋还没熟，闹肚子时把肚里的我闹出来了。“1416年春天吧，”我说，“也许是五月？”

他从书架上抽出一卷卷轴，在高高的书桌上展开。他仔细查看，然后伸手拉下一个拉杆，第二个，第三个。我又惊又喜，因为木椽上那些带着光环或飞旋的小球的球体纷纷降了下来，缓缓移动到我诞生之时的星象位置上。金属碰撞声清脆悦耳，我发现那些球体的牵线上都挂有小小的银铃，所以移动时才会叮当作响。

“每次上战场前我都会预测星球所处的位置。”我丈夫说，“只有星星显出祥兆时我才会开战。但是在纸上计算太花时间了，也容易出错，所以我们就造了眼前这台机械，美丽而精密，就像出自上帝之手，就像他把星星放到天空之中，让它们各行其道一样。我造出了一台只有上帝才能造出的机器。”

“你能用它们预言吗？你能知道会发生什么事吗？”

他摇摇头：“不像你将为我们所做的那样。我能判断何时是成熟的时机，却不能预知何时有成熟的果实。我能判断我们的星星正位于星位，却不能知道一场战斗的具体结果。何况女巫贞德出现时我们就完全没有得到警告。”

书记官难过地低下头。“是撒旦让她逃过了我们的眼睛。”他只说了这一句，“当时天空没有黑暗，没有彗星，没有任何迹象显示她的崛起，也没有任何迹象表明她的死亡。上帝保佑。”

我的丈夫点头称是，用手托着我的胳膊，带我离开桌子和书记官。“我的弟弟属于火星。热情如火，行事干脆：一个天生注定会战斗并且胜利的男人。他的儿子却生性阴郁，明明正值风华正茂的年纪，心理却还像个幼童，像个喝奶尿床的小婴儿。我只能盼着星星为他的天性里增添一些火气，只能自己埋头研究，打造能帮他取胜的武器。他是我的侄子，我必须引导他。我是他的伯父，他是我的国王，我必须保他常胜不败。这是我的职责，是我的宿命。你也会助我一臂之力的。”

伍德维尔等了一会儿，看到我的丈夫似乎已经陷入深思，便敞开通往下一个房间的门，退到一边给我们让路。我走进这个地上铺着石头的房间，被奇怪的气味刺激得鼻子生疼。这里有一种熔炼炉般的奇特气味，像白热的金属，但也有某些酸而刺鼻的东西。空气中充满辣眼的浓烟。屋子中间有四个身穿皮围裙的男人，炭火在他们面前置于石头长椅上的小火盆里燃烧，一罐罐铜液像酱汁似的咕嘟冒泡。在这些的远处，透过一扇通向内院的敞开的门，我看见一个上身赤裸的年轻人正在拉火炉的风箱，加热一座形状很像面包烤炉的大房子。我看向伍德维尔。他冲我点头，好像在宽慰我说："别害怕。"可是这座屋子散发出的味道像地狱一样可怕，屋外的熔炉闪着火光，宛如通往地狱的入口。我吓得后退，我丈夫被我的苍白脸色逗笑了。

"没什么可怕的，我告诉过你不需要害怕。这是他们做实验的地方，就在这里实验一个个万灵药的配方。我们在外面熔炼金属然后送进屋内测验。我们将在这里创造白银、黄金，甚至是生命本身。"

"这里太热了。"我无力地说。

他解释说："这些正是能把水变为葡萄酒的火焰。这火焰把铁变为黄金，赋予泥土生命。世间万物都趋向至纯至善，我们加快它们趋化的速度，改变金属，改变水，就像多少世纪以来这个世界用热量改造自身，就像把一只鸡蛋孵化为鸡那样。我们把温度调高，把速度调快。我们就在此地实验已知，发现未知。这里就是我毕生事业的核心。"

房外的场子上，有人正从火炉的煤块中取出一块烧红的金属，开始着手将它锤平。

"设想一下，假如我能制造黄金。"他满怀热望地说，"假如我能提炼纯铁，去除其中的不纯杂质，就能得到黄金。那样我就能雇佣士兵，加强防御，供养整个巴黎。如果我有了自己的铸币场和金矿，就能为侄子一劳永逸地取得整个法国。"

“这有可能实现吗?”

“我们知道能实现。说到底，点铁成金早就实现过不知道多少回了，只不过都是秘密进行的。一切金属都有同样的本质，万物都来自一种物质：‘第一物质’，书里把它称为‘暗物质’。这就是组成世界的物质。我们要重现这种物质，等取得暗物质后就拿来反复提炼，将它转为至纯至善的状态。”他停下来，看着我困惑的脸，“你知道葡萄酒是用葡萄的果汁制造的吧?”

我点头。

“随便哪个法国农民都能做到。首先，他摘取葡萄，接着挤碎它们，得到果汁。他摘下一个果子——也就是一个固体，生长于藤蔓上——再把它变成一种液体。促使这种变化发生的过程就是炼金术。接着他把液体储藏起来，让蕴藏其中的生命自行变化，将果汁变为酒。果汁变成了另一种液体，性质发生了很大的变化，而我能在这条路上走得更远。我已经制造过另一种变化了，就在此地。我可以从酒中提取一种精华，劲头强过酒百倍，可以像火焰一样燃烧，能治疗忧郁症和湿性体质。它是液体，却又是干的，还可以燃烧。我们把它称为aqua vitae——生命之水。这就是我已经做到的，把果汁变为aqua vitae——点铁成金也只是时间早晚的问题了。”

“那我能做什么呢?”我不安地问。

他说：“今天不用。不过也许明天，或者后天，他们需要你来从烧瓶里倒些液体，或者搅拌一个碗，或筛取某种粉末。也就是这些事了，不会比你在你母亲的牧场里要做的更多。”

我茫然地看着他。

“我所需要的是你的触碰。”他说，“纯洁的接触。”

其中一个人本来正在照看冒泡的烧瓶，再通过管子把它倒进冰浴的冷却盘子，现在他放下手头的工作，向我们走来，在围裙上擦了擦手，朝我的丈夫鞠躬。

“我说到做到，把这位圣女弄到手了。她是梅露西娜的后裔，未经任何男人染指的处女。”我丈夫指着我说，就好像我不过是烧瓶中的某种液体，或者火炉里的某个铁块。被安上和贞德同样的名号让我感到很害怕。

我伸出手想要行礼，那男人却躲开了。他自嘲地笑着对我丈夫说：“我可不敢碰她。真的，我可不敢哟！”

他没有与我握手，把手背在身后，鞠了一个极深的躬，面朝我说：“欢迎您，贝德福德夫人。我们一直在等待您的大驾光临，一直期盼您能到来。您将带来调和之力，带来月亮与水的力量，您的触碰将使万物变得更加纯粹。”

我尴尬地扭动，偷看我的丈夫。他正看着我，眼中满怀热切的赞许：“我一看见她就知道她是什么人。我们就要大功告成啦，她会成为我们的月之力，她的血管中流淌着清洁的水，还有一颗纯净的心。谁知道还有什么是她做不到的?”

“她能预言吗?”那男人充满期待地发问。

“她说她从没试过，不过有过预见未来的经验。”我丈夫回答，“我们该让她试试吗?”

“到图书馆。”男人带我们原路返回。我丈夫打了一个响指，那两个学士就退进偏房中去了。炼金术士和侍卫伍德维尔扯下一块帷布，露出一个我生平所见过的最大的水晶球，装在一个匣子中，通体浑圆，银光闪闪，宛如一轮满月。

“关上窗户，”我丈夫说，“点上蜡烛。”他呼吸急促，我能听见他声音中的兴奋，这令我感到恐惧。他们环着我摆放蜡烛，让我被火圈包围，然后在我面前摆了一面大镜子，镜面亮到令我难以看清四周闪烁的烛光。

丈夫对炼金术士说：“你来问她。上帝啊，我太兴奋了，简直忘了怎么说话。不过别把她逼得太狠，咱们就来看看她有没有天赋吧。”

那男人轻声命令我：“看向镜中。尽力看向镜中，尽力陷入幻梦。那么，圣女，你看见什么了?”

我看着镜子。我能看见什么，这不是明摆着吗？我自己啊，身穿剪裁最时新的天鹅绒长裙，头戴角形头巾，脸侧的金发都被束在厚厚的网罩中，还有这双最最美妙的蓝色皮鞋。以前我从没见过能完完整整反映自己形貌的镜子，能把我从头照到脚。我把裙子提高了一点，好欣赏自己的鞋子，那个炼金术士干咳一声，提醒我别光顾着臭美：“集中精力看向镜中，你能看见什么呢，公爵夫人?”

在我身侧和身后是令人目眩的烛火，它们耀眼到让裙子也显得黯然失色，甚至连蓝鞋子、我身后的书架和书都溶在了光线之中，愈见灰暗模糊。

“看向镜子深处，把你能看到的东西都说出来。”那男人又在用低沉的声音催促了，“告诉我们你能看到什么，贝德福德夫人。你看见了什么?”

光线吞没了一切，几乎令人目不能视物，我连自己的脸也看不见了，被成百上千的烛火闪花了眼。接着我看见了她，就像我们闲坐于护城河旁的那天一样明亮清晰，就好像她依然活着，笑着，在她抽出那张卡牌之前，牌上那个倒吊者的衣服蓝得和我脚上的鞋子一样。

“贞德，”我悲伤至极地轻声说，“哦，贞德。圣女贞德。”

我拼命挣扎，在炼金术士拍打蜡烛以扑灭火焰的声响中回到了现实。我昏过去的时候一定有几根蜡烛掉到了地上。侍卫伍德维尔将我搂在怀里，抬起我的脸，我丈夫正往我脸上泼洒冷水。

“你看见什么了?”我刚睁开眼睛，公爵大人就问道。

“我不知道。”不知为何，一种出于恐惧的剧痛警告我不能乱说。我不想告诉他。我不想在将贞德活活烧死的男人面前提她的名字。

“她刚才说了什么?”他瞪着侍卫和炼金术士，“她昏倒之前说了什么?

她说过几句话，我听到了。她说什么了?”

“她是不是说了‘贞德’?”炼金术士问道，“我觉得她说了。”

他们双双看向伍德维尔。

“她说的是‘真的’。”他信口胡说道。

“这话什么意思?”公爵看着我，“你是指什么?你是什么意思，雅格塔?”

“是不是说您在卡昂的大学[①]?我觉得她刚才说了‘卡昂’，接着说了‘真的’。”

“我看到了您打算在卡昂建造的大学。已经修建完成，十分美丽，所以才说:‘真的建好了。’”我顺势说。

他笑了，感到相当满意:“好啊，这个预言很吉利。看到了平安幸福的未来，是个好消息。但最好不过的是，我们现在知道她有预知能力了。”

他伸手帮我站起身来，带着胜利的微笑对炼金术士说:“那么，我明天会再带她来，等弥撒结束，用过早餐之后。下次给她准备一把椅子，还有要把房间安排妥当。我们会知道她可以告诉我们什么。不过她的确能预言，没错吧?”

炼金术士表示赞同:“毫无疑问。我会把一切打点妥当的。”

他鞠了一躬，转身回了里面的房间。伍德维尔捡起剩下的蜡烛，一一吹灭，公爵大人则去把镜子摆正。我倚在两列书架之间的拱门上休息，我丈夫抬起眼看见了我。

“站在那儿。”他指指拱门中央，看着我依命而行。我在拱门中间站好，不知他想做什么。他望着我的样子简直像是把我看成一件器物，好似等着被装框的画、等着被翻译的卷轴、等着上架的新收藏品。他眯起眼，

---

① 贝德福德公爵于1422至1432年在法国诺曼底统治期间赞助修建了卡昂大学。

打量我的眼神像在打量风景，又像在看一座有意买下的雕像。“能把你娶到手，我可真高兴啊。”他的声音中毫无爱意，唯有浓浓的满足，正如一个男人新增了一件美丽的收藏品——而且物超所值，“不论这段婚姻要我付出什么代价，和勃艮第闹翻也好，什么都好，我都很高兴把你得到手了。你就是我的宝物。”

我不安地看向理查德·伍德维尔，他也听到了这段把活生生的人当成收藏品一样的言论，可他忙着用布遮盖水晶球，装聋作哑。

每天清晨，公爵大人都会护送我到图书馆，他们让我坐在镜子前，在身周燃起烛火，让我凝望光芒，告诉他们看见了什么。我觉得自己陷入一种恍惚的状态，并没有入睡却近乎做梦，有些时候我在银光游移的镜面上看见了非比寻常的景象：我看见一个婴儿坐在摇篮里，看见一个形如金冠的戒指悬在线绳下摇荡，有一天早上我背过镜子放声大哭，因为我看见了一场又一场的战争，干戈满地，白骨露野，人们死在雾中，死在雪上，死在墓地里。

“你看见军旗了吗？”我丈夫问我，有人把一杯淡啤酒塞进我手里，“快喝。看到军旗了吗？你根本什么也没说清嘛。看到战争在什么地方发生了吗？能认出两军势力吗？”

我摇头。

“能看见是哪个城市吗？有没有认得的地方？过来看看你能不能在地图上指出这个城市。你觉得这事是正在发生呢，还是以后才会发生呢？”

他把我拽到那张地图桌边，迷你版的法国呈现在我眼前，我看着，被杂乱纷呈的势力分割和山峦起伏搅得眼花缭乱。我说：“我不知道。有雾，一支军队在向山上挺进。地上落满白雪，已经被鲜血染红了。有一位女王和她的马在铁匠铺里，有人正在把马蹄铁倒着装在马蹄上。”

他看着我的眼神好像想要把我摇晃清醒。“这些对我没用，女孩。”他的声音极其低沉，“我在任何一个礼拜六集市上都可能被人下诅咒。我要知道今年会发生什么，要知道法国会发生什么。我需要城市的名字和叛徒的数量。我要知道细节。”

我哑然看向他。他的脸上阴云密布，写满对我的恼怒。“我可是正在拯救一个国家。”他说，“光知道有雾有雪抵什么用。我娶你不是为了听你胡说些什么倒装马蹄铁的王后。接下来还有什么？澡盆里的梅露西娜？”

我摇头。真的，我什么也不知道。

“雅格塔，我发誓，如果你敢不听我的话，你会很后悔。”他的平静中含着威胁，“这事非同小可，不是你装聋作傻的时候。”

“也许我们不该把她逼得太狠？”眼睛一直盯着书架的伍德维尔提议道，“也许每日一次对她来说太辛苦了。她还很年轻，还是个新手。或者我们该通过训练让她适应，就像训练雏鹰、幼隼一样。或者我们该放她在早晨骑马、散步，至于占卜，每周一次如何？”

公爵大发雷霆：“如果看到恶兆的话就想都别想！如果这事正在发生的话就想都别想！如果我们正深陷危机，她就别想休息。如果这场发生在雾中、发生在雪里的战争今年冬天就会在法国爆发，我们现在就要知道！”

“你知道多芬王太子现在可没有什么余力来发动战争。”伍德维尔转身面对他，“这不可能是对现在的警告。应该是一个对未来充满恐惧的梦。她满脑子都是对战争的恐惧，是我们在吓唬她，是我们把这种意象植入了她的心里。可是我们需要让她神志清明，还她一些宁静，让她成为我们的清流。你把她买来——”他突然舌头打结，纠正了自己的措词——“你把她完好无缺地带到这里。我们必须小心谨慎，别让清水变得浑浊了。”

“干脆一个月一次吧！”炼金术士突然发声，“我一开始就说了，我的大人，她应该趁她的元素上升之时行卜，也就是新月的前夜。她是月亮与水的造物，在月亮上升时她的视线最为清晰，预言也能说得最清楚。她应该在那几天工作，在月亮上升之时。”

“她应该晚上来，趁月光明亮的时候。”我丈夫自言自语道，“这样也许有用。”他审视我，而我正瘫软在椅子里，手按在刺痛的额上。他对伍德维尔说：“你说得对。我们对她要求得太多，操之过急了。把她带出去骑马，带到河边玩吧。我们下周动身去英国，可以走得悠闲些。她脸色苍白，需要休息。等会儿就带她出门吧。”他对我笑，“我不是个苛刻的监工，雅格塔，就算事情再多再紧急也好。你可以找时间放松。去马厩吧，你会看到我在那为你准备了一个惊喜。”

从那个房间出来，我大大松了一口气，结果忘记了道谢。等到门在我们身后关上时我才开始感到好奇。

“大人在马厩为我准备了什么？”我问紧跟在身后的伍德维尔。我们从走廊出来，走下环形楼梯来到内院，踏上连接军械库和马厩的鹅卵石路。男仆们正把蔬菜搬去厨房，扛着大块牛肉的屠夫们在我身前后退躬身。从田野那边来的挤奶女工肩挑着在扁担上摇来晃去的奶桶对我行屈膝礼，身子低到连桶都磕在鹅卵石路上了。我不理会他们，现在我的眼里压根就没有他们。我当上公爵夫人不过数周，就已经习惯了所经之路上无处不在的夸张鞠躬，也习惯了在走路时听到人们敬畏地小声叫出我的名字。

“那你最想要的是什么呢？”伍德维尔问。至少他是不会毕恭毕敬一言不发地服侍我的。他从孩童时期起就一直是我丈夫的左臂右膀，自有一股威严。他父亲服侍过英国国王亨利五世，然后又跟随我丈夫，贝德福德公爵，现在伍德维尔在公爵的手下长大成人，在众侍卫之中最受信任和宠爱，还是加莱地区的指挥官，连法国的咽喉要道都被放心地交给他掌管了。

“新轿子吧?”我问，“有金色窗帘，里面铺着毛皮的?”

“也许吧。你真的最想要这个？没有别的吗?”

我停下步子：“莫非他要送我一匹马？属于我的马?”

他似乎在沉吟。“你最想要什么颜色的马呢?”

“灰色的!”我满怀向往地说，“漂亮的花斑灰马，长着奶白色的鬃毛，还有好玩的黑眼睛。”

“好玩?”他笑得说不出话，“好玩的眼睛?”

“你知道我是什么意思，就是感觉上会理解你、会思考的那种眼睛。”

他点头：“我的确知道你是什么意思，真的。”

他向我伸出手臂，领我绕过一车尖矛；我们途经军械库，军需官正在用计数签清点新货品。成百上千的长矛被装卸下来，战争又要开始了。难怪我丈夫每天都要让我坐在预知镜前，不停问该在哪里发动袭击。我们处在战乱之中，烽火连年，我们之中没有谁曾在和平的国度生活过。

我们穿过门廊来到马厩，伍德维尔退后观察我四处张望的脸。每一匹马都有一间面朝南的马厩，这样一来马厩里的圆石就可以被太阳晒得很暖和。我看见了丈夫的四匹高大战马，它们的头伸出了马厩门。我看见伍德维尔比武时骑的骏马和其他几匹在狩猎送信时骑的马，接着看到了马群中最小的那一头，浅色的耳朵支棱在脑袋两边，头颅的线条完美无瑕，马身的灰色是那样鲜亮，在阳光照耀下简直如同披了一身白银。

“那是我的吗?”我悄声对伍德维尔说，“那是给我的吗?”

“是你的。”他的声音几近虔诚，“美丽而高贵，就像她的女主人一样。”

“是母马吗?”

“当然了。”

我走向她，她竖起耳朵倾听我逐渐靠近的足音和轻柔的呼唤。伍德维尔把一些面包皮放进我手里，我走向她，凝望那双莹润的黑眼睛，那美丽挺直的脸，那和我之前的形容分毫不差的银色鬃毛，现在都活生生地展现在我眼前，简直像是我施了魔法，是我的愿望才让她出生的。我伸出手，她抽了一口气，张了张鼻孔，然后吃了我手上的食物。我能闻到她温暖的皮毛味道，燕麦味的呼吸，还有她身后马房令人舒服的气息。

伍德维尔为我打开马厩门，我毫不犹豫就走了进去。她挪了几步给我腾出位置，转过头来嗅我的味道：我的礼服上的口袋，腰带，垂落的袖子，然后是肩膀，脖子和脸。我靠近她，就好像我们是两只贴近彼此的动物。我缓慢而温柔地伸出手，她垂头接受我的爱抚。

她的脖颈十分温暖，皮毛如丝般光滑，耳后的皮肤又嫩又软。她顺从地任由我把鬃毛拨开，抚摸她的脸，然后仰起头，让我触碰她发热的鼻孔，鼻口上柔嫩敏感的皮肤，温暖而结实的嘴。我用合拢的手心捧住她饱满的脸颊。

“这是爱吗?”伍德维尔从门口轻声问道，“在我看来你爱上她了。”

“这是爱。”我几近无声地回答。

“你的初恋。”他强调道。

“我的唯一挚爱。”我对她耳语。

他像一个宠爱妹妹的哥哥一样笑了起来：“那你还得做首诗，像个吟游女诗人一样对着她唱了。不过你这位漂亮小姐该怎么称呼呢?”

我看着她陷入思考，她静静走开吃了一口干草，青草的香味从破碎的草堆中散发出来：“水星①。我想我要叫她水星。”

他有点古怪地看着我：“那可不是什么好名字。炼金术士们总是在念叨赫尔墨斯，说他是变形者、来自众神的信使，水银又是他们的造物中最伟大的三大成分之一。赫尔墨斯时好时坏，是梅露西娜的伙伴，这位水之女

---

① 亦有水银及希腊神使赫尔墨斯之意。

神也会改变外形。他是一位你走投无路时才能求助的信使，但又并不总是可靠。”

我耸耸肩。“我听够炼金术的事情了。”我坚持道，“我不想在马厩里学炼金术，在哪都不想。我可以叫她梅芮，但是她和我都知道她真正的名字是水星。”

“我也知道。”他说。但我早已经转身背对他给她喂食了。

“你不算数。”我说。

每天早晨我都会骑我的马，一队护卫守护着我，十人走在前面，十人跟在后头，伍德维尔则伴我左右。我们走过巴黎的街道，不看那些在贫民窟里饿得气若游丝的乞丐，也无视人们伸出的苦苦恳求的手。城市穷得可怕，乡下更是一片狼藉，农民们没办法把收成带去市场，作物转眼之间就会被来往军队践踏得颗粒无收。男人们逃离村庄，藏到森林中，害怕被征去当兵或被当做叛徒处死，所以在地里干活的只有女人。城里的面包价格比一个男人能挣的工钱还要高，何况除了当兵就无事可做，而英国人又在拖欠兵饷了。伍德维尔下令我们必须快速骑过街道，不单是害怕乞丐，也是怕染上疾病。我的前任，安妮公爵夫人，正是死于访问医院后染上的热病，现在我的大人决不允许我和穷人讲话了。伍德维尔带我冲过街道，我大气也不敢出一口，直到我们出了城门，踏上那些横亘在城墙和河流之间的曾经繁茂且肥沃的土地。只有到了这时，伍德维尔才会命令护卫们停下来原地等候，我俩则沿着河流，顺着小路漫步，聆听水声，好像宁静地在乡间骑行的一对情侣。

我们结伴而行，肩并着肩，谈些无关紧要的琐事。他帮我学习骑马，从没有哪匹马像梅芮一样让我骑得这么好。他给我展示如何站在马鞍上，收紧缰绳，还向我展示如何进行骑士冲锋，把身子压得比马脖子更低，一马当先冲下小道，然后又迅雷一样朝我疾奔回来，在最后一刻拉紧缰绳，让梅芮侧身踩到点上。他下马把小树枝堆在荒凉的小路上，教我怎样骑马跳跃，随着我越来越自信，树枝也堆得越来越高。他教我他父亲在英国的小路上教过他的那些用以增强平衡感和勇气的骑行练习：比如，像女孩坐在马鞍后座一样侧着骑，或者逆躺在马背上，后腰抵着马鞍，让马小步慢跑，抑或坐得笔直，接连将两手伸向天空，又或是躬身触碰马镫——总之要训练马跑得平稳安全，不论骑手怎样骑，也不论周遭发生了什么。

“已经有好几次了，在我受伤走投无路的时候，都是多亏了我的马把我带到安全的地方。”理查德说，“我父亲是亨利五世的掌旗手，所以他无时无刻不在飞奔，只能用单手握缰绳。你永远不会在战场上骑马，但我们也许会在这里或英国遇到麻烦，最好能确保梅芮能带你穿越任何困境。”

他翻身下马，拉过我的缰绳，当着我的面把它们拆了下来：“我们来小跑一英里，不用缰绳。借助这种方法提高你的平衡感。”

“我们怎么会遇到麻烦？”他回到自己马上时我问道。

他耸耸肩膀：“就在几年前，有人计划在公爵回巴黎的路上埋伏，他和安妮公爵夫人不得不取道深林小路绕过敌军营地。而且我听说现在的英国道路和法国一样不太平。英国的每条路上都有盗贼和拦路强盗，沿海地区还有海盗，他们会上岸抓俘虏，拿去当奴隶卖掉。”

我们策马前行。我在马鞍上坐得比以前更稳了，梅芮的耳朵直直指向前方：“为什么英国国王不好好保卫沿海地区呢？”

“他还是个孩子，国家是在他的另一个叔叔的统治之下的，也就是格洛斯特公爵汉弗莱。我的主人和格洛斯特公爵都是国舅，分别摄政于法国和英国两地，直到国王开始掌权为止。”

“那他什么时候掌权呢？”

“老实讲，他现在本应该已经掌权了。他已经年满十二，虽然还是个小男孩，但这年纪也足以在好参谋的指点下统治国家。他曾分别在巴黎和英国的圣母院大教堂加冕，国会和地方议会也承诺会遵从他的统治。但他是受他叔叔格洛斯特公爵指挥，还有公爵那些朋友；接着又有另一个亲戚改变了他的想法，也就是博福特主教，此人位高权重，而且能说会道。他被这二人迷得团团转，不把我们的主人贝德福德公爵放在眼里，主人能做的也不过是写写信，竭力让他处事公正。他们都说国王耳根奇软，朝令夕改。可无论如何，就算他年纪更大，心智更坚定，他们也不会有钱投在沿海防御上，英国的领主们又没有尽到责任，没有在自己的土地上好好推行法律。现在我们该跑起来了。”

我听他的话用腿夹紧梅芮，她跑了起来，我死命坐在她的背上，像个深陷在马鞍里的胖子骑士似的。

“做得很好。”他说，“现在加快速度吧。”

“你刚才说的是小跑!”

“你做得太好了嘛。”他狡黠地笑着。我催促梅芮，她小步慢跑起来。没有缰绳把握平衡让我有点害怕，可他说得没错，我可以坐在马鞍上用两腿夹紧马肚子。我们一路跑过小道，直到他打手势示意放慢速度，然后停下。

“为什么我得学习这个?”我气喘吁吁地发问，他下马给我重新装上缰绳。

“以防以后你的缰绳丢了，或者断了一根，或者我们有时要杀出重围，有马骑却没有马鞍之类的。万无一失总是好的嘛。明天我们就练习不用马鞍骑马吧，我会把你训练成一名女骑手。你现在就完全可以长途骑行了。”

他跳回自己的马上，我们调转马头回家。

“那么英国的领主们为什么不推行法律呢?”我又回到之前的话题，“在法国有两套法律，两个国王。可是至少领主们是顺从于他们地盘上的那位国王的。”

他说：“在英国，他们分庭抗礼，在困难时期趁火打劫，谋求私利，扩大自己的地盘，在邻居的土地上发动战争。等到年轻的国王决定行使大权，他会发现他要挑战的正是那些所谓的朋友和参谋。待到那时，他就会需要我的主人在背后支持他了。”

“我们必须要回英国然后住在那里吗？我非要长居英国不可吗？”我不安地问。

“那儿才是我们的家。”他简单地回答，“就算是最糟的地方，一英亩英国土地也能比得过十平方英里的法国。”

我面无表情地看着他。“你们这些英国佬全都一个样。”我告诉他，“你们在阿金库尔打了一次胜仗就开始神气活现，觉得自己蒙神恩宠。”

他大笑：“我们本来就蒙神恩宠。这样想一点没错，我们就是受上帝保佑。也许等到了英国，我就有时间带你看我的家乡。到那时候，你也许就同意我的话了。”

我感到一阵喜悦的轻颤，仿佛有什么美妙之事即将降临：“你的家乡在哪里？”

“格拉夫顿，北安普敦郡，”他说道。我能听出他的声音中满怀的爱意，“那里可能是世上最美的乡村，坐落在世上最好的国家里。”

预知镜在被打包带到英国之前又派了一次用场，我的主人急切地要让我预测他离开法国的举动是否安全。阿尔马尼亚克的冒牌国王无钱无兵，手下那些宠臣也都是草包，但我的主人约翰依然害怕等他回去英国，这边就朝中无人了，敌不过那个自称为国王的家伙。我完全没尽到为人妇的责任，无法为他献策，没能预见到任何东西。他们让我坐在椅子上，我盯着镜面上反射的明亮烛火，直到头晕目眩，最后——倒没有晕倒——险些睡着了。整整两个小时，我的主人都站在我身后，一看见我点头就摇我的肩膀唤醒我，直到炼金术士轻声说："我觉得她今天什么也看不见的，我的大人。"然后公爵就转身大步跨出房门，一句话都没对我说。

炼金术士扶我起身，伍德维尔吹灭蜡烛，打开百叶窗，散掉屋中的烟味。新月如钩，探视着屋内的我，我朝它行了屈膝礼，翻了翻口袋里的硬币，许了一个愿。炼金术士和伍德维尔交换眼色，好像觉得他们把晚上的大好时光都花在了这样一个傻姑娘身上。这姑娘竟朝新月行礼求它赐一个爱人，还既草包又不能预见未来，完全是在浪费所有人的时间。

"没关系的。"伍德维尔欢快地说，向我伸出手，"我们早上就出发去英国，接下来整个月他们都不会要你做这事了。"

"他们要带上镜子吗？"我担心地问。

"会带镜子，还有一些书。不过那些容器、窑和熔炉当然要留在此地了，我们离开时他们会继续研究。"

"他们发现什么了吗？"

他点头："哦是的，我的主人已经将白银和黄金提炼到前所未有的纯度。他正在研究新的金属，新的组合，更坚硬，或者更柔韧。当然了，如果他能造出石头……"

"石头？"

"他们把它称作贤者之石，能将金属变为黄金，将水变为elixir vitae①，能给予拥有者永恒的生命。"

"真的有这种东西吗？"我问。

他不置可否："有很多关于它的传闻，他在这里翻译的那些旧手抄本中

① 生命之水。

也经常提及它。从基督教国家到东方，有数以百计，也许数以千计的人正在研究它。但是我的主人已经领先了。如果他能找到它，如果你能帮他找到它，我们就能为法国和英国带来和平。”

清晨，城堡中收拾行李准备上路的声音把我从梦中唤醒。我去教堂聆听晨祷，太阳渐渐升了起来。神父结束礼拜，开始收拾圣像画、十字架和圣体匣。我们几乎带走了一切。

在我的房间里，侍女叠起我的礼服，放进大行李箱中，叫听差来将它们捆好，男仆则来贴上封条。首饰盒由侍女们随身携带，我的毛皮则由男仆们负责运送。没有人知道我们会在英国停留多久。伍德维尔在面对我的问题时变得愈发谨慎。很明显，我丈夫没有得到他那国王侄子的充分支持，也没有得到英国国会应给的资金支援，为了在法国打仗，他们必须提高税率。这次旅行的目的就是要让他们清楚看到英国在法国有军队要养活。可是没人知道要花多长时间才能让英国人明白他们这支军队不是免费的。

我在这片喧闹中感到无比失落。我不得不把乔安奴夫人留给我的书籍保存在丈夫的图书馆里，在我们离开时由学士们保护。我不得不把她美丽的卡牌和我的珠宝放在一起保管。她的挂满小挂坠的金手镯则装在一个袋子里，挂在我的脖子上，我不想要任何人碰到它们。我穿上出行装，在自己的屋子吃了来去匆匆的女仆们准备的早饭。我东张西望，不知道能帮上什么忙，况且我对于大家来说身份又过于高贵，没人敢给我派任务。侍女长掌控了屋中的一切，所以我只用无所事事地旁观侍从和侍女们东奔西跑，坐等一切就绪。

到了中午时分，我们已经准备停当，尽管大厅、马厩和军械库的男仆还在不停装货。主人拉起我的手，带我走下楼梯，穿过大厅，侍从们都排成一列向我们鞠躬，祝我们一路顺风。接着我们出门来到马场，我瞠目结舌地看着准备上路的长长马队，它们简直像个移动的小镇。还有一支护卫队，有成百的士兵伴我们旅行，有一部分身穿盔甲，不过大部分人都身着制服，他们都在坐骑旁等待，喝最后一杯麦芽酒，和女仆们打情骂俏。近五十辆马车依次排列，装着贵重物品的走在队伍前面，前后各有一名守卫，货物都用链子固定到车身上，打着贝德福德大人专属的家纹。男仆们会伴随它们前行，一人负责一辆车。我们带了所有的衣服，珠宝等个人物品，还带上了刀、汤勺、盐瓶、调料罐等餐具和玻璃器皿，家具也都带上了，贝德福德大人的贴身男仆先前已经指挥人将那张带有帷帐和天盖的大床小心拆开，我的贴身男仆则要运送我的床、桌子、美丽的土耳其地毯，光是织锦画就占了两辆马车。

厨房佣人已经把必需品搬上一辆马车，我们不但带了食物，也带了鸡、鸭、鹅、羊，还有几头奶牛跟在马车后面，负责每天给我们提供新鲜牛奶。从鹰笼里捉出来的猎鹰都装在特制的鸟笼里，头上蒙着头罩，笼子上绑着遮挡视线的皮质窗帘，如此一来他们就不会被路上的喧闹所惊了。公爵大人的猎鹿犬会跑在队列旁边，猎狐犬则跟在车队后面。驯马师把所有拉车的马匹都系在马车上，其余载人的马也都套好缰辔由男仆们照料，他们每人都骑着一匹，领着另一匹。这还只是队伍的一半呢。有些马车天刚亮就出发了，负责运送必需品，好让我们今晚能在桑利斯舒舒服服地过夜。在喧嚣和骚乱间，理查德·伍德维尔笑吟吟地走上楼梯，朝我的主人和我鞠躬，他平稳声音完全不受楼下喧闹的影响："我认为我们已经准备万全了，我的大人，忘记带什么东西的话，以后也可以随时送来。"

"我的马呢？"公爵问。伍德维尔打了响指，一个等候的男仆将公爵的高大战马带上前来。

“我夫人的轿子呢?”

“夫人说想要骑行。”

公爵大人转向我:“路很长的，雅格塔。我们要向北驶出巴黎，今晚睡在桑利斯。骑马的话你可要在马鞍上坐一整天。”

“我能做到的。”我说，偷偷看了伍德维尔一眼。

他对我丈夫说:“夫人的马是匹好马，您真会挑。她也是一位好骑手，她能跟得上的。对她来讲，骑马可能比挤在轿子里颠簸更愉快，不过我还是会让轿子跟在我们后面，她要是累了也可以换一下。”

“很好。”公爵表示赞同，他对我露出微笑，“有你在旁做伴我会很高兴的。你给你的母马起了什么名字?”

“我称她为梅芮。”我说。

“愿上帝让我们都感到快乐[①]。”他跨上踏脚台，翻身上马。伍德维尔搂住我的腰，将我举到马背上，侍女们慌忙上前把我的裙摆拉到两边，遮住皮制马靴。

“没问题吧?”伍德维尔悄声问我，他站得离马很近，检查着系带是否结实。

“没有。”

“我就在你后面。如果你累了，或者需要停下，抬起手就好。我会看着你的。我们会一连骑上几个钟头再停下来吃饭。”

我丈夫在马镫上站起来。他大吼道:“为了贝德福德!”全场回应道:“为了贝德福德!”他们打开大门，我的大人一马当先，跑下巴黎拥堵的街道，路上的人们向我们看来，哭喊着祈求救济和怜悯。接着我们驶出北大门，进入乡野，奔向英吉利海峡和英国，奔向那片我应该称其为家的陌生海岸。

① 梅芮的英文为Merry，有快乐之意。

公爵大人和我走在队伍先头，所以不会为飞扬的尘土所困。刚一离开巴黎，丈夫就说我们已经足够安全，可以走在护卫前面了，所以只有他、我和伍德维尔，还有我的侍女们在阳光下骑行，好像是一次出游。道路在我们面前蜿蜒伸向远方，过客络绎不绝，英国商人和士兵们在英国的土地上往来，从英国占领的巴黎去往英国的加莱城堡。我们在尚蒂伊的森林边上停下用餐，他们已经在这里搭好了精致的帐篷，烤好了一条鹿腿。其实不管是在树荫下休息一个小时，还是当伍德维尔命令护卫们上马继续前进时，我都挺开心的。丈夫问我要不要坐进骡子拉的轿子里完成剩下的旅程，我告诉他说没有必要。午后明亮且温暖，进入尚蒂伊森林的层层绿荫之中后，我们驱马慢跑，梅芮跑在前面，盼着能大步飞奔。我丈夫哈哈大笑着说："别让她把你带跑啦，雅格塔。"

我也笑起来，因为他那匹高大的马的步子突然拉长了，赶上了梅芮，和她并肩同行。我们跑得更快了一些，突然之间传来哗啦啦的声响，一棵树倒在了我们面前的路中间，所有的树枝都同时折断，仿佛一声尖啸。梅芮惊恐之下抬起前蹄，我听见丈夫洪钟般的声音："为了贝德福德！小心埋伏！"我紧紧抓住马鬃，几乎滑到了马鞍后面，梅芮被嘈杂声吓得冲向一边，脱了缰，狂奔起来。我竭力稳在马鞍上攀住她的脖颈，在她冲过树丛时伏低身体。梅芮忽左忽右，任由她自己的恐惧指引她奔逃。我没法驾驭她，我已经丢了缰绳，根本不能让她停下来。当我几乎支撑不住的时候，她终于慢下步子，从跑到走，最后停了下来。

我颤抖着从马鞍上滑下来，瘫倒在地上。外衣已经被低垂的树枝挂烂了，软帽也被扫掉，垂荡在系绳上。我的头发全散了，夹杂着枝枝叶叶乱成一团。我发出惊恐的抽噎，梅芮走到一边，埋头啄食灌木枝叶，紧张地拉扯叶子，耳朵不停乱动。

我抓住她的缰绳不让她再次跑走，环顾四周。林中冰冷黑暗，毫无声息，只有虫鸣和树枝高处传来的鸟叫。没有行进的人声，没有吱呀作响的车辆，什么也没有。我甚至不知道自己是从哪边来的，也不知道离正路已经多远。梅芮刚才那段狂奔感觉像是有一生那么漫长，不过就算他们近在咫尺，我也不知道是哪个方向。她跑的肯定不是直线，刚才我们在树林间绕来绕去，根本不能找到原路返回。

“该死的。”我像英国人一样轻声自言自语，“梅芮，我们彻底迷路了。”

我知道伍德维尔会出来找我，也许他能跟随梅芮的细小蹄印。可是如果那棵倒下的树是个陷阱，那么也许他和我丈夫正在拼死战斗，没人有空想到我。更糟的是，如果战况对他们不利，他们可能会被抓住或杀死，根本不会有任何人来找我，那么我无疑深陷危机了：孤身一人，迷失在敌国领土之上。不管怎样，我最好还是尽可能自救。

我知道我们正在向北朝加莱前进，也能回忆起我丈夫的图书馆里那张巨大地图上的内容，知道如果能走上朝北的大路，就能找到很多村庄、教堂和修道院，我可以在那里寻求照料和帮助。那条路人来人往，我肯定能遇见一队英国人，用自己的名号命令他们施援。但一切的前提是我能找到那条路。我望向周围的地面，寻找梅芮的蹄印，想随之寻回我们来时的道路，泥泞之中有一个蹄印，接着是另一个，有一段地面被树叶覆盖住了，但在那之后痕迹重新出现。我把缰绳套过她头上，紧握在右手中，用尽可能自信的声音说：“好吧，傻姑娘，现在我们得找到回家的路了。”我沿着来时的路往回走，她垂头跟在我身后，好像对她带来的麻烦感到很愧疚。

我们走了像是有数小时之久。痕迹在不久之后就中断了，因为林中的地面覆盖着厚厚的落叶和枝丫，无痕可循。我摸索前进，走得很稳，可我越来越担心我们只是在漫无方向地游荡，甚至可能在原地转圈，就像那些在童话中的树林里中了魔法的骑士一般。思及此处，我在听到水声时几乎没有感到惊讶。我循之而去，找到一股小溪和一个池塘。恍惚中我以为梅露西娜也许会从魔法泉中出现来帮助我，帮她的女儿；可是什么也没有发生。我把梅芮拴在一棵树上，自己去洗脸喝水，然后把她带到溪边，她垂下洁白的头颅，无声地啜饮溪水，然后埋头痛饮。

树林在泉水边稍微退让出一片空地，一束阳光穿过头顶的浓荫洒了下来。我握住梅芮的缰绳不放，坐在阳光之中稍事休憩。有那么一会儿，我以为，我会站起身来，找准太阳的右边踏实前进；这条路将带我们一路向北，而且毫无疑问能带我们找到巴黎大路，毫无疑问他们会在那儿找我。我太累了，阳光又是这么暖和，我靠在一棵树干上合上了眼，没过几分钟就睡着了。

骑士将马留给同伴，循着她的踪迹徒步穿过森林，手中举着燃烧的火把，口中一遍又一遍呼唤她的名字。夜晚的森林令人毛骨悚然：一次他瞥见一双发光的黑色眼睛，不禁咒骂着后退，然后看见一头鹿扭过自己浅色的屁股溜进阴影之中。月亮升起，他觉得没有火把反而看得更清楚，就在地上厚厚的树叶腐土上熄灭火焰继续前行，在晦暗的银光中竭力睁大双眼。树丛在他面前时隐时现，在夜色中显得更加黑暗，离开了明黄的火光，他不愿大声呼唤她的名字，而是默默前行，时时寻找她的踪迹。恐惧攫住了他的心，自己没有教好她如何骑行，没有训练好那匹马，没有告诉她此情此境之下应该怎么做，没有预见到这样的事情会发生：他完完全全、彻彻底底地辜负了她。

这念头对他来说是如此可怕，因为他曾默默发誓要服侍和守护她至死方休，他停下脚步，把手撑在树干上稳住自己，羞愧万分地垂下了头。她是他的女主人，他是她的骑士，可是连这最初的试炼都失败了；现在她正迷失于这片黑暗中的某处，而他却找不到她。

他抬起头，看到了什么，不由得又是眨眼，又是用手去揉，因为他看见了，毫无疑问，忽明忽暗的白光，来自魔法，来自幻想，在光芒中心闪烁不定的是一匹小小的白马，它孤身站在森林之中。当它转过头来时，他看见了它的侧影，看见了那属于独角兽的银色犄角。这匹白兽用黑色的双眼凝视着他，接着慢慢走开，往身后瞥了一眼，步子慢到足以让他跟上。他在恍惚之中迈步紧跟其后，跟随摇曳的银光的指引前进，看见地面枯叶上的小小的蹄印，伴着白色的火焰闪闪发光，在他走过后又渐渐消失不见。

他有一种感觉，知道自己不能试图抓住这独角兽；他记得所有有关独角兽的传说都警告人们，如果靠得太近，会遭到反击和伤害。世间只有一种人能够抓住独角兽，他从小到大读过的这类故事根本数也数不清。

那头纤细的动物拐进一边，他们走到了一片空地中，能听见水花飞溅的声音。他发出一声惊叫，咬到了自己的舌头，因为他看到了她，沉睡如宁芙[①]仙女，好像在这片密林中出生成长，像一片栖息于树底的花丛。绿色的天鹅绒裙摆铺展开来，褐色的软帽像垫在她金发之下的枕头，宁静的睡颜仿如初绽之花。他站在原地，不知如何是好。就在他凝视的时候，那匹独角兽走上前躺到她身旁，将自己纤长的头颅和银光闪闪的犄角轻轻搁在这位睡美人的膝上，与传说故事中所描述的一模一样。

脚步声惊醒了我。我马上就想起自己在森林里迷了路，身陷危险之中，却愚蠢地睡了过去。我在惊慌和茫然中睁眼，跳起身，将头搁在我身边睡着的梅芮也竖起耳朵四处打量。我们看见一个人影立在幻变的微光之

① 希腊神话中的水精灵。

中。“谁在那边？”我问道，手紧攥着马鞭，“小心点！我有剑！”

“是我，伍德维尔。”那人边说边走上前来，好让我看清他。他面色苍白，好像和我一样惊恐，“你没事吗，我的夫人？”

“天啊，天啊，伍德维尔！真高兴能见到你！”我冲上前，伸出双手，他跪下来抓住我的手，满怀激情地吻着。

“我的夫人。”他悄声说，“我的夫人。感谢上帝让你平安无事被我找到！你没受伤吧？”

“没有，没有，我只是在休息，我睡着了。我走了太久，想找回原来的路，可是我太蠢了——我坐下然后睡着了……”

他已经站都站不稳了：“也不是很远，我整晚都在找你，不过不是很远。”

“现在很晚了吗？”

“顶多十一点吧。我们都在找你，公爵担心得要疯了。我试着追寻你的踪迹……可是如果不是因为……”

“公爵大人安全无事吗？当时是不是有埋伏？”

他摇摇头：“是一个蠢农民推倒一棵树，连带着另一棵倒到了路中间。没人受伤，只是咱们运气太背才正好挑那时候经过。我们唯一担心的就是你。你摔下马了吗？”

“没有，她驮着我逃跑，不过没有把我甩下来。她是一匹好马，逃跑也不过是因为害怕罢了，等到不怕的时候就停下没跑了。”

他迟疑地说：“是她指引我找到你的。真是个奇迹。我看见她站在树林之中，然后她就带我找到了你。”

我抬起系在自己手腕上的缰绳：“我没有让她离开啊。”

“你把她拴住了？”

他凝望这片小小的空地，望向水面的银白月光，望向林中幽冥的黑暗，好像在寻找什么。

“是啊，当然了。不过我照你展示过的那样，拆了她的马鞍。”

他断然说：“我那时看见她了。她在林中漫步。”

“她一直都在这儿啊，我握着她的缰绳呢。”

他摇摇脑袋，似乎想要一扫心中困惑：“做得很好。我要给她装上马鞍，带你回去。”他拾起那做工精美的马鞍套到梅芮背上，拴紧系带，把我举到马上。那一刻他犹豫了，他的手搂在我的腰上。就好像是我们的身体自发地贴近对方，几乎不受意志所束缚；我的头垂在他的肩上，他的手环在我的腰间。就好像我们被拉向彼此，仿如公爵的图书馆中那些系在弦上的天体。渐渐地，我发现自己心中充满一种从未曾有过的感情，发现这是一种渴求。我抬起头看着他，他的双眼更加深沉，也正凝视着我。他的手很温暖，脸上的表情几近迷惑，因为他感觉到了我心中悸动的欲求。我们就像这样一起站着，站了很久。最后，他默默地将我抬到马鞍上，整好我的衣裙，戴正我的帽子，然后带领梅芮穿过树林走向大路。

# 1433年6月

**法国　加莱城堡**

我们再次住进了加莱军队驻扎的镇上的那座大城堡里，伍德维尔受到上尉级别的礼遇，不过我的主人说还不能让他离开自己身边，他还要帮忙照料家事。我站在城堡最高处的城堞上，不安地抬头看着塔尖的军旗在一阵强过一阵的风中猎猎飞舞。

“天气会变得很糟吗？”我问我的丈夫。

他瞥了我一眼：“你害怕？水可是属于你的元素。”

我不服气地咬住嘴唇。我可不觉得先祖中有一位水之女神就能保证不受晕船所扰，再说这也不能保证不会遇到海难：“我是有点害怕。浪头看起来真高呀，它们一直是这么大的吗？它们撞在城墙上时能撞到这么高的地方吗？我不记得它们以前像这样。”

他放眼望向大海，似乎这才开始打量海浪。“可能会有点糟糕吧。不过我们在下次涨潮时就要出发了。事关重大，不能耽误。我必须回到英国。我得向国会进言，让他们知道必须拨出资金用于在法国的战争支出。我还要设法让我弟弟汉弗莱与叔叔博福特主教和睦相处。小国王他……”他打住了话头，“好吧，无论如何，我们都是要上路的，我不觉得这趟旅程会让你特别难受，而且也不会有什么危险的。你不能让大海平静下来吗？今天是仲夏前夜，你一定有法子施点小法术，不像平时那样没用吧？’”

我努力挤出笑容，假装这个差劲的笑话很好笑：“我不能，真能做到就好了。”

他转身走进内屋。我听见他大声喊书记员，要他们告诉上尉说必须做好准备，不管天气如何，下一次涨潮时我们都要离开了，伍德维尔来的时候随身带了一件温暖的斗篷，将它围在我的肩上：“大人受英国的情势所扰。他的弟弟格洛斯特公爵汉弗莱没有良言进谏，他的那位国王侄儿又太年轻，没经历过风雨，再加上他的叔叔博福特主教又有自己的小算盘。这两人，都想把小国王拉到自己一边，他被夹在中间左右为难。”

“航行会很安全吗？”

“哦，是的。可能会有一点颠簸，不过我觉得你在船舱里会很舒服的，我的夫人。梅芮也会好好地待在她的厩舍中。我们会整夜航行，等到明天早上，你就会在你的新国土上醒来啦。我的大人会带你去看他的新房子。”

“斯彭赫斯特吗？”我问道，努力在唇间挤出这个古怪的名字。

“是彭斯赫斯特。”他纠正我道，“你会喜欢上那儿的，我敢保证，那是一所最最美丽的房子，处在英国最最美好的地区之一肯特，那儿以苹果园和各种果园而闻名。离伦敦挺近，不过不至于近到受太多人声喧闹所扰。简直就是房屋里的明珠，正好配得上公爵夫人这颗钻石。”

“我们会一直住在那儿吗？”我让伍德维尔引我从塔顶回到温暖的城堡内部。圆屋的正中心燃着熊熊炉火，他在火前为我摆了一把椅子。

他说：“我不认为主人会一直留在这个国家。他必须去觐见国王，说服他给自己更多人马装备，有了这些，才能继续在法国征战。他必须向国会解说这边的战况，获得他们的支持。他必须设法应付汉弗莱公爵，还有博福特主教。他要做的事情太多了。”

“还有那位亨利国王，我要见他吗？他长相如何？”

他露出微笑。“他还非常年轻，简直还是个小孩，只有十二岁。你进伦敦城时场面一定会很气派的。公爵在英国的名声就像在法国一样大，年轻的国王也会问候的。”他又笑了，“我觉得你会喜欢他，他是个可爱的男孩，而且他……”他忍俊不禁，好像都有点尴尬了。“我觉得他会崇拜你。他以前从没见过像你这般的人。你将是全英国最高贵的女人，同时也是最美丽的。”

# 1433年夏

**伦敦　威斯敏斯特宫**

小国王让我很失望。我以前从未见过国王，因为自己所在的卢森堡郡不直属王室管辖，父亲是一位伯爵，我们一直听从历代勃艮第公爵们的命令——他们也算是法国贵族中最富贵最有权势之人了。最后一位法国国王据说很可怜，发了疯，早在我还是个小女孩时就去世了，我没能见到他。所以我才非常期待见到这位英国的少年国王。我希望见到一位和他的伟人父亲从同一个模子里刻出来的年轻人。归根到底，我的丈夫这么鞠躬尽瘁，为的就是能让他安全地坐拥法国疆土。我们两人都效忠于他。我期待着见到一位伟大的人；一位介乎于少年和神之间的存在。

凡事不尽如人意。我第一次看见他时是在我们进伦敦城的路上，那时我们正穿过城门，被唱诗班的歌声和市民的欢呼环绕。我丈夫已经是伦敦人民的老朋友了，我则是他们喜闻乐见的新鲜面孔。男人们大声夸我年轻貌美，女人们冲我抛来飞吻。伦敦商人们靠着与法国的英属领土做买卖过活，我丈夫又因守卫那些土地而闻名。商人们纷纷偕妻子和家中老小走到街上祝福我们，还从高处的窗子打出旗帜。伦敦市长为我们准备了诗歌和露天剧，有一幕中，一位美丽的人鱼许诺带来健康、繁茂和永流不息的幸福之泉。我的公爵大人握住我的手向众人鞠躬敬意，在他们喊叫我的名字和高呼祝福之语的时候满脸自豪。

“伦敦人喜欢漂亮女孩。”他对我说，“如果你美貌常驻，我就能一直受他们的爱戴。”

国王的侍从们在威斯敏斯特宫门口欢迎我们的到来，接着带我们穿过迷宫般的王室花园、重重内房、走廊庭院，最后来到国王的私人房间。一扇门打开，紧接着又是一扇，再后面的房间里满是身着华服之人，终于，年轻的国王出现了，从王座中起身上前问候他的大伯，就像一个小小的吓人玩偶从一层套一层的盒子里跳了出来。

他又瘦又矮——这便是我的第一印象——而且很苍白，像整天缩在屋里的学者，我知道他们带他外出训练，每天骑马，甚至要与人比武，但对手的枪尖上会绑一个安全垫。我想知道他是不是病了，因为他那几近透明的皮肤和缓慢的步伐让我觉得他不堪重负。突然间，我惊恐万分地在光芒之中看见他变成一个玻璃器具似的东西，如此纤薄，如此透明，好像一旦摔到石头地上就会粉身碎骨。

我惊喘出声，我丈夫瞥向我，接着就转向他的国王侄儿，鞠躬后伸手一把抱住了他。“哦！小心！”我悄声说，害怕他可能伤到那孩子，伍德维尔机灵地迈过来抓住我的右手，似乎要领我上前谒见国王。

“怎么了？”他小声地急切问我，“你不舒服吗，夫人？”

我丈夫两手按在那男孩的肩上，正凝视那张苍白的脸，凝望那浅灰色的眼睛。我几乎能感受到他的手劲之大、我感到他的抓握太过用力了。“他那么虚弱，”我小声说，然后找到了确切的形容，“他那么脆弱，像个用冰雪，用玻璃制成的王子。”

“现在不是说这个的时候！”伍德维尔小声喝道，用力掐了我的手。我被他的语气和突如其来的疼痛吓了一大跳，停下来看他，突然间神清志明，发现廷上男男女女都围着我们，盯着我、公爵和国王，伍德维尔带我上前，让我屈膝行礼，他果断的举措让我明白自己不能再乱说话了。

我深深地鞠了一躬，国王轻触我的手臂，让我起身。他恭谨有礼，因为我是他的叔母——尽管我只有十七岁，他也只有十二岁。我们二人都年轻无邪，身处在这满是道貌岸然的成年人的宫廷之中。他表示对我的欢迎，声音轻而细微，是尚未变成男人的声调。国王在我的左右脸颊分别落下一吻，嘴唇很冷，恰如我初见到他时所想象的薄冰一样，他握住我的手也细瘦不堪，我几乎能感觉到皮肤下的指骨，仿如一根根细小冰柱。

他邀请我们共进晚餐，转身让我入内，走在人们的最前头。一个衣着华贵的女人重重地踏步后退，好像很不情愿给我让道。我看了一眼年轻的国王。

“那是我的另一位叔母，伊琳诺，格洛斯特公爵夫人。”他操着小男孩特有的高音说道，“她的丈夫是我最爱的叔叔，格洛斯特公爵汉弗莱。”

我向她行礼，她也向我回礼。在她身后我看见一张英俊的脸，那是我丈夫的弟弟格洛斯特公爵。他和我丈夫将手搂住对方肩膀深深相拥，可当我丈夫转向他的嫂子伊琳诺时，我看见他一脸严苛。

“我希望我们能快乐地生活在一起。”国王用他那还不到变声期的高音说，“我认为一家人应该上下齐心。王室家族应该永远齐心一致，你们不这样觉得吗？我们应该相亲相爱，和谐共处。”

“当然如此。”我说道，就算以前没见过女人的敌意和嫉妒是什么样子，现在我也在格洛斯特公爵夫人那张美丽娇纵的脸上清楚见识了一番。她头戴高耸的头巾，像个女巨人，成了在场最高的女人。她穿着深蓝礼服，饰以白貂皮，这可是世间最名贵的皮毛。她的颈间戴着一圈蓝宝石，而双眼比宝石更蓝。公爵夫人冲我微笑，笑得露出一口白牙，但脸上毫无和善之意。

国王让我坐在他的右手边上，我的公爵大人则坐在左边。紧挨着我的是格洛斯特公爵，他的妻子则坐在对面、我丈夫身边。我们面朝宽敞的餐厅，就好像是厅中人们的织锦画和赏玩之物：身着灿烂耀眼的礼服斗篷，戴着闪闪发光的珠宝首饰。他们盯着我们看，就好像我们是代表着礼教的一个个假人。我们俯视着他们，如同天神俯瞰凡夫俗子。上菜之时，我们把最好的菜肴传给亲信，似乎要提醒他们连吃饭时也不忘按我们的吩咐行事。

晚宴过后是舞会时间，格洛斯特公爵飞快地领我走进舞池。我们每跳一段之后就停下一会儿给其他人让地儿。“你是这样迷人，”公爵对我说，“他们跟我说约翰娶了一位大美人，我那时还不信呢。我在法国为祖国打拼那么多年，怎么会从没见过你呢?”

我笑而不语。真相应该是，当我丈夫在无穷的战火中为英国守卫在法国的领土奔忙之时，这个无用的弟弟却和海恩诺特的伯爵夫人嘉桂琳私奔了，还为了他一己私利发起战争，要把她的土地占为己有。他挥霍无度，差点连整个人生都搭了进去。他那颗朝三暮四的心最后落到她的侍女，也就是这位伊琳诺身上。他带着她又一次私奔了。总而言之，这男人行事全凭自己的欲望，毫无责任感。这男人与我丈夫是如此迥异，我简直无法相信他俩都是英国国王亨利四世之子。

“如果我曾见过你，我是绝对不会回到英国的。”舞步中的一个旋转使我们彼此贴近，他趁机对我耳语。

我不知道如何回答，也不喜欢他看我的那副样子。

“如果我曾见过你，我将永远不离你左右。”他说。

我望向丈夫，可他正在和国王说话，没有看见我。

“你会对我微笑吗?”我丈夫的弟弟这样问我，“就现在? 还是说你害怕把我的心也偷走了?”

我没有笑，一脸严肃，心想他怎么敢对他的嫂子这样讲话，如此厚颜无耻，好像坚信我无法回绝一样。他握住我的腰的方式既令人反感，又十分美妙，这好歹是舞蹈动作的一部分；可他将我拉近，温暖的掌心按在我的背上，大腿摩擦着我的身体，这就与跳舞无关了。

“我哥哥作为丈夫可曾取悦到你？”他悄声细语，温热的呼吸吐在我光裸的脖颈上。我稍微向后倾去，却被他抓紧拉得更近。“他可有抚摸你，就像年轻女孩们喜欢的那样——既轻又快？”他笑了，“我说对没有，雅格塔？你是不是喜欢被这样抚摸？既轻又快？”

我推开他，眼前是旋转的色彩，耳边是热闹的音乐。理查德·伍德维尔出现在身旁并拉住我的手，拉我跑进跳舞的人群中心，带我转了一个又一个圈。“请原谅！”他回头向公爵喊道，“我弄错了吗？我在法国待了太久啦，还以为这是交换舞伴的时间呢。”

“不是，你出手太早了，不过也没关系。”公爵说道，拉起被伍德维尔鲁莽地抛下的舞伴的手，加入舞蹈的行列。伍德维尔和我则在圆圈中心迈着细小的舞步，接着将手抬高形成拱门，让别的人从中跳舞穿过，人们再次交换舞伴，我边跳舞边远离汉弗莱公爵。

“你觉得国王怎么样？”那天夜里，我丈夫来到我的卧室问我。床已经为他铺好了，枕头堆得高高的。他进屋时精疲力尽地叹了口气，我注意到他那张满是皱纹的脸疲惫而苍白。

“非常年轻。”

他短促地笑了一声：“你倒是一位老夫人呢。”

“他看上去比实际年龄更小。”我说，“而且不知为什么，总觉得有些虚弱。”我没告诉丈夫自己的感觉，当时我感觉到的是一个脆弱如玻璃，寒冷如薄冰的男孩。

他皱眉。“我相信他足够健康，不过我也同意你说的，他比同龄人更瘦小。他的父亲……”他没再说下去，“好吧，现在再说他父亲是什么样、小时候又是什么样也毫无意义。不过天知道我的哥哥亨利小时候有多身强力壮。无论如何，已经没时间悔恨嗟叹了，这男孩必须继承他父亲的遗志。他必须成长成一位伟大的人。你对我的另一个兄弟印象如何？”

我忍住没有脱口而出。“我觉得我这辈子从没遇过像他这样的人。”我拘谨地说。

他短促一笑：“我希望他没有用你不喜欢的方式对你说什么。”

“没有，他的礼仪无可挑剔。”

“他觉得自己能拥有世间任何女子。汉弗莱在法国向海恩诺特的嘉桂琳求爱时险些把我们给毁了。他最后看上了她的侍女简直就是救了我一命，虽然他还是带侍女私奔回了英国。”

“是伊琳诺夫人吗？”

“是的，老天啊，多可怕的丑闻啊！所有人都说是她用春药和巫术引诱了他！而嘉桂琳则声称他们已经成婚，被孤身一人遗弃在海恩诺特！典型的汉弗莱式作风，可是谢天谢地他抛下她回到了英国，在这里他不会造成什么恶果，就算有，至少比较小。”

“那么伊琳诺呢？”我问，“他现在的妻子是怎么想的？”

“她曾是他妻子的侍女，接着成了他的情妇，现在又成了他的妻子，所以，谁知道她心中在想些什么呢？”我丈夫评论道，“不过她绝不是我的朋友。我是长兄，因此也是王位继承人。如果亨利国王出了什么事——上帝保佑——我就会接替他戴上英法两国的王冠。汉弗莱在我之后，排行第二。有时候她看我的眼神好像希望我早死。她会祈祷你生不出儿子，我们的儿子会让王位离她更远。你能用你的预知告诉我，她会施法吗？她是否精于此道？她会不会诅咒我？”

我想起那个戴着耀眼的蓝宝石、拥有耀眼的微笑和冷酷双眼的女人：“我在她身上看见了骄傲、虚荣和野心勃勃，别的我什么也不能保证。”

“这就已经够糟糕了。”公爵大人急促地说，“她随时都可以雇到真的会施法的人。我应该监视她，你觉得呢?”

我仔细揣摩这位光彩照人的女人和她那轻言细语的英俊丈夫。“是的。”我说，心想这里的宫廷距离我在洒满阳光的法国城堡的孩童时光是那样遥远，“是的，如果我是你，一定会监视她。我会同时监视他们二人。”

# 1433年秋

## 彭斯赫斯特

整个夏天，公爵大人都在与一个又一个大人物商谈，等到对瘟疫的周期性恐惧消退，国会成员回去伦敦，他就开始与各郡各县的人们会面，恳请他们出资以继续法国的战斗，还恳求叔叔卡迪纳尔的援助。他为小国王出谋划策，远胜他的兄弟。渐渐地他们意识到了公爵大人为国家所作的贡献，说如果他能调职，不再继续在法国的摄政，而是回到英国，和我们一起住在他那栋漂亮的新房子里的话，大家会万分荣幸的。

“他不会来的。”伍德维尔向我预言。我们正沿着绿意盎然的小径骑行，在肯特的彭斯赫斯特的原野之中。我们等待大人离开伦敦来到他的新家已经等了好几天了，“他现在不会来的，就算他们说他可以告老还乡了，他也不会一直待在英国。”

“他是不是很累？我已经好几周都没见到他了。”

他绝望地摇头：“要我说，他真的是鞠躬尽瘁。可他不会停下。”

“为什么不呢？他们说他可以的啊？”

“因为他不会让像你叔叔路易那样的人在巴黎自作主张；不会让法国摆脱它的摄政王；不会让阿尔马尼亚克人到和谈会议上提要求，自己却无法在场回应。和平必须到来；勃艮第早已准备万全，很可能会与阿尔马尼亚克暗通款曲。阿尔马尼亚克人已经元气大伤，兵力也不足，你也看到了公爵大人是如何挣扎着在英国组建起一支军队的。我们都已准备好迎接和平的到来，我的主人会见证整个和谈。他将在离开岗位前为法国带来和平。”

“所以说我们必须得回到巴黎了？”我不愿离开。这段时间我在英国就像是做着功课的书记员，学习英语，阅读公爵的图书馆中的书籍，雇了一位学士教导我阅读和详解有关炼金术的文字。我还想找一位草药医生教我种种技术。我不想抛开这些，回到那个饥馑横行的城市的深宫之中。

“我们会回去的。不过如果你能自由选择，你想留在哪里？”

我过了一会儿才回答。他的声音里有什么东西提醒我这是一个非常重要的问题。我望向树篱，野蔷薇果正在枯叶间星星点点地闪烁，又望向远方起伏的山脉，那儿的山毛榉树正在变得枯黄。“这是一个美丽的国家。”我说，“而且，实际上，比起巴黎，我更喜欢伦敦。”

他绽开自豪的笑容。“我就知道你会喜欢。”他得意地说，“我就知道。你是英国的公爵夫人，你生来就该是一位英国姑娘，应该在英国生活。”

“这里的确很有家的氛围。”我坦承道，“甚至比法国、比卢森堡都还要更像我的家。这里的田园是如此美妙，山野是这样碧绿。巴黎却那样贫穷，人民那样愤怒，我没办法不觉得这里更好。”

“我早就对我父亲说过，你的内心是一位英国女人。”

我笑了：“那你的父亲又是怎么说的呢？”

“他说这样一位美丽的公爵夫人，应该留在英国才能鲜艳绽放。”

“你父亲住在哪里？”

“他在格拉夫顿有一座小小的庄园，我们全家都在那里住了许多年。他曾服侍你的丈夫，还曾服侍在他之前的那位国王。我想他还会回到战场，还会召集自己的军队，在我们回到法国时助一臂之力。”

“格拉夫顿像不像这里呢？”

“与这里一样美。”他满怀骄傲地说，“你知道的，我真希望能带你去格拉夫顿，太想了。我真希望你能看见我的家乡。”

慢慢地，我用余光偷偷看他。“我也希望如此。”我说。然后我们陷入沉寂之中。

公爵大人一直留在伦敦，传唤了理查德前去照料他。差不多每周都有载满织锦画、家具或书的马车前来，都是他为新家购置的。我站在马场上等他们从一辆装满贵重物品的马车上卸货，惊讶地看到一位娇小玲珑的女人，身穿平民的衣裙，头戴朴素的白帽。她被人从车厢后面抱了下来，还对我屈膝行礼。

她说：“我是茹尔德梅恩夫人。大人将我当做一件礼物，与这些货物一同送来。”

她点头示意，一个小伙子便抱着一个装满小黏土罐的木匣跟着跳出了车厢，每个罐子里都有一棵绿色植物随着跳跃上下点头。他把木匣放在我脚边，又跳回车厢重复工作，直到我被一小片绿茵所包围。茹尔德梅恩夫人被我欢喜的神情逗乐了。“他说过你会喜欢的。我是园丁兼药剂师。他说我应该把这些植物带来，还雇我在此工作一周，我会和你一起住，帮你种植一园草药，如果你愿意的话。”

“我当然愿意了！”我说，“厨房边上有个草药园，可是杂草丛生，我对园艺又一窍不通。”

“告诉这个小伙子该把幼苗搬到哪里，只要你想要我们随时可以开工。”她声音轻快。

我叫来小听差为这二人带路，自己则进屋戴上一顶阔边帽挡住脸部，还戴上手套，准备开始上通往园丁之路的第一堂课。

她是个古怪的园丁。她指示彭斯赫斯特的老拉尔夫在老厨房的后花园堆出十二个苗床，趁他开垦土地时，她一一举起那些草药，给我展示它们的叶子和花，告诉我它们的特性。每个苗床都以星座的十二宫之一命名。

“这里以前是聚合草苗床。”拉尔夫顽固地说，“那我们现在该把聚合草种去哪儿呢?”

“种到水瓶座苗床去。”她流利地回答，“聚合草在水象星座之下才会繁茂。而我们要在这个苗床种的是那些属于金牛宫的植物。”

他被这事困扰了一晚上，第二天早上已经编了个笑话出来。“你们要种什么？在这个金牛宫苗床上种什么？香蒲草？香蒲草吗？[①]”他问道，并为自己的幽默感笑得直不起腰。这个俏皮话让他笑了一整天，不过茹尔德梅恩夫人没有丝毫困扰。她从植物盆里挑拣出一些幼苗，放在我面前。“金牛宫是土象星座。月亮位于金牛宫时，会加快土壤之下的作物生长——那些块根类作物，比方说白萝卜和紫萝卜、洋葱，还有芜菁。此时的月亮也有利于金牛宫的草药生长，比如薄荷、樱草、艾菊、苦艾和蓍草。我们要把这些植物种到金牛宫苗床上。”

我已经入迷了：“这些你都有吗?”

她露出笑容：“我们现在可以种一些，有些得等到别的月相才行。不过我都带来了，有些是幼苗，有些还是种子。大人下命令说你的花园里应有全英国所有的草药。他说你有某种天赋。是这样吗?”

我点点头：“我不知道。有时候我觉得自己知道很多，有时候又觉得自己一无所知。我正在研习他的书籍，学习怎样种植和使用草药应该是件很快乐的事。可是我不确信，我所学习的一切不过是让我明白了自己是多么无知。”

她笑了。“这正是学习之道。”她说。

整个下午我们都在花园中度过，像农妇一样跪着把草药植入她指定的苗床里，待到空气变得冰冷，夕阳开始西沉，我直起身来检视这座花园：

---

① 香蒲草原文bull rush，有公牛疾奔之意。

十二个规整的苗床从花园中心向四周发散开来，每一块都经过翻土锄草，有一些已经种上了植物。茹尔德梅恩夫人给幼苗一一做了标签，写下各自的名字和特性。“明天我会教你怎样制作酊剂和干草药。我会把自己的配方都给你。”

忙了一天后，我累得要命，晚上睡得很沉；可是到了夜里，上升的月亮呼唤着我，一如它呼唤植物的根茎内上涌的汁液，我醒来，看见冰冷的光洒在卧室的地面上。女仆在我身边睡得很沉。我把被子盖了回去，走到窗边。我听到了什么声音，好像是歌声，于是在肩上搭了一件外衣，推开卧室的门，走到走廊之中。

我在阴影之中隐约看见一个女人的轮廓，是茹尔德梅恩夫人。我后退了几步，不知道她在黑暗里搞什么鬼。她站在一扇被她打开的窗户旁边，歌声愈发响亮，那清晰甜美的声音仿佛随着月光一道，流入这条走廊之中。她听到我的脚步声回头张望，一脸警醒，似乎在防备任何可能出现的人或事，但又一无所惧。

“哦，是你啊。”她这么说道，没有行屈膝礼，“你听得见吗？”

我点头：“听得见。”

“我以前从没听过这样的声音，我想这应该是天体之歌。”

“我知道它是什么。”我悲伤地说，伸手关上窗户，乐声瞬间变得模糊，我拉上厚重的窗帘，将乐声和月光一起隔绝在外。

她伸手阻止我。“那是什么？”她问道，“你为什么要把它关在外面？它意味着什么？”

“这与你无关。”我说，“它是为我而来的。就让我把它隔绝在外吧。”

“为什么呢，它是什么东西？”

“我这一生曾两次听到这种歌声。”我说道，回想起我那几乎只在第一次呼吸之后便死去的妹妹，接着想起那低声向姑婆告别的悲叹的歌声。“我很遗憾它象征我的家族一员刚刚逝去。”我轻声说，“那是梅露西娜在歌唱。”我背过身去，穿过黑暗的走廊回到自己的卧室。

第二天早上她教我怎样制作干草药，怎样制作汤药，怎样制作酊剂，怎样用蜡制底座从鲜花中提取香精。我俩独自在蒸馏室中忙碌，叶片捣碎后的芬芳弥漫四周，石地板在脚下凉爽怡人，大理石的水池中盛满冷冽的清水。

“那歌声真的向你宣告死亡吗?”她问得很简单。

“是的。我祈祷我的母亲父亲平安无事。这好像是我唯一的天赋：预知死亡。”

“真辛苦。”她就说了这么一句，把乳钵、乳钵杵和一些需要碾磨的种子递给我。

我们默默无言地劳作了一会儿，她突然开口。“有些草药专为刚结婚的年轻姑娘而备呢。”她好像是对着她正在水池里洗的那些叶子说话，“能避免怀孕的草药，能致使怀孕的草药。都在我的配方书里面。”

“你能避免怀孕?”我问。

“我甚至能让已经怀有身孕的妇女中止妊娠。”她嘴角勾起一个不怀好意的笑，“胡薄荷、艾蒿、欧芹，有这几样就够了。我替你在花园里都种下啦，如果你有此需要的话。”她瞥了一眼我平坦的小腹。“还有如果你想要怀上小孩，也有相应的草药，触手可及。覆盆子，果园的叶子，还有很容易找到的杂草：荨麻叶，以及田野里的四叶草花。”

我拍掉手上灰尘，拾起写字板和粉笔。“告诉我该怎么制作。”我说。

玛芝莉·茹尔德梅恩比她承诺的一周时间留得更久，临到她走之前，我的草药园几乎应有尽有，只除了某些需要等到月亮下沉之时才能种植的植物。蒸馏室中已经有了好几罐药酒，还有几束挂起风干的草药。她要乘坐我丈夫的马车回伦敦，她的小男仆也随她而去，我走到马场与她依依惜别。她敏捷地跳进车厢之时，六个护卫兵和一个身穿红白两色制服的信使隆隆地策马进到场中，理查德·伍德维尔从马上跳了下来。

“我的夫人，我从公爵大人那里为你带来一封信。他已经加了火漆，注明只有你才能打开。”

我伸出手，感到自己的脸颊正在颤抖，双眼也噙满泪水。我接过信件，拆开火漆，可我看不清他写了什么，因为我的视界已经模糊。“你来念吧。”我把信递给他，“你告诉我。”

“我相信您无须如此苦恼的……”他开口，读了几行后就惊骇地望向我，“我很遗憾，夫人，我万分遗憾。大人写信是为了告诉您，您的父亲已经去世。卢森堡爆发了一场瘟疫。所幸您的母亲平安无事。她将这个噩耗告诉了大人。”他迟疑了一下，看着我。“您已经知道了？”

我点头：“好吧，我就知道。就算我用窗帘挡住月光，就算我试图不去听那音乐。”

茹尔德梅恩夫人坐在马车夫旁边，敏锐的眼光带着同情望着我：“有时候你无法阻止自己听见什么，也无法阻止自己看见什么。愿赐予你这等天赋的上帝也赐予你承担它的勇气。”

# 1434年12月

**法国　巴黎**

虽然我们在英国住了一年，但伍德维尔没有让我得偿所愿看到格拉夫顿，公爵大人没有得偿所愿组建一支兵力充足的军队奔赴法国战场，也没有——就算他手掌大权——使国王的议会和国会走上正轨。我们不能再留在英国了，因为巴黎来信给公爵，告诉他那里的人民正陷于劫匪、反叛的士兵和乞丐的包围之中，因缺乏补给而忍饥挨饿。

“他不会回绝他们的。”伍德维尔提醒我道，“我们得回巴黎了。”

海面波涛汹涌难以横渡，我们终于到达加莱时，驻守军队是如此愁云惨淡，公爵只得命令伍德维尔留下重振士气，还要让士兵做好准备，一旦天气允许就要即刻投身于一场对法国的奇袭。然后公爵大人和我准备动身，不顾道路泥泞奔赴巴黎。

伍德维尔站在大门的拱廊里恭送我们离开。他来到我身边，不假思索就为我检查马鞍系带，一如往常那般。“没有你，我该怎么办？”我问。

他的脸上带着坚定的神色。“我会想你的。”他声音低沉，没有正视我的双眼，“上帝作证，我每天都会想你的。”

他转身走向公爵。他们紧紧握手，我的大人从马上俯身拥抱他的侍卫：“上帝保佑你，小伙子，为我撑下去，等我送信给你时就来我身边。”

“随时恭候。”伍德维尔简短地回答。接着大人扬起手，我们从吊桥上策马而过，我意识到我不知道何时才能再见他，我还没有说再见，也没有感谢他对我的照顾，也没有告诉他——告诉他……我摇摇头。贝德福德的公爵夫人不应对她丈夫的侍卫说什么，我的泪水毫无预兆地模糊了视线，看不清前方的平原和平坦大道。

这一次我们行驶在护卫队中间。乡间尽是法外之地，没人知道会不会有法国军队横行而过，尽数破坏所见之物。我们平稳地慢速骑行，公爵面色铁青，已经因一路颠簸而劳累不堪了，还要强打精神面对接下来的困境。

城中满目疮痍。我们想在波旁公馆中好好过个圣诞节，可厨师们压根找不到新鲜肉类和蔬菜。信使们每天都从法国的英属领地上前来报告偏远乡村又发生了暴动，那里的人们发誓不愿再多忍受一刻英国的统治。听说阿尔马尼亚克国王也在被叛乱所扰，但这也没给我们带来多少安慰。实际上，整个法国都已经对战争不胜其烦，士兵们呼求祈祷，愿疫病降临在双方的王室身上。

新年伊始，公爵简短地告诉我说我们要离开巴黎，而我现在已经对他有足够的了解，知道在他显得如此愤怒疲劳的时候不应追问他的打算。

“你能告诉我幸运是否会重降到我们身上吗?”他满怀苦楚地问，“就这一个问题。”

我摇头。说实话，我觉得厄运和悲伤在他身周阴魂不散。

“你看起来就像个寡妇。”他突然说，“笑一笑吧，雅格塔。”

我对他微笑，没有对他说有时我也觉得自己像个寡妇。

# 1435年2月

**法国　日索尔**

大人送信给伍德维尔，让他护卫我们离开巴黎奔赴鲁昂。他什么也没对我说，可是我担心他是觉得如果遭到攻击，巴黎城将不保，而我们只有在鲁昂才安全。他希望去那儿，与来自英属领土中心地带的法国朝廷进行和平谈判。伍德维尔带来了更多的护卫兵，他面色庄重地鼓舞马场上的护卫队，整顿秩序以进一步确保安全，然后帮助公爵上马，踏上第一天的行程。

旅途阴冷而潮湿，我们在日索尔戒备森严的城堡里停下来歇息。我在半夜醒来，听见一种可怕的刺耳声音。那声音来自我的丈夫，他在床上胡乱扭动，呼吸困难，拼命想要喘气，就好像有人掐住了他的喉咙。我跳起来用火把点燃一根蜡烛，看见他死死拉扯自己的睡袍，无法呼吸。我推开卧室大门呼唤女仆，叫她跑去找伍德维尔和公爵的内官。

顷刻之间我的房间里就站满了人，他们把我丈夫从床上扶起来，打开窗户通风换气。他的医师带着一剂从炼金术士那里拿来的酊剂赶到，我的大人啜饮了一口后平稳了呼吸，接着又喝了一口。

“我没事，我没事。”他用嘶哑的声音说，挥手驱赶或站在房内或聚在门口的家人，“走，走，都走吧，回你们的床上，这里没什么问题。”我看到医生瞥了一眼伍德维尔，似乎他俩明白这只是一个安慰人心的谎言，不过伍德维尔还是送走了屋中所有人，只留了一人守候在门外以备不时之需。到最后，屋里只剩了那个医生、公爵、伍德维尔和我。

“我会叫巴黎的医师过来。”伍德维尔对我丈夫说，“以防万一，我现在就叫他来。”

“好。”他艰难地说，“我的胸口很沉，铅一样沉。我不能呼吸。”

“你觉得你能睡得着吗?”

“如果你把我从床上扶起来的话。我不能平躺。我很累，理查德，我累得像一条挨揍的狗。”

“我会睡在你的房外。”伍德维尔说，“如果你醒了，夫人可以叫我。”

“她最好还是去别的房间。”我丈夫说，“这里不是她该待的地方。”

他们双双看向我，就好像我是一个不该承担任何压力的稚儿。我说：“我要和你在一起。到了早上，我会去用柠檬和欧芹给你制一剂饮料，让你能呼吸顺畅。”

公爵大人看着我。“你就是我最宝贵的财富。”他又一次这样说道，“可是今晚还是去侍女的房间吧。我不想再吵醒你了。”

我把晚间斗篷披在身上，在脚上套了双便鞋。“如果大人再次发病就叫我。”我对伍德维尔说。

他躬身道：“我会的，我的夫人。我会睡在他身边地板上的床褥里，这样就能一直照看他了。”

我走到门边，大人却抬起一只手拦住了我。“就站在那儿。”他说。

我依他所言站在敞开的窗前，严寒的空气正从窗外涌入。“把灯都熄了。”大人吩咐。人们熄灭了蜡烛，月光将一道清澈纯白的光洒进房间，落在我的头和两肩，照亮了我洁白的睡裙。我看见伍德维尔偷眼瞧我，满怀爱慕，但很快就把视线转开了。

“梅露西娜和月亮。”公爵大人轻声说。

“雅格塔。”我提醒他说，“我是雅格塔啊。”

他合上眼，进入了梦乡。

两天过去，他好转了一些。我们正在大厅里用早餐时，有人给他带来加莱要塞的信息，他拆开信，默默地读，然后四处张望寻找伍德维尔。

“加莱有麻烦了。”他说，“你最好回去重整秩序，再回来我这里。”

“他们遇到攻击了？”理查德爵士问道，冷静得就像这道命令并没有让他置身于危险之中。

“他们的军饷又没有发下来。”公爵大人说，“我会从我自己的金库里拨出一张汇票给你。设法安慰他们吧。我会写信给英国寻求资金的。”

伍德维尔看都没看我一眼。“您能继续前往鲁昂吗？”他问道。

“我会想办法。”大人回答。

“我会帮他的。”我说，两个男人都没有任何回应，就好像我根本没有开过口。

“你去吧。”大人简洁地说。

伍德维尔紧握大人的手，好像想要拥抱他，接着看向了我，视线投在我身上的时间一瞬即逝。我再一次发现了他的双瞳有多么蔚蓝。接着他鞠鞠躬就离开了，几乎是不辞而别。

我们缓慢地驶向鲁昂。公爵的状况不便骑行，只能坐在轿子里，他那匹壮硕的战马跟在旁边。它驮着空荡荡的马鞍焦虑消沉地前行，头也一路低垂，似乎在害怕失去主人。我的大人躺在他以前为我定做的轿子里，被白骡子拉着，可即使这样，他也因为长途颠簸而不能得片刻安宁。这就像是一匹骏马在干完一整天的活、犁完一整片的地后似的疲惫。我的大人已经失去生命力了。仅仅是看着他，我都能以我年轻的身体感受到他那足以致命的精疲力竭。

# 1435年9月

**法国　鲁昂**

整个漫漫夏季，公爵大人都在传唤他的律师和曾效忠于他的议员们，这些人曾助他在法国艰难摄政十三载。每一天使节们都从他们在阿拉斯召开的和平会议上来了又去，每一天我的大人都让他们来告知最新进展。他为英国的年轻国王寻得一位法国公主的联姻以平息法国王位之争，并提议将整个法国南部都交给阿尔马尼亚克人统治；他不能继续让步了。可对方要求的是让英国人交出所有法国领土，还否认了我们坐上王座的权力——就好像我们不曾花上几近一个世纪为王座而战一样！每一天我的大人都在提议新的让步，抑或是协约的新草案，而每一天信使踏上通向阿拉斯的大路之时，他都在鲁昂城堡的窗边眺望斜阳西沉。某天晚上，我看见信使从马场出来，向加莱疾驰而去。我的大人写信召唤理查德·伍德维尔了，然后他叫我过去。

律师把大人的遗嘱带来给他，他命令要改一些地方。他的财产都属于男性继承人，也就是他的侄子，英格兰的小国王。他难过地一笑。“我绝不怀疑他有多渴望继承我的财产，国库里连一毛钱也不剩了；我也绝不怀疑他会把钱财都挥霍一空。他会连想都不想就把钱财都送出去的，他是个慷慨大度的孩子。可是这些都是理应属于他的，他的议会也会给出忠告。上帝会帮助他在我弟弟和叔叔的建议之间做出抉择。”而我也将得到他名下三分之一的财产。

“大人……”我不知如何开口。

“这些是你的，你是我的妻子，尽了好妻子的义务，应得这么多。只要你还冠着我的名字，一切都是你的。”

“我并不想……”

“是的，我自己也不想。我没想过这么快就要立下遗嘱。不过这是你的权利，也是我的愿望，你应该得到你那一份。但是还不够，我还要把我的书通通留给你，雅格塔，我那些美丽的书卷。它们现在都归你所有了。”

这些书毋庸置疑都是宝物。我跪在他的床边，将脸颊贴在他冰冷的手上：“谢谢你。你知道我会好好研读、好好保管它们的。”

他颔首：“那些书，雅格塔，那些书中有一本含藏着所有人都在寻找的答案——如何永生，如何制造纯粹的水，如何从煤灰和暗物质中提炼出真金。也许某天你会在阅读时找到它的，那时我已经死去很久了。”

泪水在我的眼中打转：“别说这种话啊，大人。”

“出去吧，孩子，我得在上面签名，然后就要睡觉了。”

我屈膝行礼，悄悄离开房间，把他和律师们留在那里。

他一直不让我去见他，直到第二天下午，我们才又见面。就算才隔了这么短的时间，我也眼睁睁看着他又失去了一些生气。他黑色的眼睛更加呆滞了，鹰钩鼻在消瘦的脸上显得更宽更大；我可以看得出他正在片片崩塌。

他坐在高大如王座的椅子中，面朝窗户好看到通往阿拉斯的路，路上的人们仍为和平协议争论不休。窗外照进的余晖让一切都闪闪发光。我想这可能是他的最后一夜了，他也许将随着太阳一起消逝。

“这城堡正是我第一次见你的地方，还记得吗？”他望着太阳沉入金色的云层，苍白的月影升上天空，“当时我们就在这座城堡，就在这座城堡的入口大厅，为了圣女贞德的审判。”

“我记得。”我记得太清楚了，可是我从没为贞德之死谴责过他，即使我经常自责没能为她出言辩护。

“真是奇怪，我是来这儿烧死一位圣女的，却又发现了另一位。”他说，“我把她当做女巫烧死，却又因为你的能力而想要你。真是奇怪啊，这事儿。看见你的瞬间我就想要你了。不是当做妻子，因为我那时有安妮。我想要把你当做一件宝物。我坚信你有预知能力，我知道你继承了梅露西娜的能力。我本以为你能带我找到贤者之石。”

“对不起。”我说，“我很抱歉我的能力不足……”

“哦……”他做了个手势表示不关心，“没这回事。也许如果我们有更多时间……可是你的确看见过一顶王冠，对不对？还有一场战争？还有一位王后，在钉马后蹄上的马蹄铁，你还看见了我的家族的胜利，还有我侄儿和他的血脉将永远君临天下，对吗？”

“是的。”我这样说是为了安慰他，即使这些景象没有一样是我真正看清过的，“我看见你的侄儿坐在王座之上，我确信他会守住法国。加莱不会在他手上丢失。”

“你确信吗？”

至少这一点我能向他保证：“我保证加莱不会输在他手上。”

他点点头，沉默地坐了片刻。然后他极轻极低地说：“雅格塔，你能脱掉你的裙子吗？”

我吃惊到不由得退了几步：“我的裙子？”

“是的，还有内衣，所有衣服。”

我感到自己尴尬地脸红了：“你想看我赤身裸体？”

他点头。

“现在吗?”

“没错。”

“我是说，在光天化日之下?”

“在这夕阳西下之时，没错。”

我别无选择。“如果这是您的命令，大人。”我从椅子上起身，解开长裙的系带，任它垂到脚边。我从中跨了出来，羞赧地将它放到一边。我摘下华丽繁复的头饰，把辫子统统散开。头发落在我脸上，就好像一层遮掩我的面纱，接着我脱下亚麻衬裙，还有精致的丝质内衣，我站在他面前，不着一缕。

“抬起你的手。”他命令道。他的声音很平静，望向我的目光不带任何欲望，而是某种沉思般的愉悦。我意识到我曾见过他这样，当他看那些图画，那些织锦画，那些雕像时正是这样的眼神。此时此刻，一直以来，我在他眼里都是这样：一件美丽的物品。他从没把我当做一个女人来爱。

我顺从地把手举过头顶，像一个准备潜入深水的泳者。我眼中的泪水已流过脸颊，因为我知道了，我是他的妻子、他的床伴、他的伴侣和他的伯爵夫人，而即使到了现在，即使他已濒临死亡，他还是不爱我。他从未爱过我，也永远不会爱我。他指示我稍微侧身，让最后的金色余晖洒在我赤裸的皮肤之上，将我的身体两侧、小腹和乳房都染成同样的金色。

“火之少女。”他轻声道，“黄金圣女。真高兴能在死前看见这样一幕。”

我顺从地一动不动，即使感到自己纤细的身体在啜泣中轻轻颤抖。在他临死之时，也把我视作一件幻变成黄金的物体；他看到的不是我本人，他不爱我，甚至不是因为我本人而需要我。他的眼睛扫过我全身上下每一寸，如痴如醉；却没有察觉我在流泪。我重新穿好衣服后，将泪水悄然拭去。

“我现在要休息了。”他说，“真高兴能看见这样的景象。告诉他们来扶我上床，我要睡觉了。”

他的仆人们走进来，将他舒服地置于床上，接着我亲吻他的前额，让他沉入梦乡。就这样，那一晚他在睡梦中去世了，这是我最后一次见到他，也是他最后一次见到我：不是作为挚爱的妻子，而是一尊被落日镀成金色的雕像。

早上七点左右，我被叫醒，来到他的房间看见了他。他几乎和我离开时一样，看上去正睡得安详，只有丧钟独自在鲁昂教堂的钟楼里缓慢低沉地长鸣，告诉整个家族和全城，伟大的约翰公爵已经溘然长辞。后来女人们清洗了他的身体，为殡仪做好准备。管家着手准备在教堂举行入棺仪式，木匠订制木材，开始制作他的棺木，只有理查德·伍德维尔想到把我带到一旁，与我一样在周围的嘈杂和劳作声中不知所措，沉默不语。他带我回了我的房间。

他为我叫来早餐，把我交给侍女，交代她们看着我吃，看着我休息。缝纫女工和裁缝们马上就会来为我们量体裁衣制作丧服，鞋匠也会来为我制造一双黑鞋。手套师傅会为我制作一双双黑手套，好分发给家族成员。他们会用黑布铺点前往教堂的路，还要给一百个穷人准备黑色斗篷，都是雇来走在棺材后面的。我的大人会被安葬在鲁昂大教堂，届时将有各地领主排成长长的队列，用宏大的场面为他送别，一切都将不差分毫地按照他的愿望执行：庄严而高贵，按英国的传统行事。

那一整天我都在写信向所有人通知我丈夫的死讯。我写给我的母亲，告诉她我现在和她一样都是寡妇了：我的大人死了。我还写信给英国国王，给勃艮第公爵，给神圣罗马帝国，给其他国王，给阿拉贡的约兰德。其余时间我都在祈祷。我出席了那天在我们的私人教堂中的每场礼拜，鲁昂大教堂的僧侣们守着我丈夫的遗体日夜不休地照料和祈祷，遗体由四位处于四个方位的骑士守护；这样的守夜只有在火葬之后方才结束。

我等候着，希望上帝能为我指路，我跪着等候，希望自己能明白我丈夫是因为功勋累累才蒙主召唤的，至少他终于去了一个不需要拼死守护的地方。可是我什么也没听见，什么也没看见。甚至连梅露西娜也不曾为他低吟一声哀叹。我想知道自己是否已经失去了预知能力，而镜中那浮光掠影的一瞥就是我从此再不得见的另一个世界的最后影像。

到了晚上，约莫是日落时分，理查德·伍德维尔进了我的房间，问我是想在城堡大厅用晚餐，被家族的男男女女团团包围，还是在自己的房间独自进餐。

我犹豫不决。

“如果你能去大厅，他们会很振奋的。很多人都因失去公爵大人而深深悲痛，他们会很想看见你出现在他们中间，况且你的家族无疑将分崩离析，他们会很想在不得不离开前见你一面的。”

“这个家族会分崩离析？”我傻乎乎地问。

他点头：“毫无疑问，我的夫人。英国朝廷会任命新的法国摄政王，你将会被送回英国宫廷，让他们为你安排另一桩婚事。”

我目瞪口呆地看着他：“我无法想象还要再结一次婚。”

我不太可能再找到一个对我无欲无求，至多不过是瞧瞧我的裸体的丈夫。新丈夫的需求一定远不仅于此，他会对我动粗，而且他几乎毫无疑问会有钱有势，还很年迈。只是这名老人不会让我学习，不会留我独守闺房，他必定想要个儿子，指望我生下他的后代。他会像买一头给公牛配种的小母牛一样买下我。我会像牧场里的小母牛一样尖叫，可他照样会爬到我身上。“真的，我无法忍受再结一次婚了！”

他的微笑满含苦涩。“你和我都要学习如何服侍新主人。”他说，“真够受的。”

我没作声，过了一会儿说：“我会去大厅用餐。你真的觉得大家会喜欢这样吗?”

“他们会的。”他说，“你能自己走去吗?”

我点头。侍女们列队走在我身后，理查德则在我身前开道，走向通往大厅的双扇门。门后传来的声音不如平时那般嘈杂：这个家族正在服丧。护卫们把门打开，我走了进去。所有谈话都在霎时间中断了，沉寂突如其来地降临，接着又是一阵沉重的桌椅挪动声，所有人都站起身来，在我经过时摘帽致意，成百上千的人都在向我这位年轻的公爵遗孀致敬，展示他们对逝者的热爱，还有对丧主的悲伤，以及对我丧夫的同情。我从他们之中走过，听见他们喃喃低语“愿上帝保佑您，夫人”。我一直走到大厅尽头的高台之上，孤身站到高脚桌之后。

“我感谢诸位善良的祝愿。”我对他们说，声音像铃声般在大厅中回响，“公爵大人已经与世长辞，我们都因他的故去而悲伤。你们都会领到下个月的工钱，我会将你们推荐给法国的新摄政王，因为你们都是优秀且值得信赖的仆人。上帝祝福公爵大人，上帝保佑国王。”

“上帝祝福公爵大人，上帝保佑国王!”

“做得好。”我们回私人房间的路上，伍德维尔对我说道，“尤其是工钱那部分。而且你也付得起。大人生前待下人很好，钱库里也有足够的钱支付工资，甚至还有富余的可以给老人们当养老金。你自己也会是个非常富有的女人。”

我在一个小凸窗前站定，望向被夜色笼罩的城镇。一轮椭圆的凸月正在升起，在靛蓝色的天空中散发温暖的黄色光彩。我应该趁月亮渐满时在彭斯赫斯特种植草药，但接着想起自己再也见不到彭斯赫斯特了。“你接下来会怎样呢?”我问道。

他耸耸肩："我会回加莱，直到朝廷任命新的上尉，然后回英国的老家。我会找到值得尊敬的新主人，效忠于他。也许我会回到法国进行远征，如果国王真的与阿尔马尼亚克人缔结了和约，也许我会到英国朝廷服侍国王。也许我会远赴圣地，当一个十字军骑士。"

"可是我不能再见到你了。"这个念头突然刺痛了我，"你不会在我的家族之中了。我甚至不知道自己会住在哪里，你却可能去任何地方。我们再也不能在一起了。"我看着他，意识到这个事实。"我们再也不能见到对方了。"

"是的，"他说，"我们要在这里分别。也许从今往后再也不能见到彼此了。"

我惊讶得无法呼吸。从此再也见不到他，这个想法太沉重了，重得我几乎无法承受。我发出一声颤抖的笑。"这不可能啊，我每天都会见到你，这样已习以为常了……你总是在这里，我曾经与你并肩散步，一同骑行，与你朝夕相处，已经——已经两年多了？自打我结婚那天起，我就习惯有你……"我停了下来，怕自己听起来太过脆弱，"还有，谁去照顾梅芮？谁能保证她的安全呢？"

"你的新任丈夫？"他提议道。

"我不知道，我无法想象。无法想象你不在身边。还有梅芮……"

"梅芮怎么了？"

"她不喜欢陌生人。"我傻乎乎地说，"她只喜欢你。"

"我的夫人……"

他的声音中满怀着强烈感情，令我安静下来："怎么？"

他带我走过长廊。在坐在火炉最远端的侍女眼里，我们不过是一起走着商量接下来的几天的安排，就像我们以往一直做的那样，并肩行走，交谈，我们的关系永远都不会改变：一位公爵夫人和她虔诚的骑士。可是这一次，他一直握着我的手，指尖烫得如同正在发烧。这一次他的头离我是这么近，我一直将头扭开。我不能抬头望他，这样的话我们就会碰上对方的嘴唇。

“我不知道未来会将我们带至何方。”他快而低声地说道，“我无从得知你会嫁到何处，也不知道生活将待我如何。只是我不能还没告诉你就让你走——至少对你说一次——我爱你。”

我的呼吸为之一滞：“伍德维尔……”

“我什么也不能给你。我简直一文不名，而你却是法国最高贵的夫人。可是我想要你知道，我爱你，我想要你，第一次看见你的那天我就万劫不复了。”

“我应该……”

“我必须告诉你，你必须知道：我像骑士热爱他的夫人一样满怀荣耀地爱你，我像男人热爱女人一样满怀激情地爱你；此时此刻，在我离开你之前，我想告诉你我爱你，我爱你……”他停下来，绝望地看着我，“我必须要告诉你。”他又说了一遍。

我感到自己好像被炼金术击中一般，变得明亮而温暖。我可以感觉到自己因那些话语而脸红微笑。就在那时我立即知道他说的都是真的，他爱我，就在那时我立即意识到：我也爱他。他已经告诉我了，他说了那些话，我掳住了他的心，他爱我，他爱我，天啊，他爱我。连上帝都知道——可理查德却不晓得——我也爱他。

我们没再说话，钻进走廊尽头的一个小房间，他反手关上门，情难自已地拥我入怀。我朝他扬起头，他吻了我。我的双手从他英俊的脸庞一路抚到宽阔的肩膀，我将他紧紧抱住，近一点，再近一点。我能感受到他肩上的肌肉包裹在短上衣之下，还有他后颈上扎人的短发发梢。

“我想要你。”他对着我的耳朵说，“不是作为公爵夫人，也不是作为占卜者。我想要作为女人的你，我的女人。”

他低头从我长裙领口中露出的肩头上落下亲吻，他亲吻我的锁骨，我的脖颈，一路吻到我的下颌。我将脸埋在他的发间，埋在他的颈窝，他发出一声满含欲望的呻吟，把手指插进我的发巾，把金色的网纱扯了下来，让我的长发纷纷散落，他在其间摩挲自己的脸颊。

“我想要作为一个女人的你，一个普通女人。”他气喘吁吁地重复道，伸手拉扯我的长裙的丝带，“我不想要预知能力，不想要你显赫的家世。我对炼金术、难解之谜和水之女神都不感兴趣。我是一个普通的男人，由最普通的物质造就的英国男人。我不想要探寻难解之谜，我只想要你，作为一个寻常女人的你。我必须拥有你。”

“你会把我带回现实的。”我仰起头，缓缓地说。

他犹豫了，低头看向我的脸。“不是要贬低你的身份。绝不是那样。我想要你保持最真实的自己。我不懂另一个世界的事，也毫不关心。我不关心圣人、鬼怪、女神还有什么贤者之石。我唯一想要的就是和你同床共枕，雅格塔——”我们俩都意识到这是他头一次叫我的名字，“雅格塔，我只想得到你，把你当做一个普普通通的女人，而我则是一个普普通通的男人。”

“好啊。”我突然感到一阵欲望的冲动，“好啊。别的我什么也不在乎了。”

他的嘴唇又压上了我的，他伸手拉扯我长裙的领口，解开我的腰带。“把门锁上。”我说，他甩掉上衣，将我拉到怀里。他进入我的时候，我感到一阵灼热的痛苦，接着融化成一种从未感受过的欢愉，令我再不计较那疼痛。可是即使在两人忘我的交融之中，我也清楚知道这是女人的疼痛，我已经成为了一个属于大地与火的女人，不再是属于水和空气的少女了。

“我们得小心点，别怀上孩子。”伍德维尔对我说。我们已经密会整整一周，目眩神迷地沉浸在彼此带来的欲望和欢愉之中。大人的葬礼已经结束，我等着母亲的来信，看她会命令我怎么做。我们终于从爱欲的盲目中清醒了一点，只不过还非常缓慢，开始思考等待着我们的命运将是如何。

“我服过草药。那一晚过后我就服了某种草药。不会有孩子的。我可以保证。”

“我希望你能预见我们俩的命运如何。”他说，“因为我真的无法让你走。”

“嘘。”我让他小心。我的侍女们就在附近边做女红边聊天，不过她们早已习惯理查德·伍德维尔每天都来我的房间了。有很多事情要安排计划，理查德总是随叫随到。

“我是说真的。”他压低声音，“是真的，雅格塔。我无法放你离开。”

“那么你就要抓牢我了。”我答道，把脸藏在文件后忍俊不禁。

“国王会命令你回英国的。”他说，“我总不能绑架你啊。”

我飞快地偷瞧了一眼他愁眉不展的脸。“真的，你应该绑架我算了。”我怂恿道。

“我会想出办法的。”他立下誓言。

那天晚上我取出姑婆留给我的手镯，那个能预知未来的挂满小挂坠的手镯。我取下其中一个，形似小小的结婚戒指，又取下一个像小船的，象征我的英国之旅，然后是一个形似圣波尔城堡的，以防我被召唤回家。我想要把它们分别绑上丝绳，垂进塞纳河最深的水域之中，等月相变化后看看是哪一根会回到我手中。我正要给小挂坠绑上丝绳，突然停了下来，嘲笑自己。我不会这样做的，这是多此一举。

我已经是属于大地的女人了，不再是水做的女孩。我不是少女，我是热恋中的情人。我无意预见未来；我会亲手塑造它，而不是预知它。不需要什么小挂坠告诉我事情会得偿所愿。我向上抛出那个形似结婚戒指的小挂坠，在它掉地前接住了它。这是我的选择。我不需要靠魔法揭示自己的欲望。魔法早已实现了，我坠入了爱河，我与一个属于大地的男人结下了盟约。我不会放开他的。我所要思考的就是怎样才能让我们在一起。

我把手镯搁到一边，抽出一张纸，开始写信给英国国王。

贝德福德公爵遗孀致尊敬的英法之王：

敬爱的大人，亲爱的侄儿，愿您贵体安康。如您所知，先夫在英国给我留下了土地和财产作为遗产，如果您允许，我会回家安排打点自己的事务。我的大人的骑士统领，理查德·伍德维尔爵士，会伴我和我的家族一同前往。静候您的允许。

我把那手镯放进钱包，收回首饰匣中。我不需要魔法来预知前程；我要亲自让它实现。

## 1436年夏

**英国**

英国宫廷正处于它的夏季日常状态之中，人们捕猎，旅游，四处留情。英国的年轻国王在祈祷中开始和结束他的每一天，但也会像无忧无虑的男孩般在一天剩下的时间里策马外出。理查德和我作为同伴和朋友陪伴着小国王，我们打猎，跳舞，进行夏季运动，打球，没人知道每天晚上，理查德都会悄悄来到我的房间，然后迎来一天当中最美好的时光，也是一天当中我们唯一可以独处的时光。

亡夫遗产中的土地已经转到我的名下，公爵大人的巨额财富中的大半都给了他的侄儿。我们在巴黎的房子已经没了，落入阿尔马尼亚克国王的手里。这人自我的大人死后就一直吉星高照。大人挚爱的彭斯赫斯特的房子也入了他弟弟格洛斯特公爵汉弗莱之手，还有伊琳诺·柯布汉姆，这个背叛了女主人信任的侍女，现在正在美丽的林荫道间漫步，欣赏花园里的玫瑰，好像她真的配得上呢。她会采摘我种的草药，会把它们挂在我的蒸馏室里风干，她会取代我在客厅里的位置。我对自己的婚姻生活毫无遗憾，只除了这个。

他们两人，英俊的公爵和美丽的妻子，都是极度高傲之人，且风光正盛。既然我的丈夫已经去世，他们就是最靠近王位之人了，只要小国王在晚宴时咳嗽一声，或是攀爬一匹对他来说太过高大的马，我就会看见公爵夫人把头伸过来，活像听见号角的猎犬。对王座的欲望让他们只顾与叔叔博福特主教争斗不清，整个宫廷都哀悼我丈夫的故去，因为只有他能令这些仇家携手言和。小国王在早上听公爵的意见，下午又听主教的意见，到了晚上他也不知道自己是怎么想的了。

我沉浸在自己的快乐之中，像个傻子。我暗中留意伊琳诺·柯布汉姆，但对她毫无恶意。我把她归进了同情的行列，怀着飘飘然的同情，同情每一个人，任何未被理查德·伍德维尔所爱的人。她没有睡在她爱的男人身边，她不知道当夏日晨曦将窗棂染上珍珠色时，他的抚摸是多么美妙，她不知道那些带着寒意的清晨中的耳语，“哦，别走。别走。只要一会儿就好。”我觉得整个世上都再没人知道身陷爱情的感觉，被人如此爱着的感觉。夏日时光在爱恋的朦胧之中不断溜走，但总有结束的一天。九月到来，我已经守寡整整一年了，国王的大臣们要为我寻一桩新婚事。他们会借助我把一个难缠的英国贵族推到王座之前，他们会把属于我的土地放进某个宠臣的腰包。也许他们会找到一个愿意娶我为妻以加强联盟的外国王子。他们会把我安置到对他们有利的位置上，让我们从这场爱情的魅惑中醒来。我预测我会在圣诞节时分出嫁。

理查德深知这种危险，可是不知道怎样阻止。理查德说他会在国王和议会面前，告诉他们他爱我，想要娶我；可是我不会由着他去的，如此一来我会丧失名誉，不再是公爵夫人而变成庶民之妻，不再是国中的第一夫人，而是会真正成为最底层的女人。往最好的方面想，我丈夫留给我的财产会被没收，我们将一无所有。往坏的方面想，他们会以奸污贵族成员之名逮捕理查德，把我送进女修道院，然后把我嫁给一个受命来控制我的男人，并警告他说他的妻子是个妓女，最好让她学会顺从。

梦幻般的温暖夏日一天天过去，我们知道离分别之时或坦白之日更加近了。理查德十分自责，害怕他会使我身败名裂；我唯一担心的是他会在一时的自我牺牲冲动之下离开我。他说如果公开了对我的爱会使我身败名裂，可如果不公开又会把他逼疯。

那个聪明的女人玛芝莉·茹尔德梅恩来到宫廷贩售爱情药，还会算命，帮人寻找失物。她的所作所为有一半都荒唐无稽，但我信任她作为药剂师的技巧。我将她召至自己的房间，她谨慎地很晚才趁着夜色而来，头戴兜帽，脸裹围巾。“这位美丽的公爵夫人想要什么呢？”她问我。

我不由得被她的用词逗得笑了出来：“那你又是怎么称呼那一位公爵夫人的？”

“我将她称为高贵的公爵夫人。”她说，“这样一来你俩都会高兴了。对她而言没有什么比王冠更重要。我能为她所做的不过是将她推到离王位更近的地方；可我能为你做些什么呢？”

我摇摇头。我并不觊觎继承权，仅是暗示小国王不够强壮或不够健康就已经是叛国行为了，虽然这些都是事实：“我会告诉你我想要什么。我想要一种药剂，喝下就能怀上孩子。”

她狐疑地看我：“你没有丈夫，却想要小孩？”

“不是给我的。”我马上撒了谎，“是给一个朋友的。”

“那么这个朋友是不是和你的年龄体格都相仿呢？”她无礼地问，“我必须要知道，为了制药嘛。”

“你就当这药是为我准备的吧。把配方给我。”

她点头答应：“明天就能准备妥当。你——你的朋友——必须每晚都要喝。”

我颔首：“谢谢你。别的就没事了。”

她在出门时犹豫了片刻。“任何敢于改变自己命运的女人都会让自己置身危险。”她几乎是漫不经心地说道，“而你比任何人都更可能会预见到这一点。”

我对她的警告付之一笑，一时心血来潮伸出手在她面前用食指在空中画出一个圈：命运之轮。她会意笑了笑，随后便离开了。

我等了一个月，又是一个月，然后在夏末的一个午夜，理查德悄声无息地走进我的房间，我钻进他的怀里。

“我有新闻要告诉你。”我给他倒了一杯来自加斯科涅的最好的红酒，说完心中便涌起笑意。我纵声大笑，因为突然涌上的勇敢，欢乐，和强烈的幸福。

“好消息吗?”他问。

“是好消息。我的爱，我应该告诉你；可是事到临头，我又不知道该怎么对你说——我怀孕了。”

玻璃杯从他手中滑下，掉在石地板上砸得粉碎。他甚至没有回头看地上的惨状，他根本听不见响声，也不顾造成了多大损失：“什么?”

“我怀孕了。”我平稳地说，“有一个月了吧。”

“什么?”

“事实上，我觉得她会是个女孩。我想她会在明年夏初出生。”

“什么?”他又说了一遍。

我心中窃笑，简直要笑出声来，他的惊恐也没能吓住我。我耐心地说：“亲爱的，高兴点。我怀了你的孩子了。世界上再没有别的东西能令我比今晚更快活。这是我生命的开始。我终于成了一个大地的女人，我是一片沃土，种子在我体内生长。”

他把头埋进手里：“我毁了你。上帝宽恕我。我永远不会原谅自己的。我爱你胜过世间一切，却把你带向了毁灭。”

我说：“不，别说什么毁灭。这样棒极了。这样就能解决一切问题了。我们会结婚的。”

“我们必须结婚!”他大声叫道，“否则你会遭到羞辱！可是如果我们结婚，你又会身败名裂。天哪，我把自己推进了怎样的陷阱，我把你推进了怎样的绝境啊!”

“这正是走出绝境的方法。”我说，“因为我们已经交换誓约，还将生儿育女，没人能够让我们否认自己的婚姻。议会、我母亲、国王，所有人都不得不接受它。就算他们并不喜欢——他们也终会忍受。他们说国王自己的母亲就不经允许嫁给了欧文·都铎……”

“然后她就身败名裂了！她嫁给了她的更衣男仆，再也没有回到过宫里。她的亲生儿子修改了法律，以防再有贵族遗孀做出这样的事来！这条法律正好适用于你!”

“她活下来了。”我沉稳地说，“她还生了两个英俊的儿子，国王的同母异父的兄弟。理查德，没有你我无法生存。我不能嫁给别的男人。我们在欲望的驱使之下成为爱侣，现在它又要驱使我们永结同心。”

“我不想毁了你。”他说，“上帝宽恕我，虽然我想要你，可我不想这样。我以前很鄙视欧文·都铎，因为他让本应由他服侍的王后怀上自己的孩子，这个男人本应不惜生命拼命保护这个女人，却毁了她——而现在的我和他一样自私！我现在就应该离开。我应该去加入十字军东征，应该以叛国的罪名被绞死。”

我沉默了很久，然后抬起双眼，用清澈如林中泉水的眼神看着他：“哦，难道我一直误信了你？难道这么久以来我都错了？你不爱我吗？你不想和我结婚吗？你想抛下我吗?”

他跪在地上：“在上帝面前起誓，我爱你，我将你看得比世间一切都更宝贵。我当然想和你结婚了。我爱你，用我的心和灵魂。”

“那么我接受。”我欣喜地说，“我很高兴成为你的妻子。”

他摇摇脑袋。“我十分荣幸能与你成婚，我的爱人，你是那么遥远，远远超出了我所应得的——而我又是那么为你担心。”他如梦初醒，“还有我们的孩子！”他将手轻柔地放在我的腹部：“我的上帝啊，一个孩子。我必须保证你们两个安全。我现在要保护的是两个人了。”

“我会变成雅格塔·伍德维尔。”我梦呓般反反复复地念这个名字，“雅格塔·伍德维尔。她就是伊丽莎白·伍德维尔。”

“伊丽莎白？你确定会是女孩？”

“我确定。她将叫做伊丽莎白，是我们众多子女的第一个。”

“如果他们不会以叛国之罪砍掉我的脑袋的话。”

“他们不会砍你的脑袋。等时态紧急的时候我会跟国王还有凯瑟琳王太后讲的。从此我们就能幸福地生活在一起了。”

直到那晚临走之时，他依然在我们将要成婚的喜悦和将我带入困境的悔恨之间反复挣扎。我坐在窗边，手放在腹部，抬头看着月亮。今晚是上弦月，昭示着新的开始，新的希望，以及新生命的发端。一时心血来潮之下，我取出了姑婆留给我的卡牌面朝下排开。我的手游移过一张又一张卡牌，最后选了一张。是我最爱的牌：圣杯女王，水与爱情的女王，象征梅露西娜，象征洞察力和温柔。一个属于这张牌的女孩自己也将成为女王，受人敬爱。

“我会嫁给你的父亲。”我对体内那个生命的小小火花说道，“我会把你带到世上。我知道你一定会很漂亮，因为你的父亲是全英国最英俊的男人，可是我不知道你会怎样度过你的人生，又能走到多远的地方，当你明晰自己的道路——也当你找到你爱的男人时，就会明白自己想要怎样的生活。”

# 1436年秋

**北安普敦郡　格拉夫顿**

我们一直等到整个宫廷的人缓缓启程返回伦敦，在北安普敦郡过夜之时。趁我的侍女们还没醒来，我溜出房间，在马厩与理查德会合。他已经给梅芮安好了马鞍和缰辔，他自己的战马也整装待发了。我们沿小路而行，前去他的家乡格拉夫顿。有一个神父孤身在此处避静[①]，庄园不远还有一个小小的教堂。理查德的父亲已经在那儿等着了，带着一脸严肃和紧张，还有三个证人。理查德去找神父，他的父亲向我走近。

“我希望您知道自己在做什么，夫人。”他边扶我下马边直率地说。

“我要嫁给我此生见过的最好的男人。”

“这会让你付出昂贵的代价啊。”他警告我。

“失去他的代价只会更加惨重。”

他点点头，好像有些半信半疑，但依然伸手挽住我，带我走进教堂。在东侧的尽头有一个小小的石制圣坛，上面立着十字架和一根燃烧的蜡烛。站在前面的是身穿圣方济各会[②]式的棕色教袍的神父，他的旁边是理查德，正带着满脸羞涩的笑容转过身来，就好像我们正身披金衣，正站在成百上千的观众面前。

我走向圣坛，神父温柔地要求我们宣誓，正当我开口准备回答时，太

① 天主教传统的灵修活动，在一定时期内避开俗务，清修自省。

② 圣方济各会是天主教托钵修会之一，一译法兰西斯派。

阳出来了，阳光透过圣坛上方彩色玻璃的圆窗直射进来。那一刻，我忘记了要说什么。五彩绚烂的光线编织成的轻纱落在教堂的石头地面，覆盖在我们的脚背之上，我目眩神迷地想道，此时此地，我正在与我爱的男人步入爱的殿堂，总有一天，我还会在这里见证我的女儿嫁给她选中的男人，虹光在她的脚下，王冠在她的眼前。这突如其来的幻觉让我稍作迟疑，理查德看向我。“如果你还有顾虑，哪怕只是片刻，我们也别结婚了。”他急忙说，“我会想出办法，我会保证你平安无事的，我的爱。”

我对他微笑，眼中的泪水将他也笼罩在一片彩虹之中。“我心意已决。”我转向神父，“继续吧。”

他引导我们完成誓约，宣称我们现在已成为夫妻。理查德的父亲亲吻我的双颊，狠狠地拥抱了自己的儿子。理查德转身把钱付给那三个雇来当证人的书记官，告诉他们必须牢记我们在神的见证下合法结婚的日期和时间。以防万一接着他把家族戒指套在我的手指上，当着所有人的面将一个金制钱包交到我手中，以此证明我是他的妻子，他能放心地将他的荣誉和财富交托于我之手。

“现在怎么办?”当我们走进教堂外面的阳光中时，他的父亲严肃地问。

“回宫里。”理查德说，“等到时机成熟时，我们就禀明国王。”

“他会原谅你的。”他的父亲预言道，“他是个对任何错误都会很快原谅的年轻人。会给你找麻烦的是他的大臣们。他们会说你是个骗子，我的孩子啊。他们会说你花言巧语蒙骗了一位身份远高过你的夫人。”

理查德耸耸肩，说：“他们想说什么都行，只要他们不夺走她的财富和名誉。”

他的父亲摇头，好像对此也不太确定，接着扶我上马。“如果您需要我就给我寄信吧。”他生硬地说，“我随时听候您的吩咐，夫人，您的名誉将受我保护。”

“你可以叫我雅格塔。”我说。

他停了下来：“我曾是您前夫的内臣。我用您的名字称呼您很不成体统。”

“你的确曾是他的内臣，我也曾是他的夫人，可现在，上帝保佑他，他已经离我们而去，世界也不复以往了，我现在是您的儿媳妇。”我说，“可能一开始他们会说理查德平步青云了，但是接下来他们会看到我们将一同上升。”

“爬到多高?”他声含讽刺，“你爬得越高，跌得就越惨。”

“我不知道我们能爬得多高。”我坚定地说，“但我也不怕跌落。”

他看着我：“你有往上爬的野心?”

“我们都在命运之轮上。”我说，“毫无疑问，我们也许会上升，也许会坠落，可我无所畏惧。”

# 1436年秋

## 伦敦　威斯敏斯特宫

肚中的婴儿尚未在优雅下坠的衣裙下显出轮廓，但我清楚地知道她在成长。我的乳房更大了，对触摸更加敏感，更重要的是我有一种被人陪伴的感觉，无论我走到哪里，甚至在沉睡之时。我决定在丈夫的周年忌日之前将怀孕和结婚的消息告诉国王议会，赶在任何人给我提另一门婚事、逼我与之对抗之前。我想要选个好时机，可是议会正处于四分五裂之中，被博福特主教与其盟友沙福克伯爵威廉·德拉·波尔[①]，还有他们的头号死敌格洛斯特公爵汉弗莱与其廷臣来回争夺。他们一刻也不曾为国中安全或是空空如也的国库而焦急，也一刻不曾为该做之事下个定论。我在婚后等了一周时间，之后趁晚宴前的宁静时分，前往威斯敏斯特宫的房间，拜访最受宠的大臣沙福克伯爵威廉·德拉·波尔。

“我受宠若惊啊。”他边说边在桌前为我摆了一把椅子，“有什么是我能为您效劳的呢，尊贵的夫人？”

“我不得不求您助我解决一些棘手事。”我说道。这并不容易，但我坚持说了下去，“一件私人事务。”

“为一位美丽的公爵夫人解决一件私人事务？”他说，“我想这事与爱有关吧？”

---

① 威廉·德拉·波尔（1396.10.16—1450.5.2），沙福克伯爵，后升为第一代沙福克公爵，曾在百年战争期间担任将领，亨利六世的宠臣之一。

他这话听起来像是在谈论一个做了蠢事的小姑娘。我保持微笑。“的确如此。”我说，“实话实说吧，爵士，我不经允许便与人结婚了，我希望您能将此消息告诉国王，并为我说情。”

接着是令人难堪的沉默。然后他开口道：“结婚?”

“没错。”

他的视线尖利：“那么你是和谁结的婚?”

“一个侍从……”

“不是贵族?”

“不是。是一个侍从。”

“那么他是?”

“理查德·伍德维尔。我家中的侍臣。”

他那闪烁不定的愉悦神情突然消失无踪，垂眼看着眼前放在桌上的文件。我知道他正在思考怎样从我的荒唐行径里占便宜：“而且这是一场爱的结合吧，我猜?”

“是的。”

“你没有被哄劝或是强迫吧？婚礼是在你的同意下合法举行的吗？没有任何欺诈的证据吗？如果是他引诱你，甚至只是哄骗了你，都会被抓起来绞死。”

“没有什么证据能否认这场婚事，而且我也不想否认。他是我选择的丈夫，这是一次发自我内心欲求的结合。”

“欲求?”他冷酷地问，好像从没有过这种感觉似的，“应该祝贺这个侍从，有这么多男人都乐意被你所欲求。任何男人都会乐意让你点一点头。没错，议会的确在考虑你的下任夫婿，已经有人提出了几个人选了呢。”

我忍下发笑的冲动。议会里有发言权的也只有他、博福特主教还有格洛斯特公爵了。如果有人提出人选，那提议者也非他莫属。

“问题已经解决了。”我坚决地说，“我们已经完婚，没有挽回的余地了。无论他们为我选了谁都已经太迟了。我嫁给了一个好人。约翰大人去世后，他一直对我很好。”

“我看你对他也好得很呢。”他带着一丝窃笑说，“好得异乎寻常。好吧，我会告诉国王陛下，然后你可以向他请求宽恕。”

我点头。让威廉·德拉·波尔将此事告诉国王对我有利。国王总是按最后听到的那个意见行事，而这三个大臣总是争着当最后一个进谏的。“你觉得他会很生气吗?”国王是个十五岁的男孩。害怕他会生气也太可笑了。

“不会的。不过我敢说议会会向他建议把你赶出宫，还会让你交罚款。他们会罚你交很多钱。”他警告道，“国库亏空，他们知道你有贝德福德的财产。而且不经过国王的同意便与人成婚是相当严重的冒犯。他们会说你不配拥有这笔钱。”

“我只有亡夫遗产而已。”我说，“大部分遗产都已经归国王所有，而他又给了他的宠臣们。”我没有说“而你就是其中一个”，不过我们都心知肚明。“我的大人的弟弟，汉弗莱公爵，他拿走了余下的。我连彭斯赫斯特也没能留下啊。”

“你拥有属于尊贵的公爵夫人的遗产，却选择当一个小小侍卫的女人。他们垂涎你的遗产你却不得不过着侍卫妻子的生活。我只希望，几年后你依然认为自己这笔买卖没亏。”

“我希望您能帮助我。”我说，“我全指望您了。”

他唯有叹息。

他说的没错。他们要我们交出一千镑金币，还命令理查德回到加莱的岗位上。

理查德骇然道："我的天啊，好一笔巨款！我们永远也付不起！这价格都能买下一栋房子和一座庄园啦，比我父亲的全部财产还要多；比我能继承的任何遗产都要多；比我能赚到的任何收入都要多。他们故意要毁了我们。他们想强迫我们分开。"

我点头称是："他们是在惩罚我们。"

"他们是在摧毁我们!"

"我们能找到钱的。"我说，"我们被逐出宫廷了，可我们不在乎，对不对？我们能一起去加莱吗?"

他摇头："我不会带你去的。我不能让你置身危险。沙福克伯爵给我提供了一处住所，你能住在那里。他把你的大部分房产都作为罚金收走了，还准备把剩下的部分租给你。他说过会把他在格拉夫顿的庄园租给我们。这算不上什么恩惠，因为我们根本付不起钱。但是他知道我想要那座庄园。它离我家很近，自从我还是个小孩起就一直想要它了。"

"我会卖掉珠宝。"我说，"还有书，如果万不得已的话。我有一些领地，能从那里借钱，还有一些东西能卖掉支付租金。这就是我们一起生活必须付出的代价。"

"我降低了你的身份，让你变成侍卫之妻，却背负贵族般的巨债。"他焦躁地说，"你应该恨我啊。我背叛了你。"

"你有多爱我?"我反驳道。我握住他的手，放到自己的心上。我能感到他在我的触摸之下屏住呼吸。他停下来看着我。

"我爱你胜过自己的生命，你明明知道。"

"如果让你给它定一个价呢?"

"无价之宝。"

"那就想想看吧，我的丈夫，我们为了我们的婚姻做了一笔买卖，只花了一千镑。"

他的表情云开雨霁。“雅格塔，你就是我的欢乐之源。你值一万镑。”

“那就收拾好你的东西吧，我们下午就出宫。”我说。

“今天下午？你想让我们躲开流言蜚语吗?”

“我想要今晚就到你家。”

他犹豫片刻，接着绽放出微笑，明白了我的意思。“我们要像已婚夫妇那样第一次一起过夜？我们要以丈夫和妻子的身份共入卧房？明天我们能正大光明地一起共进早餐？啊，雅格塔，这将是一切的开始。”他垂下头亲吻我的双手。“我爱你。”他再次说道，“上帝保佑，希望你能永远认为我们付出的这一千镑值得。”

# 1436年秋—1439年

**北安普敦郡　格拉夫顿**

我的确觉得值得。我们从遗产中得到的土地上借钱偿还罚金，然后又借下更多钱，从沙福克伯爵手里买下格拉夫顿的庄园。就算他笑得再狡诈，也不会拒绝把房子卖给我这个名誉扫地的公爵夫人和她的侍卫。他想与我们结下友谊，让我们成为他在乡间的盟友，支持他在宫廷里扩张势力。理查德去了加莱，以我家人的身份管理要塞，对抗一场围城进攻。言而无信的勃艮第公爵调转枪头攻打自己的前任盟友。英国的大领主们，摩门伯爵和约克公爵，挺身而出保卫国家，理查德为他们固守加莱。到了最后格洛斯特公爵汉弗莱终于坐船来到加莱，成了拯救这个城镇的大英雄，尽管我丈夫说，还没等到国王的叔叔率军抵达，围城军队就早已经被击退了。

我不在乎。理查德的英勇全国皆知，没人怀疑他的忠诚。他毫发无伤地挺过了一场围城和几次突袭，以英雄的身份凯旋。当树篱在五月绽放白花，当黑唱鸫在黄昏中为第一丝春意的到来而歌唱时，我预言过的那个女儿顺利地来到人世。第二年，我们的儿子也出生了。

我们叫他路易斯，我因为有了一个长得很像我的儿子而欣喜若狂。他有无比灿烂的金发，几乎是银色的，眼睛如同夜空一样蔚蓝。为我的第二次生产帮忙的产婆跟我说，所有婴儿的眼睛都是蓝色的，发色和瞳色以后都会改变；可是在我看来，他肯定是个小精灵，所以才会有这样天使般的色彩。他的小姐姐还在伍德维尔的樱桃木婴儿床中沉睡，到了晚上我把他俩放在一起，肩并肩地躺在襁褓之中，像两个可爱的洋娃娃。

理查德不满地说，我忘了自己作为妻子和爱人的身份，说他是个遭人遗忘的可怜男人。不过这话是在开玩笑，他自己也因小女儿的美貌和儿子的日渐茁壮高兴不已。第二年我给路易斯生了个妹妹安妮，我肚里怀着她的时候，公公因为发烧去世了。他活着时得知国王已经原谅了我们，还召我们回宫，这也算是个安慰吧。只是带着一个两岁大的女儿，一个一岁大的儿子，还有一个雕花摇篮里的新生儿，我实在不是很想去。

“住在乡下，我们永远也挣不到足够的钱偿还债务。”丈夫向我提议，“我有全北安普敦郡最肥的牛和最好的羊，可是我敢打赌，雅格塔，我们到死也会背一身债的。你嫁给了一个穷人啊，没被我逼得只穿衬裙四处乞讨就该庆幸了。”

我在他面前挥动那封带有皇家火漆的信：“不，看啊，我们是受邀回宫参加复活节宴会，而这里还有另一封信，来自国王的总管，问我们有没有足够的房间能让国王过来避暑的时候住。”

理查德吓了一跳：“老天啊，不，我们没办法招待贵族。我们肯定也供不起他们。总管疯了吗？他们以为我们住的是什么样的房子？”

“我会写信告诉他我们只有一栋简朴的房子，等复活节回宫时一定要让他们知道这一点。”

“可是去伦敦你难道不高兴吗？”他问我，“你能买新衣服，新鞋，还有各种漂亮玩意。你难道就不怀念宫廷，怀念那个世界的一切吗？”

我走到桌旁，站在他的椅子背后，俯身与他脸贴脸：“能回宫我当然高兴，因为国王是一切财富和恩惠的来源，而我那两个可爱女儿将来总有一天需要嫁个如意夫婿。让你这个优秀的骑士把时间花在养牛养羊上，实在太浪费了，国王除了你哪里还找得到更好的骑士，我就知道他们会想要你再回加莱。可是这样不行，我们在这里的生活如此幸福。只去几天就回来，好不好？我们不会当什么廷臣，在那儿过一辈子吧？”

“我们是格拉夫顿的地主和地主婆。”我丈夫宣布，“被爱欲毁了前程，举目皆是累累负债，住在荒郊野村之中。我们属于此地，周围是一毛钱也没有的发情期的动物们。它们就是我们的同伴。这里就是我们的归宿。”

# 1441年夏

**伦敦**

那时我说在格拉夫顿活得很幸福，这可是真心话。可是当国王派来的王家游船带我们顺流而下，当格林威治城堡的高塔和格洛斯特公爵新建的贝拉宫出现在眼前时，我还是因为这种肤浅的快乐而心荡神驰了。一切都是如此迷人，如此富丽堂皇，我不由自主地飘飘然，很高兴自己能再一次作为宫廷的客人回到这里，再一次跻身于这个国家最高贵的夫人之列。游船划过水面，鼓手和着船夫的节奏敲打鼓点，接着他们扛起桨，码头上身穿制服的水手抓住绳索，把游船拉到岸边。

从吊桥上走下时，我抬头看见原本沿河漫步的王族成员们正都渐渐聚拢向我们问好。走在最前面的国王已经不再是少年，而是年近二十的青年了。他自信地走上前来像亲人一样吻我的两颊，接着把手伸向我的丈夫。我看见他身后的随从对他这样热烈的欢迎感到惊讶，他们也不得不前来问候。首先是格洛斯特公爵汉弗莱——我的前任小叔，我的前任丈夫曾说他会前途无量。他身后是伊琳诺公爵夫人，这个自负于美貌的女人慢吞吞地走到码头，起先我只能看到她一身能把人眼睛刺瞎的虚荣，不过仔细看去，发现她脚边有一条大黑狗，体型巨大，像是獒犬或者某种斗犬。看到它的瞬间我差点叫出声来，就像竖起全身皮毛的受惊的猫咪。我被这条丑陋的大狗分了心，毫无防备地让公爵拉住手，亲了脸颊，还在耳边悄声低语，不过全然不知所云。伊琳诺公爵夫人走近时，我感到自己死死盯着她，我不敢接受她的亲吻，因为她身上的味道像一条老斗犬的口水。我强行抑制反感，投入她冰冷的拥抱，彼此微笑，不带任何好感。她放开手，我后退了几步，才看见她身后没有什么黑狗，那条狗从来就没有存在过。刚才的景象来自另一个世界。我突然悄悄地颤抖起来，知道总有一天会有一条黑狗跑过冰冷城堡中的石梯，朝着她的门口狂吠。

几个月过去了，我发现自己对公爵夫人的恐惧并没有错。宫廷中到处可以看到她的身影，她是国中的第一夫人，万事俱全只欠名分的女王。王族们住在威斯敏斯特宫时，她住的是女王的房间，戴的是皇室的珠宝。列队时她紧贴在国王后面，带着讨好的亲昵态度对待他，无论何时都会用手牵着他的胳膊，在他耳边低语。只有他那光明磊落的纯洁才让他俩看起来不是在密谋什么，或者更糟。我作为英国公爵的遗孀，免不了要时不时陪伴在她左右，而且我知道她不喜欢人们把我们放在一起比较。进餐时，我走在她后面，整个白天都和她的侍女们坐在一起，她对我流露出的是赤裸裸的蔑视，因为她相信我是一个为了爱情把无比宝贵的青春和美貌都拿去打了水漂的女人。

“你能想象身为一个公爵夫人居然自降身份嫁给家中的一个侍卫吗？”我坐在她房中刺绣时，听见她悄声问她的侍女，“什么样的女人会做出这样的事来？”

我抬起头。“一个找到了最好的男人的女人。尊贵的夫人。”我答道，“我无怨无悔，也毫不怀疑我的丈夫，因为他以爱回报爱，以忠诚回报忠诚。”

这可戳中她的软肋了，身为一个从情妇转变而来的妻子，她总是提心吊胆地警惕有另一个情妇会重复她用在伯爵夫人身上的花招，而伯爵夫人曾是她的朋友。

“这不是我会做出的选择。”她说得更委婉了一些，“不是一个贵族女性，一个为家族着想的贵族女性会做出的选择。”

我低下头：“我知道的，但那时候我没有为我的家族着想。我是为我自己。”

仲夏前夜，她在自己偏爱的领主和贵族的陪同下进了伦敦城，场面浩大得就好像她是一位出访的公主。我作为宫中侍女也跟在她的随从人员中间，所以当游行队伍蜿蜒行过街道时，我听见了伦敦市民对她的负面评论。自从进伦敦城的那天起我就喜爱伦敦人民，知道他们轻易就能被一个微笑所俘虏，也轻易就会被任何狂妄自大的迹象所冒犯。公爵夫人的盛大出行让他们嘲笑她，在她经过时他们摘帽行礼，把嘲笑的脸藏在帽子后面，可一旦她走过，他们就为我欢呼。他们欣赏我为爱嫁了个英国人。窗边的女人们朝以英俊闻名的我的丈夫抛来飞吻，十字路口的男人们对我叫着下流话，说既然我这么喜欢英国人，如果想换口味的话可以找个伦敦佬试试看。

伦敦市民不是唯一不喜欢伊琳诺公爵夫人的人。博福特主教这人作为朋友不算太好，而作为敌人时更是危险之极。她不在乎对他有否冒犯；她是王位继承人之妻，而他对此无能为力。事实上，我觉得她在故意找他的麻烦，打算强迫他来个对决，一劳永逸地决定该由谁来左右国王。整个国家分成了两派，一派偏向公爵，另一派偏向主教；这场对抗即将达到顶峰。这场凯旋式的进城是公爵夫人借机宣布主权。

主教的回应很快就来了。就在第二天晚上，理查德和我坐在奇普的王首大厅里的餐桌旁，她的管家进屋在她耳边小声说话。我看见她的脸突然白了，看着我好像想说什么，然后就挥手扫落碗盘，一言不发地站起来走出门外，剩下我们面面相觑，她的侍女起身想追出去，又犹豫了。坐在侍从中间的理查德朝我点头，示意我坐着别动，自己悄悄离开了房间。没过一会儿他就回来了，此时震惊之下的沉默已经变为议论纷纷的嗡嗡声，他朝我的左右邻桌微笑，请求先行离开，接着就拉住我的手带我出了门。

一出门他就把他的斗篷披到我肩上。“我们要回威斯敏斯特。”他说，“我们不能再被人看到与公爵夫人在一起了。”

“出了什么事？”当他带我在路上疾行时，我抓紧了斗篷的系带。我们跳过路中间的散发恶臭的沟渠，他搀我走下通往河边的滑溜溜的台阶。一艘小船正在等待，一听到他的口哨就驶到我们面前。他帮我上了船。“到威斯敏斯特宫的台阶，”他回头说。“到那儿就放我们下船。”

“出什么事了？”我悄悄问。

他贴近我，这样一来连正在划桨的船夫也不能听见我们在说什么：“公爵夫人的书记官和她的神父都被捕了。”

“什么罪名？”

“下咒，也许是占星，占卜或是别的什么。我只听到零星几句话，不过也足够让我知道该把你带得离这事远点。”

“我？”

“她看炼金术的书，她丈夫雇了医师，据说她是用催情药引诱他的，她跟那些见识广、读书多、懂魔法的人混在一起，而且她还是一位公爵夫人。这听起来有没有很像你认识的某人？”

“我？”我打了个冷战。船桨无声地没入冰凉刺骨的水中，船夫把船靠向阶梯。

“你。”理查德轻声说，“你见过罗杰·波林布洛克吗？一个牛津的学者？他为她效劳。”

我想了一会儿：“公爵认识他，不是吗？他不是还曾来过彭斯赫斯特吗？他不是还曾带了一个盾形板，向公爵展示占沙术吗？”

船头轻触威斯敏斯特宫的台阶，我丈夫拉住我的手，帮我上了码头的木头台阶。一个仆人手持火把为我们照亮花园到河流入口的道路。

“他也被捕了。”理查德说。

“为什么啊?”

“我不知道。我要把你留在我们房间，然后去看看能不能搞清楚。”

我在入口处的拱廊停了下来，握住他冰冷的双手：“你在怕什么?”

“现在还没什么。”他的回答无法令人信服。之后他挽住我的胳膊，带我回到宫中。

理查德半夜才回来，说好像没人知道发生了什么。公爵夫人府上的三个陪臣被抓走了：我认识的人，我每天都会打照面的人。学者罗杰·波林布洛克，曾经来彭斯赫斯特拜访过我们，还有公爵夫人的神父，在我面前主持弥撒很多回了，也正是圣斯蒂芬小教堂的教士之一，圣斯蒂芬小教堂恰恰就在这座宫殿里。他们被捕是因为为伊琳诺画了一张星盘。那块星盘已经被找到了，他们说上面预言了年轻国王之死，还预言说她将继承王位。

“你见过画给国王的星盘吗?”丈夫言简意赅地问我，“他已经离开了辛恩宫，只带了最亲密的侍臣。我们被命令留在原地。我们都有嫌疑，他最恨这种事了，他被吓坏了。他的议会会赶来，到时会问很多问题，可能会问到我们。我的主人贝德福德从没给你看过国王的星盘吧，是不是?”

“你知道他给谁都画了星盘。”我轻声说，“你记得那个悬挂在法国地图上面的展示星体位置的机器吗？他用它展示一个人诞生时的星盘。他画过我的。画过自己的。也许还画过你的。想都不用想，他肯定为国王也画过一张。”

“那些星盘都在哪儿?”我丈夫紧张地问，“它们现在都在什么地方?”

“我把它们都给格洛斯特公爵了。”恐惧无声地攫住了我，“哦，理查德！所有那些星盘和地图，我都交给汉弗莱公爵了。他说他有兴趣。我只留了那些书，放在我们家里。大人只把书留给了我，设备和机器我都给了汉弗莱公爵。”我在口中尝到了血的味道，意识到自己咬破了嘴唇。我把手指按在刺痛的伤口上。“你觉得公爵夫人会不会拿走了国王的星盘？她会不会利用它？他们会连我也一起定罪吗，因为是我把国王的星盘交给她丈夫的？”

“也许吧。”他只说了这样一句话。

我们只有等待。酷夏的烈日灼烤整个城市，靠近恶臭的河边上的贫穷城区传来了瘟疫的消息。天气热得令人无法忍受。我想回格拉夫顿的家，回到孩子们身边，可是国王有令，所有人都必须待在宫里。没人能离开伦敦，这就像把我们放在火上煎熬。灼热的空气覆盖在城市上空，像给大锅加上了一个盖子，国王在痛苦的颤抖中等待，等他的议会揭露这个欲图对他不利的阴谋。他是个无法容忍敌意的年轻人，敌意和反对会刺激他最敏感的神经。他是在奉承和赞美中长大的，无法忍受居然有人不爱他。一想到有人会使用邪门歪道害他，就让他内心充满一种自己不愿承认的恐惧。他身边的人都替他担心，也替自己发愁。没人知道像罗杰·波林布洛克这样的学者一旦有心破坏，能做出什么事来。而如果公爵夫人把他和其他行家组合起来，他们策谋的计划足以置国王于死地。如果此时此刻就有什么可怕之物正在国王的血管之中悄悄发挥作用该怎么办呢？如果国王像玻璃一样突然破碎，或是像蜡一样融化了该怎么办呢？

公爵夫人出现在威斯敏斯特宫的贵宾席上，独自坐着，容光焕发，满脸笑容，泰然自若。厨房飘来的肉味在密不透风的大厅里飘荡，仿如一股热浪，她却冷静地不为所动。她的丈夫正在辛恩宫陪在国王身边，试图宽慰这个年轻人，反驳一切博福特主教所说的话，向年轻国王保证说他被万民所爱，以生命起誓说他从没见过什么国王的星盘，他对炼金术的兴趣不过是想为国王效力，彭斯赫斯特的草药田在他们到那里时已经按星座划分了，他不知道是谁种的，也许是前任主人吧？我与其他侍女一起坐在公爵夫人的房里，为穷人们缝着衬衫，一言不发，甚至连公爵夫人突然爆发出一阵大笑时也没说话。她说她不知道为什么国王要在辛恩宫耽搁这么久，他肯定会回来伦敦的，到那时我们就能继续到乡间巡游，摆脱这股闷热了。

“我相信他今晚就会来的。”我插话道。

她瞄了一眼窗外。“他应该早点来。现在他会被困在雨里的。接下来会有很大一场暴风雨！”

突然到来的骤雨令女人们惊呼，天空黑如笼罩伦敦的鸦群，雷声轰鸣。窗户在变强的风中轧轧作响，接着被一阵冰冷的疾风吹开了。有人被窗框撞击的响声吓得尖叫，我起身走到窗边，抓住随风摆动的窗闩将它关牢。一道闪电划过上空，我吓得向后退去。暴风雨骤然而至，落在国王的必经之路上，不出一会儿就有冰雹噼里啪啦地落在窗户上，像是有人在猛掷石子。一个女人转向公爵夫人，满脸苍白，大叫道：“一场暴风雨降临在国王身上！你说过将有一场暴风雨降临在国王身上！”

公爵夫人根本没听，她看着我和窗外的狂风作斗争，最后这些指控才进到她的耳中，她看着那个女人——伊丽莎白·弗莱特——说：“哦，别这么可笑。我刚才在看天色。任谁都能看出会有一场暴风雨。”

伊丽莎白从椅子上起身，行了个屈膝礼说：“请恕我失陪！我的夫人……”

“你要去哪儿?”

“请恕我失陪，我的夫人……”

“你不能未经允许就离开！”公爵夫人厉声道。可那个女人慌里慌张地冲向门口，连凳子都掀翻了。另外两个女人也站了起来，不知道是去是留。

“坐下！坐下！”公爵夫人尖叫道，“我说了坐下！”

伊丽莎白推开门一溜烟冲了出去，另外两个女人坐回凳子，有一个在胸前飞快地画了十字。一道闪电划破天空，刹那间屋内场景被映照得冰冷而苍凉。伊琳诺公爵夫人转向我，脸色苍白憔悴。“以上帝的名义啊，我只是看着天空，发现会有一场暴风雨。没必要这样大动干戈。我只是发现要下雨了，没别的啊。”

“我明白。”我说，“我明白，没别的。”

不出半个小时，整个宫殿都门窗紧闭，说这是女巫之风，会让死亡伴随雨水落下。不到一天年轻国王就宣布他的姑姑公爵夫人不准出现在他面前。那个牛津学士，我头一任丈夫的朋友，还曾在彭斯赫斯特拜访过我们的人，已被议会审讯，自认有异端和施用魔法之罪。他们像把熊关进陷阱一样将他示众。可怜的罗杰·波林布洛克，一生都关在象牙塔中的学士，热衷于探寻世界与星体之谜的智者，在伦敦的圣保罗路口被推到形似一座绞刑架的高台上，有人正在高声布道，叫嚷着反对他，反对一切女巫，男巫，占卜师和异端分子，说这些人威胁国王的生命安全，涌进他统治的城市，藏身于这个国家的荒郊野外，行那或大或小的恶事。他们宣称有成千上万邪恶的男人和女人正用黑魔术危害国王：那些草药医生，聪明女人，江湖骗子，异教徒，谋杀犯。国王知道这些数以千计的恶党就在身边，欲图加害于他。现在他坚信自己发现了一桩阴谋正藏在自己的宫廷中心，藏在他那心怀不轨的家族的中心。

我们所有人都围着波林布洛克游行，绕着他打转，目睹他的耻辱，就好像他是一只从非洲海岸捕捉回来的某种前所未见的野兽。他一直垂着眼睛，不去看那些贪婪的面孔，也无须认出那些以往的亲朋好友。这个男人曾花费毕生精力学习和思考世界的和谐本质，如今却头戴纸冠坐在花椅子上，被包围在他的仪器和书中间，被当成一个傻瓜。有人把他的占沙板放在他的脚边，还有一排雕刻过的蜡烛。他们还摆了一些标有天体位置的图画和一副星盘，说这是他在公爵夫人授命之下画的。还有一个地球的微型模型，群星围绕着它旋转。还有用来铸造诅咒人偶的铜模，还有用来制造液体的蒸馏器，还有用来提取花瓣香精的蜡盘。最可怕的是，在他脚下有一个蜡制的可怕生物，像一只流产的兔子幼崽。

一看见那东西我就吓得后退，理查德牢牢地搂住我的腰。“别看它。”他告诫我。

我看向别处：“那是什么？”

“是一个国王的蜡像。本来还应该有一个小王冠戴在头上，那根金丝就是权杖，那颗珠子就是王权宝球。”

那张脸已经扭曲了，脚也不成形状。我能辨认出斗篷的外形和上面象征貂皮的黑点，头部差不多已经完全熔化了。“他们拿它做什么？”

“他们用火烤这东西，让它熔化殆尽，这样就能把国王的健康也一并带走。他们打算像熔化这个雕像一样置他于死地。”

我打了个冷战：“我们现在能走了吗？”

“不行。”他说，“我们必须留在这里，彻底展现我们反感这种犯罪。”

“我很反感啊。反感到都想走了。”

“抬起头，别低下。脚下别停。比起其他人，你才是最该旗帜鲜明反对这类事情的。”

“比起其他人，我最该反对？”我来了火气，“这太恶心了，简直让我想吐。”

“他们说伊琳诺公爵夫人是用催情药把她的公爵丈夫骗到手的，让他无力抗拒。他们还说你还是个小女孩的时候也用这种手段引诱了公爵，趁他正因爱妻安妮的逝世伤心欲绝的时候。”

我浑身颤抖，把视线从那个熔化的蜡偶上移开：“理查德……”

“我会保证你的安全的。”他发誓道，“你是我的夫人，是我的爱。我会保证你平安无事的，雅格塔。你永远也不会在需要我的时候发现我不在身边。”

我们从波林布洛克的示众游行处回到宫中，发现公爵夫人的房间空无一人，她的王家卧房大敞着门，衣柜被翻了个底朝天，橱柜被洗劫一空，珠宝盒不见了，她本人也消失无踪。

“公爵夫人在哪?”我丈夫质问她的侍女。

她摇摇头，哭个没完：“走啦。”

“去哪儿了?”

“走啦。”她只会说这一句。

“上帝啊，帮帮我吧，这孩子是个白痴!”理查德怒道，“你来问她。”

我握住她的双肩：“艾莉[1]，他们把公爵夫人抓走了吗?”

她躬身行礼：“她跑了，夫人。跑进教堂的避难所了。她说他们会杀了她来惩罚她的丈夫，说会通过她来毁灭他，这是一个针对公爵的邪恶阴谋，会让她身败名裂。她说博福特主教会把他俩都毁了。”

我问我的丈夫：“避难所?”

他表情阴郁：“是的，可她搞错了。这一招救不了她。”

“如果她躲在圣地，寻求教堂的保护的话，他们就不能说她是女巫

① 伊丽莎白的昵称。

了啊。”

“这样一来他们就会指控她是异教徒。”他说，“异教徒是不能得到教堂保护的。所以如果她寻求避难，他们就会指控她是异教徒；这是唯一能把她抓出来的办法。之前他们可能会指控她搞占卜预知，现在他们会指控她是宗教异端。宗教异端是比占卜预知严重得多的罪行啊。她这是把自己往更大的火坑里推。”

“男人制定的法律总是在迫害女人！”我燃起怒火。

理查德默默无言。

“我们能一走了之吗？”我极轻声地问，“我们能回格拉夫顿的家吗？”我环顾屋中狼藉。“在这里我没有安全感。我们能走吗？”

他一脸愁苦。“现在不能走。一走就显得是做贼心虚，和她一样，她躲进避难所简直就是在承认自己有罪。我觉得我们最好留在这里。至少，到了情非得已的时候，咱们能找一条船去法兰德斯。”

“我不能抛下孩子们！”

他充耳不闻。“我真希望你父亲还活着，这样你就可以去投靠他。”他紧攥我的手，“你留下来。我会去找沙福克伯爵威廉·德拉·波尔。他会告诉我议会以后的走向。”

“那我应该怎么做呢？”

“在这儿等着！”他厉声说，“把这些房间都打开，像在自己家里一样随便。举手投足要表现得像什么事也没发生一样。你现在是国中第一夫人，唯一的公爵夫人了。命令其他侍女把这里打扫干净，然后让她们和你一起做针线活，叫谁读读圣经。今晚要去教堂。展示你的清白。”

“可我的确清白。”我说。

他的脸色阴沉：“我觉得她也会说你这句话。”

她没有说我这句话。他们把罗杰·波林布洛克带到她面前对质，给她看那张在她的命令之下制作的星盘，还有那些他用来探索未知领域的必不可少的魔法道具，以及那个被他们说成是国王雕像的奇形怪状的蜡像，她对施用魔法和冒犯教会的罪行供认不讳。她承认说“与艾伊女巫一起使用魔法已久”，他们告诉她自从那一夜妖风过后，艾伊女巫就被逮捕了。

“艾伊女巫是谁?”我悄声细语地问理查德。此时正值深夜，床幔低垂在我们四周。

“玛芝莉·茹尔德梅恩啊。”他担忧地紧锁眉头，“某个经验老到的女巫，以前就被捕过一回。来自艾伊的小村庄。教会认定她是女巫，所有人都认定她是女巫。”

我吓得倒吸一口冷气。

他看向我：“慈爱的上帝啊，告诉我你不认识她。”

“我认识她，但不知道她还有这种身份。”

他在惊骇之下闭起眼睛：“你都知道她的哪些事?”

“除了学习使用草药，我什么也没跟她做过。这是公爵大人命令的，我向你发誓，我也能向法庭发誓。除了学习使用草药，我什么也没跟着她做过。在彭斯赫斯特她什么也没做，只和我一起规划了草药园，告诉我什么时候采摘什么时候播种。我压根不知道她还是女巫。”

“公爵大人命令你去见她?”

“是的，是的。”

“你有他的书面证明吗？他把命令写下来了吗?”

我摇头：“他只是派她到我这里。你也见过她的啊。那时，在马场上，你从卢森堡带信给我，她正要随马车一起离开。”

理查德握紧拳头："我敢肯定是大人命令她为你服务的……但这很不妙，不妙极了。不过也许我们能躲过一劫。也许没人会提起这事，如果只是造了个草药苗圃的话。至少你从没向她打听过制药的事。你从没让她为你……"

我移开了视线。

他发出呻吟："不，哦，不。你要对我说实话，雅格塔。"

"我服用酊剂避孕。这事你很清楚。"

"那些草药？是她的方子？"

我点头。

"你没告诉别人吧？"

"没告诉任何人，除了你。"

"那就没人能知道。除了这个她还给你制作过什么吗？"

"之后还有……一种可以让人怀孕的饮料。"

他突然顿住了，意识到那就是怀上我们的女儿伊丽莎白的时候，就是那个孩子使他不得不结婚。"我的上帝啊，雅格塔……"他掀被下床，扯开床幔，大步流星走到炉火边上。这是他第一次这么生我的气。他用拳头猛击床柱，好像想要和全世界为敌似的。我坐起身来，把被子拉到肩头，他的怒火吓得我心里怦怦直跳。

他猛抓脑袋，把头发抓得乱蓬蓬的，优雅已经荡然无存："你用女巫的药造出了我们的小孩？我们的女儿伊丽莎白？"

"是草药。"我很坚决，"草药医生开出的草药。有什么不可以的？"

他震怒地看向我："因为我可不想要因为某个老巫婆抓的几把草药才来到人世的孩子！"

"她不是什么老巫婆，她是一个善良的女人，而且我们生出了一个漂亮的孩子。你心里的恐惧就和这场狩猎女巫的热潮一样变质了。我只是服用草药来促使自己受孕。你说这种话不是在诅咒我们吗！”

“看在上帝的分上。”他抬高了声音，“我别的什么也不怕，就怕你和全英国最臭名远扬的女巫搅在一块，这女人还妄图谋杀我们的国王！”

“她不是这种人！她不会这样做的！”我也朝他大吼，“她不会！”

“她已经被指控有罪了。”

“我可没指控！”

“你是没指控，但是王座庭庭长有！而且如果他们顺藤摸瓜，就会找到你，另一个公爵夫人，另一个涉足到未知领域的女人，另一个能呼风唤雨、徒手捕捉独角兽的女人。”

“我不是！我不是！”我号啕大哭，“你知道我不是。你知道我什么也没做过。别说这种话，理查德。你不要这样说我，谁来指责我都无所谓，除了你！”

见了我的眼泪，他的愤怒突然间便消失无踪，马上跑过来坐在我身旁，搂住我，让我靠在他的肩上：“我没有指控你，我亲爱的。我知道你永远不会伤害任何人。嘘，没事了，我很抱歉。不该怪你。”

“我也不想要预知能力的。”

“我知道你不想要的。”

“除了你再没有别人知道公爵大人让我一天又一天坐在预知镜前，我能看到的只有一场雪中战役，还有一位女王……一位女王……她的坐骑的马蹄铁装反了。他曾说这毫无用处。他曾说我不能为他预知。我辜负了他，我辜负了他啊。”

“我知道。我知道你不会施法。冷静点，亲爱的。”

“我的确喝了草药才怀上伊丽莎白，但也仅此而已。我绝不会用魔法怀孕的。绝不。”

“我知道，亲爱的。冷静点。”

我没有再说话，用床单擦干眼泪。他问我："雅格塔，除了你和她还有其他人知道她给你的那个药方吗？有人看见她和你一起在彭斯赫斯特吗？有没有宫里人知道她那时在那儿?"

"没有。只有仆人，还有她的侍从。"

"那么我们就得祈祷，希望她闭口不提你的名字，就算他们会带她上柴堆。"

"柴堆?"我傻乎乎地问。

他无声地点头，然后爬回床上，躺在我身边。我们一起凝视着炉火渐渐熄灭。"他们会把她当做女巫烧死。"他漠然说，"还有公爵夫人。"

# 1441年10月

**伦敦　威斯敏斯特宫**

公爵夫人和女巫一起被传唤到法庭上，被控以巫术和叛国。公爵夫人声称她去见茹尔德梅恩夫人只是想要能提高繁殖力的草药，对方就给了她一剂饮料，说这饮料能让她怀上孩子。我坐在房间后面，坐在热切的观众身后，心里清楚知道我做过完全一样的事。

玛芝莉以前就曾被指控过使用魔法，所以他们问她为何继续这些把戏：草药、符咒、预知。她看着坎特伯雷大主教亨利·奇切利，好像觉得他能理解自己一样。“如果你有双眼，你就不得不去看。”她说，“药草为我而生长，神秘向我展露真容。这是一种天赋，我觉得是上帝赐给我的。”

他指着面前桌上的那个蜡像：“这是最最邪恶的诅咒，欲图谋害一位在位国王。这怎么可能是上帝赐给你的?”

“这是用来怀上宝宝的娃娃。”她惫倦地说，“这是一个制成大贵族形状的娃娃。看看他的貂皮和宝剑。这东西能用来怀上一个漂亮聪明的小孩，这小孩长大能成为国家的荣耀，家中的宝物。”

我不假思索地用手偷偷抚摸肚子，新生命即将诞生，我也希望他能光宗耀祖。

茹尔德梅恩夫人看着大主教。“你们用一个娃娃吓唬自己。”她无礼地说，“难道你们这些大人物就没别的事情好做么?”

大主教摇头，命令道：“肃静。”

他们早已认定这是一个国王的雕像，就是用来熔毁的。他们早已认定她是一个女巫，就是该被烧死的。又一次，我亲眼目睹一个国家最有权有势的男人们用权势压迫一个无辜女人，她犯的错不过是随心而行，用自己的双眼去看世界；然而他们不过这样的生活，也没有这样的视角，他们除了自己的方式以外，什么也无法容忍。

所以他们杀了她。他们把玛芝莉带到史密斯菲尔德肉类市场，伦敦附近各郡各县的无辜牲口都要在此待人宰杀。她就像顺从的小羊充满信任地被人赶进血迹斑斑的栅栏中一般，无言地走上柴堆，他们在她的赤足下点燃火焰，她在痛苦中死去。承认罪行并撤销上诉的罗杰·波林布洛克也没有落得好下场。他们把他吊在公众绞刑架上，他在空中乱踢，挣扎着呼吸，刽子手抓住他的双脚，砍断了绞绳，让他苟延残喘了下来，还让他趴在栏杆上恢复体力；可是在那之后又剖开了他的肚子，把内脏拉出来，让他看见自己的心脏跳动，看见自己的胃蠕动着流血，然后他们把他剁成四块，腿和脊椎分了家，胳膊和胸膛分了家，还把他死不瞑目的首级插在伦敦桥头的一个铁做的矛尖上，任由乌鸦们啄食他流泪的双眼。托马斯·索斯维尔，我曾经的告解神父，圣斯蒂芬教堂的教士，也在伦敦塔中郁郁而终。理查德说是他的朋友给他偷偷带去了毒药，使他免受波林布洛克那样的痛苦。公爵夫人的书记官约翰·霍姆也被关进大牢等待宽恕，而高傲的公爵夫人要被迫进行公开忏悔。

这个曾披金戴银、带领国中贵族大模大样进入伦敦城的女人，现在被剥得只剩亚麻内衣，光着脚，手持一根点燃的蜡烛围绕威斯敏斯特宫游街，人们嘲笑她，对她指指点点，当年的第一夫人如今却低贱得像地上的泥土。我立在威斯敏斯特宫的大门台阶上看她走过，她的视线一直落在自己发抖的赤脚之下的冰冷石地上。她不曾抬眼，没有看见我，也没有看见那些曾争相伺候她，现在却对她大肆嘲笑横加指责的女人们。她没有抬头，那些美丽的黑发垂落在她脸前，像一块面纱，掩藏起她的羞辱。国中最有权有势的男人们扯下公爵夫人的长裙，把她推到伦敦的寻常百姓面前，让他们看好戏。他们怕她怕到不惜冒险损害自己的名誉。他们如此急于自保，以至于决定牺牲这颗棋子。她的丈夫，众所周知的“好”公爵汉弗莱，四处宣称自己是被她的邪法引诱才结婚的，所以这桩婚事立刻被宣布无效了。而她，堂堂一位公爵夫人，王位继承者之妻，如今成了衣衫褴褛罪孽深重的女巫。没有男人肯娶她，他们会让她在监狱之中度过余生。

我回想起那天在格林威治从游船上下来时所看到的景象，她的身后跟着一只黑狗、一只斗犬、一只黑色的大獒，还有那萦绕在她身周，连香水和洗得干干净净的衣服味道也无法遮掩的气味，我想那条黑狗会一直追着她不放，阴魂不散地徘徊于马恩岛的皮尔城堡，而她等啊，等啊，一年又一年，直到死亡带给她解脱。

# 1441年冬—1444年

**北安普敦郡　格拉夫顿**

一旦能从宫中脱身，理查德和我就立刻回了家，回到了格拉夫顿。女巫之死、公爵夫人的身败名裂和狩猎女巫的风潮只是给遍布宫中的恐惧情绪火上浇油。对未知的忧虑和对黑暗时刻到来的恐惧弥漫全城。任何曾研究天体多年的人，读书的人，或实验金属的人现在都找借口躲到乡下，考虑到我那可能会惹来麻烦的出身，理查德认为我离宫中越远就越安全。

在格拉夫顿我们百事缠身。理查德的父亲去世，就意味着他继承了土地，也肩负起统治这个小村庄和守卫此处和平的责任。我也有很多活儿要做。摇篮又一次擦得闪闪发亮，婴儿服洗了又晒。“我觉得这一次又是个儿子。”我对丈夫说。

“我无所谓的。”他说，“只要婴儿健健康康的，等你生完下床时也能像生产前那么快快活活的就行了。”

“我会带着一个儿子下床的。”我把握十足地说，“而且他会成为国之栋梁，家之宝物。”

他笑起来，点点我的鼻子：“你真是个有趣的小东西。你想说什么？”

“我们会叫他安东尼。”我继续说。

“纪念那个圣人？”我丈夫问道，“为什么是他？”

“哦，因为他去河边布道。”我说，“我觉得纪念这样一位圣人很好，他向着水里的鱼布道，它们则把小小的脑袋探出水面聆听，连美人鱼们也说

‘阿门’。”

第二年，在安东尼之后又来了一个女儿，我们叫她玛丽；在她之后又是一个女儿。“雅格塔。”我丈夫宣布，“她要叫雅格塔，给最美丽的女人起最美丽的名字。”我们趁婴儿睡着的时候在小小的木头摇篮旁驻足欣赏，她的小脸侧向一边，完美的睫毛覆盖在玫瑰般红润的脸颊上。她的眼皮颤动，也许在做梦。我很好奇婴儿能梦见什么，他们知道他们来到了我们这样的父母身边吗？他们准备好面对这个我们创造出的世界了吗？理查德把手环上我的腰：“尽管我们很爱她，也必须离开她几天了。”

“嗯？”我沉浸在她握紧的小拳头上。

“我们得离开她，几天而已。”

我这才回过神，在他的怀抱里看向他：“为什么要这样？”

“我们要随大队人马前去法国，迎接国王的新娘。”

“人选已经定了？”亨利终于也要结婚了。当我自己还是个新嫁娘的时候，我的第一任丈夫约翰大人就为他选遍了法国的公主们，“终于定了？”

“你坐月子的时候错过了很多小道消息。不过没错，终于定了。她还是你的亲戚呢。”

“玛格丽特！”我一下就猜到了，“安茹的玛格丽特。”

他给我一个吻作为奖赏：“太聪明了，你的姐妹嫁给了她的叔叔，所以你和我要去法国迎接她。”

我马上就看向沉睡的宝宝。

“我知道你不想离开她身边。”他温柔地说，“可是我们必须为亨利效劳，迎接新娘到新家，然后就立刻回来。国王召唤我为他服务。我不得不去。”

“你正在让我丢下六个宝宝不管。”我说，“我怎么走得了？”

“我知道。”他很温和，“可是你也要去完成你的职责。你是一位英国公爵夫人，也是我的妻子，而现在我们国王要你前去迎接他的新娘。他们的结合将为英国和法国带来和平——我主人临死前的唯一希望。我们必须要去，亲爱的。你自己也清楚。这是为国王效命，也是为了完成你的首任丈夫，我的好大人的心愿。”

# 1445年春

**法国　南锡**

我不是迎接新娘的队伍中唯一无精打采的人。据说我们的领头人，沙福克伯爵威廉·德拉·波尔极度不信任法国人，也对安茹的玛格丽特带来的嫁妆非常不满，所以在去年还没离开英国去进行和谈之前，他就请国王发誓，将来绝不会有人怪他把这么一位法国公主带回英国。如今已是一人之下万人之上的博福特主教或许会把这桩婚事视为迈向和平的最后手段，可是格洛斯特公爵汉弗莱却赌咒发誓说华尔瓦国王只是用婚事拖延时间，伺机夺取我们在法国的地盘。我知道我的前夫最怕的就是这是法国人的阴谋，骗我们把安茹和马恩地区交给新王后的父亲——安茹的勒内。几乎所有人都留在英国，我们一行人则广费钱财浩浩荡荡驶向法国，心里却对自己做的这笔买卖是否能带来和平丝毫没有底气，它不但耗资巨大，还很有可能会对我们不利。

新娘的母亲带着她从安茹而来，他们说她对这门亲事也毫不热情，因为这会让她躺在敌国国王的床上，这个国家自打她出生起就与法国为敌。

“你要去第一个见她。”丈夫告诉我。我正立在城堡窗边俯瞰马场。从安茹那边运来的一群毫无价值的驽马，正在被刷洗，喂水，带进马厩。

“我？为什么是我？”

“她母亲认识你的母亲，他们觉得你能成为她的朋友。你也经历过和她差不多的旅程，远从卢森堡城堡来到英国宫中。他们想让你在我们之前见她，这样你就能把她介绍给她的新宫廷了。”

“我不知道我能不能帮上忙。”我转身跟在他身后。

“你们说同样的语言，这一点就是个突破口。”他说，“她比你嫁给公爵时还要小。才十五岁呢。她在宫里需要一个朋友。”

他带我走向最好的房间的双扇门，立在门侧。守卫们打开门高呼：“贝德福德公爵遗孀前来觐见！”我走了进去。

第一眼就让我惊呆的，便是她的娇小，简直像个可爱的洋娃娃。她的头发是一种金红色，眼睛则是灰蓝色，她身穿一件蓝灰长裙，一顶头巾立在脑后，露出她精致可爱的小脸和苍白得恰到好处的肤色。她的裙子上遍布延命菊的刺绣——这种雏菊是她的纹章。高高噘起的嘴说明她是一个备受溺爱的任性孩子，不过她一听到我的名字就很快转过身来，带着惹人喜爱的灿烂笑容。

“啊！Madame la duchesse！”她用法语惊呼，跑上前亲吻我，就好像我们是老朋友了，“你能来见我，我太高兴啦。”

我屈膝行礼：“很高兴见到您，尊贵的公主。”

“这一位是我的妈妈。他们告诉我说你会和沙福克伯爵一起来接我时，我可高兴啦，因为我觉得你会告诉我该如何举手投足，还有其他一切。你嫁给公爵时只比我大一点而已，对不对？十五岁就嫁人也太小了，是不是?”

这段连珠炮似的发言令我忍俊不禁。

“嘘。”她母亲说，“公爵夫人会觉得你是一个啰唆的小鬼。”

“因为有这么多英国人来看我了嘛，我发现他们的名字太难记了。而且还都这么难念!”

我笑了。“一开始我连自己家族的名字都念不出来。”我说，“这门语言很难学。不过我保证你会学会的。大家都会说法语，而且大家都很想见你，成为你的朋友。我们都希望你能快乐。”

她的嘴唇颤抖起来，可依然表现得非常勇敢："哦，我已经开始学习了。我会念沙福克伯爵，还有波肥主教呢。"

"波肥?"我疑惑地问。

"难道念得不对吗?"

"博福特!"我纠正她，"他们是这样发音的，博——福——特。"

她开怀大笑，摊开双手："你看吧！你会教我怎么念那些词，还会告诉我英国夫人们都怎么穿衣打扮的。我是不是要一直穿着大靴子呀?"

"什么靴子，公主大人?"

"以防脚上沾泥的?"

我大笑起来："啊，他们那是逗你玩的。英国的确很泥泞，尤其是冬天，可是天气也不会比——比方说——巴黎更糟糕。比起巴黎，我更喜欢伦敦，现在我在英国生活得很开心。"

她抓住我的手："你会站在我身旁，告诉我每个人的名字的，对不对?还有教我怎么发音?"

"我会的。"我向她保证。当她转向母亲时，我感到她的小手在我手中抓得更紧了，"您去跟他们说可以进来了。我最好现在就见他们。"

她是一位招人喜爱的小公主，各方各面都十分完美，但是她的父亲，枉称国王，永远都无法征服本属于他的诸多王国[1]。她没有任何嫁妆，就算

① 玛格丽特的父亲，安茹的勒内（1409.1.16—1480.7.10），别称勒内一世、"好国王勒内"。他拥有巴尔公爵，安茹公爵、普罗旺斯和皮埃蒙特伯爵称号，还是耶路撒冷王国、那不勒斯王国、阿拉贡的名义国王。但彼时，耶路撒冷由土耳其控制，安茹和马恩的部分地区也被英国占领多年，他因此被称为"有一堆王位却没一个王国的人"。

嘴上说把米诺卡和马约卡群岛带来给了我们，我们心里也都清楚她什么也继承不到。她对婚礼和回程提出的一切要求都靠英国国库支付——但英国国库早已空空如也了。她的确生得标致，可这样的十五岁女孩一抓就是一大把啊。她深受法国宫廷喜爱，她的叔叔华尔瓦王查理七世尤其疼她，可她依然不属于华尔瓦家族，只不过是安茹地方的公主罢了。查理没有把他自己的女儿们嫁到英国来，只交出一个侄女。简而言之，大多数派去接她的英国人都觉得咱们吃亏上当了，这场和亲，这些嫁妆，还有小公主本人都不如预期。这不是一场婚姻的良好开端[①]。

她将在都尔宫中的圣乔治教堂成婚，沙福克伯爵会代替国王站在圣坛下她的身旁，从她父亲和法国国王手中接过她的小手。她的姐姐约兰德也会在现场成婚。我知道她很紧张，但被她在结婚仪式两小时前叫到房里，发现除了我俩再无一人时我还是很惊讶。她穿着白丝缎的结婚礼服，上面用金丝银线绣着点点延命菊，可她的头发还没有打理，脚上也什么也没穿。

“我母亲说你有某种天赋。”她用法语开门见山地说，“她说你们家族的所有女性都有预知能力。”

我屈身行礼，心中七上八下：“他们是这样说的，尊贵的公主，但是我把全部的希望和恐惧都交托给我的神父和我的主。我不相信上天会把预知未来的能力赐予凡人，尤其不会赐给女人。”

她惊叫一声，蹦到床上，完全不顾身上那套价值连城的长裙：“我想让你为我用塔罗牌占卜，我想知道自己的未来如何。”她拍拍身边的床，邀请我过去坐下。

---

① 沙福克伯爵为促成这场婚礼，不经授权便擅自在协议中将马恩送给法国。1488年，此事暴露于世，引起英格兰全国上下极大愤慨。

我没有回应她的邀请:“您的母亲肯定没有让您这样做吧?”

“没有，她对这事一无所知，基本上是我自己的主意。过来，坐在我身边。”

“我不能。”我没有动，“英国朝廷很不待见预知或算星盘这类事。他们肯定也不会待见卡牌算命的。”

“英国朝廷永远也不会知道的啦。”她说，“只有你知我知。”

我摇头:“我不敢。”

她一意孤行:“我这样命令，你就得这样做。你是我的侍女，我说什么你就得做什么。”

我动摇了。如果沙福克伯爵威廉·德拉·波尔听说我让公主失望了，这麻烦可就大了:“当然了，我谨听您的吩咐，公主大人。只是如果您要求我做某件事，而您的丈夫，我们的国王不喜欢的话，可该怎么办呢?您一定知道这样让我进退两难。到那时我要怎么做才好呢?”

“哦，到那时你必须按我说的做。”她回答得很干脆，“因为国王永远不会知道，谁也永远都不会知道。我就是要这样做。就是要。我非做不可。”

我跪在地上，垂着头，暗暗诅咒这个被宠坏的小孩:“公主大人，请原谅我，我不能如此。”

她突然不说话了。“那好啊，那我也不结婚了。”她宣布，“你可以出去告诉他们，说你拒绝为我的婚礼做准备，所以我就不嫁了。婚礼就取消吧。”

我挤出微笑抬头看她，可她一脸严肃。

“我可没在开玩笑。”她说，“你得用卡牌给我算命，否则我就不嫁给国王了。我一定要看见自己的未来，必须知道这场婚姻不是一场错误。如果不知道未来有怎样的命运，我是不会踏出这一步的。”

“我可没有什么卡牌啊。”我说。

她微微一笑，抓起自己的枕头，掏出一叠颜色鲜丽的卡牌放进我手中。“来吧。”她很干脆，“这是我的命令。”

我小心翼翼地洗牌。我想知道如果她抽中一张坏牌会怎样。她难道真的又倔又蠢到想要取消婚礼？我回忆着每张牌的意思，心想如果把不吉利的牌藏起来的话会怎样。“如果牌不好呢？”我问，“牌不好的话怎么办？”

她把手按在我的手上。“婚礼如期举行，我不会告诉任何人说你为我算命的。”她许诺道，“但是这样一来我就能提前预知危险，还能知道是怎样的危险。我就能提前做好准备。我要知晓有什么样的命运在前方。如果我不出几年就会死于难产；如果父亲和丈夫将要彼此为敌；如果英国领主们不能达成和解，非要斗个你死我活，这些事我都要知道。”

“那好吧。”我说。看来是注定无法脱身了。“不过我不会做全套占卜。”至少这样减少了全是坏牌的可能性，“我只为你解一张牌。你把牌拿去，洗好。”

她的小手抓住那厚厚一摞牌，洗好后面朝下放着。

“分牌。”

她把牌拦腰分开再洗到一起。我把牌分成扇形面朝下放在她面前，卡牌背面的美丽图案在羊毛被单上闪闪发光。“选一张吧。”我说，“一张就足够说明你的命运了。”

玛格丽特的金红色头发在她俯身时纷纷垂落，她漂亮的小脸此时显得十分严肃，手指划过牌背，抽出一张，一眼未看就握在胸口。

“现在怎么办？”

我把其余牌堆到一起说：“看看是什么。”

她把牌翻了过来。

还好没那么糟。

这牌正是多年前圣女贞德曾在我手中见到的那张：命运之轮。

“La Roue de Fortune[①]。”她念道，“这牌好不好？是不是很好？”

牌面上画着一个轮子，轮子两边各有一只小兽，随着轮子的转动，一只在往上爬，一只在向下掉。轮子的把手在画面之外，所以我们看不到是谁在转动它；也许只是随机旋转的吧。牌的最上方坐着一只可爱的蓝色小动物，头戴王冠，手持宝剑。我的姑婆曾告诉我，这只小动物旨在说明，云淡风轻地笑看命运轮转也不是没有可能：一个人可以超脱于命运之外，胸怀宽广、心平气和地观看自己的人生如何起起落落，就好像它不过是一张虚荣的面具，一场愚者的舞蹈。玛格丽特挑中这张牌也不是那么难以理解：她完全是云淡风轻心平气和的反义词。

“这牌说好也好，说坏也坏。”我说，“这是某种警告，预示你将来会爬得极高，也会摔得极惨。据说命运之轮能带你爬到非常高的位置上，又把你高高摔下来，和你的美德或者善良完全无关。”

“那我怎么才能重新爬起来呢？”她问我，好像我是个为了一点小钱算命的又老又穷的女巫。

“关键就在于你完全身不由己。”我不耐烦地说，“你无能为力，也无法创造自己的命运。你身在命运之轮上，就像这个穿着可爱制服猴子似的可怜动物一样等着落下，而自己毫无回天之力。你完全无能为力。”

她摆出愠怒的臭脸：“这也能算是占卜吗？还有，不管怎么说，另一只动物不是在上升吗？这个像猫一样的东西？也许我是它呢，我会一直一直上升。”

“也许吧。”我说，“可是一旦你攀爬过轮子的顶点，就要再次落下了。你要做的是学会忍耐，无论将来发生什么，胜利也好，失败也好，都要一视同仁，淡然处之。”

她面露茫然：“可是怎么一视同仁啊。胜者为王，败者为寇，完全不一

① 法语：命运之轮。

样嘛。我只想要当赢家。”

我想起了贞德和她的那个手势，在空中画出一个圈，以示世间万物不过区区尘土。我对玛格丽特也做了这个手势。“这是命运之轮。”我说，“这是你的牌：是你自己亲手选出的。你执意要占卜命运，而这就是你得到的牌。它告诉我们，我们都只想要当赢家，都只想要胜利，可我们都不得不承受降临在我们身上的命运。我们必须学会无论幸与不幸都一笑而过。这就是智慧所在。”我看着她美丽却闷闷不乐的小脸，注意到她对智慧不怎么感兴趣。“不过也许你会很走运。”

# 1445年夏

## 汉普郡　蒂奇菲尔德大教堂

起初她很走运。她见到了国王，彼此都一见钟情——这不是理所当然的吗？他时年二十三岁，是一位仍带有少年气息的英俊男人，气质中依然透着些脆弱，带着遗传自他的法国母亲的精致，而她是一位比他小八岁的坚强好胜的美少女。沙福克伯爵威廉·德拉·波尔护送玛格丽特来到她的新国家，还对她花言巧语，说他们一定是天作之合：她的热情之火会被他的甜蜜所柔化，他则会从她身上学到决心和勇气。

他们在蒂奇菲尔德大教堂成婚，婚礼仪式的风格从侧面显现了这位年轻国王肃静的性子。我怀疑玛格丽特本想要场面更铺张更壮大，但我们已经没钱办豪华婚礼了。何况国王说了，婚礼属于他和新娘还有上帝，有这三人便足矣。

可不幸的是，他那个笨蛋神父，那个主持婚礼的艾斯库主教，警告这位恪守规矩的年轻国王不得屈从于欲望。他警告他说只能出于得到王位继承人的目的上新娘的床，不能只为寻欢作乐。这个从小就在每天只想着如何保护国王的纯洁的男人堆里被小心翼翼抚养长大的男孩，像刚刚剃度的僧侣一样严守教训，整整一周都没去见她。玛格丽特可不是个会对这样的丈夫充满耐心的姑娘。婚礼第二天她唤我到她屋中，把我拉到一个八角窗下。“他不喜欢我。”她急切地低语，“大家刚出屋子，他就从我的床上跳开，花了大半个晚上做祷告，然后像只老鼠一样畏畏缩缩爬到我旁边睡了，一整晚都没碰我一下。我还是个处女，洞房半点意义也没有。”

我握住她的手。“时候会到的。”我说，“你得耐心点。”

“没有圆房婚姻怎么能生效？”她质问道。

“会圆房的，他会有行动的，尊贵的王后，我们还该庆幸他不是用强的呢。”

“他还算是个男人吗？”她轻蔑地小声嘀咕，半点也不觉得庆幸。

“他当然是男人了，他是你的丈夫，是你的国王。”我说，“时候会到的，不出一周他就会行动了。”只要没赶上圣徒纪念日或者宗教节日，我默默心想，他需要能在行房后立刻忏悔罪过。弥撒前的早晨也不行，光天化日之时更是绝无可能。他的确极度虔诚。“还有，公主大人，等到他触碰你的时候，你必须毫无抱怨地全盘接受。”

她把头摇得像拨浪鼓：“可是我想要被爱呀。我一直都是在爱中长大的。我想要丈夫满心激情地爱我，就像吟游诗人的故事里那样，像一位骑士那样。”

“他肯定爱你，他会爱你的。只是他不是一个很有欲求的男人。”

她的怒气消散得和出现的速度一样快，玛格丽特带着满脸疑惑看向我：“那时候他为什么居然不想要我呢，初夜的时候，我们的洞房花烛夜的时候？”

我耸肩：“王后大人，他是一个凡事深思熟虑的年轻人，而且非常虔信。等到他觉得时机成熟时自然会来找你，而那时你必须温柔以对。”

“可是又有谁会对我温柔呢？”她苦涩地问。

我笑着摸摸她的脸颊，好像她不是我的王后大人，而是一个小妹妹。“我们都会对你很温柔的。”我向她许诺，“你会幸福快乐的。”

# 1448年

## 伦敦

玛格丽特的幸运在于她年轻貌美，伦敦人第一眼看到她就很中意，并且为她的加冕而热烈欢呼。她的幸运也在于她招人喜爱——我不是唯一一个爱上她并默默守护她的人。她吸引了一群爱慕者。与她走得最近的我，是她最要好的朋友和亲信。她也喜欢爱丽丝——威廉·德拉·波尔的妻子，我们三个在她早期的婚后生活里简直形影不离，只除了我为了分娩而回到格拉夫顿的那段时间。家中又新添了一个小宝贝约翰，还有另一个孩子因为过早来到人世而格外孱弱，但也因此格外宝贵：我们最小的儿子理查德。

但是她也犯下了一些错误，一些十分严重的错误。她对威廉·德拉·波尔的偏爱使她坚决认为此人应该被纳入国王的议会里，而原本已经位高权重的他，现在更是在她的荫庇下一步登天。这两人经常和国王的叔叔格洛斯特公爵汉弗莱对着干，他们成功地煽动大家怀疑公爵，结果使他被指控阴谋叛国，说他妄图背叛他的侄儿，自己坐上王座。这个打击对公爵来说实在过于沉重，他在被带上审判席前就撒手人寰了。顿时漫天流言蜚语，说这位公爵是被谋杀的，人们纷纷将矛头对准威廉·德拉·波尔。国王失去了最后一位叔叔，从此便更加依赖其他的谋臣，也更经常寻求他的年轻妻子的意见。这个举措简直可怕之极。她不过还是个小女孩，对英国一无所知，说老实话，她对任何事情都一无所知。

国王另外的宠臣有埃德蒙·博福特[1]，萨默塞特公爵，玛格丽特十分钟情于这位作风奢华却十分贫穷的公爵，他唤她作表妹，还在问候时直接吻她的嘴。此人是宫廷中最俊美的男子，总是身穿镶金带玉的天鹅绒华服，胯下骑着高大的黑马，尽管人们都说他的荷包里没有半毛钱，说他上至英俊的脑袋，下到最好的皮鞋底子，统统都已经抵押给伦敦和安特卫普的钱庄了。他总是送王后各种小礼物，集市上信手拈来的小礼品。当他给她的衣襟别上一个小胸针，或是把她当小孩儿一样亲手喂一片糖渍橘皮时，总是能讨得她满心欢喜。他用法语亲密而飞快地跟她说话，在她耳后别上一朵盛开的鲜花。他跟她调情，好像不知道她是位王后而不是普通的漂亮少女，他带来乐手和舞者。只要有埃德蒙·博福特在场，宫中总是充满欢声笑语。国王和王后命令他一直留在宫里。

也许他们不这样命令的话反而更好。谁能料到这位年轻英俊的公爵胃口太大，讨要了英国军队在诺曼底的统治权，竟把军队当成自己可以随意摆弄的玩具兵。年轻的国王和王后对此人的要求来者不拒。他们给自己的宠臣加官晋爵，宫廷已经快要变成一群母鸡炫耀争宠的鸡舍了。

我们都从中得了不少好处。他俩大把大把地给人封号任职，拱手送出自己的土地，宫中的职位，给出行贿受贿的机会，进口出口的许可。本该用以支撑国王在位期间的开销的王室土地，就这样被他们慷慨大方地随手送出，落入贪婪之徒的手里。威廉·德拉·波尔做梦都没想到自己的官运如此亨通，他成了第一个没有王室血统的公爵。埃德蒙·博福特也捞了个公爵当。国王和王后一心觉得应该给埃德蒙·博福特一笔财富好配得上他

① 埃德蒙·博福特（1406—1455），第二代萨默塞特公爵，在百年战争和玫瑰战争中担任重要角色。

的名号，至少要敌得过赫赫有名的大财主，比得上约克公爵理查德[1]这样一位堂堂的皇亲国戚。国王夫妇还说，他们为此会不惜一切代价。

就连理查德和我都被卷入了这场加官晋爵的狂潮之中。他们给了我们一栋在伦敦的豪华房子，之后某天丈夫笑容满面来找我："告诉我，我亲爱的，你觉得我该起个什么名号呢？"

"名号？"我先是疑惑，然后马上反应过来他在说什么，"哦！理查德！国王也要赐你一个头衔了吗？"

"我倒是觉得这更像是王后给你的赏赐。但不管怎么说，我就要成为男爵了。我因忠心报国而得此奖赏——或者说是因为王后喜欢我的老婆。你觉得怎么样？"

我惊喜地倒吸一口气。"哦，我太高兴了。我太为你感到高兴了。也为了我们的孩子！我们会变成一个名门望族的。"我半信半疑地收住话头，"国王真的能像这样随便给人加官晋爵吗？"

"他们两个自以为可以咯，而且更危险的是，他们的确在这样做。古往今来，从没有过这样一对当权者夫妇，这么贫穷，这么低微，又这么急着把手里那点权财白白送出去。而且他们也会让朝中另外那一半人发疯。任何人只要被王后欣赏或者受国王信任，就能高官厚禄，很多好人反而被排除在外。约克公爵理查德就什么也没得到，甚至连一句客气话都没有。他们还说不会让他继续留在议会里了，纵使他是公认的好人，也是他们能找到的最优秀的谋臣。他被打入冷宫，比他坏得多的人鸡犬升天。我被封为男爵，也只不过因为你是王后的密友。"

"那么我们应该叫什么名字呢，我的大人？你会成为理查德·伍德维尔

---

① 理查德·金雀花（1411.9.21—1460.12.30），第三代约克公爵，在百年战争后期、亨利六世统治期间和玫瑰战争中均担任重要角色。他和亨利六世的矛盾是玫瑰战争的主因之一。

爵士，男爵——叫什么男爵？”

他沉默片刻后提议：“格拉夫顿男爵？”

“格拉夫顿男爵，”我重复了一遍，仔细揣摩它的发音。尽管在英国已生活多年，我还是带着很重的口音。“我真的说不出口。”

“不过我在想，你会不会想要一个来自你的家族的名号。比方说你的家族成员的名字？”

我思考了一会儿。“我不是很想大肆声张说我出身卢森堡，是个法国人。”我谨慎地说，“反法的风潮一阵强似一阵，前不久我还提醒王后，让她在公开场合都记得说英语。我是英国的公爵遗孀，早已是个名至实归的英国女人了。起个英国式的名字吧，让我们的孩子们也有英国式的封号。”

“沃特[①]！他大声说，“纪念你的祖先。”

我忍俊不禁：“你可不能叫什么水男爵。不过，里弗斯[②]男爵怎么样？”

“里弗斯……”他咀嚼这个词，“挺好的，里弗斯。很好的英国式名字，同时还能纪念你的家族。我应该叫里弗斯男爵，上帝保佑，总有一天我能当上伯爵。”

“不，说真的，他们会让你成为伯爵吗？他们真的大方到这个地步？”

“我亲爱的，我怀疑他们大方到能把整个国家都拱手相送。他们不是什么审慎的明君，何况给他们出谋划策的还是一帮恶棍小人。”

我竭力用最机智、最委婉的方式对王后提起我丈夫的忧虑，说他担心王室行事过于铺张。可王后高高仰起了头。“我们得让朋友们满意呀。”她对我说，“少了威廉·德拉·波尔，我们没法统治这个国家，他是这片土地

① 沃特（Water），意为水。

② 里弗斯（Rivers），意为河流。

上最伟大最出色之人。再说，埃德蒙·博福特境况如此潦倒！我们必须要帮他们啊。”

“那约克公爵理查德呢?”我提了一个他们理应奖赏的人的名字。

“离了埃德蒙·博福特我们无法守住法国。我们只放心让他来守卫我们在法国的领土，只放心让他把那些不该归我们的土地还给它们真正的主人。”

“大人?”听到她说我们应该把我们的土地归还给法国人，我一下惊得哑然失色。她脸红了，好像犯了错的小孩。“是守住我们的领土。”她纠正自己的说法，“埃德蒙·博福特是我们在这件事上唯一信任的人。”

“我认为，继我前夫贝德福德公爵之后，约克公爵理查德才是唯一能固守我们在法国领土的人。”我评议道。

她摆摆手。“也许吧，也许吧，不过我除了埃德蒙·博福特和威廉·德拉·波尔外就是谁也不信任。国王自己既优柔寡断又不能冲锋陷阵，这两个人对我来说就是全部了。他们既是父亲，也是——”她话只说了一半脸就泛红了，“也是我需要的朋友。他们二人都配得上最高荣誉，而且我们也会赐予他们应得的荣誉。”

# 1449年夏

## 伦敦　威斯敏斯特宫

理查德来到我们的私室，握住我的手，满脸严肃。我当时就意识到出了什么可怕的大事了："雅格塔，你必须勇敢。"

"孩子们出事了吗？"我总是第一时间想到他们，手也抚上了自己的腹部，那里正在孕育新的生命。

"不是的，谢天谢地。是我的主人遗留下来的土地出事了，诺曼底那边。"

我不必问，就猜得八九不离十："诺曼底丢了吗？"

他面露苦痛："差不多了。埃德蒙·博福特几乎把整个诺曼底包括鲁昂都拱手给了法国人，只为在卡恩保住自己一条命。"

"鲁昂。"我轻声喃喃。我的第一位丈夫贝德福德公爵约翰就长眠在那里。我在那里也有资产。

"这实在是一记沉重打击。"理查德说，"我们所有人都为守住法国的英属领土而浴血奋战，近乎百年之久的纷争，无数英勇牺牲的生命——好兄弟，好战友——"他说不下去了："好吧，很难原谅这样的过失。"

# 1450年春

## 伦敦　威斯敏斯特宫

理查德说的没错。没人能原谅这个过失。议会把矛头对准威廉·德拉·波尔，他那些新封号和新荣誉也不能使他免于英国人民的怒火，曾在诺曼底辛勤耕作的农民，曾在诺曼底出生入死的士兵，如今一无所有，无家可归，怨声载道，苦不堪言，说他们已经奋起反抗百余年，到头来却遭到理应与自己并肩作战的指挥官背叛。

在街上，伦敦的商贩们大声呼喊骑马经过的我："约翰大人泉下有知会怎么想啊，嗯？您的大人会怎么说啊？"我除了摇头，也无能为力。我的心情与他们一样——如果我们辛苦得来的土地被某个国王一时心血来潮当做某个合约或是某次婚姻的附属品给随便拱手相让，而这个国王从没像我们为他出生入死一样为我们考虑过分毫，那么，我们战斗是为了什么，牺牲又是为了什么？

因为说国王的坏话是叛国大罪，罪过就全归咎在威廉·德拉·波尔头上。他们把他传至议会，指控他叛国、敲诈，以及谋杀，说他阴谋篡夺王位，拥立自己的小儿子约翰为王，让玛格丽特·博福特垂帘听政，把王位占为己有。

"接下来会发生什么？"我问正在自己屋中不安地来回踱步的王后。她长长的裙裾拖在地上，像猫生气时的尾巴一样沙沙作响。

"我是不会让他接受那些指控的。他绝不会因为这样的指控蒙羞。尊贵的国王会救他的。国王已经有令，他本人将作为他朋友的法官和陪审员出席审判。”

我欲言又止。归根到底英国不是我的祖国，可我真的不认为国王能如此越俎代庖：“王后大人，我认为他做不到。贵族应该被同级审判。上议院会审查此事的，国王无权干涉。”

“我的朋友绝不能在众目睽睽之下接受质问。这是对他的侮辱，也是对我的侮辱。我心意已决，要保护我们的朋友，国王也同意我。威廉不会接受议会审判的，他今晚会来我的房间密会。”

“王后大人，这可不符合英国人行事之道。你不能与任何男人单独会面，更不用说是密会了。”

“你也要在场。”她说，“这样一来他们就不能说三道四了。虽然天晓得他们已经编排了多少下流谣言，可是我们必须暗中见面。国会的人嫉妒到都发疯了，现在他们要把他推上断头台。少了威廉·德拉·波尔我无法执掌这个国家。我必须见他，决定我们该做什么。”

“国王他……”

“国王少了他也不行。国王遇事拖泥带水，丝毫没有主见，他是什么样子你清楚得很。我必须让威廉·德拉·波尔陪伴国王左右，少了威廉的指点，他连路都走不稳。我们必须有威廉做伴。我们必须要寻求他的意见。”

午夜时分，王后命我把威廉·德拉·波尔从连接两个王室寓所的小门里放进来。公爵在石梁下猫着腰，三步并作两步穿了过来，让我惊异万分的是国王也跟在他身后，像个随身小侍。“尊贵的陛下。”我悄声问安，弯腰行礼。

他正痛苦到浑身颤抖，压根没看见我。“我遭到了强迫！我遭到了羞辱！”他一见玛格丽特就马上说，“他们胆敢羞辱我。他们想要压得我翻不了身！威廉——都告诉她！”

她马上看向德拉·波尔，好像只有他能解释明白。“领主们拒绝接受让国王单独审判我，你的要求泡汤了。”他细细道来，“他们要求让我的同级来审我的叛国罪，否定了国王亲自审判的权力。我被指控出卖我们在法国的利益。当然了，我只不过是按照你说的做罢了，而合约又要求让我们交回缅因和安茹。这是对您的挑衅呀，王后殿下，这是挑衅你，挑衅我，也是挑衅国王的权威呀。”

“你是绝不会站到被告席上的。”她向他保证，“我发誓。他们必须撤销控诉。”

“殿下……”我拉住她的袖子，悄悄说，“你可不能做这种保证。”

“我可不觉得他犯了这些罪。”国王说，“可他们还是在不停叫嚷，叫他上被告席，叫他上绞架。他们应该服从我啊！他们生来就该听我的话啊！”

“他们这么想要你，就让他们来抓你试试！”她激情万丈地向威廉·德拉·波尔赌咒发誓，“他们想抓你，就先过我这一关试试！他们得从我的房间抓人，看他们有没有这个胆子！”

我把手偷偷伸过去轻轻拉了她一下。但是国王带着赞许的眼神望着她，也被她的怒火点燃了：“我们要反抗他们！我才是国王。我要按自己的选择统治国家：选你作我的妻子，选威廉作为我的参谋。有谁敢说我不能如此？我还是不是国王了？”

这三人之中，只有最近晋升的公爵没有大喊大叫。“是啊，可我们没法抵抗他们啊。”他细声细语，“就算你们说了这么多，如果他们来抓我怎么办？如果领主们以武力相逼怎么办？你们已经允许伦敦城里每个领主组建私人武装了。我的每个敌人手里都有几百号人。如果他们的军队来抓我呢？”

“你能去法国吗？”我语气极为柔和地问，“去法兰德斯？你在那儿是有朋友的。在那避避风头，等到事情结束如何？”

国王抬起头，瞬间红光满面。“没错，没错，现在就去！”他下令道，“趁他们还在思考下一步棋。现在就去。等他们来找你，就会发现笼子里的鸟飞啦！我会给你金子。”

“还有我的珠宝！”王后命令我，“去给他拿来！”

我依命而行，把她最次的首饰拣了一些出来，珍珠造的延命菊，还有一些品相不好的绿宝石。我把它们装进一个小包里，等我回到那个阴暗的房间，正看见王后在公爵的臂弯中哭泣，他肩上围着国王的斗篷，正把鼓鼓囊囊的钱包往兜里塞。我不情不愿地把王后的珍珠递给他，他连谢都没说一声就接了过去。

“我会给你写信的。”他对二人道，“我不会离得很远的，只是法兰德斯。等沉冤昭雪我就立马回来。我们不会分开很久的。”

“我们会去拜访你的。”她许诺道，“这不是永别。我们会派人去你那儿，还给你写信。你也要写信给我们建议呀。很快你就能回家啦。”

他吻她的手，戴上风帽。他向国王躬身行礼，朝我点了点头，就溜出小门头也不回地走了。我们能听见他轻手轻脚走下楼梯，大门一声闷响过后，国王的首席参谋像个小贼一样隐没在了夜色之中。

国王和王后得意洋洋，像刚打败了一个严厉的校董的毛头小孩。那一夜他们连眼睛都没合，在她的房间的火炉旁整宿交头接耳，吃吃窃笑，庆祝他们成功战胜了自己的国家的议会，为成功保护了一个被当做叛徒的男人而自我赞美。破晓时分，国王去行弥撒，命令神父做一段感恩的祷告，感谢危险已经过去。正当他双膝跪地，赞颂耶稣的仁慈，得意于自己的聪慧之时，伦敦城在惊天新闻中苏醒过来，得知那个害英国损失惨重的男人，那个带来一个一文不名的法国公主的男人，那个中饱私囊，破坏了英国的和平的男人，已经被国王放走，溜之大吉，潇洒快活，口袋里揣着金子，帽子里藏着王后的珠宝。这还只是暂时的流放，他顶多离开一段时日，一旦确信脑袋能安全地留在肩膀上，就会立刻席卷重来。

王后掩饰不住自己的喜悦，也掩饰不住对那些说她大错特错的人的轻蔑。她听不进去任何警告，既不听我丈夫的忠告，也不听其他效忠于国王的人的意见，人们悄悄议论，说国王已经忘了他对自己的领主和人民的忠诚，说叛徒的朋友也是叛徒——可我们又能拿不忠不信的国王如何？王后固执己见地沉浸在喜悦中，因为自己挑衅国会的行为欣喜若狂，我说什么都没用，拦不住她在人们面前大肆夸耀自己的胜利，而那些人只不过希望国家能有一个好的政府指导，而这个政府现在却任由两个被惯坏的孩子摆弄。

我觉得什么也不能挫伤他们高昂的欢乐情绪。有消息说威廉·德拉·波尔冲破暴民的包围才逃出了伦敦跑到乡下，在自己的地盘上藏头缩尾了好些时日，最终才准备渡海远行。乡间到处都是起义暴动，反抗那些给国王进谗言之人，以及与威廉·德拉·波尔沾亲带故之人。几天之后，王后的一个侍女跑进来找到我，说我必须立刻去见王后！立刻！王后病得很重。我连理查德都没找就直奔王后的房间，冲过守门的卫兵身旁，赶走挡路的下人，发现屋中一片沸腾，王后不知所终。

“她在哪儿?”我问道。有人指了指卧室的门。

“她命令说我们不得入内。”

“为什么?”我问。她们只是摇头。

“她一个人?”

“沙福克公爵夫人，威廉·德拉·波尔的妻子，在里面陪她。”

一听到这个名字，我的心就沉了下去。他这次又干了什么？我慢慢走向门边，敲了敲门板，又拉了拉把手。门开了，我走了进去。

就在那一刻，我终于想起她还是个多么年轻的姑娘，不过年方二十。那张皇家大床让她显得非常瘦小。她蜷缩着躺着，好像腹部受伤一样，背朝房门，脸朝墙。爱丽丝·德拉·波尔坐在壁炉旁的凳子上，脸埋在双手之中。

“C’est moi[①]，我悄悄说，“是我啊。出什么事了？”

小王后只是摇头。她的头巾掉了，头发也散了，肩膀在无声的啜泣中颤抖。“他死了。”她只会说这一句，好像世界末日已经到来，“死了。我该怎么办呢？”

我脚下一软，不由伸手稳住自己的身子：“我的天啊，国王他？”

她用脑袋猛砸自己的枕头：“不是！不是！”

“您的父亲？”

“威廉。威廉……我的天啊，是威廉。”

我看向爱丽丝，威廉的遗孀：“我对您丈夫的去世感到万分遗憾，夫人。”

她点点头。

“可是，怎么会这样？”

玛格丽特用胳膊撑起身子，回头看向我。她金色的头发像一团乱麻，双眼哭得通红。“被谋杀了。”她咬牙切齿地说。

我顿时瞥了一眼身后的房门，好像随时会有一个杀手冲出来杀我们：“被谁谋杀的，王后大人？”

“我不知道。那个邪恶的约克公爵？其他领主？任何一个妄想把我们扳倒，把我们毁灭的无耻鼠辈。任何一个不许我们按自己的心愿统治，不许我们听自己选出的人的意见的卑鄙小人。任何一个偷偷出海，把黑手伸向一个无辜之人的残忍恶棍。”

---

① 法语：是我。

“他们是在海上抓住他的?”

“他们把威廉带上他们的船，在甲板上砍掉了他的头。”她几乎泣不成声，“上帝会罚他们下地狱，这些懦弱的小人。他们把他的尸体丢在多佛的海滩上。雅格塔!”她伸手紧紧抓住我，大哭道：“他们把他的脑袋插在一根杆子上。他们用处置叛徒的方式处置他的脑袋啊。这让我怎么受得了?这让爱丽丝怎么受得了?”

我几乎连看都不敢看威廉·德拉·波尔的遗孀。她正寂然无声地坐着，听威廉·德拉·波尔的王后撕心裂肺地为他恸哭。

“我们知道是谁干的吗?”我又问了一遍。我最怕的是，如果有人胆敢袭击国王最宠信的谋臣，那他们接下来会找上谁?王后?我?

她泣不成声，纤弱的身体在我的臂弯中瑟瑟发抖。“我必须去找国王。”最后她说道，撑起身子，擦干眼睛，“这个消息会伤透他的心。我们没了他可怎么办呢?谁还能给我们出谋划策呢?”

我默默无言地摇头。我不知道他们没了威廉·德拉·波尔该怎么办，也不知道在我们面前缓缓敞开的是一个怎样的世界，在这个世界里，就连一个贵族领主也会在自己的船中被绑架，在随波摇晃的小船里被砍头，砍下的脑袋被插在杆子上，遗弃在海岸边。

# 1450年夏

## 北安普敦郡　格拉夫顿

温暖时节到来，国王和王后商量到北方旅行。他们对外声称的是不想在天气炎热瘟疫横行之时留在伦敦城里，说想去看看莱斯特的好百姓们。但我们这些宫里人知道门口的卫兵数量已经翻了一倍，他们还雇人为自己的食物试毒。他们惧怕伦敦人民，惧怕肯特人民，怕那些杀了威廉·德拉·波尔的人也会来指责他们，让他们为英国的损失负责，为每天都像潮水般涌进英国各个港口的战败的士兵和殖民者们负责。宫里已经没钱付给伦敦的供应商，王后又信不过城里人。宫廷要去莱斯特了；说实话，他们是要逃去莱斯特躲起来了。

理查德和我得到准许可以不用前去，从而得以回格拉夫顿看我们的孩子。等宫廷一向北部进发，我们就策马飞奔出伦敦城，此处已变成遍布流言蜚语和街谈巷议的阴郁城市。有谣传说国王和王后准备大肆报复肯特郡。他们诅咒威廉·德拉·波尔的尸首被遗弃的那片海滩。诺尔的萨伊大人和他暴虐成性的肯特郡长女婿宣称将共同追捕罪人，将罪犯连其家人一起斩尽杀绝，还宣称要横扫肯特上上下下，化城镇为焦土。

刚出城，一离开城墙，理查德和我就肩并肩、手握手地策马前行，俨然一对年轻的恋人，我们那支小小的护卫队则在后面跟着。道路平坦干燥，野花星星点点布在路边草丛，鸟儿在绿意渐浓的树篱中婉转啼鸣，鸭子在池中游曳，玫瑰静静绽放。

“我们就这样再也不回宫里，怎么样?”我问他，“就太太平平当我们的格拉夫顿侍卫和他的夫人，怎么样?”

“还要当孩子们的保姆?”他忍俊不禁。

“许许多多的孩子。”我说，“八个我还嫌不够呢，肚子里还怀了一个，我可打算凑成一打。”

他冲我微笑道：“我还是有可能被召至前线的。就算我是全格拉夫顿最不起眼、最安静本分的侍卫，就算我养着全英格兰最大的一家子人，也还是有可能接到命令上前线。”

“但是打完仗你就可以回来啊。”我接过他的话头，“我们可以靠土地和农场维持生计。”

他笑了：“维持不了多久的，我的夫人。维持不了你想要的生活。将来你的孩子们就要和佃农们结婚，他们的孩子会变成乡间野夫。你想要一个满脸泥巴的乡巴佬当你的孙子吗?”

我朝他做怪相。他清楚知道我有多么珍爱书籍和乐器，且决意要让子子孙孙都能读会写三国语言、通晓一切宫廷礼仪。

“我的孩子们将来可是要在世上占一席之地的。”

“你还真有雄心大志。”他说。

“我才没有！我曾是英国第一夫人。我曾身居任何女人都梦寐以求的高位，但是我为了爱情可是把它们通通抛弃了呀。”

“你的雄心大志是体现在你的家庭和子女身上。你对我也有很大期望——我当上男爵你可是高兴得很呢。”

“哦好吧，男爵。”我大笑着说，“谁都希望自己的丈夫当上男爵的。我不觉得这也算是有雄心大志，这只是——人之常情，可以理解嘛。”

“我的确很能理解。”他表示认同，“可是你真的想永远活在乡下，再也不回宫里吗?”

我不禁想起神经质的国王和年轻的王后。“我们不能丢下他们不管，对不对?”我幽幽地说。

他摇头：“效忠兰开斯特家族是我们的职责，再说我真不知道他们没有我们会如何。我不觉得我们能撒手不管，一走了之。我们走了他们怎么办呢?”

我们在格拉夫顿逗留了一周。眼下正是年中最好的时光，果园被绽放的鲜花染成玫瑰粉色，牛群们也在纷纷产仔。高处的草地上，羊儿们伴在母亲身边，奔跑嬉闹时，尾巴像一条条毛茸茸的缎带似的在身后晃荡。饲草已经长得很高了，风过处泛起阵阵绿色的涟漪，庄稼也已经长到了齐踝深，青葱茂密。我最大的那几个孩子，伊丽莎白、路易斯、安妮和安东尼，一直和我们的表亲们住在一起学习大家族中的言行举止。不过他们会回家和我们一起度夏。四个小的，玛丽、雅格塔、约翰和理查德，正为哥哥姐姐们要回家而欢呼雀跃。七岁的玛丽是这个小集团的首领，其他人都是效忠于她的家臣。

我因身怀六甲而疲惫不堪。温暖的午后，我怀抱睡午觉的四岁的小蒂孔躺到床上，被白天的热意蒸得昏昏欲睡。等他睡着，四下里安静了，我有时会拿出卡牌一张张翻开，一张张看。我既不洗牌也不发牌，没有占卜的意图。我只是看着那些熟悉的图画，畅想生活会给我和我所爱的孩子们带来什么。

白日里理查德要聆听周围人们无休无止的抱怨：栅栏的界线移动了啊，有牲口四下撒野糟践了庄稼啊。身为庄园之主，他的职责就是确保领地内的公平秩序，防止居民们威逼贿赂陪审团，逃避罪责。理查德遍访本地乡绅，提醒他们不忘在有难时站到他一边，竭力安慰他们说国王手腕强硬，宫廷诚实可靠，国库万无一失，我们会把在法国余下的那些领土守得固若金汤。

我在蒸馏室里忙活，伊丽莎白是我最热心的学徒，她帮我把草药浸在油里，检查切好的干草药，把药草捣成粉末，放进瓶中存储。我依循星象而行，查阅公爵大人的书中的制法。我时不时会发现一本以前看漏的书，提及如何制造生命之水，抑或如何用蒸馏水清除不纯之物。可是我随即想起皮尔城堡冰冷高墙后的伊琳诺·柯布汉姆，于是从伊丽莎白手中拿走那本书，放到高高的书架上。我只种那些好厨师们熟知的香料植物，除此之外绝不种植或干燥任何药草。在那些年月里，知识只不过是又一件需要隐藏的物事罢了。

我真希望能在家再多待一个月，我被腹中身孕压得疲惫不堪，满心盼着能在乡间度过整个夏天，盼着国王和王后会延长他们的旅行，让我们过清静日子。我们骑马拜访了一些邻里，夕阳西下之时回到家，看见一个王家信使在水泵边上等候。他看见我们便站起身，交给理查德一封用王家纹章封着的信。

理查德撕开信封，草草过目。“我不得不走了，”他说，“事态紧急。必须要策马飞奔了。”

“发生什么事了?”我边问边翻身下马。

“肯特发生了叛乱，这事任何傻子都能预料得到。国王命令我扛着王旗与他并肩骑行。”

“国王?”我简直不能相信我们的国王要亲自领军。先王在比他现在更年轻的时候就是卓越的将领了，可是他除了比武之外压根就没穿过盔甲，“国王要亲自上阵?”

“他很生气，因为德拉·波尔的事情——愿上帝让他的灵魂安宁，”他一语道破，“他发誓要报仇雪恨，王后也发誓说一定要亲眼看到凶手被正法。现在他的机会来了。”

“你一定要小心。”我拉住他的胳膊，望向他的脸庞。我俩心知肚明：他的首领是个从没见识过半点硝烟战火的毛头小子，甚至连围城战都没遇到过。“你必须给他建议。”

“我会明哲保身。”我丈夫自嘲道，“我也会保证他平安，如果做得到的话。他们之前命令肯特的郡长把整个郡改成一个养鹿场，所有男人，女人和小孩都一概驱逐出去，这下他们可要吃苦头了。我必须回去看看能不能帮他们找回一点理智，想方设法劝说他们尽量和谐地统治国家。他们每次议会讨论时都会树立新一批敌人。王后骑马走在伦敦的路上时那副样子就像痛恨每一块铺路石。我们必须为他们尽忠，雅格塔。我们必须指引他们追寻最大的利益，必须让这对国王夫妇把心思收回到他们的人民身上来。这是我们的职责。这是我们的任务。这是我们的主人贝德福德公爵希望我们去做的事情。”

那一夜，我躺在床上，将他搂在怀里。冰冷的清晨来临，我感到内心充满不安：“你和国王一起出征只是为了展示王旗对吗？你不会深入肯特吧，理查德？”

“我希望谁也不用深入肯特。”他正色道。

他用完早餐后去了马场，我在后面尾随着他，也尾随着我的恐惧：“可是如果要组织什么禁卫军去惩罚肯特百姓的话，你不会加入的吧？”

“去放火烧谁家的屋顶？把穷人家的牛烤来吃掉？”他问，“我以前在法国见识过这类事，我绝不认为这种行为能赢得忠诚。贝德福德公爵就曾对我说过，想要赢得一个人的心，就要公平以待，让他感到安全。如果有人问我这个问题，我就会这样回答。可是不管是谁以国王的名义命我出动，我都不得不依命行事啊。”

“你一叫我去，我就去找你。”我试图显得很有把握，可声音却细微而焦虑。

“我会等你。”他发誓道，声音突然变得温柔，因为他觉察到我正害怕，“你要照顾好自己，照顾好肚子里的孩子。我会等你。我会一直等你。记住我曾给你的许诺——你永远不会寻找我而不得我的影踪。”

我打扫房屋，命令仆人为我的离开做准备。我听到流言蜚语，说国王和王后已经回了伦敦，国王将亲自上阵镇压肯特百姓。接着从理查德那里来了一封信，是他亲笔所写。

亲爱的：

我很抱歉要让你烦心了。国王受到王后劝阻，不再亲自进入肯特，然而他命令我率领他的禁卫军追击那些无法之徒，我正奉命而行。相信我，我会平安无事地回家，回到你身边，等这一切结束之后。

你的理查德

我把这张纸收进长裙，抵在心口，走回马厩场。“备马，”我对卫兵说，“告诉他们把我那匹母马备好上路。我们要回伦敦了。”

# 1450年夏

## 伦敦

一路上我都心情沉重。我有极为强烈的预感，感到理查德深陷险境，感到他势单力薄，感到肯特郡的重重森林里必有埋伏，陷阱，藏着军队等着抓他，就像他们抓威廉·德拉·波尔一样，用一把生锈的钝剑砍下他的头，连临终忏悔的机会都不给他。

我们悄声无息地赶往伦敦，不过当行经菜园和小牧场时，我的卫队长命令大家聚拢，开始左顾右盼，好像生怕我们不安全似的。

“怎么了？”我问。

他摇摇头。“我不知道，夫人。只是……”他迟疑道，“未免太安静了。”他喃喃自语道。“还没日落母鸡就不再叽叽喳喳了，农舍的窗户也都关得严严的。不太对劲啊。”

我也察觉到了，事情不太对劲。我的前任丈夫公爵经常说如果你骑马进城，感觉不妙，那就真的是有什么事不对了。“大家聚拢，”我说，“我们要趁大门关上前进城，然后去我们在伦敦的房子。叫你们的人都留点心，注意四周。我们要慢跑前进。”

他招呼大家集合，我们骑马穿过城门。可是刚刚穿过摩尔门[①]来到狭窄的街道上，我就听见渐响的喧闹声，人们正在欢呼雀跃，喇叭嘟嘟长鸣，

---

① 摩尔门（moorgate），原为罗马人在伦敦所修的一道后门，15世纪时改建为城门。

鼓声咚咚不歇。

那喧闹声仿佛像是五朔节的游行，又仿佛像是纵情释放的欢乐，街上一定有成百上千的人。我瞅了一眼自己的人马，他们正策马向我聚拢，围成守卫性的方队。

“走这边。”队长说，他带我们飞驰过蜿蜒的街道，找到通往城墙的路，我在伦敦的寓所被人群包围其间。大门两侧长明不灭的火炬如今消失无踪，空余两个烛台。夜里总是牢牢闩好，顶多留出一个迎送客人的小缝的大门，现在也半敞着。地上铺着的通往房子的卵石都不见了，代以四散的垃圾，前门也半开半掩着。我瞥了一眼队长乔治·卡尔特，在他的双眼中看到了我自己的不安。

“夫人……”他没把握地开口，“最好让我进去，看看都丢了些什么。情势不妙，说不定……”

正当他说着，一个醉汉从半开的门里摇摇晃晃走了出来，脚步蹒跚地走过我们身旁，消失在巷子里。卡尔特和我又互相交换了一个眼神，我从马镫里抽出脚，翻身下马，把缰绳扔给一个卫兵。

“我们进去。”我对卡尔特说，“拔出你的剑，找两个人跟在我们后面。”

他们跟在我身后，我穿过石子路走向这间房子，我在伦敦的家，当年我得到它时是那样自豪，装修它时又是那样满意。一扇前门的铰链已经脱落了，里面还传来烟味。我推开另一扇门走了进去，看见一群人正在房间之间跑来跑去，看见什么他们觉得值钱的东西就统统拿走。墙上有许多白色的方块，那里曾经挂着我和贝德福德公爵的挂毯。一个笨重的实木餐具橱柜被留在原地，里面的白镴餐具却被扫荡一空，空留精雕细琢的柜门吱呀作响。我走进大厅，所有木盘、酒罐和酒具都荡然无存，可荒唐的是，大桌后面那幅巨大的美丽挂毯却还在原处，完好无缺。

“我的书。”我跳上高台，穿过大桌后的门，爬上几节楼梯，来到楼上的日光室，再走上两节台阶，跨过台阶上一个四分五裂的珍贵玻璃杯，来到了书房。我停下步子环顾四周。

他们拿走了书架上的铜栅栏，拿走了将书籍固定在书桌上的铜链，甚至拿走了羽毛笔和墨水瓶，可是书籍都平安无事，完好无损。他们偷走了所有金属制品，却丝毫没有染指纸制品。我飞快地取下一本薄书，贴在脸上。

“保证这些书籍的安全。”我对卡尔特说，“把你的人都叫进来，把它们搬进地下室，装好，找人看着。它们比铜栅栏更宝贵，比挂毯都更值钱。如果我们能把所有书都抢救出来，等到审判日那天，我就能问心无愧地面对先夫了。它们曾经是他的宝物，而他把它们托付给了我。”

他点头道。“我很抱歉剩下的那些……”他指指破败的房屋，木楼梯上遍布剑痕。有人砍掉了雕刻精美的螺旋楼梯的中柱，占为已有，就像砍下囚犯首级的刽子手。雕梁画栋之上的天花板也被浓烟熏得漆黑，有人想要把这里烧个精光。我闻着烧焦的灰泥味道，不由得打了个冷战。

“如果书都平安无事，我的丈夫也平安无事，那就能重头再来。”我说，“为我装好书，卡尔特。把那张大挂毯也摘下来。还有任何你们觉得值点钱的东西。谢天谢地我们把最值钱的家当都带回格拉夫顿了。”

“我们该怎么办?”他问，“大人会想要你找个安全的地方避风头。我会和你同去。”

“我要进宫。”我说，“我要去威斯敏斯特。在那儿见我吧。”

“随身带两个人吧。”他提议，“我会保证这里的安全的。随后我们就会去找你。”他有点迟疑，又突然发表感想道：“我还见识过比这更糟的呢。看起来是他们一时心血来潮，跑来见了值钱的东西就拿。这不是暴乱，你用不着害怕他们。这不是针对你的。他们是被贫穷和对领主们的恐惧逼疯的老百姓，不是坏人。只是他们再也忍不下去罢了。”

我环顾被烟熏黑的大厅，看着那些曾经挂着挂毯的地方，看着那些被砍断的楼梯柱。“不，这就是一场暴乱。”我缓缓地说，“他们为所欲为。这不是针对我的——可是这是直接针对领主们，富人和宫廷。他们不再觉得自己必须守候在城门两旁，不再觉得自己除了哀求再没有别的选择，也不再觉得我们有权统治他们。当年我还是个小姑娘，在巴黎嫁给贝德福德公爵时，城里的人民都恨我们，法国的人民恨我们。我们清楚。他们也清楚，可是所有人连做梦都没想过他们可以砸烂房门，进去大肆掠夺我们的东西。如今在伦敦，他们敢这样想了。他们不再服从他们的主人了。谁知道到了什么地步他们才会收手呢？”

我走了出去。屋外的卫兵还牵着我的马，不过早已聚起了一帮人冲着他们嘀嘀咕咕。“你们两个，跟我来。”我说，“你们两个，进去收拾整理。”

我打了个响指，一个卫兵扶我上了马。“快点，”我压低声音催促他，“你也上马，走在前面。”

他依命而行，不等任何人发现，我们就已经离开庭院，走出好一段路了。我没有回头。可当我乘马而行时，心里还清楚记得家中大厅的墙上那些漆黑的烟迹，记得人们闯进我的家里，大肆掠夺，为所欲为。

“去威斯敏斯特宫。”我说。我想和王室贵族在一起，有宫殿的高墙保护，有皇家卫兵守卫。伦敦对我而言不再那么安全了。我已经变得像王后那样——一个在自己家中也惶惶不安的女人。

我们绕过一个拐角，猝然卷进一伙人当中，他们又唱又跳，好像兴高采烈的五朔节欢庆队伍。有人抓住了我的马缰，我握紧自己的马鞭，可那张看向我的脸上却写满喜悦之情。“别紧张！”我迅速对身边已经拔剑在手策马向前的卫兵说道。

“赞美上帝，我们拥护的人要到啦！”那女人说道，想与我分享她的快乐，“他就要来了，上帝保佑他！他就要来了，他还会为我们的权利请愿，好日子又要回来啦!"

"好哇!"六七个人在某处高声叫着，我面露微笑，假装对现状很了解。

"我的朋友。"我说，"我要过去，放我走，我要去见我的丈夫。放我走吧。"

有人笑了："他来之前你哪儿也去不了！街上满满当当全是人，挤得像桶里的沙丁鱼。想穿过这里还是想四处转转都没门。"

"难道你不去看他吗？他正在桥那边呢!"又有人说。

"哦，来嘛。"另外一个人说，"以后你再也不会看见这样的场面了，这是我们这辈子能遇到的最伟大的事件，空前绝后。"

我四顾寻找我那两个卫兵，可他们没能守住我身边的位置，被十几个嬉戏打闹的人挤开了，我们的人数实在太少。我朝其中一人招手。"你自己去吧。"我叫道，"我很安全。你知道我们在哪里碰头。"很明显，想要抵挡这股人流是不可能的，最安全的方法是跻身其中。我的两个卫兵之一从马上跳下来，在人群中挤出一条路，凑到我身边。

"当心!"有人说道，"别挤。你这是穿着什么人的制服?"

"离开我身边。"我悄声说，"过会儿再来找我。你知道在哪会合。别让他们不高兴了。"

这是最安全的方法，可是我看到他很不情愿服从这道命令。

"当然是有权有势的人!"有人发牢骚说，"那种该从高处拉下来的人。"

"你是国王的手下吗?"有人发问，"你是不是自以为应该应有尽有，瞧不起穷人啊?"

他终于开窍了。"我才不是!"他爽朗地说，"我是你们一伙的!"

我朝他点了点头，几乎只在顷刻之间，人群就把他从我身边带走了。我驾马跟在他后面。一个女人毫不见外地把手放在我的马的脖子上。"我们这是要去哪儿?"我问她。

“去桥那边，去看他从桥上过来！”她欢欣鼓舞地说，“我知道你是位贵夫人，可是你不会对他的同伴感到羞耻。他身边有上等人，有侍卫，有骑士和领主，他是所有人的同伴，不分阶级。”

“那么等他来了，他会为我们做什么呢？”

“你不知道？你之前都去哪儿了？”

我保持笑容，摇了摇头：“我一直在乡下，到现在还摸不到头脑呢。”

“那你回城可正好赶上了举城欢庆的好时候。他终于要为我们说话了。他会告诉国王，我们再也忍不了苛捐杂税，脑满肠肥的领主们早晚会把我们毁个干干净净。他会命令国王别理那个法国婊子，他那个老婆，改听好公爵的话。”

“好公爵？”我疑问道，“你们现在管谁叫好公爵？”

“约克的理查德公爵啊，还用说吗。他会叫国王去和他那个没用的老婆睡觉，给我们生个王子，王位继承人，把我们的在法国的领土取回来，把那些偷窃国家财产、只为自己打算、成天窝里斗的坏家伙们赶走。他会让这个国王变得和前任国王在时一样伟大，我们就又能快快活活的了。”

“一个人能做到这所有事吗？”我问。

“他建了军队，已经打败了国王的队伍。”她欣喜地说着，“他们一路追击他到赛文欧克斯，把他打了个落花流水。这就是我们拥护的人。他打败了王族军队，现在又占领了整个城市。”

我感到脑中一阵剧痛：“他打败了国王的军队？”

“他引他们上钩，转身回击，打败了他们。”她说，“有一半的人都逃跑了，另一半加入了他的队伍。他是我们的英雄！”

“那率领士兵的那些领主呢？”

“死了！全死光了！”

理查德，我悄然心想。我们两个一路走来，走了这么远，经历这么多的风雨，理查德怎么可能中埋伏，被某个出身卑贱的指挥官领着一队穷光蛋叛徒杀死在赛文欧克斯郊外？如果他受伤或者死了，我肯定会知道的吧？我肯定会听见梅露西娜之歌，又或感受得到那些星体悲伤地回旋移转，为他哀悼的吧？那个打从我成年就深爱至今的男人，那个我对他用情如此之深，深到无法自抑的男人，不可能，他绝不可能凄惨地死在肯特，而我却一无所知。

“你不舒服吗，夫人？”她问，“你的脸白得好像我刚洗的衣服。”

“谁率领王家军队？”我问道，即使心里已经知道是他。除了理查德，他们还能派谁去呢？谁更经验丰富，更值得信赖呢？除了我的丈夫还有谁更忠诚，更可靠？他们还能选谁，除了我的爱人？

“啊，这我可不知道。”她欢快地说，“我知道的只有他已经死了，毫无疑问。你生病了吗？”

“不，不。”我说。我的嘴唇已经麻木，能说的只有这一个字，“不。不。”

我们全都挤在狭窄的街道里，我现在脱不了身；就算能带马挤出人群，我也不觉得自己能骑得了。我已经因为恐惧而手脚发软，就算在这么拥挤的人群中能把马拽过来，我也根本没法拉住缰绳了。最后，我们来到桥门，人群愈发熙熙攘攘。我的马在拥挤中更加焦躁不安，连连摇动耳朵，来回跺脚；可是我们被包围得太紧，她无法前进，我也下不了马。我看到这座城市的市长大人跳上石墙，把手搭在某个守城卫兵的宽阔肩膀上保持平衡。他冲着人群大喊：“我想你们是希望让莫蒂默上尉和他的手下进城的吧？”

“没错！”人们咆哮着回答，“快开门！”

我看见某个参议员在表示反对，市长大人示意把他押了下去。卫兵打开大门，我们穿过门口看向吊桥那头。在南边候着一支人数寥寥的军队，军旗没有展开。他们看见大门打开，听见人群鼓励的喊声，看见市长的红色长袍，才展开旗帜，列队迅速行进。人们从高楼上往下抛掷鲜花，摇旗欢呼；这是一场欢迎英雄的游行。吊桥铿锵作响地落下，如同向胜利者致敬的铙钹声。走在队伍最前的上尉转身用一把大剑割断桥上绳索，这样一来它就再也不能在他面前关闭了。我身边的每个人都在大喊表示欢迎，女人们抛着飞吻，尖声叫喊。上尉领着他的队伍前进，把头盔夹在胳膊底下，金色靴刺在马靴上闪闪发光，深蓝天鹅绒制的美丽披风从他的肩上披散下来，全身盔甲都耀眼夺目。走在他前面的是他的侍卫，手持巨剑立于胸前，那姿态就好像在为国王开道，进入他所统治的王国。

我不能辨认那是不是理查德的剑，我不知道这人佩带的是不是我丈夫那得来不易的靴刺。我合上双眼，感到帽子下的冷汗传来阵阵寒意。他真的会在我一无所觉的情况下死去吗？等我到了王宫，王后会亲自安抚我这又一个宫中寡妇，就像爱丽丝·德拉·波尔那样吗？

市长大人走上前去，手捧天鹅绒软垫，上面放着掌管城市的钥匙串。他低头向这位胜利者鞠躬，把钥匙串呈上。人群从四面八方涌出城门，加入上尉身后的队伍中，士兵们拍打他们的肩背表示问候。他们排成歪歪扭扭的队伍，从我们身边走过，朝着姑娘们挥手，对欢呼声报以得意的笑容，就好像终于登场的解放人民的大军。

人潮跟随他前进。我敢发誓如果莫蒂默带领这样一群人行军到威斯敏斯特宫，他就能自己坐上国王的大理石王座了；这个男人已将整个城市握于股掌之上。但是他把路带往烛心街，伦敦石骄傲地矗立在街中，标志着这座城市的心脏部位。他用佩剑敲击石头，人们在金石交击之声中狂喜地欢呼。“现在我莫蒂默是这座城的领主了！”他立于石上大喊，一手持盾，一手持剑举过头顶，人们向他欢呼。

“该进餐了！”他宣布，人们都跟着他向伦敦市会议厅移动，市长大人在那儿为他和他的手下官员摆下盛宴，人群跟着他，希望能得到点牛肉和面包的边角余料。我跳下马，抓住缰绳小心地领她走出人群，心里盼着能悄悄溜走。

我挤进一条侧路，然后是一条更窄的小径，几乎迷失了方向，但终于还是踩上一级台阶挣扎着爬上马鞍，掉头向北，让下坡路带我一路奔向河边。我记得当我还是个小姑娘，正在通往英国的路上时，曾经在森林中迷路，理查德找到了我。我无法相信这一次他不会再来找我了。我不可能以后再也碰不到他，吻不了他；现在我都不记得最后对他讲过的话。至少我们是充满爱意地离别的，我知道这一点。但我记不得我们说过的话，也记不得那时我们形貌如何，我知道我们的离别充满柔情，因为向来如此。互告晚安时或在早餐桌旁，我们总是会亲吻彼此。他总是对我如此深情，即使在早年他应视我为公爵夫人的那些岁月里，即使当我设计骗他让我生下孩子，还坚持要秘密结婚的那些日子里。整整十四年来，他都是我的爱人和丈夫，现在我害怕自己已经永远失去了他。

我松开缰绳，任马儿择路而行，冲过这肮脏的街道组成的重重迷宫。她很清楚威斯敏斯特宫的马厩在哪，而我已经不在乎了。当我一想到理查德已经惨死于肯特，便只想撒手不管，任自己死去。我将手按在腹部，想到这孩子永远也见不到她父亲了。我不能让理查德看见他的新生子了，这怎么可能呢？

天色变暗，我们来到众多后门之中的一扇，它通往层层深宫。我惊讶地发现几乎没人站岗放哨。我之前以为会大门紧闭人手增倍；但是国王似乎十分大意，而且没了我丈夫，谁还能命令卫兵呢？

“嘿！”我一靠近就大喊，“喂！把门打开！”

沉寂。沉寂占据了这片通常人来人往的地方，代替了我原先预料的大声盘问。我驭马上前，想起那句话，当你觉得有什么不对劲的时候，肯定就是有什么不对劲。“打开有灯的门!”我大叫道，准备一旦遇袭就立刻调转马头冲出去。“为贝德福德公爵夫人打开有灯的门!”

“贝德福德公爵夫人?”

我拉下风帽让卫兵看见我的脸:“正是。大家都去哪了?”

他抬起苍白憔悴的脸看向我。“都跑了,”他说，“一个不剩，除了我，我不能走是因为我的狗生病了，我不想扔下它不管。我是不是最好跟你走?”

“跑去哪儿了?”

他耸耸肩膀:“离莫蒂默上尉和他的军队越远越好。有些人跑去投奔他了，还有一些人溜之大吉。”

我连连摇头，心下一片迷茫。“那国王和王后呢?”

“也跑了。”他说

“上帝啊!他们去哪儿了?”

“去了肯尼沃斯,”他悄声道，“有人吩咐我对谁也别说这事。”

我用冰凉的手攥紧马鬃，一颗心沉到谷底:“什么?他们弃城了?”

“他们派出一支军队追击莫蒂默到了肯特，可是莫蒂默打了个漂亮的翻身仗。王室军队的指挥官被杀死了，队伍逃回了伦敦，除了那些投奔莫蒂默的。一般人都投奔他了。我真希望我也去了。”

“那些被杀的指挥官都有谁?”我平静地问道。我很高兴自己的声音没有发抖。

他耸肩:“国王手下的领主全死了，诺森伯兰郡的领主，里弗斯男爵……”

“他们都死了?一个不剩?”

“至少他们全都没回来。”

“国王呢?”

“国王又不出战。”他轻蔑地说，“他倒是和军旗一起出发了，却不上战场。他让一半人马都按兵不动，派领主们率领另外那一半人出战。剩下的人逃回来时说他们输了，他和王后便逃去了肯尼沃斯，萨默塞特公爵和埃德蒙·博福特也跟着去了，斯凯尔斯勋爵跑去了伦敦塔[①]。”

“斯凯尔斯现在还在那儿吗？他加强了伦敦塔的防御吗？”

他又耸肩，问：“我不晓得啊。我这下该怎么办呢？”

我看着他，两张茫然的脸面面相觑：“我不知道。你最好自己打算。”

我调转马头离开威斯敏斯特宫的马厩大门，因为那里对我俩来说都不安全。我想我还是得趁天黑之前赶到伦敦塔。梅芮勇敢地迈足飞奔，可我俩都已精疲力尽，每个街角都有人在火盆上烤肉，人们痛饮麦芽酒，断言好日子已经来了，莫蒂默会向国王进言，再不会有苛捐杂税，再没人欺压穷人，坏大臣们都会被赶跑。他们叫我也加入，当我摇头拒绝时朝我破口大骂。最后我只好扔下一枚硬币，祝愿他们安好。走到最后几条街时我已经是以风帽遮脸，趴在马背上，暗自祈祷能溜过去，像一个在我自己城里的小偷。

我终于赶到伦敦塔大门。每面墙上都有重重监守，他们一看见我就都冲我大喊：“停下！是谁？站在原地！”

“贝德福德公爵夫人！”我高声回答，向他们露出自己的脸，“让我进去。”

“你的丈夫整个晚上都在找你。”年轻的守卫一边说，一边打开大门，牵过我的缰绳扶我下马，“你的人已经来了，说他们把你搞丢了。男爵害怕你被暴徒抓住。他说如果他们伤了你的一根头发，他就要亲眼看到他们吊死在叛徒的绞架上。他就是这样告诉他们的！我从没听过像这样的狠话。”

---

① 位于伦敦泰晤士河畔的建筑，历史上曾作宫殿、军械库、国库、堡垒、监狱等多种用途。

“我丈夫?”突如其来的希望使我一阵晕眩，“你说我丈夫在找我?”

“找得像个疯子……”他只说了个开头就侧耳倾听，我俩都听见鹅卵石路上嗒嗒的马蹄声。他大叫：“是马！关门!”我们冲了进去，大门在背后吱吱呀呀地合上，然后我听见理查德在喊：“我是里弗斯！开门!”他们打开双重门，他的一小队人马闪电般冲了进来，接着他看见我，翻身下马抓住我、将我搂进怀里狂吻，就好像我们又一次成了小侍卫和他的夫人，谁也无法分开。

“老天啊，我骑遍了全伦敦城找你。”他喘着气说，“我太害怕他们把你抓走了。在家里的卡尔特说你去威斯敏斯特了，可那里的侍从什么也不知道。”

我左右摇头，泪水滚滚而下，因为看见了他而开怀大笑：“我没事！我没事！我被堵在人群里，和我们的手下分开了。理查德，我还以为你死了。我还以为你在肯特中埋伏死了。”

“我没有。可怜的斯塔福德被杀了，还有他的兄弟，可我没有。你没事？你感觉还好吗？你是怎么来的?”

“我被人群带着走。我看见他进伦敦城了。”

“杰克·凯德?”

“那个上尉？他叫约翰·莫蒂默。”

“杰克·凯德是他的本名，不过他自称莫蒂默、革故鼎新的约翰，各种各样的名字。莫蒂默这个姓为他带来了很多约克的理查德的支持者，它是约克的家族姓氏。凯德把它借了过来，或者更糟的是，约克把姓氏借给他用了。不管如何都只意味着麻烦更大了。你是在哪看见他的?”

“他正在过桥，还拿到了市长的钥匙。”

“拿到了钥匙?”我丈夫哑然失色。

“他们尊他为英雄，下到寻常老百姓，上到市长和市议员们。他打扮得像个要君临天下的贵族。”

他吹了声口哨：“天佑吾王。你最好告诉斯凯尔斯大人，他是这里的指挥。”

他牵着我的胳膊，带我前往白塔：“你累了吗，亲爱的?”

“有一点。”

“你感觉还好吗？肚里的孩子呢?”

“还好吧，我觉得。还好。”

“你那时怕么?”

“有一点，亲爱的，我还以为你死了。”

“我可活得好好的。”

我踌躇地说：“你看见我们的房子了吗?”

“等这一切都结束了，没什么是我们修不好的。”

我瞥了他一眼：“他们破门而入，看见什么拿什么。想修好没那么容易。”

他点头道：“我明白。可我们必须如此。现在，一旦找到斯凯尔斯，我就去给你拿些酒和肉来。他需要知道今晚凯德在什么地方。”

“和市长大人一起进餐，我想。”

理查德停下来看着我：“一个在肯特建了支军队，打败国王的男人，现在有了伦敦城的钥匙，还和市长大人一起进餐?”

我点头：“他们对他那副样子就像他是从暴君手里解放了他们。市长大人和所有市议员都像欢迎英雄一样欢迎他进城。”

理查德皱起眉头。“你最好告诉斯凯尔斯。”他只说了这一句。

斯凯尔斯勋爵处于掩饰不住的恐惧之中。他住的是伦敦塔治安官的房间，在前后门和窗下布置了双倍守卫。很明显，他害怕国王把他连同伦敦城一起丢给来自肯特的人们了。他的手下可能很忠诚，拿的也是国王发的薪水，可谁知道他们是不是肯特人，又有没有一家老小在多弗贫穷过活呢？他们中有一半人都来自诺曼底，心怀遭到背叛的愤慨；他们现在凭什么要保护我们呢？是我们害他们被赶出自己的土地的。当我告诉他凯德受到英雄般的礼遇时他对我说我一定是搞错了："他是个无耻混蛋。"

"站在他那边的有很多都是上层人士。"我说，"我看见他们骑的是好马，配的是好鞍。凯德自己骑马那副样子像个惯于发号施令的人。全程只有一个市议员没有欢迎他。"

"他是个恶棍。"他粗鲁地说。

我朝理查德扬了扬眉毛。他耸肩，好像想说我已经尽最大努力向这个胆小不安的指挥官形容了我们的敌人，如果他害怕到听不进去，那我也不必多言了。"我带妻子回屋，让她吃些东西。"他对斯凯尔斯勋爵说，"然后我能回来商量袭击计划吗？也许该趁今晚他们酒足饭饱？趁他们庆祝？还是在他们回索斯沃克的路上？我们可以在桥前的窄街上抓住他们，来个一网打尽?"

"今晚可不行！今晚可不行！"理查德飞快地说，"再说，我还盼着国王派援兵呢。他会从中部地区给我们调兵来的。"

"几天之内他们都到不了，如果他们真的回来的话。"我丈夫说，"毫无疑问应该趁现在出击，趁他们猝不及防，趁他们酩酊大醉。"

"今晚可不行。"斯凯尔斯重复道，"他们可不是法国人，里弗斯。我们的经验在这里没用。他们是叛乱的农民，打的是巷战。我们应该等待，直到有大批人马压过他们。我会再寄一封信给国王请求他的指令的。"

我看见丈夫欲言又止。他把斗篷围在我肩上，带我来到他的住所。我们像往常一样住在伦敦塔中靠近王室房间的地方，可是感觉很怪，因为国王和王后都远在天边，吊桥没有放下，铁闸门紧紧关着，我们被昔日的同胞团团包围。

“不妙之极。”我丈夫简略地说，示意仆人留下餐盘，“不妙之极。有权力平息这阵动乱的人们，要么是三心二意，要么是太过胆小。上床吧，亲爱的，等我安排人放哨完就睡到你身边去。这下我们只能被困在伦敦塔里，在英国的土地上和英国人打仗了。真令人沮丧。”

我们被困在伦敦塔内，困在自己国家的首都中。丈夫每天都派出人手去市集上和城门附近打探消息，就连帮厨的女佣都加入了这个行列。他们带回消息说凯德的军队已在南面的河边安营扎寨，每天都有很多人前去投奔。理查德担心一旦肯特郡现在的状况传出去，汉普郡和苏塞克斯郡的人们也会前来申请入伍。“我们的家怎么办?”我问他，为尚且年幼的孩子们担忧，“我该回家去吗?”

“路上太不安全了。”他皱着眉说，“等局势明朗之后我就会派人护送你回去，但现在我连国王在肯尼沃思是否安全都还不清楚，探子们还没有带任何消息回来。如果他被困住了……”他停下了话头。

他的弦外之音让我有种大难临头的感觉，普通民众手持从我们这里赢得武器，群起反抗暴政，指挥官还是一个从我们自己人的队伍里面叛变、为在法国吃的败仗而心怀愤懑的家伙。难道世界末日真要到了吗？只有一名能赢得民众爱戴的、英勇无畏的国王能解决当下的困境——但是我们的亨利国王此刻却藏在肯尼沃思，漂亮的盔甲只上了一次战场就被收起来蒙尘了。

叛军送来了消息，要求我们交出肯特勋爵塞伊，我丈夫对斯凯尔斯勋爵说："我们不能把他交出去，他们会杀了他的！"

"他现在本来就因叛国罪被关押着，如果按正常法律程序审判，他还是会被砍头的。"勋爵回答。

"我们心里都明白国王送他来这儿是想保证他的安全，而不是真的要治他的罪，大人。国王早晚会释放他的，您也知道国王总是能原谅一切做过错事的人。"

"我看还是该把他交出去，要怎么治他的罪就让叛军去考虑好了。"

理查德暗暗咒骂了几句，把话说得更明白："大人，如果我们把塞伊勋爵交出去，等于是让他去送死。如果你对此无所谓的话，请想想万一他们要的人是我呢？再万一他们要的人是你呢？到时你希望我们怎么做呢？"

斯凯尔斯勋爵瞪着他："我可不是那个想把肯特郡改造成养鹿场的家伙。"

"你是国王的顾问，我也一样。对方完全有可能指定我们之中任何一个人。难道我们就这样俯首称臣、乖乖听话吗？"

勋爵从深色的木桌后站了起来，走到能俯瞰城市的窗边："我的老朋友伍德维尔啊，我知道你是对的。不过要是他们现在就向我们开火，很可能可以攻下伦敦塔，到时候我们所有人——包括你的妻子——的小命可都在他们的一念之间了。"

"我们能撑住的。"

"他们人数众多，队伍还在日渐壮大，谁知道那支部队会变得多强？如果苏塞克斯的人来了，汉普郡的人们不会不来的，诺丁汉估计也快了。如果他们聚集整个国家的平民发动攻击呢？"

“最好能在他们强大起来之前，趁早攻击，先发制人。”

“万一他们手上有国王，而我们还蒙在鼓里呢?”

“那我们更必须战斗了。”

“如果和他们交涉，承诺赦免还给点甜头，就可以打发他们再回家种地了。”

“如果不治罪的话，就等于是告诉他们可以随时拿起锄头反抗英格兰之王!”我丈夫抗议道，“总有一天我们会为这个决定后悔的。”

“我不能拿伦敦塔的安危开玩笑。”斯凯尔斯勋爵断然道，“主动出击万万不可，着重防守才是上策。最起码塞伊勋爵能为我们争取时间。”

长时间的沉默后，理查德不得不接受了这个事实：我们得亲手将一个贵族同僚的性命交到暴徒手中。“好吧，您是指挥，都听您的。”他生硬地说，“虽然我个人建议是奋起反抗。”

当天下午塞伊勋爵被送至了市政大厅，几个市议员和叛军代表组成了一个小型的法庭，强迫他招供了自己的罪行，然后为他找了个神父，便把勋爵送去齐普赛街行刑了。勋爵的养子、肯特郡郡长威廉被从狱中释放，还以为自己逃过一劫，刚兴冲冲地走出石头门就发现了等着他的绞刑架。他们连个形式都没走就直接把威廉吊死了。

“上帝宽恕他们吧。”丈夫和我站在房内俯瞰下方，暴民们正载歌载舞地穿过小巷向伦敦塔涌来。理查德用他宽阔的肩膀挡在我面前，但我还是瞥见了领头人手里拿的东西——分别被穿在两根长矛上，高高举起的塞伊勋爵和威廉郡长的头。游行的队伍接近塔门时停了下来，众人发出一阵阵挑衅的大吼，挥舞着死者的头颅，两张脸撞在一起。举着长矛的人调整了一下角度，让他们嘴贴着嘴。“他们在接吻！他们在亲嘴!”民众们一边大喊一边哄笑，“把斯凯尔斯送出来！他也能得到一个吻！”

理查德把我拉回墙壁的阴影处。“我的天啊。”我低声说，“我们完了，对吗？英格兰完了，一切都完了。”

第二天晚餐时，理查德不发一言地用膳，滴酒未沾，不断有手下前来对他耳语些什么。平时晚餐后伦敦塔里本来就没有歌舞娱乐，今天气氛更是加倍紧张，人们三五成群恐惧地小声交谈着。理查德起身站到台上提高声音说：“我的大人们，一部分伦敦的民众和商人告诉我他们已经受不了凯德继续横行霸道下去了，情势越来越糟，没人能保证自家的财物安全。凯德的手下完全失控了，在城内四处洗劫。这些伦敦城市民决定今晚就将那些野蛮的士兵赶回营地去，我也已经同意配合他们的行动，我们会将凯德的部队驱逐出城并升起吊桥、关闭闸门，让他们再也无法踏进伦敦一步。”

他抬手平息台下的躁动：“此次行动由斯凯尔斯大人指挥。九点整在庭院集合并分发武器，希望所有的成年男性都能加入。”

理查德走下台，瞬间就被人群所包围。他详细解释行动细节并指挥人们去取武器，我站得更近了一些，等着他转向这边。

“我会留一支护卫队在塔内，应该足够了。国王已经派出了增援，明后天就该到了。你就在这里平安地等着我回来。”理查德说，然后似乎明白了我没说出口的话，“如果我没有回来，你就穿上便装，步行出城。卡特尔或者别的谁会跟你一起。一旦出了城就能买到或者借到马回家了。那之后会发生什么我无法保证，但只要你回到家，和孩子们在一起，就能安全地等待局势好转，佃户们会支持你的。雅格塔，我很抱歉。我从没想过会这样，从没想过把你从法国带到英国会面临这样的危险。”

“如果叛军占领了伦敦，如果你不能将他们赶出城去，那他们是不是很快就要占领整个英格兰了?”

“我不知道整件事的结局会如何。国王遗弃了城市，贫民作威作福，我真不知道明天还会发生什么。”

“平安地回来。”我能说的只有这个了。

“希望如此。”他苦涩地说，“你是我此生的挚爱，我发过誓，会拼命回到你身边的。我会回来参加宝宝的受洗仪式，上帝还会祝福我们诞下新的孩子。”

塞伊勋爵被高高挑起挥舞的头颅一瞬出现在眼前，我努力控制自己不去想它：“理查德，神会让你平安回到我身边的。”

我注视着人们在庭院里集合，目送他们走上安静的街道，然后攀上伦敦塔的高处，站到一个守卫旁边，俯瞰部队融进伦敦的夜色中。理查德把手下分成了许多个四人小组，都装备着长矛，一些人还有剑，脚上包裹着消音用的布条。我看着他们，想努力看出有没有阴影笼罩在他们上方，前方有没有死神在等待。我最想看清的还是自己的丈夫，他率领着先头部队，手中持剑，头戴兜帽，正带着一丝愤怒警觉地四处环顾。

很快，他们就消失在了建筑的夹缝间，不过我什么预兆也没看到。理查德一如既往地激昂而充满精力，不带一丝霾影，有那么一会儿我觉得这或许预示着他会在清晨胜利归来。但是仔细想想，就算面对注定的死亡，理查德应该也还是会像这样昂首挺胸，毫不畏怯。

我们等待着，从街上不时传来嘶喊声。塔上的火炮已经分别对准了远处驻扎的敌军以及街道的方向，但目前还没有敌人进入射程。巷战越来越白热化，街头巷尾都展开了肉搏，叛军源源不绝地出现，临时武装起来的学徒和商人们为了保卫自己的家园不断顽强地打退敌人的攻击。我丈夫和斯凯尔斯大人分别指挥部队的左右两翼将叛军向河边压去，到桥门附近的时候街道变窄，敌军利用地势顽抗了一阵，但我方部队凶猛的冲锋最终使得敌人的阵形出现裂痕，不得不缓慢地向桥上退去。此时桥门附近的商店都门窗紧闭，店主们担惊受怕地躲在家中，为门外漫长的拉锯战焦虑不已。江边长矛上，塞伊和威廉的头颅高高悬挂着，似乎正嘲笑着杀死自己的凶手，注视着他们的垂死挣扎。一步，又是一步，王室军队执拗地往前推进，敌人被迫节节后退。

根据我战前的提醒，丈夫在部队前锋安排了几个带着组绳子的人。凯德进城时曾用不属于他的宝剑砍断了吊桥的缆绳，现在我军来到缆绳的固定处，这支小队顶着枪林弹雨开始飞快地用新绳子换下旧绳，理查德则冲在最前面，一手持剑一手执斧，凶狠拼杀，带着士兵将敌人逼到了桥的另一端。此时他抓住机会大喝一声，约定的号角声随之响起，王室军队听命急速后撤，吊桥伴着隆隆的轰鸣声再度升起。理查德将手中血迹斑斑的长剑插在地上、对着斯凯尔斯勋爵露出了笑容，回头看向长长的桥面。混战中死去的人的尸体从上面纷纷滚落水中，伤员们正呻吟着发出求助的呼喊。

当天晚上，理查德在我们的房间里好好地泡了一个热水澡，我用肥皂为他清洗后颈和健壮的背部，就好像一对在忏悔节前沐浴净身的乡下夫妇一般。“太好了，”他说，“感谢上帝，最坏的情况已经过去了。”

“他们会请求原谅吗？”

“国王已经给出了赦免。”他闭起眼让我将一壶热水淋在他的头上，“毫不犹豫地就发出了几百张赦免令，名字由主教填写。那些人几乎都能脱罪回家。”

“就这样吗?”

“就这样了。”

“你觉得他们会这么简单地拿着赦免回家，然后忘记一切吗?”

“不。但国王觉得他们是一时鬼迷心窍，吃了这次亏之后就会学乖。他总认为错在领头人身上，手下的人只是受到了误导。”

“玛格丽特王后不会这么想的。”想到她的脾气，我不禁这么猜测。这次的事件应该也让她学会了怎么用恩威并施的手段来统治民众。

“她的确不会。但无论王后怎么想，这事国王已经决定了。”

凯德手下的士兵曾那么勇敢且充满对新世界的向往，现在却在乖乖排着队领取赦令，而且看起来似乎对此没有什么不满。威廉·韦恩弗里特主教的书记官在叛军帐篷里安置了一张小桌子，士兵依次报上名字，他挨个记下，然后告诉来人罪过已被国王赦免，可以回家了。主教在他们脑袋上画上祝福的十字，嘱咐他们要心境平和地离去。甚至凯德本人也在这个队列之中。国王已公开原谅了他举兵反叛、杀害贵族和入侵伦敦的罪行。有的人觉得国王太软弱，但大多数人为能毫发无损地回家感到开心。他们将会回到贫穷的家中，继续过付不起租金的日子，继续忍受不公的待遇，继续被领主欺凌压榨，并梦想着好日子总有一天会来。生活没有什么改变，无非就比之前多了一丝不平的情绪——当然好日子仍然不知道何时才会来。

但凯德的结局则和这些人不同。

我在马厩里找到了理查德，他表情很阴沉，用不快的声调驱赶着马儿进棚。据说我们马上就要回格拉夫顿了，只要带上精锐的守卫队，路上的安全已经不是问题。

“发生了什么事?”我问,“为什么突然要走?国王不是还要来吗?我们不留在伦敦吗?”

“我现在不想看到国王,也不想见王后。”他干巴巴地说,“我想回家一段时间。当然,我们还是会回来的,只要他们写信邀请,我们就得马上回来。但是现在我真是一秒也不想在宫里多待了。”

“为什么?怎么了?”

他背对着我,把自己的旅行斗篷扎在马鞍后面。我站到他身后并将手放上他肩膀,慢慢地,他转过来看着我。我开口说:“我知道你很生气。不过你可以和我谈谈,告诉我发生了什么。”

“赦免令。”他从牙缝里挤出这三个字,“那些该死的赦免令,成百上千张。”

“赦免令怎么了?”

“凯德领赦免令时用的名字是约翰·莫蒂默,战场上用的那个名字。”

“所以呢?”

“他被人追捕并抓获,虽然凯德给抓他的人出示了有国王签字并受主教祝福的赦免令,但上面的名字是约翰·莫蒂默。那些人将会把他以杰克·凯德的名义处以绞刑。”

我沉默了一会,努力想要理解:“国王给了他赦免令,怎么还能处他绞刑呢?只要出示文件……他们不能这么做的呀!”

“国王给的赦免令上的确有他曾用过的名字,但那些人打算利用他的另一个名字来处决他。”

我犹豫地说:“理查德,本来一开始他也不该被赦免的。”

“没错。但是现在这个案子的情况几乎尽人皆知了,凯德骂我们说英格兰宫廷不讲法律,全凭国王和大臣们心血来潮行事,而事实证明他说得不错。在敌强我弱的战场上,我们奋力争取到了和平,凯德的赦免令可以看做是王室胜利和荣耀的证明——但我们又出尔反尔，违背了誓言！文件上有国王的签名，赦免令还能变成一纸空文的话，国王的承诺岂不是也一文不值？再没有什么誓言和正义，我们背叛了自己，让自己变成了言而无信的小人！”

“理查德，他毕竟还是国王啊。无论对错，他仍是国王啊。”

“是的，所以我才说我们还是会回宫的。他是我们的王，我们是他的臣子，地位与财富都是他赐予的。秋天我们就回宫。但是雅格塔，这个夏天我真不能在宫里待了。”

# 1450年夏

**北安普敦郡　格拉夫顿**

我们回家之时正值一年之中最为丰美的季节，丰收时节即将来到，小牛也该离开母牛身边了。仓房二楼里苹果如同士兵一样排列整齐，现在已经十二岁的路易斯有一项任务就是每天挽一个篮子上去取八个苹果，孩子们晚饭后每人吃一个。我因有孕在身而常感疲惫，夜晚清静凉爽之时，我很喜欢坐在自己的小房间的壁炉边倾听，理查德的表妹路易丝，身兼大孩子们的女家庭教师和婴儿们的保姆二职，听他们朗读家庭版《圣经》。八岁的安东尼钟爱读书，喜欢来我这里看那些继承自我的前夫、用拉丁文和古法语写就的书卷中的插图，猜测推敲艰涩文本里的词语意思。我知道这个秋天他和他的兄弟姐妹们就不再由神父授课了，我必须找到一位学者来这里。路易斯尤其需要学习拉丁文和希腊文的阅读和写作，如果他想上国王学院的话。

婴儿在八月中旬呱呱坠地，我们翻出家用摇篮，重新打磨光亮，洗净小小的被单，然后我便安心待产。她降生得很容易，无惊无险，我叫她玛莎。没过几周理查德就带她去了我们结婚时的那个小教堂为她行受洗礼，我也很快行了感恩仪式，开始下床活动了。

有一天晚上我起身下床，脑里正想着她，想着这个新生儿，突然好像听见有人叫我的名字。“是谁?”我向黑暗发问。

理查德昏昏沉沉地醒来，起身问道：“亲爱的?”

“有人叫了我的名字！有什么事情不对劲！”

“你做噩梦了吗？”

“我觉得……”我们的老房子在黑暗中悄然无息，一根房梁因旧木料的下沉而吱呀作响。理查德下床，用逐渐熄灭的炉火点燃一段烛心，接着点亮一根蜡烛，好看清我：“雅格塔，你的脸色苍白得像幽灵。”

“我觉得有人叫醒了我。”

“我会四下看看。”他下了决定，套上靴子，从床下抽出他的剑。

“我去婴儿房。”我说。

他为我点明一根蜡烛，我们两个一起走进大厅后面黑暗的走廊。接着我听到了那个声音。甘美浓烈的梅露西娜的歌声，如此高昂，如此纯粹，让你觉得这是星星各自在天球之中运转时的声音。我把手压在理查德的胳膊上：“你听到了吗？”

“没有，什么？”

“音乐。”我说，不想提她的名字，“我觉得我听见了音乐声。”那声音如此清晰，如此响亮，我无法相信他听不见。它就像教堂的银铃，就像最真挚的合唱。

“大半夜的谁会演奏音乐啊？”他张口询问，可我已经转身穿过回廊跑向婴儿房。我在门口止步，尽量轻地推开门。新生儿玛莎正在摇篮里酣睡，保姆睡在靠炉火最近的矮脚床上。我抚摸孩子玫瑰色的脸颊。她很温暖，但没有发烧，呼吸漫长稳定，就像一只小鸟在安全的巢里栖息。睡在一旁围边床里的是蒂孔，身子蜷成一团，脸埋在身下的床单里。我轻轻地抱起他转了个身，这样就能看见他沉眠之时的眼睑的弧线，还有他花蕾般的嘴唇。他在我的触碰之下动了动身子，但没有醒来。

音乐更大，更响了。

我转向下一张床。五岁大的约翰睡成一个大字，好像太热了，被子也踢到了一边，我立刻担心他生病了，但触摸他的前额又发现体温不高。睡在他旁边的雅格塔安安静静，正是听话的六岁小女孩该有的样子。她旁边的床里的玛丽被我的烛火所扰，但依然沉眠。他们十一岁的姐姐安妮在一旁的矮脚床上睡得正香。

八岁的安东尼从更大一点的床上坐了起来："怎么啦，妈妈?"

"没事。没事。"我说，"快睡吧。"

"我听见有人唱歌。"他说。

"没人唱歌。"我坚决地说，"躺好，闭上眼睛。"

"路易斯真的好热。"他说道，但乖乖照做。

我马上走到他们的床边。两个男孩睡在一起，安东尼侧向一边，我发现了路易斯，我亲爱的儿子，正浑身通红，热得惊人。是他的高烧让床这么热。当我看着他，耳边响着这执拗不停的音乐，我就知道路易斯，我亲爱的十二岁的儿子，就要死去了。

身后的房门打开，我丈夫理查德悄声说："屋内一切安全。孩子们都还好吗?"

"路易斯。"我除了这句什么也说不出来。我弯腰抱起他。怀中的他四肢无力，就好像一具尸体。理查德从我怀中抱走他，走向我们的卧室。

"怎么了?"他把孩子放到我们床上问道，"他出什么问题了？白天还好好的。"

"发高烧，我不知道。"我无助地说，"我去给他找点东西，你看好他。"

"我要擦洗他的身子。"他建议道，"他烧得厉害。需要尽快降温。"

我点点头，快步走向蒸馏室。我有一罐干蓍草叶子，还有一把挂在梁下的白花。我烧了一壶水，用白花泡茶，然后在盛满开水的碗里捣碎叶子。我手忙脚乱，那音乐声一直萦绕在脑中，好像要告诉我已经来不及了，告诉我这是哀悼的歌声，这壶散发夏日丰收香味的茶也救不了路易斯，能给他的只有迷迭香了。

我倒了一杯茶，取了浸泡在罐中的叶子，跑回卧室。半路上我边敲侍女的房门边喊道：“安妮，起来，路易斯病了。”接着听见她下床的声音。

然后我回到卧室。

理查德已经用拨火棍拨过了火炉，也点起了更多的蜡烛，但他垂下了床边的帷幔，于是路易斯的脸被遮掩在阴影之中。路易斯翻过身，我能看见他在剧烈的呼吸中一起一伏的单薄胸膛。我把茶杯和草药罐放在桌上，走到床边。

“路易斯?”我轻声呼唤。

他听到我的声音，忽闪着睁开了眼睛。

“我想到水中去。”他说得清清楚楚。

“不，和我在一起。”我已经不知道自己在说什么了。我扶他起身，让他的脑袋搁在我肩上，理查德把那杯蓍草茶塞进我手里。“喝一口。”我温柔地说，“来啊，就喝一小口。”

他扭开头。“我想到水中去了。”他重复道。

理查德绝望地看着我：“他是什么意思?”

“是高烧造成的幻觉。没什么意思。”我害怕这句话的真实含义。

路易斯笑了，睁开双眼，看着他的父亲。朝着他笑。“我要游泳去了，父亲。”他坚定地说，“我要游泳去了。”然后他侧过头，吸了一口气，就像准备潜入深而冰冷的水中，我感到他的身体颤抖，似乎十分快乐，然后就悄然无息了。我意识到我的儿子离开了我。

“打开窗户。”我对理查德说。

他没说话，转身打开窗户，似乎想让这小小的灵魂飘出窗外，升上天堂。然后他回到床边，在路易斯的前额上画了十字。他温暖的身体在缓缓变冷。我想他梦中的甜蜜水流正在带他远去。

安娜敲了几下门后走进房间，看到我正把路易斯轻轻地放回床上。

“他去世了。”我对她说，“路易斯离开了我们。”

恍惚之中我走向理查德，他伸手搂住我，紧紧抱住，轻轻说：“上帝保佑他。”

“阿门。”我说，“哦，理查德，我什么也做不了，我什么也做不了！”

“我知道。”他说。

“我去看看其他孩子。”安妮的声音打破了沉默，“然后叫韦斯博里小姐来清洗遗体。”

“我来洗。”我立即说，“我来给他穿衣服。我不想其他人碰他。我要将他……”我无法将“棺材”这个词说出口。

“我来帮你。”理查德轻声说道，“我们会将他葬在教堂墓地，他只是比我们先走一步，雅格塔。总有一天我们也会到水中去，在对岸与他团聚。”

我们将儿子葬在教堂墓地，靠近他的祖父。理查德定制了一块巨大的石质墓碑，上面还为我们的名字留出了位置。其余的孩子没有染上热病；就连新生儿玛莎也很健康。埋葬路易斯之后的一周，我都心怀恐惧密切观察孩子们，不过他们连个喷嚏都没打。

我以为会梦见路易斯，可是每一晚我都睡得深沉，什么也没梦见。直到他离开人世一个月之后的某天，我梦见了一条河流，深而冰冷，水面遍布着黄莲花，金色的沼泽金盏花盛开在布满芦苇的绿堤上；我看见我的孩子路易斯远远在河的那一头，正在穿他的亚麻衬衣和裤子，他冲我笑，向我招手，意思是说他要跑在前面了，不会太远的。在梦中，尽管我想抱住他，却只是向他挥手，告诉他待会见，马上就能再会，告诉他到了早上醒来时，我就能见到他了。

我们在格拉夫顿的隐居时光没能持续多久。九月时国王的信使穿过青青的小径，来到我们的前门。宽阔的木头门啪地打开，他穿过庭院，王旗举在身前，还带着六人卫兵。那天早上我从教堂回来，一看见信使进门就收住脚步，倚在自家门前等待，感到危险正在靠近。我在背后十指交叉，好像这么幼稚的手势能趋吉避凶。

“有消息带给里弗斯男爵。”他翻身下马，朝我鞠躬道。

“我是公爵遗孀，里弗斯夫人。”我伸出手，“你可以把信交给我。”

他踌躇不决。“我丈夫打猎去了。”我继续坚持，“明天才能回来。他不在的时候我当家。你最好把信给我。”

“我恳求您的原谅，尊贵的夫人。”他把信交给了我。王室的铅印既闪亮又结实，我撕开信，抬头向他示意。

“你可以在大厅里找到为你和你手下准备的面包和肉。”我告诉他，“有人会告诉你去哪洗漱。趁你进餐休息时我会读完这个并且写好回信。”

他再次鞠躬，卫兵们把坐骑交给马夫，走进屋里。我等他们进去后慢慢走到花园边上一把嵌进墙中的石头长椅边，坐在温暖的阳光中读那封信。

这是一封任命信，对我们来讲又是一份巨大的荣誉。来信者为理查德在近来那些动乱中的贡献表示感谢，表示枢密院的大人们一直在关注谁头脑灵活，又坚强勇敢，随时为他们效命——即使国王和王后都逃到了肯尼沃斯，什么也不知道。信中还说理查德被任命为加斯科涅的总管，这是一片环绕波尔多的丰饶土地，英国人已经将其占领了三百年，并希望永远占领下去。理查德和我又一次成了法国占领军的一员。我从字里行间猜测，国王深深震惊于埃德蒙·博福特在诺曼底造成的损失，由此受到启发决心任命一个更经验老到的指挥官掌管加斯科涅地区。这次任命是一份荣耀，同时也意味着艰辛，指挥官须得增强波尔多附近的兵力，守住领土，抵抗法国袭击，让那里的人们忠诚于英国，还要扭转他们的想法，让他们不再觉得自己被祖国抛下、任其在海外自生自灭。

我抬起头。悲伤让我觉得一切都已不再重要。我知道这是一份殊荣，一项恩赐。里弗斯家族正在崛起，即使我们当中的一员已经不在。逝者已矣，我的心痛毫无意义，却无法停歇。

我重新看那封信。在空白处，国王用他那书记员般的字迹写了一些话，就像僧侣为手抄本配图。

亲爱的里弗斯：

请答应我速去普利茅斯组建一支队伍，用船队送往加斯科涅。必须在九月二十一日前起航，不得延后。

在这行字下面，是王后写给我的话：“雅格塔——你真幸运！可以回法国去！”

“幸运”可不是我现在的感觉。我环顾院中，看着旧教堂墙上那些温暖的红砖白瓦；苹果树被累累硕果压弯了腰，等待着人们的采摘；粮仓旁的牛棚堆满干草。我们的房子矗立在这一切的中央，在早晨的阳光下温馨祥和，孩子们都在上课。国王或许是给了我丈夫一项不可能完成的任务，我不得不再一次去陌生的国度，陌生的城市，指望能在对我们满心嫉妒的人们之中幸存。

我努力给自己打气，心想秋天的加斯科涅一定很美，也许我可以去看望兄弟姐妹，波尔多的冬天一定天高气爽，那里的春天一定灿烂芬芳。可我知道那个国家的人民一定满怀怨恨，法国人在他们眼里将是长久的威胁，而且要是英国不送钱来给士兵们发饷，我们也只有自掏腰包，直到花光口袋里的最后一毛钱，而本土会无穷无尽地指责我们的失败，甚至说我们叛国。我得把孩子们留在英国。我不想去，也不想让理查德去。

我等了很久，终于等到皇家信使走到院中用袖子擦嘴，他看到我，鞠了一躬，等我开口。“你可以告诉国王陛下，我丈夫和我会立刻动身前往普利茅斯。”我说，“我们万分荣幸能为他效劳。”

他惨笑一声，似乎觉得这项差事看似光鲜，但只不过是一项只会交给极少数宠臣的闲差，他们可以无所作为，甚至一败涂地，就像萨默塞特公爵埃德蒙·博福特那样。他在肯特有难时一溜烟逃回肯尼沃斯，但现在仍是英国的治安官。“上帝保佑吾王。”他说，去马厩找他的马去了。

“阿门。”我答道，心想也许我们应该祈祷吾王能够自救。

# 1450年秋—1451年

## 普利茅斯

整整一年，我们都在格拉夫顿、伦敦和普利茅斯三地之间奔波，和普利茅斯的市民周旋，试图劝服他们建立一支进攻船队。整整一年时间，我丈夫从商人、贸易者和少数几个拥有商船的领主的私人船只之中挑选组建了一支船队。到了隆冬，原计划的起航时间已经过了几个月的时间，他已经拥有了八十余艘船停靠在普利茅斯、达特茅斯和金斯布里奇的码头区，还有三千余人等候在旅店宿舍、农舍农庄，遍布在德文郡和康瓦尔郡每个角落。

从秋天，冬天直到春天，我们只做了这一件事：等待。起初我们是在等那些领主许诺说要送去普利茅斯加入船队的人马。理查德骑马出去迎接，带他们进来，给他们找到住处和食物，承诺会给他们发饷。然后我们等待那些被征用的船只驶来，理查德策马走遍英国西部，在母港购买小帆船，命令大商人们捐献。再之后我们等补给运来，理查德去了萨默塞特郡甚至多赛特郡取粮。然后我们等待参加进军的领主们欢庆圣诞后来普利茅斯。接着我们等待国王下令起航，然后等待春天的北风和缓，而且我们一直、一直、一直在等伦敦送钱好让我们能支付港口的商人，船主，水手，以及士兵。我们永远在等待：钱总是不能在该来的时候及时送到。

有时钱来得太晚，理查德和我不得不寄信向在格拉夫顿和在宫里的朋友借钱，才能勉强赶在士兵们跑到港口附近的农庄里偷食物之前给他们发饷。有时钱送倒是送来了，可数量也太少，我们只能先把最要紧的债还了，再发给人们四分之一的薪水。有时送来的只是记账用的木棒，我们拿去给办事官员看，他们总是一脸遗憾地说："是的，是这样，我的大人；我知道您有权要钱。可是我没钱给您。下个月再来吧。"有时打了包票的钱根本永远到不了。我看着理查德策马骑向德文郡的小镇，试图安抚那些地主，他们恨极了那些驻扎在自己地盘上的饿鬼们。我看着理查德接到来自法国的消息，说法国国王夺取了贝日拉克和巴扎斯。到了春季，我们听说他的军队正向吉伦特的两侧进军，在多尔多涅河边包围了弗龙萨克，镇民们躲在高墙之后，誓死不降，坚信我们的军队会去拯救他们。我们的军队就在码头区，船在水中起伏，弗龙萨克的英国移民恳求支援，发誓将死战到底，赌上了生命寄望于我们，坚信同胞们会施以援手。我看着理查德试图集合军队，集合船队，给伦敦送去一封接一封信，恳求朝廷准许他起航。但毫无回音。

理查德开始说等他收到起航的命令后会留下我，他不敢冒险带我去波尔多，那地方可能会陷入包围。我沿着港口的防护墙漫步，望向南方，看那片曾被我的第一任丈夫统治的法国土地，心中希望我们俩都能平安无事回到格拉夫顿。我亲自写信给王后，告诉她我们准备好去营救加斯科涅了，只是我们没有钱支付给士兵，他们一边在田间地头闲逛，一边抱怨我们这些领主和大人给他们的待遇，德文郡的农夫农妇都把这些士兵和水手的窘境看在眼里，说在这个国家里，尽职尽责的人反而不得好报。他们私下议论肯特的人民没说错——这是个国土都守不住的国王，毫不明智。他们窃窃私语说杰克·凯德让国王议会承认约克公爵理查德是正确的，他是为自己的信念牺牲。他们甚至说——尽管我从来没向王后提过——说她是个把该给军队的钱都挥霍一空的法国女人，这样一来她自己的国家就能控制加斯科涅，让英国在法国的土地上毫无立足之地。我恳请她告诉她丈夫下令让船队起航。

毫无回音。

七月时我们听说波尔多落入法国人手中。到了九月，第一批从巴约讷逃出来的难民乘着破船到达港口，说加斯科涅公爵全家都被法国人抓了去。而与此同时，我闷闷不乐的丈夫派出的援救队伍却在普利茅斯的船坞吃着军粮待命。

我们住在一所小房子里，终日对着港口。理查德将一楼设为总部。我走上狭窄的楼梯，看见他站在小窗前，向外眺望蓝色的大海，疾风直吹向法国海岸，是航海的好天气；可他所有的船都被拴在码头。

“结束了。”我静静站在他身后时，他毫无顾忌地对我说。我把手按在他的肩头，无法出言慰藉身处羞耻和失败感之中的他，“全结束了，我毫无作为。我是个一无是处的总管。你先是贝德福德公爵约翰的夫人——他是一个伟大的领主，是全法国的摄政王——然后你又成了我这样一个废物总管的妻子。”

“你已尽了人事。”我轻柔地说，“你召集了船队和军队，整装待发。如果他们把钱和命令带到，你早就出发了。就算他们只下命令不给钱，你也会不理会军饷就出发。我知道。所有人都知道。你会不求回报地战斗，人们也会追随你的。我绝不认为你救不了加斯科涅。只是你必须原地待命，仅此而已。这不是你的错啊。”

“哦。”他苦涩地笑了，“可是现在我等到命令了。”

我的一颗心沉了下去，等他开口。

“我要率兵保卫加莱。”

“加莱？”我结结巴巴地说，“可是法国国王不是在波尔多吗？”

“他们认为勃艮第公爵要大举进攻加莱。”

“他是我的亲戚。”

“我知道。我很抱歉，雅格塔。”

“谁要跟你去?”

“国王任命萨默塞特公爵埃德蒙·博福特为加莱上尉。一旦把这边的船队、水手和军队解散，我就要前去协助他。”

“埃德蒙·博福特，萨默塞特公爵?”我重复道，无法置信。这个男人害我们丢了诺曼底啊。除了国王对血亲的坚定信心和王后不值得付出的爱慕之外，还有什么原因让人相信他能守好加莱?

“上帝保佑他从上一次失败中学会了如何用兵。”丈夫冷峻地说。

我将脸颊贴在他的手臂上：“至少你能帮英国守住加莱。如果你能守住城堡和城镇，他们会称你为英雄。”

“我就要去听从丢掉诺曼底的男人的指挥了。”他阴郁地说，“我就要去效忠于一个被约克公爵理查德称为叛国者的男人了。如果他们不给我们兵力或者资金，那我真不知道我们能不能守住。”

# 1451年秋

**北安普敦郡　格拉夫顿**

理查德的心情在准备动身去加莱时也没有平复。我写信让大女儿伊丽莎白回家送别父亲。之前我将她安顿在格鲁比庄园的格雷家中，那里离莱斯特很近，不过十五英里。这个家族很是富裕，亲戚遍布全国，掌管千亩良田。她受家族女主人，即富有的费勒思家族的继承者伊丽莎白夫人的监护。除了她，我再不能找出更适合的人让我的女儿明白一个伟大的女人是如何执掌家务了。她家里还有一个儿子兼继承人，年轻的约翰·格雷，他曾与杰克·凯德交战，是个非常英俊的年轻人，将继承可观的地产和高贵的名号。

她骑马回家花了整整一天，由全副武装的卫兵全程守护，这条路危机重重，遍布被逐出法国四海为家的穷流浪汉们。伊丽莎白如今已经十四岁，就要和我一样高了。我看着她，止不住地笑：她如此美丽，如此优雅。在她这个年纪时我也许在容貌上可以与之媲美，但她自有一种宁静甜美的气质，这是我从不曾拥有的。她有继承自我的白皙肌肤和金发，有一双灰色的眼睛，和无比端正的面容，仿如一尊大理石雕成的美丽塑像。她笑起来时还是个孩子；可有时当她看向我，我总是会想，上帝，这是怎样一个女孩啊。她继承了梅露西娜的预视能力，长相又随我，摆在她面前的未来是我既不能想象也无法预测的。

伊丽莎白的妹妹安妮是她身后的小小影子：她才十二岁，就已经开始模仿伊丽莎白的一颦一笑，像只忠心的小狗一样跟着她打转。理查德嘲笑我太喜爱自己的孩子们，而我最宠爱的就是伊丽莎白的弟弟安东尼。他年方九岁，聪明好学，总爱在图书馆里流连。不过安东尼可不仅仅是个小书虫，他也和村里的孩子们一起玩，和他们一样能跑能打，不论使拳头还是摔跤都出色。他的父亲教他如何比武，他骑马的样子就像是在马背上出生的一样。你绝不会看到他在马儿跳跃时失衡，他和马是浑然一体的。他和妹妹们打网球，总是好心地让她们赢，他和我下围棋，总逼得我停下来思考对策，而最让人感到温暖甜蜜的是，每个晚上和每个清晨我做祈祷时，他都会跪在我面前，当我把手放在他的头顶时，他就会跳起来要我抱他，然后站到我身边，轻轻靠在我身上，像一匹依偎在脚边的小马。至于再小一点的玛丽，今年也八岁了，裙子的长度赶不上她长高的速度，非常喜欢缠着她的父亲。他走到哪里玛丽都跟着，她可以一整天都骑在她那匹胖嘟嘟的小马上，好跟在父亲身边，了解每片地区的名字，记住村庄之间的路，这样就可以自己出门找他了。他把她叫做小公主，发誓一定会为她寻到一门好亲事，把她嫁给一个没有国土的国王，好让我们一家永远生活在一起。接下来的孩子比玛丽只小一岁，她叫雅格塔，以我的名字命名，却和我迥然不同。她完完全全随理查德，有着和他一样冷静的幽默感和镇定的性格。她不参与兄弟姐妹们的打闹斗嘴，他们会请她做裁决人，借助这样一个七岁小女孩的智慧判断谁是谁非。这时候她就会嘲笑他们。在育儿室里像小狗般一刻也不肯安分的是我的两个儿子，六岁的约翰和五岁的理查德，躺在刚刚打磨过的摇篮里的则是我们刚出生的宝贝，最甜蜜、脾气最好的小乖乖玛莎。

理查德将要带去加莱的人马召集起来，准备教他们如何使长枪，如何抵御突击，如何在进攻时前进，我不停告诉自己这样做是对的——让他带着所有孩子的祝福离开；只是把所有人集合起来向他告别这件事令我充满恐惧。

“雅格塔，你为我感到担心吗?”一天晚上他问我。

我点点头，几乎耻于回答说是。

“你看见什么东西了吗?”他问。

“哦不！谢天谢地！不，和那方面无关。我什么也不知道，除了知道自己有多为你担心。”我安慰他说，“伊琳诺·柯布汉姆受审之后，你让我把占卜和预言置之脑后，自那以来我就再也没试过。”

他握住我的双手，分别印下一记亲吻：“我的爱，不必为我担心。难道我不是总在说会和你一起回家的吗?”

“没错。”

“我可曾让你失望过?”

“从没有过。”

“我曾经弄丢你一次，发誓再也不会失去你了。”他说。

“你借着月光找到了我。”我笑意盈盈。

“只是走运。”这个属于大地的男人一如既往，“但我那时便已发誓，绝不会再失去你。你什么也不用担心。”

“什么也不用担心。”我重复道，“但我应该告诉你——我又怀孩子了，明年夏天你就会有一个新生子啦。”

“上帝啊，我不能离开你。”他立即说道，“这把所有计划都打乱了。我不能把你留在这里，不能让你独自带孩子，还怀有身孕。”

我希望他会开心，所以故作轻松地说：“亲爱的，我已经上过九次产床了，现在已经知道怎样做啦。”

他担心地皱眉：“危险永远都不变。头一次生孩子和第十次生都同样危险。你已经失去了一个儿子，够心碎的了。再说，伦敦传来的消息十分糟糕。王后确信她想要你陪伴左右，而我又要被困在加莱的埃蒙德·博福特身边。”

“如果你真能到得了那里的话。”

他默不作声，我知道他正想着那些散漫的船只和军队，他们在苦苦等待中虚度了一年时间，而他们的同胞正在波尔多之外死去。

“别摆出这种脸色，我真不该说刚才那话。我肯定你能到达那里，还会为我们牢守加莱的。”我急忙说。

“是的，但是我不想在这里和你分开，国王紧抓萨默塞特不放，约克正在逐步提高影响力，让越来越多的人和他想法一致，认为国王听信谗言。”

我耸耸肩说：“没有办法啊，亲爱的。肚里的孩子一天比一天大，我最好留在这里，总比和你一起去加莱，在要塞里生孩子要好。”

“你觉得又是一个女孩？”他问。

“女孩们将成就这个家族。”我预言道，“你就等着瞧吧。”

“她们会成为王后的候选人？”

“其中一个女孩的婚姻会为我们带来好运。否则还有别的什么原因让上帝将她们造得如此美丽呢？”

我在理查德面前表现得很勇敢，但当他率军步出中庭，准备到伦敦乘船去加莱时，我依然十分消沉。我身披厚斗篷，手戴毛皮暖手套在河边行走，结霜的河岸和冰冷的芦苇十分符合我的心境。女儿伊丽莎白看见了，走上前挽住我的胳膊，与我并肩同行。她现在只比我矮一个头，能轻松追上我的步子。

“你已经在想念父亲了？”她温柔地问。

“是的。”我说，“我知道自己是战士的妻子，应该做好让他走的心理准备，可是每一次都如此艰难，我想以后也不会变得容易，只会越来越艰难。”

“你能预言他的未来吗?”她静静地问，“你不能看见他会安全归来吗?我肯定这一次他不会有事的。我就是知道。”

我看向她：“伊丽莎白，你能随心所欲地预知吗?”

她不置可否：“我也不肯定。我不知道。”

那一刻，我又回到了那个炎热的夏日，回到姑婆乔安奴的房中，她给我看那些卡牌，还送我一只镶满挂坠的手镯，给我讲我们家族的女人们的故事。

我说：“这不是我想强加于你的什么东西。这是一项重担，也是一份礼物。而现在还不是时候。”

“我不觉得你能把它强加给我。”她深思熟虑地回答，“我不觉得这是你能给我的礼物——对吗?我只是有时会感到一些东西。在格鲁比有一个角落，教堂旁的某个回廊，我走过那里时能看见一个人，一个女人，简直就像幽灵；她站着，侧过头，好像在听我的声音，她等待的样子简直像在找我。但实际上那里空无一人。”

“你知道我们家族的传说。”我说。

她咯咯大笑。“每晚给小孩子们讲梅露西娜的传说的人可是我呢。”她提醒我，“他们很喜欢这个故事，我也喜欢。”

“你知道我们家中有一些女人继承了梅露西娜的能力。预视的能力。”

她点点头。

“我的姑婆乔安奴教过我一些利用这项能力的方法，在那之后我丈夫贝德福德公爵让我和他的炼金术师们一起工作，还派了一个女人教我药草知识。”

“你和炼金术士一起都做些什么啦?”和所有孩子一样，她对禁术十分着迷。药草知识对她来说一点儿也不新鲜，她已经在我的蒸馏室里学过。

她想了解黑魔法。

“我和他们一起读书，有时搅拌或者倾倒一些混合物。”我回想起中庭里的那座熔炉，还有房屋侧翼那间像大厨房一样的房间，他们在那里加热或冷却液体和石头，“我丈夫还有一面巨大的镜子，他让我在镜子前占卜——预知未来。他想要我预知英国在法国的领土将来会如何。”我比画了一下。“现在我很庆幸当时看不清楚。真相一定会让他很伤心的，我想。那时候我以为自己辜负了他，可是现在我觉得没看见才对他最好。”

“可是你可以看见吧?”

“有时候。”我说，“有时候，比如拿着那些纸牌或吉祥挂坠时，你能模模糊糊感到未来。但有时候你只是让自己看到了自己的欲望而已。有时——虽然这种时候极少——你能将你的心和欲望合二为一。心存美梦，再把美梦化为现实。”

“用魔法吗?”她悄声说，为这个想法感到着迷。

“我不知道。”我坦言以对，“当我知道我和你父亲两情相悦的时候，我想要他娶我为妻，带我来英国，可是我知道他不敢这样做。他觉得我的地位远高于他，觉得他会毁了我。”

“你施咒了吗?”

我笑了，思绪回到那一夜，当时我拿出了那些挂坠，却意识到除了自己的决心外我不需要任何东西。“咒法、祈祷、清楚知道你自己的欲望，这三者其实是一回事。”我说，“你失去某件珍贵的东西，你去教堂，跪在圣安东尼的玻璃小窗前，向他祈祷能寻回所失之物，这样做无非也就是提醒你自己丢了东西，想要找回来吧？你的所作所为无非是告诉自己你想要它吧？无非是召唤它回到你身边吧？通常来说，在祈祷的时候，我会想起把东西丢在了哪里，然后回去找到它。这是圣灵在回答祈祷者呢，还是魔法呢？抑或只是让自己知道了自己想要的，然后找到了它？祈祷就是魔法，也就是让你自己了解自己的欲望，回想起失物所在，使其失而复得。不是吗？”

“是魔法把失物带回你身边的，你不可能只是自己找到的！”

“我相信欲望、祈祷和魔法是一回事。”我说，“当你祈祷时，你知道你想要某物，这永远是第一步。让你自己知道想要某物，渴望得到某物。有时这第一步才是最难的。因为你必须有勇气去了解自己的欲望。你必须有勇气知道自己离开此物就不可能活得快乐。有时你必须鼓起勇气承认是自己的愚蠢或恶行导致它消失的。这是最为深刻的蜕变之一。”

“怎样才能做到呢？”

“假设，有一天，你已经结婚，你想要一个孩子。”

她点点头。

“首先你要觉察到你的腹中、你的肢体、你的心有多么空虚。这使你疼痛。你要鼓起勇气审视自己，了解到你的失落。你要敞开心胸，为这个孩子营造一个安全的环境。接着你要带着你的渴望、你的欲望默默忍耐。这可能是最为痛苦的。你要忍耐你的渴望，心知你可能得不到它；你要面对这种渴望带来的危险，不要觉得愿望真的能实现。”

“可你的愿望从没落空过。”她反对道。

我轻声说：“第一次的婚姻之时，我知道丈夫不想要孩子。但是我必须让自己知道，我和他不一样。我想要孩子，我想要被爱。”

她问：“你为此祈祷了吗？你用魔法让他改变心意了吗？”

“我没有试图改变他，但我不得不感受到这种若有所失的生命所带来的悲伤。我必须鼓起勇气，承认我做错了，不该嫁给这样一个男人，既不爱我，也不能让我生孩子。我发现我虽然得到婚姻，却没有得到爱。于是我开始祈祷有某人能真心爱我。”

“于是你祈祷能找到父亲。”

我对她露出微笑：“也祈祷能找到你。”

她快活地脸红了：“这是魔法吗?”

“可以这样说吧。魔法是使愿望成真的行为，正如祈祷，正如密谋，正如药草，正如你将愿望施加于现实，让某物成真。”

“你会教我吗?”她问。

我看着她。她是我们家族的女性后代，也许是最美的女孩。她继承了梅露西娜和预视的天赋。我的孩子之一必须继承姑婆给我的纸牌和那个手镯——我一直知道那个人就是伊丽莎白，生于欲望、药草，和我的愿望之下的孩子。而且正如姑婆乔安奴所说：继承者必须是大女儿。

“是的。”我说，“现在时机不对，而且它们是禁术；不过我会教你的，伊丽莎白。”

接下来的几周里，我给她看了挂坠手镯和纸牌，教她认识那些在伊丽莎白·格雷夫人的蒸馏室里不可能找到的药草。起霜的某天，我带所有年纪较大的孩子出门，教他们如何手持去皮的柳条，感受它在手中的转动，以此找到地下泉脉的水。当我们在浸水草甸里找到一口泉水，在马场上找到肮脏的旧水沟时，孩子们高兴地大笑。

我教伊丽莎白怎样翻开圣经的一页，以心中所浮现的文字祈祷。我给她一串淡水珍珠，教她如何观察它的摇摆，找到问题的答案。最重要的是我开始教她如何摒除心灵的杂质，了解心中所愿，如何不带偏见和纵容地自我评价。“炼金术士们总是说你要保持纯粹。你是最重要的元素。”我告诉她，“你必须保持洁净。”

等到她要回格鲁比庄园时，她告诉我那家的年轻人，约翰·格雷，是最最英俊的小伙子，善良又温文有礼，她希望他能注意到她本人，而不是把她单单看作一个正在受他母亲教导的女孩、格雷夫人手下的三四个年轻姑娘之一。

“他会的。”我安慰她道，“他已经留意到你了。只是你需要耐心。”

“我太喜欢他了。”她坦白道，垂下眼睛，双颊温热，“他对我说话时，我什么也说不出来。我的样子就像个笨蛋，他一定也这么觉得。”

“他不会的。”

“我应该对他使用爱情药吗？我有勇气这样做吗？”

“等到春天。”我建议道，“从他的果园的苹果树上摘一些花。挑一棵最漂亮的树……”

她点头答允。

“把花瓣放在口袋里。等到那棵树结果时，摘一个苹果，给他一半，让他伴着蜂蜜吃掉，你自己留着另一半。”

“这样会让他爱我吗？”

我笑了：“他会爱你的。花瓣和蜂蜜苹果只是让你在等待的时候有点事情做。”

她咯咯笑了：“你这个施法者可不怎么样呢，母亲大人。”

“一位美丽的年轻女人想要让一个男人爱上自己，可不怎么需要什么魔法。”我向她保证，“像你这样的女孩什么也不用做，只需要站在一棵橡树下，等他骑马经过。可是你还记得关于愿望的那些话吗？”

“保持心灵纯净。”她说。

我们一起走到马场。护送她回格鲁比的卫兵们已经在马上整装待发。“最后一件事。”我在她上马前拉住她的手说，“不要诅咒。不要许恶毒的愿望。”

她摇头说：“我不会这样做的。甚至对玛丽·希尔斯也不会。甚至在她冲约翰微笑，手指卷着自己的头发，一屁股坐到他身边的时候也不会。”

“恶毒的愿望不仅是对对象的诅咒，也是对许愿者本人的诅咒。你说出这种语句时，它们就会失去控制——就像一支箭矢——这是姑婆乔安奴告诉我的。诅咒可能会绕过你的目标，伤害到其他人。聪明的女人会万分谨慎，我希望你绝对不要施任何诅咒。”我说话的时候，感觉到了笼罩在她的未来上的阴影。“我祈祷你永远不需要诅咒谁。”我说。

她为我的祝福而俯身跪下。我把手放在那顶可爱的天鹅绒软帽和她温暖的金发上：“祝福你，我的女儿，愿你保持心灵的纯洁，愿你的愿望成真。”

她偷偷看我，灰色的双眼闪闪发亮：“我想我会的！”

“我也觉得你会的。”我说。

# 1452年春

## 伦敦

当我的丈夫在加莱以上尉的身份效忠时，我在一月冰冷的天气里回到宫廷，发现所有人都在谈论约克公爵理查德的叛变，说他准备彻底背叛国王，背叛他的表兄，因为他憎恨萨默塞特公爵。

王后决心要直面并平息这场叛乱。“如果他要对抗萨默塞特公爵，他也就是对抗我。”她说，“我再没有比公爵更好、更值得信赖的朋友。而这个约克的理查德想让他背上叛国的罪名！我可知道谁才是叛徒！到头来他终于暴露出真面目，明明白白地说要对抗国王了。”

“他只是想让大领主们在国王面前为他说情罢了。”我冷静地说，“他只是想要他们向国王提起他的事。而且他也发誓自己是忠诚的。”

她把约克在国中各大城镇散发的声明扔到我面前的桌子上：“你觉得这是在说谁？约克说国中四处都是敌人、反对者和心怀鬼胎的人。他在攻击国王的顾问。他说的就是你，你的丈夫，还有萨默塞特和我。”

“我?”

“雅格塔，他指控你是威廉·德拉·波尔的情人。你觉得离他叫你女巫的日子还会远吗?”

我感到房间突然变得无声而冰冷。我把手放在腹部，像是要保护肚中的新生命。在一旁偷听的女侍从们都睁大眼睛看着我，但什么也没说。

“他这样指控毫无根据。”我冷静地说，可是能感到自己的心脏怦怦直跳。“你自己就清楚我从不玩这类把戏。除了保持家人健康外我从不使用药草，甚至不请接生婆。我除了合法的书籍外什么也不读，我对谁也不……”

“他说三道四是不需要任何根据的。”她大声说，“他说萨默塞特公爵埃德蒙·博福特的坏话时又有什么证据啦？还有我？记清楚，他是我的敌人，也是你的敌人。如果伤害我需要毁灭你，他就会这样做。”

她坐到壁炉边，我仔细阅读那份声明。约克公爵要求必须以叛国罪逮捕埃德蒙·博福特。他提醒大家小心那些围在王后身边的坏参谋，小心王后这个外国来的心怀不轨的人。说实话，他没有指名道姓地提到我。可是我无法自制地感到似曾相识的恐惧。

国王受了刺激，开始动用武力，因为他朋友萨默塞特公爵埃德蒙·博福特受到了恐吓。除了他亲爱的表哥受到恐吓之外，再没别的事情能让他从浑噩中觉醒。突然之间他变得活跃，勇敢，果敢。他宣布完全信任埃德蒙·博福特和其他顾问，宣布约克公爵理查德是叛徒，还命令所有城镇县郡都把兵力征集起来。国王的人马从全国各地源源而至。没人想要支持约克公爵，除了他的姻亲，还有那些出于各自原因和他一样痛恨埃德蒙·博福特的人。人们聚集到理查德身边，开始组建一支军队。

亨利再次叫人取来他的盔甲，他的战马也再一次整装待发。院子里的小伙子们取笑国王的掌旗手又可以骑马出门玩上一天了，还保证说会给他热好晚饭，因为不到日落他就会回来。不过议会的领主们和军队的指挥官们可笑不出来。

王后和侍女们来到威斯敏斯特结霜的比武草坪上，观看领主们骑马经过的队伍，他们正出发去与约克公爵作战。

“我希望你的丈夫能在这里支援他。”国王骑上他那匹高大的灰色战马时，她对我说。他的身前飘扬着军旗，头盔上戴着王冠，看起来比三十岁的实际岁数年轻许多，眼睛明亮而怀着热望；向玛格丽特挥手时的笑容显得十分兴奋。

“上帝保佑他。”我说，想到久经沙场、年逾不惑的约克公爵此时也正在召集自己的人马。

军号响了起来，鼓手开始打起行进的鼓点，骑兵队最先出发，他们的军旗在冰冷的阳光里显得鲜艳夺目，一身盔甲闪闪发光，马蹄铁隆隆地敲击卵石地面，接着是弓箭手，然后是枪兵。这只是王室军队的一小部分，还有几万人都在布莱克希思，就等国王一声令下。议员们为他征召了一支极为强大的队伍。他会从黑荒地朝北进军，对抗叛变的公爵。

行军没有实现。约克公爵理查德走进中军帐篷，跪倒在国王面前，诚挚祈求国王开除受宠的萨默塞特公爵，把他的旧伤痕一一揭开：埃德蒙在法国失去多少土地，割让鲁昂是多么可耻。加莱要塞在他自私的执掌之下可能面临许多灾难，因为他注定会失败。

国王无言以对。

“我们才不在乎。”那天晚上我为她梳头的时候，玛格丽特这样说，“我们不在乎他对埃德蒙·博福特怎么想，我们不在乎他对加莱，对我，对你都说些什么。他知道他输了，因为我们的兵力是他的三倍之多。他不得不撤回之前说过的一切言论，恳求我们的原谅。他已经走投无路了。叛乱结束了。我们击溃他了。”

我默默无语。公爵的确当众跪在了国王脚下，发誓再也不起异心。整个国家都看到了国王拥有民心，而公爵却没有。整个国家都看到了埃德蒙·博福特不可战胜，而约克公爵却一败涂地。

“我不怀疑公爵表面上的悔过，可我不觉得他从此以后就老实了。”理查德从加莱给我写信说道。

至少国王夫妇双双沉浸在喜悦之中。玛格丽特对待她的年轻丈夫的那副样子，活像他刚从一场苦战中凯旋似的。“他上场了嘛。”她辩解说，“而且如果真的开战了，我也相信他能指挥有方。他站在军队的最前头，没有逃到肯尼沃斯去啊。”

国王开始每日身穿那身花纹精致的盔甲骑马出行，一副随时接受挑战的派头。埃德蒙·博福特也从加莱回来了，与他并肩同行，那张黝黑的英俊面庞专注地朝着国王，唯唯诺诺。宫廷搬到了温莎，意气洋洋的国王赦免了一切人，一切罪行。

“为什么他不把他们都抓起来把头砍了?”玛格丽特问道，“为什么要赦免?”

这似乎符合他的作风。在宣布赦免一切叛乱者后，他最近才染上的战争狂热发展到了计划远征的地步——利用加莱要塞作为根据地，夺回英国在法国的土地。对国王来说，此举可以让他赶上自己那位英雄父亲的脚步，对埃德蒙·博福特来说，此举能让他挽回名声。我原本期盼王后会被博福特和国王的战争计划吓到，却发现她在自己房中埋头专心挑选各类绣品。她看到我便直起身，招呼我到身边去。“我可受不了让他去冒这样的险。”她悄悄对我讲，“我连想都不愿想他战斗时的样子。”

她这种心情让我很吃惊，也很高兴。“你这么关心国王陛下?”我满怀希望地问，“理查德要上战场时我就知道自己一定承受不了。”

她把俏脸扭到一边，好像我问了什么蠢到让她懒得回答的问题：“不，才不是说他。是说埃德蒙，埃德蒙·博福特。如果他受伤了我们可要怎么办呢?”

我缓了口气。“刀剑无眼。”我说，“或许您应该举行一次特殊的弥撒，祈求国王的平安。”

她听到这个提议，面色为之一亮。“没错。我们可以那样做。如果他出了意外那可糟糕了。他可能会没有继承人，除了约克公爵理查德，可我情愿死也不想看到约克公爵还能继承王位。如果我变寡妇了，也绝不会再婚，因为所有人都觉得我无法生育。”她斜瞟了一眼我日渐丰满的身形。“你不知道这种感觉。”她说，“等啊，盼啊，祈祷啊，却永远、永远等不来怀上孩子的迹象。”

“还是没有迹象吗？”我问。我曾希望她能怀上孩子，这样一来好斗的国王或许能比以前更有当丈夫的样子。

她摇摇头：“没有。半点也没有。如果国王上了战场，他就要和我叔叔法国国王对峙。如果亨利退缩或是撤军，所有人都会笑话我们。”

“他手下会有好指挥的。”我说，“只要他一到加莱，理查德就会在他身边安排一个强壮的掌旗手，保证他的安全。”

“理查德以前就陪在他身边过，那时候他的敌人不过是区区杰克·凯德和一群贱民。”她说，“一个穷光蛋上尉，和一伙拿干草叉的工人。你没看到那时候的国王，雅格塔，他可吓坏了。他像个受惊的小女孩。撤离伦敦的时候是我第一次见他骑马骑得那么快。”她以手掩口，像是要捂住大逆不道的言论。“如果他从法国国王面前逃跑了，我会羞得无法见人的。”她极轻地说，“所有人都会知道。我的整个家族都会知道。”

“他有朋友陪在身边啊。”我说，“都是些久经沙场的男人呢，我丈夫，还有萨默塞特公爵埃德蒙·博福特。”

她说：“埃德蒙发誓要守住加莱。他绝对是个言出必行的男子汉。他跪下来向我发誓，说绝不会有人因加莱沦陷而指责我，他会死守加莱，为了英国，也为了我，这就是他给我的一份礼物，就像他以前给我的那些小玩意。他还说会造一把金钥匙，让我戴在头发上呢。他们四月就起航。”

“这么快？”

“国王已经命令加莱要塞派出所有船只，把埃德蒙送过英吉利海峡。他带领了一支大军和几千名为他开船的水手。四月之行万无一失，他这样说了的。”

我迟疑地开了口：“你知道的，等船队全部会合他就必须动身了。”我谨慎地说：“集合一支队伍，又让他们久等，这可绝非易事。”

王后压根不知道我是在说我和理查德虚度的那一年时间，我们在普利茅斯码头终日苦等她的丈夫实现诺言。她根本不知道我们付出了多少。

“当然了。”她说，“埃德蒙·博福特会稳稳当当拿到船队，然后国王就会动身了。埃德蒙会保证他平安无事的，我知道。”

我意识到埃德蒙·博福特完全取代了威廉·德拉·波尔在这对年轻夫妻心中的地位。国王总是需要某人命令他，他害怕身边空无一人，而王后又十分孤独。事实明白摆在眼前。

“我的博福特大人会护送国王去加莱；感谢上帝我们有他这座靠山。”

## 1452年夏

**英国西部**

他没有去。埃德蒙·博福特，萨默塞特公爵，命令我丈夫在加莱组建一支船队，护送国王横渡英吉利海峡到法国开战。理查德在加莱招募好了船队，等待让他派船送英国军队去加莱的命令；可是春天来了又去，命令始终没有到来。

我在格拉夫顿刚开始坐月子，很高兴知道理查德今年不会出征了，还有，我又一次猜中了孩子的性别，我总是能猜对自己的孩子是男是女。我把吊在一根丝线上的结婚戒指垂在自己隆起的腹部，如果它顺时针摇摆，就是男孩，如果逆时针，就是女孩。这是一种老掉牙的把戏，迷信又毫无依据，女巫们才信，医生们则嗤之以鼻。我笑着称之为无稽之谈；可它至今还从没出错过。我给这个新生的小东西起名叫做伊琳诺，把她放进已经养育过九个理查德的小孩的木制摇篮里，写信告诉她爸爸他有一个小女儿了，拥有他的黑色卷发和蓝色双眸，还让他请假离开加莱，回家，回来看看自己刚出生的小女儿。

他没有回来。要塞处在步步逼近的勃艮第公爵的压力之下，他们怕公爵发起围攻。虽然理查德才刚刚跨过英吉利海峡，加莱距此也不过是一天的航程，可感觉好像我们已经分开很久，他离我是那么遥远。

有天晚上，在育儿室里，趁奶妈在楼下的大厅里用餐的时候，我坐在新生儿身边，望着摇篮中她的睡颜，取出了姑婆留给我的卡片，洗好，抽出一张，放在孩子摇篮里小小的刺绣床单上。我想知道我能不能再见到理查德，我想知道自己的未来命运如何。

这张牌是愚者，一个农民肩上扛着一根棍子，棍子末梢挂着一个张开的口袋，眼下还空空如也，但却充满希望。他的另一只手里拄着一根棍子，助他大步前行。一条狗咬着他的裤腿，象征着他自身的弱点在阻止他奔向命运；然而他一往无前。他不断努力。这张牌告诉解读者，带着希望出发，好事情就会发生，应该心怀勇气向前，就算会像个傻瓜。可是吸引我注意的是他帽子上的白玫瑰。我坐了许久，手里拿着那张牌，思考着帽子上插着一朵白玫瑰的冒险者算是什么意思。

回到宫里后，我问王后理查德能不能回家，可是她和国王的心思全放在坏消息上，伦敦周围的各郡都有为数不少的暴动和不满。那些老掉牙的抱怨卷土重来。杰克·凯德死在了逃亡的路上，可他提出的问题永远没有得到解答，还有他的要求——要求正义，要求法制，要求合理的税收，要求结束宫廷的钦点宠臣制度——诸如此类。肯特人民又开始追随另一个无名首领，声称国王必须革除他那些窃取国财又乱出主意的佞臣，沃里克郡的人民也拿起了武器，声称杰克·凯德还活着，还会来引导他们。国王对反对自己的声音充耳不闻，而是动身进行夏季巡游，意在考察人心，而且不论他走到哪儿，萨默塞特公爵埃德蒙·博福特都陪在左右，作为伙伴和心腹，在去西南的埃克赛特时他也一路坐在国王身边。那些不过抱怨了几句公爵的权势的人们被他们判以死刑。

坐在被告席上的正是那些抱怨说军队在他们的家乡驻扎了整整一年的人们，也正是那些说我们必须夺回加斯科涅的人们，他们震怒于军队在普利茅斯港口留下的遍地狼藉和对他们的羞辱。他们亲眼目睹了建立一支军队却又任其无所事事是一种多么挥霍无度的浪费，而整个法庭都没有任何人能看到这一点。现在被告们要因这样的言论而失去生命。他们所说的话也正是理查德和我在水手和士兵们丧失耐心、吃光存粮时说过的。只是那些人恰好在探子们竖起耳朵时大声说了出来，现在他们要死了，国王一贯的仁慈天性突然暴露出黑暗一面，变得乖戾。

“这是令人心痛的宣判。”在埃克赛特，萨默塞特公爵埃德蒙·博福特看到我从小教堂缓缓走向王后的房间时，这样对我说道，“但是你可不要因为乡下人的罪过而感到伤心啊，我的夫人。”

我瞥了他一眼，他的关心似乎无比真诚。“我很明白准备一场并未实行的远征让他们付出了多大的代价。”我简短地说，“当时是我的丈夫在领军。我们知道那时候有多艰难。现在他们又要付出别的代价。”

他握住我的手。“你肩上的担子可真重。”他悲悯地说，“真是难为你，还有你的丈夫里弗斯勋爵了啊，这些我都清楚。全英国都没有比他更好的将领，也没有比他更能牢守加莱的人了。我从没怀疑过他那时为组建军队所尽的努力。”

“的确如此。”我说，“他也会在加莱竭尽所能，可是如果国王不送钱来给军队发饷，驻兵就会反过来和我们作对。就像以前的肯特，或者现在的德文郡。”

他点头称是，说：“我在努力，夫人。”好像他能对我负责似的：“你可以告诉你丈夫，他从没让我失望过，我是加莱的治安官，从没忘记过自己身负对你丈夫和驻兵队的责任。现在国库里空空如也，宫廷又极耗钱财，我们每走一步路都要花上不少钱，而且国王，上帝保佑他，会把所有钱都花在他要建来展现神之荣耀的学院上，花在他那些追名逐利的朋友身上。可是我在努力，既满足国王，又不会让你丈夫和战友韦尔斯勋爵在加莱捉襟见肘的。”

“很高兴听到这些。”我静静答道，“我替他向您表示感谢。”

“眼下我们正要派远征军去波尔多，正如之前所言。”他爽朗地说。

“波尔多?”我一片茫然，“又去波尔多?”

他点头道：“我们必须要给在法国的英国人撑腰嘛。他们被法国人压制住了，不过他们发誓要反击，只要我们能派一支军队到那边去他们就会打开波尔多的城门，帮助我们收复失地。我会派出什鲁斯伯里的伯爵约翰·塔尔伯特。不用说，你一定记得他。”

约翰·塔尔伯特是我头任丈夫最为忠诚也最受信赖的将领之一，以闪电战和对胜利的超凡执着而著称。可是他现在年事已高，况且被法国人一抓一放之后他已经庄严发誓，再也不会和法国国王作战。“显而易见他的年事已高。”我说，“他至少也年至花甲了。”

“六十五岁，”公爵面露微笑，“而且和以往一样勇敢。”

“可是他被法国人释放过。他承诺过不会再战。我们怎么能派他去呢?他是这样一个守信之人——他肯定不会去的。”

“单单只是他的出现就够让他们操心了。”他预言道，“他会骑马走在前面。他不会佩剑，而是走在他们前面。他所做的可是极为光荣之事啊，而且有一支好队伍支持他。我已经尽力了，里弗斯夫人。我已经尽我最大的努力了。”他抬起手，以便亲吻我搭在他胳膊上的手指，姿势独特而优雅：“能为您服务是我的荣耀，里弗斯夫人。我希望您能将我视为您的朋友。”

我迟疑了。他富有魅力，英俊潇洒，他的亲密耳语中有某种东西能让任何一个女人的心跳稍稍加快。我情不自禁，只能回以笑容。“我会的。”我说。

我们向西走，行经愁云密布的乡间，那里的人民无力支付苛捐杂税，将我们这个挥金如土的宫廷视作额外的重担。听说，曾经身为格洛斯特公爵夫人的伊琳诺·柯布汉姆死在了马恩岛皮尔城堡的牢狱之中。她悄无声息地死于心碎和孤独。他们不会任由她干净利落地寻死，不让她自己跳下城墙或者割脉自尽。他们不允许她活得像个人样，却也不允许她死去。现在他们又说她的鬼魂在城堡里作祟，形如一只巨大的黑犬在楼梯间上蹿下跳，苦苦寻找一条出路。

我告诉王后伊琳诺·柯布汉姆死了，但没说自己觉得伊琳诺和我们是同一类人：一个心比天高，傲视天下，想让世界为她折腰的女人，不愿像小女儿家一样踏着琐碎拘谨步子，也不愿向男人的威权低头的女人。我也没说初次看见公爵夫人时就看到了那条黑狗，在她的香水味下嗅到了它那恶臭的气息。我为公爵夫人和那条紧跟她身后的黑犬感到伤心，他们抓她坐牢，是因为她所学习的那些知识，是因为她是一个权柄甚大的女人，而我也一样。思及此处，我不由得轻轻发抖。

夏季巡游不是一次欢乐之行，并不是国王在一年当中最好的时节快活地巡视他的国土；这次出访极不愉快，每到一个镇上，市民们和神职人员都热烈欢迎国王的大驾光临，接着，国王便在市政厅里举行审判，传唤当地人来一一问罪。说错一次话就可能背上叛国的罪名，酒馆里喝醉了打打架也能被视为造反。被抓到被告席上的人会被唆使说出其他人的名字，接着就是谣言四起，更多的人遭到逮捕，如此恶性循环。我们到了约克公爵理查德领下的腹地，那是在通往威尔士途中的一片野性而美丽的乡间。他的佃户、追随者和家臣们被推上被告席。王后洋洋得意于这种挑衅约克公爵的行为。萨默塞特公爵埃德蒙也春风满面，因为约克过去曾指控他叛国，可现在王族们却来到约克自家门前，以完全相同的罪名提审约克的佃户们。

“他自己也逃不了喽！”他对王后宣布，他们一同开怀大笑，好像两个孩子拿棍子去捅笼子中的熊，逼它咆哮，“我找到一个老农夫，他说自己曾听过公爵宣称凯德才是唯一说出大家心里话的人。这可是叛国啊。我还找到一个酒馆看门人，说约克的儿子兼继承人爱德华·马奇认为国王头脑简单。我可以在法庭上传唤他，让国王听听公爵的亲生儿子都是怎么说自己的。”

“我不会让国王住在约克的勒德洛城堡的。”王后说，“我不会去那，我要给塞西莉夫人冷板凳坐。你一定要支持我。”

埃德蒙·博福特点头称是。“我们可以住在加尔默罗圣母会那里。”他说，“国王总是喜欢住在修道院的嘛。”

她大笑起来，把头向后仰去，让高耸的头饰上的花边擦过他的脸庞。她的双颊绯红，双眼闪闪发光：“他的确爱死修道院啦。”

“我真希望他们那儿有好歌手。”他说，“我也很喜欢圣歌，可以一天到晚听人唱。”

我等到他离开，如果不是有人从国王的房间过来说国王想见他的话，我认为公爵还会留得更久。他离开之前亲吻了她的手，嘴唇在手边徘徊。“我会在晚餐时见你。”他喃喃低语——尽管他肯定会在晚餐时见我们所有人——然后就离开了，临走前还笑着朝我抛来一记媚眼，好像我们是密友似的。

我坐到她身边，打量四周，发现没有别的侍女能听得见我俩谈话。这里是基德明斯特的卡德维尔城堡，最好的房间都不算大；王后一半的侍女都在另一条走廊里做针线活。

“王后大人。”我小心翼翼地开了头，“公爵是个英俊的男人，也是一个忠实的伙伴，可是你必须留神，不能对这种友情过分投入。”

她斜眼看我，满心愉悦：“你觉得他对我过分注意了？”

“的确这么觉得。”我说。

“我是王后。”她说，“男人们聚集在我身边，盼我朝他们笑笑，这是极其自然的事。”

“他不用盼。”我坦言道，“他本来就能得到你的许多微笑。”

“难道你那时就不对理查德爵士笑吗？”她尖锐地说，“当他不过是你丈夫家中的一个骑士的时候？”

“的确如此。”我说，“但我那时已是寡妇，是公爵的遗孀。我不是已婚女人，也不是王后。”

她起身的速度如此之快，我还担心自己冒犯到她了。可她拉住我的手，把我拉到她的卧室里，合上门，背靠在门板上，这样就没人能进来。

“雅格塔，你看得到我的人生。”她满怀激情地说，“你看得到我的丈夫，你听得到他们都是怎么说他的，你知道他是什么样的人。你看得到他就像教皇一样宽恕公爵，却把穷人抓起来治罪。你知道我们结婚的头一周他都不来我的卧室，因为他的告解神父说我们的婚姻必须保持神圣。你知道他这人性格忧郁——又冰冷，又潮湿。”

我点头。这些都无法否认。

“萨默塞特则是火一般的男人。”她呢喃道，“他率兵出征，是士兵们的统帅，他见过战场，是一个热情的男人。他痛恨仇敌，热爱友人，对女人来说……”她身子微微一颤：“对女人来说他是无法抗拒的，她们都这样讲。”

我用手捂住了嘴巴。或许我该捂住耳朵。

“我不是世上第一个有一位英俊潇洒的钦慕者的女人。”她说，“我是王后，半个宫廷都为我倾倒，这是再自然不过的。我有权拥有一位英俊的骑士。”

“你不能。”我反驳她，“你不能对他脉脉含笑。你不能让他抱任何肖想，一点也不能，他甚至不能站在远处默默爱慕你。你关心的应该是如何生下国王的儿子和继承人。”

“那要等到什么时候呢？”她问，“怎样才能让这事成真呢？我已经结婚七年了啊，雅格塔。他什么时候为了生儿育女来找过我？我很清楚自己有和任何女人一样的职责。每一晚，我都上床躺在冰凉的被单里，等着他来。有些晚上他根本来都不来，有些晚上他来了，然后彻夜跪在床脚祈祷。彻夜啊！雅格塔。你指望我能做什么？"

"我不知道情况这么糟糕。"我说，"我很抱歉。我不知道。"

"你应该知道的。"她苦涩地说，"你说谎。你知道的，我所有的侍女都知道。早晨你唤我们起床，我们并肩躺着，就像是躺在坟墓上的石头做的尸体。你可曾见过我俩相拥？只消看看他就清楚了。你无法想象他能成为一个充满欲情的男人，让我生下一个强壮的小子吧？我们连床单都没有弄皱过。"

"哦玛格丽特，我真难过。"我温柔地说，"我当然不觉得他欲望很强。但我的确以为他曾爬上你的床，尽他的职责。"

她耸耸肩膀。"有时候他来的。"她的声音满怀苦涩，"有时候他从祈祷中起身，在胸前画个十字，然后做一些无用功。你能想象那种感觉吗？他根本心不在焉，这简直比任何事情都更糟——他只是在履行义务。这让我浑身冰冷，我瑟瑟发抖。我一直看着你，雅格塔。我看见你每年都会怀上一个小孩，我看见理查德是怎样注视你的，还看到你们一起从晚餐桌边提前溜走，甚至现在你们依然这样做，我知道我的生活不会像这样，永远也不会像这样。"

"我很抱歉。"我说。

她扭过头揉了揉眼："我的生活不会像这样。永远也不会像这样。我永远也不会像你这样被爱。我觉得我的内心在渐渐死亡，雅格塔。"

# 1452年秋

### 北安普敦郡　格拉夫顿

秋天时我离开宫廷和自己的孩子们在一起，顺便确保我在格拉夫顿庄园的土地状态良好，佃户们也按时缴租，没有在背后说国王和朝廷的坏话。我很高兴能离开。少了理查德的陪伴，我疲于应付因男女之事而兴奋激动的侍女，也无法喜欢国王的性格里新近出现的恶毒。萨默塞特公爵说国王是在展现力量，变得威严，可我难以欣赏。他们把他的巡行叫做“收割人头”，还说今后的每个夏天，他都会巡游各个暴动四起甚至反对他的郡县，在那里开庭审判，活像所罗门再世。温柔的宽恕和严厉的刑罚似乎同样令他开心，当一个人被叫到国王面前时，他完全无法知道，等待他的会是一位圣徒抑或一个暴君。有人脖颈中套着绞绳，赤身裸体地经过他的面前，国王目睹他们的耻辱和脆弱，于是噙满泪水恕免他们，让他们亲吻自己的手，和他们一起祈祷。另一位老妇人咒骂鄙视他，拒绝忏悔任何罪过，结果被绞死了，国王依然落了泪，为这位罪人感到悲伤。

我很高兴能远离王后的房间，在那里我看见她和埃德蒙·博福特走得越来越近。除了国王找公爵有事之外，他们整天都黏在一起，这也就是说，玛格丽特，一位年方二十二岁的年轻女人，事实上几乎成为了这位辅佐她的丈夫、为她出谋划策的人的忠实伴侣。毫无疑问，她十分仰慕这个男人，她的丈夫也将他视为完美领主的榜样。他是朝中最英俊的男人，被视为为英格兰而战的斗士，而且显而易见，他们彼此相爱。她经过时他总是送上注目礼，假借最站不住脚的托辞在她耳边低语，握住她的手。他总是坐到王后身边，当她游戏时的队友，散步时的伙伴，骑马时也肩并着肩。当然了，她很清楚自己对他只该有尊敬和表兄妹般的亲情。但她是一个年轻而激情四射的女人，他又是一个富有魅力的男人。我想这世上没有任何力量能阻止她靠近他，向他微笑，仅仅只是因为他坐到自己身边，在耳边悄声呢喃，就感到喜悦的幸福在全身蔓延。

至于国王——他依赖公爵，似乎埃德蒙是他唯一的慰藉，是他精神的安宁之所。自从杰克·凯德起义逼得国王逃离伦敦以来，他就无法在自己的首都和任何南部郡县里感到安宁。也许他每个夏天的确都到那些地方大肆判决死刑，但也十分清楚自己不得民心。只有在英国中部地区：莱斯特，肯尼沃斯和考文垂，他才感到安全。国王全仗着埃德蒙·博福特那些报喜不报忧的话来自我安慰。埃德蒙汇报说国王备受爱戴，人民十分忠诚，朝廷和家臣兢兢业业，加莱固若金汤，波尔多也是肯定能夺回来的。全是些宽慰之词，而且博福特极具说服力。他的蜜一般甜的舌头同时勾住了国王和王后。国王把埃德蒙夸上了天，把他作为唯一值得可靠的谋臣，他赞美他，说他的军事技巧和勇气将拯救我们于水火之中。他认为埃德蒙能管理国会，也了解下议院，他一边夸，王后一边连连微笑，说埃德蒙是他们二人的挚友，然后和他约好明早一起骑马，趁国王在教堂祷告的时候。

她学会了谨慎行事——她很清楚自己无论何时都受人注目，人们对她的评价很低。但她和他在一起时的喜悦之情，以及他对她的隐秘欲望，都被我清楚看在眼里。这就足以让我在带着如此危险的秘密离开宫廷时感到庆幸不已了。

格雷夫人亲自写信给我，提议她儿子约翰迎娶我的女儿。我知道，就算伊丽莎白在他们家只是暂住，约翰·格雷也会爱上她，他的父母也会看到这场婚姻带来的好处。她摘下了苹果花，也给了他水果。她何止是漂亮，简直是美貌绝伦，何况格雷夫人不忍心拒绝宝贝儿子的任何要求。此外，正如我所料，格雷夫人生性独立，是自家领土的统治者，管理此郡的女王，她一旦教过我的女儿，就知道再没有任何女孩能比她更加知书达理。她教伊丽莎白如何管理蒸馏室，教她如何布置被服室。她悉心教育她如何做一名训练有素的侍女，带她进牧场，看他们如何撇去脂肪，搅拌著名的格鲁比黄油。她教她如何记账，如何给全国各地的格雷家亲属写措辞正式的信件。她们一起爬上被称为塔山的小山，放眼远眺费勒斯的广大土地，格雷夫人说，在自己父亲死后，这一切成了她的。格雷夫人在与爱德华爵士成婚时带来了这份家产，现在她心爱的儿子约翰将继承这一切。

伊丽莎白早已很清楚如何掌管家务，如何为蒸馏室准备草药，熟知各种草药的生长和收获期、药性和毒性——她毕竟是我的女儿——但依然极有分寸地从没出言反对此地的女主人，而是认真学习在格鲁比人们如何行事。当然了，她早已知道该怎么叠床单，怎么为奶油脱脂，也早已知道一郡之主该如何指挥仆人，事实上，她知道的东西多得格雷夫人做梦都意料不到：因为她已经从我这里习得王宫如何运作，以及法国和卢森堡的宫廷都是怎样行事的。但她出于礼貌，耐心接受了即将成为自己的婆婆的女人的各种安排，完美地表现出一副年轻姑娘求知若渴的态度，渴望学习行事之道：格鲁比的行事之道。简而言之，当我的女儿在格鲁比的蒸馏室里分选和干燥药草，打磨银器，监视仆人们割去疯长的灯芯草的同时，也赢得了这位冷酷的格鲁比夫人的心，正如她赢得了这个家族的儿子的心一样。

这场婚事对她很有利。我在心里盘算这事已经有几年了。她继承我的名号，也继承她的父亲在我们的郡里的职位，只是几乎毫无嫁妆。为这位国王服务没能给我们带来任何财富。似乎只有那些领主才能只拿钱不做事。那些讨好国王、与王后密谋的朝臣才能发大财，因为我们曾看到多少肥沃的土地进了威廉・德拉・波尔之手，如今又有多少巨款供埃德蒙・博福特享受。而我丈夫带了六十个枪兵和近六百弓箭手去了加莱，在他的指挥下训练，身穿我们的制服，也由我们支付军饷。国库本已答应为我们提供补助，但他们也可能等到末日审判之时付给我们几根赊账木棍，但待到那时，还没等我们把赊账木棍换成现钱把账还清，死人们就会从坟墓里复生索要欠款了。我们有新的名号和一栋漂亮房子，我们有影响力和声誉，我们同时受到国王和王后的信任；可是钱呢——不，我们从来就没有多少钱。

结婚后伊丽莎白将成为格鲁比的格雷夫人，莱斯特郡很大一片地盘的女主人，格鲁比庄园及格雷家族其他庞大家产的拥有者，格雷家族的姻亲。这个家族很好，能为她带来良好的前景，他们坚决拥护国王，强烈反对约克公爵理查德，所以如果约克公爵和他的死敌萨默塞特公爵的关系恶化，发生争端，我们也永远不会发现她站错边。

伊丽莎白从我们的家出发前去自己的婚礼，按计划随行者有她父亲和我，还有两个婴儿之外的所有孩子。但是理查德还没回家。

“父亲在哪?”在我们出发前一天她问我，“你说过他昨天就该回来的。”

“他会来的。”我坚定地说。

“万一他被耽误了？万一他找不到船？万一海浪太大无法起航呢？只有他亲手把我交给新郎，仪式才算完成。如果他到不了呢?”

我把手放在自己的婚戒上，仿佛能在上面触碰到他的手指。“他会来的。”我说，“伊丽莎白，我爱他这么多年了，他还从未让我失望呢。他会来的。”

她闷闷不乐了一整天，那晚我送她上床，让她服了一剂颉草汤药。等我再偷看她的房间时，她已经睡着了，睡帽下的头发编成辫子，看起来和睡在她旁边的妹妹安妮一样年幼。然后我听见马场上传来嘶鸣声，便从她的窗户向外望去，看见了里弗斯的军旗，还有我的丈夫，我马上冲下楼梯，跑进马厩门，被他搂在怀里。

他紧紧抱着我，让我几乎无法呼吸。然后他抬起我的脸，深深吻我。

“我敢说我很臭。”这就是他喘过气来后说的第一句话，“你一定要原谅我。我们是逆水行船的，所以我快马加鞭才能在今晚回来。你知道我从不会让你失望的，是不是？”

我对着他饱经风霜却也被深深爱慕的英俊的脸笑了：这男人让我爱了这么多年啊：“我就知道你不会让我失望。”

格雷家有一间小教堂，正对着大厅，在那里，这对年轻的新人在双方的父母和兄弟姐妹的庄严见证下交换誓言，结为夫妇。我能看到格雷夫人打量我家这一大排孩子，似乎心想她儿媳妇的生育力必定很强。礼成之后我们经过回廊来到大厅，这里有一场盛宴，大家又唱又跳，然后我们准备睡觉。

伊丽莎白和我独自留在卧室里，这里将是她的新婚洞房。这间屋子很漂亮，往北可以看见怡人的草地与河流。我油然生起一阵怜意，这是我的女儿啊，是第一个远嫁他乡的孩子。“在你的占卜里，我的未来是怎样的呢，母亲大人？”她问。

这是我一直在逃避的问题：“你很清楚我再也不做占卜了。那是我少女时代的东西。在英国，他们不喜欢这类事情，我就把它抛在一边了。如果你看见什么东西，那也是它们不请自来的。你父亲不喜欢这种事。”

她咯咯笑起来，责怪地说：“哦，母亲大人！那请你屈尊嘛，这可是我的新婚之夜。”

我不由得笑了：“屈尊到什么地步？”

“就像躺在地上一样。”她悄声说，“就算是为了我！在我的新婚之日！

我现在明白了，你以前就知道约翰会爱上我，我也会爱上他。我照你说的，摘了苹果花，把苹果给他。可是比这还早许多的时候，我第一眼看见他，就完全明白你把我送到这里是有什么打算了。当时我站在他的母亲面前，她正坐在记账室的桌旁，接着他从她身后的门走进来——我甚至不知道他那天在家——我见到他的那一刻，就明白了你为何要送我来格鲁比，也明白了你所想的将会成真。”

“那么你快乐吗？我送你来这里，做得对不对？”

她明亮的灰眸迸发出喜悦的光辉：“快乐极了。我以前曾想，如果他喜欢我，我将是全英格兰最幸福的女孩。”

“这可不是预知，我只不过是知道你有多漂亮，多可爱。我可以把你送到任何英俊小伙子的家中，他们都会爱上你。这不是魔法，只是一个女孩和一个男孩在春天相遇。”

她乐得容光焕发：“我好高兴。那时我还没有把握。我好高兴他是真心爱我，而不是因为中了魔法。但是你肯定预见过我的未来的吧？你有没有把那些小挂坠放进河里？你有没有把它们从水里拽出来？你有没有从卡牌中寻找我们的命运？我的未来将会怎样？”

“我没有用那些牌占卜。”我对她说了谎，对我的小女儿，我厚颜无耻地说了谎，在她的新婚之夜否认事实，就像一个冷酷心肠的老巫婆，而且还说得满脸真诚。我要告诉她一个极具说服力的谎言。我不会用自己的预知能力为她现在的幸福蒙上阴影。“你弄错了，亲爱的，我没有用卡牌占卜，也没有用镜子，更没有往河水里放挂坠，因为没有这个必要。我不用任何邪门歪道就能预见你的未来，正如我知道他会爱上你。我可以告诉你的是，我知道你会幸福，而且我觉得你们会有几个孩子，第一个很快就会来到。”

“男孩还是女孩？”

“你可以自己分辨。”我笑了，“既然你现在有你自己的结婚戒指了。”

“我还会成为格鲁比的格雷夫人。”她带着宁静的满足感说道。

我突然一激灵，就像有人将一只冰冷的手放在我的颈后。刹那间，我知道她永远也不会继承此地。“没错。”我说，决定闭口不提此事，“你将成为格鲁比的格雷夫人，也将是许多好孩子的母亲。”这是在她的新婚之夜进洞房之前最该听到的话：“上帝保佑你，我亲爱的，也愿主带给你快乐。”

女孩们轻轻叩门，然后呼啦一下挤进屋，带来要撒到床上的玫瑰花瓣，婚礼麦酒和她的亚麻长裙，我帮她准备停当。等喝得醉醺醺的男人们吵吵嚷嚷地涌进来时，她已经躺在床上，像一个纯洁的小天使。我丈夫和格雷勋爵帮约翰上床躺到她的身边，约翰满面通红，像个小男孩，虽然他已经二十一岁了。我露出微笑，假装正完完全全地沉浸在喜悦之中；我不知道自己为何为他俩担心到几乎心脏也停止跳动。

不出两天，我们就回到了格拉夫顿的自己家中，我没有告诉伊丽莎白或任何人。我的的确确为她做了塔罗牌占卜，就在格雷夫人写信问我伊丽莎白在结婚之时会带来什么嫁妆的那天。我坐在桌旁，望向窗外的河边草地和牧场，心中坚信她会幸福，然后取出卡牌。我随机翻了三张，而三张都是空白。

卡牌制作者当时在这套牌里放了三张备用卡牌，三张牌的背面都和其他牌一样色彩鲜艳，可是正面却空空如也，是在其他玩法里用来当替补的。而在我想要预视伊丽莎白与约翰·格雷的未来之时，拿到手里的是这三张不具任何意义的牌。我曾希望预见家族繁荣，多子多孙，可是这些牌却空白一片。我无法为伊丽莎白和约翰·格雷预见未来：无法预见他们的任何前途。

# 1452年圣诞

## 伦敦　普拉森舍宫

理查德和我在格林威治出席了宫廷的圣诞节庆祝，发现所有的活动——狩猎，音乐和舞蹈都是埃德蒙·博福特一手指挥的，此人已成了整个宫廷的快乐的中心，几乎成了国王本人。他特别看重理查德，向国王推荐他，说他定能为我国守住加莱，还经常把他拉到一边，讨论一支英国远征军怎样才能从加莱出发，再次挺进诺曼底。理查德以一贯的忠诚向他的指挥官效忠，而对于他们交谈时王后是如何盯着不放，我完全三缄其口。可我知道，必须再找她谈谈了。

我在一种力量驱使之下去和她谈话，一种责任感。我几乎为此而发笑；因为我知道这是受我前夫贝德福德公爵约翰的影响。他这一生从未回避任何艰苦，我感到他已经将服侍英格兰王后的义务交与我手，即使这意味要质疑她的行为，要她作出解释。

我挑好时机，当时我们正按埃德蒙·博福特的计划准备一场化装舞会。他安排王后穿一件白色礼服，腰部高高束着编织金带，头发披散。她本应扮作女神，可看上去却像新娘。他为这件白礼服设计了新的袖子，剪裁得太短，袖口也过宽，你几乎可以一直看到她的手肘。“你必须换另一对长袖。”我直言道，“这一对太不得体了。”

她轻抚自己的手臂内侧。“感觉真好。”她说，“我的肌肤摸起来就像丝绸。感觉棒极了，打扮得这样……”

“赤裸裸。”我替她说完，接着二话不说在她的衣柜里找到另一对衣袖，动手换上。她毫无怨言地让我做完这一切，然后坐在镜前。我挥手让她的女仆退下，拿起发梳为她梳理几乎长及腰间的金红色卷发上的打结之处。“尊贵的埃德蒙·博福特公爵对你太过关心。”我说，“这太明显了，殿下。”

她满面春风：“啊，你不是说过了嘛，雅格塔。又在老调重弹了，他只是以一个好朝臣，一个骑士的身份关心我的。”

“他看起来像一个恋爱中的男人。”我不客气地说，等着看她震惊，却惊恐地发现她的双颊染上红晕。“哦，他像吗？”她问，“他真的像吗？”

“殿下——这到底是怎么了？你知道你不应该谈论真爱。一点诗情画意，一点调情，这些无伤大雅。但是你对他的想法不能带着欲望。”

“只有和他说话时，我才感觉活着。”她对我在镜中的投影说道，我通过镜子看见她闪闪发光的脸。就好像我们身处另一个世界，镜中的世界，在这个世界里，说这种话是被允许的，“和国王在一起就像在照顾小孩。我必须跟他说他依然大权在握，叫他必须像男子汉一样骑马，必须像国王一样统治。我必须赞美他的智慧，在他沮丧时巧言安慰。对他来说，我更像是母亲，而不是爱人。但是埃德蒙——”她颤抖着喘了一口气，垂下眼，然后抬头望向镜子，耸耸肩膀，似乎对此也无能为力。

“你不能再去见他了。”我连忙说，“你只能在有他人在场的时候见他。你必须和他保持距离。”

她从我的手中拿走梳子。“你不喜欢他吗？”她问，“他说过他喜欢你，仰慕你。他说他是你的朋友，而且在所有人之中最信任理查德。他在国王面前对你丈夫可是美言有加呀。”

“我告诉过你的。”我提醒她，“我警告过你。”

她耸耸形状优美的双肩。“啊，雅格塔。你明明和我一样清楚身陷爱河的滋味。你那时候遇到他人劝阻时又是怎么做的呢？”

我没有回答她，语调平板地说：“你必须让他远离宫中。你必须避开他，也许要避几个月。你们再这样下去会大难临头的。”

“我做不到。”她说，“国王是绝不会让他走的。他不会让他离开自己的视线。而且如果见不到他的话我会死的，雅格塔。你不知道。他是我唯一的伙伴，是我的骑士，我的斗士：王后的斗士。”

“这里可不是卡米洛特王国。[1]”我冷酷地警告她。“现在可不是什么吟游诗人的年代了。如果人们见你对他微笑太多次，你的形象可就毁了。他们会指责他太受专宠，你现在说的话足以让他们把你关到修道院去。听你说这话的人，也会丢掉一条小命。埃德蒙·博福特因为得宠于国王，已经备受嫉恨了。如果话传出去，让人们知道你也宠爱他，他们会说出最不堪的话。你是王后呀，你的名誉就像威尼斯的玻璃器皿：珍贵，罕有，一摔就碎。你必须小心。你身份高贵，你不能拥有私情。”

“我会小心的。”她轻轻地说，“我发誓我会小心的。”好像她想用这话换来和他在一起的权利，为此交出任何东西都在所不惜。“如果我谨慎行事，不对他微笑，骑行在外时不和他离得太近，也不经常和他一起跳舞，那我还是能见他的，对吧？所有人都知道他直属于国王，无时无刻不和我们在一起，不会有人知道他让我这样开心，仅仅只是和他在一起，就让我的生命拥有了意义。”

我知道我应该告诉她再也不应该和他单独相处了，可她的脸上写满哀求。她寂寞，年轻，而让一个年轻女人身处如此庞大的宫廷，却没任何真正关心你的人，这有多么悲惨啊。我知道的。我知道这种感受，你有一个眼里几乎看不见你的丈夫，还有一个目光无法从你身上移开的年轻人。我

① 传说中亚瑟王的王国。故事中圆桌骑士兰斯洛特与亚瑟王之妻格温薇儿发生私情，导致悲剧。

知道在冰冷的床上炽热难耐的感觉。

“记住要小心。”我说，尽管我知道应该让她送他离开，“你每分每秒都要小心。而且不能单独见他。你们的感情不能超出骑士对夫人的高贵之爱。只能是秘密的欢乐。这种感情只能止步于此。”

她摇头道：“我必须和他说话。我必须和他在一起。”

“你不能。你们两个在一起没有未来，只有耻辱和污名。”

她离开镜子，走到垂挂着富丽堂皇的金色帷幔的大床旁。她拍拍床，示意我过去，我缓缓走向她。“你能为他抽一张牌吗？”她问，“这样我们就知道答案了。这样我们就知道未来将会怎样了。”

我摇头道：“你知道国王不喜欢卡牌占卜。这是被禁止的。”

“就一张牌，就一次嘛。这样我们就知道将来会怎样。然后我就会小心了。”

我犹豫再三，她马上跑到卧室门旁，叫人送来一副纸牌。一个侍女想把牌送进房内，可王后在门口接过牌递给了我。“继续吧！”她说。

缓缓地，我接过牌，洗好。毫无疑问，我们在宫中整天玩牌；但是取牌在手，只挑选一张，预测未来，这种感觉是完全不同的。我把牌递给她。

“洗牌，切成两份。”我极轻地说，“然后再切一次。”

她一脸着迷：“我们能预测他的未来吗？”

我摇头道：“我们无法预测他的未来，他必须亲自提出要求，亲手选择。没有本人在场的话，我们便不能为他占卜。但是我们能看看他的生命将怎样影响到你。我们能看看哪张牌将显示你们对彼此的感情。”

她表示同意，满怀渴望地说：“我想知道。你觉得他爱我吗，雅格塔？你见过他和我在一起的样子。你觉得他爱我吗？”

“把牌展开。”我说。

她把牌展成扇形，鲜艳的牌面朝下。

“现在选吧。”

她将手指缓缓地挪过一张又一张饰有图画的牌背，深深思索应该如何选择，然后指向其中一张：“这一张。”

我把牌翻了过来。是崩塌的高塔。一座城堡的塔楼，可能被闪电击中，一道闪电形的光燃烧着射中塔顶，城墙和屋顶各自倒向一边。两个小小的人影从塔顶摔向下面的草地。

“这是什么意思呢？”她低语，“他会得到这座塔？这是说他会得到这个王国？”

我一时间还没有理解她的意思。“得到这个王国？”我在惊恐中重复道，“得到这个王国！”

她摇摇脑袋，把这个想法甩开，以手掩口：“没什么，没什么。但是到底什么意思呢，这张牌——它的含义是什么呢？”

“它意味着颠覆一切。”我说，“一个时代的分崩离析，或者一座城堡的倒塌……”我理所当然地想到理查德，他曾向长官发誓定要守住加莱城堡，而这位长官正是埃德蒙·博福特。“一次从高处的坠落。你看，这有两个人从塔顶衰落，曾经地位低下的却要崛起。到了最后，天翻地覆。新的继承人会坐上宝座，旧秩序不复以往，万物更新。”

她的双眼闪闪发光。“万物更新。”她悄声说，“你觉得谁才是国王真正的继承人？”

我带着几近恐惧的心情看她。“约克公爵理查德，”我断然说，“不管你喜不喜欢他。约克公爵理查德，才是国王的继承者。”

她摇头道：“埃德蒙·博福特是国王的表亲呢。”她悄声说，“他可以当真正的继承人。也许这就是那张牌的意思。”

“现实永远和设想不同。”我警告她，“这不是预言，更像警告。你还记得那张命运之轮的牌吗？那张你在婚礼之日抽到的牌，预示有起必有落，万事无恒定的牌?”

我说什么都无法消减她的喜悦，她的脸闪闪发光。她认为我预见了万事万物的改变，而她一直期盼改变。她觉得牌里的那座塔代表她的牢狱；她想要它坍塌。她觉得那个明显在跌落的人是在奔向自由。她觉得那道带来毁灭和燃烧的光柱将涤故更新。我再说什么都无法让她警醒了。

她做了我在她的婚礼之日教过的手势，用食指画一个圈，以示生命的起起落落。“万物更新。”她再次喃喃低语。

那晚在床上，我把自己的担忧讲给理查德听，避而不谈王后对公爵的迷恋，只说她很孤独，公爵是她最亲近的朋友。理查德坐起身，靠向散发暖意的炉火，赤裸的肩膀露在长袍外面。“如果是友情的话倒也没什么。”他坚决地说，“她是一个漂亮姑娘，理所应当有些人情交往。”

“人们会说三道四。”

“人们总在说三道四。”

“我害怕她会对公爵用情太深。”

他眯起眼，好像能审视我心中所想：“你是说她可能会爱上他吗?”

“如果她真的爱上他了，我也不会惊讶。她还年轻，他很英俊，除了他世上再没有第二人对她展露一点关心。国王对她很好很体贴，可心中却没有激情。”

“国王能让她生个孩子吗?”理查德坦率地问，直捣问题核心。

“我觉得能。”我说，“可是他不经常去她的房间。”

“这男人是个笨蛋。”我丈夫说，“一个像玛格丽特这样的女人可是绝不能受到冷落的。你觉得公爵对她也有意思吗?”

我点头。

理查德皱起眉头。“我认为你不能信任他，他可能会做什么有害于她或者王位的事。引诱她这种事他也下得了手，可见此人必定是个自私自利的恶棍。她可以为此放弃一切，而英国的王位会跟着成为牺牲品。他可不傻呢。他俩走得很近倒不足为怪，因为这两人几乎每天都陪在国王左右。但埃德蒙·博福特是在通过国王统治这个国家，他不可能冒险损害自己的利益——但可能损害王后的利益。最紧要的事情就是要让她生一个继承人。”

“要是她一个人能做到倒好了。”我气呼呼地说。

他被我逗笑了。“你不需要在我面前维护她。不过只要他们还没有孩子，约克公爵理查德就还是合法继承人，可是国王一直偏袒他的家人：白金汉公爵汉弗莱，他是第二继承人，还有埃德蒙·博福特，近来我听说他把他的同母异父兄弟也带进宫了，那些都铎男孩。这让所有人都不自在。国王觉得谁才是自己的继承人呢？他会不会胆子大到把约克公爵理查德晾在一边，让他那些宠臣中的某一个取而代之呢？”

“他还年轻。”我说，“她也还年轻。他们会有孩子的。”

“好吧，他不太可能会像他父亲那样战死沙场。”身为士兵的丈夫无情地说，“他保养得可是很好。”

在为期十二天的圣诞时节末尾，理查德不得不回到在加莱的岗位上了。我沿河而下，去送他扬帆远航。他身穿厚厚的旅行斗篷以抵抗这寒冷的冬雾，当我们立于码头时，他把斗篷围在我俩身上。我被包裹在暖意之中，头靠在他肩上，双手紧搂着他宽阔的脊背，用力抱着他，像是无法忍受让他离开。“我会去加莱的。”我向他承诺。

“亲爱的，那里对你没有好处。复活节时我就会回家，也许还会更早。”

“我等不到复活节。”

“那我就早点回来。无论何时，只要你叫我。你知道的。当你想要我的时候，我就会到你身边。”

“难道你就不能巡查一下驻军就回来吗?”

“也许吧，如果这个春天没有去诺曼底的远征计划的话。公爵希望能组织一次远征。王后对此说过什么吗?”

“公爵说什么，她就说什么。”

“如果我们这个春天不进行远征，就说明今年也不会有，那么我就能回到你身边了。”他承诺道。

“你最好夏天回来。”我提醒他，“不管发生什么事。那时我有想给你看的东西。”

在斗篷形成的温暖避风港里，他的手探向我的腹部。

“你是一块红宝石，我的雅格塔。一个拥有高贵人格的妻子远胜任何宝石。你又怀上孩子了?”

“是的，又怀上了。”我说。

“一个将诞生在盛夏的孩子。”他快活地说，“里弗斯家族的又一位成员。我们是在制造一个王国呢，我亲爱的。里弗斯家族这条河流将壮大为海湾，湖泊，一片内陆海洋。”

我咯咯直笑。

“你要留在宫里陪伴王后吗?”他问。

“是的，我会。我会先回格拉夫顿几天，看望孩子们，然后就回宫。至少，我能保护她免于流言蜚语。”

他在斗篷的遮掩下捏了捏我：“我喜欢你这种可敬楷模般的想法，亲爱的。”

“我本来就是一位有九个孩子的可敬母亲。”我提醒他，“就快十个啦，如果万事顺利的话。”

“天啊，一个十个孩子的母亲会让我如此有感觉。”他握住我的手，放在自己的腿间。

“上帝原谅我，一个已婚而且还是十个孩子的父亲的男人也让我如此有感觉。”我按住他的身体。

船的甲板上传来一声呼唤。“我必须走了。”他不情愿地说，“我们必须趁涨潮时走。我爱你，雅格塔，我很快就会回来的。”

他飞快地给了我结结实实的一吻，然后跑上舷梯。少了他的斗篷，少了他的温暖，少了他的微笑，我感到如此冰冷，如此孤寂。我放他离开了。

# 1453年春

## 伦敦塔

我在格拉夫顿住了一周后回到了宫中。正好赶上伦敦塔举行盛大庆典，庆祝国王的同母异父兄弟埃德蒙·都铎和加斯帕·都铎封爵。我站在王后身边，这两位年轻人跪在国王面前接受封号。他们都是华尔瓦的凯瑟琳王后的儿子，她是国王的母亲，像我一样行动大胆地再婚。她的丈夫亨利五世去世后只留下她孤儿寡母，然而她没有按照所有人的期望退隐到修道院里当修女、在可敬的苦楚之中度过余生，而是比我更加不顾身份差异，爱上她的衣柜间男仆，欧文·都铎，并与他秘密成婚。凯瑟琳去世之后给人们留下了不少难题，欧文到底算是她的鳏夫还是诱拐她的罪犯？她的两个孩子算是现任国王的兄弟，还是王太后一时疯狂的产物、不名誉的私生子？

国王已经决定承认他的同母异父兄弟，把他们认作王族姻亲。此举会让已经有王位继承权的几个男人如何想，人们不得而知。这些都铎的人只会为围绕王座展开的争斗更添几分混乱。国王为白金汉公爵授勋，此人将自己视为全英格兰最伟大的公爵，可萨默塞特公爵埃德蒙·博福特得到的宠爱远超众人之上。然而，按理说，真正排在继承顺位第一的是不在这里，也永远不曾受到朝廷欢迎的人：约克公爵，理查德·金雀花。

我看了一眼王后，没能生下一个儿子继承王位来一劳永逸地解决这些麻烦，她一定感到很羞耻吧。但她只是垂头望着交握的两手，睫毛遮住了脸上的表情。我看见埃德蒙·博福特很快地把视线从她身上移开。

“国王陛下对那些都铎家男孩可相当仁慈呢。”我评论道。

她这才回过神来：“哦，没错。嗯，你知道他就是这样子。他能宽恕任何人，任何事情。而且现在他怕普通百姓和约克家族的合作怕得要命，所以要把他的家族紧紧集中在自己身边。他给了那些男孩土地，还认他们为同母异父兄弟。”

“一个人有家人陪在身边，这样很好。”我乐呵呵地说。

“哦，他倒是挺能认兄弟。”她说，而言外之意“却生不出半个儿子”始终没说出口。

冬夜越来越明亮，晨曦越来越璀璨，取代了以往的灰暗。我们收到了波尔多传来的好消息，什鲁斯伯里伯爵约翰·塔尔伯特，比他的手下年纪大四倍的老将，横扫加斯科涅的各大富饶城市，重新夺回了波尔多，并重新宣布它们为英国领地。这一消息让整个朝廷欣喜若狂。他们宣布我们会赢回整个加斯科涅，接着是整个诺曼底，加莱的安全得保，理查德就能回家了。玛格丽特和我漫步于威斯敏斯特的花园的河畔边，裹在冬季皮草里，却感受着春日阳光洒在脸上，欣赏这个季节里第一批盛开的水仙花。

“雅格塔，你真像个害相思病的少女。”她突然说。

我跳了起来。在此之前我一直望着河流，挂念着理查德，他人在隔海相望的加莱，勃然大怒——我很肯定——因为带领军队进入波尔多的不是他。“抱歉。”我嘴角含笑，“我的确很想念他。还有孩子们。”

“他马上就回家啦。”她向我保证，“一等塔尔伯特赢回我们在加斯科涅的土地，我们就能讲和了。”

她挽住我的手，与我并肩同行。“从你所爱的人身边分开，有多难受啊。”她说，“在我第一次来英国时，是那么想念母亲，那时我害怕再也不能见到她，而现在她写信告诉我她生病了，希望我能去见她。我不知道如果当初母亲知道我这一生是什么样子，还会不会送我离开。如果当初她知道再也无法见我，还会送我走吗?”

“至少她知道国王对你很好，是一位温柔的丈夫。”我说，“当格雷家的人向我请求把伊丽莎白嫁到他们家去，我的第一反应就是他会不会对她好。我想每个母亲都是这么为自己的女儿希望的。”

“我也希望能告诉她我怀上孩子了。”她说，“一定会让她很开心。这是她最盼望的事情——每个人都如此。但也许就在今年。也许今年我能怀上孩子。”她垂下眼睫，笑了，笑得几乎无法察觉。

“哦，亲爱的玛格丽特，我也希望如此。”

“我现在更愿意怀孕生子了。”她静静说，“甚至满怀希望。不必为我担心，雅格塔。这个夏天我的确过得很不开心，甚至到圣诞节时都是如此，但我现在已经想通了。你警告我多加小心，你是一个忠实的朋友。我仔细考量了你说过的话。我知道自己绝不能轻率行事，已经和公爵保持了距离，我想一切都会好起来的。”

有些事情正在发生——我不需要预知能力就能察觉。有一个秘密，有不为人知的喜悦。但她的表现无可指摘。她也许垂青于公爵，但永远站在国王这边。她不再与公爵流连于走廊，也不再让他在耳边低语。他还是会像往常一样去她的房间；可他们只谈国家大事，而且总携同伴前往，她也有侍女做伴。当她独处或在人群中，有时会将双手端庄地叠放在膝上，目光低垂，眼睛遮盖在睫毛下面，暗自微笑，唯有此时，我才会看着她，好奇她在想什么。

“你的小女儿怎么样了?”她若有所思地问，“她是不是和你所有的孩子一样健康茁壮?”

“感谢上帝，她很健康，正茁壮成长，”我说。“我给她起名伊琳诺，你知道的。我给所有孩子都送了圣诞礼物，我回家和他们住在一起的那几天天气好极了。我把大一些的孩子们带去打猎，小一些的孩子们则玩雪橇。复活节时我会再回去看他们。”

那一晚，王后身着她的新礼服，最浓最深的红，从未有人见过这种颜色，是从伦敦商人手里特意买来的，我们走进国王的会见厅，侍女们走在身后。她在国王身边落座，年幼的博福特继承人玛格丽特走了进来，打扮得过分花哨，是她那个厚颜无耻的母亲的杰作。这孩子身穿天使般纯白的礼服，上面用丝线绣着红玫瑰，仿佛在提醒大家，她是约翰·博福特、第一任萨默塞特公爵之女，这是一个伟大的名号，然而，上帝原谅他，此人却不是一个伟大的人。他是埃德蒙·博福特的长兄，却在法国出了丑，于是回国死在家中，死得如此干净利落——刚好死在被指控叛国罪之前——理查德说，他是自杀的，这是他为家人所做过的唯一一件好事。这个拥有高贵的名号，以及更加庞大的家产的瘦小女孩便是他的女儿，也是埃德蒙·博福特的侄女。

我见她盯着我，便报以微笑。她的脸刷地变得通红。她悄声对母亲说话，显然在问我是谁，她母亲非常用力地掐了她一下，让她站直了，别说话，要符合一个女孩在宫中应有的举止。

“我把你女儿的监护权给我的亲爱的同母异父兄弟，埃德蒙和加斯帕·都铎。”国王对这孩子的母亲、公爵遗孀说道，“她可以与你一起生活，直到婚嫁之时。”

有趣的是，那孩子抬起头来，似乎对此有自己的想法。当没什么人看她的时候，她又开始同母亲低声说话。真是个可爱的小东西，急切地想让别人也问问她的意见。这样一个姑娘以后要嫁给埃德蒙·都铎，到威尔士生活，似乎让我很难接受。

王后俯身问我："你怎么想?"

玛格丽特·博福特是兰开斯特家族的一员，埃德蒙·都铎是英国王后之子。他们生下的任何孩子都将具有惹人注目的血统，一方来自英国王室，另一方来自法国王室，而且双方都是英国国王的亲戚。

"国王是不是让他的兄弟强大过头了?"王后悄声道。

"哦，看看她啊。"我温柔地说，"她还是个小家伙，距离谈婚论嫁还有很长的路要走呢。她母亲可以再把她在家里留十年，这点毫无疑问。等埃德蒙·都铎能和她圆房之时，你都有五六个孩子睡在摇篮里了。"

我们都望向那女孩，她的小脑袋依然在上下晃动，好像希望有人能和她讲话。王后笑了："好吧，但愿如此。像这样的一只小虾米肯定是永远生不出一位王位继承人的。"

第二天晚上，晚餐前一小时左右，我伺机寻找一个四下无人的时刻；王后已经打扮停当，国王还没有来我们的房间。我们一起坐在火前，聆听乐手的演奏。我偷偷看了她一眼，她颔首表示允许，于是我便把椅子拉近了一些。

"如果你是在找机会告诉我你又怀孕了，那么没有这个必要。"她调皮地说，"我看得出来。"

我脸红了："我很肯定这是个男孩，我现在的胃口大到足够直接生出一个男人，天知道。我不得不松开自己的腰带。"

"你告诉理查德了吗?"

"他已经猜到了，在他离开之前。"

"我应该请求公爵让他回家。你一定希望他回家陪在你身边的吧，是不是?"

我悄悄望向她。我旺盛的生育力几乎每年都要得到一次证明，有时候这让她感到艳羡而渴望，但这一次她面带微笑，纯粹地为我感到开心：“是的。我希望他回家，如果公爵能放手的话。”

“我会下命令的。”她笑着说，“公爵告诉我他会为我做任何事情。对一个许诺连月亮也会摘下来送给我的男人来说，这不过是举手之劳。”

“五月前我都会留在宫里。”我说，“等我坐完月子，就会和你一起进行夏季巡游。”

“也许今年我们不会走得很远。”她说。

“不会很远？”我还没反应过来。

“也许是我也不希望今年夏天太难熬。”

我终于懂了她的意思：“哦玛格丽特，这有可能吗？”

“我还以为你真有预知能力呢！”她得意洋洋地说，“我就在这儿，坐在你面前，我觉得……我可以肯定……”

我紧握她的手。“我也是这么觉得的，我现在发现了。真的。”她闪闪发光的肌肤和身体的曲线透露出某种信息，“有多久了？”

“已经错过两次经期了，我想。我还没有告诉任何人。你是怎么想的？”

“国王在圣诞节之前和你燕好了吗？给你带来快乐了吗？”

她保持双目低垂，但脸上的红霞更深了：“哦，雅格塔——我以前不知道这种事也可以有这样的感觉。”

我微笑。“有时候是可以的。”她的笑容之中有某种事物告诉我，在结婚八年之后，她终于懂得了丈夫可以为妻子带来的那种欢愉，如果他有心，如果他爱她的程度足以让她主动搂住他，渴望他的触碰。

“什么时候才能确定呢？”她问我。

“下个月。”我说，“我们可以找一个我认识而且很可靠的接生婆，看看你是否有其他怀孕的迹象，然后你就能亲口告诉国王陛下了。”

在确认此事之前，她不想写信告知她的母亲，而这成了一场小小的悲剧，因为在她等待怀孕的迹象之时，安茹发来一封信，说玛格丽特的母亲，洛林的伊莎贝拉，已经去世。距离玛格丽特告别母亲来英国成婚已有八年，而她俩从未特别亲近。但这对年轻的王后来说依然是一个打击。我看见她在走廊之中，双眼含泪，埃德蒙·博福特紧握她的两手。她的头倾向他，似乎想把脸埋在他宽阔的肩头放声哭泣。听见我的脚步声后，他们转向我，两手依然相握。

“王后殿下因为安茹的消息而十分悲痛。”公爵淡淡道。他把玛格丽特交给我。“和雅格塔去吧，”他温柔地说，“去让她为你调一剂汤药，一剂能治疗悲伤的东西。多残忍啊，让一个年轻女人失去了母亲，而且让她永远也不能告诉母亲——”他没有说完，把王后的手交到我的手里。

“你应该有一些东西能给她喝的吧？是不是？她不应该这样哭个不停。”

“我有一些常见的药草。”我谨慎地说，“您能随我来，躺上一会儿吗，王后大人？”

“好吧。”玛格丽特说，任我领她离开公爵走到她的私室。

我用金丝桃为她制了一剂汤药，她在喝下之前有稍许犹豫：“这不会伤害宝宝吧？”

“不会的。”我回答，“药性十分温和。你应该每天早晨服用一剂，连续服一周。悲伤对胎儿来说才更糟，你必须尽量保持心情平和欢快。”

她点点头。

“你确定吗？”我悄悄问她，“接生婆告诉我说她们几乎十拿九稳了？”

“我很肯定。”她说，“如果我的经期这次又没来，下周我就告诉国王。”

但她没有亲口告诉他。奇怪的是，她传唤了他的内侍。

“我有一个消息要你带给国王。”她说。身穿深蓝色丧服的她显得十分阴郁，我难过地发现丧母之痛带走了她的所有光彩。尽管如此，等她向国王报喜后，两人一定都会高兴起来的。我以为她会邀请国王来她的房间。但她继续说：“请代我向国王致意，并告诉他，我怀孕了。”

理查德·滕斯托尔只是瞪大眼睛看她：他这一辈子还从未被命令传递这样的消息。任何皇家内侍都没有过。他看着我，似乎想征求意见，但我无能为力，唯有耸耸肩，示意他最好接下这条王后想要送给她的丈夫的消息。

他鞠了一躬，转身出门，卫兵们在他身后悄声无息地合上门扉。

“我要去换一套衣服，国王一定会来找我。”她说。

我们赶到她的房间，把她的深蓝色礼服脱下，换成一套淡绿色的，很适合春天的颜色。当她的侍女手持礼服替她更衣时，我可以看到她以往平坦的腹部变得圆润，乳房在精细的亚麻布内衣下隆起。她的样子使我不由得微笑。

我们等着国王满面欣喜地冲进来，双手伸向她——等了一个小时。我们听见守夜人报时，然后终于听到门外的脚步声，卫兵打开王后房间的门，我们都站起身来，期待看见国王飞奔进来，孩子气的脸上喜气洋洋。但来的又是理查德·滕斯托尔，国王的内侍，带来了给王后的答复。

“国王陛下让我告诉你：这消息是我们最非凡的慰藉，是所有忠心的臣民们无上的喜悦和宽慰。”他说。他喘着气看向我。

“这就没了？”我问。

他点点头。

王后面无表情地看着他：“他会来见我吗？”

“我想不会，王后大人。”他清了清嗓子，补充道，“他太高兴了，甚至奖赏了带去喜讯的我。”

“他在晚饭前会来见王后殿下吗?”

“他已经传唤珠宝匠去见他，要为王后造一件特殊的珠宝。”他说。

“但他现在在做什么呢?”她问，“现在? 当你离开他的时候?”

理查德·滕斯托尔又鞠了一躬。“他已经前往他的私人教堂感谢上帝的恩赐。”他说，“国王去做祈祷了。”

“很好。”她凄楚地说，“哦，很好。”

我们一直没有看到国王，直到那天晚上，他像往常一样造访王后的房间。他当着我们所有人的面吻了她的手，并说他快乐极了。我环顾房间，看见所有的侍女都大眼瞪小眼，像我一样茫然不解。这对夫妇终于盼来了他们的第一个孩子——在将近八年的等待之后。这个孩子将使他们的婚姻变得完整，也确保了王座的安全。为什么他们表现得好像只是点头之交呢?

玛格丽特像女王一般，丝毫没有流露出期待国王的热情回应的样子。她点头致意，对国王笑道：“我很高兴。我祈盼我们能有个儿子，如果不是，那么也会是一个美丽的女儿和她迟早会出生的弟弟。”

“无论哪种结果我们都应为之祝福。”他和蔼地说，伸出手臂，领她同进晚餐，极为体贴地安排她坐在自己身侧，温柔地为她挑了最上等的肉块和最柔软的面包。在他的另一侧的是萨默塞特公爵埃德蒙·博福特，他对两人都露出了微笑。

晚餐过后，王后说她要先行告辞。我们离开时所有人都起立行礼，回到王后的房间之后，她让侍女们退下，向我招手，走进她的卧室。

“把我的头饰取下来。”她说，“我太累了，它让我头痛。”

我解开丝带，把这高高的锥形头饰放到一边。在下面的是衬垫，用以保持沉重头饰的平衡。我把它也拆了下来，散开她的头发。我拿起发梳，开始轻柔地拆散那些紧紧编起的辫子，她合上双眼。

“这样好多了。”她说，“编一个松松的辫子，雅格塔，让他们送一杯温热的麦酒进来。”我把厚密的金红色头发编成一个辫子，帮她脱下外衣和礼服。她套上亚麻睡袍，爬上大床，仿佛一个小孩陷在厚重的帷幔和铺盖之中。

“你一定感到身心俱疲了吧。”我说，“你只管休息。每个人都希望你好好休息。”

“我在想孩子的事。”她懒洋洋地说，“你觉得是个男孩吗？”

“我应该去把卡牌拿来么？”我问，已经准备满足她的愿望。

她转过头。“不，”她说，这令我很惊讶，“这事你连想都别想，雅格塔。”

我大笑：“我不可能不去想啊。这是你的头胎，如果是男孩，他将是未来的英国国王。于理，我应该思考这孩子的事；于情，我也会出于对你的爱而想他的事。”

她轻轻地伸出一根手指压在我的嘴唇上，要我别说话：“那么不许你想得太多。”

“太多？”

“不要用你的预知能力想他的事。”她说，“我希望他能像一朵花那般绽开，不受任何人的注目。”

一时间我认为她是害怕某些古老巫术，邪恶的目光或恶毒的诅咒：“你不会是以为我会对他不利吧。光是想想他的事情又不会……”

“哦，不。”她摇了摇脑袋，“不，亲爱的雅格塔，我可没这么想。只是……我不想让你知道所有事……不能是所有事。有些事情是非常私人的。”她脸红了，扭开头，“我不想让你知道一切。”

我想我明白了。谁知道她为了勾起这样一个冷淡丈夫的兴趣都做了些什么呢？谁知道她必须有多诱人才能让他软化下来，爬上她的床？她是否不得不尝试各种荡妇的花样，使她为自己感到羞愧？“不管你为了怀上这个孩子做过些什么，都是值得的。”我坚定地说，“你必须怀上小孩，如果是个男孩那就最好不过了。不要自责，玛格丽特，我什么也不会多想的。”

她抬头道：“你觉得，只要能给英格兰带来一位继承人，什么样的行为都算不上是罪过吗？”

“这是爱的罪过啊。”我说，“不会伤害任何人。而且也将得到宽恕。”

“我不需要为它忏悔吗？”

我想起艾斯考特主教，他曾不允许国王在新婚头一周里和妻子同床，怕这对年轻夫妇耽于罪恶的欲望。“你不必为任何为了怀上这个孩子而做过的事忏悔。这是必须的，而且也是一种爱的行为，男人不懂这种事。至少神父们不懂。”

她轻轻叹了口气：“好吧。还有你可别去想这件事。”

我连连摆手说：“我不会想的。我脑子里什么也没想。”

她笑了：“我知道你是不可能不去想的，我很清楚。但是不要为这个孩子占卜，向我保证你绝不会为他占卜好不好？把他想作一朵即将绽放的野花，一件美丽的事物，只是谁也不知道它是如何被种下，又是如何到那里的。”

“他可能是一朵雏菊。”我说，“看到它会让我们欣喜若狂，因为他的到来意味着春天。”

“没错。”她说，“一朵无人知道来历的小花。”

# 1453年夏

### 北安普敦郡　格拉夫顿

我信守了对王后的承诺，没有过多纠结于这迟来的受孕，她也信守了对我的承诺，和萨默塞特公爵埃德蒙谈了我丈夫的事，他便派我丈夫回家陪我，那时我正在格拉夫顿分娩。我生下一个男孩，我们叫他莱昂内尔。女儿伊丽莎白，一位已婚的夫人，回家陪我坐月子，非常认真，帮了我很多忙，我发现她整天趴在摇篮边上逗宝宝。

“你很快就会有你自己的孩子了。”我向她保证。

“希望如此。他是这么完美，这么漂亮。”

“没错。”我带着静静的自豪说，“里弗斯家族的又一个儿子。”

等我刚恢复到足以回宫，便接到王后给我的信，叫我加入他们的夏日巡游。理查德回了加莱要塞，让我们再次分别是如此痛苦而艰难。

“让我也去加莱吧。”我恳求他，“我不能忍受没有你。”

“好吧。”他说，“下个月。你可以过来，把所有年幼的孩子们都带来，我也不能忍受没有你和他们在身边。”

他吻了我的嘴，吻了我的双手，然后翻身上马，绝尘而去。

# 1453年夏

### 威尔特郡　克拉兰敦宫

宫廷本身是相当欢乐的，周游西部各郡，寻找叛徒和煽动暴乱的人。萨默塞特公爵选好路线，并说人们会逐渐清楚他们不能讲国王的坏话，他们的要求没有未来可言，而且——比任何事情都更重要的是——约克公爵理查德再也不会是这个国家的一方霸主了，所以与他结盟，推举他的名字，都是浪费时间。

这个夏天，埃德蒙·博福特对国王格外热心，敦促他越来越严厉地宣判量刑。他为国王的决定喝彩，并鼓励他大声说出来，以此增强国王的意志。公爵陪伴国王去教堂，晚餐后领他去王后的房间，他们三人在那里坐下，交谈，公爵总会总结自己当天的生活，逗他俩大笑，有时则嘲笑那些有眼无珠的无知之人。

王后因为身体状况无法骑马，埃德蒙·博福特便训练了一对漂亮的骡子来拉她的轿子。他亲自骑马陪同，放慢速度以配合骡子的步调，观察她身上是否有疲劳的迹象。他几乎每天都要问我各种问题，确保我很满意王后的健康、饮食和运动情况。每一天我都要向他保证她很好，肚子照常一天天变大，我很肯定孩子十分健康。

几乎每一天，他都要给她带来一份小礼物，一束花，一首诗，一个会跳舞的小听差，一只小奶猫。国王、王后和公爵以绝对一致的步调环游多赛特郡的林荫道，无论王后下轿或是上楼时，公爵的手必定会伸到她面前，准备扶住她。

我已经见过作为迷人异性的他，引诱者的他，恶棍的他；可是现在我在他身上发现了更好的一面，一个有着万分温柔的男人。他待她的方式就像是愿意为她分担任何疲倦，愿意为她的幸福贡献一生。他像最忠实的朋友一样服侍国王，像最具骑士精神的骑士一样服侍王后。比这更深层的事情，我不想知道，也不会去知道。

八月时我们到了威尔特郡，住在克拉兰敦的老王宫里，四周是索尔兹伯里附近的郁郁葱葱的河边草甸。我爱这片遍布白垩土的草地，还有宽广而湿润的峡谷。我们在小鹿身后一连追上好几小时，从山谷底部的林地一路冲到高地，疾驰过修剪整齐的草地。停下来进餐时，可以看见半个英格兰都一览无余地在我们面前蔓延开去。宫殿坐落于开满繁花的草地之中，草地有半年时间都会被淹没在湖里，但在这个盛夏，这里遍布清泉、池塘和河流。公爵带王后钓鱼，发誓说他们能为晚餐抓住一条鲑鱼，结果却把大半天时间花在陪她在树荫下休息上。他放下钓线，把钓鱼竿递给王后，然后又放了一次，蜻蜓在毛茛花之上飞舞，燕子低低飞过水面，鸟喙掠过自己映在水中的疾飞的倒影。

我们夜里很晚才回家，空中的云像桃色和柠檬色的丝带，萦绕在地平线上。“明天又将是美丽的一天。”公爵预言道。

“那后天呢？”她问他。

“为什么不会呢？为什么不能让你的人生的每一天都美丽幸福呢？”

她笑了：“你会把我宠坏的。”

“我会的，”他甜蜜地说，“我会让你的每一天都美丽幸福。”

她扶着他的手走上石阶，走到狩猎小屋的大门前。“国王在哪？”他问内侍之一。

“在教堂，大人。”那人回道，“和神父在一起。”

“那我会去你的房间。”埃德蒙·博福特对王后说，“晚饭之前我能和你坐一会吗?”

“好的，来吧。”她说。

侍女坐到矮凳和窗边的座位上，王后和公爵坐到一个窗洞下，悄悄谈话，彼此的头靠得很近。接着有人敲门，门开了，一个法国来的信使匆匆走了进来，风尘仆仆，一脸严肃。一眼即知他带来的是坏消息。

公爵飞快起身道：“不是现在。”他尖锐地说：“国王在哪?”

“他命令不得有人去打扰他。”那人说，“可我接到的命令是全速赶来，及早把消息带到。所以我来找您了。事关塔尔伯特勋爵，上帝保佑，还有波尔多。”

公爵抓住那男人的胳膊把他拽出门外，没对王后说一句话。她已经站起来了，我走到她身边，飞快说：“冷静，殿下。你必须为肚中的孩子着想。”

“什么消息?”她问，“法国来了什么消息，埃德蒙?”

“你先等着。”他头也不回地说，好像把她当做一位寻常妇人，“一会儿再说。”

他对王后说话的方式让她的侍女们发出小声的惊呼，而我用手臂搂住她的腰说：“躺一下吧，殿下，公爵听完消息就会告诉你的。来吧。”

“不。”她说，把我推开，“我必须知道。埃德蒙！告诉我!”

他和信使飞快地谈了一会，转过身来时，他看起来仿佛被人在心口刺了一刀。“是约翰·塔尔伯特。”他轻声说。

我感到王后身形一晃，仿佛双膝无力，接着便软倒在地。“帮帮我。”我飞快地对一个侍女说，但是公爵首先越过我们，把王后搂在怀里，穿过房间走进卧室，将她放在床上。

“叫医生来。”我催促一个侍女，然后追赶他们。他跪在王室的大床上，两臂搂着她的身体，俯身靠近，看上去就像抱着一位情人，在她耳边呢喃。“玛格丽特。”他急切地呼唤，“玛格丽特！”

“不！”我说，“大人，埃德蒙大人，别管她了。我会照顾她的，就让她躺着吧。”

她用双手紧紧抓住他的外衣。“全都告诉我，”她焦急万分地向他耳语，“把最糟糕的部分告诉我，快。”

我把卧室大门啪地关上，靠在门上，不让任何人看见他用两手捧着她的脸，她则握住他的手腕，两人深深凝视着彼此。

“我亲爱的，我几乎不敢告诉你。塔尔伯特勋爵死了，他的儿子也死了。我们失去了他所守护的卡斯帝，再次失去了波尔多，我们失去了一切。”

她颤抖起来：“上帝啊，英国人永远不会原谅我了。我们失去了整个加斯科涅？”

“整个。”他说，“还有约翰·塔尔伯特本人，愿上帝让他的灵魂安息。”

泪水自她的双眼流下，淌过她的双颊，埃德蒙·博福特垂下头将泪水一滴滴吻去，就像一位情人试图安慰他的妻子。

“不！”我再次尖叫，感到无比恐惧。我走到床边抓住他的胳膊，把他从她身边拉开；可他们对我视而不见，只紧紧抱住彼此，她的胳膊环在他的脖子上，他几乎压在她身上，在她脸上印下数不清的吻，低声说着他永远也无法信守的承诺。就在这一刻，就在这最最糟糕的时刻，我们身后的门突然开了，亨利、英格兰国王，走进屋里，看见了紧紧相拥的这两人：他怀有身孕的妻子和他最亲爱的朋友。

他花了很长时间理解眼前的这一幕。慢慢地，公爵抬起头，牙关紧咬，温柔地放开玛格丽特，把她的背放在床上，按了按她的肩膀，确保她靠在枕头上，然后起身把她往上滑的裙边拉至脚踝。慢慢地，他望向她的丈夫。他向亨利做了个手势，但什么也没说，他也没有什么话能说。国王把视线从半卧在床上，脸色苍白得仿如幽灵的妻子移到她身侧的公爵身上，然后看向我。他似乎很迷惑，像一个受了伤的孩子。

我向他伸出手，仿佛他也是我的孩子，而且受到了残忍的打击。“不要看。”我愚蠢地说，“别看见。”

他偏过脑袋，像一条受到鞭打的狗，似乎要努力听清我说的话。

“不要看。”我重复道，“别看见。”

出乎意料地，国王向我走来，对我低下他那苍白的脸。我连自己在做什么都不知道，却向他伸出手去，他握住一只，然后是另一只，把我的手掌覆在他的双眼之上，仿佛想遮蔽自己的视线。那一刻，我们都怕得无法动弹：公爵欲言又止，玛格丽特靠在枕头上，双手抚摸隆起的腹部。国王将我的两手紧紧压在自己合起的双眼之上，重复着我的话：“不要看。不要看见。”

然后他转身，一言不发地背对我们三个，走出了房间，轻轻关上了门。

那一晚，他没有出席晚餐。王后在她自己的私室里用餐，十几个侍女和我与她一起进餐，餐毕后几乎有一半的菜都还原封不动。萨默塞特公爵埃德蒙坐在大厅的餐桌最顶头，告诉突然肃静下来的用餐者说有一些坏消息要宣布：我们失去了在法国的最后土地，只除了死气沉沉的要塞城镇加莱。什鲁斯伯里伯爵约翰·塔尔伯特在一次敢死行动中身亡，他的英勇无畏使他别无选择。卡斯帝城请求他前去解除法国军队的围城，而约翰·塔尔伯特无法对寻求帮助的同胞充耳不闻，但也不能违背曾许下的诺言——永远不会披挂上阵对抗法国国王。后者曾以此为条件释放了他。所以他不穿盔甲就一马当先冲锋上阵，没有武器，没有盾牌。这是最完美的骑士精神，也是最疯狂的举动。这种行为和这位伟大的人十分相配。一个弓箭手放倒了他的马，一个斧手把压在马下的他砍死。我们希望守住法国领土的愿望已成幻影，除此之外还失去了加斯科涅，这是我们第二次，可能也是最后一次失去它了。由国王的父亲赢来的一切东西都被他的儿子丢完了，我们遭到了曾经隶属于我们的法国的羞辱。

公爵朝着安静的大厅垂下头去。“我们都会为约翰·塔尔伯特和他高贵的儿子莱尔勋爵的灵魂祈祷，他是最为高贵、最为完美的骑士。我们也会为国王，为英国，以及圣乔治而祈祷。”

无人欢呼。无人重复他的祷告。人们悄悄念叨“阿门，阿门”，站起身来，然后坐下，悄声无息地用他们的晚餐。

国王很早就上床休息了。当我前去打听时，他的内侍这样告诉我。他们说他看起来很累，没有和他们说话。一个字也没说。我告诉王后，她紧咬下唇，看向我，一脸苍白。“你怎么想?”她问，像一只惊弓之鸟。

我摇摇头。不知道如何作想。

“我该怎么办?”

我找不到答案。

第二天早晨，王后带着失眠后的疲惫双眼，再一次派我去国王的房间问他的状况，他的内侍再一次告诉我国王很累，早上一直睡到很晚。他们告诉他晨祷的时间到了，他也只是点点头，继续睡过去了。他们很吃惊，因为他从来不会错过去教堂的时间。他们试图在早课时间再次叫醒他，但他依然没有起身。我回去告诉王后，他整个早上都在睡觉，直到现在。

她点头说她会在自己的房间进早餐。萨默塞特公爵和其他人一起在大厅用餐。所有人都没怎么讲话，我们都等着从法国传来更多的消息。我们都害怕从法国传来的消息。

国王一直睡到中午。

“他病了吗？”我问他的衣帽间男仆，“他平时从来没有睡成这样，是不是？”

“他受惊了。”男仆说，“我知道的。他昨晚回房时苍白得像一只鸽子，没有和任何人说话就倒在床上。”

“他什么也没说？”我羞愧于自己问了这个问题。

“没有。一个字都没说。”

“他一醒就派人告诉我。”我说，“王后很担心他。”

那人点点头，我回到王后的房间，告诉她国王倒头就睡，什么也没有说。

“他什么也没说？”她重复我的话。

“没有。”

“他一定看见了。”

“他的确看见了。”我冷冷地说。

“雅格塔，你觉得他会怎么做呢？”

我摇头。我不得而知。

他睡了一整天。每过一个小时我就去国王的房间问他是否醒来了。每过一个小时内侍就会出来，忧心忡忡摇头道：“还在睡。”接着，太阳落山，人们点起晚宴的蜡烛，这时王后叫埃德蒙·博福特来见她。

“我要在我的会见室见他。”她说，“这样一来所有人都能看见我们，没人会说三道四。但是你必须站在我们面前，好让我俩能秘密谈话。”

他来了，英俊的面上一脸严肃，跪在王后面前，直到她说他可以坐下。我心不在焉地站在他俩和其余侍女及他的随行者之间，这样一来，就没人能在竖琴的轻响之中听见他们的窃窃私语。

他们彼此交换了几个短促的句子，然后她站起身来，整个屋子的人也随之起身。她咬紧牙关，以王后的风范走进晚宴厅，在那里，人们以沉默迎接她的到来，国王的座位空无一人。

晚餐后她叫我过去。

“他们叫不醒他。”她紧张地说，“男仆们试着叫醒他用晚餐，可他还是没醒。公爵派人去找医生来看他是不是病了。”

我颔首。

“我们就在我的房间里等吧。”她如此决定，离开了大厅。我们离开之时身后传来一阵微风般的窃窃私语，人们议论着国王突如其来的疲倦。

我们在王后的会客室等待他们前来报告，宫里人有一半都聚集在侧，等着听国王出了什么事。门开了，医生们走了进来，王后召他们进了私室，还有公爵、我和另外五六个人。

“国王似乎健康状态良好，却一直沉睡。”医生之一的约翰·阿伦德尔说。

“你们能叫醒他吗?”

“我们判断的结果是最好就让他睡着。”菲斯比医生躬身回道，“最好让他睡着，等到准备好了再唤他醒来。有些时候，悲痛和惊吓能通过睡眠治愈，通过漫长的睡眠。”

“惊吓?”公爵尖声问，“国王受了什么惊吓？他说了什么话吗?”

“来自法国的消息呗。”医生结结巴巴地说，“我相信一定是信使说漏了嘴。”

“没错，的确如此。”我说，“王后当场晕倒了，我带她回了房。”

玛格丽特咬住嘴唇：“他说话了吗?”

“没有，什么也没有，自从昨晚到现在。”

她点点头，似乎他说没说什么对她来说完全无关紧要，她关心的唯有他的健康：“很好。你们觉得到了早上他会醒来吗?”

“哦，我们几乎敢肯定这一点。”菲斯比医生回答，“通常来说，人们在听到令人痛心的消息后会陷入深眠。这是身体自愈的方式。”

“然后醒来时便忘记之前的事?”她问。公爵看着地板，显得无动于衷。

“等他醒来，您没必要把我们又一次失去整个加斯科涅的事情告诉他。”医生附和道。

她转向公爵：“大人，请给国王的内侍下令，让他们在早上照常叫醒国王，也照常准备好他的房间和衣服。”

他鞠躬道：“一定，王后殿下。”

医生们告辞而去。其中一个会坐在国王的房间，照看沉睡的他。公爵的随从和王后的侍女们在医生之后离开。当公爵陪在她身边，所有人都离开了，没人看着他们的时候，这对情人终于可以偷得一时片刻的独处。

“会好起来的。”他悄声道，“我们什么也不说。相信我。会好起来的。”

她默默点头，他便鞠躬行礼，走出了房间。

第二天他们去唤醒国王，可他依然没醒。其中一个内侍走到门口告诉我说他们不得不把国王抬到恭桶旁，为他清洗，换掉被他弄脏的睡衣。如果有人让他坐到恭桶上，他就会小便，他们就能洗他的脸和手。他们能让他坐在椅子上，可他的脑袋会垂到一边。如果有人能扶正他的脑袋，其他人就能给他灌一点热啤酒。他无法站立，无法听见别人的声音，无法回应他人的触碰。他毫无饥饿的迹象，躺在自己制造的污秽之中也无动于衷。

“这不是睡觉。”内侍毫不客气地说，“医生们是在自欺欺人。没人会像这样睡觉。”

“你觉得他要死了?”我问。

那人摇了摇头:“我这辈子从没见过这种事。他似乎中了咒术，就好像被诅咒了。”

“别说这种话。”我立即回道，“千万别说这种话。他只是在睡觉。”

“哦，知道了。”他重复道，“是睡觉，正如医生所说。”

我慢慢走回王后的房间，希望理查德能陪在我身边，希望我身在格拉夫顿的家中。我产生了一种可怕的恐惧，担心自己犯了大错。我满怀恐惧，迷信的恐惧，似乎我做了极为可怕的事情。我不知道是不是我命令国王不要看任何事情才害他长眠不醒。我不知道他是不是我超能力的受害者。我的姑婆乔安奴警告我说无论何时都要小心我的愿望，在许愿或诅咒之时都要万分谨慎地措词。结果现在我对英格兰之王说:“不要去看!什么也别看见!”然后他便合上双眼，既不去看，也没有看见。

我摇摇脑袋，试图打消自己的恐惧。这种话我肯定已经说过无数次了，可什么也没发生啊?为什么现在我会有力量足以蒙蔽英国国王了?也许他只是太累了吧?也许他是，正如医生所料，被法国传来的消息吓呆了?也许他就像我母亲的一个姑姑一样，某天突然就浑身僵硬躺下不动，既不说话也不动弹，直到几年之后去世。也许我是在自己吓唬自己，才会觉得是我的命令让他昏睡吧。

王后在她的房间躺着。我太害怕自己可能犯下的大错了，站在她黑暗的房间的门槛上犹豫不前，轻声唤道:“玛格丽特。”她抬起手来。她能动，她没中巫术。一个年轻一些的侍女陪在她身侧，其余的则在外面的房间里，窃窃私语着讨论胎儿的安危，王后受到的打击，还有要出大问题的可能性云云，就像一个女人临近分娩时其他女人们通常会做的一样。

“说够了吧。”我愤愤地说，关上王后房间的门不让她听见这些可怕的预言，“如果你们不能说点开心的事，那就把嘴闭上。还有你，贝茜，我不想再听到关于你母亲阵痛的任何一句话。我上了产床十一次，养大了十个孩子，从没忍受过哪怕四分之一你所描述的那种痛苦。事实上，没有哪个女人经历过你那种描述。王后可能和我一样幸运。”

我经过她们身边走到王后的房间，挥一挥手，让我的小女仆离开。她一言不发地走了，那一刻我以为王后睡着了；但她转过头看着我。双眼黑而空洞，满怀疲劳和恐惧。

“国王今早醒了吗？”她的嘴唇被自己咬出了伤口，看起来因过分忧虑而十分憔悴。

“没有。”我说，“还没。但他们给他做了清洗，他也吃了一点早餐。”

“他坐起来了？”

“不。”我不太自在地说，“他们不得不服侍他。”

“服侍他？”

“喂他。”

她沉默了：“某种程度上是好事。这意味着他没有贸然说出任何话，任何激怒之下不假思索的话。它给了我们时间思考。我一直在想，这也算是某种好事。它给了我们时间……做好准备。”

“某种程度上。”我附和道。

“医生说什么了？”

“他们说他迟早会醒的，也许就是明天吧。”

“然后呢，他的神志会恢复吗？他会想起所有事吗？”

“也许吧。我不觉得他们真的清楚这些。”

“我们该怎么办？”

“我不知道。”

她坐到床边，用手托着肚子，起身望向窗外。在她眼前的是沿河而建的美丽花园，一条平底小船在栈桥旁随波摆动，一只苍鹭悄然伫立在水中。她叹了口气。

“你觉得哪里疼吗?”我紧张地问。

“没有，没有。我只是感到宝宝在动。”

“最重要的就是保持冷静。”

她略微一笑。“我们已经失去了加斯科涅，接下来法国人一定会攻击加莱，国王已经进入了沉眠，无法被唤醒，还有……”她没说下去。我们都没有提到公爵像一个老情人般拥她入怀，吻她的脸，承诺会让她安全，“你却告诉我要保持冷静。”

“没错。”我坚决地说，“这一切和失去孩子比起来都算不上什么。你必须吃好，睡好，玛格丽特。这是你对宝宝的责任。你可能怀的是男孩，他可能会是英国的王子。等到现在这些事情都被人们忘记的时候，我们依然还会记得你让王子平安诞生了。”

她停下来，点点头:“没错，雅格塔，你说得没错。看到了吗?我会坐下来。我会保持冷静。你去给我拿一些面包、肉和啤酒。我会镇定的。再把公爵找来。”

“你不能单独见他。”我明言道。

“嗯。我知道的。但是我必须见他。直到国王醒来之前，他和我都必须一起做决定。他是我唯一的顾问，唯一的帮手。”

我在公爵的房间找到面无表情地眺望窗外的他。他的下人猛敲大门，把门打开时，他转过身来，我看见他脸色苍白，眼含恐惧。

“是雅格塔啊。”他说，随后马上纠正了自己，“尊敬的夫人。”

我等他们把门关上才简洁地说:“王后命你去见她。”

他抓起斗篷和帽子:“她还好吗?”

“很不安。”

他向我伸出手臂，我幼稚地假装没看见，抢在他前面出了门。他跟在我后面，我们行经洒满阳光的走廊前往王室房间。从包了铅皮的窗户向外望去，我能看见燕子们低低地掠过河边草甸，能听见鸟儿们在歌唱。

他大步走到我旁边，简短地说："你在怪我。"

"我什么也不知道。"

"你心里在怪我，可是，雅格塔，我向你保证，那时的行为……"

"我什么也不知道，如果我什么也不知道，也就不会遭到询问，也就不会坦白。"我截断他的话头，"我所想要的，只是看见王后能心平气和，身心强壮到可以让孩子足月分娩。我所祈盼的，只有国王陛下醒来时神清志明，我们就能把加斯科涅的坏消息告诉他。我还有一个无疑从不曾间断过的愿望，就是我在加莱的丈夫能够平安无事。除此之外，我别无他想，大人。"

他点点头，我们无声地前行。

在王后的房间里，我看见三个侍女坐在窗边假装做针线活，实则是伸长脖子偷听。当公爵和我进屋时，她们起身行屈膝礼，一阵忙乱。我叫他们坐下，点头示意两个乐手奏乐。乐声盖过了王后和公爵之间的耳语。她让他坐在自己身边的矮凳上，招手叫我过去加入。

"公爵大人说如果国王几天之内还不醒来，我们就不能留在这里了。"

我看向他。

"人们会开始怀疑，然后就会有流言蜚语。我们可以说国王身体欠佳，他可以坐在轿子里回伦敦。"

"我们可以把轿子的窗帘拉上。"我表示同意，"可是在那之后呢？"

"王后会在威斯敏斯特宫待产。这件事已经计划了好几个月了，不能说变就变。我认为国王可以安静地留在屋中。”

“人们会说闲话。”

“我们可以说他是在为她的健康而祈祷。我们可以说他在隐居。”

我点头同意。隐瞒国王的病情，只让小圈子里的人知道，这是可以做到的。

“那么会见领主该怎么办呢？国王的议会呢？”我问。

“我会处理的。”公爵说，“我会以国王的名义作出决策。”

我尖锐地看着他，然后垂下眼不让他看见我的震惊。这等于是让他摄政了：王后在待产，国王在沉睡，埃德蒙·博福特将从英国保安官一步跨到英国之王的宝座之上。

“约克公爵理查德很可能会反对的。”我盯着脚下的地板说。

“我能摆平他。”他淡然道。

“等国王醒来以后呢？”

“等国王醒来以后，我们就都能过上老日子。”王后说，她的声音沙哑，手按在腹部，“到时我们只好向他解释说，因为他的病来得这么突然，我们只能在不征求他意见的情况下作出决议。”

“他醒来后可能会十分迷茫。”公爵说，“我问过医生了。他们说他可能一直陷在动荡不安的梦和幻想之中。他醒来后一定会受到惊吓将无法分辨哪些是现实，哪些是噩梦。最好能让他在威斯敏斯特的自己的卧室中醒来，见到被管理得井井有条的国家。”

“他什么也不会记得。”王后说，“我们可能得再一次把失去加斯科涅的消息告诉他。”

“我们必须保证他是首先从我们口中听到这个消息的，也必须尽量委婉地告诉他真相。”公爵补充道。

他们看起来像两个阴谋家，头靠在一起，窃窃私语。我环视王后的房间；似乎没有任何人发现有什么不对劲的地方。我意识到唯有我一人突然看到了这段令人厌恶的私情。

王后站起身来，因为一阵疼痛而轻声呻吟。我看到公爵刷地伸出手去，然后纠正了自己的行为：他没有碰到她。她停下来向他微笑："我没事。"

他看了我一眼，像年轻丈夫催促保姆开口。我回道："也许您应该休息了，殿下。如果我们过几天要回伦敦的话。"

"我们后天出发。"公爵决定，"我会命令他们立刻打点好一切。"

# 1453年秋

### 伦敦　威斯敏斯特宫

人们已经按照王室传统为王后的生产准备好了房间。挂毯都被统统摘下，窗户紧闭，用厚厚的材料挡去恼人的光线和穿堂风。火炉生得很旺：房间必须保持温暖，烧火杂役每天都要拉来许多木头，一直拉到紧闭的门前。任何男性，甚至包括劳动的杂役，都不能进入王后的房间。

新鲜的草叶散落在地板上，有各种有助于分娩的特殊草药：荠菜叶，益母草。一张低矮的产床被运进房间，上面铺着特制的被单。他们把王室摇篮也送了进来：从安茹远道而来的传家之宝，以镶金的美丽雕花木板制成。他们用最好的蕾丝边床单铺好了摇篮。

实际上，大多数家庭中，只要孩子一出生，清洗后放进摇篮，一个充满爱心的丈夫就会打破规矩，进屋看望产后的妻子。许多丈夫在妻子去教堂完成产后谢恩仪式之前都不会碰她，深信她在分娩后是不洁的，可能会害自己染上妇科病——但理查德这样的丈夫却将这样的恐惧视作迷信不屑一顾。在这种时候，他总是温柔，深情，满怀爱意，给我带来其他老妇人说应该忌口的水果和甜点，然后被助产妇们从房里赶走，说他会打扰我，或吵醒宝宝，又或者给她们添麻烦。

没有男人会接近可怜的小王后，当然了。没人允许走进王室的产房，而她的丈夫，唯一可以进入的人，正在自己昏暗的房间之中每天被人清洗，仿佛是一个过度发育的婴儿，像老糊涂一样被人喂饭，像死而未僵的尸体一样四肢无力。

我们把有关国王的健康的可怕消息紧紧封闭在宫墙之内。他的内侍们知道；但他们已经被自己要做的工作和眼前的景象吓呆了，所以埃德蒙·博福特没费多大力气就把他们分别叫到一边，让他们发誓，用最可怕的惩罚威胁他们不许泄露一个字。国王的家臣们，包括他的随从，听差，骑士统领和马夫——只知道他们的国王卧病在床，这病让他十分疲劳虚弱，无法骑马，他们不知道他出了什么事，但也没想太多。因为他以前就不是什么精力充沛的人，起码从没有在一大清早叫来四个猎人，一个接一个比赛直到所有人都累趴下。国王安静的马厩依然安静如昔；只有那些看到他在自己宁静的卧室里一动不动地睡着的人才会意识到国王到底患了多严重的病。

平稳的现状得益于一件事，那便是大多数的贵族和乡绅都离开伦敦避暑去了，很晚才会回来。公爵不召开国会，所以乡绅们没有理由进城，所有国中大事都是在国王的议会里被少数几个人决定的，以国王的名义，却签着公爵的大名。他告诉他们国王身体抱恙，无法前来开会，而他，埃德蒙·博福特，作为他最信任的亲属，将手持国王的印章批准和决议各种国家大事。几乎没人怀疑国王无法出席议会。大多人都以为他在自己的私人教堂里为王后的健康祈祷，安静地学习研究，并把印章和国事交给埃德蒙·博福特代理，反正一向也都是他在发号施令的。

但是流言注定开始蔓延。厨师说他们一直都没有给国王的房间送去各种上好肉类，除了汤还是汤，接着有个愚蠢的内侍说国王无法嚼饭，然后自己突然住口，说完“上帝保佑他!”就匆匆溜走了。当然医生们在国王的房间出出进进个没完，任何人看见他们都必然发现那些人都是奇奇怪怪的各类内科医生、药剂师和开业医生，在公爵的要求下进入国王的房间。开业医生们不敢多言，但他们都有仆人跟着，还有给他们送来药草和药剂的信使。像这样过了一周之后，公爵请我到他的房内，要我告诉王后他建议把国王带去温莎，在那里他们能更容易地照料他，不会走漏风声。

“她不会喜欢这个建议的。”我直率地说，“她不会想让他被安置在那儿，自己却在这里坐月子。”

“如果他一直在这里，人们会开始说闲话。”他说，“我们不能永远保密。再说，避免流言蜚语才是她最希望的。”

我弯腰行礼，准备出门。

“你是怎么想的?”当我的手搭在门闩上时，他突然问我，“你是怎么想的，夫人？你是一个具有天赋的女人。你觉得国王以后会怎样？如果他永远无法康复，王后又会怎样?”

我什么也没说。我的年龄足够大了，在宫中打滚这么多年，已经不会受人引诱贸然预测国王的未来，况且此人还是攫取国政的人。

“你一定有想法的。”他不耐烦地说。

“我可能有些想法，但宁愿保持沉默。”我说完就离开了。但那一夜，我梦见了传说中的渔夫王[①]，枉为一国之君，却虚弱到除了钓鱼外什么也无能为力，只能让一个年轻女人独力统治国家，虽然她也渴望能有个男人可以让她依靠。

王后发现待产期乏味至极，每日从温莎城堡而来的消息也只让这种日子更糟。他们用层出不穷的药剂折磨国王，报告提到他们使用了排水法、加热法，我知道他们是指为他放血，并在他躺着的时候炙他。国王无声无息，就像受难的基督，等待再次复活。有些晚上，我从放在王后房间里的小床起身，把遮在窗户上的挂毯拉开，这样我就可以看见月亮，秋分时节又大又温暖的满月，离大地如此之近，甚至可以看见她表面的每一道褶皱

① 出自亚瑟王的传说，渔夫王的腹部被圣枪刺伤，常年受其所苦，国家也因此衰败化为荒原，他唯有在城堡附近的河边钓鱼为生，由此而得名。

和疤痕。我想问她："我对国王下咒了吗？我诅咒了他吗？那时候我怕得厉害，我命令他什么也别看，说真的，我是不是害他再也看不见了？这样的事情真的有可能发生吗？我真的有这样的力量吗？如果真是我的错，那我该怎么收回诅咒，让他恢复健康呢？"

心怀这样的忧虑让我备感孤独。我不敢告诉王后，她有自己的内疚和恐惧。我也不敢写信告诉理查德，这种想法本来都不应该出现在脑里，更是绝不能写在纸上。我厌倦了被困在这些阴暗的房间里，王后的产后恢复期对我们所有人来说都漫长而充满焦虑。此时此刻原本应该是她生命中最快乐的秋季，她终于有了一个孩子，可与此相反的是，我们满怀对国王的担忧，现在有些侍女还在嘀咕说这个新生儿也注定会一直沉睡了。

每当听到这些，我就走到河边，坐在码头上，太阳西垂，我望向最终汇入大海的急流，对梅露西娜悄声说，如果我真的曾诅咒国王目不能视，那我现在收回那些话。我全心全意地祝福王后的孩子将健康成长，长寿而幸福。我慢慢走回宫殿，不知道河流是否听见了我的愿望，也不知道河流是否能为我做些什么，更不知道月亮是否能理解，区区一个女人，远离她的丈夫，身处一个充满危险的世界之中，将会有多么孤独。

我走进屋中，扑面而来的是无声的忙乱景象。"她的羊水破了。"一个女仆悄声说，拿着一些干净的麻布从我身边跑了过去。

我马上赶到卧室。助产士们早已在场了，保姆们用干净床单和最柔软的毯子铺好了摇篮，贴身女仆正在烤一根火钳，用以加热特制的分娩时喝的麦酒，王后本人站在最好的床的床角，弯腰抱着床柱，汗水流过苍白的脸，死死咬住下唇。我直接跑到她身边，说："这种疼痛是一阵一阵的，来得快，去得也快。你必须勇敢。"

"我很勇敢。"她狂怒地说，"没人敢否认这一点。"

我发现她处于产期狂躁之中，于是取来一块用薰衣草水浸泡的湿布轻拭她的脸颊。疼痛退去时她深深叹气，然后振作精神等待下一波阵痛的到来。第二波阵痛过了很久才来。我看了一眼助产妇，她明智地说："出去等一会儿吧。我们最好都喝一杯麦酒，坐下等待。"

的确需要等一会儿——整整一夜——不过第二天，在圣爱德华之日，她生下一个男孩，一个宝贵的兰开斯特家男孩，英国的安全和王位继承权都保住了。

我走出会见室，全英国的大贵族们都等在外面。埃德蒙·博福特也在其中，没有像通常那样站在前面指挥，而是稍微远离卧室的门，把自己埋在人群之中。他这辈子头一次没有争着发号施令，这让我犹豫了，不知道是否应该直接过去告诉他。他是英国治安官，是全国上下最有权势的贵族，他统治枢密院，国会成员也都由他提名。他是国王和王后的宠臣，我们都习惯服从于他。通常我都会第一个告诉他。

当然了，第一个得知这个消息的人应该是孩子的父亲：国王。可是上帝保佑，他在很远很远的地方。今天的事情没有任何前例可循，所以我不知所措。我犹豫片刻，等交谈声渐稀，人们转头在期待的无声中望向我时，我简洁地说："各位大人，我为你们带来了欢乐的消息。王后生下了一个漂亮的男孩，取名为爱德华。上帝保佑国王。"

过了几天，宝宝茁壮成长，王后卧床静养，我在宫殿花园里散步之后准备回王后的卧室，突然停下脚步。她房间的紧闭着的门前站着一个英俊的少年和一个卫兵，身着代表约克家族的白玫瑰的制服。我立刻知道这意味着麻烦，于是开门走了进去。

王后坐在窗边的椅子上，约克公爵理查德之妻站在她面前。玛格丽特没有招呼她坐下，塞西莉·内维尔脸上的红晕告诉我她对这种冷落心知肚明。我进屋时她转过身来说："尊贵的夫人，公爵遗孀，她会确认我所说的事情，我很肯定。"

我向她轻轻行了一礼。“日安，尊贵的夫人。”我礼貌地说，站到王后身边，手搭在她的椅背上，这样一来塞西莉就会了然我是站在哪一边的了，不管她为何事而来，也不管她希望我确定什么。

“塞西莉夫人来这里请我确保她的丈夫会受邀参加所有王室会议。”王后疲倦地说。

塞西莉点头说：“正如他应得的。正如他的家族以往一直受到的待遇。正如国王曾向他做出的承诺。”

我沉默不语。

“我已经给塞西莉夫人解释过我正在坐月子，不参与政务。”王后说。

“说真的，你都不应该会见客人呢。”我说。

“我很抱歉上门叨扰，但除此之外还有什么办法能让你们考虑我丈夫的位置呢?”公爵夫人说道，看上去明显毫无歉意。“国王谁也不见，甚至也不出席会议。萨默塞特公爵可不是我丈夫的朋友。”她再次转向王后，“您不让我的丈夫效忠，是在给国家带来极大的损失。他是国中最有权有势的人物，对国王的忠诚无可置疑。为什么他没有受邀参加国王的议会？怎么能不过问他的意见便做出决议？只要您想要兵力和钱，您可以随时叫他；做决议时应该有他在场。”

王后不置可否。“我会写一封信送给萨默塞特公爵。”她提议道，“但据我所知，没有什么重要的决议要做。国王沉浸在祈祷之中，我则还在坐月子。我想公爵有少数几个顾问就足以应付日常事务了。”

“我丈夫应该位于那些顾问之列。”公爵夫人坚称。我走上前，向门口做了个手势，说：“我肯定王后很高兴您能向她提出这个问题。”公爵夫人不情不愿地被我领走。“既然王后殿下说她会写一封信给公爵，我敢肯定您的丈夫一定会收到参加议会的邀请的。”

“当他们把孩子带到国王面前时，我丈夫也必须在场。”

我惊呆了，和王后交换了一个骇然的表情。“请原谅我。”我说，而玛格丽特一言不发，“您知道我不是在英国王室中长大的，这是我第一次见证王子的诞生。”我露出微笑，然而她——一个生于斯长于斯的英国女人——毫无笑意。“请告诉我，该怎么将孩子带到国王面前呢？”

“应该交由枢密院。”塞西莉·内维尔说，对我的不适显出一丝愉悦之情。我想她很清楚我们对此毫无准备，“为了让孩子被认定为王位继承人和这个国度的王子，他必须由枢密院带到国王面前，国王必须正式接受他作为自己的儿子和继承人。不经过这道程序的话——他便不是王位继承人。如果他不能被他的父亲承认，就不能被认作是英国的继承者，也不能获得封号。可是这里面根本毫无困难嘛，不是吗？”

玛格丽特什么也没说，只是躺进椅子里，好像已经精疲力尽。

“难道不是吗？”公爵夫人再次发问，“无论如何，你必须保证我的丈夫将受邀出席。他有权这样做。”

“我会亲自把王后的信送给公爵。”我向她保证。

“而且我们当然会很高兴能出席洗礼仪式了。”她补充道。

“当然。”我等着看她是不是还有胆量问她能否当王子的教母，可是她就此满意地躬身行礼，向前走了几步，然后让我送她到门口。我们一起走了出去。门外的会见室里是早前我留意过的那个英俊男孩，他跳了起来。那是她最大的儿子，爱德华，他一看见我便鞠了一躬。他是个再漂亮不过的孩子，金褐色的头发，深灰色的眼睛，欢快的笑容，还有高挑的身材，几乎到了我的肩膀，尽管他还只有十一岁。

“啊，您带了您的儿子来呢。”我惊呼道，“刚才我一进来便看到了他，却没有认出来。”

“这就是我的爱德华。”她的声音温柔而自豪，“爱德华，你认识里弗斯夫人吧，贝德福德公爵的遗孀。”

我伸出手，他俯身印上一吻。

“真是个万人迷。”我带着微笑对她说，“他正是和我家的安东尼一样的年纪，是不是?”

“只差几个月。安东尼在格拉夫顿吗?”

“和他的姐姐住在格鲁比。”我说，“学习礼仪规矩。我想您的儿子比我家的高。”

“他们像野草一样疯长。”她掩饰自己的骄傲，“他们马上就穿不下的那些鞋子哟！还有那些马靴！当然我还有另外两个儿子，再加上摇篮里的理查德。”

“我现在有四个儿子。”我回道，“失去了我的长子，路易斯。”

她立刻在胸口画了十字：“愿上帝保佑他们平安。愿圣母宽慰你。”

谈论孩子让我们彼此拉近了距离。她走得离我更近，冲王后的房间点点头：“当时顺利吗？她还好吗?”

“非常好。”我说，“花了一整个晚上，她很勇敢，孩子出生得很顺利。”

“孩子健康吗?”

“给他奶，他就吸。”我用乡下的老说法回答她的问题，“是个漂亮男孩。”

“还有国王呢？他还好吗？他为什么不在这里？我本来还以为他已经来看过自己的儿子了。”

我露出老实人的微笑：“他在用他力所能及的最好方式为神和他的子民效劳。他正跪着向神感谢儿子的顺利诞生，祈祷英格兰继承人的平安。”

“哦，没错。”她说，“可是我听说他在克拉兰敦宫的时候病了，回家时被人用轿子抬着?”

“他很累。”我说，“他把大半个夏天都花在审判叛国者上面。这两年每到夏天他都要确保审判覆盖整个岛，有些时候还待在你的领土上，这也是无法避免的嘛。”

她听到这句含沙射影的责备，猛地抬起了头。“如果国王宠爱某人超过他的至亲，他的挚友和最优秀的顾问，麻烦自然会源源不绝。”她愤怒地说。

我扬起手：“请原谅我。我不是说您的佃户格外不羁，或说您父亲的内维尔家族，与北方的邻居们格外交恶。仅仅是指国王呕心沥血确保他的统治覆盖整个英国。等您的丈夫公爵大人来到议会时，我敢肯定他能对此感到宽慰的，自己的土地之上没有一丝叛乱的迹象。您的家族也能和北方的佩斯家族和睦相处。”

她把一句已经涌到喉头的怒吼咽了回去：“当然了。我们一心辅佐和支持国王，北方是不能被割裂在外的。”

我对她的儿子微笑：“你长大了想做什么呢，爱德华？你会像你父亲一样成为一位伟大的将军吗？还是想进国会？”

他急忙点头。“有一天我会是约克家族之首。”他冲着自己的鞋子腼腆地说，“我的职责就是为服侍家族和国家做好准备，到了需要我的时候，我会拼尽全力。”

王室婴儿的洗礼仪式令人印象深刻。王后亲自为他的长袍订制了金线编织的后摆，长袍也是从法国带来的，比他的教母——白金汉公爵夫人安妮的礼服还要更加昂贵。其他的教父母包括坎特伯雷大主教和萨默塞特公爵埃德蒙·博福特。

“这样做明智吗？”当她将自己所选的教父母的名字告诉她的告解神父之时，我悄悄问她。她跪在厢房的小神坛之前，我则跪在她身边，神父在屏风后，没人能听见我急切的低语。

她没有从紧握的双手间抬起头来。“我不会选其他人。”她轻声道，“公爵会照顾他，保护他，就像那是他的亲生子。”

我无声地摇头，但我已经知道了她所做之事。她将宫廷中人紧紧围在她的儿子身边，她所信任的人，萨默塞特选定的人，以及萨默塞特的亲属。如果国王再也不能说话，她就会打造一支小小的军队围在她的儿子周围，保护他的安全。

白金汉公爵夫人安妮携带这个宝贵的孩子走到威斯敏斯特教堂的洗礼盆前。塞西莉·内维尔从侍女之间瞪着我，好像我要为她的丈夫所受的又一次冷遇负责，因为约克公爵理查德本应被选作教父。没人提到国王的缺席，因为洗礼是教父母的任务，当然王后也依然在坐月子。但是这个秘密不可能永远都是秘密，国王也不可能永远生病吧？他肯定马上就会康复吧？

在洗礼宴上，埃德蒙·博福特把我拉到一边：“告诉王后我将召集大议事会，包括约克公爵，并且会带小王子去温莎见国王。”

十二位领主组成的议会来到宫中，带小婴儿沿河而上去展示给他的父亲，萨默塞特领头。我也要和他们一起去，随婴儿的奶妈和保姆一起。白金汉公爵夫人安妮、他的教母，也会一同前往。那是一个寒冷的秋日，但驳船的窗户牢牢拉起，婴儿被裹在襁褓里带上船，随后用皮毛层层围住。坐在船尾的奶妈把他放在自己的膝头，保姆则坐在旁边，乳母也离得不远。有两条驳船紧随其后：一条载着萨默塞特公爵和他的朋友，另一条则是约克公爵及其盟友。这是一支由秘而不宣的敌意所组成的船队。我站在船头看着河水，聆听舒缓的流水擦过船身，还有船桨在水中一起一伏的声音。

我们派人走在前面，带话说诸领主将访问国王，可当我们在温莎登陆，穿过寂静的城堡，走向上层区域时，我依然感到了震惊。当国王和宫廷离开一个城堡去另一个时，仆人们通常会借机清理并关闭豪华客房。我们送国王来温莎时没有宫廷陪伴，他们就没有打开所有的卧室，也没有启用能为数百人做饭的厨房、豪华客房和回音重重的马厩。国王的几个随从住在他自己的私室之中，余下的城堡都空着，十分荒凉。国王美丽的会见室通常都是整个宫廷的心脏，现在却因为疏于打理而显得破旧。仆人们没有清理炉膛，闪烁不定的火焰表明他们是刚刚才生的火。墙上没有挂毯，几扇百叶窗关着，让房间显得阴暗寒冷。地上有陈旧的蒲草，散发着霉味，早已干枯；烛台里立着点了一半的灯芯草蜡烛。我勾了勾手指，唤来内侍："为什么不早些生火？国王的挂毯都去哪了？这房间有辱王室的名誉。"

他急忙点头道："原谅我，尊贵的夫人。可是我们这里的人手实在太少了。他们都在威斯敏斯特陪王后和萨默塞特公爵呢。再说反正国王也从不出屋。您想要我为了那些医师和他们的仆人们生火么？除了他们再没人拜访，我们收到的命令是除了公爵派来的人之外谁也不会造访。"

"我要你生火是为了让国王的房间能显得明亮，清洁，喜庆一些。如果你没有足够的人手保持房间清洁，你应该告诉我们。国王陛下理应受到比这更好的服侍。这可是英格兰之王啊，他应该受到郑重其事的服侍。"

他在我的叱责之下深深鞠躬，但我怀疑他是否真的同意我的观点。如果国王什么也看不见，那在墙上装饰挂毯还有什么意义？如果没人来住，那为什么要清理豪华客房？如果没有访客，那为什么要在会见室生火？萨默塞特公爵在厢房的双扇门口招呼我过去。只有一个人当班。"没必要通知我们的造访。"公爵说。那个卫兵为我们打开门，我俩溜了进去。

房间变了许多，往常它是一个非常漂亮的房间，有两扇飘窗能让人俯瞰河边草甸和河流，透过另一侧的窗户则能俯瞰上层区域，这里总是充满人来人往的喧闹声，马儿踩在鹅卵石路上的咔咔哒哒的脚步声，有时候还有乐声。房间总是过往着拜见国王的弄臣和顾问。往常，墙上都挂着壁毯，桌上摆着金银制成的小物件，装饰有图画的箱子和种种古玩。而今天，这个房间空荡荡的，空无一物到了可怕的地步，唯有一张大桌，摆着医师的工具：拔火罐，刺臂针，一个充满了蠕动的水蛭的大罐子，一些绷带，药膏，一箱草药，一本用以记录治疗过程的日志，以及几盒香料和金属屑。还有一张沉重的座椅，扶手和椅子腿上拴着结实的皮带，他们把国王绑在这里不让他乱动，然后给他灌药，或用针扎他细瘦的胳膊。这张椅子没有椅面，底下却放着一个碗，用来接他的大小便。房间足够温暖，壁炉里点着火，而且很干净；但它更像是一间贝特伦医院里最好的精神病房，而不像是王室的厢房。它更适合给一个受到良好治疗的疯子住，而不是给一位国王。公爵和我互相交换了一个受惊的眼神。没有任何人在来过这里之后还能想象国王是在隐居，是在宁静地祈祷。

国王的三位首席医师，身穿深色长袍，面色肃穆，站在桌后；他们弯腰行礼，却什么也没说。

“国王陛下在哪里?”公爵说。

“他正在着衣。”阿伦德尔医生说，“他们马上就会带他过来。”

公爵一步跨到卧室前，突然止步，似乎不想朝里看。“带他出来。”他简短地说。

医生走到国王的卧室门前，把门打开。“带他过来。”他说。我们能从房里听到家具移动的声音，我发现我藏在袖子下面的双手死死攥在一起。我很害怕，害怕即将出现的东西。随后一个身穿王室制服的壮汉走出门来，抬着一张沉重的椅子，仿佛那是国王的宝座。椅子被放在一个有把手的底座上，像一顶轿子。在他后面的是另一个抬轿人，而坐在椅子上，头垂在一边，双眼紧闭着的，就是我们的国王了。

他经过了精心打扮，身穿一件蓝色长袍，红色外衣，稀疏的黑发被梳理过，垂在肩上。他的胡子已经被剃过了，但有人不小心划伤了他，他的喉咙上有一滴鲜血，脑袋垂在一边，看上去就好像是一个惨遭谋杀的人，伤口滴着血，展露在凶手们面前。他在椅子上坐得很稳，因为有一条皮带捆住他的腰，另一条捆在他的胸口，然而当他们放下椅子时，他的脑袋歪向一边，垂到胸口，像玩偶一样点头。医生轻轻抬起他，把他的脑袋摆正，可他对触碰无动于衷。他的双眼紧闭，呼吸沉重，像一个醉酒后睡着的人。

“渔夫王。”我喃喃自语。他看起来活像是一个受了诅咒的人，这不是属于这个世界的疾病：这是加诸他身上的诅咒。他看起来就像一个王室葬礼时被摆在棺材上的国王的蜡像，而非一个活生生的人。只有他的胸口的起伏，还有不时发出的声音，鼻子发出的些许鼾声，才能告诉我们他还活着。活着，却不是一个活生生的人。我看了一眼公爵：他满面惊骇地看着他的国王。“这比我想象的更糟糕。”他悄声对我说，“糟糕极了。”

医生走上前来。“他的健康状况良好——从别的角度来说。”

我面无表情地看着他。这种状态不能被形容成健康良好。他就像一个死人：“什么也不能让他产生反应吗？”

他摇头，指了指身后的桌子：“能试的我们全试过了。我们还在尝试。每天中午，在他吃完早饭后，我们花一个小时尝试叫醒他，晚餐前也有一次。可他似乎什么也听不见，无法感觉疼痛。我们每天都告诉他必须醒来，有时候我们派神父唤他起床履行自己的职责，指责他辜负了我们的期望；但他没有显示出任何听见或是理解的迹象。”

“他的状况更糟了吗？”

“那倒没有，不过也没有好转。”他犹豫了一下，“我认为他的睡眠比他第一次发作时更深了一些。”他礼貌地示意其他医生开口。其中一个摇头道：“意见各不相同。”

“你觉得我们把他的孩子带来时他会开口说话吗?”公爵问医生，“他有没有说过什么话？他能做梦吗?”

“他从来没有开过口。”菲斯比医生插嘴道，“但我认为他会做梦。有时候你可以看见他的眼皮在动，有时候他会在睡梦中抽搐。”他盯着我：“有一次，他哭了。”

国王在睡梦中哭泣，这个念头使我不禁捂住了嘴。我不知道他是否正在另一个世界中看着这里，我不知道他是否一直在观察。他已经睡了将近四个月，这是一个极为漫长的梦。一个长达四个月之久的梦会让一个沉睡的人看见什么?

“我们能让他稍微动一动吗?”公爵一定在想象议会成员们看到国王这个样子的时候该受到多大的打击，“如果我们把婴儿放进他的臂弯，他能抱得住吗?”

“他的四肢相当疲软。”阿伦德尔医生说，“我恐怕他会把婴儿摔到地上。你不能让他做任何重要的事情。他此刻什么力量都没有。”

现场弥漫无声地表示赞同的死寂。

“不行也得行。”公爵决定。

“至少把那张可怕的椅子挪开。”我说，那两个负责搬运的人把椅子连同皮带和恭桶一起抬了出去。

公爵面无表情地看着我。我们两人都想不出任何能使现状好转一些的方法。“把他们带进来。”他对我说。

我走出屋外，对那些等待的领主们说：“国王陛下在他的厢房。”我退到一边让他们进去，保姆和奶妈跟在公爵夫人身后。我看见婴儿深蓝色的双眼圆睁，正朝天花板眨眼，这让我感到一阵愚蠢的慰藉；如果这孩子也像他父亲一样沉睡的话，那可就万事休矣。

厢房内，领主们已经围着国王组成一个尴尬的半圆。没人说话，我看见有人画了个十字。约克公爵理查德，面对沉睡的国王显得脸色铁青。一个男人遮住自己的视线，另一个在流泪。他们都深感震惊。白金汉公爵夫人安妮事先已经收到她的亲戚埃德蒙·博福特的警告，但依然面色苍白。她在这幅怪诞的画面中扮演自己的角色，就好像早就习惯把婴儿展示给他的半死不活的父亲一样。她抱着孩子走向被捆在椅子上一动不动的国王。

“国王陛下。”她悄声说，“这是您的儿子。”她走上前去，可国王没有抬起手臂接受孩子。他一动不动。公爵夫人笨手笨脚地把孩子塞到他的胸口上，可国王依然没有动弹。她看向萨默塞特公爵，公爵把孩子从她怀里抱走，放到国王膝上。他没有反应。

“国王陛下，”公爵大声说，“这是您的儿子。请您抬起手，承认他的身份。”

什么也没有发生。

“国王陛下!”公爵再次说道，声音更大了，“只需要点点头，承认您的儿子。”

什么也没有发生。

“只需要眨眼，大人。只需要眨一眨眼，就代表您知道这是您的儿子。”

此时此刻，我们好像都中了魔法。医生们一动不动，看着他们的病人，期待奇迹出现，公爵夫人等着，公爵一手扶着坐在国王静止的膝盖之上的孩子，另一手按在国王胸口，越来越用力，用力的手指几乎陷进了国王瘦骨伶仃的肩膀，毫不留情地掐他。我沉默不语，立在原地。有那么一刻我感到就好像国王身患某种静寂的疫病，而我们也都被传染，与他一起沉睡。围绕在一位长眠不醒的国王身边的，一个中了法术的宫廷。然后婴儿开始小声哭泣，我走上前抓起他，生怕他也会染上这种昏睡病。

“毫无希望。”约克公爵突然说，“他看不见，也听不见。我的上帝啊，萨默塞特。他像这样有多久了？他什么也不能做。你本应告诉我们的。”

“他依然是国王。”公爵尖锐地说。

“没人否认这一点。”约克公爵理查德反驳道，“可是他认不出自己的儿子，不能处理国家事务。国王自己就像个婴儿。我们应该早就被告知此事。”

埃德蒙·博福特四处张望寻找支援，可是就连那些发誓为他的家族效忠、对约克公爵又恨又怕的领主们，也无法否认国王的确认不出自己的儿子，他身不能动，目不能视，耳不能听，离我们是如此地远——谁又能知道远到何处？

“我们回威斯敏斯特去。”埃德蒙·博福特宣布，“我们会等待国王陛下从这场病中康复。”他向医生们甩去怒不可遏的眼神：“我只知道优秀的医生就能唤醒他。”

那天晚上，在威斯敏斯特宫，我在自己的卧室里即将入睡之时，心里不由得想象着漫长的沉眠，那就像死亡一般，唯一的不同只有在这场沉眠之中，沉睡者会做梦，也会醒来，然后再次入睡。沉睡者稍微清醒过来，看见医生和那个摆着拘束椅、刀具和水蛭的可怕房间，然后再次陷入沉睡，毫无反抗之力，这将是怎样一种感觉？在梦中张口发出无声的尖叫，随后又沉默地睡去，这将是怎样一种感觉？睡着之后，我再次梦见了渔夫王，一个无能为力的国王，让他的国家陷入了混乱和黑暗之中，撇下一个失去丈夫的年轻女人，孤立无援。渔夫王的腹部受伤，无法生育一儿半女，也无法守住江山。摇篮中空无一物，国土一片荒芜。我在黑夜中惊醒，不禁感谢上帝，因为我从恶梦中逃离，因为那个像一席黑暗般蒙蔽了国王的魔法并没有将我闷死在梦中。我躺在枕头上摇了摇脑袋，不知道这是不是我的过错，是不是我命令国王再也看不见的，是不是我那不谨慎的措词夺去了他的神志？

当我在曙光中醒来时，一下头脑清醒，警觉起来，仿佛有人在叫我的名字。我起身走向姑婆乔安奴给我的首饰盒。盒子里原封不动地放着的，是装有那些挂坠的小包。这一次我选择了王冠，象征国王的神志恢复。我把四条不同的薄丝带系在这一个挂坠上。我选了一条白丝带象征冬天，一条绿丝带，代表他直到春天才能醒来，一条黄的，夏天，一条红的，代表他一年后才会醒来，那时浆果将星星点点散布在树篱之中。然后我把四根黑线分别系在每条丝带之上，把它们带到沿河散步道，那里的泰晤士河水流湍急，潮水汹涌而来。

四下无人，我向下走到小小的木制码头，平日里驳船在这里载客。我将四条黑线绑在码头的其中一根支柱上，把小小的王冠和彩色的丝带尽全力扔到河里，尽量远，然后回到王后坐月子的房间，她在那里等待将生育行为带来的不洁洗净，重新回到日光之下。

我把王冠在水中留了一个星期，这段时间里，王后坐完了月子，隆重地举办了她的产后谢恩仪式，国中所有的公爵夫人都走在她身后，以彰显她的荣耀。公爵夫人们神色如常，但我们都知道她们的丈夫正焦头烂额，不知如何才能让王子的身份得到承认，才能让这个国家在国王目不能视口不能言的情况下运转如常。既然王后已经回归，公爵就能去她的房间了。他告诉她，约克公爵的连襟兄弟索尔斯伯里伯爵正在公开说孩子不是国王亲生的，而且有很多人，多到危险的人，都相信他的话。王后宣布任何听信这种诽谤的人永远不许踏入宫中一步，她还告诉她的朋友们不许和索尔斯伯里伯爵或是他恶毒的儿子沃里克伯爵交谈。她对我说，他们的亲属约克公爵理查德，甚至连他的夫人塞西莉一起，都是她的敌人，她的死敌，我再也不许与这些人说半句话。她没有正面回复他们的传言，很多人在散布的传言：国王不具备足够的生育能力，那个婴儿不是王子。

王后和埃德蒙·博福特决定必须加倍努力唤醒国王，他们聘请新的医生和专家。他们修改了反对炼金术的法律，学者们得以重新开始学习研究，同时接到要求，请他们思考有关不明的精神疾病的病因和治愈方法。所有人都重新打开了熔炉，重新烧起了炉灶，开始写信要求来自异国的草药和香料；草药学，甚至魔术，如今都受到了允许，只要能治愈国王就行。他们命令医生更强势地治疗国王，然而因为无人知晓病因，也就无人知晓疗法。他一向被认为精神忧郁，于是他们试图改变他的性格。他们给他喝热饮和辣汤，让他更加火热，他们让他睡在床上厚厚的毛皮之间，在他的脚边堆满热砖，身体两侧各放一个热锅，直到他在睡梦中流汗哭泣；但依然从未醒来。他们扎他的胳膊，给他放血，试图抽出他水一般阴柔的性格，还把芥末种子制成的面皮黏在他的背上，直到那里变得又红又肿，他们强行让他吞下药丸，给他灌肠，让他在睡梦中又吐又拉，排泄物的刺激性让他的皮肤发红溃烂。

他们击打他的脚，对他大叫，威胁他以让他愤怒。他们讽刺他胆小怯懦，说他不如父亲。他们激烈地责骂他，上帝原谅他们啊，他们冲着他的脸大喊大叫，如果他能听得见，那些话一定会伤碎他的心。他们抽打他——国王的两颊在抽打之下渐渐发红。但他没有醒来离开，却只是懒散地躺着，任由大家为所欲为。我害怕这不是治疗，而是折磨。

我在威斯敏斯特等待这一周过去。某天早上我醒来，仿佛周身上下都充满警觉，头脑清醒如码头之下的冰冷河水。我满心希望能拉出白色丝带，那样就说明国王在这个冬天就会回到我们身边。

太阳出来了，我伸手抓住黑线，向东望去，看见太阳从英国的心脏部位冉冉升起。一轮冬日，闪烁着白色、金色和银色的光芒，在一片冰冷的蓝天之中。它的升起使河上的迷雾渐渐消散，此时我看到了最不寻常的景象：不止一个太阳，而是三个。我看见三个太阳：一个在空中，两个浮于水面之上，如同迷雾和水的映射，但确确实实是三轮太阳。我眨眨眼，然后伸手揉了揉，但那三个太阳依然照耀着我，我拉动黑线，发现它很轻，太轻了。我没有找到昭示国王将在这个冬天清醒的白色丝带，甚至也没有代表他在春天清醒的绿色丝带。我把四条线一条条拉了出来，发现所有的丝带连同那个王冠都不见了踪影。国王永远也不会回到我们身边了，而新的黎明即将到来，伴随辉煌灿烂的三轮太阳。我缓缓走回宫殿，手里拿着几根湿漉漉的黑线，不知道三日照耀英国意味着什么。走近王后的房间时我听见一阵嘈杂，士兵们正在打磨他们的武器，大声叫喊。我拎起长裙下摆匆匆前行。会见室之外站着身穿约克公爵理查德的制服的人们，领子上有代表他的白玫瑰。大门突然打开，赫然立着王后的私人护卫，他们犹豫不决地站着，听王后用法语冲他们大喊大叫。她的侍女们关门尖叫着跑向厢房，两三个议会成员的领主们试图命令她们安静，约克的卫兵控制住了萨默塞特公爵埃德蒙·博福特，把他押出房间，经过我身边。他愤怒地看了我一眼，但他们带他走得太快，我什么也没来得及说，甚至没有问他要去哪里。王后飞奔在他身后，我抓住她，她泪如泉涌。

“叛徒！你们这是造反！”

“什么？发生了什么？”

“萨默塞特公爵因叛国罪被捕。”一个领主边飞跑出王后的房间边告诉我，“他们要带他去伦敦塔。他将得到公正的审判，王后不必苦恼。”

“叛徒！”她尖叫，“你们才是叛徒，约克那个恶魔抓走他时你们干站在一边！”

我扶她走过会见室和厢房，走进卧室。她飞扑到床上，放声哭泣。“是理查德，是约克公爵。”她说，“他命令议会反对埃德蒙。他想毁了他，他一直是他的敌人。然后他会反对我。然后他会统治整个国家。我就知道。我就知道。”

她坐起身，头发从辫子里散落，垂在脸颊两侧，眼睛因为泪水和愤怒而通红：“你听到这话了，雅格塔。他是我的敌人，而我会摧毁他。我会把埃德蒙从伦敦塔中救出来，我会把我的儿子带上英国王位。不管是约克公爵理查德，还是别的什么人，都休想阻止我。”

# 1454年春

## 伦敦　威斯敏斯特宫

圣诞节匆匆而过。理查德乘船从加莱回来，和我只在安静的宫中共度了十二天时光，就说必须回去了。要塞处在叛变的边缘，随时可能遭到袭击。人们不知道谁在当权，大家都害怕法国人。理查德必须在内忧外患之下为埃德蒙·博福特和英国守住要塞。我们再一次站在码头，我再一次抱住了他。“我要和你一起去。”我急迫地说，“我们说过我要和你一起去的。我现在就走。”

“亲爱的，你知道我绝不会带你到一个有可能发生围城战的地方，天知道会发生什么。”

“你什么时候才能回家?”

他无奈地轻轻耸肩：“我要恪守我收到的指令，直到有人解除命令为止，而公爵和国王都不会这样做。如果约克公爵理查德掌了权，我必须集加莱之力反抗他，正如我们反抗法国人。我必须为埃德蒙·博福特守住加莱。这是他给我的指令，我只能依命而行。我必须回去，亲爱的。但你知道我会回到你身边。”

“我真希望我们只是一对住在格拉夫顿的侍卫夫妻啊。”我悲伤地说。

“我也希望如此。”他说，“替我吻孩子们，告诉他们要听话。告诉他们担起自己的责任，我也将同样如此。”

“我宁愿你不是这样尽职尽责。”我不满地说。

他用吻封住我的话："我希望自己能再留一个晚上。"他在我耳边低语，随后从我身边走开，沿舷梯跑上船。

我站在码头等待，直到看见他来到栏杆旁，我朝着他亲吻自己冰冷的手："早些回来。要平平安安的。早些回来啊。"

"我永远会回到你的身边。"他大声回应，"你知道的。我去去就回。"

黑夜渐渐变短，然而国王依然没有康复。一些炼金术士推断阳光将带给他生命力，就好像他是黑暗土壤之中的一粒种子。每天清晨，他们都用轮椅把他推到朝东的窗户，让他面朝冬天里那轮黯淡的太阳。但是什么也无法唤醒他。

埃德蒙·博福特，萨默塞特公爵，没有被从伦敦塔的房间放出来，但也没有被起诉。约克公爵理查德在议会的权势大到足以让领主们逮捕公爵，却不够说服他们以叛国罪审讯他。

"我要见他。"王后宣布。

"王后殿下，人们会说三道四的。"我提醒她，"他们已经都在说那些不堪入耳的话了。"

她扬起一边眉毛。

"所以我就不重复了。"我说。

"我知道他们都在说些什么。"她无畏地说，"他们说，他是我的情人，王子是他的儿子，这就是为什么我丈夫不认他。"

"这个理由就足够让你不去见他了。"我提醒道。

"我必须见他。"

"王后大人……"

"雅格塔，我也是情非得已。"

我随她一起前往，还带了另外两个她的侍女。她们等在外面。王后和我走进他的房间。他有一间厢房，紧挨着的是一间卧室。这些房间有石墙和箭窗，足够舒适，离白塔里的王室寓所很近，无论怎么说他也不算是在坐牢。他有一张桌子，一把椅子和一些书，但因为长时间关在室内，他脸色苍白，显得更加消瘦了。他一看见她，眼神就亮了，单膝跪到地上。她跑向他，他满怀激情地亲吻她的手。伦敦塔治安官站在门口，通情达理地背向房间。我在窗口等待，向外眺望冰冷河流的灰色潮水。在我身后，我能听见公爵站起身来，我能感觉到他控制住了自己，没有伸手抱她。

“您能坐下吗，殿下？”他轻轻地问，为她把椅子放在微弱的炉火旁。

“你可以待在我身边。”她说。我转身见他取出一把矮凳，这样他们就能彼此靠近到足以耳语了。

他们双手紧握，将嘴唇凑在彼此的耳边低语，这样谈了半个小时，当听见时钟敲响三下的时候，我走上前去向她行礼。“殿下，我们必须走了。”我说。

那一刻我很怕她会紧抱住他，但她只是把双手缩进曳地长袖，轻抚貂皮的边缘，仿佛在寻找慰藉，随后她站起身对他说：“我还会来的。我会按你说的做。我们别无选择。”

他点头道：“你清楚那些会为您效忠的人们的名字。这件事务必完成。”

她颔首，看了他一眼，充满渴望，好像触碰他是世上头号重要的事情，好像她不忍离开，接着她连忙低头，飞快走出了房间。

“什么事情必须完成？”一走出去我就问道。我们拾阶而下，走向水闸门。我们来的时候乘的是没有任何标志的驳船，我尽量不让人知道她来见了这个以叛国罪被起诉，同时还被称作她的情人的男人。

她满脸兴奋："我要让议会指名我为摄政王。埃德蒙说领主们会支持我。"

"摄政王？女人在英国能当摄政王吗？殿下，这里不是安茹啊。我不认为一介女流可以在这里摄政。我不认为女人能统治英国。"

她赶到我前面，跑下楼梯跳到船上。"没有法律禁止这一点。"她回答道，"埃德蒙说的。无非是传统而已。如果领主们都支持我，我们就能召开国会，告诉国会我会以摄政王的身份执政，直到国王康复，或者——如果他永远不会醒来——直到我的儿子长到足以登基。"

"永远也不醒来？"我恐惧地重复，"公爵计划让国王永远沉睡？"

"我们怎么知道？"她问，"我们无能为力！唯一可以肯定的是，约克公爵理查德并没有闲着。"

"永远也不醒来？"

她坐到驳船后部，不耐烦地拉着窗帘："来吧，雅格塔。我想回去写信给领主们，告诉他们我的条件。"

我急忙坐到她身边，船夫将船推离岸边，驶入河道。回去的一路上我都在日光下眯眼张望，试图看见那三轮太阳，思考着其中的含义。

王后的要求是在国王生病期间成为英国的摄政王，全权统治整个国家。而这个要求并没有像她和埃德蒙·博福特自信满满地预测的那般一举解决所有问题，取而代之的是一片哗然。人们现在都知道国王生病了，身患神秘的病症，完全丧失行动能力。关于患病原因的流言四起，从仇家所施的黑魔术到他的妻子及其情人所下的毒药，不一而足。每个大领主都做好武装，来伦敦的时候也随身携带军队，以保自身安全，这样一来，整个城市就充满了私人武装，市长大人亲自实行宵禁，试图坚持武器必须留在城门之外。每个公会，每家每户，都开始计划自我防卫，以防战斗突然爆发。空气中弥漫着紧张和愤怒，但没有战斗的号角。直到现在，没人能划分阵营，没人知道原因，但大家都知道英国王后想称王，知道约克公爵会从这个泼妇手中拯救人民，知道萨默塞特公爵被关在伦敦塔里，以免这个城市毁在他手上，知道英国国王正在沉睡，就像亚瑟王沉睡在湖底一般，也许他只有在整个国土皆成废墟时才会醒来。

人们问我，我的丈夫在何处，他有什么看法。我冷冷地说，他在海外，为他的国王固守加莱。我没有提及他的观点，因为我不清楚他怎么想，也不清楚自己怎么想——世界正在陷入疯狂，在一切结束之前将有三日凌空。我写信给他，用来往于此地和加莱的贸易船捎去消息，但我想信件有时会丢失在半路。三月初我简短地写道：“我又怀上孩子了。”但他没有回复，然后我就知道要么就是他们没有送去我的消息，要么就是他无法回信。

他被任命为加莱指挥官，处在萨默塞特公爵的指挥之下。而如今萨默塞特公爵身陷塔中，被指控叛国。一个忠诚的指挥官将何去何从？要塞将何去何从？

领主们和国会成员再次去温莎看望国王。

“为什么他们一直去那儿？”王后如此问道，看着驳船回到宫殿的台阶旁，身穿皮毛长袍的大人物们在身穿制服的仆人们的搀扶下上岸。他们吃力地爬上台阶，就像那些希望完全破灭的人，“他们一定知道他不会醒来了。我自己亲自去过，对他大喊大叫过，他也没有醒。他又怎么会因为这些人醒来？他们怎么就不能明白必须立我为摄政王，这样一来我就能控制约克公爵和他的盟友，让英国重新恢复和平呢？”

“他们不想放弃希望。”我说。我站在窗口，她的身边，我们一起望着领主们令人悲哀的行进，一路走向大厅，“现在他们不得不提名新的摄政王。他们不能在没有任何国王的情况下管理国家。”

“他们必须提名我。”她说，咬紧牙关，站得更直了一些。她身具女王的风范，深信自己受上帝召唤，会升到比现在更重要的位置，“我已经准备好为国效力了。我会保证国家安全，等儿子成人后便将国事交付给他。我会履行身为英国女王的职责。如果他们让我当上摄政王，我便会为英国带来和平。”

他们让约克公爵摄政，称他为“护国公”[①]。

“什么?”玛格丽特发了狂，在厢房里来回踱步。她一脚踢飞一个矮凳，一个侍女抽噎一声，缩到窗下，其余的人则在恐惧中一动不动，“他们叫他什么?”

那个负责从议会领主那里带信给她的倒霉骑士在她面前瑟瑟发抖：“他们称他为护国公。”

“那我该做什么?”她说这话并没指望有人回答，“他们想要我做什么呢，在这个公爵、这个小小的亲戚、这个微不足道的堂兄，想要统治我的国家的时候？他们以为我会做什么？身为一位法国公主，一位英国王后，在一个不知打哪儿蹦出来的公爵妄图在我的土地上制定规则的时候，我该怎么做?”

“您要去温莎城堡照顾您的丈夫。”他说。这个可怜的傻瓜还以为他回答了她的问题，但很快意识到他还是把嘴闭紧点为妙。

她一瞬间从烈火变成了寒冰。她突然静下来，转向他，眼中燃烧着狂怒：“我没有听清你的话呢。你刚才说什么？你胆敢对我说了些什么?”

① 历史上，约克公爵理查德两次得封此名，分别在1454—1455和1455—1456年间。雅格塔的头任丈夫贝德福德公爵也曾拥有此名。

他咽了口唾沫：“殿下，我是想告诉您，护国公他……”

“他什么?”

“护国公命令……”

“命令什么?”

“命令……”

她两步便跨到他面前，高耸的头饰超过他的头顶，双眼几乎在他脸上挖出两个洞来。“命令我?”她问。

他摇头，跪在地上说：“命令您全家搬至温莎城堡。”他对着膝盖下的草垫说。“还命令您留在那里，和您的丈夫以及您的孩子在一起，不参与执政，这些将由身为护国公的他、各大领主和国会全权负责。”

# 1454年夏

## 温莎城堡

她去了温莎。走之前在王室寓所里大发雷霆，但还是去了。实际上，她除了去那里以外也别无选择。约克公爵之妻塞西莉曾低声下气地来见王后，请求在议会中为她丈夫留一席之地，风水轮流转，约克公爵现在正顺着命运之轮飞黄腾达。议会认为这个能阻止各郡各县爆发战乱的人是恢复国中秩序的唯一人选，认为唯有他能拯救加莱，深信他可以接手国家，为我们的国王——我们长眠不醒的国王——代理执政，直到他醒来。他们似乎认为这个国家中了诅咒，唯有约克公爵能亮剑立于门口对抗一个看不见的敌人，死守王座，一直到国王苏醒。

本以为会当上摄政王的王后却被削弱权力，变成一个寻常妻子，一个寻常母亲。她像一件拍卖品，他们付钱给她贴补家用，减少了马厩里马的数量，禁止她不受邀请就擅自回伦敦。他们把她作为寻常女人看待，视她为无足轻重的女人。他们把她降格到丈夫的保姆，儿子的看守。

埃德蒙·博福特依然在塔中；他无法帮助她。的确，王后不能保护他，她的保护毫无效力，如今谁还相信他会逃过审判和砍头？就连那些敬爱王后的领主们也不敢想象拥护她作摄政王。尽管他们自己的妻子可能在他们出门在外时掌管所有土地，但她们既不能被封爵，也不会有俸禄。他们不喜欢想象女人掌权，女人成为领导者。女人的能力尚未被人认识；这些能力确实被深深隐藏。聪明的女人假装她们所做的一切不过是些管家工作，即使实际上她们统管整个庄园；她们写信给离家在外的丈夫寻求建议，而在丈夫回来后就乖乖交出钥匙。王后的错误就在于寻求权力和名号。贵族领主们无法容忍女人掌权；单单是女人也能掌权这种想法，他们都无法容忍。他们想把她塞回产房。她的国王丈夫借由自己的沉睡给了她自由，给了她统管整个王国的自由；而其他大人的职责却是把她带回他的身边。如果他们能让她像国王一样长睡不起，我想他们一定会这样做的。

王后被困在温莎。理查德被困在加莱。我依然过着自己的生活，作为她的侍女，作为和丈夫天各一方的妻子。然而实际上，我们都在等待。每一天玛格丽特都会去看国王，每一天他都对她无动于衷。她命令医生们对待国王要温柔，自己有时却无法控制脾气，冲进房间辱骂他，对着他聋子般的耳朵不停诅咒。

我和王后住在一起，心中思念着理查德，我一直都很清楚伦敦街道上正在滋生麻烦，乡村小道间正在出现危险，还有传言说，北方正在起义——或为了反抗约克公爵，或为了他们自己的野心——谁了解那些偏僻的荒山野岭？王后正在进行密谋，我很肯定这一点。有一天她问我是否会写信给理查德，我说我经常如此，让运送羊毛去加莱的羊毛商人替我捎去。她问那些船回来的时候是否是空的，他们会不会带人回来，如果他们能载满人沿河而上到伦敦塔的话，能载多少人上岸。

"你认为他们会从加莱到这里，从伦敦塔里救出萨默塞特公爵。"我开门见山地说，"这也就是要让我的丈夫指挥军队入侵，对抗摄政王兼护国公。"

"但同时也是保护国王。"她说，"怎么会有人把这种行为称为叛国呢?"

"我不知道。"我黯然道，"我再也不知道叛国到底是什么了。"

计划落了空，因为我们得到消息，加莱发生了叛乱。士兵们一直没有得到军饷，就把长官锁在营房，洗劫城镇，控制贸易商品然后卖掉，把得来的钱算作自己的军饷。有很多关于抢劫和骚乱的报告。王后在温莎城堡的马场找到我，我当时正在找人备鞍，找一个卫兵与我一起去伦敦。“我必须知道发生了什么事。”我告诉她，“我丈夫可能身陷极大的危险，我必须知道。”

“他不会有事的。”她宽慰我，“他的手下都敬爱他，可能会把理查德锁在自己的房间，好去抢劫羊毛商店，不过他们是不会伤害他的。你知道他多有人望。他和威尔斯勋爵都是如此。等那些人偷够了，喝够了，就会放他出来的。”

她向我伸出一只手。“没错，毫发无伤地回来。”她说，“这里是一片多么冷清、多么孤独的地方啊。我希望我也能像我丈夫那样用睡梦打发走一天天时光，我希望我也能合上眼，陷入永远的沉眠。”

我几乎不知道到伦敦的哪里打听消息。我的家已经被封了，空无一人，只除了寥寥几个看守的卫兵。现在没有召开国会，约克公爵又断然不是我的朋友。到最后我去找威尔斯勋爵的妻子，她的丈夫和理查德一起掌管加莱。我的男仆宣布我的造访，我走进她的日光房。

“我能猜到您来舍下的原因。”她起身，在我脸颊上印下正式的一吻，“王后殿下如何?”

“她的健康状况良好，感谢上帝。”

“国王呢?”

“上帝保佑他，他还是老样子。”她点点头，坐了下去，示意我在她身边的凳子上就座。她的两个女儿带着酒和饼干上前，服务完毕后又退了回去，正是教养良好的女孩们应有的行为，好让大人们能私下谈话。

“真是迷人的姑娘们呢。”我评论道。

她点头。她知道我也有几个儿子要寻好亲事。

“最大的那个已经许配给人了。”她委婉地说。

我微笑：“我希望她能幸福。我来这里是想向你请教关于我丈夫的消息。我什么也没有听说。你有什么关于加莱的新闻吗？”

她摇头道：“我很抱歉，不会再有什么消息了。最后一艘驶出海港的船说加莱有一场暴乱，士兵们坚持要求得到他们的薪酬，他们洗劫了羊毛店，把货物统统卖掉为自己谋利。他们掌控了港口的船舶。自从那时起，商人就不会再送货去加莱，害怕自己的货物遭到劫持。所以我什么也不知道，也没有任何消息。”

“他们有提过你丈夫或者我丈夫在做什么吗？”我有一股强烈的恐惧，心知理查德面对自己的手下在国土上目无法纪，是绝不会坐视不管的。

“我知道他们都还活着。”她说，“或者说，至少他们三周以前都还活着。我知道你丈夫警告士兵，说他们的所作所为和偷窃无异，于是他们把他扔进了监牢。”她看见我脸上的恐惧，便将手搭在我的手上。“真的，他们没有伤害他，只是把他关了起来。你必须勇敢，我亲爱的。”

我咽下眼泪：“离我俩在家团聚的那些日子已经过去这么久了。他总是有没完没了的艰苦任务。”

“在一个沉睡的国王的统治之下，我们都迷失了方向。”她轻轻地说，“我的土地上的佃户说地里什么也不长，在一个国王本人就像撂荒地一样长卧不起的国度之中，地里是长不出任何东西的。你要回宫吗？”

我稍稍叹了口气：“我必须回去。王后这样下了命令，国王又没有表过态。”

到了八月，我回格拉夫顿看望孩子，并且试图向年纪大一些的孩子——安妮，安东尼和玛丽——解释说国王很好，只是在睡觉，王后什么也没做错，只不过和他关在一起；说他们父亲的长官萨默塞特公爵埃德蒙·博福特身在伦敦塔之中，受到指控，但没有被审讯；说他们的父亲——此时我咬紧牙关强装平静——本来统领加莱城堡，却被他自己的士兵们关到牢里，加莱的长官如今是约克公爵理查德，他们的父亲迟早都不得不听从此人的指挥。

“约克公爵一定会守住加莱的吧，就像萨默塞特公爵一样？”安东尼说，“父亲一定不喜欢被强塞了一个新长官，但约克公爵一定会送钱过去支付兵饷，武装整个城堡的，不是吗？”

我不知道。我想到那可怕的一年，理查德为了远征大计殚精竭虑地指挥士兵，那时他们既无军备，也无兵饷。“他应该会的吧。”我谨慎地说，“可是我们谁也不能肯定公爵会这样做，就算有这个能力。他必须像国王一般掌权；可他并不是国王，只是众多领主中的一人，而部分领主甚至并不喜欢他。我只希望他不会因为你父亲为英格兰死守加莱而怪罪于他，我只希望他能让理查德平安归来。”

我在格拉夫顿待产，孩子平安出世后，我给理查德写了信。她是个女孩，漂亮的女孩，我叫她玛格丽特，以志那位与我们所生活的时代搏斗、如同小鸟拼命撞击窗户的王后。我从产房中出来，看见自己的小女儿躺在乳母臂弯，然后我便亲吻了别的孩子，说：“我必须回宫里去了。王后需要我。”

对于身在温莎的我们来说，这个秋季漫长而安静。渐渐地，树木开始变黄，最后变成金色。国王没有好转，他根本没有任何变化。幼小的王子开始站了起来，试着迈出他人生的第一步。这是整年之中发生过的最有趣的事情。我们的世界缩小到唯有这个城堡，生活压缩到照看一个小婴儿和一个病人。王后是个溺爱孩子的母亲，她每天早晚都要去小王子的育儿室，下午则是去看望她的丈夫。这就像活在一个咒语之下，我们密切观察婴儿成长，似乎害怕他只会睡觉。我们中的五六个人总是会在清晨去育儿室，似乎想确认小王子已经从昨晚的睡梦中醒来。除此之外，我们假装还是一个宫廷的样子，侍奉国王。然而我们所能做的也不过是坐在他身边，看着他胸口缓缓地一起一伏罢了。

理查德一旦找到机会能把消息递到船长手中，就立刻给我写了信。他写信给国王的议会——称呼特意没写护国公——说不给士兵们军饷就无法控制他们。理查德请求议会下指令，尽管他也写道，等待命令的也唯有他和威尔斯勋爵而已。其余所有人，整个要塞、士兵、港口的水手、商人和市民，都在各行其道。他给我的信中则说城里没人接受约克公爵的统治，没人知道该相信关于国王的哪些消息，还问我真的认为埃德蒙·博福特可能从伦敦塔里出来取回他的权力吗？在信的最后，他告诉我他爱我，想我。“我每天都在掐着手指头算日子。”他写道。

没有你在身边让我如此心碎，我的爱人。一把要塞交给新的指挥官后我就会回家，但是我相信如果自己离开，这里一定会落入对我们的窘境了如指掌的法国人手中。我在尽最大的努力向可怜的国王、我们可怜的国家效力，正如我清楚你也同样如此。但等我这次回家，我发誓，再也不会和你分开了。

# 1454年冬

## 温莎城堡

约克公爵为了在加莱展示他的权威，同时也为了抵抗法国袭击，召集了一支小船队带去要塞，声称会进驻此处，给士兵们发饷，与加莱商人达成和解，处死所有叛乱者，将自己加莱治安官的名号昭告天下。

加莱固若金汤。世代以来，它都是英国在诺曼底的前哨，而现在，士兵们控制了要塞，当他们看见约克船队扬帆而至，便在海港口布下铁链，将城堡的枪炮口纷纷对准海边，公爵发现自己正在被他的加农炮瞄准，被他的城市拒之门外。

他们把这个消息带来的时候，时值十一月某个冰冷的下午，我们正和国王坐在一起。玛格丽特眉开眼笑。“我一定要让你的丈夫因为这件事受赏！”她叫道，“约克该有多么受挫！他该有多么灰头土脸！远远待在海上，带着一支威风的船队，结果加莱城不让他进去！现在领主们肯定会把他踢出议会了吧？他们一定会把埃德蒙从伦敦塔里救出来了吧？”

我什么也没说。我只能想到，当我丈夫的士兵集体造反，违抗新长官的命令之时，他是决计不会束手旁观的。抑或——对我们来说更糟糕、更危险——正是他本人领导他们抵抗约克公爵，站在高塔之上亲自命令他们把枪口对准摄政王这位依法升迁的护国公。不管怎样他都会身陷危险，公爵从此刻起都是他的敌人。

被绑在椅子上的国王在睡梦中发出轻声的哼哼，王后看都没看他一眼。

“想象一下约克公爵，正在他的船里上下晃悠，被无数枪口瞄准，”她幸灾乐祸地说，“愿上帝让他们开枪打他。想象一下，如果他的船被击沉，本人也被淹死，对我们来说事情将变得怎样。说不定，就是你的理查德把他打沉的！”

我无法自制地颤抖。理查德绝不会允许他的要塞对一位由国王议会任命的王室公爵开火，不是吗？我相信这一点，我必须相信这一点。

“这是叛国。”我简洁地说，“不管我们喜不喜欢约克公爵，他都是由枢密院和国会任命来代替国王统治国家的人。攻击他就等于叛国。而且让加莱对英国船开火，只会让法国人看一场糟糕的好戏。”

她耸肩道：“哦！谁在乎啊？被他自己的人任命可不算什么任命。我没有任命他，国王也没有任命他，我知道的只有他想手掌大权。他是篡位者，你丈夫应该一等他进入射程就朝他开火的。他应该一有机会就杀了他的。”

国王又发出了小声哼哼。我走到他身边。“您说话了吗，国王陛下？”我问他，“您听见我们说话了吗？您能听见我吗？”

王后站在他身边，触碰他的手。“醒醒，”她说。这是她这段时间对他说过的唯一一句话，“醒醒。”

令人惊讶的是，有那么一会儿，他有反应了。他真的有反应了。都一年多了，他第一次转过头来，睁开眼，他看见——我知道他能看见——看见了我们极度惊讶的脸，然后小声叹气，合上双眼，又睡了过去。

“医生！”王后尖叫，跑到门口，啪地打开大门，朝着正在外面的会见室里吃喝休息的医生们大喊，“国王醒了！国王醒了！”

他们跌跌撞撞跑进屋内，用袖子擦嘴，放下酒杯，放下正在玩的棋子，将他团团围住，倾听他的胸口，抬起他的眼皮向内凝视，敲太阳穴两侧，用针刺双手。但他又陷入沉睡了。

其中一个医生转向我："他说话了吗?"

"没有，他只是睁眼小声叹了口气然后又重新睡了过去。"

他看了一眼王后，压低了声音："他醒来的时候，他的脸，看上去像不像疯子? 他的眼中有没有任何神志，还是说，空白一片，像个白痴?"

我斟酌片刻："不。他看上去和正常时完全一样，只是刚从深眠中醒来。你觉得现在他会醒来吗?"

屋中的兴奋很快就沉寂下来，所有人都意识到不管如何在国王身上又推又打，朝他耳朵里说话，他还是没有任何活力。

"不会。"那人说，"他又离开了。"

王后转过身来，脸色阴沉，充满怒意："你们就不能叫醒他吗? 扇他的耳光!"

"不能。"

温莎的小小宫廷在此定居了如此之久，已经习惯了以王后和她的小儿子为中心的日常生活。那个小男孩现在已经在学说话，也能在两双张开的手臂之间跌跌撞撞地走来走去了。但事情正在改变。我想国王正在他自己的房间里渐渐醒来。他们一直看护他，给他喂饭，清洗，从未放弃治愈他的意图，尽管这一切似乎都毫无意义。现在我们又开始希望他能不依靠任何治疗，自然而然地走出他的梦乡。我养成了习惯，在早上坐在他身边，另一个侍女则陪他到晚上。王后在每个下午都会短暂来访。我一直在看护他，我猜他的睡眠正在变浅，有时我几乎敢肯定他能听见我们在说什么。

理所当然地，我开始想知道等他醒过来后，他还记得些什么。一年多以前，他看到的景象让他震惊到闭上双眼陷入深眠，不想多看一眼。他听到的最后一句话出自我的口中，我那时说："不要看。不要看见。"如果他重新睁开双眼，做好了面对现实的准备的话，他还能记得些什么，对我会有什么想法，如果他认为是我害他在黑暗和沉寂中守望了如此之久，那该怎么办呢？

我越来越担心，最后豁出去问王后她觉得国王会不会指责我们把他吓到生病。

她平静地看着我：“你是说那时法国来的可怕消息吗？”

“我是说，当时的场面。”我回道，“您当时如此痛苦，公爵也在场。我也在场。您觉得国王会不会觉得我们那时应该更谨慎地把坏消息告诉他？”

“是的。”她说，“如果他好转到足以听见我们说话了，我们就说我们很抱歉没有做好准备，让他受了惊吓。那对我们所有人来说都很可怕。我自己都记不得那天晚上的事情了。我想我晕了过去，公爵试着叫醒我。可我记不得了。”

“没错。”我附和道，心知对我们所有人来说这都是最安全的方法，“我也记不得了。”

我们在温莎城堡的大厅中庆祝了圣诞。是一场在悲惨没落的家族中举行的规模很小的宴会，不过我们为彼此准备了小礼物，为年幼的王子准备了小玩具。然后，仅仅数天之后，国王醒了，而且这一次，他没有再睡过去。

这是一个奇迹。他只是睁开双眼，四处张望，惊讶于自己坐在温莎城堡的厢房里的一把椅子中，被陌生人团团包围。医生们冲向他身边，王后和我落在了后面。

“最好别一大群人涌上去吓着他。”她说。

我们悄然前行，简直就像正在接近某只负伤之下容易受惊的动物。国王站了起来，两侧各有一个医生帮他站稳。他摇摇晃晃，但依然抬起头来，当看见王后时，他不太肯定地说：“啊。”我几乎肯定他正在脑中的茫然困惑之中寻找她的名字。“玛格丽特。”他终于说道，“安茹的玛格丽特。”

我满眼泪水，忍住没在这人的惨状面前哭出声来，我第一次见到这个生来便是英格兰国王的人时他还只是个小男孩，还像约克家的儿子小爱德华一样英俊。此时此刻，这个形如朽木的人蹒跚着向前走了一步，王后向他深深行了一礼。她并没有伸手碰他，也没有投入他的怀里。就像传说中的那个年轻女人和渔夫王一样：她和他一起生活，却从不碰触彼此。“国王陛下，我很高兴看见您康复。”她轻声说。

“我生过病吗?”

她和我交换了一个眼神，心照不宣。

“您睡着了，睡得很深，没人能将您叫醒。”

“真的吗?”他用手摸头，这才第一次看见胳膊上一道被热药糊烫出的伤疤，“天啊。我把自己伤到了吗？我睡了多久?”

她犹豫着。

“很久了。”我说，“虽然您睡了很长一段时间，国家依然平安无事。”

“很好啊，”他说，“好啊。”他向搀扶着自己的人点头道：“扶我到窗边。”

他像老年人一样颤巍巍地走到窗边，看向窗外的水边草甸和河流，河水依然在结霜的白色河岸边奔流，就像以往一样。他在光照之下眯起眼睛。“外面很亮。”他抱怨道，转身回到他的椅子旁边，“我很累。”

他们把他轻轻搀回椅子，我看见他在观察扶手和座位上的皮带。我看见他思考这些东西的用途，严肃地眨眼，然后环视这个家徒四壁的荒凉房间。他看着那张医生用的桌子，又看向我：“有多久了，雅格塔?”

我紧紧闭上双唇，忍下一声呜咽：“很长一段时间了。可看到您现在康复，我们实在太高兴了。如果您现在入睡，也会再次醒来的，是不是，陛下？您会试着重新醒来的吧?”

我真的害怕他会重新沉睡。他开始频频点头，眼睛也在合上。

“我太累了。”他像小孩一样说道，没过一会儿他又睡着了。

我们整晚都一直坐着，以防他再次醒来需要人照应，但他没有。到了早上，王后脸色苍白，因焦虑而浑身僵硬。早上七点时，医生们进屋来到他身边，轻轻碰触他的肩膀，朝他的耳中悄声说现在已经是早上了，他们惊讶地看见国王睁开双眼，从床上坐起身来，命人打开百叶窗。

他一直醒到午餐时间，刚过正午，他又睡着了，但是在晚餐时醒来，要求王后来见他。她走进厢房时，他命人为她准备一把椅子，并问候她最近如何。

我站在她的椅子后面，她回答他说自己很好，然后轻柔地问他睡着的时候是否还记得她怀上了孩子。

他的惊讶之中毫无伪饰。“不!”他叫道，“我什么也不记得，怀孕，你说过这事吗？天啊，我不记得了。”

她点头道：“实际上，我说过。我们当时很高兴。”她展示了当时他为她定造的那件珠宝，她早就将此物提前准备好，以便随时可以拿来提醒他：“为了庆祝这个喜讯，你给了我这个。”

“我这样做过吗?”他听到后相当开心，把那珠宝拿在手里端详，“手艺非常精致，我当时想必十分欢喜。”

她咽了口唾沫：“的确如此。我们都如此。整个国家都十分欢喜。”

我们等他询问婴儿的事，但很明显他并无此意。他频频点头，好像十分困倦。他发出轻微的鼾声。玛格丽特瞥了我一眼。

“您不想知道孩子的事吗?”我提醒道，“您看到那件首饰了吧？那是王后告诉您她已怀有身孕的时候你给她的。差不多都是两年前的事，孩子早就生下来了。”

他眨眨眼，扭头看我，他满脸不解：“什么孩子？”

我走到门边，把爱德华从等候的保姆手中取了过来。幸运的是，他正犯着困，十分安静。如果他正大哭大闹，那可不敢带他进这个安静的房间。“这是王后的孩子。”我说，“您的孩子。威尔士亲王，上帝保佑他。”

爱德华在睡梦中翻了个身，踢了踢肥嘟嘟的小腿。他已经开始蹒跚学步了，漂亮，健康，完全不像个新生儿，这让我把他抱给国王的时候内心忐忑不安。他沉甸甸地躺在我怀里，是个十五个月大的健康孩子。把他当做一个新生儿抱给他的父亲看何其荒谬。国王看他时的态度如此超然，好像我把一只肥肥胖胖的小羊羔带进了房间。

“我完全不知道这事呢！”他说，“是女孩还是男孩？”

王后起身，从我怀里接过爱德华，把这睡着的孩子抱到国王面前。他退缩了：“不，不。我不想抱。只用告诉我，是女孩还是男孩？”

“男孩。”王后说。声音中带着对他反应的不满，“男孩。感谢上帝。你的王位的继承者，我们日夜祈求的儿子。”

他仔细端详那粉色的小脸。“一个由圣灵而生的孩子。”他惊讶地说。

“不，是你的亲生儿子。”王后尖声纠正他。

我四顾屋内，知道医生们和他们的仆人，还有两三个侍女，都必定听到国王刚才做出的足以使人身败名裂的宣言。“他是王子啊，国王陛下。您的儿子，您的继承人，英格兰的王子，威尔士亲王；我们给他起名埃德蒙。”

“爱德华。”我连忙说，“是爱德华。”

她回过神来：“爱德华。他是爱德华王子，兰开斯特的爱德华。”

国王笑容满面：“哦，男孩！这可真有点幸运。”

“您有了一个男孩。”我说，“一个儿子，一个继承人。您的儿子，您的继承人。上帝保佑他。”

“阿门。”他说。我从王后手里接过这个小男孩，她重新坐回椅子里。这个男孩翻了个身，我让他伏在肩上，轻轻摇晃他。他身上带着肥皂和温暖肌肤的味道。

“他受洗了吗？”国王和蔼地问。

我能看见玛格丽特在烦躁之下咬紧牙关，忍耐着对那段可怕日子的缓慢询问。“是的，”她以足够愉快的声音回答，“是的，他受洗了，当然啦。”

“谁是教父母？是我选的吗？”

“不是，您那时正睡着。我们——我——选了坎普大主教，萨默塞特公爵埃德蒙·博福特，还有白金汉公爵夫人安妮。”

“正是我会选择的人。”国王面带微笑说道，“我的独一无二的朋友。安妮是谁？”

“白金汉。”王后小心地逐字说道，“白金汉公爵夫人。不过我要很难过地告诉您，大主教去世了。”

国王惊讶地以手抱头：“不！怎么会，我到底睡了多久？”

“十八个月，国王陛下。”我轻轻说，“一年半。确实很漫长。我们都很担心您的健康。能看见您康复真好。”

他用孩子般充满信任的眼神看向我：“很长一段时间呢。可是我完全记不得睡觉时的事了。甚至连做过什么梦都记不得。”

“您还记得入睡时的事吗？”我小声问他，在内心痛恨自己。

“一点也记不得了！”他轻声笑道，“只有昨晚。我唯一记得的就是昨晚睡着的时候。我希望今晚我入睡之后，明天早晨还能醒来。”

“阿门。”我说。王后以手掩面。

“我可不想再睡上一年！”他开玩笑道。

玛格丽特浑身颤抖，随即挺直身体，将双手交叠放在膝上。她的脸庞仿如石头雕成。

“你们想必很难熬。”他和蔼地说，环视整个房屋。他似乎还不明白自己已经被他的宫廷所抛弃，这里唯有他的医生、护士和我们，他的狱友们，“我会尽量不再这样做。”

“我们要离开了。”我低声说，“对我们所有人来说，今天都是个大日子。”

“我觉得好累啊。”他充满信赖地说，“但我真的希望明天能醒来。”

“阿门。”我重复道。

他高兴得像个孩子：“一切都如上帝所愿。我们都在他的掌握之中。”

# 1455年春

## 伦敦　格林威治　普拉森舍宫

国王醒来了，不知是不是上帝所愿，但肯定是王后所愿。她当即就给议会发了一封信，语调如此激烈，态度如此危险，以至于他们立马就把萨默塞特公爵从伦敦塔里放了出来，他们禁止他靠近国王二十里之内，也不许再以任何形式参政。公爵重整了自己在伦敦的住所，迅速武装起所有家仆，立即送信给他的朋友和党羽们说没人能阻止他留在国王身边，还说约克公爵将是第一个知道他卷土重来的人。

仿佛是为了庆祝回归到英格兰的中心，王后和国王开放了格林威治的宫殿，召见各大领主。约克公爵依命到来，辞去护国公的职务，还发现自己的另一个名号——加莱治安官，也不再属于他了。这个名号再次安到了走出监狱、华丽地回归权贵之列的萨默塞特公爵埃德蒙·博福特头上。

他走进王后的房间，英俊不凡，衣冠楚楚，仿佛刚从勃艮第的宫廷买新衣服归来，而不是在伦敦塔里等待叛国罪的审判。命运之轮又一次将他高举过顶，权倾朝野。他走进房间时，所有女士都心脏怦怦直跳，没人能把视线从他身上挪开。他在房间正中向玛格丽特跪下，她一看见他就跑过房间，两臂张开。他低下长着黑发的头颅，将她的双手按在唇上，呼吸她指尖的香水味。我旁边的侍女发出一声羡慕的轻叹。玛格丽特一动不动地站着，在他的触摸之下微微颤抖，然后极轻极细地说：“请起，我的大人，我们很高兴能看到您恢复自由之身。”

他以一个优美的动作站起身来，向她伸出手臂。“我们能一起走吗？”他提议，接着两人走向长廊。我和一个侍女跟在后面，我对剩下的人点头示意让他们原地呆着。我谨慎地故意在后面晃荡，这样一来和我一起走的人就不能偷听他们的耳语。

他在走廊尽头鞠了一躬，与她分别。玛格丽特转向我，春风满面。“他要去进谏国王说约克公爵不应该被议会承认。”她欢快地说，“我们要在身边安排兰开斯特家族的人。任何在约克公爵担任护国公期间所收获的东西都要取走，而且他的小舅子，索尔斯伯里伯爵，还有那个发育过度的小鬼，沃里克伯爵理查德·内维尔，也不在邀请之列。埃德蒙说他会让国王与我们的敌人作对，他们会被禁止靠近一切权力中枢。”她大笑，“埃德蒙说，他们会后悔那天把他关到塔里，把我关到温莎。他还说他们会跪着来见我。他说国王几乎不知道自己身在何处，自己在做什么，也不知道我俩之间的事情，我们能指挥他。我们会把敌人统统赶下台，要么关到牢里，要么送上绞架。”

我向她伸手：“王后殿下……”但复仇的想法让她太开心了，完全听不进去一句警告的话。

“埃德蒙说现在我们想怎么玩就能怎么玩了。我们有了清醒的国王，我们说什么他就做什么，我们有了一个儿子，无人能够否认的王位继承人，我们还能给约克一次教训，让他毕生难忘。埃德蒙说如果我们能证明约克正在盘算要篡位，那他必死无疑。”

现在我不得不插嘴了：“王后殿下，这样做无疑是逼约克公爵彻底叛变吧？他势必要反对这样的控诉，为自己辩护。他会要求议会重新向萨默塞特公爵问罪，然后局面就变成了你们二人和你们的人，对抗他和他的人。”

“不！”她回道，“因为国王本人已经在诸位领主之前宣布萨默塞特公爵是真正的朋友，忠诚的亲族，没有人敢对他说三道四。我们将在威斯敏斯特召开议会，约克不会受到邀请，然后我们将在莱斯特举办一场指控他的听证会，他会因未出席而受到控诉。中部地区对我们是很忠诚的，尽管伦敦有时候不太可靠。这将是公爵傲慢的终结，也是我对他的复仇的开始。”

我摇头。我说什么都已经不能让她看到约克公爵根本强大到不该与之为敌的事实。

“比起其他人，你才是最该高兴的！”她叫道，“埃德蒙向我保证了，说他会带你丈夫理查德回家。”

每个人都有自己的宝贵之物。我的则是理查德。我瞬间就忘了要警告她的事，抓住她的手：“他会吗？”

“他向我保证过啦。国王将把掌管加莱的钥匙交给埃德蒙，当着所有人的面。理查德将作为忠诚的指挥官受到表彰，回到你身边。约克会被抓起来，王国将由埃德蒙·博福特和我来合法统治，这么一来，我们就都能开开心心的啦。”

我很开心，我在他的怀里，脸埋在他的棉衣之中，他像熊一样紧紧搂着我，让我无法呼吸。我抬头看向他亲爱的写满倦意的脸，他的吻是如此激烈，让我闭上双眼，觉得自己再一次成了沉醉在爱情中的女孩。我喘了一口气，他落下更多的吻。码头工人和水手们都在起哄，叫嚷着些淫秽不堪的下流话，可是理查德甚至都没有听见他们的声音。在我的披风之下，他把双手离开我的腰，抓住我的臀部。

“就停在那里。”我悄声说。

“我们现在去哪？”他问道，就好像我们再一次回到了年轻时。

“去宫里。”我说，“来吧。你的东西都收拾好了吗？”

“去他妈的我的东西。”他欢快地说。

我们双手紧握，从格林威治的码头走向宫殿，像打马厩里出来的小伙子和大动春心的少女一样，偷偷爬上后门台阶，把门紧紧闩上，然后就是一天一夜。

到了午夜时分，我叫人送来一些食物，我们裹在床单里吃着，身边是温暖的火焰。

“我们什么时候回格拉夫顿?”

“明天。”他说，“我想看我的孩子们，还有新得的女儿。然后我就要直接回去了，还得带上船，雅格塔。”

“船?”我问。

他愁眉苦脸地说：“我必须代替博福特执行他接到的命令。要塞从内到外都已经四分五裂。我不能放着他们不管啊。我必须留在那里，直到公爵代替我为止，一到那时，我便立马直奔回你身边。”

“我还以为你已经能回家了!”我哭了出来。

“原谅我。”他说，“如果不回去，我会很担心要塞。真的，亲爱的，那里之前经历了一段很糟糕的时期。”

“然后你就会回家吗?”

“王后和公爵都保证过了，我也在此向你保证。”他俯身捻起我的一绺头发，“为一个我们的祖国这样的国家效力是万分艰难的，雅格塔。但是国王已经康复，取回他的权力，咱们的家族又占优势了。”

我把自己的手放在他的手上：“我亲爱的，我也希望如此，但事情不会这么简单。等你明天看到宫里什么样子，你就知道了。”

“明天。”他把啤酒杯搁到一边，带我回到床上。

我们争取到了几天独处的时间，时间长到足以让理查德明白王后和公爵正在计划什么。他们计划来个彻底反败为胜，指控约克公爵理查德叛国，把他和他的盟友彻底推翻。我们在满腹疑问中骑马回到格拉夫顿，理查德问候了他的孩子，好好欣赏了新生儿，告诉他们他必须回加莱维持要塞的秩序，但很快就会回家的。

“你觉得他们会说服约克公爵，让他乞求宽恕吗？”当他在马场上给马备鞍时，我问他，“如果他认了罪，向国王低头，你能直接回家吗？”

“约克公爵以前也认过错，”理查德说，“不管身体状况如何，国王毕竟是国王，权威摆在那里。王后和萨默塞特公爵认为只要在战场上打败约克公爵，就能说明我们是正义的一方。我得为英格兰守住加莱，一切结束之后我会平安回来的。雅格塔，我爱你，等我。”

起初，计划进行得十分美满。理查德回到加莱，给士兵们发了军饷，并向整个要塞宣布国王重新大权在握，由萨默塞特公爵辅佐，兰开斯特家族再次占了上风。枢密院翻脸不认人，开始和曾被他们称为大救星的约克公爵作对，同意在没有他的情况下召开议会。他们选择莱斯特作为这次会议的避风港，这里是王后势力的中心腹地，是她最喜欢的城市，也是兰开斯特家族世代以来的根据地。选择莱斯特让他们感觉安全，但这个选择也让我和任何关心此事的人知道，他们是在害怕伦敦市民们会怎么想，害怕苏塞克斯的村庄里的人们会怎么说，害怕杰克·凯德的家乡肯特将会发生什么。

很难让所有人都行动起来：必须传唤领主和乡绅们，必须向他们解释这个计划，让所有人都知道，约克公爵为国效忠，却好心没好报，他的成就都将受到唾弃，他和盟友都将被排除在议会之外，举国上下都将与他作对。

国王磨磨蹭蹭，一直拖着没去莱斯特，直到最后才来向王后告别，按照计划他早就应该到了。出发前埃德蒙·博福特站在他右边，白金汉公爵亨利·斯塔福德站在他左边。在他身后的贵族们都身穿便装，有些人身穿轻甲，大部分人打扮得都像只是出门行乐。我看着这一张张熟悉的面孔。在场的人没有一个不是兰开斯特家的亲族，抑或受兰开斯特家族所雇佣的人。这里不再是属于英格兰宫廷，不再接受众多家庭或家族的支持，这里是兰开斯特家族宫廷，非友即敌。国王朝玛格丽特深深鞠躬，她礼貌地祝愿他路上平安，满载而归。

“我相信这事很容易解决，也能和平收场。”他说得含糊不清，“我的堂兄，约克公爵，不得违抗我的权力。你知道的。我已经告诉约克家族的领主，他们必须解散军队。每人能保留两百人。两百人就够了，是不是？”他看向萨默塞特公爵：“订成两百很合理的，是不是？”

“再合理不过了。”手下约有五百人、随时都能调用另外一千佃户的埃德蒙如此答道。

“所以我在此向你告别，等到这项工作完成后在温莎见你。”国王说。他朝博福特和白金汉公爵露出微笑，“我的好亲戚们会照顾我的，我心里有数。你尽管放心，他们会一直在我身边。”

我们走到大门口，向策马而过的他们挥手告别。国王的队伍走在最前面，他身穿旅行用的骑行服，和身边两个最受宠爱的公爵比起来，显得单薄而苍白。他们经过的时候，萨默塞特公爵对着玛格丽特摘下帽子，放在心口。她借助面纱的掩盖，将手指点在唇边。接着走过的是地位较低的贵族，然后是乡绅，卫兵们跟在后面。约莫有两千人随国王出行，他们轰隆隆地从我们身边冲过，骑着腿脚结实的高大战马，身形小一些的马则驮负行李和装备，接着是脚穿长靴的步兵们踏着整齐有序的步子走过，散兵跟在最后。

王后在普拉森舍宫里浮躁不安，虽然家中其他人都充满信心地忙忙碌碌，等着国王和他钦点的议会取得胜利的消息。沿河的花园里开满白色和浅粉色樱花，花瓣在空中飞舞。我们在风中走向河边，风儿卷起一地落英缤纷，仿如漫天大雪，逗得小王子哈哈大笑，在后面追逐。他的小胖腿打了趔趄，保姆慌忙俯下身去。在田野和河边，迟开的水仙花依然在频频点着奶油色的脑袋，草地的树篱中满是白色花朵，黑刺李在黑色的花梗上朵朵盛开，山楂树上，绿色的花朵含苞待放。河边的杨柳沙沙作响，柳枝垂向清澈的水面，绿水倒映着碧叶。

在小教堂里，我们依然为国王的健康祈祷，并为他的康复感谢上帝。但是任何事也不能让王后打起精神。她无法忘记曾被自己国家的领主们囚禁，被迫等待沉睡不起的丈夫醒来，害怕再也无法恢复自由。因为这次羞辱，她无法原谅约克公爵理查德。她不可能高兴得起来，因为那个在艰难岁月里唯一支持她、和她同样忍受囚禁的男人，此刻不得不再次出发对抗他们的敌人。她对他的胜利毫不怀疑；可没有了他在身边，她无法开心。

玛格丽特在走进自己房间时打了个颤，尽管炉架上燃着旺火，墙上挂着鲜艳的壁毯，夕阳的余晖正在温暖这些漂亮的房间。“我真希望他们没走。”她说，“我真希望他们召唤约克公爵去伦敦，在那里回答我们。”

我没有提醒她约克公爵在伦敦极受爱戴；行会和商人们都信任他那冷静而理性的头脑，他在城市和乡村建立和平而良好的秩序，而让商业得到蓬勃发展。公爵还是护国公的时候，商人们能在安全的道路上运送自己的商品，税率也降低了，因为挥霍无度的王室处于他的控制之下。“他们很快会回来的。”我说，“也许约克会像以前那样恳求宽恕，他们很快就会回来了。”

她的不安影响了每一个人。我们在王后的房间内用餐，而不在大厅，那里的卫兵和家臣抱怨着就算国王康复了也没有佳肴可吃。他们说宫廷不再是应有的样子。实在太安静了，就像一座被施了无声魔法的城堡。王后对批评充耳不闻。她召来乐师，只在自己的房内，为她一人演奏，年轻的姑娘们翩翩起舞，但她们只是做做样子，因为没有年轻英俊的随从们在一旁欣赏她们的舞姿。最后，王后命令一个侍女为我们诵读骑士故事，我们坐着，手里做着针线活，倾听关于一个王后的故事，她渴望得到一个在隆冬季节出生的孩子，于是生下了一个完全由冰雪造就的婴儿。这个婴儿长大成人后，她丈夫带他上了战场，他融化在了滚烫的沙砾之中。可怜的孩子啊。从此之后他们就没了儿子，就连冰雪形成的儿子也没有了。

这个悲惨的故事让我无比感伤，我变得多愁善感，苦苦想念我那在格拉夫顿的儿子们，我再也不能见到的路易斯，还有最大的儿子安东尼，今年十三岁，很快就要拥有自己的盔甲，当上他父亲或者另一个贵族的侍卫了。他很快就会长大成人，我真希望他能重新变回一个小宝宝，被我抱在怀里。这让我又一次渴望与理查德相会，我们这一生从未分开得如此之久。等到约克公爵被国王铲除，埃德蒙·博福特接过他在加莱的指挥权，命令理查德回家，我们的生活就能再一次回到正道上了。

玛格丽特传我到她的卧室，我坐到她身边，她们正在抬起像帽子一样裹在她的头上、低垂过耳的头饰，解开辫子，梳理她的头发。“你觉得他们什么时候会回来?”她问。

“这周内吧?”我猜道，“如果一切顺利的话。”

“怎么会不顺利呢?”

我摇头不语。我不知道她为何不开心兴奋，就像萨默塞特公爵第一次向她解释计划的时候那样。我不知道这座曾经像家一样温馨的宫殿，为何今晚却显得如此冰冷孤寂。我不知道那女孩为何非要念个讲述儿子和继承人在成为家长之前就融化消失的故事。

“我不知道。”我颤抖了，“我希望能万事顺利。”

“我要睡觉了。”她恼火地说，“到了早上我们可以开开心心去打猎。你可真会扫兴，雅格塔。你也去睡吧。”

我没有按照她的吩咐上床睡觉，尽管我知道我很扫兴。我走到窗前，打开木制的百叶窗，俯视月光下的河边草甸，还有河流那纤长的银色曲线。我不知道为什么自己的精神会如此萎靡，在这样一个英格兰五月的夜里，在这样一个整年中最美丽的月份。我的丈夫熬过这次考验后就能回家，英格兰的国王重新掌权，亲自出征打倒他的敌人。

然后，到了第二天下午很晚的时候，我们收到了消息，可怕的、令人难以置信的消息。真假难辨。我们下令把信使们带到王后面前，下令抓住从某些战斗中逃走的士兵，把他们带到王室房间说出所见所闻，又派人十万火急朝北而行赶往圣阿尔本兹。在那里，约克公爵没有平静地走向为他准备的苦刑，没有耐心等待被人当做叛徒提审，而是召集军队，前来恳求国王赶走他的敌人，恳求国王当一位全英国的优秀统治者，而不是独宠兰开斯特家族。

一个人告诉我在狭窄的街道中发生了一些暴乱，但他无法看出谁占上风，因为他受伤了，被抛在原地。没人向他伸出援手，这是最让普通士兵感到气馁的事情。他边说，边留意王后的脸色。“这么做会让你不知道你的主人到底还关不关心你。”他抱怨道，“抛下一个士兵不管，可算不上好领主啊。”

另一个人带着消息回来通知我们说发生了交战：国王扬起了军旗，约克公爵随即发起进攻，然后被杀了。王后听到这个消息后从椅子上站了起来，手按在心口。但后来，到了晚上，被我们派去伦敦的信使回来了，说从他在街头巷尾收集到的消息来看，最大的战斗发生在萨默塞特公爵的人和沃里克伯爵的人之间，沃里克伯爵的人挤过花园和矮墙，爬下鸡舍，穿过猪舍，来到城镇中心，避开各种路障，从完全出人意料的方向杀了出来，震住了萨默塞特公爵的士兵，乱了他们的阵脚。

玛格丽特在房内来回踱步，因为等待而愤怒，因为不耐而狂乱。她的侍女们缩到墙边，大气也不敢吭。我在门口拦下抱着小王子的保姆。今天下午可没有留给他玩耍的时间。我们必须知道发生了什么；但又无从得知。王后朝伦敦派出了更多信使，又派了三人前往圣阿尔本兹，向萨默塞特公爵带去她的密函，接下来我们能做的也只有等待。等待，并为国王祈祷。

到了最后，夜色渐深，仆人们带着灯火走进屋来，悄然无息地点亮四处的壁灯和烛台，卫兵打开大门走了进来，宣布道："国王的信使求见。"

王后站起身来，我走到她身边。她轻轻颤抖，脸色却平静而坚决。

"你可以进来告诉我消息内容了。"她说。

他大步流星走进屋来，单膝跪地，手持自己的帽子。"从国王陛下那里带来的消息。"他说，松开紧握的手，展示出一枚戒指。玛格丽特朝我点点头，我走上前接过戒指。

"你带来的消息是什么？"

"国王陛下祝您一切安好，也向王子送上他的祝福。"

玛格丽特点了点头。

"他说今晚好亲戚约克公爵会和他友好相处，明天约克会陪同国王陛下前去伦敦。"

屏息许久的玛格丽特终于呼出一口气，带着不满的嘶声。

"国王吩咐您尽可以放心，说上帝会安排一切，一切都会很好。"

“有关战斗的消息呢?”

信使抬头看她:“没有关于战斗的消息。”

她咬住下唇:“没别的了?”

“他请求您和整个宫廷为他今天逃过一劫而感谢上帝。”

“我们会的。”玛格丽特说。我因为她的隐忍自持而感到自豪,将手轻轻放在她的背上,悄悄抚摸着。她把头转过来悄声说:“等他离开时抓住他,看在上帝的分上,去弄清楚到底发生了什么。”然后转向侍女们说:“我会为国王的平安而祈祷感谢上帝,你们都跟我来。”

她带头出了房间走向教堂,其余人别无选择,只好跟在后面。信使开始放慢脚步走到后面,但我抓到他的袖子,把他拽到一个僻静的角落,把他当做一匹易惊的马,不让其他任何人抓住。

“发生了什么?”我开门见山地问,“王后想知道。”

“我只负责把消息原封不动地传到。”他说。

“不是说消息,笨蛋。白天到底发生了什么?你看见了什么?”

他摇头道:“我只看到小规模的战斗,无非是在街头巷尾和小酒馆里有骚乱。比起战斗更像是打架。”

“你看到国王了?”

他东张西望,好像害怕有人偷听。“他的脖子中了一箭。”他说。

我惊呼出声。

信使点点头,和我一样吓得双目圆瞪:“我知道这很可怕。”

“他怎么会在射程范围内的?”我愤怒地问。

“因为沃里克伯爵派他的弓箭手穿过街道,攀到花园上面,在小巷里窜来窜去。他没有像大家预料的那样堂堂正正走到大街上。谁也没有做好准备。我觉得过去从没有人发起过那样的袭击。”

我把手按在心口,心脏因为庆幸而扑通直跳,庆幸于理查德守在加莱，不在国王的卫兵之列，不会遇到像杀手一样在小巷里神出鬼没的沃里克党羽。“王家卫队在哪?”我问，“他们为什么不保护他?”

“都被杀死了，大部分人跑了。”他只说了一句，“因为看到那样的场面了嘛。在公爵死后……”

“公爵?”

“一出酒馆就被砍死了。”

“哪个公爵?”我坚持追问，感觉两腿发抖，“哪个公爵一出酒馆就死了?”

“萨默塞特。”他说。

我咬紧牙关，紧绷身体，克制呕吐的冲动:“萨默塞特公爵死了?”

“是呀，白金汉公爵投降了。”

我摇摇脑袋保持清醒:“萨默塞特公爵死了? 你肯定? 你真的肯定?”

“亲眼看到他倒下了啊，在酒馆外面。他一直藏在里面，不肯投降。他带着自己的人冲了出来，以为可以杀出一条血路；可他们把他砍死在门槛上了。”

“谁? 谁把他砍死的?”

“沃里克伯爵。”他简明地说。

我点头，知道这势必成为一场血海深仇:“国王现在在哪?”

“被约克公爵控制住了。他们今晚会休整，搜寻伤员，他们在圣阿尔本兹四处掠夺，当然了，整个镇子都会被洗劫一空。明天他们全都要来伦敦了。”

“国王可以上路吗?”我很是替他担心，这是他第一次参战，结局就如同一场大屠杀。

“他会隆重驾到。”信使阴郁地说，“他的好朋友约克公爵在一边，索尔斯伯里伯爵理查德·内维尔在另一边，伯爵的儿子、年轻的沃里克伯爵、这场战斗的英雄，会拿着国王的剑走在前面。”

“游行吗?”

“胜利的游行，对某些人来说。”

“约克家族掌握了国王，他们拿着他的剑，而且还要来伦敦?”

“国王要头戴王冠出现在世人面前，让大家都知道他现在身体健康，神清志明。在圣保罗，约克公爵将把王冠戴到他头上。”

“一场加冕?”听到这话很难不发抖。这是身为君主最为神圣的时刻之一，国王将出现在大庭广众之下进行第二次的加冕礼。这一举动本是为了向世间宣布国王再次回归，重新掌握权力。但这一次恰恰相反，典礼将昭告世人他失去大权。他要显示给世人的将是约克公爵掌握了王冠，只不过让他戴着而已，“他让公爵为他加冕?”

“而且我们都会知道他们已经和解。”

我瞥了一眼门口。我知道玛格丽特正等着我。可我却要去告诉她萨默塞特公爵死了，她丈夫落到了敌人手里。

“没人会认为这样的和平会持久。”我轻声说，“没人会认为他们已经和解。这是腥风血雨的开端，而不是结束。”

“他们最好这样想，因为不久之后，就连提到这场战斗都是叛国大罪了。”他冷冷地说，“他们说我们必须忘掉这场战斗。你猜怎么着？我离开的时候，他们正好通过了一项法律，让我们都把嘴闭紧。要显得这事从没发生过一样。”

“他们想要人们装出一副事情从没发生的样子!”我惊呼。

他苦笑道：“为什么不呢？这又不是什么大战，夫人啊。也说不上光荣。最高贵的公爵藏在一个小酒馆里，刚一出门就一命呜呼。不到半个小时，一切都打上句号，国王连剑都没有拔出来。他们发现他躲在一个皮货店里的兽皮下面，他们在猪圈和花园间追赶他的军队。谁也不会满心自豪地记住这样一场战争的。十年以后，谁也不会在火炉边上讲述当时的场面，也不会跟孙子提起这事的。所有曾在那里的人都希望能彻底忘记。我们没有浴血奋战，也不是死里逃生的幸运儿。”

我在玛格丽特的房间里等待，她在教堂向上帝致谢之后，便带领宫里人回来。她一看见我严肃的脸，就宣布自己很累，要和我独处。最后一个侍女关门离开之后，我开始动手拆她的发钗。

她抓住我的手：“不用了，雅格塔。我现在无法忍受被人触摸。告诉我，情况很糟，是不是?”

我知道换做是我，也宁可先知道最坏的消息。“玛格丽特，告诉你这事简直让我心碎——萨默塞特公爵大人死了。”

她一时间没听懂我说话：“公爵大人?”

“萨默塞特公爵。”

“你说他死了吗?”

“死了。”

“你是说埃德蒙?”

“埃德蒙·博福特，是的。”

慢慢地，她灰蓝色的眼睛充满泪水，嘴角发抖，她用手按住太阳穴，好像脑袋因为痛苦而嗡嗡作响：“他不可能死的。”

“他的确死了。”

“你确定？那人肯定吗？当时的战斗场面可能很混乱，这消息可能有假?”

“也许吧，但那人非常肯定。”

“怎么可能?”

我无言以对。我不准备现在告诉她细节：“短兵相接，在街道上……”

“然后国王给我送来消息，命令我为他举行一场感恩仪式？他疯了吗?

埃德蒙死了，他却想要感恩仪式？他什么也不在乎吗？什么也不吗？”

一片沉寂，接着她颤抖地呼了口气，意识到自己到底失去了多少。

“国王派信使回来也许不是为了感恩仪式的。”我说，“应该是约克公爵的命令。”

“我管那些做什么？雅格塔——没了他我该怎么办？”

我拉住她的手，免得她拉扯自己的头发：“玛格丽特，你必须忍耐。你必须勇敢。”

她摇头，喉咙里发出低低的呻吟：“雅格塔，没了他我该怎么办？没了他我该怎么生存下去？”

我把她领到大床前，轻轻把她按到床上。她的头一落到枕头上，眼泪就簌簌落了下来，打湿了精致的绣花床单。她没有尖叫，没有啜泣，只是在紧咬的牙关之后发出呻吟，仿佛试图压抑声音，但只是徒劳，就像她的痛楚。

我牵住她的手，无声地坐在她身旁。“还有我的儿子。”她说，“上帝啊，我的小儿子。谁还能教他怎样做个男人呢？谁还能保护他的安全呢？”

“不哭。”我绝望地说，“不要哭。”

她闭上眼睛，但泪水依然淌下脸庞，她依然在轻声呜咽，就像濒死的动物。

她睁开双眼，稍稍支起身来。“国王呢？”她现在才想到这个问题，“我想他就像他说的一样安全？我想他平安逃脱了吧？就和往常一样，感谢上帝？”

“他受了轻伤，”我说，“不过，有约克公爵保证他的安全。他要带他来伦敦，同时举行隆重的仪式。”

“没有埃德蒙我该怎么办？”她低声说，“谁来保护我？谁去守护我儿子？谁来守护国王的安全，如果他再次进入长眠该怎么办？”

我摇头不语。说什么也无法安慰她，她不得不忍受失去他的痛苦，在早上醒来时知道自己必须统治这个国度，面对约克公爵，失去了为她所爱的男人的支持。她将一直孤独。她要身兼儿子的父亲和母亲二职。她将是英格兰国王和王后。永远也没有人知道，她的心早已碎了。

接下来的几天里，她完全不像是安茹的玛格丽特，而像一个鬼魂。她不说话，哑巴一样。我告诉侍女说她在震惊之下得了喉痛病，类似感冒，必须好好休息。但在她阴暗的房间里，她无声地坐着，手按在胸口，我看到她忍下呜咽，被自己的悲痛哽得发不出声音。她不敢出声，因为一旦开口，她一定会放声大叫。

伦敦正在上演可怕的一幕。国王忘记了自我，忘记了自己的地位，忘记了上帝赋予他的神圣的职责，准备去圣保罗大教堂重新加冕。没有大主教为他加冕；仪式本身就是一个笑话，因为将是约克的理查德把王冠戴在国王头上。在挤进大教堂的数百看客和在教堂外聆听的数千人之前，一位王族为另一位王族加冕，好像他们平起平坐，好像谁服从谁不过是个怎样选择的问题而已。

我把这个消息告诉坐在黑暗之中的王后，她摇摇晃晃地站起来，仿佛刚学会怎样行走。“我必须去国王身边，”她说，声音微弱而沙哑，“他这是在放弃我们所拥有的一切。他一定是又疯了，而现在他正在交出自己的王冠和他儿子的继承权。”

“等一下，”我说，“我们不能阻止这件事。不如伺机而动，看看能做些什么。我们等待的时候，你必须走出房间，适当进食，和你的人民对话。”

她点点头，她早已知道自己必须领导王室，而现在她成了唯一的顶梁柱。“没了他我还能做什么?”她向我喃喃道。

我握住她的双手，手指冰冷："你能的，玛格丽特。你能的。"

我托一个一直信任的羊毛商人给理查德送去紧急消息。我告诉他约克家族将重新掌权，他必须做好准备，因为他们会来占领要塞，国王也在这些人的掌控之下。我还告诉他我爱他，想他。我没有央求他回家，因为在这个多事之秋，我也不知道他在家是否就安全了。我开始意识到，整个宫廷，整个国家，还有我们自身，都在从兄弟之争走向兵戎相见。

约克公爵理查德正如我所预料的那样迅速行动了。他建议让王后到赫特福德城堡见她的丈夫，那里离伦敦大约一天路程。总管把此事告诉她，她发火道："他这是要把我抓起来。"

总管退后，避开她的怒火："不是的，殿下。只是想给您和国王一个休息的地方，直到他们在伦敦召开议会。"

"我们为什么不能留在这儿？"

那人向我投来绝望的眼光。我扬起眉毛，无意帮他，因为我也不知道他们把我们送去亨利童年时的家有何用意。而且那座城堡四面都是高墙，外有护城河环绕，内有重重把守，简直像一座监狱。如果约克公爵是想监禁国王、王后和小王子，那他再也找不到比这更好的地点了。

"国王身体有恙，王后大人。"管家终于坦言，"他们认为他不应该在伦敦抛头露面。"

这正是我们一直害怕听到的消息。她冷静地接受了。"身体有恙？"她问。"你说'有恙'是什么意思？他又睡着了？"

"他无疑显得十分疲劳，但并没有像以前那样一直沉睡；可脖子受伤，而且非常惊恐。公爵坚信他不应该暴露在伦敦的噪声和喧嚣之中，认为他应待在城堡里静养，那里曾是他的育儿室，他在那里必定能得到安慰。"

她看着我，似乎想寻求建议。我知道她心里在想如果埃德蒙·博福特还在世的话会提什么建议。“你可以告诉公爵大人，我们明天就起程去赫特福德。”我对信使说。他一转身我就对王后耳语道：“除此之外还能怎么做？如果国王真病了，我们最好带他离开伦敦。如果公爵命令我们去赫特福德，我们也无法抗命。我们最好带他远离公爵和他的党羽。如果能守住国王，至少还能确保他的安全。我们必须把国王掌握在手中。”

# 1455年夏

## 赫特福德城堡

他的样子并不像当初那位准备去教训大领主、身边还有两个打扮得像是出门游玩的朋友陪伴的国王了。他的内心似乎已经崩溃，像一个枕头失去了枕芯，一个气球被人放了气。他垂着脑袋，喉咙上胡乱缠着的绷带显示沃里克的弓箭手造成的伤害，这伤口险些就要了一国之君的小命。他的袍子垮在肩头，因为没有系紧腰带，他踩着自己的衣角跌跌撞撞地走进赫特福德城堡狭小的会客室，像个白痴。

王后在等他，身边围着几个家臣，但这个国家的大领主们和他们的手下都留在伦敦，为约克公爵要求召开的议会做准备。她看见他便起身上前问候，态度庄重而尊贵。但我可以看到她的双手颤抖，直到她把手藏进长长的袖子之中。她和我都清楚地知道，我们再一次失去了他。在这关键时刻，在我们无比需要一位国王发号施令的时刻，他逃走了。

他对她微笑。“啊。”他说，和上次一样陷入短暂的停顿，显然正在脑中搜寻她的名字，“啊，玛格丽特。”

她弯腰行礼，起身吻他。他像孩子一样噘起嘴巴。

“大人，感谢上帝您平安无事。”她说。

他睁大双眼。“当时可怕极了。”他的声音单薄而细弱，“可怕极了啊，玛格丽特。你这辈子从没见过这样可怕的事情。我很幸运，因为约克公爵在那里带我安全离开了。那些人都干了些什么事啊！可怕极了。玛格丽特。我真高兴公爵当时在场。他是唯一一个对我好的人，他是唯一一个理解我的感受的人……”

玛格丽特和我同时抢上前去。她抓住他的胳膊，把他带进私室，我则挡住那些人的去路，不让他们跟上去。大门在他们面前关上，她的女侍长看向我。“现在又是怎么回事？”她挖苦地说，“咱们又要一觉不醒了吗？”

“我们效忠王后。”我的声音显得比我的内心更加坚决，“尤其是你。注意你那张嘴。”

我没有收到理查德的来信，不过有一个在加莱当监工的石匠特意骑马来到赫特福德城堡给我送消息。“他还活着。”这是他开口说的第一句话。“上帝保佑他，他活着，而且平安无事，正在操练士兵，维持防御，尽一切努力守卫加莱，为了英国……”他的声音小了下去，“也为了兰开斯特。”

“你看到他了？”

“在我离开之前。我没有和他说话，我得坐船，但我知道您一定想听到他的消息。如果您想给他写信，尊贵的夫人，我可以替您带去。我下个月回去，除非另有别的命令。”

“我马上就写，在你离开之前就写。”我保证道，“要塞怎么样了？”

“忠于埃德蒙·博福特。”他说，“之前他们掠夺仓库贩卖羊毛的时候把您的丈夫关了起来，但一等他们拿到军饷，就立刻放了他出来，也释放了之前留在港口的船只。我就是这样离开的，他也恢复了自由。当然，那时候没人知道公爵已经死了。他们现在应该已经知道了。”

“你觉得他们知道后会怎么办？”

他不置可否：“您的丈夫会一直等待国王下令。他从头到脚都是国王的人。国王会命令他守住加莱，抵抗新任长官——沃里克伯爵吗？”

我摇头不语。

“又要听天由命了?”这位商人的问题一针见血。

“恐怕的确如此。”

国王白天一直睡觉，吃得很少，没什么胃口，每次礼拜都不会错过。有时候他会半夜醒来，穿着睡袍在城堡里东游西逛，卫兵不得不喊来他的贴身仆人带他回床上。他并不忧愁，因为一听到音乐声，他就会随节奏拍手，有时候还会频频点头；有一次，他抬起下巴，用颤颤巍巍的尖细声音唱了一首歌，一首关于宁芙仙女和牧羊人的可爱的歌，我看见一个小听差把手指关节塞进嘴里免得大笑出声。但是大部分时间里，他都再次成了一个失魂落魄的国王，属于水的国王，属于月亮的国王。他的精神丧失了大地的印迹，丧失了火的特质，他的话语像写在水上一样虚无缥缈。我想起当时扔进水里的那个小饰物，明明白白地告诉我，国王再也不会回到我们身边了，属于他的辉煌已经沉入深深的水底。

# 1455年秋

## 莱斯特郡　格鲁比庄园

我从王后那里得到离开宫里的许可，来到我的女儿在格鲁比庄园的家。王后笑道，阻止一场骑兵冲锋也比阻止我离开容易。我的伊丽莎白已经怀有身孕，她的头一胎，预计十一月出生。我自己也很想再怀孩子，一个在理查德回家又离开的那段时间里我们不分日夜地做爱而得的孩子。我希望看见伊丽莎白平安生产，然后我就会回自己的家准备分娩。

当然，理查德不会在场见证这一切，见证他第一个孙子的出生。他不会在格鲁比庄园陪我等待伊丽莎白的第一个孩子，也不会在格拉夫顿看我进产房，更不会在赫特福德城堡或伦敦。他的领主兼长官萨默塞特公爵已逝，理查德本应回到我身边，不用遵循谁的命令。但当加莱的未来如此混沌不明的时候，他无法信守他的承诺，无法回到我身边。沃里克伯爵是加莱的新任治安官，理查德不得不决定到底是服从这位新长官还是违抗他。再一次，理查德远在天边，必须选择自己的阵营，他的忠诚属于这一侧，人身安全却在另一侧。我们甚至不能给彼此写信，因为加莱再次向外界关起大门。

伊丽莎白的婆婆格雷夫人在门口迎接我，身着绚烂夺目的深蓝天鹅绒礼服，头发编成两条粗辫子，垂在头的两侧，让她圆圆的脸看上去像个摆着三个大面包的面包铺子。她极有风度地向我屈膝行礼。“我真高兴您能来陪伴您女儿待产。”她说，“孙儿的出生对我来说也是极为重要的事情呢。”

“对我也一样。”我不甘人后地声明，心中满怀欣喜，毫不怀疑我女儿的儿子即将诞生，他是我的孙子，也是梅露西娜的后代。他将拥有格雷家族的名号，我已经为此支付了伊丽莎白的嫁妆。

“我带您去她的房间。”她说，“我已经给了她最好的卧室。为了我这第一个孙子，我可是既不遗余力也不惜代价的哟。”

这间房子宽敞而美丽，我承认这一点。伊丽莎白的三个房间东面朝向塔山，南面朝向老教堂。百叶窗都紧紧关着，但有一道秋日的阳光透过板条射进屋内。屋里熊熊燃烧着粗大的木柴，十分温暖，布置得也很好，有一张大床，一张较小的美人榻，为访客而设的凳子，墙边还摆着一张为她的同伴准备的长凳。我一进门，女儿就从美人榻上支起身来，从她身上我看见了那个我最爱的小女孩的影子，也看到了她已经长成怎样一位美丽的女子。

她正体态丰腴，拿我丈量她的腰身时的惊讶表情打趣。“我知道！我自己知道的！”她投入我的怀里。我温柔地搂着她，她浑圆的腹部挤在两人之间，“告诉我不会是双胞胎。”

“我已经跟她说了，如果肚子偏下又很宽的话，就说明怀的是女孩。”跟在我身后进来的格雷夫人说。

我没有纠正她；我们有足够的时间见证婴儿是男是女，见证这孩子是什么样。我搂住伊丽莎白宽大的身体，用双手捧起她美丽的脸庞：“你比任何时候都显得更加可爱。”

这是实话。她的脸更加圆润，在室内度过一整个夏天之后，金发的颜色深了一点，而她精致的美貌，鼻梁和眉毛的优美曲线，嘴唇的完美形状，都和少女时一样可爱。

她稍稍噘起嘴来：“只有您会这么想，母亲大人。我连门都不能出，约翰三个月前就不跟我同床了，因为睡觉时婴儿总是踢我，我整个晚上都在翻来覆去，让他睡不了觉。”

“马上就结束啦。”我说，“这说明他两腿结实，很好嘛。”我把她放回美人榻上，抬起她的两脚。“躺着吧。”我说，“再过几天你就有的是事情做了。”

“你觉得再过几天孩子就要出生了？”格雷夫人问。

我看着伊丽莎白，说：“我还不清楚。第一个孩子总是害人等他等得望眼欲穿。”

格雷夫人离开了我们，向我们保证天一黑就送来美味的晚餐。伊丽莎白一等门关上就说“您说了‘他’，您说了等‘他’”。

“我说了吗？”我对她笑道，“你是怎么想的？”

“我施了那个结婚戒指的法术。”她急切地说，“我应该告诉你结果吗？”

“让我试试。”我像小女孩一样兴奋地说，“让我用自己的戒指试试。”

我从手指上摘下自己的结婚戒指，从脖子上取下一条细细的金链，把戒指绑在链子上，有些不敢相信自己竟有幸为自己的女儿占卜她的孩子将是什么样子。我把链子垂在她的腹部，等待它静止不动。“顺时针就是男孩，逆时针就是女孩。”我说。我不动，戒指却自己旋转起来，起初很慢，仿佛被微风吹动，随后越来越明显，一圈圈地打转。顺时针打转。“是男孩。”我说，抓住戒指，重新戴回手指，把链子戴回脖子上。“你怎么想？”

“我想过是个男孩。”她肯定道，“你呢？”

“我也觉得是个男孩。”我自豪地说，“我们的家族将多么壮大啊。我敢说他们都能当上公爵。你打算给他起什么名字？”

“我打算叫他托马斯。”

“幸存者托马斯。”我说。

她一下好奇起来：“你为什么这样叫他？他会从什么事情中幸存下来？”

我盯着她美丽的脸看了一会儿，一瞬间仿佛是从彩绘玻璃窗里看她，在一个阴暗的大厅，她已离我而去多年。“我不知道。”我说，“我只是觉得他会踏上漫长的旅程，挺过很多危险。”

“那么你觉得他什么时候会出生?”她性急地问。

我笑吟吟地说：“某个星期四，当然了。”我引用了那句古老的俗语：“星期四的孩子前程远大。”

她立刻眉开眼笑：“那我呢?”

“你是星期一出生的。星期一的孩子貌若春花。”

她咯咯大笑：“哦，母亲大人，我现在貌若南瓜!”

“的确，”我说，“但也直到周四为止了。”

事实证明这两个问题我都答对了，尽管我不想与格雷夫人作对，因为她必定是个难缠的对手。是个男孩，出生在星期四，伊丽莎白坚持要叫他托马斯。我一直等到她能站起四处行走，亲自带她去教堂，等到她身体康复，宝宝有充足的奶水，她丈夫也不会一天十次问我是否肯定一切都好之后，我回到格拉夫顿看望其他孩子，向他们保证他们的父亲正在为国王英勇效忠，一有机会就会马上回家，正如以往那样，他们的父亲发誓会对我们永远忠实，永远会回到我们身边。

我在十二月进了产房，宝宝出生的前一天夜里，我梦见一个像我的丈夫理查德一样勇敢的骑士，还梦见一个干燥炎热、寸草不生的国度，梦见烈日下摇曳的军旗，还有一个无所畏惧的男人。刚出生的宝宝十分瘦小，又哭个不停，我把他抱在怀里，不禁想着他长大会是什么样子。我思及小王子之事，便给他起名叫爱德华，我敢肯定他将十分幸运。

# 1456年春

## 赫特福德城堡

理查德没有回家，我从沉寂而可怕的宫中写信给他，说他又当上一个孩子的父亲了，而且还当上了祖父。我提醒他安东尼必须被派去服侍某个大贵族了，可在这个重新被约克统治的世界里，我怎么知道该选谁呢？我甚至不知道他有没有收到信；当然，我也没有收到回复。

要塞和加莱城正处于战时状态，在那里，新任命的指挥官，屡战屡胜的年轻的沃里克伯爵，和他的前任兼盟友约克公爵一样不受欢迎。我止不住地想象，止不住地害怕，害怕理查德把约克的盟友拒之门外，为兰开斯特固守那座城市。一个已遭遗弃的希望，一个孤独的岗位。我想象他正坚持对兰开斯特的忠诚，觉得为沉默的国王牢守加莱将是他能提供的最好服务。可一直到圣诞节过去，整个冬季结束，我都没有收到任何有关他的消息，我希望知道他是否还活着，想知道要塞有没有受命拒不接纳沃里克伯爵进城，因为城堡忠于那位死在他手上的人——已逝的萨默塞特公爵。

到了春天事情才出现转机。“国王好一些了。”玛格丽特向我宣布。

我怀疑地看着她。“他讲话是比以前利索了。”我附和道，“但他还没有恢复神志啊。”

她紧咬双唇：“雅格塔——也许他永远也不能恢复如初了。他的伤口已经愈合，他口齿清晰，走路也不再跌跌撞撞。作为国王，他已经合格。从远处看，他能摆出统治者的样子。对我来说这就足够了。”

“足够让你做什么了?”

“足够让我带他回伦敦，带到议会面前，再一次从约克公爵手里夺回权力。”

“他只是个国王的躯壳。”我提醒她，“一个傀儡国王。”

“那么就由我来操纵他的线吧。”她承诺道，“而不是约克公爵。我们在这里任由护国公霸占所有职位，所有金钱，所有税收和所有好处。他会把整个国家抢个干干净净，我们只能落个一无所有的下场。我必须把国王推回到王座上，把约克赶回老家。我必须抢救我儿子的继承权，确保他到了岁数，能自己作战的时候，便能坐上王位。”

我犹豫不决，想起国王神经质的精神状态，还有他对突然发出的噪声的恐惧。他在伦敦一定很不开心，在威斯敏斯特也一定会活得心惊胆战。领主们会请求他的决断，要求他的指令。他无法胜任这一切。“议会里会有源源不断的争吵和叫喊。他会精神崩溃的啊，玛格丽特。”

“我会命令你丈夫回来。”她向我抛出诱饵，“我会让国王赦免整个要塞，让护卫队回家。这样一来，理查德就能回家，看他的孙子和儿子了。他还从没见过你新生的宝宝呢。”

“你这是贿赂。”我评论道。

“绝妙的贿赂。”她答道，“因为你无法回绝，是不是？这么说你同意了？我们能让国王重新坐上王位吗?”

“如果我不同意你，你会收手吗?”

她摇头：“我心意已决。不论你同意与否，雅格塔，我都会从丈夫手中接过大权，我会为我的儿子拯救英格兰。”

“那就带理查德回家吧，我会支持你的。我想让他重新回到我的生活里，活在我的视线之中，睡在我的床上。”

# 1456年春

## 伦敦　威斯敏斯特宫

恢复神志的国王采取了一系列行动。召回理查德就是其中之一。我们大张旗鼓来到威斯敏斯特，向议会宣布国王已经康复。事情进行得比我设想的更顺利。国王庄重而仁慈，议会因为他的回归明显松了一口气，国王现在在约克公爵的辅佐下治国了。国王赦免了加莱要塞拒绝承认约克和沃里克之罪，并且特别为理查德签发了赦令，原谅了他在这场以下犯上的叛乱行为中所担任的角色。

“你的丈夫是我和我的家族的忠臣。”晚餐前来到王后的房间时，他这样对我评论道，“我不会忘记的，里弗斯夫人。”

“他能回家吗?”我问，“他已经离开这么久了，国王陛下。”

“很快的。”他向我保证，“我已经写信给他和威尔斯勋爵，说我钦任沃里克伯爵为加莱长官了，他们会接受我的命令，承认他的权威。等他们承认了伯爵，待他就任，你丈夫就能回家啦。”他叹道，“如果他们能相亲相爱地生活在一起多好。如果他们能像林中的群鸟，巢里的幼雏，那样多好啊。”

我屈膝行礼。国王又沉浸在了他的梦中。他幻想出了一个更友爱、更好的世界，没人能否认它的美好。但它们对生活在现实世界中的我们是毫无裨益的。

那道意外的箭伤给国王带来的痛苦，还有圣阿尔本兹那场野蛮的战斗和横死街头的惨状对他造成的创伤，似乎都已经沉入内心深处不见了。他说他现在很好，我们举办了一场特殊的弥撒为此感谢上帝，所有人都看见他稳稳当当地走路，和请愿者们交谈，坐在自己的王位之上；但王后和我都不敢说他不会再次发病。他尤其讨厌噪音和不和，而宫廷、国会和国王的议会都充满派系斗争，约克家族的追随者和我们的人之间发生的争吵每天都会上演。任何麻烦，任何争端，任何不快，都会让他移开视线，看向窗户外面，陷入沉寂，逃入自己的白日梦之中。王后已经学会永远别反对他的意见，小王子只要一抬高嗓门说话或四处乱跑就会被赶出房间。宫中上下做起事来都蹑手蹑脚，生怕打扰国王。目前为止，我们至少成功让他装出一副国王的仪态。

王后已经学会了怎样控制自己的脾气，看到她那样克制自己以免惊到自己的丈夫，让我心生感动。玛格丽特很容易生气，也有很强的统治欲，看她这样咬紧牙关，听到她这样压低声音，以免显出对国王的僭越，也就等于是在亲眼见证一个年轻女人如何越来越有智慧。我从没想过她会像这样温柔待他。她把他当做一只受伤的动物，每当他目光变得虚浮，或者东张西望，试图回忆一句话或一个名字，她便把手轻轻搁在他身上鼓励他，体贴得简直像一个女儿伺候她那老糊涂的父亲。一场在巨大的希望中开端的婚姻却以这样令人唏嘘的方式收尾，国王这些不为人知的弱点是她秘而不宣的伤痛。她是一个因为失去而变得清醒的女人：她失去了她爱的男人，失去了她的丈夫，可她不对任何人抱怨自己的命运，除了我。

在我面前，她的火爆脾气没有熄灭。我们单独相处时她时常爆发。“约克公爵让他做什么他都做。”她唾道，“他就是他的傀儡，他的狗。”

“他必须在与约克公爵、索尔斯伯里伯爵和沃里克的协议之下统治啊。”我说，“他必须回应枢密院反对他的那些意见；那些人说他只偏心兰开斯特。现在国会完全被那些一手遮天的大人物们控制了，约克家族如是，兰开斯特家族也如是。在英国，他们就爱这样。王后大人。他们就爱分享权力，就爱任命一大堆谋臣。”

“那我欣赏的人又是怎么回事呢？”她质问道，“那萨默塞特公爵又怎么回事呢？他死了，全拜他们所赐！我那最亲爱的，最真诚的……”她没有继续说下去，扭开了头，不让我看见她脸上的悲伤，“我儿子的利益呢？谁来服侍我和王子？谁来满足我们的需要——别提议会的那些家伙！”

我默默无语。她在生约克公爵的气的时候，没什么好和她争的。她接着说：“我咽不下这口气。我会带王子去图特伯里城堡度夏，然后去肯尼沃斯。我不会留在伦敦，我不想再被囚禁在温莎。”

“没人会囚禁您……”

“你可以回去见你的孩子们。”她下令道，“然后再来见我。我不会留在伦敦任由公爵差遣，任由市民们羞辱。我知道他们都怎么说我。他们觉得我是一个嫁了个傻瓜的泼妇，我不会这样任人辱骂的。我要离开，还要带上整个宫廷，远离伦敦，远离公爵，他可以随心所欲给我下命令；但我可以不用见他们了。伦敦人也会见识到一个没有宫廷、没有上议院、没有下议院的伦敦城会是什么样。我要亲眼看到他们破产，要带宫廷离开，只把恩泽和财富带给中部地区的人们，让他们后悔莫及。”

“国王怎么办呢？”我谨慎地问，“您不能把他独自留在伦敦。这就等于是让他落入约克公爵之手。”

“我一下命令他就会随我走的。”她说，“只要我这样下令，没人敢阻止。公爵不会有胆子把我们拆散的，而且，如果又让他把我关在温莎，我这辈子就完了。”

# 1456年夏

**北安普敦郡　格拉夫顿**

我等待理查德回到我们在格拉夫顿的家，和我们的孩子一起享受夏日时光。伊丽莎白和她的新生儿一起住在格鲁比，她妹妹安妮正在造访她家。我已经让安东尼跟随斯凯尔斯爵士，作为他的侍卫。斯凯尔斯勋爵有一个独生女，也是他的继承人。我的玛丽已经十三岁了，我必须为她寻觅一位好夫婿。她和她妹妹雅格塔住在白金汉公爵夫人那里，学习家中规矩。我的儿子约翰留在家里，他和理查德必须在新导师的指导下进行学习。玛莎今年也将加入到教室之中。伊琳诺和莱昂内尔还在育儿室里，还有他们两岁的小妹妹玛格丽特，小弟弟爱德华。

我没有等很久就盼到了丈夫的归来。首先，我收到一封信，说理查德已经从加莱的岗位解放了出来，然后——几乎和信使后脚跟着前脚——我看到格拉夫顿通往我家的路上扬起灰尘，便把爱德华抱出摇篮，搂在怀里，手搭凉棚，看向远处的路。我计划让理查德骑马出现的时候看见我站在这里，怀抱我们的新生婴儿，身后是我们的家，四周是我们安全的土地，他会知道我一直相信他，抚养他的孩子，守护他的土地，正如他相信我一样。

我可以看到军旗的颜色，接着便确信那是他的旗帜，一发现带头骑在那匹骏马身上的男人是他，我就忘了一切计划，把爱德华塞进奶妈的怀里，拎起裙子就冲下阳台，跑下台阶来到路边。我听见理查德喊道：“你好呀！我的公爵夫人！我的小公爵夫人！”看见他停步翻身下马，下一秒我就在他的怀里，他的吻激烈到我不得不把他推开，然后又拉回来抱紧，我的脸埋在他温暖的颈窝，他吻我的头发，仿佛我们是已经分开了整整一生的甜蜜恋人。

“亲爱的。”他气喘吁吁地对我说，“这段日子像永远一样久。我害怕你把我的事全忘了。”

“我想你。”我呢喃。

我的眼泪打湿了脸颊，他边亲吻泪水边喃喃道：“我也想你。上帝啊，有好几次我还以为我永远也不能回家了。”

“你现在无官一身轻了？你不用回去了吧？”

“我没有任务了。沃里克会安排他自己的人。我向上帝祈祷再也不用看见那座城市了。你不知道那里多么荒凉，雅格塔。这么久以来我都仿佛被困在一个笼子里。郊外很不安全，勃艮第公爵的突袭和法国国王的威胁，我们时不时还会收到英格兰和约克领主那里来的入侵警报。整个城市都在崩溃的边缘。那里的人公开反叛，但没人能责怪他们，最糟糕的是我一直不知道自己该怎样做，不知道英国到底发生了什么事。而且，我还不能得到你的消息。甚至不知道你生孩子的时候顺不顺利……”

“我不停写信。”我说，“我不停写信，但我猜你没有收到。有时候我找不到任何人帮我捎话。我给你送去的水果和一桶腌肉呢？”

他摇头道：“从来没听说这事。我太想从你那里得到一句贴心话了。你一个人挺下来——还新添了个孩子呢！”

“这是爱德华。”我自豪地说，叫奶妈上前把孩子交给他父亲。爱德华睁开深蓝色的双眼，严肃地打量他的父亲。

“他长得结实吗？”

“哦是的，还有其他孩子也是。”

理查德环顾四周，他的孩子们冲出大门，男孩们向他脱帽，女孩们朝他奔来，他俯身蹲下迎接她们，两臂张开，让她们投入自己的怀抱。“感谢上帝，我回家了。”他眼含泪水，“感谢上帝带我平安无事地回到这里，我的家，还有我的妻子和孩子身旁。”

那一晚在床上，我觉得很害羞，怕他会觉得我变了——又过去了一年，又一次分娩让我的腰臀变得更宽——可他对我温柔细致，爱抚我，就像他仍然是我的侍卫，我仍然是年轻的公爵夫人。“就像弹鲁特琴。”他笑个不停，悄声道，“只要一拿到手里，你就永远能想起该怎么使它。记忆也许不可靠，但身体永远记得。”

“这把老琴还能弹出什么新曲儿吗?”我假装恼怒地问。

“如果你能找到完美的琴师，就一直保持下去。”他轻柔地说，“我第一眼看到你，就知道你是我一生寻求的女人。”他把我收进温暖的臂膀之中，沉入了梦乡，一直将我搂得很紧。

我在他的怀中睡着，就像美人鱼潜入黑暗的水里。但半夜时，有东西唤醒了我。起初我以为是哪个孩子，于是挣扎着醒来，钻出被子坐在床边侧耳倾听。但屋子里毫无声息，只有开裂的地板在吱呀作响，还有风叹息着穿过打开的窗户。屋中一片安宁，因为它的主人终于平安到家了。我走到卧室外面的房间，打开窗户，拉开木制百叶窗。夏天的夜色如斯深沉，呈深蓝色，深如一条丝质缎带，月亮正圆，像一轮浑圆的银章，低垂在地平线上，正在缓缓下沉。但在东方的天空里，有一束强光——贴近地面，形如一把尖刀，指向英格兰的心脏，指向中部地区，我知道玛格丽特正在那里武装城堡，准备对约克家族发起新的进攻。我凝视那颗黄色的彗星，不像月亮那样苍白黯淡，而是通体金黄，像一把鎏金佩剑指向我国的心脏。我心下一片雪亮，知道它必然预示着战争和流血，理查德会像往常一样在最前线厮杀，而现在我还要为别的男人牵肠挂肚：女婿约翰，儿子安东尼，还有其他那些要在战乱的国度中成长的儿子们。那一刻，我甚至想起了约克公爵的年轻孩子，那天我在威斯敏斯特看见他和他的母亲在一起。年轻的爱德华，那英俊的男孩，他的父亲无疑也会带他上战场，他的生命也处在危险之中。这把佩剑悬在我们每一个人头顶的天空之中，仿佛在伺机劈头砍下。我凝视良久，心想这颗星应该被称为寡妇星，随后关上百叶窗，回到床上睡觉。

在玛格丽特的王国中心，在全英国她最爱的城堡肯尼沃斯，理查德和我进了宫。我和卫兵骑马上前，发现心中隐忧成了现实：正如那天晚上天空的预言，她真的准备打一场围城战了。枪已经上了膛，枪口伸出新近修葺的城墙。吊桥已经放了下来，横亘在护城河中央，可是上过油的锁链丝毫没有放松，随时准备把桥合上。拱门上的铁闸门正闪闪发光，一听号令就会马上关闭，而从佣人们的数量和机敏的反应看来，她压根没把这里当成家，而是在武装一座城堡。

“她这是在为打仗做准备呢。”我丈夫冷冷地说，“她真的觉得约克的理查德有胆子攻打国王?”

我们刚刚洗去路上风尘就立刻接受了她的觐见，她和国王坐在一起。我马上就发现国王的病情更严重了，他双手轻抖，脑袋不停左右摇摆，好像试图否定自己的想法，试图逃避现实。他微微发颤，就好像一只受惊的小兔，只想躺在玉米堆里，远离这个世界。我看着他那副样子，情不自禁地想伸手扶稳他。

玛格丽特抬头看见我进来，喜不自胜地叫道："看啊，陛下，我们的朋友来啦：这是雅格塔，里弗斯夫人，贝德福德公爵遗孀。你还记得她和我们有多么亲吧？你还记得她的第一任丈夫，你的大伯约翰，贝德福德公爵吧？而这位是她的第二任丈夫，那个坏蛋约克公爵想抢走加莱的时候，就是这位里弗斯男爵帮我们守住的。"

他看向我，但脸上完全没有流露出认出我的神色，只有稚子般的茫然目光。他显得前所未有地年幼，似乎对于这个世界一无所知，忘记了关于这个世界的一切知识，浑身上下洋溢着纯真的光。我听见身后的理查德悄悄惊呼。他被国王的景象所震惊了。我已经事先提醒了很多次，但他一直没有意识到国王又重新变成了王子，一个男孩，一个婴儿。

"大人。"我说道，向他行屈膝礼。

"雅格塔会告诉你约克公爵是我们的敌人，我们必须做好准备和他开战。"王后说，"雅格塔会告诉你我已经准备周全了，肯定能赢。雅格塔还会告诉你，只要我一声令下，他就会灰飞烟灭。他是注定灰飞烟灭的，因为他与我们为敌。"

"哦，他是法国人吗?"国王用小男孩的声音问道。

"老天爷啊。"理查德小声嘟囔道。

我看见她咬住嘴唇强忍恼怒："不。他是个叛徒。"

这个回答让国王满意了一会儿："他叫什么?"

"约克公爵，理查德。理查德，约克公爵。"

"明明有人跟我说过萨默塞特公爵才是叛徒，他被关在伦敦塔里啊。"

冷不丁地提到埃德蒙·博福特，而且还是从国王的口中说出，让她又惊又痛，我看见她的脸色一下变白了，看向别处。她就这样顿了一会儿，等到扭过头来时已经完美地控制住了情绪。这个夏天我已经见识到了她的决断力和勇气的成长，她正在迫使自己成为强悍的女性。她一直都有坚强的意志，而现在丈夫生病，国家也叛乱四起，令她更加努力使自己变为一个能保卫丈夫、统治国家的女性。

“不，大错特错。埃德蒙·博福特，萨默塞特公爵，从来就不是什么叛徒，更何况他已经死了。”她极轻、极坚决地说道，“他在圣阿尔本兹之战遇害了，死于约克公爵的同盟，邪恶的沃里克伯爵之手。他为我们而战，死得光荣。为了他的死，我们绝对不能原谅他们。你还记得我们说过的话吗？我们说过我们绝不原谅他。”

“哦不……呃……玛格丽特。”他摇了摇头，“我们必须宽恕我们的敌人。如果我们希望得到宽恕，也必须宽恕他人。他是法国人吗?”

她看了我一眼，我知道自己的恐惧完全写在脸上。她温柔地拍拍他的手，从王座上起身，跌进我的怀里，就好像她是我的小妹妹，受了伤，哭着寻求安慰。我们一起走到窗边，留下理查德一人走向王座，轻声对国王讲话。她靠向我，我搂住她的腰，两人一起眺望厚重的城墙之中阳光普照的美丽花园，风景在我们脚下徐徐展开，像一幅镶嵌在画框中的刺绣。“现在一切都由我管理了。”她静静地说，“埃德蒙死了，国王又丧失心智。我真孤独啊，雅格塔，我就像一个孑然一身的寡妇。”

“议会呢?”我问。我想如果他们知道了国王实际上有多虚弱，会让约克复位继续当护国公的。

“议会归我管。”她说，“他们对我唯命是从。”

“可是他们会说……”

“他们在伦敦说什么完全影响不了在这里、在肯尼沃斯的我们。”

“可是等到你需要召开国会的时候呢?”

“我会传唤他们来考文垂，那里的人们敬爱我和国王。我们不会回伦敦的。而且我只会传唤那些尊敬我的人。没人会追随约克的。”

我大惊失色地望着她："你是非回伦敦不可的，王后殿下。夏天倒没什么，可你不能永远不让王室和国会回城。而且你也不能把约克的人排除在政府之外啊。"

她摇头道："我恨那里的人，他们也恨我。伦敦已经病入膏肓，满是叛徒。他们支持国会和约克，反对我。他们管我叫外来的王后。我只需从远处通知他们。我是伦敦的女王，但他们永远也不能亲眼见我，不能花属于我的一分钱，别想得我一星半点的支持或祝福。肯特、艾赛克斯、苏塞克斯、汉普郡、伦敦——全是我的敌人。全都是些叛徒，我永远也不会原谅他们。"

"可是国王……"

"他会好起来的。"她不容置疑地说，"今天他状态不太好。今天不是个好日子罢了。有些时候他还挺好的。我会想法子治好他，我手下有一些医生没日没夜地研究新疗法，还有一些合法的炼金术士为他蒸馏净水。"

"国王不喜欢炼金术，不喜欢任何和炼金术沾边的东西。"

"我们必须找到治疗方法啊。我正颁发许可给炼金术士，让他们可以合法研究。我必须得咨询他们啊。现在这是允许的了。"

"他们怎么说？"我问她，"那些炼金术士？"

"他们说国力颓败，国王必然虚弱；不过他们预见到他的重生，他又会像换了个人一样的，国家也会焕然一新的。他们说他要行经烈火，方能洁净如纯白玫瑰。"

"纯白的玫瑰？"我震惊了。

她摇头道："他们不是指约克。意思就是要纯净如一轮白月，纯净如清水，新雪，具体什么说法并不重要。"

我垂下头，觉得这可能很重要。我看了一眼理查德。他跪在王座旁，国王正俯身向前，热心地对他讲话。理查德频频点头，温柔得好像正和我们的小儿子交流一样。我看见国王的脑袋不住晃动，说话时舌头也连连打结，我也看见我丈夫握住他的手，缓慢而小心地吐词，就像一个善心人对一个白痴慢慢说话一样。

“哦，玛格丽特，哦我的玛格丽特啊，我太为你难过了。”我脱口而出。

她的灰蓝色的两眼盈满泪水。“我现在完全孑然一身了。”她说，“我这一生还从来没像现在这样孤独过。但我是不会被命运之轮玩弄在股掌之间的，我不会堕落。我要统治这个国家，让国王恢复如初，还要亲眼见到我的儿子坐到王位之上。”

理查德认为她是不可能缩在中部地区统治整个国家的；可是夏天来了又去，燕子每晚盘旋在肯尼沃斯的屋檐下，一天天过去，燕子越来越少，它们飞去南方，从我们的身边逃离，王后却仍然拒绝回伦敦。她实行铁腕政策，丝毫不留讨论余地。她只是一味向着皇家议会发号施令，这个议会是她挑选出来的，唯她是从，绝无二话。她从来不召唤下议院的人参加国会，因为他们可能要求国王回他的王都。伦敦人很快就开始抱怨那些抢了他们的生意还敲诈正直英国人的外国佬，说一切都是这个外国王后造成的，她既痛恨伦敦，又不保护诚实的生意人。接着有一支法国船队突袭了海岸，比以往胆子更大，走得更远。他们直闯桑威奇港口，掠夺全镇，四处破坏，抢走一切值钱的东西，然后一把火烧了市场。所有人都把这事怪在王后头上。

“他们真的说是我命令船队来的？”她朝理查德大叫，“他们疯了吗？我干吗要让法国人袭击桑威奇啊？”

“这次袭击是您的一位朋友领导的，皮埃尔·德·布雷热，”我丈夫冷冰冰地指出，“而且他手上还有绘有浅滩和河床的地图：英国制的地图。人们都问他怎么能弄到这些地图，都说您与他联手，因为您可能需要他帮忙。而且您之前还发誓一定要让肯特为支持沃里克之举受到惩罚。您知道的，德·布雷热拿我们英国人开了玩笑。他带着球和球拍，跑到城镇广场上打网球。这是侮辱。桑威奇的人民认为是您派他去侮辱他们的。这是一种法式幽默。我们可不觉得哪里有趣。”

她冲他眯起眼睛。“我希望你不要变成约克党人。”她轻声道，“想到你也会和我作对，这可真让我难过，而且也会害雅格塔伤心。看到你被处刑我会很难过。你已经逃过死神无数次了，理查德·伍德维尔。要下令处死你，我心里可是会很不好受的。”

理查德直面她，毫无畏惧。“您问我人们为何指责您。所以我就告诉您原因，殿下。这并不是说我也有同样的想法，只除了我也很不解为什么德·布雷热手里有那些地图。其余都只是在一五一十地汇报。而且我还要告诉您更多：如果您放任英吉利海峡里那些海盗和法国船只不管，沃里克伯爵可是会从加莱出海代您出手的，这样一来所有人都会把他视为英雄。您让海盗在英吉利海峡横行、让德·布雷热袭击桑威奇，根本没有破坏沃里克的名誉；您是在自损脸面。南部城市必须受到保护。国王必须出面回应这次挑衅。您必须保证英国船只在英吉利海峡的安全。就算您不喜欢肯特，那里也是您的王国的沿海前线啊，您必须守卫它。”

她点点头，怒气在一瞬间就烟消云散：“是的，我明白了，我切切实实明白了，理查德。我以前没考虑到南部海岸。你能帮我想一个计划吗？我们怎样才能保护南部海岸？”

他鞠了一躬，像平时一样沉稳：“这是我的光荣，王后殿下。”

# 1457年11月

## 肯特郡　罗切斯特城堡

“好吧，我个人觉得你的计划可不怎么样。”我讽刺他道。我们身在一座伫立在梅德韦宽阔潮湿的河口，年代又老、潮气又重的城堡里，现在又是十一月：英国一年里最阴沉、最寒冷、最黑暗的月份之一。这城堡是诺曼底人建来抵抗外敌的，完全不考虑舒适性，这里如此寒冷，如此阴惨，害我只好让孩子们待在格拉夫顿的家里，与我们分居。理查德那些零零散散的英国南部海岸地图摊在他的工作台上，展现在我们面前，在他看来是薄弱之处的城镇都被圈上了红圈，他考虑该如何加强这些地方的防御，怎样在既没军备又无人手的情况下守卫它们。“我本来指望你的计划是去守卫伦敦塔，这样一来我们就能在伦敦过圣诞节了。”我说，“不消说，这样安排更合我的心意。”

他正全神贯注地思考，只能一笑道：“我知道。我很抱歉，亲爱的。”

我凑近看他的成果。他甚至都没有一张完整的海岸地图，目前为止还没有人画过这样的东西。这张地图是凭靠他的知识以及水手和领航员们的汇报东拼西凑而成的。甚至连渔民们都给他送来寥寥几张草图，上面画了他们的海港附近的海湾、港口、暗礁和浅滩。“王后给你送来足够的武器了吗？”

他摇头道：“她从国会那里要来一大笔钱培养弓箭手，购买加农炮，以抵抗法国人；只是完全没我的份。没有兵力、没有军火，这叫我怎么加强那些城镇的防御呢?”

“那你能怎么办?”我问。

“我也只能训练镇民了。”他说,“而且这些城镇都沿海,所以至少我还有船长和水手,如果能说服他们参军的话。我必须训练他们组成防御力量。”

“那她是怎么用那笔钱的呢?”我问。

现在他终于把注意力全投在我身上了,他抬头看我,一脸严肃:“她不保护我们免遭法国人侵害,她只在伦敦武装她的人马。我认为她计划以叛国罪之名起诉索尔斯伯里的沃里克伯爵和约克公爵,把他们带到伦敦问罪。”

我倒吸一口冷气:“要是他们真的来了呢?”

“她当然有准备。如果他们真的来了,也会随身带着军队和随从,到时她就需要她那一千三百弓手了。”我的丈夫阴沉地说,“我想她准备和他们开战。”

# 1458年冬

## 伦敦　威斯敏斯特宫

我们与其余领主一起接到传唤，在圣诞过后的寒冬之时，来到比以往任何时候都更加黑暗，更加风声鹤唳的伦敦。大大出乎意料的是，我们没有见到任何审讯和惩罚，反倒是国王驳回了王后的要求，准备进行和谈。他苏醒了，某种幻象朝他体内灌入了生机，突然之间他神清志明，意志坚定，铁定了心要解决两大家族之间的争端，他下令约克的领主必须为他们在圣阿尔本兹的残忍无道付出代价，交纳罚款，还要建立一座礼拜堂以纪念逝者；然后与他们敌人的子嗣一同发誓结束这场世代相传的宿怨。王后要求以叛国罪起诉沃里克伯爵，但是国王却要宽恕他，把他视为悔过自新的罪人。整个伦敦就像个炸药桶，一群顽童绕着它玩火自焚。国王默诵着主祷词，为自己的新主意而兴奋不已。那些报复心极重的萨默塞特和诺森伯兰郡的子孙们走到哪都随身佩剑，誓要将他们的血仇代代相传；约克的领主也毫无悔改之意——沃里克伯爵的手下的制服愈发华丽，沃里克在伦敦人眼里也成了慷慨大方的代名词，伯爵夸耀说他们已经掌控了加莱和英吉利海峡，又有谁敢反驳？而市长大人将伦敦每个成年男人都武装起来，派他们四处巡逻，维护和平，可此举只是造就了又一支人人惧怕的军队。

某个冬日黄昏之时，王后传唤我觐见：“我要你与我一起来。有个人我希望你能见一见。”

我们一同披上斗篷，以风帽遮脸：“见谁呢？”

“我要你和我一起去见一位炼金术士。”

我顿住了，就像小鹿嗅到了危险的味道：“陛下，伊琳诺·柯布汉姆曾去讨教炼金术士，结果在皮尔城堡坐了十一年牢，到死方休。”

她面无表情地看着我：“那又如何？”

“我这一生的夙愿之一，就是绝不要落得和伊琳诺·柯布汉姆同样的下场。”

我默默等待。过了片刻，她满脸忍俊不禁，接着哈哈大笑：“哎呀，雅格塔，你这是在告诉我，你不是什么又疯又丑又恶毒的老巫婆吗？”

“殿下，每个女人的内心都有某个部分，住着一个疯狂、丑陋又恶毒的老巫婆。我的人生任务就是藏起这一部分。每个女人都承担着这个任务，必须全力否定心中的那一部分。”

“你这话是什么意思？”

“这个世界容不得伊琳诺那样或者我这样的女人飞黄腾达。这个世界容不得自发地思考、自发地感受的女人。一旦我们觉醒，或不再青春年少，整个世界就会立刻以千钧之重压在我们头上。我们不能向世间展露我们的才能。我们所生活的世界容不得那些未知或难解事物。生于此世，女人必须深藏不露。伊琳诺·柯布汉姆是个好奇心很重的女人。她总去见那些寻求真理的人，主动求学，拜博学之士为师。她为此付出了可怕的代价。她也是一个雄心勃勃的女人，为此也同样付出了代价。”我打住不说，看她是否能理解；可是她圆圆的可爱小脸写满困惑，“殿下，您要我运用我的天赋，就等于是把我往火坑里推。”

她面向我，心里很清楚自己在做什么：“雅格塔，我不得不要求你这样做，即使对你来说十分危险。”

“这个命令非同小可啊，王后殿下。”

“你的丈夫，贝德福德公爵，当时向你要求的可不比这个命令小到哪里去吧。他娶你为妻，不就是要你以这样的方式为国效力吗。”

“我那时不得不服从他，他是我的丈夫啊。而且他有能力保护我。”

“他要你施展天赋拯救英国，他做得很对。而现在我也这样要求，并且我也会保护你的安全。”

我摇摇头。我有一种极其真实的感觉，知道早晚有一天她会离开，待到那时我就不得不接受审讯，就像他们审讯贞德、审讯伊琳诺·柯布汉姆那样，一个纯粹由男人组成的法庭，会有数不清的文件，写满对我的指控，写满不利我的证据，还有以圣经起誓指控我的证人，没有任何人会保护我。

“为什么是现在?”

“因为我觉得国王中了魔法，已经有好几年了。约克公爵，或是塞西莉公爵夫人，或是法国国王或其他人——我怎么会知道是谁呢——但是肯定有人向他施了法术，让他像一个沉睡不醒的婴儿，或者像个轻信的稚童。我必须保证他再也不会丧失神志。只有炼金术或魔法能保护他。”

“他现在清醒过来了啊。”

“他现在像一个脆弱的小孩。他做着万物和谐、世间太平的美梦，早晚又会睡过去，边做黄粱美梦边呵呵傻笑。”

我没再做声。我知道她说的没错。国王的神志飘去了另一个世界，可我们需要他留在现实世界里：“我会和你一起去。不过如果我认为你的炼金术士是个江湖郎中，我就绝不会和他有任何瓜葛。”

“这正是我要你来的原因。”她说，“我要知道你怎么看他。现在和我一起去吧。”

我们徒步走在威斯敏斯特昏暗的道路中，手牵着手。我们没带侍女，甚至没带半个卫兵。有那么一会儿，我在恐惧中紧闭双眼，不知道如果被理查德知道我正和王后本人冒这么大的风险，他会说些什么。但王后很清楚自己在往哪里走。她脚步稳健地在道路的污物间穿行，对十字路口的清道夫摆出一副飞扬跋扈的样子，让一个小听差手持火炬走在我们前面。她领我们走过一条条逼仄的小路，拐进一个巷子。巷子尽头的墙上有一道大门。

我拉动门边的铁门环。响亮的钟声应声作响，门后的不知什么地方传来狗叫。守门人打开小窗，问道："谁在敲门？"

玛格丽特上前一步："告诉你的主人，安茹之女造访。"

门立刻就开了。她向我招手，我们走进门去。我们跨入的不是花园，而是一片森林。这简直是一片建在高墙之中的枞树林地，处在这伦敦中心腹地的一座秘密森林，像一个花园在魔力之下肆意生长。我看了一眼玛格丽特，她向我微笑，好像早料到这个地方会让我大吃一惊：位于现实当中的隐藏世界，也许甚至还是通往另一个世界的通道。

我们走过一条弯弯曲曲的道路，行经高耸的树木洒下的绿荫，来到一座小房子前，房子四周完全被浓密的树丛所包围，发出甜美芳香的粗壮树干压在每一座房顶，烟囱从层层树叶之中冒出头来，烤焦了附近的松针。我嗅了嗅空气，闻到熔炉的味道，烧热的煤炭发出的浓烟味，还有那熟悉的，永生不忘的硫黄味。"他住在这儿。"我说。

她点头："你会见到他的。你可以为自己做判断。"

我们在屋前的一条石凳旁等待，然后一扇小门打开，炼金术士走了出来，身上围着一件黑披风，正用袖子擦自己的手。他朝王后鞠躬，接着朝我投来锐利的眼光。

"你是梅露西娜家族的人？"他问我。

"我现在是里弗斯夫人了。"我说。

"我早就想见你了。我认识福特大师，他以前曾为你的公爵丈夫工作。他告诉过我你有占卜的天赋。"

“我从没预见过有什么意义的东西。”我说。

他点点头：“你能为我占卜吗？”

我犹豫了：“如果我看见的东西是违法的呢？”

他看向王后。

“我说是合法的。”她下令道，“看见任何事情都合法。”

他的笑容十分温柔：“只有你和我能看那面镜子。我会为这次占卜保密。整个过程会像一场忏悔，我是杰弗里神父。没有任何人会知道你看见了什么，除了你我。我只会把解析部分告诉王后。”

“这样做能找到治愈国王的法术吗？对他有益吗？”

“这正是我的想法。我已在着手为他准备一些药剂，我认为蒸馏之时你的在场会起决定性作用。眼下他身体健康，能保持清醒，但我认为他的内心有很深的伤口。他的精神从来没有离开他的母亲，从未真正长成男人。他需要改变，需要从孩童变成男人，这是一场炼就人心的炼金之术。”他看着我，“你在他的宫中生活过，已经认识他多年。你这样认为吗？”

我点头。“他属于月亮。”我不情愿地告诉他，“属于寒冷，属于潮湿。我的主人贝德福德曾经说过他需要火焰。”我冲玛格丽特点点头道：“他觉得王后殿下能为他带来火焰和力量。”

王后的脸抽动起来，泫然欲泣。“不。”她悲伤地说，“他差点让我熄灭。他让我不堪承受。我被冻僵了，我应有尽有却失去了灵魂。再没有人能让我温暖起来了。”

“如果国王冰冷而潮湿，整个国家也将沉陷在泪水的洪流之下。”炼金术士说道。

“求求你了，雅格塔。”王后悄声道，“我们三人都发誓绝不向任何人透露此事。”

我叹气道：“我会的。”

杰弗里神父向王后鞠躬："您能在此等候吗，殿下？"

她瞅了一眼半开半掩的房门。我知道她很想进去看看。但她服从他定下的规矩。"很好。"她裹紧斗篷，坐到石椅上。

他打手势示意，我跨过门槛走了进去。右边那间屋子的正中有一座烧着炭火的壁炉，正在加热一口圆鼓鼓的汽锅。汽锅的热水之中有一个很大的容器，连着一根泡在冷水中的银管；银管的尽头稳定地向下滴着蒸汽凝结而成的炼金药。屋中的热气令人窒息，他带我到左边的屋中，那里有一张桌子，一本大书，立在后面的是占卜镜。一切都是那样熟悉，从炼金药的甜味到屋外的熔炉气味，让我不由伫立，仿佛回到了巴黎的波旁公馆，又变回一个少女，一位新娘，贝德福德公爵新娶的妻子。

"你看见什么了吗？"他满怀期待地问。

"只看见了过去。"

他在我面前放了一把椅子，取下镜子上的帘布。我看见自己在镜中的投影，早已不再是当年在巴黎的那个被命令看向镜子的少女。

"我给你准备了一些嗅盐。"他说，"我觉得它能帮你。"

他从桌子的抽屉里取出一个小包，解开系带："拿去。"

我接过小包，里面有一些白色粉末。我把小包举到面前，小心地嗅闻。那一刻我头晕目眩，接着抬头看去，眼前是那座占卜镜，但我却看不见自己的投影。我的影像消失了，取而代之的是打着旋的落雪，雪花像洁白的玫瑰花瓣般片片飘落。是我以前曾经见过的那场战争。士兵们向山上攻去，摇摇摆摆的桥突然倒塌，让他们跌落水中，地面的白雪也被鲜血染成通红，那些打着旋落下的花瓣般的白雪永不停歇。我看见铅灰色的无垠天空，这里是英国北部，严寒刺骨，从雪中走来一个狮子般的年轻人。

"再仔细看。"我能听见他的声音，却看不见他，"国王将来会变得怎样？有什么东西能够治愈他的伤痕？"

我看见一间小屋，一间黑暗的小屋，隐蔽的小屋。屋中又热又不通风，在这温热而寂静的黑暗之中，藏着某种可怕的威胁。厚重的石墙之上只有一扇箭窗。仅有的光源来自窗外，漆黑的屋中唯有那孤零零的一束光芒。我被这片黑暗中唯一的生命的迹象所吸引，望向光芒之中。紧接着窗口就被堵上了，好像有人站在窗前，而那里唯有黑暗。

我听见炼金术士在我身后叹气，好像我已经将自己所见轻声告诉了他，他全知道了。“愿上帝保佑。”他小声说，“愿上帝保佑他，让他平安。”然后他把声音放得更清楚了些：“还看见别的了吗？”

我看见那个被我扔进深深的泰晤士河水之中的小挂坠，上面系着的缎带与以往用过的任何一条都不同，那个形如王冠的挂坠早已随水而逝，告诉我国王再也不会回到我们身边了。我看见它在河水深处，悬挂在一根细绳上，接着我看见它被拉向水面，越拉越高，破水而出，就像一条小鱼扑通跃出夏日泉水。是我的女儿伊丽莎白边笑边将它拉出水面，她快乐地笑着，像戴戒指一样把它戴在手指上。

“伊丽莎白？”我惊讶地说，“我的女儿？”

他上前递给我一杯淡啤酒，问：“伊丽莎白是谁？”

“我女儿。我不知道为什么会想到她。”

“她有一个形状像王冠的戒指？”

“在我的预视之中，她有那个象征国王的戒指。她把它戴在了自己的手指上。”

他温和地笑了：“真是不解之谜啊。”

“这些预视不存在任何不解之谜。她有一个代表英国王冠的戒指，她笑着戴在了自己的手指上。”

他放下镜前的帘布：“你知道这意味着什么吗？”

“我的女儿将会接近王冠。”我说。我被这次占卜搞迷糊了，“这种事怎么可能发生呢？她嫁给了约翰·格雷，他们有一个儿子，还有一个孩子即将出生。她怎么可能把英国王冠戴在自己手上呢?”

“我也不甚明了。”他说，“我会仔细琢磨的。也许我会请你再过来一次。”

“伊丽莎白怎么会戴上一个像王冠的戒指呢?”

“有时候我们的幻觉是十分晦涩的。我们无法明白自己所看到的事情。这次的占卜含义十分模糊。它是一个谜。我会为之祈祷的。”

我不再纠缠。当一个男人觉得这是不解之谜时，通常来说，都最好让他独自云里雾里去吧。没人会爱聪明的女人。

“你能来这边，把这种液体倒进模具中吗?”他向我请求。

我跟他来到头一间屋子，他从墙上取下一个烧瓶，轻轻摇动几下后递给了我。“拿住。”我把瓶底握在手心之中，顿时感觉它在我手指的热度之下逐渐升温。

“现在把它倒进模具里。”他说，指了指放在桌上的模具。

我小心地把这种银色液体倒满每个模具，把烧瓶交还给他。

“有些步骤需要女人的触摸。”他静静地说，“最伟大的炼金术里就有一部分是由夫妻共同完成的。”他指了指煤炉上的那碗热水，“这种方法是一个女人发明的，并且以她的名字命名。”

“我没有任何技术。”我有意藏拙，“而且我产生预视的时候，也是上帝让我看见的，我不知道它们是什么意思。”

他将我的手夹在自己的手臂之下，领我走到门边。“我很明白。只有当我无法独力完成时才会叫你过来。你深藏不露是对的。这个世界无法理解一个身怀技术的女人。这个世界害怕技术。我们都要秘密地进行工作，即使到了现在，到了这个国家如此需要我们的指引的时候。”

“国王不会好转了。”我突然说，仿佛真相自己想要脱口而出。

“是的。”他悲伤地表示同意，“我们必须尽到我们所能。”

“而且关于我看见他在伦敦塔的预视……”

“怎么?”

“我看见他，然后有人堵到了窗前，四下一片黑暗……”

“你认为他会在伦敦塔中迎来死亡?”

“不只是他。”我突然有一种强烈的预感，“我感觉到，我也不知道为什么，好像我的某个孩子也在那里。我的某个孩子。也许两个。我看见它了，但我不在那里，无法阻止它发生。我无法拯救国王，也救不了他俩。他们走进塔中，再也没有出来。”

他温柔地握住我的手。“我们能创造自己的命运。”他说，“你能保护你的孩子，我们也许能拯救国王。带着你的预视去教堂祈祷吧，我也希望能弄清它们的含义。你会告诉王后你看见的事情吗?”

“不。”我说，“身为一个年轻女人，她所承担的悲伤已经够多的了。再说，我也没有任何把握。”

“你都看见什么了?”回家的路上，玛格丽特问我。我们用斗篷隐藏身份，穿过熙熙攘攘的黑暗街道。我们彼此挽着胳膊，以防被人流冲散。玛格丽特明亮的头发藏在风帽之下。“他什么也不会告诉我的。”

“我预见了三件事：没有一样能帮上你。”我说。

“都是些什么?”

“有一个是关于一场战争，士兵们冒雪强攻上山，一座桥塌了，桥上的士兵们都掉进水里。”

“你认为有一场战争即将到来?”她问道。

“你觉得没有吗?”我干巴巴地问。

她点头赞许我出自常识的预估。“我想要战争。”她如此宣布，“我不害怕它。我什么也不害怕。别的呢？”

“还有一个是伦敦塔的某个小房间，一片黑暗。”

她迟疑半晌：“伦敦塔里有许多小房间，也有许多年轻人可能挡住光线。”

我感到仿佛有一根冰冷的手指搭在自己的后颈。我在想是否有某个孩子将住在伦敦塔里，是否将在某天破晓时看见箭窗射入的光线被一个经过的高大男人挡住。“我就看见这些。”我说。

“还有最后一个呢，你说过你看见了三个？”

“一个形如王冠的戒指，象征英国王冠，悬在河水深处，被拉出水面。”

“被谁？”她问，“被我吗？”

我极少对安茹的玛格丽特说谎。我爱她，再说，我已发誓要追随她和她的家族。但是我不能向她点明我那美丽女儿的名字，说这个女孩将会掌握象征英国的戒指。

“是一只天鹅。”我随口说道，“一只天鹅把英国王冠的戒指挂在自己的喙上。”

“天鹅？”她呼吸急促起来，“你敢肯定吗？”她突然顿在了路中央，一个马车夫冲我们大喊，我们闪到一边。

“就是这样。”

“这能说明什么呢？你知道这意味着什么吗？”

我摇摇头。我灵光一现想到天鹅只不过是因为我不想提到女儿的名字。此时此刻，正像以往那样，我发现一个谎言总是接着又一个谎言。

“天鹅是兰开斯特家族继承人的象征。”她提醒我，“你的预视说明我儿子爱德华将继承王位。”

“预视从来都不会说得很明白……”

她笑得一脸灿烂："你还不懂吗？这是咱们的出路！国王可以让位给他的儿子。这是我未来的前进方向。那只天鹅就是我的儿子。我会让爱德华王子坐上英格兰的王座。"

尽管召开了一次国会有史以来最有争议也最为危机重重的会议，尽管传唤了三大权贵觐见——他们全都带来了自己的军队，国王依然悠然自得地看待自己和这个世界。他深信所有大事都能在没有他的情况下相亲相爱地和平解决，他计划等到万事都尘埃落定之后再出面，送上他深深的祝福。他借口为和平而祈祷，远离了伦敦，与此同时贵族们为协约的价钱锱铢必较，互相威胁，几乎就要拳脚相向，最后终于达成和解。

玛格丽特几乎发了狂，看见自己的丈夫抛下管理各大诸侯的职责不理，只一心向上天祈求他的国土平安——却把守护它的职责扔到别人肩上。"他怎么能召唤他们去伦敦，就这样把我们丢下不管呢？"她向我发问，"他怎么能这么傻！"

的确，这只是半吊子的和平。所有人都同意约克的领主们应该为袭击国王的军队付出代价，他们也承诺会付巨额罚金给兰开斯特的后裔们，以补偿他们的父辈之死。可他们付的是赊账用的木棍，这些都是国王之前给他们的——永远不会兑现的毫无价值的承诺。只是兰开斯特无法拒绝，因为一旦拒绝，就等于是承认这个国家空无一文。这是一个出色的笑话，也是针对国王的莫大侮辱。他们承诺会在圣阿尔本兹修建礼拜堂，为逝者举行弥撒，他们也都发誓从今往后固守和平。只有国王觉得这样一场将世代延续的深仇大恨能轻轻松松被几句甜言蜜语，几根棍子和一个承诺所终结。除了他，我们都预见到谎言和耻辱将招致死亡和谋杀。

随后，国王从避难所回到伦敦，宣称今天天气真好——我们应该一起走走，手牵着手，所有人都会得到宽恕的。“雄狮必须与羊羔共眠。”他这样对我说，“你明白吗？”

我的确明白——我分明看见一座因党同伐异而四分五裂的城市，硝烟已经燃起。我分明看见埃德蒙·博福特的儿子，在圣阿尔本兹失去了父亲的男人，被要求与索尔斯伯里伯爵手牵手同行，他们拉开了一臂之距，仅以指尖相触，仿佛能从指尖感觉到潮湿的鲜血。在小博福特身后的是他的杀父仇人，沃里克伯爵，正和埃克赛特公爵两手紧握，此人曾暗自发誓绝不宽恕仇敌。旁边走来的是国王，看上去气色不错，周身洋溢着喜悦，因为他觉得此时的情形显示了贵族们在他的统治下再次携手同心。走在他后面的是王后。

她本应独行。我一看见她，就知道她本应像一位女王般傲然独行。然而国王让她和约克公爵手牵手。他觉得这样显示了他们的友情。实际上并非如此。这样做只是昭告天下他们过去是仇敌，将来也可能再次结仇。这样做没有展现丝毫善意和宽恕，只把玛格丽特放在了这场死亡游戏的棋盘上——不是作为一位远离争斗的王后，而作为一位好斗的女王，约克就是她的对手。在今天所有的荒唐事里，在所有手牵着手的人们之中——包括我和理查德——他们这几对是最暗藏杀机的。

## 1458年冬

### 伦敦　威斯敏斯特宫

美妙的和平只持续了八个月。我在夏天带着身孕离开宫廷，生下又一个孩子，一个女孩，我们叫她凯瑟琳，待到她日益强壮，被乳母的奶汁喂得白白胖胖时，我们就离开家来到格鲁比庄园，和女儿伊丽莎白住在一起。

“你给格雷家添了多少福气啊，”我边弯腰靠近摇篮边说，“给他们生了个孩子，还是个小子呢。”

“你以为他们会因此感谢我?”她说，“约翰对我倒是永远那么好，可是他母亲只会抱怨个不停。”

我耸耸肩，提议道：“也许是时候让你俩搬到格雷家的其他庄园去了。也许一山容不下二虎，格鲁比庄园容不下两个女主人。”

“也许我该进宫。”伊丽莎白说，“我可以服侍玛格丽特王后，留在你身边。”

我摇头道：“现在那里可不是什么让人愉快的地方。就连对侍女来说也是一样。你父亲和我是不得已，我一想到会看见什么就害怕。”

我回到了遍布流言蜚语的宫中。王后要求沃里克伯爵接受几乎不可能完成的任务，守卫英吉利海峡和英国船只的安全，与此同时却又将加莱要塞交给了埃德蒙·博福特之子，新任的年轻的萨默塞特公爵，兼每个约克领主的宿敌。

这等于是将困难危险的活计压到某人肩上，又把奖赏送进他的敌人的手里。沃里克理所当然地拒绝了。而且正如理查德所料，王后是想以此引诱他踏进叛国罪的陷阱。十一月时她公开指责他有海盗行为——用他的船私自驶出加莱——而遍布她的支持者的国会命令他来伦敦接受审判。沃里克昂首挺胸地来了，为自己辩护，直面所有对手，活脱脱一个闯入龙潭虎穴的勇敢年轻人。理查德走出皇家议会厅，发现了候在门外的我，告诉我沃里克喝退了一切指控，反过来控诉那天的和平协约遭到了王后本人的破坏。“他现在怒不可遏。”他说。“气氛相当紧张，说不准会打起来。”

就在此刻，议会厅的门后面传来一声巨响，理查德迅速跳上前去，拔剑在手。另一只手则护在我身前。“雅格塔，去王后身边！”他大叫。

我正要转身逃跑，路就被身穿白金汉公爵的制服的人们挡住了，他们手持利剑，冲进大厅。“小心身后！”我马上提醒理查德，后退到墙边，那些人直奔我们而来。理查德摆出防御的姿势，持剑保护两人安全，可是那些人无视我们跑了过去。在另一头，我看见萨默塞特的卫兵们早已做好准备，陆续堵死了大厅里的通道。这是一次埋伏。议会厅的门开了，沃里克和手下们排着紧密的阵形冲了出来，准备战斗。就在这个会议室里，他们受到了袭击，而屋外同样有人等着结果他们的性命。理查德突然后退把我死死按在墙上，命令我道：“别说话！”

沃里克把佩剑舞成一朵剑花，直直冲向他的敌人，连刺带打，他的手下紧紧跟在后面。有一个人丢了剑，我看见他愤怒地用拳头作战。有一个摔倒了，其余人跨过他的身体，继续保护他们的首领，显而易见，他们愿意为他而死。大厅太过狭窄，不适合作战，士兵们互相推挤，沃里克摘下帽子，大声呐喊口号：“为了沃里克！”然后大步冲刺。部下们的行动进退一体，击退来袭者，冲出了重围。萨默塞特和白金汉的手下像猎犬捕鹿一样追在他们后面，但是让他们跑掉了。我们听见皇家卫兵抓住白金汉的手下时的怒喝，还有沃里克逃跑时的脚步声。

理查德退了回来，把我拉到自己身边，收剑入鞘："我伤着你了吗，亲爱的？对不起。"

"没……没……"我吓得喘不过气，"刚才那是怎么了？发生了什么事？"

"起初，我想，是王后派两大公爵前来为他们的父辈之间的恩怨作个了断。后来，我想，是沃里克公爵在王宫之中，王室领地之上动了武，现在正逃往加莱，成了叛徒和卖国者。我们最好去王后那里，看她知道多少。"

我们来到她的住处的时候，私室的大门紧闭，她的侍女们候在门前，议论纷纷。我们一进屋她们就围了上来，但我把她们推到一边，上前敲门，王后唤我和理查德进屋。年轻的萨默塞特公爵早已在此了，正对着她窃窃私语。

她看见我惊恐万状的脸，马上赶到我身边："雅格塔，你也在那儿？没受伤吧？"

"王后殿下，沃里克伯爵是在会议室中受袭的。"我直截了当地说，"是身穿白金汉和萨默塞特制服的人干的。"

"但与我无关。"二十二岁的公爵像小孩一样无礼地说。

"和您的手下有关。"我丈夫说道，抬高了声音，"在王宫里拔剑是违法的。"他转身面对王后。"殿下，大家都会觉得这是您下的命令，而且这是最最反动的行为。那可是在议会厅，在王室的领地上。你们理应已经握手言和。您已经立下誓言了。这样做是不名誉的，沃里克肯定会控诉，而且也有权控诉。"

她脸红了，看了看公爵，而他只是耸耸肩膀道："沃里克配不上荣誉之死。"他怒气冲冲地说："他以前就没有让我的父亲荣誉地死去。"

"您的父亲是死在战场上的。"理查德指出，"正大光明的战斗。沃里克也已经恳求并得到你的宽恕了，还以您的父亲之名出钱修建了礼拜堂。沉冤已经昭雪，您的丧父之痛已经得到补偿了。而刚才这事是攻击王宫重地的行为。如果议员都要冒生命危险出席会议，议会还怎么发挥它的作用？还有哪个约克领主敢来？善良的人怎么敢参加一个攻击自己人的议会？有哪个绅士能受得了这样的规矩？”

“他逃走了？”王后越过理查德直接问我，好像除了这个什么都不重要。

“他逃走了。”我说。

“我早应该想到他会一路逃向加莱，到时候您在沿海重镇就多了一个强敌了。”理查德苦涩地说，“我敢跟您说，整个南部海岸，一百个城镇里只有一个能抵抗袭击。他可以坐船沿泰晤士河而上，炮轰伦敦塔，现在他会觉得自己可以放开手大干一场了。你破坏了与他的联盟，什么也没得到，唯有把我们都推入危险之中。”

“他一直都是我们的敌人。”年轻的萨默塞特说，“在此之前他就是我们的敌人了。”

“他受制于休战协定。”理查德坚持道，“还有忠于国王的誓言。他履行了他的义务。在议会厅对他发起攻击，等于是把他从这两者中解放出来。”

“我们应该离开伦敦。”王后下令道。

“这不是解决办法！”理查德爆发了，“你不能树起这样一个强敌，然后以为逃走就能万事大吉。普天之下还有哪里安全呢？塔特伯里？肯尼沃斯？考文垂？难道你想把整个英国南部都拱手相让吗？就这样放任沃里克步步逼近吗？难道你的计划是把桑威奇给他，就像你从前给他加莱一样吗？你还要把伦敦也给他吗？”

“我会带上我儿子离开。”她朝他发火道，“我还要建立军队，召集伙伴，把他们武装起来。等沃里克上岸，他就会发现我的军队早就在等他了。这一次我们会打败他，让他为罪行付出代价。”

# 1459年秋

## 征途之中

王后像个走火入魔了的女人。她带领整个宫廷的人一起到了考文垂，国王也跟着来了。对于现在的情况，国王什么也没说，他被自己的休战协议的失败以及迅速到来的战争吓呆了。王后对提醒她谨慎行事的建议嗤之以鼻，她嗅到了胜利的气味，也渴望得到胜利。她伴着迎接君王般的庆典来到考文垂，人们向她鞠躬，好像她才是这个国家公认的统治者。

从未有人见过这样一位英国王后。人们服侍她时单膝下跪，好像服侍国王一般。她坐在国王的华盖之下，招兵买马，要求全英格兰每个郡的每个男人都要入伍，完全无视应由每个领主各自召集部下的传统征兵方式[①]。她从柴郡召集了自己的军队，称其为王子之军，还分发王子的纹章，让每个士兵身着有天鹅图案的新制服。她把他手下的长官们称为天鹅骑士，向他们许诺说一定会使他们在这场必经之战中身居要职。

"天鹅之子们戴着金颈圈，他们的母亲为了把这些孩子藏起来，就将他们的外表变成了天鹅。他们最终都回来了，只除了一个。"[②]我说。她对这个纹章突如其来的钟爱、对这个古老的神话的期冀，都让我感到良心不安，"这根本和爱德华王子无关。"

王子抬头看我，笑得阳光灿烂。"天鹅。"他重复道。她教会了他这个

① 玛格丽特王后在英国第一次实行了征兵制。

② 此故事指爱尔兰传说《李尔王的孩子们》。

词语。她还把两个银质的天鹅纹章绣到他的衣领上。

“你说过你看见英国王冠被一只天鹅叼走。”她提醒我。

我的脸红了，想起自己之前撒的那个谎，为了隐藏真正的预视，隐藏起是我的女儿伊丽莎白笑着戴上那个形似王冠的戒指：“我就像做了场白日梦，王后大人，我也警告过您这可能毫无意义。”

“英国将是我的囊中之物，就算要我必须亲自变成一只天鹅去夺它我也势在必得。”

九月，我们搬到了考文垂以北五十里处的埃克尔肖尔城堡。我们越来越不像是宫廷，更像是一支军队了。许多侍女都不得不回家，因为她们的丈夫都被征集入伍，剩下的大部分远远躲开了。仅余的几个跟着我和王后奔波的侍女的丈夫也全都身在王后迅猛发展的队伍之中。我们像一节行进的行李车厢，而不像一个宫廷。国王也跟着我们，还有王子；他俩每天都参加阅兵，玛格丽特召来的人越来越多，结果是她必须住在城墙内新盖的房子或是城郊的帐篷里。她召唤各大贵族领主们前来支援，带领年轻的王子从他们面前招摇过市。他不过六岁大，骑着小白马，绕着一排排的士兵走，背挺得直直的，对母亲唯命是从。他父亲走到城门边，举起手，好像在为这些立于他的王旗之下的千万士兵们送上祝福。

“法国人来了？”他好奇地问我，“我们要去夺回波尔多了吗？”

“现在还没有打仗。”我安慰他道，“也许我们能避免开战。”

奥德利勋爵，老詹姆斯·图谢特是军队的指挥，托马斯·斯坦利勋爵则负责辅佐。奥德利勋爵给王后带来了消息，说约克的领主们正在集中他们在英国各地的武力，招兵买马。他们准备在勒德罗的约克城堡会合；索尔斯伯里伯爵将从他位于英国北部的米德尔赫姆城堡向南进军，一直挺进到威尔士的边界的勒德罗。奥德利勋爵发誓只要他一靠近就会被我们抓住，趁他急于和其党羽会合时攻他个出其不意。我们的人大概有一万，还有几千人会跟随斯坦利勋爵前来。索尔斯伯里的人还不到我们的一半——他是在向自己的死亡进军，他的兵力决定性地不足，而且他对此还一无所知。

我发现像这样，看着男人们武装自己，检查军备，排成队伍，是一段令人痛苦的过程。伊丽莎白的丈夫约翰·格雷勋爵，骑着他的骏马，带领他的佃户组成的武装队伍赶了两天的路，从家乡来到这里。他告诉我伊丽莎白在他离开时哭个不停，好像满脑子都是不好的预感。她请求他不要走，而他的母亲命令她回屋，像处罚调皮的小孩。

“我是不是应该留下来陪着她?”他问我，“我认为来这里是我的职责。”

“你尽职尽责，做得很对。”我重复了一句老掉牙的话，这句话曾被无数妻子用来送别她们的丈夫，被无数女人用来送她们的儿子上战场，“我很肯定你是没错的，约翰。”

王后委任他为骑兵领头。安东尼，我的孩子，我最宝贝的儿子，也从我们在格拉夫顿的家来到这里，将和他的父亲并肩作战。他们将骑马奔赴战场，然后下马步行作战。一想到他要上战场，就让我难受得吃不下饭，满心恐惧。

“我这人很幸运的。”理查德对我坚定地说，“你知道我很幸运，你以前看我无数次冲进战场，然后又平安回家，回到你的身边。我会把他好好留在身边，他也会很幸运的。”

“别说出来！别说出来！”我掩住他的嘴，“小看命运是会遭报应的。上帝啊，这一次你真的不得不去吗?”

“这一次，每一次，直到我们的国家迎来和平。”丈夫简洁地说。

“可是国王自己都不想要和平!”

“雅格塔，你是在要我叛变吗？你想让我佩戴约克家的白玫瑰吗？”

“当然不！当然不了。只不过……”

他温柔地拥我入怀：“只不过什么？只不过你无法忍受看着安东尼冒险？”

我羞愧地点点头。“我的儿子……”我小声唤着，满怀苦闷。

“他已经是个男人了，危险总会找上门来的，就像冬天下雪，就像春天开花。他是个勇敢的年轻人，我总教导他要勇敢。你别想教他当个懦夫。”

我一听这话，抬起头来，丈夫低声轻笑：“所以你不希望他上战场，又不希望他当一个懦夫？这不是互相矛盾吗？现在勇敢一点，来为我们送行吧，记得挥手，微笑，为我们送上你的祝福。”

我们一起走到门口。他的手温暖地搂在我的腰上。王后命令军队行至城堡吊桥之前，小王子正在那里，骑着他的小白马。安东尼从队伍中走出，飞快地跪在我面前，我伸出手，放在他可爱的头顶上那些温暖而柔软的发丛之中。

“上帝保佑你，我的儿子。”我喉头哽咽，几乎说不出话来。我感到双眼盈满热泪。他起身站在我面前，迫不及待想要出发。我抓紧时间叮嘱道：“你父亲怎么说你就怎么做，把马一直带在身边，这样你就可以随时逃走，别靠近危险，完全没必要离战斗太近……”可是理查德把我拉到身边，飞快地在我唇上印下一吻，令我住了嘴。

“上帝保佑你，我的丈夫。”我说，“你们俩都要平安回家，回到我的身边。”

“我永远都会如此。”理查德回道，“我也会带安东尼安安全全回到家里的。”

王后和我，她的侍女，还有王子及他的家族成员都站着挥手，军队走过我们身边，军旗在微风中飘扬，士兵们显得热切而自信。他们装备精良，王后用国会给她的钱为这支军队备置武器和军靴，虽然这笔钱本应用于增强对法国的防御力量。当他们走远，尘埃也已落定，王后让王子跟随保姆离开，转头面向我。

“现在我们就乖乖等着吧。”她说，“不过等他们找到索尔斯伯里开战的时候，我想看他们作战。我会去那里亲眼见证。”

我差点以为她是在开玩笑。可是第二天我们接到詹姆斯·图谢特的消息，说他的侦察兵发现了索尔斯伯里的手下的行踪，他现在正在一个叫布洛希思的小村庄旁埋伏，等着索尔斯伯里来。王后立即叫人领来她的马，好像我们是要出门骑马游玩。“你和我一起来吗?”她问。

“你让自己身陷危险，国王是不会高兴的。”我说，心里却早已明白国王的意见对她来说什么也不是。

“他甚至都不会知道我去了又回呢。”她说，“我会告诉侍女我们是去带鹰打猎。”

“只有你我?”我怀疑地问。

“不行吗?”

“没有鹰?”

“哦，得了吧!”她像小姑娘一样不耐烦地说，“你难道不想远远守着理查德? 还有你儿子安东尼?”

“我们不可能看得见他们。”我说。

“我们爬到树上。”她回道，然后就踏上上马台，一脚跨过马背，点头示意男仆把她的裙摆放下来盖过马靴，“你来不来? 如果实在不行，我也会一个人去的。”

“我去。”我说，上马和她并肩骑行，奔赴布洛希思。

我们收到了詹姆斯·图谢特派来的信使的问候，图谢特建议我们去附近的马克勒斯栋教堂，在那里我们能从钟楼上看见战场。这位尊贵的大人安排了一座观景塔，就好像在安排日常的比武。我们策马走进小村庄，鸡群拍打翅膀逃开马蹄。我们把马留在村子的打铁铺里。

“你可以趁马留在这里时帮我上马蹄铁。”王后对铁匠说，丢给他一个便士，转身带路走向教堂。

教堂里四下无声，光线晦暗，我们沿着石质的旋转台阶不停往上走，来到大钟悬挂的地方。这里就像一个巨大的瞭望塔，我们的身后是大钟，身前是一道护墙，穿过田野，能清楚看见从北方伸展而来的道路，远处扬起一道烟尘，正是索尔斯伯里伯爵前进的队伍。

王后碰了碰我的胳膊，脸上闪烁着兴奋之色，指向前方。我们能看见庞大的树篱，树篱后是我们军队的军旗。我手搭凉棚，眯起眼睛，试图辨认里弗斯的旗帜，好在附近找到安东尼或是我丈夫，可是太远了，看不清。我们的队伍位置绝佳，索尔斯伯里不会知道他们在那，也不会知道他们人数多少，直到他从道路任意一头的小树林中走出来，然后两兵就会交火。俯瞰战场给人某种极其恐怖的感觉，就好像我们是塔顶的两座石像鬼，把凡人们的死亡当做消遣。我看向王后。她没有这种感觉，而是满脸兴奋，两手紧握，此时约克军队领头的开路兵正飞快冲出树林，一看见在山顶摆出战斗阵势的大军就马上退了回去。两军之间有一条小河。

“他们在做什么啊？”王后暴躁地问道。我们看见两边各有一个传令官策马而出，在两军之间的中心地点会合。

“是要谈判吧？”我问。

“没有什么好谈的。”她说，“他已经背上叛徒之名了。奥德利勋爵接到的指令是要么抓住他，要么杀了他，可不是跟他对谈。”

似乎是确定这道指令一般，传令官们中断对话，骑回各自的队伍，几乎与此同时，兰开斯特这边就射出一阵箭雨，直射下山击中目标。约克那边发出一阵悲叹，败北的悲叹，我们可以看见人们跪到地上迅速做了祈祷，然后起身戴上头盔。

“他们在做什么?”王后热切地问。

“他们是在亲吻地面。”我说。难逃一死的人们把嘴唇贴向在他们看来将是他们生命终结之处的地面，这幅景象相当可怕，“他们是在亲吻即将成为他们的葬身之地的土地。他们知道自己会输，但是没有逃跑。”

“想跑也晚喽。”王后刺耳地说道，“我们可以追上他们，杀了他们。”

从我们的有利位置，能看见约克的人几乎是一对二，甚至比这更多。这不会是一场战争，这将是一场屠杀。

“斯坦利勋爵在哪?”王后发问，“他本来想指挥攻击，可我命令他后援。他在哪?”

我看向四周：“也许他正藏着准备伏击?”

“看啊!”她说。

约克军队的最中心，理应是最精锐的士兵所在，却在箭雨之下退缩了。“他们在撤退!”王后大叫，“我们赢啦！这么快!”

他们的确是在撤退。队伍最中心的士兵纷纷转身，扔下武器，四散而逃。我立刻看到我们的骑兵队上前冲下小山奔向河流。我双手紧握，因为我看见了伊丽莎白的丈夫，一马当先，冲进浅河渡水而过，挣扎着攀爬河对岸的陡坡，就在此时约克军队出人意料地掉转头来，冲回战场中心，捡起他们的武器，重新开始战斗。

“发生什么事了?”玛格丽特和我一样困惑，“他们在做什么?”

“他们回来了。”我说，“他们回头了。这是陷阱，现在我们的骑兵队陷在河里动弹不得，约克的军队能从河岸上攻击他们。他们把我们从有利位置上引出，引到了河里，而我们的士兵没办法出来。”

眼前的景象如同人间地狱。我们的士兵身穿战甲，骑在披着金属板甲的马上，一头冲进水里，挣扎着想爬上河对岸，却在那里被约克的军队照头痛击，他们挥着重剑，战斧和长矛。骑士们从马上跌下，却无法起身防御，马蹄落在水里，踩在他们身上，还有人被身上灌满河水的胸甲带着沉了下去，在翻腾的河水中苦苦挣扎。那些抓住马镫上皮革的人试图自救，可是约克人在干燥的河岸上灵活自如，随时准备把小刀刺入落水者不受铠甲保护的腋下，或贴近河水割断某人的喉咙，更有一个强壮的士兵迈进水里，挥着巨大的战斧，随之倒下的是兰开斯特的骑士，在河水中绽放出一片血红。这是一团由人和马组成的野蛮的混沌。其中毫无任何浪漫之处，毫无任何高贵之处，甚至毫无秩序，与那些编入民谣之中或是在骑士故事中传唱的战役没有半分相同。这是渴求鲜血、互相残杀的野兽般的人们所组成的野蛮的混沌。有几个兰开斯特领主骑着高大的战马挣扎上了河岸，冲过约克的阵线，消失无踪——他们什么也没做，只是落荒而逃。更糟的是，有更多人，成百上千的人，把武器丢到地上，以示他们毫无战意，勒马缓行，慢慢地，恭顺地，走到了敌人的阵营之中。

“他们正在投敌。”我说。我的手卡在喉咙底下，好像要按住怦怦直跳的心。我好害怕约翰·格雷会在王后和我亲眼目睹之下成了叛徒。成百上千的骑兵都从我们这一边转而投奔了约克的军队：毫无疑问，他也是其中的一员。

“我的骑兵队吗?”她难以置信地问。

她的手钻进我的手心，我们无声地站着，望着骑兵们缓缓行过战场，走向约克的队伍，军旗低垂着以示投降。迷失的马又冲又踢，爬出河水跑开了。但是还有很多，很多的人依然在水中奋力挣扎，直到再也不动。

“约翰。”我轻声说，想着我那冲在骑兵队前面的女婿。或许他穿着盔甲淹死在了河里，根本没有变成叛徒。

从这个距离，我看不见他的军旗，也看不见他的马。他会丢下我的女儿守寡，让两个小男孩失去父亲，如果他真的在这个下午溺死在了那片红色的水中。

军队中断作战，退回自己的阵营。河岸边，甚至河水里，都有伤者们在挣扎呼救。

“为什么他们不进攻？”玛格丽特咬牙切齿地问，两手死死握在一起，“为什么他们不再次进攻？”

“他们在重新整队。”我说，“愿上帝开恩，他们正在重新整队，再次冲锋。”

我们看到，兰开斯特军剩余的骑兵再一次冲锋，无畏地飞驰下山；但是他们还是必须穿越河流。这一次，他们知道了危险，策马走进河中，猛地一跃，跳到陡峭的河岸上，快马加鞭冲向约克阵营，两军再次交锋。跟在他们身后的是徒步作战的士兵，我知道我的儿子和丈夫定是在他们之中。我看不见他们，可我能看见兰开斯特军的行动，他们像浪一般卷向前去，竭力渡过河流，然后被宛如巨石的约克军撞得粉碎。他们战斗，互相劈杀，直到我们看见我军的阵线向后退去，两翼的士兵开始溜走。

“他们在做什么？”王后难以置信地问，“他们在做什么啊？”

“我们要输了。”我说。虽听见自己的声音说出了这句话，但我却完全无法相信。我无法相信自己会在这里，在这像鹰巢一样高，像飞鸟一样远的地方，看着我丈夫战败，很可能还看到了我的儿子的死亡，“我们要输了。我们的人都在逃跑。溃不成军了。我们原本以为自己坚不可摧；可是我们就要输了。”

天变得更黑，视野也越来越模糊。突然之间，我意识到我俩正身处可怕的危险之中，而且还是被自己的愚蠢推进这个火坑的。等到战败，约克士兵将沿路追杀兰开斯特领主，他们会来到这个村庄，会攀上这座塔，会发现这场战争中最有价值的战利品：王后。如果他们得到王后，控制王子和国王，我们就毫无翻身的可能了。我们的事业会失败，而且还是败于我的手中，因为我任由王后说服自己来到这个教堂，爬到塔顶观看一场生死之战，就好像看一场儿戏。

“我们必须走了。”我马上说。

她没有动，凝视着灰白色的暮光。“我觉得我们在赢呢。”她说，“我觉得刚才又有一次冲锋，我们冲破了他们的战线。”

“我们没有反败为胜，我们也没有冲破战线，我们在跑，他们在追。”我厉声说，“玛格丽特，快点。”

她转向我，惊讶于我突然直呼她的名字，我抓住她的手，把她推向石梯：“你觉得等他们抓到你之后会对你做什么？他们会把你永远关在伦敦塔里。或者比这更糟，他们会折断你的脖子，说你是从马上摔下来的。快走啊！”

她一瞬间就明白了自己身处的危险，冲下石梯，哒哒地拾阶而下。“我一个人走。”她简短地说，“我要回埃克尔肖尔。你必须拦住他们不让他们追上我。”

我们跑向打铁铺，她走在我前面，铁匠正要把马蹄铁装到她的马的马掌上。

“倒着装。”她厉声说。

“嗯？”他说。

她从口袋里掏出一个银币给他。“倒着装。”她说，“把马蹄铁倒着装上去。快点。每个马掌上都要钉两个钉子。”她又对我说：“如果他们想追我，也找不到踪迹的。他们只能看见我们骑马来时的路，却不会发现我离开了。”

我发现自己正盯着她，她就是我的预视中的王后，要将马蹄铁倒着安上马掌。“我们去哪？”

“要走的是我。”她说，“我要回埃克尔肖尔，带上王子和国王，集结主力军，一路追赶索尔斯伯里伯爵到勒德罗，如果有这个必要的话。”

“那我干什么呢？”

她看着铁匠：“快。快点。”

“我做什么呢？”

“你能留在这里吗？如果他们经过，你就告诉他们我要去诺丁汉找我的军队。”

“你要把我留在这里？”

“他们不会伤你的，雅格塔。他们喜欢你。每个人都喜欢你。”

“他们是刚下战场杀意正浓的军队，他们可能才杀了我的女婿、丈夫和儿子。”

“是啊，不过他们不会伤到你的。他们不会和女人战斗。但是我必须离开，确保王子和国王安全。如果你告诉他们我去诺丁汉了，可是会帮了我的大忙。”

我迟疑片刻道：“我很害怕。”

她向我伸出手，做了一个手势，正是我以前教给她的。伸出手指在空中画一个圈，象征命运之轮。“我也很害怕。”她说。

“那就走吧。”我放她离开。

铁匠钉上最后一根钉子，马走得有点笨拙，但足够稳当。铁匠双手着地跪到泥泞之中，玛格丽特踩着他的背上了马。她朝我扬起手。“À tout à l’ heure.[①]”她这样说，就像只是出去骑马游玩片刻，接着一夹马腹两侧，飞奔而去。我看向地面；软泥中的印迹明明白白地显示有一匹马进了打铁铺，却没有离开的痕迹。

---

① 法语：一会儿见。

慢慢地，我沿着痕迹向前走，等待第一位约克领主骑马到来。

天黑了。我听见远方的布洛希思传来一声炮响，接着又是一声，在夜色中缓缓回荡。我不知道他们能看清什么可以开炮的对象。一群又一群人经过，有些搀扶着受伤的同伴，有些低头猛跑，像是逃避恐惧本身。我缩回铁匠铺里，不让他们经过时看见。他们甚至没有停下来索要水或食物，村里所有门窗都对士兵们关得死死地——不论他们身佩哪一方的标志。我看见一个兰开斯特标志，便走出屋子来到路中。“里弗斯男爵呢？安东尼·伍德维尔爵士？约翰·格雷爵士呢？”我问。

那人摇摇头：“他们骑着马吗？那他们一定是死了，夫人。”

我强迫自己站着，即使两膝发软。我倚在铁匠铺门上，想着自己该怎么办，独自一人身处战场之中，理查德曝尸荒野，还有我的儿子，我的女婿。我不知道是否该去那片荒地找理查德的尸体。我无法相信自己对他的死亡一无所知。我一定能察觉到的，当时我离战场那么近，都能看得到河水拍打河岸，他可能就在那里遇溺。

“给你。”铁匠和蔼地说，从他的小木棚里走了出来，把一个脏乎乎的杯子塞进我手里，“接下来你要做什么呢，夫人？”

我摇摇头。没有什么追兵需要我来误导，约克的人根本不从这条路经过，只有我们军队的残兵败将。我觉得我的丈夫已经死了，可我不知道去哪找他。我在恐惧之下全身无力，感到自己缺乏勇气。“我不知道。”我感到无比失落。上一次我迷茫而孤独还是在那片森林里的时候，那时我还是一个在法国的小女孩，没过多久理查德就来找我了。我无法相信这一次理查德再不会来到我身边。

“最好进来和咱们在一起。”铁匠说，“不能整晚待在外面啊。你也不能去战场那边，我的夫人，那里有小偷正在洗劫，会把你一刀捅死的。你最好进屋和咱们在一起。”

我不置可否，无所适从。如果没人会经过问我王后的去向，那么站在街上也毫无意义。我劝她快走，已经是尽到职责了，没必要一直站到天亮。我低头穿过小木棚的窄门，走进这间又小又黑的泥地房，扑面而来一股恶臭，这里有五个人，睡觉、做饭、吃喝和撒尿都在同一个地方。

他们对我很好，有什么都拿出来与我共享。他们有一块黑麦做的面包，这些人从未尝过白面包的滋味。他们有用各类蔬菜和奶酪皮煮的稀粥，有这家主妇自己酿造的淡啤酒，他们从一个陶杯里首先给我斟了一口，尝起来一股泥巴味。我想他们正是我们应为之战斗的人，他们生活在一个富裕的国家里，这里的土地肥沃，水源干净，可以耕种的良田多到会让农民来不及收获。这个国家的收入理应很高，市场理应富裕繁荣。可事实却并非如此。在这片土地上，无人能在夜晚安眠，他们害怕土匪和小偷；在这里国王的公正只对国王的朋友们有效；在这里，一个诚实劳动的人如果为自己出头，就会被冠以叛国之名送上绞架，在这里，我们甚至无力阻止一个法国的朝臣踏上我们自己的港口，将它们化为焦土。

我们说自己是这个国家的统治者，可没有依法治国。我们说自己统领那些人民，可没有将他们领往和平或繁荣。我们和他们的领主们，彼此内斗，把死亡带到他们的家门口，就好像我们的意见、想法和白日梦远比他们的安全、健康和子嗣宝贵得多。

我想到了王后，她策马穿过黑夜，倒装着马蹄铁，这样谁也不知道她的去向，她的军队倒在汉比弥尔河里，也许其中还有我的丈夫和儿子。铁匠的妻子，古蒂·斯凯霍恩，见我脸色愈发苍白，就问我是不是被稀粥弄坏了肚子。

“不。”我说，“但是我丈夫今天参战了，我很担心他。”我甚至不敢告诉她我对儿子的担心。

她摇摇头，说了一些类似世道艰难的话。她的口音太重，我甚至很难听清她在说什么。然后她在稻草垫子上展开一张满是跳蚤的毯子，铺在即将熄灭的火边，示意我躺下，这就是他们最好的床了。我谢过她，躺了下来，她也躺下和我睡在一边，她女儿睡在另一头。男人们睡在火堆的另一边。我仰天躺着，等待这个漫长的不眠之夜过去。

整个晚上我们都能听见马匹嗒嗒跑下村庄的街道，偶尔还有叫喊。女孩，女主人，还有我，都靠在一起像害怕的小孩子一样瑟瑟发抖：这就是陷于战火的国家中的生活。毫无骑士比武的荣耀，毫无伟大梦想的鼓舞——一个穷女人听见一队马冲下街道，祈祷他们不会停下来猛敲自家那扇脆弱的门，对她来说这就是生活。

黎明到来时，女主人起身，小心地打开门向外窥探。等到觉得安全之后，她走了出去，我听见她用咯咯声呼唤她的母鸡，把猪放出来在村子里乱逛，啃食垃圾。我从床上起身，挠走已经被我的胳膊、脖子和脸颊的血喂得肥鼓鼓的虫子。头发从头顶仔细卷起的辫子上四散下来，我感到不洁，害怕自己身上有臭味；可是我还活着。我没有按王后的吩咐整晚站着，给入侵的领主们引错路；我像一个奴隶一样躲在农民的小木棚里，还对他们的善良感恩戴德。我昨晚一听见马声就避得远远的，躺到肮脏的稻草堆上。说真的，我情愿付出任何代价换来昨晚逃过一劫，也愿意付出任何代价让我知道我的丈夫和儿子还活在今晨。我感到害怕，感到卑下。这个早晨我很难感到自己还是一位公爵夫人。

女孩起床了，抖了抖兼作内衣和睡袍的衬裙，套上一条粗糙的斜纹棉布裙，用角落里一条脏围裙擦了擦脸，就准备迎接新的一天了。我看着她，想起正在埃克尔肖尔城堡等着我的芳香浴池和干净床单。然后，在我全心畅想未来的享受之前，突然想起我不能保证宫廷还会在埃克尔肖尔城堡，也不能保证我的儿子和丈夫还能回到我身边。

“我必须要走了。”我突然道。

我走出门外，铁匠正在为我的马套上马具。他妻子为我准备了一杯淡啤酒，一块馊面包皮。我喝了啤酒，把面包浸在里面，让它软到可以啃得动，然后把自己的钱包给了他们。里面有一些银币，还有几个铜子儿，对他们来说算一笔巨款了，尽管对我来说几乎一文不值。“谢谢你们。”我说，心里希望自己能再多说几句：我很抱歉国王和王后给他们带来的破坏，我很抱歉他们如此辛勤劳作，却依然无法摆脱贫穷，我很抱歉自己这一生都睡在亚麻细布上，却极少想起那些睡在稻草上的人。

他们笑了。那女孩的嘴前面缺了一颗烂牙，这让她露出了一个豁牙的笑脸，更显得像个小孩儿。“你晓得路嘛？”虽然只有九里路，那女人依然很担心。因为她从未远离过自己的家。

“你走去红海龟村，他们会带你上路。”铁匠主动提议道，“可是要小心啊，士兵们也要寻路回家嘞。要不要俺派个小伙子陪你去？”

我说：“不用了。今天你们的铁匠铺一定生意红火，我这么觉得。”

他掂了掂我的钱包，对我露出笑脸。“今天已经是个好日子啦。”他说，“咱们这辈子第一好的好日子。上帝保佑你，夫人。”

“上帝保佑你。”我说，调转马头朝南奔去。

我骑了约莫半小时，就听见一声号响，看见一支大军前进时卷起的滚滚烟尘。我四周环顾寻找藏身之所，可是这是空旷开阔的乡间，田野宽广而荒芜，树篱很矮。我策马走到一块田地敞开的栅栏门旁，心想如果他们是约克军援军，那我就下马，稳坐不动，拿出公爵夫人的气势，让他们经过。也许他们还有我丈夫和儿子的消息。

等他们离我半里远时，我认出了国王的军旗，知道自己此刻算是安全了，军队越来越近，王后和国王本人走在前头。

“雅格塔！”她喜出望外，大叫道，“上帝保佑你！真是奇遇！”

她在路旁勒马止步，让军队继续前进。数千人依命而行。“你平安无事！”她说，“毫发无伤！国王被奥德利勋爵之死气得不轻，就准备自己上战场找约克领主们算账。”她放低声音，“他突然恢复了神志，还说准备自己领军。我太高兴啦。他说他绝不会原谅他们第二次，他准备为我们真正的朋友之死复仇。”

“奥德利勋爵死了？”我问道。我一想到她接下来会说什么，就感到自己开始颤抖，“你知不知道我的……”

一个男人策马从骑士们的中心冲了出来，把头盔的护面甲推了上去，露出他的脸。“是我！”我丈夫大喊，“雅格塔！亲爱的！是我啊！”

我惊讶得喘不过气，之前他们都站在一起，都身穿盔甲，都戴头盔，所以我一时没认出他。可是他冲上前，跳下马，把头盔甩到一边，将我拉入他的怀中。他的胸甲硬邦邦地抵在我身上，他的胳膊上的护甲嵌到我的背里，可我依然紧紧抱住他，吻他，向他发誓我爱他。

“安东尼也没事。”他说，“还有伊丽莎白的丈夫。我们全都安然无恙。就跟你说过我很幸运。”

“别看我，我肯定很臭。”我说，突然想起我的衣服，头发，还有被跳蚤咬出的红肿，“我为自己感到羞愧。”

“你本来就不应该去的。”他边说边瞅了一眼王后，“你本来都不该去。你本来就不应该被留在那里。”

玛格丽特给了我一个欢快的笑容。“他是最生我的气的。”她说，“他气得都不肯跟我说话。可是看看，你就在眼前，已经安全了。”

“我现在安全了。”我表示同意。

“现在来吧！来吧！”她催促道，“我们正在追踪叛徒索尔斯伯里。而且我们离他不远了。”

我们在野外过了几天，骑在皇家军队的前面。国王在行动中恢复了健康，重现旧日被我们寄予厚望时的青春神采。他带头骑在军队前面，玛格丽特在他身边，看上去好像是真正的夫妇，同时也是实至名归的亲友和战友。天气和暖，正是金色的夏末，庄稼已收获，留下满地金色的麦茬，几百只野兔在田里蹦来跳去。秋分时节的满月高悬在夜空中，明亮到足以让我们在夜里行军。一天晚上，在我们像晚间狩猎人一样搭建帐篷和营地时，得到了约克领主的新消息：他们聚集在伍斯特，在大教堂里庄严宣誓效忠，并给国王送来一封信。

“把信还给他们。”王后突然道，“我们都看到他们的忠诚是个什么东西了。他们杀了奥德利勋爵和杜德利勋爵，他们杀了埃德蒙·博福特。我们绝不和他们讨价还价。”

“我觉得我可以举行公开赦免。”国王温和地说。他唤来索尔斯伯里主教，“公开赦免会让他们知道自己可以得到原谅。”

王后扁了扁嘴，摇了摇头，对主教说：“不用回话。”然后对国王说：“没有什么原谅。”

就像老鼠出洞一般，约克公爵理查德带领军队从自己的城市勒德罗出发。他和另外两个领主：沃里克和索尔斯伯里在勒德罗桥的远侧抢占地利。河的这一边是国王的王家军队，他发话给那边的士兵，提供最后一次赦免机会，只要他们不再对约克公爵效忠，投奔我们这边。

那天晚上，我丈夫走进王室房间，王后，我，还有一些侍女正和国王坐在一起。“我有一个战友，曾和我在加莱共事，他想脱离索尔斯伯里伯爵，投奔我们这边。”理查德说，“我已经向他许诺他会得到彻底赦免和热烈的欢迎。我必须确保他能相信这一点。”

我们纷纷望向面带敦厚微笑的国王。“当然了。”他说，“任何诚心悔改的人都能得到原谅。”

“您保证此事了，国王陛下？”理查德问。

“哦，是的。任何人都能得到原谅。”

理查德转向王后：“那您呢？”

王后站起身来。“那人是谁？”她急切地问。

“我不能让我的朋友来见您，除非您亲自保证他的安全。”理查德坚称，“您能保证原谅他曾和您作对吗，王后殿下？我能信任您的承诺吗？”

“能！能！”王后叫道。“谁要加入我们？”

“安德鲁·特洛浦和旗下六百精兵。”理查德宣布，走到一边，让一个身材纤瘦面目冷酷的男人走进王家会见室。“而且，”理查德走到我身边，对我说。“这件事将决定战争的走向。”

理查德说的没错。对方一知道特洛浦已经带领手下投奔到我们，就立刻有三个领主像晨雾一样消失无踪了。他们趁半夜溜走，抛下他们的士兵，他们的城镇，甚至抛下了约克公爵夫人塞西莉·内维尔。当我们的军队涌进勒德罗城，掠夺一切可以带走的东西时，她只是手中握着城堡的钥匙呆立在原地，等待王后的到来。这个永远高傲的女人，尊贵的领主之妻，现在无比惊恐。我能在她苍白的脸上看到这一点。我必须在马克勒斯栋等着胜利的大军途经此地，但看到一个如此高傲的女人落得如此卑微的下场，令人心生不忍。

“你要给我城堡的钥匙。”王后高声说道，从马背上高高地俯视公爵夫人。

“是的，王后大人。”塞西莉沉稳地说，“我恳求您保证我的安全，还有我的孩子们的安全。”

“当然了。”国王立即说，“理查德爵士——去拿钥匙，护送公爵夫人和她的孩子到一个安全的地方。她处在我的保护之下。”

“等一下。”玛格丽特说，“什么孩子？”

“这是我的女儿玛格丽特。”公爵夫人塞西莉说。一个十三岁的高个子姑娘涨红着脸，向王后行礼，随即便意识到自己的错误，转而向国王行礼。“这是我的儿子乔治，还有最小的孩子理查德。”

我估计乔治大约十一岁，理查德大约七岁。他们都满脸震惊，这是理所当然的事：昨天这两个孩子还以为他们的父亲是英格兰王位的继承者，会一路奋战到王座之上，今天就发现国王的军队开到面前，他们的父亲逃跑了。我们身后的房子发出巨响，还传来一个女人刺耳的尖叫声，她被人拉到地上强奸，正在苦苦呼救。这一切都在提醒我们身处战争之中，正在战场上交谈。

“把他们带走。”国王飞快地说。

“你丈夫把你留在这儿啦？”王后折磨着一败涂地的公爵夫人，“你还记得你当初有多强硬吗？那时你来我的房间，我才刚生完孩子，你说你丈夫一定要来见国王，他那时还生着病，我俩都正处于痛苦之中。理查德曾经强行进入枢密院，可是如今我们都看到，他站起来拍拍屁股就走了。他在不需要他的地方露面，可当我们需要他的时候，他却把你丢下跑了。他发起战争，接着就从战场上消失了！”

公爵夫人脚下虚浮，脸白的像脱过脂的牛奶。黑烟在市场上弥漫，有人在什么地方放火烧了茅草屋。刚才尖声呼救的女人现在在阵痛中低声抽泣。我看到那个叫理查德的小男孩四处张望，因为有人用斧子劈开一扇房门，一个苍老的声音叫嚷着恳求饶恕，对方充耳不闻。

“王后大人。”我对王后说，“此地不宜久留。就让领主们留下来重新恢复秩序，我们赶快离开这个城市吧。”

出乎我意料的是，她对我嫣然一笑，笑容中流露出明显的恶意，随即垂眼看着马鬃，掩饰自己的表情。“由杂牌军组成的军队。”她说，“约克集结军队对抗我的时候，一定没有想到我也有自己的军队迎击，而且还这么强大。他给我上了一课，我受益良多。一支穷人组成的军队的确十分恐怖。他现在肯定追悔莫及，因为现在，一支穷光蛋组成的军队正让他的家乡四分五裂呢。”

黑发男孩理查德愤怒得满脸通红，张嘴准备反驳。“走吧。”我迅速说，我丈夫招呼几匹马上前，把公爵夫人毫无仪态地抬到马背上，让她的孩子坐到三个骑兵身前，然后就离开了。过桥的时候，我能听见一个女人的高声尖叫，还有飞跑的脚步声。勒德罗正在因为他们主人约克公爵的败走而付出沉重的代价。

“没错，他自己倒好端端活着。”我的儿子安东尼评论道。我们三人骑马回格拉夫顿，士兵远远落在后面。我发现一件事，但却假装没有看见：他们都随身扛着战利品，每人的包袱里都紧紧包着几块布，一个盘子，或是一个锡制的杯子。他们都是我们的佃户，我们却让他们加入王后的军队，受她指挥。他们受命洗劫勒德罗，以此惩罚叛逆的约克领主。如果我们扫了他们的兴，要求他们上缴抢来的战利品，他们就再也不会加入军队为我们作战了。“只要约克活着，沃里克活着，索尔斯伯里活着，战争就永无终日；只不过消停几天罢了。”

理查德颔首道：“沃里克回了加莱，约克公爵回了爱尔兰。英国最强大的敌人们纷纷避难去了，安全地躲在海外的城堡里。我们不得不准备迎接下一次入侵。”

“王后自信满满呢。”我说。

王后极度自信。十一月到来，她依然不愿回伦敦，痛恨伦敦，痛骂伦敦的民谣歌手和地摊书商，说就是他们害自己不受这个国家欢迎。他们的故事和歌把她描述成一只狼，一只母狼，操控着只剩一具空壳的渔夫王。最下流的歌谣则说她和一个胆大包天的公爵一起给他戴了绿帽子，还把一个野种当成王子抚养。还有一张图画，画着一只天鹅，长着埃德蒙·博福特的脸，摇摇摆摆走向王座。还有关于她的各种小曲儿和酒馆笑话。她痛恨伦敦，还有那些笑话她的学徒工人。

她命令国会来考文垂——就好像国会可以像探路兵一样被一个女人招之即来挥之即去似的——而他们真的乖乖来了，仿佛是她的信使，必须服从她的指挥。她命令更多的人宣誓效忠国王，同时也效忠她和王子。以前从没有人向王后宣誓效忠过，但现在，他们开始这样做了。她以叛国罪为由传唤三个约克家族的领主出庭，没收他们的土地和财富，然后像圣诞节礼物一样把这些财产分发了出去。她命令塞西莉公爵夫人出庭，让她亲耳听到她丈夫被判为叛徒，亲耳听到他被宣判死刑。约克领主们拥有的一切，每一片土地，每一面旗帜，每一个荣誉和称号，每一个钱袋，都被掠夺一空。可怜的约克公爵夫人如今只是一个从王室领养老金的穷鬼，和她的妹妹白金汉公爵夫人安妮住在一起，遭受软禁和精神折磨。这样一个曾经被称为“高傲的西丝”的女人，如今丈夫流亡，大儿子爱德华不知所终，一个出身豪门的女人，如今却失去了一切土地和财产。

# 1459年冬

### 肯特郡　桑威奇港

之前理查德警告王后说让沃里克拥有加莱等于是在我们的沿海树敌，现在他为此付出了代价。因为一等战斗结束，和平到来，她就要求他去桑威奇加强防御免受攻击。

“我也要去。”我立刻说，“我不能忍受你身处危险，我却远在天边。我不能忍受我们再次分开。”

“我不会有危险的。”他安慰地说，看见我一脸不信，便大笑起来，像一个撒了个赤裸裸的谎却遭人揭穿的男孩，“好吧，雅格塔，别这样看我。可是如果敌人从加莱入侵，你必须回格拉夫顿。我会带上安东尼。”

我点头答允。抗议说不应该把宝贝的安东尼置于危险之中也是徒劳无功。他是生长在战火纷飞的国家中的年轻人。另一个和他一样大的年轻人，爱德华伯爵，约克公爵的儿子，已经横跨海峡，师从沃里克和索尔斯伯里学习用兵之道了。爱德华的母亲被关在英国，无法得到他的任何消息。她不得不在焦急中等待，就像我一样。如今的时代，能把儿子安全留在家中都成了母亲们的奢望。

理查德和我在桑威奇港口住下，安东尼则在附近的里奇伯勒堡领兵。这座城市依然没有摆脱几年前的法国突袭带来的伤害，烧毁的房屋便是活生生的证据，昭显着敌人带来的威胁，昭显两国之间的海峡有多么狭窄。城市的防御网已经在袭击中破坏，法国人朝着海堤开炮，掠夺城里的军备。他们嘲笑市民，在市镇广场上打网球，似乎在说丝毫不把英国人民放在眼里，觉得我们软弱不堪。理查德命令工人劳动，请求伦敦塔的军需官派发新火炮，并开始训练市民组建防御力量。与此同时，仅仅在几里开外，安东尼正在操练我们的士兵，重建守卫在入河口处的古罗马城堡。

在城里待了一周多后，某天我突然被响亮的钟声从梦中唤醒。起初我以为那是夜里五点敲响的鹅钟，专为叫牧鹅女们起床。随后我意识到钟声响个不停，这意味着有敌来袭。

理查德已经下床，套上皮外衣，抓过头盔和剑。

“怎么了？发生了什么?”我对他喊道。

“天知道。”他说，“你就在这里好好待着。去厨房，等我的消息。如果沃里克已经从加莱登陆，就到地下室去，把门闩紧。”

我还来不及说话，他就出了门，接着我听见前门“砰”的一声关上，街上传来叫嚷声和刀剑交错的声音。“理查德!”我大喊，推开小窗看向楼下的卵石路。

我丈夫已经失去意识，有人抓住了他，正把他往地上扔。这人抬头看见了我：“下来吧，里弗斯夫人。你别想躲也别想逃。”

我关上窗户。女仆出现在门口，吓得浑身发抖：“他们抓住主人了，主人看上去好像死了。我觉得他们杀了他。”

“我知道。”我说，“我已经看到了，把我的长袍拿来。”

她取来长袍，我穿上它，让她系好缎带，然后我穿上拖鞋，走下楼去。我的头发还编着睡觉时的辫子。拉起斗篷的风帽，走到一月冰冷刺骨的街道上，我环顾四周，唯一所见的景象仿如用刀刻在眼中：我看见那人把理查德丢到地上，他的手无力地垂下。街道尽头，约莫有五六个卫兵正在和一个男人厮杀。他绝望地看向我，一瞥之下，我发现那是安东尼。他们正把他往船上拉。

“你们在对我的儿子做什么？那是我儿子，放开他。”

那人根本懒得回答我，我跑过湿滑的卵石路，跑到他们扔下理查德的地方，他看上去像个死人。我碰到他时，他悠悠醒转，睁开茫然的双眼：“雅格塔。”

“亲爱的。你受伤了吗?”我害怕他说自己已经中刀了。

“头撞破了。我不会死的。”

一个人把他粗鲁地扛到肩上。“把他带到我屋里。”我命令道。

“我要带他上船。你也要来。”那人简明扼要地说。

“你要带我们去什么地方？去谁的地盘？这不是战争行为，这是犯罪!”

他不理我。一个男人抓住理查德的靴子，这人则抓住他的肩膀，像扛死人一样抬着他。“你不能带他走。”我坚持道，“他是这个国家的领主，为国王服务。你们这是以下犯上。”

我抓住那人的手臂，但他理都没理我，把理查德抬到码头。四面八方都传来男人们的叫喊和女人们的尖叫，士兵正在进城，掠夺一切看中的东西，打开每一扇大门，把昂贵的玻璃窗户砸碎。

“你要带我丈夫去哪?”

“加莱。”他简短地说。

这是一段短暂的航程。理查德恢复了神志，他们给我们清水和食物，安东尼没有受伤。起初我们被关在一个小木屋里，等船驶到海上，巨大的船帆迎风招展后，他们便放我们到了甲板上。一时间，我们看不见任何土地，英国被远远抛在身后，但接着我们就看见面前的地平线上有一道黑线，看见城市低矮的轮廓，在它的顶端的是城堡的圆形城墙。我知道我作为人质再一次回到了加莱，回到这座我曾以公爵夫人的身份驾临的城市。

我看了一眼理查德，发现他也忆及此事。这里曾是处于他指挥之下的边防前哨。而现在，他却成了阶下囚。命运果真如车轮般旋转不停。

“小心点。”他冷静地对我和儿子说，“他们不会伤害你，雅格塔，他们认识你，喜欢你，也不会攻击女人。但王后对待公爵夫人的方式让他们很恼火，我们也处在他们的控制之下。没人能拯救我们。我们孤立无援，必须以自己的智慧逃出生天。”

“萨默塞特公爵守着吉讷城堡，他可能会来救我们。”安东尼提议道。

“不可能靠近半英里之内。”我丈夫说，“我已经加强了这个城市的防御网，儿子，我知道它的实力。这个世纪之内都不会有人强行攻下它。所以我们是敌人手中的人质。他们有无数理由释放你，雅格塔，也有无数理由杀了我。”

“他们不能杀你。”我说，“你没有做错任何事情，只不过从出生起就一直效忠于你的国王而已啊。”

“这正是我非死不可的理由。”他说，“这样能杀鸡儆猴。所以我必须谨言慎行，如果必须发誓抛下武器以保性命，我也会照做的。还有——”他指了指安东尼，“你也一样。如果他们要求我们宣誓再也不对抗他们，就照他们说的做。我们别无选择。我们已经被打败了。我不想死在自己亲自修建的绞刑架上。不想被埋在亲自打扫的墓地里。你们明白了吗？”

“我明白了。”安东尼简短地说，“但是我们怎么会任由他们抓住的！”

“木已成舟。”理查德严肃地说，“战场上只能听天由命。现在我们唯一需要考虑的就是怎么逃出此劫。必须甜言蜜语，唯命是从，避免对方发怒。最重要的就是，我的儿子，我要你言行有礼，假装恭顺，活到最后。”

他们把我们留在船上，直到夜幕降临。他们不想让理查德经过城镇，以免别人看见。加莱有影响力的商人们都对他敬爱有加，因为这座城堡被约克占据的时候，他曾守卫他们的安全。城里的人把他视作为高贵勇敢的城堡长官，他的话就是法律，像真金一样值得信赖。加莱的军队把他当做坚定公正的长官爱戴。正是在理查德的麾下取得的经验使得那六百士兵在勒德罗向我们投诚，转而支持国王。任何曾由他指挥的军队都愿意追随他一路闯到地狱，然后平安归来。沃里克不希望这个最受欢迎的长官在通过城镇时被人们看见。

于是他们一直等到夜深，才在夜幕的掩护之下把我们像秘密俘虏一样带进城堡大厅。在外面的黑暗的街道上走了许久之后，突如其来的火炬亮到令人几乎无法直视。他们带我们走过石头拱门，走进大厅，两头均燃着明亮的火焰，要塞的人们坐在台桌旁，因为看到我们而局促不安。

我们三人站着，像战时背井离乡身无分文的逃亡者，四下张望宏伟的大厅，拱形天花板，被烟雾熏黑的横梁，四面墙壁上燃烧的火把，有人站着喝麦芽酒，有人坐在台桌后，有人看见我丈夫便起身摘帽。在大厅最高处，索尔斯伯里伯爵，他的儿子沃里克伯爵，还有年轻的伯爵爱德华，约克公爵之子，坐在主席之上。他们身后的高台之上挂着约克家族的白玫瑰旗帜。

“我们已经将你们视为战俘，并接受你们的释放宣誓。”沃里克伯爵开口说道，像法官一样庄严。

“这不是战争行为，因为我是受英国国王之命行事的；反对我的行为就是叛乱，就是反抗国王。”理查德说道，他低沉的声音铿锵有力，在大厅中回荡。人们在这全然蔑视的语调之下浑身僵硬。“我警告你们，任何敢对我，我儿子，或是我妻子出手的人，都将身负叛乱、叛国和非法袭击之罪。任何胆敢伤害我妻子的人，都不配拥有名声和荣誉。如果你想攻击一个女人，就和野蛮人毫无区别，也应该像野蛮人一样死去。你的名字将永远被唾弃。如果有人敢侮辱我的妻子，王室公爵夫人和卢森堡家族的继承人，我对他将为此遭受的处罚表示同情。她的名誉无论到何处都应受到保护。我们三人身受国王庇佑，应被给予自由。我要求护送我们三人安全回到英国，以英格兰之王的名义，我如此要求。”

安东尼悄声对我说：“好言好语消怒气，投降让步保平安，也就都到此为止了。我的天啊，你看看索尔斯伯里那张脸！”

老伯爵看起来快要爆炸了。“你！”他大吼，“你胆敢这样和我说话？”

约克领主们坐在高台之上，理查德仰头看向他们。他们起身怒视他。理查德毫无悔意，走到台上站住，两手叉腰：“啊，当然了。为什么不行？”

“你甚至不配站在我们当中！我们不先对你说话，你就没有开口的资格！我们都是王室血亲，你只是个无名小卒。”

“我是英国贵族，曾在法国、加莱和英国为我王效忠，从未抗命，从未背叛。”理查德声如洪钟。

“不像他们。”安东尼欢快地对我补充了一句。

“你只是一个暴发户、无名小辈罢了，区区一个家臣的儿子。”沃里克喝道，“算得了什么？如果不是因为你的婚姻，你根本都不应该站在这里。”

“公爵夫人自贬身价才会下嫁于你。”年轻的爱德华·马奇说。我看见安东尼因为这句话出自和他同龄的年轻人之口而绷紧身体，“她自贬身份嫁给你，你却因为她攀上了高枝。他们都说她是一个女巫，诱你犯下了情欲之罪。”

“看在上帝的分上，我受不了了。”安东尼骂道。他向前冲去，我抓住他的胳膊。

“你敢动一下试试，敢动我就用刀刺自己！”我愤怒地说，“你敢说一句话，动一下试试。给我站住，孩子！”

“什么？”

“你不配站在我们中间。”索尔斯伯里煽风点火，“你不配与我们为伍。”

“我知道他们在做什么，他们想让你失去控制。”我告诉他，“他们希望你攻击他们，然后就能杀了你。记住你父亲说过的话。保持冷静。”

“他们侮辱你!”安东尼气得满头大汗。

“看着我!”我命令道。

他愤怒地看了我一眼，随即便迟疑了。尽管我的声调愤怒，可我的脸却无比平静，还在微笑。“我可没有被逃跑的丈夫留在勒德罗市场。”我飞快地对他耳语，“当我是卢森堡伯爵的女儿的时候，塞西莉·内维尔还不过是北方城堡里一个漂亮姑娘罢了。我是女神梅露西娜的后代。你是我的儿子。我们来自一个先祖可以追溯到女神的家族。他们背着我们想说什么都行，当面也可以。我知道我是谁。我知道你是我生的。这就高过他们，远远高过他们了。”

安东尼踟蹰了。“微笑。”我吩咐道。

“什么?”

“对他们微笑。”

他仰头，艰难地抽动嘴角，试图露出微笑，但没有成功。

“你毫无自尊可言!”爱德华·马奇向他唾道，“有什么好笑的?”

安东尼微微歪头，仿佛在接受极大的恭维。

“你就让我这样说你的母亲吗?当着她的面吗?”爱德华的声音迸发着怒火，“你就没有自尊吗?”

“我的母亲不需要你的意见。”安东尼冷冰冰地说，“我们不关心你的想法。”

“你的母亲平安无事。”我对爱德华轻柔地说，“她在勒德罗孤身一人身居险境，过得很不开心，但是我丈夫，里弗斯男爵，把她、你妹妹玛格丽特、你的弟弟乔治和理查德带到了安全的地方。我丈夫，里弗斯男爵，在军队横扫全城的时候保护了他们。他确保没人胆敢侮辱他们。国王给她发放恩俸，她的生活并不困窘。不久前我还亲眼见过她，她还告诉我她在为你和你父亲祈祷呢。”

他在震惊之下陷入沉默。“你应向我丈夫保护她的安全表示感谢。”我重复了一遍。

“他出身卑微。”爱德华说，好像一个人在重复死记硬背的知识。

我耸耸肩膀，好像与我无关。实际上我也的确不在乎。“不管高贵还是贫贱，我们到底都在你的手里。”我只这样说，“我们在你的手里。你没有理由抱怨。你能放我们平安返回英国吗?”

“把他们带走。”索尔斯伯里伯爵忽道。

“我想住在自己平日的房间里。”理查德说，“我在这座城堡当了四年多的长官，为英国守住了它的安全。我平时都住在能眺望海港的房间里。”

沃里克伯爵像一个酒馆老板般咒骂着。

“把他们带走。”索尔斯伯里重复道。

我们没有住在城堡长官的房间，当然了。但是我们的房间也很不错，能看见中庭。他们只把我们关了数晚，然后有一天，一个卫兵走到门前，说我要坐上去往伦敦的船。

“那我们呢?”丈夫问道。

“你们是人质。”士兵说，“你们在这里等着。”

“他们将受到尊重吗？他们安全吗?”我执意问道。

他对理查德点点头：“我曾在您旗下服役，大人，我叫亚伯·司垂德。”

“我记得你，司垂德。”我丈夫说，“你们的计划是什么?”

“我受命在这里看守您，直到我们离开，然后就会放你自由，不伤分毫。”他说，“整个要塞没有任何人会伤害您，大人，还有您的儿子。这我可以保证。”

“谢谢你。”丈夫说。他对我轻声道：“去见王后，告诉她他们准备进攻。试着数一下水里有多少船。告诉她，我不认为他们兵力充足，也许只有两千人左右。”

“那你呢?”

“你听到他刚才说的了。我一有机会就回家。上帝保佑你，亲爱的。”

我吻了他，又转向儿子，他单膝下跪，接受我的祝福，然后起身拥抱我。我知道他又高又壮，是个好战士，但把他留在危险之中依然令我感到无法忍受。

“夫人，您必须走了。”卫兵说。

我不得不离开了他们两个。我不记得我是怎么走上那艘商船的舷梯的，也不记得怎么进到小舱房之中。但我不得不离开他俩。

# 1460年春

## 考文垂

此时宫廷正在考文垂备战，我回到英国，警告王后说在加莱的敌人抓住了我丈夫和儿子，今年之内他们必然入侵。

“雅格塔，我很抱歉。”玛格丽特对我说，“我没料到。我真不该把你放在这样的危险之中……他们告诉我你被抓住时，我吓得魂都没了。”她环顾四周，对我悄声道：“我写信给皮埃尔·德·布雷泽，诺曼底总管，叫他占领加莱救你出来。你知道如果别人发现我写信给他，我会落得什么下场。但你对我来说就是有这么重要。”

“我还算好。”我说，“但是那些叛变的领主一直在嘲讽理查德和安东尼，我想他们如果有机会在口角时杀了我丈夫和儿子，他们就真的下得了手。”

“我恨他们。”她说，“沃里克和他父亲，约克和他儿子。他们是我一辈子的死敌。你知道他们现在散播的那些流言吗？”

我点头。自打王后到英国那天起，他们的污蔑就没停过。

“他们公开说我儿子是私生子，国王对他的出生和洗礼一无所知，而且——也不知道怀上他的事。他们想通过诽谤夺走他的继承权，因为他们无法用战争伤到他半根毫毛。”

“你有约克家族领主的消息吗？”

“他们会合了。”她简短地说，“我在约克位于爱尔兰的小宫廷里安插了眼线，是他们告诉我的。沃里克去了约克公爵在爱尔兰的城堡。我们知道他们会合了，可以以此推测他们计划入侵。但无法知道准确时间。”

“你准备好对抗入侵了吗?”

她冷峻地点头。“国王又病了——哦，病得不重——但他丧失了一切兴趣，除了祈祷。这整整一周，他要么在祈祷，要么在睡觉，有时长达一天十六个小时……”她没有说下去，“我永远不知道他的心到底是留在这里，还是早已经飘远了。但是，无论如何，我准备好了，准备好面对一切。我有了军队，有了各大领主，有整个国家站在我一边——除了狼心狗肺的肯特人和下三滥的伦敦人。”

“你觉得是什么时候呢?”我不需要真的问出口。一切行动都会在夏季开始。过不了多久，他们就会传来消息说约克已从爱尔兰出征，沃里克也从加莱扬帆上路了。“我要去见我的孩子们。”我说，“他们一定很担心他们的父亲和哥哥。”

“见过之后就回来。”她说，“我需要你在身边，雅格塔。”

# 1460年夏

## 北安普敦郡

到了六月，一年中最繁茂翠绿的月份之时，约克领主们从加莱动身，约克公爵理查德在爱尔兰蠢蠢欲动，等着领主们为他开路。正如我丈夫预测的那样，他们上岸的时候只有一支大约两千人的弱小队伍，但随着他们的行进，不断有男人从田地里和马场上跑来加入他们。肯特没有忘记杰克·凯德，还有当年的血海深仇。而且现在有很多人愿意为沃里克而战了，他们没有忘记王后曾发誓要把他们的家园改成养鹿场。伦敦为沃里克敞开大门，可怜的斯凯尔斯勋爵再次发现自己孤零零困在伦敦塔里，身负国王的命令，不惜一切代价也要死守此地。约克领主们甚至懒得把他饿死，只是留下柯布汉姆勋爵掌控全城，就再次向北进发至肯尼沃斯，寻找敌人：我们。

每一天他们都征到新兵，每到一处都有新人加入。他们的队伍日益壮大，势力陡升，他们用沿途经过的城镇捐献的钱支付军饷。整个国家的情绪都发生剧变，转而抵制王后和她的傀儡国王。人们想要一个足以信赖、能使国家和平公正的领导人。他们开始认为约克公爵理查德将是他们的保护者，他们害怕伴随王后左右的危险和动荡。

王后指派白金汉公爵为王室军队的指挥官，国王被迫中止了静修，负责执掌王旗，它在潮湿的天气中萎靡不振地飘着。但是这一次，没人敢在遇袭前叛逃，因为他们不敢攻击国王所在的军队。所有强力的队伍都坚持讨伐约克领主。人心更坚定了。国王在自己的帐篷里，在自己的军旗之下，静静坐着，身边是调停人，其中还有整个早晨都来去匆匆的索尔斯伯里主教，希望能促成和解。但都被白金汉公爵一次次拦下。约克家的人不愿就此善罢甘休，他们要的是王后和她的谋臣们不再左右国王的决定，除此之外他们什么也不认账。王后也绝不会妥协。她想亲眼看到他们一命呜呼：事情就这么简单。没有任何回旋的余地可言。

王军立于北安普顿的德拉普雷修道院之前，在内尼河畔挖出战壕，插上尖锐的木桩。如此一来，骑兵便无法冲锋，正面交战几无可能。王后、王子和我又一次在埃克尔肖尔城堡等待。

“我又想骑马出去观战了。”她说。

我勉强挤出笑容。“可别了。”

外面在下雨，已经下了两天了。我们站在窗口，望着窗外铅灰的天空，乌云压在地平线上。在下面的院子里，可以看到从战场归来的信使跑了进来。“咱们下去。”玛格丽特突然紧张起来。

我们在大厅里会面。他湿淋淋地走进屋来。

“结束了。”那人对王后说，“您叫我把情况看清再来，所以我等了一会儿。”

“我们赢了吗？”她迫切地问。

他愁眉苦脸。“我们一败涂地。”他开门见山地说，“被出卖了。”

她像猫一样发出嘶声。“谁出卖了我们？是谁？斯坦利？”

“里辛的格雷。”

她转身看我：“你女儿的亲戚！你女儿的家族竟然不忠？”

“不是近亲。”我立即说，“他做了什么？”

“他一直等到约克的儿子，那个年轻的爱德华冲锋。我们的战线布置得很好，身后有河流，身前有尖矛，可是那个约克男孩带头杀到，格雷勋爵放下他的剑，带自己的整支军队帮他越过路障，然后一路杀向我们的战线。他们深入我军，咱们的人们无法甩开他们。一开始的时候，我们的防线滴水不漏，接着就发现我们成了瓮中之鳖。”

她脸色刷的白了，脚下发虚。我抱住她的腰，让她靠在我身上。“国王呢?”

“我去的时候他们正杀向他的帐篷。他的领主们都在外面，掩护他撤退，向国王大喊让他走。”

“他走了吗?”

他脸上的阴云告诉我们，他没有走。也许那些领主们白白牺牲了。“我没看到。我是来警告您的。你最好快走。我觉得他们可能抓住国王了。”

她转向我：“把王子带来。”

我二话没说就赶去皇家育儿室，发现那孩子正穿着旅行斗篷和马裤，玩具和书本都收拾好了。他的主管站在旁边。“王后殿下下令让她儿子赶快过去。”我说。

那人严肃地问这六岁大的孩子：“您准备好了，王子殿下?”

“我准备好了，已经准备好啦。”小王子勇敢地说。

我伸手，但他没有握住，而是带头走在我前面，站到门边，等我为他打开。如果换一个场合，这副情景一定十分有趣。但不是今天。“哦，快走!”我急躁地说，打开门催他出去。

大厅里，王后的首饰盒和服饰箱都已经在被运出大门，王后站在门外，卫兵正在上马。她套上风帽，朝和我一同出来的儿子点了点头。

“上马，我们要抓紧时间。”她说，“约克领主们赢了，也许还抓住了你父亲。我们必须把你带到安全的地方去。你是我们唯一的希望。”

“我知道。”他严肃地说，一等他们把马牵来就站到登马台上。

对我她则说：“雅格塔，我一安全就给你带话。”

这场溃败来得太快，让我头晕眼花：“你要去哪儿?”

“去威尔士的加斯帕·都铎那里重新开始。如果能从那里发动反击自然是最好，要么就去法国，去苏格兰。我会赢回我儿子的继承权。现在不过是一时失利。”

她坐到马鞍上，我吻了她，抚顺了她盖在风帽下的头发。“一路顺风。”我说。我想要挤掉眼中的泪水，受不了看她带着行李、卫兵和她的小儿子逃离这个国家。想起当年我带她来到这里，一切都还充满希望。“一路顺风。”

我站在庭院里，这一小队人出发了，一路向西平稳地奔去。如果能到加斯帕·都铎那里，她就安全了；他为人忠实，从她把威尔士的土地给他那天起，他就一直在保护它们。可如果他们在路上抓住她了呢？我不寒而栗。如果他们在半路抓住了她，兰开斯特家族就全盘皆输了。

我转身走进马场。男仆们正在拿走一切拿得动的东西，洗劫王室财物的狂欢开始了。我喊来自己的人，叫他收拾所有属于我的东西，好好守住。我们立即离开，回格拉夫顿的家，我所能做的只有希望理查德和安东尼早日归来。

# 1460年夏

**北安普敦郡　格拉夫顿**

前往格拉夫顿的旅程令人疲惫，近百英里的漫漫长路，横跨一大片忠于侵略者沃里克的农村地带。每到一站人们就惊慌失措地交换信息：我们都知道些什么？我们看见了什么？还有永远不变的问题——王后是不是要带她的军队经过这里？我命令手下放话说我是一个正在进行私人朝圣之旅的寡妇。头一晚住修道院，第二晚住教会的房子，第三天晚上则睡在谷仓里，一路避开旅店。即便是这样，每天晚上，流言还是会从全国各地飞到我身边。他们说国王被带去伦敦，约克公爵已从爱尔兰登陆，正在准备大张旗鼓回到首都。有人说，等他到了那里，就会再次当上护国公了。有人说，他会站在王座后面控制国王，把他当成他的小娃娃，他的傀儡。我无话可说。我不知道王后有没有平安抵达威尔士，也不知道还能不能再见到我的丈夫或儿子。

四天之后我们回到了家，踏上熟悉的通往家宅的路时，我感到内心激动起来。至少我能看见自己的孩子、和他们安全宁静地留在这里，任由这个国家在没有我的地方天翻地覆。至少这里还是我的避难所。我们策马而行的时候，我听见有人开始在马场上敲钟，警告全家说有军队来了，接着前门打开，全副武装的人们涌出屋子。在他们的前面——我不可能认错，无论何时何地我都能认出他——是我的丈夫理查德。

他也同时看到了我，跃下屋前的楼梯，速度快到让我的马不由得后退，我只好让她停下。他把我从马鞍上拉了下来，紧紧抱住，吻我的脸，我依偎在他身上。“你还活着！”我说，“你还活着！”

“他们刚一登陆就放了我们。”他说，“连赎金都没要。他们只是把我们从加莱的城堡放走，我找到一艘船带我们回了家。带我们到了格林威治。”

“安东尼也和你一起？”

“当然了。安然无恙。”

我在他的怀里转身，看见我的儿子，正站在门口向我微笑。理查德松开我，我跑向安东尼，他在我面前下跪，祈求我的祝福。他的头顶的暖意传过我的掌心，让我知道此生最大的快乐已经重新回到了我身边。我转身回到丈夫身边，再次搂住理查德。

“你有消息吗？”

“约克领主大获全胜了。”理查德简洁地说，“伦敦像欢迎英雄一样欢迎他们，斯凯尔斯勋爵想从伦敦塔里逃跑，结果被杀了，约克公爵正在开往伦敦。我认为他们会重新任命他为护国公的。国王没事，在威斯敏斯特宫，完全处于沃里克的统治之下。他们说他又一次失去神志了。王后呢？”

我环顾四周，即使是在自家庄园的阳台上，我也害怕有人会把她的所在听去，然后出卖她。“去找加斯帕·都铎了。”我悄声说，“然后再从那里去法国或苏格兰，我是这么觉得的。”

理查德点头。“进来吧。”他温柔地对我说，“你一定累坏了。你没靠近战场吧，是不是？在路上没遇到危险吧？”

我靠在他身上，感觉到一股熟悉的如释重负，因为他就在我的身边。“不管怎样，现在我已经安全了。”

# 1460年冬—1461年

## 北安普敦郡　格拉夫顿

我们像新婚燕尔时一样过日子，就好像没有身负守卫格拉夫顿四方土地的重责一样，就好像我们不过是一个地主和一个地主婆。我们不想引来约克领主的注意，他们正在把这个国家变成自己的囊中之物，向被他们称为叛徒的领主那里征收巨额罚款，从被他们打败的人那里夺取地位和金钱。这其中有一种贪婪，有一种复仇的渴望，我唯一希望的就是它能放过我们。我们静静地生活，希望躲过注意。从借住一宿的过往旅人断断续续的对话中，从偶尔拜访的客人那里，我们听说，国王悄悄在威斯敏斯特宫的王后房间内生活，而他的战无不胜攻无不克的堂兄，约克公爵，已经在国王自己的房间内住下了。想到国王现在正住在那些我如此熟悉的房间里，我不由得祈祷他不会再次长眠不醒，以躲避这个对他来说如此艰难的现实世界。

公爵伪造了一项枢密院和议会的特殊协议：他将出任摄政王和护国公，直到国王去世，届时他本人将登上王位。一个包裹里装满象征约克的白色丝带和丝质白玫瑰的小贩说，国王已经表示同意，马上就要立下誓言，退位出家。

“他不在伦敦塔里吧？”我急切地问，害怕国王已经被送到塔里了。

“不，他在宫里像一个白痴一样自由自在地生活呢。”他说，“约克公爵要当下一个王了。”

“王后绝不会同意的。”我脱口而出。

“她在苏格兰，他们是这样说的。”他边回答，边在我面前把货物一溜排开。“再好没有了。就让她待在那儿吧，要我说的话。您想要一些胡椒吗？我有一些胡椒和肉豆蔻，新鲜到你恨不得一口吞了。”

“在苏格兰？”

“他们说她正和苏格兰王后会面，她们要率领女妖军队打我们呢。”他欢快地说，“由女人组成的军队——想想有多恐怖吧！看看这里这块抛过光的漂亮小镜子？或者看看这个，金丝编成的发网。实打实的真金，不骗人。”

我们在格拉夫顿庆祝了圣诞。伊丽莎白和她丈夫约翰爵士，还有他们的两个儿子一起过节：托马斯现在五岁了，理查德只有两岁。我所有的孩子们都回家欢度这为期十二天的节日，整座屋子生气勃勃，他们欢唱，跳舞，在木楼梯上上下下地互相追逐。六个年纪小的孩子之中，两岁的凯瑟琳只能跟着两个大一些的孩子后面蹒跚学步，恳求他们不要丢下自己，而对那些十来岁的大孩子们，莱昂内尔，伊琳诺，玛莎来说，哥哥姐姐的归来简直像在他们中间丢了炸弹。理查德和约翰形影不离，一个十四，一个十五，雅格塔和玛丽都是体贴周到的年轻姑娘，在艰难岁月里一直住在邻居家中。安东尼和安妮当然是年纪最大的了。安妮现在是时候结婚了，可是当整个国家天翻地覆，甚至连一个可以让她担任侍女的宫廷也没有的时候，我又能做什么呢？在如今这个年代，我现在已不知道谁会一夜暴富，谁会在下一个月受宠于国王——更别说接下来十年——又该怎么为安东尼找到合适的新娘呢？他和斯凯尔斯爵士的女儿订有婚约，可是斯凯尔斯爵士死了，他的家族和我们一样也一文不名了。最后一点，也是最让我茫然的一点是，谁能为我的孩子们安排比武，谁能帮忙寻找可以让他们学习必要技巧的豪门家族呢？此时此刻，整个兰开斯特家族不过是一个住在王后房间里的国王，一个不见踪影的王后，一个七岁大的孩子罢了，还有谁对他们效忠呢？我也没法想象去和任何服侍约克家族的卖国贼的人结盟。

我想我会把孩子们一直留在家里，陪我们在格拉夫顿住到春天，也许还要更久。新的王室里没有我们的一席之地，那里是约克家族的宫廷——因为约克家的禄蠹和领主们，还有马上就会赶到的议会成员们，都将是约克家的朝臣，约克家的侍女。塞西莉·内维尔，约克公爵夫人，现在在命运之轮的带动下如日东升，睡在国王的房间里，躺在金丝布的华盖之下，活像一位王后；她一定觉得每天都是圣诞节。很明显，我们永远无法出席约克家的宫廷：我都不确定我们俩在加莱城堡羞辱他们的事情会不会得到原谅。也许，我们应该学会适应这种被流放在自家国土上的生活。我已经到了四十有五的岁数，最小的孩子也开始咿呀学语，却又得在一个和我童年的故国如出一辙的国家中生活：北部一个国王，南部一个国王，每个人都被迫选择他们觉得更有理的一边，每个人都在树敌，每个人都在报仇。

在这样的多事之秋规划我们全家的前程，真的让我无比绝望。于是我开始在土地上寻找慰藉，开始计划扩展果园，在北安普敦附近的农场购买树苗。理查德告诉我海上航运还算安全，他会在加莱的市场上把今年我们家的羊毛卖出个好价钱。陆运也是安全的，约克公爵正从伦敦起步，重建在郡长之中的权威，命令他们把公正贯彻到每一个郡县之中。渐渐地，各郡各县的拦道抢劫和盗窃都减少了。我们永远也不想承认，甚至私下里也如此，但那些的确是极大的进步。我们开始思考，虽然从未大声说出口，也许我们能像这样生活下去，作为地主生活在和平的国度里。或许我们可以经营果园，放牧羊群，看着我们的孩子平安成年，不必担心叛乱和战火。或许约克公爵的确是把我们赶出了宫里，但给我们的国家带来了和平。

接着，在一月末尾，我在路上看到三名骑手，溅起一路水花，马蹄踩碎水坑上的冰层。我正守着熟睡的凯瑟琳，抬头从育儿室的窗户看见了他们，当下就知道他们会带来坏消息，知道平稳的寒冬岁月要结束了。这不是和平，只是一场永无止息的战争中短暂的冬休——一场永无止息、直到无人生还的战争。有那么一会儿，我甚至觉得应该关上百叶窗，坐在育儿室里，假装我不在，不去回应我无力承担的召唤。但也只是这么一会儿。我知道如果受到了召唤，我不得不走。我这辈子都在为兰开斯特服务，不能功亏一篑。

我弯腰亲吻凯瑟琳温暖光滑的小小额头，然后离开育儿室，在背后轻轻把门合上。我缓缓走下楼梯，在楼下。理查德正飞快披上一件斗篷，抓起佩剑出门见客。我在大厅里等着，侧耳倾听。

“理查德·伍德维尔爵士，里弗斯男爵?”打头的男人说。

“找他有什么事?”

那人压低声音:“英国女王有令。你会回应她吗?你还忠实如初吗?”

“是的。”理查德简洁地说。

“我给你带来这个。”那人边说边亮出一封信。

我从门缝里看见理查德把信接了过来。“绕到后面，去马厩。”他说，“他们会给你食物和麦酒。天很冷。进大厅暖和暖和吧。这里住着忠诚的人；但也没有必要见人就说你们从何而来。”

那人敬礼表示感谢，理查德走进门厅，撕开信函。

“向您表示问候，亲爱的……”他开始读信，随即住了口，“是一封统一规格的信函，她可能已经寄出了几百封了。是传唤。”

“传唤入伍?”我感到恐惧的滋味。

“我和安东尼。我们要去约克，她在那里征兵。”

“你要去?”我几乎想要让他回绝。

“我不得不去。这可能是她最后的机会了。”他接着读信，然后长长地吹了一声口哨。“天啊！她的人抓住了约克公爵，把他杀了。”他抬头看我，捏紧了信纸，“我的上帝！谁能料到？护国公死了！她赢了！”

“怎么可能？”我不敢相信这突如其来的胜利，“你说什么？”

“她只是写道，他骑马从城堡里出来，肯定是说山得尔[①]——他干吗要那么做？你可以在那个地方撑上整整一个月！然后他们就把他打倒了。天哪，我简直不能相信。雅格塔，这是约克家族征战的终结。这是约克家族的终结。约克的理查德死了！他的儿子也跟着一道死了。”

我惊呼一声，好像他的死亡让我悲痛：“不是年轻的爱德华吧！不是爱德华吧！”

“不是，是他另一个儿子埃德蒙。爱德华正在威尔士某处，但既然他父亲已死，他什么也做不到了。他们完了。约克家族被打败了。”他把信翻过来，“哦，瞧啊，她在信的末尾附了备注。她说，‘亲爱的理查德阁下，请速来，形势正在倒向我们。我们给约克家族理查德戴了纸王冠，还把他的脑袋插在米克盖特门上呢。很快，我们就会把沃里克的项上人头摆在旁边，然后就会一切如常了。’”他把信放到我的手里。“这件事改变了一切。你能相信吗？咱们的王后赢了，咱们的国王重新得势了。”

“约克的理查德死了？”我自己读起信来。

“现在她能击败沃里克了。”他说，“少了约克这个盟友，他没几天可活啦。他失去了摄政王，护国公，对他们来说，这一切彻底结束了。他们再没有可以假装有权登上王位的人物了。没人会让沃里克当护国公，他根本无权称王。能称王的再次只剩亨利国王一人。约克家族已经完蛋，现在只剩兰开斯特家族。他们犯了一个错误，结果失去了一切。”他吹了一声口哨，把信拿了回去。“用命运之轮的形容来说：他们已经被碾轧到一文不值了。”

---

① 山得尔城堡位于西约克郡的韦克菲尔德。1460年12月30日，约克公爵率领数千士兵在此地败于近两万人的兰开斯特军，史称韦克菲尔德战役。

我走到他身边，从他的头顶看向信上王后熟悉的潦草字体。在一个角落里，她写道：雅格塔，马上到我身边来。

“我们什么时候走?”我问。我为自己不想回应她的传唤而感到羞愧。

“我们必须马上动身。”他说。

我们沿着大道向北赶赴约克，王后的军队必然正在向伦敦进发，我们会在路上和他们会合。在这寒冷的日子里，每一次歇息，在每一个旅店、修道院，或大庄园之中，人们都在谈论王后的军队，好像它就是恐怖之源。他们说，她那些来自苏格兰的士兵赤脚行军，即使在最糟糕的天气里也赤裸着胸膛。他们什么也不怕，吃生肉，追赶地里的牲口，赤手空拳就能从它们身上生生剜下两坨肉来。她没钱给他们，就保证说，他们可以见什么就抢什么，只要他们能带她到伦敦，挖出沃里克伯爵的心脏。

人们说，她已经把整个国家给了法国国王，以此回报他的支持。法国国王会率领船队沿泰晤士河而上，把伦敦化为焦土，他会占领南部海岸每一个港口。她已经签订协议，把加莱给了他，还把贝里克和卡莱尔给了苏格兰女王。纽卡斯尔将成为新的边境线，我们已永远失去了北方，而塞西莉·内维尔，约克的遗孀，就要变成苏格兰农民了。

对这种半真半假的传言，没什么好争的。王后，一个全副武装的女人，正在领导她自己的军队，带着和一个沉睡不醒的国王一同生下的儿子。一个使用炼金术，可能还有其他黑魔法的女人、一个与我们的敌人结盟的法国公主，已经变成她的人民心中极度恐怖的象征。在苏格兰人的支持下，她已经成为一个寒冬的女王，像狼一样从北方的黑暗之中一跃而出。

我们在格鲁比庄园借宿两晚，看望伊丽莎白和她丈夫约翰·格雷爵士，他也会和我们一起率军向北行进。伊丽莎白精神紧张，郁郁不乐。

“我受不了一直等待消息。”她说，“一有机会就给我送信来。我受不了等待。我希望您再也不用离开了。”

“我也如此希望。”我温柔地对她说，“我从没有带着如此沉重的心情出门过。我已经受够战争了。”

“您就不能回绝吗?”

我摇头道：“她是我的王后，是我的朋友。如果我不去履行职责，会失去她的爱。可是你呢，伊丽莎白？我们不在的时候，你愿意回格拉夫顿和孩子们在一起吗?”

她愁眉苦脸地说：“我的家在这里。格雷夫人也不会乐意我离开的。我只是太担心约翰了。”

我把手放在她颤抖的手指上：“你必须冷静。我知道这很难，但你必须保持冷静，并且怀抱希望。你父亲已经出征十几次了，每一次都像第一次一样情势险峻——但每一次他都平安回家，回到了我的身边。”

她抓住我的手，极小声地问我：“您看见了吗？您看见约翰的未来了吗？我担心的是他呀，远胜过担心安东尼或是父亲。”

我摇头道：“我无法预知。我和其他所有人一样只能等待。谁曾想到我们把安茹的玛格丽特、当年那个可爱的姑娘带到英国，结果却是这样?”

# 1461年春

### 行军路上

我们的队伍人数很少，我的女婿约翰、理查德、安东尼，还有我，骑在佃户和家臣的前面带路。我们骑马的速度也不比他们行军的速度快，因为有些地段的道路已经被水淹了，我们深入北方，天开始下雪。我想起很久以前，贝德福德公爵曾要我预视；那时自己曾看见一场雪中之战，以一片血海告终，我不知道我们是不是正在奔向这样的未来。

终于，到了第三天，理查德派出的斥候慢跑回来，说所有乡下人都门窗紧锁，因为他们坚信王后的军队不出一天就要到了。理查德喝令队伍止步，我们来到一个庄园农场，请求一张床，一个谷仓，让我们和士兵过夜。那地方已经荒废，人们锁上大门，弃屋而去了。他们宁可跑到山里，也不愿欢迎如假包换的英国女王。我们破门而入，觅食、点火，命令士兵住在谷仓和院子里，绝不许偷窃。但是任何值钱的东西都已经被带走藏起来了。曾住在这里的人把王后当做夜贼一样避而远之。他们什么也没给王后和她的军队留下，肯定也永远不会为她而战。她已经成为了自己人民的敌人。

第二天清晨，前门发出巨大的撞击声，我跳下床，窗口有一张野蛮的脸怒视着屋内。刹那间窗户的玻璃就被砸碎，一个人闯进屋中，另一个也跟着从窗户钻了进来，牙齿之间衔着一把匕首。我尖叫：“理查德！”抽出自己的匕首勇敢地立在他们面前，高声喊道：“我是贝德福德夫人，王后之友。”

那人应了几句话，我一个字也听不懂。“我是兰开斯特家族的人！”我又说了一遍。我还试着用法语说：“Je suis la duchesse de Bedford.[①]”

“准备好躲到一边。”理查德在我身后悄声说，“一等我说跳，你就跳到右边……跳！”

我拼命跳到右边，他大步上前，那人被理查德一剑刺中，血汩汩地狂涌出来。他嘴里喷血，步履蹒跚地举起双手向我走来，然后就跌在地上，发出可怕的呻吟。理查德一脚踏在他肚子上，抽出自己的剑；一股猩红的血液奔涌而出，那人在疼痛之下放声大叫。他的同伴消失在了窗口，理查德手持匕首弯腰，像杀猪一样嗖地割开他的喉咙。

一片沉寂。

“你没事吗？”理查德说，用床帘擦拭他的剑和匕首。

我感到一阵恶心，想吐，用手捂住嘴跑到门边。

“在那吐吧。”理查德指着壁炉说，“我不知道房子周围安全没有。”

我对着壁炉呕吐，呕吐物的味道和温热的鲜血气味混在了一块，理查德轻拍我的背部：“我要去看看外面发生了什么。锁好门，拉上百叶窗，留在这里。我会派一个人守门。”

他在我能抗议之前就走了。我走到窗边转动百叶窗。屋外是茫茫冬夜，我能看到谷仓周围有一些火光在摇曳，但无法分辨是自己人还是苏格兰人。我关上百叶窗。现在屋内一片漆黑，但我能闻到死人的血正在从他的伤口中慢慢渗出，我摸索着向床走去，小心绕开他。我怕得要命，怕他从地狱里爬出来抓住我的脚踝。我勉强走到门边，然后按照理查德的嘱咐将其牢牢闩上。那具刚死的尸体和我，现在被可怕地锁在了一起。

外面传来叫嚷，还有突然响起的号角。接着我听见理查德在门外喊：

---

① “我是贝德福德公爵夫人。”

“现在可以出来了，王后来了，他们让那些人归队了。那些人都是她的斥候呢。他们是我们这一边的。”

我打开门闩的手直抖。理查德手举火把，闪烁的火光照耀下，他的脸色十分严峻。“穿上你的披风和手套。”他说，“我们要去集合。”

我回到屋里，跨过那个死人，去拿正铺在床上用以取暖的披风。我没有看他，把他留在那里，没人给他做临终忏悔，他死在自己的血泊里，割开的喉咙大敞着。

“雅格塔!”王后说。

“玛格丽特。”我们相拥，双臂环绕，脸贴着脸。我从她身上感觉到喜悦的能量，还有流淌在这具纤弱身躯中源源不绝的乐观。我闻到了她发间的香水味，毛皮领子刺得我下巴发痒。

“我经历了这么多奇遇！你永远也不会相信我那些旅程的。你没事吧?”

我感到自己还在因为卧室里的暴行而浑身颤抖。“理查德杀了你手下的一个人。”我说，“他从窗户钻进了我的卧室。”

她不以为然地摇摇头，好像这只是个无关紧要的小小插曲而已。“哦！那些人完全没救了！什么都做不了，除了杀人。但你得看看咱们的王子。”她说，“他是个天生就该当国王的年轻人。他一直都勇敢极了。我们去了威尔士，然后乘船去了苏格兰。我们遇到抢劫，船都被击沉了！你不会相信的。”

“玛格丽特，人们都被你的军队吓坏了。”

“没错，我知道。他们很吓人嘛。你会见识到的，我们有多么宏大的计划!”

她容光焕发，她是一个大权在握的女人，一个终于可以自由地掌握权力的女人。“我有萨默塞特公爵，艾克赛特公爵和诺森伯兰公爵。英国北部是我们的啦。我们要向南进军，等沃里克出面守卫伦敦，我们就会把他打个落花流水。”

“他可以号召伦敦抵抗你。”我警告她，“整个国家都怕极了你的军队，一点也不欢迎你们的到来。”

她朗声大笑：“我已经召来苏格兰人和北方地区的人对付他了。他们会吓到连剑都拿不起来的。我正像恶狼一般杀进英格兰，率领一支狼组成的军队，雅格塔。我正站在命运之轮的顶峰，我的军队将战无不胜，因为没人敢与我们为敌。人们甚至在我们到来之前就溜之大吉了。我已经成了我的人民心中的坏王后，成了这片土地上的一大祸害，他们必会后悔以前曾举起利剑或耙子和我作对。”

我们随王后的军队一路向南，王室成员走在军队前面，大规模的烧杀抢掠就在我们背后发生，我们明明清楚，却故作不知。有人离队寻找食物，闯进谷仓，袭击商店和独立的小农场，征收村民们的钱，就像杀得兴起的维京海盗，随心所欲，偷窃教堂，强奸妇女。我们给英格兰带来了恐惧，就像蔓延在自己的人民之中的瘟疫。理查德和一些领主深感羞愧，尽一切努力试图恢复军队的秩序，控制他们的强征行为，要求苏格兰人归队行军。但其他的领主，王后本人，甚至还有她的小儿子，似乎都陶醉于惩罚这个曾经拒绝他们的国家。玛格丽特像个从荣誉的束缚中得到解放的女人，有生以来，她头一次能随心所欲选择自己的角色，摆脱了她的丈夫，摆脱了宫廷的制约，摆脱了身为法国公主必须遵守的繁文缛礼，她终于能自由自在地在邪道上越走越远。

行军的第二天，我们四人骑在前头，看到一个孤身一人的骑手，站在路边等我们靠近。理查德向安东尼和约翰一点头。“上去看看是何方神圣。”他说，“小心点。我可不想发现他是山那头的沃里克派来的探子。”

我的两个儿子慢慢靠近来人，左手握着缰绳，右手平平伸出，以示没带武器。那人摆出同样的姿势策马奔向他们。他们停下，简单交谈了几句，三人转身回到我们身边。

那个陌生人一身污泥，他的马也浑身是汗。他手无寸铁，身边有一把刀鞘，但刀已经没了。

“一个信使。”安东尼朝王后一点头说。王后已经停下了马原地等待。“是坏消息，我很抱歉，王后大人。”

她不耐烦地瞪着，就像每一个王后等待坏消息时一样。

“马奇的爱德华已经从威尔士出发，就像寒冬的太阳。”那人说，“我当时在场。加斯帕·都铎派我来告诉您小心这耀眼炫目的太阳。”

“他根本没有。”我丈夫插话，“加斯帕·都铎这辈子压根就没送过这样的消息。把你受命带到的话原原本本说出来，笨蛋，别添油加醋。”

那人收到纠正，便在马背上挺直脊背：“都铎让我传话：他的军队被打败了，他躲了起来。我们遇上了约克家族的军队，我们输了。威廉·赫伯特爵士率领约克军和我们作战；爱德华就在他的身边。他们击破威尔士的战线，从我们中间冲了过来，加斯帕送我来向你发出警告。他本要来和你会合，却被爱德华堵住了去路。”

王后颔首道：“加斯帕·都铎还会来吗?”

“他的兵力折了一半。到处都是约克军。我很怀疑他还能不能闯过来。他现在都可能已经死了。”

她长吸一口气，但什么也没说。

“有人看到了未来。”那人主动说，一边留意着理查德。

“谁看到的?”他暴躁地问道，“哪个人？还是只有你？你自以为你看到了?”

“每个人都看到了。那正是我们输了的原因。每个人都看到了。”

“这不重要。”我丈夫说。

“到底是什么?”王后问。

我丈夫叹了口气，翻了个白眼。

“当时马奇伯爵爱德华升起军旗，太阳在他头上升了起来，然后空中就出现了三个太阳。三个太阳在他头顶的空中升起，中间那轮太阳照耀在他身上。这简直就是奇迹。我们不清楚这是什么意思，但知道他是受祝福的。我们不知道原因。”

“三个太阳。”王后重复道。她转向我：“这是什么意思?”

我别过脸去，不让她看见。我的脑中是以前曾经见过的那三轮太阳，倒映在泰晤士河的河面上闪闪发光。可当时我不知道它们代表什么意思，现在仍然不知道。

“有人说这是神圣的三位一体在为爱德华赐福。可为什么圣父圣子和圣灵会祝福一个叛徒呢?还有人说那是代表他和他的两个还活着的兄弟，说明他们注定会爬得极高。”

王后看着我。我摇头不语。那时我指望能看见国王何时康复，于是在寒冷的黎明出门，看到了在河面上闪烁的阳光。我希望能看到我的国王再次崛起，结果却看见三轮太阳穿透晨雾，明亮地燃烧。

“这是什么意思呢?”那人朝我的方向问了这个问题，似乎期待我能回答。

“什么意思也没有。”我丈夫坚决地说，“这说明日出很亮，你们都被恐惧冲昏脑袋了。”他转身面向那人：“我不知道什么预视的事，只想知道行军速度的事。如果爱德华朝西以最快速度进军，你觉得他们什么时候能到伦敦?”

那人陷入思考，他已经累到甚至无法计算天数了：“一周?三四天?他速度很快，是我在战场上见过的行动最快的将领。说不定明天他能到伦敦?”

那天晚上我丈夫从我们的帐篷消失，很晚才回来，王后已经准备离开了。“王后殿下，我请求允许带一个朋友加入我们。”

她起身道：“啊，理查德，你真是我的得力部下。之前你就给我带来了一名出色将领，安德鲁·特洛浦甚至兵不血刃就为我们赢得了勒德罗。你现在又带谁来了?”

“我必须请您发誓原谅他从前的过错。”他说。

“我原谅他。”她轻松地说。

“他被赦免了?”理查德确认道。

“王室赦免了他。我向你保证。”

“那么，请允许我介绍亨利·洛夫莱斯爵士，他很荣幸到此为您效劳。”

她伸出手，理查德的朋友走上前来，弯腰亲吻她的手。“你没有一直站在我这边呢，亨利爵士。”她冷静地评论。

“我那时不知道约克想自己称王。”他说，“我参加他的阵营只是想让议会能正常运作。而现在约克死了。我来迟一步：没赶上您的最后一战和您的最终胜利，这我清楚。但现在我很荣幸能加入您的队伍。”

她对他微微一笑，她那令人无法抵抗的魅力犹存。“我很高兴你为我服务。你会受到优渥的回报。”

“亨利爵士说，沃里克正在圣阿尔本兹周围挖战壕。”我丈夫告诉她，“我们必须赶在爱德华赶到支援前把他打败。”

“我们不怕一个才十九岁大的男孩，没错吧?安德鲁·特洛浦将率领我的军队，还有你，里弗斯勋爵。我们立刻便发动进攻，按照你的建议行事。”

“我们会制定计划。”理查德说，“亨利爵士会回去沃里克身边，直到我们参战为止。我们今晚趁黑前进。运气好的话，他们以为我们还有一天路程的时候，我们就已经杀到眼前了。”

王后对他微笑：“我会准备万全。”

我们等待。王家军队和苏格兰军队在黑暗之中几近无声地穿过小巷。苏格兰人打赤脚，不骑马，能悄无声息地消失在夜色中。他们喜欢出其不意地冲出黑暗大开杀戒。理查德领头，我们的儿子安东尼指挥一支队伍，约翰指挥骑兵军。在邓斯特布尔的道明会修道院里，王后和我在椅子上打着盹，两边都燃着火堆，我们身穿骑装，随时准备上马，至于是飞奔上阵或是迅速撤退，就看这场战斗的运气如何了。她把王子留在身边，他动个不停，玩着他的天鹅徽章。他说想和士兵们一起出战，他的确只有七岁，但已经大到足以杀敌了。她总是拿这来取笑，但从未阻止过他。

## 1461年春

### 圣阿尔本兹

我们等了整整一天。夜幕降临，王后的一个家臣骑马回来告诉我们城已破，圣阿尔本兹是我们的了，我们已经一雪前耻。王子丢掉他的徽章，跑去拿他的剑，王后下令我们可以继续前进。我们向南行进，因为胜利而满心兴奋，身边的卫兵拔剑出鞘，我们听见战场上杀声震天，填装着潮湿火药的枪支发出断断续续的枪声。天空开始飘雪，湿冷的雪花融化在我们的肩膀和头顶。时不时的，我们看见有人从战场上跑到这条路上向我们奔来，但一看到我们阵势森严的军队，便立刻跳进一扇门或钻进一片地里，要么就在树丛里消失不见了。我们无法分辨他们隶属沃里克还是我们。

我们在城外止步，王后派出两个侦察兵打头。他们回来的时候兴高采烈。

"沃里克在无人之地[①]编队，并向我军开火。但在那之后，亨利·洛夫莱斯爵士率军冲出沃里克的军队，在他的战线上造成一个缺口，咱们的骑兵军笔直攻了进去。"

王后握拳压在自己的喉咙上："然后呢?"

"我们冲破了他们的战线!"那人叫道。

"万岁!"王子高呼，"万岁!"

---

① 无人之地（Nomansland Common）为英国赫特福德郡的地名。

“我们击溃沃里克了?”

“他已经鸣号收兵，像烫伤的猫一样溜啦。他的手下逃跑的逃跑，投降的投降。我们赢了，王后殿下。我们赢了!”

王后又是哭又是笑，王子也高兴得不知所以，拔出自己的小剑，在头上挥舞。

“国王呢?”她问，“我丈夫，国王在哪?”

“沃里克伯爵带他上了战场，但逃跑的时候把他连同所有行李一起丢掉了。他就在这里，王后大人。”

她好像突然惊呆了。他们已经分开整整七个月，她一直在路上，东躲西藏，率军行进，像强盗和小偷一样生活，而他却住在威斯敏斯特宫的王后的房间，在修道院祈祷，脆弱得像个小姑娘。她理所当然地害怕他再次失去神志了。“带我去见他。”她回头看向我，“和我一起来，雅格塔。咱们一起去。”

我们并肩前行，一路上，伤员和战败的士兵纷纷避开我们，低着头，双手伸着，害怕挨打。我们接近城市，看到地里躺着的死人。在大街上，沃里克的精锐弓箭手死在他们自己的乱箭之下，脑袋被战斧劈碎，肚子被利剑割开。王后仰首而过，对这一切苦难都视而不见，王子骑在她身旁，因为胜利而欢呼雀跃，把小剑举得高高的。

他们为王后在远离城中恐怖景象的地方搭了帐篷。王旗在帐前猎猎飘扬，帐内垫着烧火盆，泥地上铺着地毯。我们走进这个作为她的临时会客室的大帐篷，后面还有一个小一些的作为卧室。她在自己的椅子上落座，我站在她身旁，王子在我俩中间。连日以来，她第一次显得不知所措。她看向我，只说了一句:“我不知道他现在什么样了。”又将手放在王子的肩上，“把他带出去，以防他父亲身体欠佳。”她平静地对我说，“我不想让他看见……”

门“啪”地打开，他们带国王进来了。他穿得很暖和，身着长衣和马靴，肩上搭着厚斗篷，头上戴着帽子。他身后的门口站着一些人，我认出了邦维尔爵士和托马斯·凯瑞尔爵士，他们都是曾在法国跟随我第一位丈夫的人，都是些忠诚善良的好人，之前曾加入约克阵营，在整场战争期间都一直陪在国王左右，保护他的安全。

“哦。”国王含糊不清地说，看着王后和他儿子，“啊……玛格丽特。”

她打了一个哆嗦，因为她看到，我们都看到，他又发病了。他只能勉强记起她的名字，王子正跪在他面前等待他的祝福，而他只投去冷淡的一笑，漫不经心地把手放到这个年幼孩子的头上。“啊……”他说。这一次他完全无法从混沌一片的脑袋里找到他的名字了，“啊……好了。”

王子站起身来，抬头看他的父亲。

“这位是托马斯爵士，还有邦维尔勋爵。”国王对妻子说，“他们对我非常好……非常好。”

“怎么好?”她唾道。

“他们不停逗我乐呢。”他面带微笑地说，“在那些事发生的时候，你知道的。在那些噪声响个不停的时候。我们玩过弹珠。我赢了。我喜欢在噪声响个不停的时候玩。”

王后看向他身后的邦维尔勋爵。他单膝跪地。“王后殿下，国王非常虚弱。”他平静地说，“有时候他不记得自己是谁。我们一直守在他身边，以防他四处徘徊，不小心受伤。如果没人看守他，他就会迷路。然后他就会伤心。”

她一跃而起：“放肆！这是英格兰国王。他好得很。”

邦维尔因为她脸上的表情而噤声，可托马斯·凯瑞尔爵士几乎没听她说话，而是一直注视着国王。他上前几步稳住摇摇晃晃、似乎马上就要摔倒的亨利，把国王扶到王后的空椅子上。“不，我恐怕他并不好。”他轻柔地说，帮助亨利入座，“他无法分辨老鹰和老鼠，王后殿下。他已经失了魂了，愿上帝保佑他。”

王后气得脸煞白，刷地转身面向她儿子。“这些大人们帮了你的父亲，把我们的国王当囚犯呢，”她语气平板地说，“你想让他们怎么个死法呢?”

“死?”邦维尔抬头，满脸震惊。

仍然握着国王的手安慰他的托马斯爵士这时说道：“王后大人！我们保护了他的安全。他承诺保我们安全。他保证过了的!”

“你想让这些叛徒怎么个死法?”她盯着儿子，重复了一遍，“这些人，把你的父亲当成囚犯，现在还敢告诉我说他病了?”

小男孩把手放在剑柄上，似乎想把他们全杀了。“如果他们是平民，我就让他们上绞架。”他用小男孩的声音尖声尖气地说。每个字的发音都与导师教授的发音同样完美，“但既然他们是领主，是贵族，照我说他们应该被砍头。”

王后朝卫兵一点头：“照王子说的做。”

“殿下!”托马斯爵士并没有抬高嗓门，以免吓到正紧抓他的手的国王。

“别走，托马斯爵士。”国王说，“别把我留在这里和……”他瞥了一眼王后，但无法在自己糊涂的脑袋里找出她的名字。“我们可以再一起玩儿。”他好像在劝说他的朋友留下来和自己在一起，“你喜欢玩的。”

“国王陛下。”托马斯爵士握着他的手，轻柔地把另一只温暖的手搭在上面，“我需要您告诉王后，说我曾经照顾您。您说过我们应该留下来陪您，我们不会有危险。您承诺过了！您还记得吗？请不要让王后砍我们的头。”

国王似乎很困惑。“我说过吗?”他问，“哦，没错，我是说过。我保证过让他们安全。呃——玛格丽特，你不会伤害这些人，对吧?”

她面若寒霜。“当然不会。”她对他说，“你完全不需要担心。”然后对卫兵们说:“把他们拉出去。”

我急切地低语:“玛格丽特——他们得到过国王的承诺。”

“三个白痴凑一起了。”她咬牙切齿地说,再次向卫兵点头示意,“都拉出去。”

我们寄住在圣阿尔本兹修道院的宿舍里,房间俯瞰着结冰的果园。修道院附近的街上有战斗,很多伤员们都进到会堂和谷仓里来,修女们忙着照顾他们,僧侣们则在他们死去后负责抬出去安葬。我设法为理查德找到浴缸,他舀起一壶壶水洗澡。他拿剑的手受了伤,我用海绵蘸着从家里带来的麝香草泡的水清理他的伤口,然后紧紧包扎起来。谢天谢地的是,安东尼毫发无伤。

“约翰在哪里?”我问,“他和骑兵军在一起吗?”

理查德背对着我,走出浴缸,水滴得到处都是。我无法看见他的正脸。“不。”

“他在哪?”

他的沉默让我紧张起来。“理查德,他没受伤吧?我必须去他那儿。我要写信给伊丽莎白,我向她保证过了的。”

理查德围了一条被单在腰间,微微抖了一下。他坐到微弱的火旁:“我很抱歉,雅格塔。他死了。”

“死了?”我呆呆地问。

“是的。”

“约翰?”我又问了一遍。

他点头。

“可是骑兵击破了沃里克的阵线啊,他们为我们赢得了战争啊。骑兵队赢了啊。”

“约翰领头。他的肚子中了一枪。他死了。”

我扑通坐回矮凳：“这会伤透伊丽莎白的心的。上帝啊。他还只是个男孩。你就毫发无伤地挺过了那么多次战争！”

“这要看运气。”他说，“他运气不好，仅此而已。愿上帝拯救他的灵魂。你完全没有预视到这件事吗？”

“我从来就没能为他们占卜成功。”我苦涩地说，“但我还是什么也没说就把她嫁了过去，即使完全无法预视他们两人的未来。毕竟他俩是天作之合，我又想要她嫁个富贵人家。我应该警告她，也应该警告他。有时我的确能看见未来，但依然是个睁眼瞎啊。”

他俯身握住我的手：“这就是命运，一位残酷的女神。你会写信告诉伊丽莎白吗？我可以派人送消息过去。”

“我来告诉她。”我说，“我无法忍受她从除我之外的人那里接到这个消息。我要去亲自告诉她。”

我在黎明时分离开圣阿尔本兹，策马奔过田野。我在修道院和旅馆分别借宿了一晚。这趟旅程令人疲惫不堪，但灰色的天空和泥泞的道路十分符合我的心境。我属于一支大获全胜的军队，却感到前所未有的挫败。我想到那两个跪在玛格丽特身前的领主，还有她脸上的仇恨。我想起她的儿子，我们的小王子，还有他下令处死两个好人时的童稚的尖细声音。我盲目地前行，几乎看不清前方的道路，知道自己正在丧失以往的信念。

我花了整整两天才到格鲁比的小村庄，穿过庄园的大门时，我突然希望自己不在这里。伊丽莎白亲自开门，她一见到我，就知道了我的来意。

“他受伤了吗？”她问，但我知道，她明白自己的丈夫已经死了，“你是来接我的吗?”

“不，我很抱歉，伊丽莎白。”

“没受伤?”

“他死了。”

我本以为她会当场崩溃，但她经受住了打击，挺直身体。“我们又输了吗?”她烦躁地问，好像无论是赢是输都毫无意义。

我下马，把缰绳丢给一个男仆。“给马喂食，喂水，好好擦洗一下。我后天就走。”然后对伊丽莎白说：“不，亲爱的。我们赢了。你丈夫指挥冲锋，击溃了沃里克的战线。他勇敢极了。”

她看着我，灰色的双眼带着痛苦的茫然：“勇敢？你觉得这值吗？赢了这场小小的战役，无数战争中的一次而已，用他的生命换取小小的一次胜利?”

“不值。”我诚实地说，“因为还会有另一场战斗，你父亲和安东尼必须继续作战。这场战争没有尽头。”

她点头：“你会去告诉他的母亲吗?”

我跨过门槛，走进格鲁比庄园温暖的阴影之中，心知我必须对另一个女人做最坏的事情：告诉她她的儿子死了。

回到圣阿尔本兹时，我发现大半个城已经空了，四处是被烧毁或钉死的商店和房屋。镇上的居民都被王后的军队吓坏了，“感谢上帝你回来了，”理查德对我说，在修道院的前院里扶我下马，“指挥这支军队简直和指挥敌人一样难。僧侣们都离开了修道院，镇民们也纷纷逃离了城镇。伦敦市长大人带了信给你。”

“给我?”

“他希望你和白金汉公爵夫人与他会面，并商议国王和王后是否能进入伦敦。”

我面无表情地看着他：“理查德，伦敦必须承认英国国王和王后啊。”

“他们不会的。”他平静地说，“他们已经听说这里是什么样子了。商人们如果有这个能力，就绝不会让这样的军队接近他们的仓库、商店和他们的女儿。事情就是这么简单。你必须看看能否争取到一个合约，令他们允许国王和王后带领家臣进入威斯敏斯特，让军队驻扎在城外。”

“为什么是我？为什么不是王后的总管？或是国王的告解神父？”

他面露苦笑：“实际上，这是你的荣誉啊。伦敦人谁也不相信。不相信她的军队，也不相信国王的参谋。他们信任你，因为他们还记得，很久很久以前，你作为一位美丽的公爵夫人进入了伦敦。他们还记得杰克·凯德打进来时你在伦敦塔，没有溜之大吉。他们还记得沃里克抓住你时你在桑威奇。他们认为可以信任你。而且你可以在那里见到白金汉公爵夫人。”

他搂住我的腰，把嘴凑到我耳边：“你能做到吗，雅格塔？如果你不能，你说一句话，咱们就回格拉夫顿。”

我在他身上倚靠了一会儿。“我厌倦这一切。”我静静地说，“我厌倦了战争，厌倦了死亡，我不认为她适合坐上英国王位。我不知道该怎么办。在前往格鲁比和回来的一路上，我都在思考这些，我不知道自己在想什么，也不知道自己的职责何在。我无法预示未来，甚至不知道我们明天能做什么。”

他脸色严峻。“这是我的家族。”他言简意赅地说，“我父亲服侍兰开斯特家族，我也一样，儿子也将踏上我的道路。但这事太为难你了，亲爱的。如果你想回家，尽可以回去。王后不会留你不放的。如果伦敦对她关起了大门，那也是她自作自受。”

“他们真的会把她关在她自己的城市之外吗？”

他点头道：“她不得人心，她的军队简直是噩梦。”

“他们就没有要求其他人为她说情吗？”

他苦笑道：“只有美丽的公爵夫人。”

“那我必须如此。”我不情不愿地做出决定，“伦敦必须承认英国国王和王后。如果他们对自己的国王关闭大门，这个国家会成什么样呢？我们已经赢了这场战争，她是英格兰王后，我们必须进入伦敦。”

“你能现在去吗？”他问，“因为我猜沃里克已经和他的友人爱德华会合了，他们会直接向我们杀来。我们得立刻让国王和王后进入伦敦塔，掌握整个城市。然后是和谈还是开战就是他们的事了。但我们必须守住这个国家。”

我望着马场，骑兵的马把脑袋伸在马厩之外。其中一定有一匹是约翰·格雷的马，永永远远地失去了它的骑手。

“我现在就去。”我说。

他点点头。他们给我带来一匹强健的马，理查德扶我上了马鞍。身后的修道院大门突然开了，王后走了出来。

“我就知道你会为我而去的。”她带着最甜蜜的微笑对我说，“你会为我做任何事。我们必须在爱德华到来前进城。”

“我尽力而为。”我说，“国王陛下今天如何？”

她朝着修道院一点头。“在祈祷呗。如果靠祈祷就能打赢战争，我们一定已经赢了百来次了。试试能不能让城里给我们送些食物来。我不能阻止我的军队到处抢劫。”她看向理查德，“我已经颁布了命令，可那些官员没办法控制他们啊。”

“地狱来的魔鬼都控制不了他们。”理查德冷冷地说。他把手放在我的膝盖上，抬头看我，“安东尼带头指挥你的卫兵。你会很安全的。”

我看向正在上马的安东尼。他朝我丢来一个微笑作为问候。“那就走吧。”我说。安东尼向卫兵喊出命令，我们策马离开修道院的中庭，沿着通往伦敦的道路南下而去。

我们在离城几英里远的地方遇到了白金汉公爵夫人安妮和她小小的队伍。我对公爵夫人微笑，她也对我点头致意，那姿势向我表明她很难相信我俩正要为王室求情，放国王夫妇进他们自己的首都。她已经在这场战争中失去了一个儿子，遍布皱纹的脸上露着倦意。她走在前面，到了主教门[①]，长和市议员出门迎接我们。他们不想让我们进去，甚至连门槛都不想让我们进。公爵夫人在她的马上坐得笔直，面露凶色，我却下了马，市长吻了我的手，市议员们脱帽点头致意，我对他们露出微笑。在他们身后，我看到伦敦的商人们和城里的大人物们，他们都是我要竭力劝服的人。

我告诉他们，国王和王后，英国国王夫妇，以及他们的儿子英国王子，要求进入他们自己的城市，进入他们自己的住所。那些人难道是想禁止他们亲手拥戴的国王坐到他自己的王位上，不许他睡在他自己的床上吗？

我看见他们窃窃私语。财产所有权对这些拼命工作换来漂亮房子的人来说，是极为有力的论点。难道王子将要被禁止在他父亲的花园里走动吗？

“是他自己的父亲否认了他的权力！”人群后面有人喊道，“亨利国王没有睡在自己的床上，也没坐在自己的王座上，因为他把王座让给了约克公爵！王后也溜得没影了。他们自己丢掉了自己的宫殿，不是我们。他们回不了家，那都是自作自受。”

我再次开口，面对市长，但声音清楚得足以让在石拱门后面的街道上的人听见。我说，伦敦城的妇女们都知道，王后应被准许在她自己的宫殿中抚养王子；女人有权回到她自己的家中。国王也应主持他自己的家事。

① 伦敦城墙的七道大门之一，位于伦敦东北部。

有人因为我提到国王而哈哈大笑，还叫嚷着下流的笑话，说他从没在自己家里做过主，也许连在自己的床上都也一样呢。我发现约克统治的这几个月让他们确信国王正如约克家族的领主所说的那样手中毫无权力，不适合统治国家。

“我会给王后的军队送去他们需要的食物。”市长压低声音对我说，“请王后殿下放心。我已经准备好了马车，就等着上路，可被市民们拦住了。他们非常害怕她的军队里的苏格兰人。我们听说的事情都可怕极了。总而言之，他们不同意让国王夫妇进来，也不同意让我送物资去。”

“市民正在离开城市。”一位市议员上前告诉我，“她还只在圣阿尔本兹呢，他们就纷纷背井离乡去了法国。如果她再靠近一步，就没人想留在伦敦了。约克公爵夫人为了保险，已经把她的儿子乔治和理查德送去了法兰德斯。这还是那位曾向她投降过一次的公爵夫人！现在她发誓再也不会有第二次了。没人信任她，谁都害怕她的军队。”

“没什么可怕的。”我坚称，“让我给你提个交易，这样好不好？如果王后答应把军队留在门外呢？这样一来你们就可以让国王夫妇携带家臣们进城了。国王和王后必须安全地住在伦敦塔里。你不能拒绝这一权利。”

他转身和资深的议员们一起嘟嘟囔囔着小声商议。“我是在以英格兰国王的名义提出要求。”我说，“你们都曾发誓向他效忠。而现在他要求你们允许他进入你们的城市。”

“如果国王能保证我们的安全——”市长转向我，“我们会允许国王和王室成员入内。但苏格兰人不行。国王和王后必须承诺把苏格兰人关在城墙之外，不得掠夺伦敦城。我们四人会和你一同前去觐见王后。”

安东尼一直站在我身后，像所有指挥官一样肃立，在我劝说众人时保持沉默。他双手交握，托起我的脚，扶我上马。他刚要牵走我的马，市长突然凑近想私下交谈。我俯身倾听。

“可怜的国王现在没哭了吧?”他问,“他服从约克公爵的命令住在这里的时候一天到晚都在流泪。他还去威斯敏斯特教堂,给自己丈量墓地的尺寸。他们说他从来不笑,没完没了地流泪,像个伤心的小孩儿。”

“他和王后还有他儿子在一起过得很开心。”我坚决地说,隐藏起对这一汇报的尴尬,“他也很强壮,一直在发号施令。”我没有说他的命令是为了制止军队抢劫修道院和圣阿尔本兹,而且还没半点效果。

“感谢您今天来到这里,夫人。”他后退一步,说。

“上帝保佑美丽的公爵夫人!”人群中有人喊道。

我笑着挥手。

“我还记得您当时是全英格兰最美丽的女人呢。”一个站在大门阴影里的女人说。

我耸耸肩:“说真的,我觉得现在我的女儿才是全英国最美的女人了。”

“那好,愿上帝保佑她漂亮的脸蛋儿,带她来伦敦让我们都见识见识吧。”有人开玩笑说。

安东尼翻身上马,一声令下,四名议员跟在我和公爵夫人身后,我们一同北上,去告诉王后伦敦城允许他们进入,但绝不会允许她的军队踏入半步。

我们发现王后和王室已经到了巴尼特——伦敦以北仅十一英里之处,近得可怕,随我们而来的议员们评论道。她亲手挑选了随她前来的军队,来自北方的侵略者中最可怕的那一部分人。现在他们离我们仅数里之遥,正在邓斯特布尔饶有兴致地烧杀抢掠。

“他们中有一半人都逃了。”在走向王后的会见室的路上,理查德阴郁地对我说,“你不能指责他们。我们养活不了他们,她曾经公然宣称永远也不会给他们钱。他们等着进伦敦城已经等得腻烦，就回家去了。愿上帝帮帮他们回家道上途经的那些村庄吧。”

王后命令议员、公爵夫人和我回伦敦，要求为王室和四百家臣放行。“就这些!”她忿忿不平地对我说，“你肯定能让他们允许我带上这么一点儿人的。这个数目根本入不了约克公爵的眼!”

我们骑在王室队伍的前头，到了阿尔德门[①]，市长再次与我们会合。

“夫人，我不能让您进城。”他紧张地盯着在我们身后一排排的队伍说。理查德站在领头，“如果这事由我全权负责，我一定不说半个不字，可伦敦市民不会让王后的士兵跑到他们的街道上啊。”

“他们不是北方人。”我说得有理有据，“你看，他们身穿兰开斯特领主们的制服，这些人任何时候都可以在伦敦自由出入。你再看，他们是由我丈夫指挥的，我丈夫你熟悉得很了。你可以信任他们，你可以信任王后给出的承诺。而且只有四百人。”

他看看脚下的石子路，看看天，看看我身后的人们，最后没地方可看了，只好直视我的眼睛。“事实是，”他终于开口道，“伦敦不想让王后待在这里，包括国王，还有王子。他们统统不想要。不管这些人保不保证和平。”

一时间，我几乎无法驳斥。我也同样想过不想让王后、国王和或王子干扰我的生活。可如果不是他们，那该让谁入主王宫呢?“她是英格兰王后。”我断然说。

“她是我们的灾星。”他恨恨地回道，“而国王是个虔诚的傻瓜。王子根本也不是他的种。我很抱歉，里弗斯夫人，我真的很抱歉。但我不能对王后或她的宫廷打开大门。”

门后传来喧哗和巨响。我身后的队伍迅速拔出武器，我听见理查德喝

---

① 伦敦城墙上的七道大门之一，位于伦敦东部。

道“别动!”安东尼一个箭步站到我身边，手按在剑柄上。

一个人跑到市长身边，急切地向他耳语。他转向我，突然气得满脸通红。“您知道这事?”

我摇头道:“不知道。不论是何事。我什么也不知道。发生什么了?”

“就趁我们站在这儿，和你交谈的当儿，王后已经派出一支队伍突袭威斯敏斯特了。”

人群中传出愤怒的咆哮。“保持队伍，别动。”理查德对我们的卫兵喊道，“上前。”

“我真不知道。”我马上对市长说，“我以名誉发誓，我不知道此事。我不会像这样出卖你的。”

他对我摇摇头。“她这人言而无信，危险之极，我们再也不想和她打交道了。”他说，“她利用你转移我们的注意，试图用武力控制我们，毫无信用可言。告诉她走吧，带走她的士兵。我们是永远也不会让她进来的。让她走吧，公爵夫人，帮帮我们。让我们摆脱她。救救伦敦吧。您就把王后从我们门前带走吧。”他向我鞠了一躬，然后转身。“公爵夫人，我们全指望您拯救我们摆脱那只母狼啦。”他边跑向大门边喊道。我们站在自己的队伍里，巨大的阿尔德门在我们面前轰然紧闭，接着，门闩啪地一插到底。

我们向北走。看来，我们虽然赢得了最终决战，却输掉了整个英国。在我们身后，伦敦城向年轻的爱德华敞开大门，这位约克公爵的大儿子兼继承人。他们带他走上王座，宣布他为英国国王。

“这根本不算什么嘛。”王后说。我骑马走在她身旁，向北前行，“我完全不感到困扰呢。”

“他是被加冕为王的。”那天夜里，理查德悄悄对我说，“这意味着伦敦对我们大门紧锁，却让他进城，还拥他为王。这件事还是说明了什么的。”

“我觉得我辜负了她。我本来可以说服他们让我们进城的。”

“在她派出士兵围攻威斯敏斯特的时候？能让我们全身而退，你已经很幸运了。你辜负了她，也许的确如此吧，但是你拯救了伦敦，雅格塔。再没有任何女人能够做到这样的事了。”

# 1461 春

## 约克

国王、王后、王子和家臣在约克住了下来，王室家族住在修道院，我们其余的人则在城里自己找地方住下。理查德和安东尼几乎立刻便受萨默塞特公爵之命离开，前往封堵北方的路并布防，以对抗沃里克和那个已经自立为王的男孩：塞西莉·内维尔英俊的儿子爱德华。

深陷险境的国王觉醒了，在旅程之中，他的头脑突然变得敏锐，他写了一封信给爱德华的军队，叱责他们叛国，命令他们投到我们这边。王后每天都和王子出门，召集人们离开家乡和自己的工作，加入军队保卫国家，抵抗叛国者及其首领，那个冒牌国王。

王家军队里最优秀的将军安德鲁·特洛浦，建议军队把防御布置在一个离约克南部约十四里的山脊上。他派克里福德勋爵作为先头兵防止约克的军队通过亚尔河，克里福德拆了桥，如此一来，等年轻的爱德华从伦敦行军到此时，必然没路可走。然而，爱德华和手下莽撞地涉水过河，雪花在暮色之中落在他们身上，激流不停地拍打。他们爬上断桥，浸在齐腰深的冰水里，冬季的急流击打着全身。克里福德勋爵轻而易举就率军冲了下去，杀了菲兹沃尔特勋爵，血洗全军。

理查德给我送来一封信：

爱德华的幼稚让他付出了惨重代价。我们的第一道陷阱已经成功，他会来陶顿见识我们给他准备的大礼。

之后我便一直等着别的消息。王后到了约克城堡，我们披上披风，爬上克里福德的塔楼。军队离得太远，我们什么也看不见，天光也在消逝，可我们依然看向南方。

“你就不能咒他死吗?”她问，“你就不能让他倒下吗?”

“你说沃里克?”我问。

她摇头道：“沃里克会换一身衣服，我知道的。不，我是说诅咒那个叫爱德华的男孩，那个胆敢自称国王的爱德华。”

“我不知道怎么做这一类事，从来就不想知道。我不是女巫，玛格丽特。我甚至都算不上一个聪明女人。如果现在我能做什么的话，我只想让我的儿子和丈夫毫发无伤。”

“换成我就会诅咒爱德华。”她说，“我要让他一命呜呼。”

我想到那个和我的儿子年纪相当的男孩，那个英俊的金发男孩，自尊极强的塞西莉公爵夫人的骄傲。我想起在加莱他那次发了脾气，但一等我说我们保护了他的母亲，他就羞得满脸通红。我想起在威斯敏斯特王后的房间之外，他向我伸出的手深深鞠躬。“我很喜欢他。”我说，“我不愿诅咒他。再说了，还有其他人会为你杀了他，在天亮之前。血已经流得够多了，天知道。”

她打了个颤，套上风帽。“要下雪了。”她说，“今年的雪来得晚。”

我们去修道院进餐，国王领她走过挤满家臣的大厅。“我已经写信给马奇伯爵爱德华了，”他用他那尖细的嗓音说，“我要求明天休战。明天是圣枝主日[1]，在圣枝主日他是不可以有争斗的念头的。这是我们的主进入耶路

① 又称基督苦难主日，指复活节前的礼拜日。1461年3月29日，陶顿战役发生之日，亦为当年的圣枝主日。

撒冷的日子。他必须做祈祷。在这个神圣的日子里，我们都要祈祷，这是上帝的愿望。”

王后和我飞快交换一个眼神。

“他恢复了吗?”我问。

国王垂下眼睛：“我很遗憾，他拒绝休战。他要赌他在战场上的运气，在我们的主进入耶路撒冷的神圣日子。爱德华打算一大早出发，那时正是我们的主进入神圣之城的时刻。他一定是个非常冷酷无情的年轻人吧。”

“他坏极了。”玛格丽特说，狠狠咽下烦躁的情绪，“但这肯定是咱们的好机会。”

“我会命令萨默塞特公爵休战。”国王告诉我们，“我们的士兵不得在礼拜日或者圣枝主日作战。他们必须排列整齐，显示我们对上帝的虔诚。如果爱德华打了他们，他们必须把另一边脸也送上去。”

“我们必须自卫。”王后飞快地说，“我们抵抗这样亵渎上帝的行为，上帝一定会给我们降下更多保佑的。”

国王左思右想：“也许萨默塞特应该等到礼拜一?”

“他的地势绝佳，国王陛下。”我轻柔地说，“也许我们应该见机行事。您已经提出了神圣的休战协议——这必定已经足够了。”

“我应该问主教有什么意见。”国王说，“然后我会通宵祈祷上帝的指引。我会祈祷一整个晚上。”

国王在教堂里通宵祈祷，修道院的僧侣们在大教堂里来来去去，我上了床，但一夜无眠；我无法不想理查德和安东尼，他们整个晚上都要在这样的寒冷之中，在卷着雪花的北风之中，等待一场战争在神圣之日降临。

清晨时分，天空阴沉，发着白光，厚密的云层仿佛压迫在城墙之上。

九点左右，开始下雪，硕大的白色雪花令人目眩地打着转落在结冻的地面。城市在越来越密的落雪之下蜷成一团。

我来到王后的房间，发现她正四下徘徊，手塞在袖子中取暖。国王还在修道院祈祷，她下令收拾他们的行李。“如果我们赢了，就前往伦敦，这次他们会给我们开门。要不然……”她没有说完，我们都在胸前画了十字。

我走到窗边。很难看清城墙，因为雪幕阻挡了人们的视线，这是一场肆虐的暴风雪，我用手遮住眼睛，记得自己曾在幻视中见过一场雪中的战斗，但我看不清军旗，也不知道染红雪地的是谁的鲜血。

整个白天我们都在等待消息。零零散散有几个人，身负等待医治的伤口，一瘸一拐走进约克城。他们说我们在山上有绝佳的地利，可是大雪让弓箭手很难瞄准，火炮更是毫无用武之地。“他总是有天时庇佑。”王后评论道，“那个叫爱德华的男孩总是在坏天气里作战。他总是能带来风暴。你简直会以为他是伴随坏天气而生的。”

他们在大厅设下晚宴，但几乎没人出席——除了家中那些老弱病残。我看着一个灵巧地使用独臂的佣人，不由打了个哆嗦，想到我那个四肢健全的儿子，此时正在外面的雪中，面对骑兵队的冲锋。

王后高傲地坐在餐桌上席，她的儿子坐在身边，作出正大摆宴席的样子。我坐在她的侍女的餐桌主席，来回戳着盘子里的几块蔬菜炖肉，这就是我的整顿饭了。凡是有丈夫、孩子或兄弟身在那片名叫北阿尔克斯之地的人，全都毫无食欲。剩下的人则因恐惧而腹痛。

下午时分，源源不断的男人从战场上进到城里，那些还能走路的人。他们说有数以百计的死人躺在通往约克的路上，数以千计的人都没能活着下战场。修道院的医院，穷人们看病的诊所，所有避难所和旅馆都敞开大门，开始给伤者草草裹绷带，包扎伤口，截肢。更多的时候他们把尸体垒在一起，准备埋葬。约克就像一座阴森的房屋，南门走进来的人络绎不绝，像醉鬼一样蹒跚，像遭到屠杀的牲畜一样流血流个不停。我想下去辨认每一张脸，又害怕会看到理查德或安东尼死不瞑目的眼神，脸被手枪打烂，或被斧子捣成烂泥；我强迫自己坐在王后房间的窗口，手里做着针线活，一直听着逐渐接近的军队的轰鸣和怒吼。

天变黑了，今天肯定结束了吧？没人能在夜里作战，可是晚间祈祷的钟声已经响起，依然没人来告诉我们谁赢了。国王跪在修道院中，他从早上九点就一直在那里，而现在已是晚上九点了。王后派他的贴身仆人去找他，让他吃饭，送他上床。她和我则坐在即将熄灭的火边，她的脚搭在旅行用珠宝箱上，旅行斗篷搭在身边的椅子上。

我们坐了一整夜。到了黎明，在早春清晨的寒光之中，修道院的门被人敲响，玛格丽特跳起身来。我们听见大门缓缓打开的声音，还有人叫着求见王后。她抓起斗篷走下楼去。“叫醒国王。”她对我说完就走了。

我跑到国王的房间，摇醒贴身仆人。“战场上来消息了，快让国王陛下准备好出发。”我简短地说。

接着我赶到入口大厅，一个身着克里福德制服的人正跪在王后身前。

她将苍白如纸的脸转向我，刹那间，我又见到了当年那个没人给她占卜未来就拒不结婚的战战兢兢的女孩。看来，我没有预料到此时此刻。我真希望之前能警告她啊。“我们输了。”她悲戚地说。

我上前一步：“我的丈夫呢？我的儿子呢？”

那人摇头。“我不知道，夫人。那里的惨状多得看不过来。漫山遍野都是死人，就好像英格兰的每一个人都死了。我从没见过……”他以手遮眼。“当时有些人想通过一座小桥逃走。”他说，“约克的人赶在后面，桥上发生了战斗，桥断了，他们都跌进了水里，兰开斯特的人，约克的人，一个不漏，都穿着沉重的盔甲淹死在河里。草地上遍布尸体，河里堆满死人，连河水都成了红色。雪花落在每个人身上，就像上天流下的眼泪。”

“你的大人呢。”玛格丽特喃喃道，“克里福德勋爵呢。”

“死了。”

“我的指挥官安德鲁·特洛浦爵士呢。”

“死了。威尔斯勋爵，斯科洛普勋爵，成百的勋爵，成千的士兵，都死了。简直就像审判日提前到来，死人都从地底爬出，却一动也不动。他们没有死而复生。英格兰的每个男人都倒下了。这场战争肯定已经结束，因为全英格兰的每个男人都死了。”

我走到她身边，握住她冰冷的手。国王走下楼梯，看着双手紧握、惊恐万状的我们。

“我们必须走了。”玛格丽特说，“我们输了。”

他颔首。“我早就警告过他。”他忿忿地说，“我不想在神圣的日子打仗，但他就是不听。”

下了楼梯站在他身后的是家中男仆，带着他的圣经和十字架，祈祷座和祭坛。玛格丽特的衣服和装满皮草的箱子则跟在后面。

我们走到院中。“跟我来吗？”她问道，仿佛又变回一个小女孩，“我不想一个人走。”

我丝毫没想过要和她走。我要离开她了，或许这辈子再也不能见到她。“我要去找理查德，还有安东尼。”我几乎语不成调，“我要去找他们的尸体。我必须亲眼看到他们下葬。然后回孩子们身边。”

她点头答允。马匹已经备好了鞍，他们把行李塞进一辆马车，她的珠宝则捆在她的坐骑身后。王子也已稳坐在马背上，身穿暖和的骑行斗篷，头上戴着软帽，天鹅徽章别在胸前。“我们一定会复仇的。”他兴致勃勃地对我说，“我会亲眼看到叛徒们一一丧命的。我发誓。”

我摇头。我受够复仇了。

他们把玛格丽特抬到马鞍上，我走到她身边站住：“你要去哪？”

“我们要重新集结军队。”她说，“他们总不可能都死光了吧。我们会召集更多的人马，会从苏格兰和法国要来更多的钱。我手里有国王，有王子，我们会卷土重来，不把爱德华的脑袋插在米克盖特门上，插在他老子的那张腐烂的脸旁边，我永不罢休。”她说：“只要还有我的儿子，我就永不罢休。他要当国王，他天生就该当国王，我是用培养国王的方式把他养大的。”

“我知道。”我退后，她抬手示意他们上路，然后收紧缰绳，低头看我，面带友爱的暖意。她举起手来，伸出手指，在空中画了命运之轮的符号，随后双腿一夹马腹，绝尘而去。

整个白天，越来越多的人步履蹒跚地进了城，寻找食物，寻找能帮他们包扎伤口的人。我裹在自己的斗篷里，从马厩领出自己的马，与宫里所有人离开的方向背道而驰：策马沿通往陶顿的道路南行，沿途辨认成百上千的人脸，寻找我认识的人。我希望看见理查德或安东尼，每当看见有人用临时拼凑的拐杖蹦跳前行，我就心惊胆战，每当看到一个面朝下躺在水沟里，棕色卷发的脑袋上有凝血伤疤的人，我就浑身冰凉。一个卫兵骑在我前面，每次我们遇到一个垂头丧气缩在马背上的人，便会问他有否看见里弗斯男爵，或者是否知道他的同伴的下落。没人知道。

我渐渐发现，这是一场极长、极久的战斗。大雪纷飞，咫尺之外一片茫茫。敌人在这片白色的屏障之后若隐若现，盲目地刺剑，盲目地中剑。兰开斯特弓箭手逆风把箭射到了偏离目标的雪地里。顺风的约克士兵一鼓作气攻上山，被兰开斯特的士兵大片砍倒后又等待下一次冲锋。战线交汇时，他们冲上前去，被彼此刺伤，砍死，不知道自己在做什么，也不知道谁赢了。一个人告诉我，每当夜幕降临，都有一半侥幸活下来的人走下战场，睡在死人之间，身上覆满白雪，仿佛他们已被一同埋葬。

路上挤满了人，身上穿的制服或工装如此褴褛，以至于我无法一一分辨。而他们庞大的数量和他们的痛苦迫使我不得不离开道路。我站在一个城门口，望着人群行进。队伍似乎没有尽头，由这些侥幸死里逃生，却依旧身负斑斑血迹，累累伤痕，被纷纷落雪打得浑身湿透的人们所组成的队伍。

"母亲大人？母亲大人？"

听到他的声音，那一刻我还以为是自己的想象。"安东尼？"我不敢相信地说。我从马上跳下，拼命向前挤，几乎淹没在向我压来的伤员组成的海洋之中。我拽住他们的胳膊，看着他们面无人色的脸庞。"安东尼？安东尼！"

他从一群人中走了出来。我瞬间把他从头看到脚，看到他疲惫的双眼，惨淡的笑容，毫发无伤的身体。他给我看他的手，他的手啊，他那珍贵的手啊，完好无损，一个指头也没缺，手臂也没有被砍得露出骨头。他站得笔直，没戴头盔的脸上尽管因为疲倦而气色很差，但并没有受伤。"你没事吧？"我难以相信地问，"我的儿子，你没事吧？你毫发无伤吗？"

他的笑容失去了往日欢乐的光彩："我平安无事。感谢上帝引导我度过这漫长的一天一夜。你来这里做什么？这里活像是地狱。"

"来找你。"我说，"还有……安东尼，你父亲在哪？"

"哦！"他惊叫，明白了我心中所想。"哦，不，别胡思乱想，母亲。他很好。没受伤。他只是……"他四下张望，"他在这里。"

我转身，看见了理查德。我几乎无法认出他来，他的胸甲在心脏部位有一块凹陷，脸上满是血迹和烟尘，但他依然向我走来，就像以往一样，就像我们从未分开。

"理查德。"我呢喃道。

“亲爱的。”他用沙哑的声音说。

“你没事吗？”

“我总能回到你身边。”

我们向西走，避开通往约克的路，那里塞满跪在地上哭喊着讨要水喝的人们，沿途遍布躺着等死的人。我们策马经过广阔的约克平原，直到找到一间农舍，他们允许我们在谷仓睡觉，用泉水梳洗，并卖给我们食物。我们吃着农民的肉汤：一点点煮老了的羊肉，掺了麦片和胡萝卜。我们还喝他们的淡啤酒。

当他摄取足够的食物，看上去没那么憔悴之后，我试探着发问，害怕听到他的回复。“理查德，王后要去北部重新集结，然后去苏格兰召集新兵。她还说她要回来。我们该怎么办？”

沉默。安东尼和我丈夫长久对望，好像他们在害怕自己将要说的话。

“怎么回事？”我看看这个，又看看那个，“发生了什么？”

“我们完了。”安东尼主动说，“我很抱歉，母亲大人。我交出了自己的剑。我向约克宣誓效忠了。”

我目瞪口呆，看向理查德。

“我也一样。”他说，“我不能再服侍王后了，再也不会身处这样的队伍，再也不会听从这样的领导者的指挥。但，不管怎样，我们都战败了，交出了自己的武器，向敌人投降。我本以为爱德华会处死我们，结果——”他面露一丝笑意。“他对我们十分仁慈，只是把我们的剑取走，我已经荣誉扫地，不再是一个骑士了，对不起。我们发誓效忠于他，不能再与他作战。我不能再服侍亨利或者玛格丽特了：现在他们对我来说，都是不法之徒。”

他直呼他们的名字，这比任何事情都更加使我震惊。这告诉我们，一切都结束了，一切都改变了。“亨利，”我重复道，好像第一次叫这个名字，“你叫国王亨利。”

“国王的名字是爱德华。”我丈夫说，好像重复一句教导，“爱德华国王。”

我摇头。即使今天整整一天我都在伤员的人潮中拼命逆流而上，却依然不曾想到我们的大业已经失败。我和玛格丽特相处的时间太长，耳濡目染，已经只能以字面含义思考战争了。我以为接下来我们还会输掉一场战争，在那之后又会有另一场战争。此时此刻，我看着丈夫憔悴的脸庞，还有儿子空洞的眼神：“你觉得亨利和玛格丽特永远也不会夺回王座了？”

他给我看他的空剑鞘，那里曾插着他那把美丽的雕花宝剑：“不管怎样，我也不能帮助他们。我已经把剑交给了新国王。我已宣誓向他效忠。”

“我们不再是兰开斯特家族的人了？”我仍然无法相信。

安东尼颔首道：“已经结束了。我们很幸运啊，逃过一劫，保住了颈上人头。”

“这就是最重要的。”我领悟到这个真理，“这就是最最重要的了。在一切结束的时候。你还活着，还有你父亲。不管怎样，对我来说这才是最重要的。”

那一夜，我们像一户贫苦人家，一起挤在稻草堆上，缩在斗篷之下取暖，我们的那一小支队伍则在马厩与马为伴。理查德的胳膊一整晚都环在我身上。“我们回格拉夫顿。”我在沉入梦乡前呢喃，“我们重新当上地主，我们会把这一切都当成骑士故事，也许有一天，还会有人把它写下来呢。”

# 1464年春

**北安普敦郡　格拉夫顿**

我把孩子们都接回身边，伊丽莎白也带着两个孩子从格鲁比庄园回家。她几乎身无分文，她的婆婆拒绝把丈夫的遗产给她，而在这乱世之中，我们无权无势，没法让她保住这桩婚姻，仅仅几年之前，这门婚事还让我如此骄傲和快乐，而现在却成了一纸空文。

理查德和安东尼被正式赦免，并被指派到枢密院任事。结果证明新国王是个精明的指挥者，一位公正不阿的国王。他在拥护他登上王位的沃里克伯爵的辅佐下治国，但与此同时，只要是有意来新政府的领主，他都一一发出传唤。他并不特别偏爱约克领主，似乎真的想成为一位为全国人民谋求福祉的国王。有一些领主远走他乡，有一些则追随王后而去，他们有时在苏格兰，有时在法国，永远在征兵，永远在威胁英国，计划回归。我想，我再也见不到她了，当年那个闹着不肯结婚，非要我替她算命的那位漂亮法国姑娘。这一切果真是命运之轮的安排。她曾是全英国最高贵的女人，如今在自己的国家却无一席之地，她会继续逃亡下去，就像最后一只独狼。

我几乎再也没有听说她的事情。我的消息来源仅限于这个教区，小道消息全靠邻镇传来。我眼见着儿子安东尼和斯凯尔斯夫人伊丽莎白结婚，又开始为其他孩子物色合适的结婚人选，但我们的财富权势不如安茹的玛格丽特在位之时了，那时我是她最亲密的朋友兼侍女，我丈夫也身居要职。现在我们只是格拉夫顿的小乡绅。尽管我挖掘出了对欣欣向荣的果园的兴趣，还在儿孙身上找到更多乐子，但依然不情愿让我的孩子们和其他小乡绅通婚。我对他们有更大的期待。我想为他们取得更多的东西。

尤其是我的伊丽莎白。

春天的某一天，我从卧室的大箱子里取出姑婆乔安奴多年前给我的那个小包。我看着这些小挂坠，看着伊丽莎白在这个世界之中存在的如此之多的选择：她是一个年轻女人——但也并非未经人事；一位美人——但也并非少女；一位秀外慧中的姑娘——但也无意成为女子修道院的院长。我选了一个船形的挂坠，以示她可能远行，选了一个小房子，以示她可能为自己赢得寡妇遗产和一栋房子。我刚要选择第三个，就有一个忽然从手镯上落到我的膝头。那是一个尾戒，古怪地打造成了王冠的形状。我刚准备试着戴在自己的手指上，突然又犹豫了。不知为何，我并没有把它戴在自己的手上，而是把它绑在一根长长的黑线上，给另外两个挂坠也分别系上线，走出门外。一轮银月刚开始在幽暗的空中升起。

“我们能和你一起去吗，祖母大人？”伊丽莎白的儿子们突然冒了出来，和往常一样一脸泥巴，“你带着那个篮子要去哪儿呀？”

“你们不能跟我来。”我说，“我要去找鸻鸟蛋呢。不过如果我找到它们的鸟巢，明天就带上你们。”

“现在就不行吗？”伊丽莎白的大儿子托马斯问。

我把手放在他的头上，他温暖柔顺的卷发令我想起安东尼，想起他还和这孩子一样是个可爱小男孩的时候。“不行。你必须去找你母亲，吃晚饭，等她命令你上床的时候就上床。不过明天我会带你去的。”

我离开他们，走过屋前铺有砂石路的花园，穿过小门，走到河边。河上有一座小桥，是由几块小木板搭成的，孩子们喜欢来这里钓鱼。我过桥，低头绕过白蜡树朝天的树枝，顺着缓坡走到树干旁。

我用胳膊环住树干，把三根细绳拴在上面，我的脸颊贴在开裂的灰色树皮上。我聆听了片刻，几乎能听见树的心跳。“伊丽莎白的未来将会怎样?”我对它耳语，而树叶的飘落似乎是在轻声回答，“我的伊丽莎白未来将会怎样?”

我从来都没有预见她的未来，即使是在我的孩子当中，她也总是最有希望的那一个。我一直觉得她受到特殊的庇佑。我等着；树叶沙沙作响。“好吧，我不知道。”我对自己说，“也许河流将告诉我们。”

每个挂饰都已经被各自的黑线绑在树上，我把它们抛进水中，能扔多远就扔了多远，我听见三声水花溅起的声音，就好像鲑鱼正在捕捉飞虫，它们都消失了，已经无法再看见黑线。

我伫立良久，望着流水。“伊丽莎白。”我向泉水轻声说道，“告诉我伊丽莎白，我的女儿，她的未来将会如何吧。”

那晚的晚餐桌上，我丈夫说国王正在为新的战役招募士兵。他要向北进军。“你不会去吧?”我突然警觉道，“安东尼也不会去吧?”

“我们必须派人去，不过说实话，我不觉得他们很想要我们入伍呢。”

安东尼发出遗憾的笑声。“就像洛夫莱斯。”他说，他父亲也笑了。

“就像特洛浦。”

“我应该请爱德华国王帮我过问遗产的事。”伊丽莎白说，“如果我不能找人让格雷夫人信守她对我的承诺的话，我的孩子肯定什么也得不到啊。”

“趁他经过时诱拐他呗。”安东尼建议道，“在他面前跪下。”

“我女儿才不会做这种事。”丈夫正色道，“我们可以让你留在这里，直到你和格雷夫人达成和解。”

伊丽莎白理智地没有反驳，可到了第二天，我看见她洗了儿子们的头发，给他们穿上礼拜日的衣服，我没说话。我在她的头饰的面纱之上洒了一点自己酿造的香水，但既没有给她苹果花朵也没有给她果实。我相信世上没有男人从我女儿面前经过时不会驻足询问她的名字。她穿上纯灰色的长袍，带上两个儿子，紧紧牵着他俩的手，从家里出发，沿着通往伦敦的路一直走着，国王在行军时必将经过此处。

我看着她走着，温暖的春日之中，此情此境宛如梦幻：一个年轻漂亮的女人，轻盈地走下小径，两旁是花树丛，其间的白玫瑰即将绽放。她正在迈向自己的未来，取得她自己赢来的东西，尽管我尚不知道她的未来将会如何。

我走到蒸馏室，取下一个以蜡纸封口的小罐。这是我为安东尼的新婚之夜准备的催情药。我把它拿到酿酒间，在我家最好的麦芽酒里滴了三滴，然后把酒拿到大厅，和我家最好的玻璃杯放在一起。我静静等待着，春日阳光射入窗棂，画眉鸟在屋外的树上唱歌。

我没有等很久。我望向道路，看到伊丽莎白笑靥如花，走在她身边的是当年那个英俊男孩，我第一次与他见面是在王后的屋外，他礼貌地向我行礼。如今他已长大成人，成了英格兰之王。他驾着自己的高大战马，高高地坐在马背之上，手中紧握缰绳。他们的脸上闪耀着快乐的光芒，身边还有我的两个外孙。

我离开窗边，亲自为他们打开大厅正门。看见伊丽莎白面泛红霞，年轻的国王灿烂地笑着，我不由得在心中思索，这一切果真如命运之轮旋转不休——真的如此吗？这样的事情有可能成真吗？

·全书完·

# 作者手记

我发现雅格塔这个人物，是在研究她女儿的历史之时。她的女儿，伊丽莎白·伍德维尔，在母亲的监督下与爱德华四世举行了一场非同寻常的秘密婚礼。雅格塔是婚礼上有名有姓的见证者之一，除她之外有神父，也许还有另外两人，外加一个唱赞美诗的男孩。她还为新人安排了秘密的蜜月之行。

而且，她做过的事情说不定并不仅限于此。在此之后，她被指控以魔法引诱年轻的国王与她的女儿成婚；还有一对被金线绑在一起的铅制人像，据说代表爱德华和伊丽莎白，也在她的女巫审判之时被当做证据呈现在法庭之上。

这就足够激起我的兴趣了！我这一生都在研究女性历史，研究她们的社会地位，还有她们追逐权力时的奋斗挣扎。有关雅格塔的史料读得越多，她看起来就越像是我情有独钟的那一类人物：被正统历史忽略或否认的人物，但又能在一片片拼凑起来的证据里渐渐显形。

她的一生极不寻常，有关的史料却又支离破碎。在没有雅格塔的任何传记的情况下，我自己写了一篇评论，和另外两位历史学家一同发表，大卫·巴德文写了伊丽莎白·伍德维尔，麦克·琼斯写了玛格丽特·博福特，合著书名为《玫瑰战争中的女性：公爵夫人，女王，以及国王之母》(Simon & Schuster，2011)。想要追溯我小说背后的历史的读者们可能会对这套文集感兴趣。

雅格塔嫁给贝德福德公爵，成为英国统治之下的法国的第一夫人。她的第二段婚姻是自由恋爱：下嫁理查德·伍德维尔爵士，经历了种种反对，还不得不缴纳罚金，因为她逾越了当时贵族女性婚姻的法规。她服侍安茹的玛格丽特，是最受宠爱的侍女之一，并且在玫瑰战争的最为艰苦的年月里几乎一直陪伴在她左右。在那场可怕的陶顿之战中，兰开斯特人一败涂地，她的儿子安东尼和丈夫理查德向获胜的爱德华四世投降。这家人原本是可以在新的约克王朝里安静生活的，如果不是因为他们那个守寡女儿太过美丽动人，如果不是因为年轻国王生性热情如火，或者还有别的因素，谁知道呢——雅格塔的魔力吧。

这个家族成了王族姻亲，雅格塔借此全力向高处攀爬，再一次成了宫中地位最高的夫人。她活了很久，久到足以承受深爱的丈夫和儿子的遇难，久到足以支撑她的女儿熬过战败时期，躲进避难所，也久到足以见证她的女婿再次君临天下。雅格塔的大半生都身处历史大事的中心。她也常常是历史的当事人。

为什么从没有人研究过她，这对我来说是个谜。但是她属于为数众多的被历史学家忽略的女性之一，他们更钟情于卓尔不群的男人。何况这段时期本就受到忽略，相较于那些——比如——离现代更近的时期，甚至包括都铎时期。我期待有更多的历史学者研究十五世纪，也希望在此之中出现更多关于女性的研究，包括雅格塔。

我假设启发她的是家族里有关水之女神梅露西娜的传说，卢森堡博物馆优美地记述了这一传说，将其作为这个郡的历史的一部分。直到今天，卢森堡的城市向导依然会指出梅露西娜的浴池沉在哪些石头之下，那时候，她的丈夫背弃了承诺，偷看了她洗澡。当然了，梅露西娜的传说也被用于这一时期的艺术作品和炼金术之中。雅格塔也有一本书，讲述这位女神祖先的故事。我想非常重要的一点就是，我们作为现代读者必须要理解这一事实，即宗教、招魂术和魔法在中世纪人民的想象世界里占据着中心地位。

在那些历史记录里，始终贯穿着一条线，将雅格塔与巫术行为连在一起，甚至还牵扯到伊丽莎白，而我据此创造了一些虚拟情节。用纸牌预测未来是一种中世纪时的做法，我们把这种纸牌叫做“塔罗”。炼金术在当时被视为一种兼具超自然和科学性质的行为，安茹的玛格丽特在为丈夫寻找治病方法时曾许可炼金术士的研究，这件事实际上被某些人指为巫术行为。草药疗法以及按照月相种植草药的方法几乎是家喻户晓的，1450年之后，对巫术的愈演愈烈的恐慌遍及欧洲各地。伊琳诺·柯布汉姆的审判和受刑都是有史可循的，她是搜捕女巫行动的受害者之一。

下面是参考书目，列出了我为了写这本小说所阅读的书，读者们也可以去我的网站：www.PhilippaGregory.com，浏览新的评论文章，历史研究，以及有关本书和其他系列作品的问题回复。接下来的小说要写沃里克伯爵理查德·内维尔的女儿们，我已经着手调查资料，并且乐在其中，迫不及待地想要动笔写出这个故事了。

## 参考书目

Amt，Emilie，Women's Lives in Medieval Europe（New York，Routledge，1993）

Baldwin，David，Elizabeth Woodville：Mother of the Princes in the Tower（Stroud，Sutton Publishing，2002）

Barnhouse，Rebecca，The Book of the Knight of the Tower：Manners for Young Medieval Women （Basingstoke，Palgrave Macmillan，2006）

Bramley, Peter, The Wars of the Roses: A Field Guide & Companion (Stroud, Sutton Publishing, 2007)

Castor, Helen, Blood & Roses: The Paston Family and the Wars of the Roses (London, Faber and Faber, 2004)

Cheetham, Anthony, The Life and Times of Richard Ⅲ (London, Weidenfeld & Nicolson, 1972)

Chrimes, S. B., Lancastrians, Yorkists, and Henry Ⅵ (London, Macmillan, 1964)

Cooper, Charles Henry, Memoir of Margaret: Countess of Richmond and Derby (Cambridge, Cambridge University Press, 1874)

Duggan, Anne J., Queens and Queenship in Medieval Europe (Woodbridge, Boydell Press, 1997)

Field, P.J.C., The Life and Times of Sir Thomas Malory (Cambridge, D. S. Brewer, 1993)

Freeman, J., 'Sorcery at Court and Manor: Margery Jourdemayne the witch of Eye next Westminster', Journal of Medieval History, 30 (2004), 343-357

Godwin, William, Lives of the necromancers: or, An account of the most eminent persons in successive ages, who have claimed for themselves, or to whom has been inputed by others, the exercise of magical power (London, F. J. Mason, 1834)

Goodman, Anthony, The Wars of the Roses: Military Activity and English Society 1452-97 (London, Routledge & Kegan Paul, 1981)

Goodman, Anthony, The Wars of the Roses: The Soldiers' Experience (Stroud, Tempus, 2006)

Griffiths, Ralph A., The Reign King Henry Ⅵ (Stroud, Sutton Publishing, 1998)

Grummitt, David, The Calais Garrison, War and Military Service in England, 1436–1558 (Woodbridge, Boydell & Brewer, 2008)

Haswell, Jock, The Ardent Queen: Margaret of Anjou and the Lancastrian Heritage (London, Peter Davies, 1976)

Hicks, Michael, Warwick the Kingmaker (London, Blackwell Publishing, 1998)

Hipson, David, Richard Ⅲ and the Death of Chivalry (Stroud, The History Press, 2009)

Hughes, Jonathan, Arthurian Myths and Alchemy: The Kingship of Edward Ⅳ (Stroud, Sutton Publishing, 2002)

Jones, Michael. K., and Underwood, Malcolm G., The King's Mother: Lady Margaret Beaufort, Countess of Richmond and Derby (Cambridge, Cambridge University Press, 1992)

Karras, Ruth Mazo, Sexuality in Medieval Europe: Doing unto Others (New York, Routledge, 2005)

Laynesmith, J. L., The Last Medieval Queens: English Queenship 1445–1503 (Oxford, Oxford University Press, 2004)

Levine, Nina, 'The Case of Eleanor Cobham: Authorizing History in 2 Henry VI', Shakespeare Studies, 22 (1994), 104–121

Lewis, Katherine J., Menuge, Noel James, Phillips, Kim M. (eds), Young Medieval Women (Basingstoke, Palgrave Macmillan, 1999)

MacGibbon, David, Elizabeth Woodville (1437–1492): Her Life and Times (London, Arthur Barker, 1938)

Martin, Sean, Alchemy & Alchemists (London, Pocket Essentials, 2006)

Maurer, Helen E., Margaret of Anjou: Queenship and Power in Late Medieval England (Woodbridge: The Boydell Press, 2003)

Neillands, Robin, The Wars of the Roses (London, Cassell, 1992)

Newcomer, James, The Grand Duchy of Luxembourg: The Evolution of Nationhood (Luxembourg, Editions Emile Borschette, 1995)

Péporté, Pit, Constructing the Middle Ages: Historiography, Collective Memory and Nation Building in Luxembourg (Leiden and Boston, Brill, 2011)

Phillips, Kim M., Medieval Maidens: Young Women and Gender in England, 1270–1540 (Manchester, Manchester University Press, 2003)

Prestwich, Michael, Plantagenet England 1225–1360 (Oxford, Clarendon Press, 2005)

Ross, Charles Derek, Edward IV (London, Eyre Methuen, 1974)

Rubin, Miri, The Hollow Crown: A History of Britain in the Late Middle Ages (London, Allen Lane, 2005)

Seward, Desmond, A Brief History of The Hundred Years War (London, Constable, 1973)

Simon, Linda, Of Virtue Rare: Margaret Beaufort: Matriarch of the House of Tudor (Boston, Houghton Mifflin Company, 1982)

Storey, R. L., The End of the House of Lancaster (Stroud, Sutton Publishing, 1999)

Thomas, Keith, Religion and the Decline of Magic (New York, Weidenfeld & Nicolson, 1971)

Vergil, Polydore and Ellis, Henry, Three Books of Polydore Vergil's English History: Comprising the Reigns of Henry Ⅵ, Edward IV and Richard Ⅲ (Kessinger Publishing Legacy Reprint, 1971)

Ward, Jennifer, Women in Medieval Europe 1200–1500 (Essex, Pearson Education, 2002)

Warner, Marina, Joan of Arc: the image of female heroism (London, Weidenfeld & Nicolson, 1981)

Weinberg, S. Carole, Caxton, Anthony Woodville and the Prologue to the "Morte D' Arthur", Studies in Philology, 102: no 1 (2005), 45–65

Weir, Alison, Lancaster and York: The Wars of the Roses (London, Cape, 1995)

Williams, E. Carleton, My Lord of Bedford, 1389–1435: being a life of John of Lancaster, first Duke of Bedford, brother of Henry V and Regent of France (London, Longmans, 1963)

Wilson- Smith, Timothy, Joan of Arc: Maid, Myth and History (Stroud, Sutton Publishing, 2006)

Wolffe, Bertram, Henry Ⅵ (London, Eyre Methuen, 1981)